Iris Grädler

MEER DES SCHWEIGENS

Roman

DUMONT

Originalausgabe
März 2015
DuMont Buchverlag, Köln
Alle Rechte vorbehalten
© 2015 DuMont Buchverlag, Köln
Umschlag: Lübbeke Naumann Thoben, Köln
Umschlagabbildung: © Getty Images / Lee Frost
Satz: Silvia Cardinal, Köln
Gesetzt aus der Adobe Garamond und der Cornwall
Druck und Verarbeitung: CPI books GmbH, Leck
Gedruckt auf säurefreiem und chlorfrei gebleichtem Papier
Printed in Germany
ISBN 978-3-8321-6300-6

www.dumont-buchverlag.de

Meinem Gefährten am Feuer der Geschichten

DAS ERSTE GEBOT

Es gibt keinen Gott. Keinen neben ihr.
Sie ist seine Tochter. Ohne sie ist sie nicht.
Ein Niemand.
Einen Niemand will niemand.
Ihr Wille geschieht. Nichts sonst.
Sie ist die Herrin.
Der Wahrheit und der Strafe.
Die Peitsche. Das Eiswasser. Der Raum ohne Fenster.
Die Sühne. Auge um Auge.
Ihr Auge sieht.
Diene ihr.
Amen.

1

Die Weiße Dame hatte ein narbiges Gesicht und Augen wie Einschusslöcher. Faustgroße Höhlen. Die Seeschwalben liebten es, darin zu nisten. Sie stand aufrecht, auf ihrem stolzen Kopf ein schmaler, hoher Hut. Wie der Nofretetes.

An diesem Morgen war ihr Kleid nebelgrau. Jeden Tag sah sie anders aus. Als würde sie sich den Jahreszeiten, dem wechselnden Wetter und den Stimmungen anpassen.

Der Stein war kühl und feucht unter seiner Hand. Welche Geschichten würde er erzählen, wenn er sprechen könnte?

DC Collin Brown riss sich von dem Felsen los und ging zum Fundort zurück. Über dem Kadaver schwirrte eine Wolke kleiner Fliegen. Die Aasgeier der Küste. Es stank nach nassem Fell und Verwesung.

»Und? Kennst du ihn?«

Feighlan, der Tierarzt, erhob sich mühsam, zog ein Stofftaschentuch heraus und schnäuzte sich ausgiebig. Er war mit seinen fünfundsiebzig Jahren eigentlich schon zu alt, um noch zu praktizieren. Aber er liebte seinen Beruf. Außerdem hatte sich bislang kein Nachfolger gefunden.

»Nicht, dass ich wüsste. Keine Marke. Aber vielleicht ein Chip. Werd ich prüfen. War so was wie 'ne ziemlich scharfe Axt. Denke ich. Er liegt da schon 'ne Weile im Wasser rum. Aufgegangen wie Hefe.«

Feighlan knipste die Taschenlampe aus.

Niemand hier hatte so etwas schon einmal gesehen.

Es war ein junger Hund. Ein Golden Retriever. Davon gab es viele in der Gegend. Es waren friedliche Hunde, Familientiere, kinderlieb. So viel wusste Collin. Wer erschlug einen Hund kaltblütig und schmiss ihn anschließend ins Meer?

Die beiden Männer der freiwilligen Feuerwehr packten den Kadaver auf eine Bahre und begannen den langen Aufstieg zum Parkplatz. Sie wollten später noch einmal wiederkommen. Jetzt, kurz nach Sonnenaufgang, lag alles im Schatten. Collin glaubte nicht, dass sich Spuren des Täters finden würden. Es war wahrscheinlicher, dass der Hund in die Bucht gespült worden war.

Aber wer weiß?, dachte er.

Ein junger Mann, der mit seinem achtjährigen Sohn am Tag zuvor in die Bucht geklettert war, hatte den Hund zwischen zwei Felsen nahe am Strand gefunden und am Abend die Polizei verständigt. Sein Sohn stand unter Schock. Sie würden schnellstmöglich mit der Familie zurück nach Cambridge fahren.

Lappalie, hatte Collin gedacht. Normalerweise hätte er einen seiner Mitarbeiter geschickt. Aber keiner der drei war da.

Letztlich war es jedoch keine Lappalie. Jemand, der einen Hund so grausam tötet, sollte bestraft werden, fand Collin. Wenn es nach ihm ginge, so massiv wie möglich. Wer grausam zu Tieren ist, ist es auch zu Menschen. Es gab genügend Beispiele in der Kriminalgeschichte von Tierquälern, die auch gegenüber Menschen zu Gewalt neigten. Und warum sollte das Leben eines Tieres weniger wert sein? Aber diese Gedanken behielt er lieber für sich. Und zum Glück war er kein Richter.

»Na, dann«, sagte Feighlan. »Zeit für was Warmes.«

Collin wollte ihn unterhaken, doch Feighlan schüttelte ihn ab und stieß seinen Stock in den Boden.

»Bin zwar ein alter Knochen, aber laufen tu ich noch selbst«, knurrte Feighlan. »Verdammt lange her, dass ich in der White Bay war. So hab ich sie noch mal gesehen, bevor ich abnippel.« Die Bucht hatte ihren Namen White Bay wegen der Kalkfelsen erhalten, die wie von einem Bildhauer gemeißelt auf Muschelsand standen.

Sie war ein beliebter Ausflugsort für Küstenwanderer und Badegäste. Oberhalb der Bucht hatte die Gemeinde einen großzügigen Parkplatz mit zwei Picknicktischen, einem Münzfernrohr und einer Informationstafel errichtet. Eine Treppe mit Geländer erleichterte auf den ersten fünfzig Yards den Abstieg. Ab dann musste man trittfester sein.

Dort oben konnte man zwischen hügeligem Grasland und Heidekraut Cornwalls beliebten Küstenweg entlangwandern. Man hatte grandiose Ausblicke auf Buchten und das im Sommer türkisblau schimmernde Meer.

Collin mied die White Bay seit Langem. Seit der Parkplatz vor fünf Jahren eingeweiht worden war, hatte sich die Zahl der Besucher sprunghaft erhöht. Damit war es vorbei gewesen mit der Ruhe.

Er liebte die Felsen, die es nur in dieser Bucht gab. Er sah in ihnen eine Gruppe Gestrandeter. Halb verhungerte, von Leid gebeugte Gestalten, die aneinandergeklammert mit letzter Kraft den tobenden Wellen entstiegen, aber zu schwach, um sich aus der Bucht zu retten. So standen sie wie zu Salzsäulen erstarrt am Strand.

Die Weiße Dame mit ihrem bauschigen Kleid war etwas abseits von den anderen Figuren. Als Collin sie zum ersten Mal gesehen hatte, war etwas mit ihm geschehen. Etwas tief in ihm hatte sich gerührt und war kurz darauf in seine Hände geflossen. Kein Ort an der Küste bedeutete ihm mehr als die Bucht mit der Weißen Dame.

Der erschlagene Hund war eine Entweihung.

Würden die Seeschwalben auch in diesem Jahr zurückkehren?

Ich werde das Schwein finden, schwor er sich.

* * *

»Feighlan will dich sprechen.«

Sandra lehnte in der Tür, knipste auf einem Kugelschreiber herum und trommelte mit der freien Hand an den Türrahmen. Sie trug einen ihrer knappen Röcke und die üblichen High Heels, war wie zum Ausgehen geschminkt, und es umwehte sie eine Wolke Parfüm. Sie war eine der effektivsten Mitarbeiterinnen, die Collin je gehabt hatte. Wenn sie nicht gerade mit ihrem Liebesleben beschäftigt war. Derzeit schien sie aber keinen Lover zu haben, der sie von der Arbeit abhielt.

»Warst du nicht gestern noch blond?«

»Merkst du das jetzt erst?« Sandra drückte mit der flachen Hand an ihrem Hinterkopf herum. »Und kürzer ist es auch. Männer …«

»Rot steht dir gut. Aber das Piercing da in der Nase …«

»Du hast weder Geschmack, noch weißt du, was angesagt ist. Also, was ist jetzt mit Feighlan?«

»Du erreichst auch mal die vierzig. Dann sprechen wir uns wieder. Stell durch.«

»Okay, du konservativer Langweiler.« Sandra rollte die Augen. »Mach mich dann gleich auf den Weg. Hab einen Massagetermin. Schließt du später ab? Ach, und Johnny hat sich gemeldet. Röchelt immer noch wie ein Kohleofen. Er versucht, übermorgen wieder fit zu sein.«

Sandra stöckelte zum Vorzimmer zurück. Kurz darauf klingelte Collins Telefon.

Es waren drei Tage vergangen, seit sie den Hund aus der Bucht geborgen hatten. An der Küste brauchte alles seine Zeit. Es gab keine Eile. Das hatte Collin gelernt. Niemanden konnte man antreiben, keine Ungeduld verhalf, schneller an ein Ziel zu gelangen, welches auch immer.

Gemütsruhe oder Bequemlichkeit, wie man es drehte oder

wendete, das Ergebnis war das Gleiche. Man musste das Warten lernen, es ertragen, es als Selbstverständlichkeit hinnehmen.

Manche Tage verstrichen so langsam, dass Collin gegen die Langeweile kämpfen musste, gegen die sinnlose Verschwendung wertvoller Lebenszeit in dieser verschlafenen Polizeistation von St Magor am Ende der Welt.

Doch wollte er niemals mehr in sein vorheriges Leben zurück. Schlanker war er damals gewesen, all seine Bewegungen schneller, sein Denken ein einziges Feuerwerk. So viele Fälle hatten sich auf seinem Schreibtisch getürmt, dass er sich wie ein Jongleur vorgekommen war, einer, der zugleich auf einem über einer tiefen Schlucht gespannten Drahtseil Saltos schlägt.

Hier bestimmten die Gezeiten den Rhythmus seiner Tage. Die Brandung und Felsen darin, die sich ihr entgegenstemmten. Und er war selbst behäbig geworden wie ein Stein. Das hatte ihm am Abend zuvor Kathryn an den Kopf geworfen. Den Satz und eine Tüte Salzstangen. Danach noch ihr Negligé.

Collin schob die Szene beschämt beiseite, griff zum Telefon und lauschte Feighlans Stimme.

»Vergiftet, dann Schädel zertrümmert. Und damit er auch ganz tot ist, ins Meer geschmissen. Ganze Arbeit.«

Collin hörte Feighlan husten.

»Vergiftet? Womit?«

»Strychnin. Hatte der vielleicht noch irgendwo rumstehen. Intravenös. Das Zeug stinkt ja wie die Pest. Würde ein Hund nicht anrühren. Ich mein, im Futter.«

»Kannst du was über die Todeszeit sagen?«

»Tja. Eine Woche oder zwei, höchstens drei. Länger nicht, denk ich. Bin mir aber nicht sicher. Und keine Knochenbrüche. Heißt, ist nicht aus großer Höhe aufs Wasser geknallt.«

»Chip?«

»Fehlanzeige. Hat sich auch keiner wegen eines vermissten Retrievers gemeldet. Jedenfalls nicht bei mir. Ich leg dir einen schönen Bericht auf dieses Ding, dieses Fax. Hoffe, du findest den Schlächter.«

Sie legten auf.

Collin beschloss, eine Nachricht über den toten Hund im »Coast Observer« zu schalten. Das kostenlose Anzeigenblatt lag überall aus, die ganze Küste runter, in jedem Pub, bei allen Geschäften und Apotheken. In manchen Dörfern wurde es an die Haushalte verteilt. Irgendwer würde sich vielleicht an den Hund erinnern.

Passierte es nicht immer wieder, dass Tierbesitzer ihre Haustiere loswerden wollten und die grausamsten Wege wählten, statt sie in ein Tierheim zu bringen? Inwieweit machten sich diese Tiermörder überhaupt strafbar?

Collin fühlte sich überfragt. Er hatte mit Unfällen durch angefahrenes Wild zu tun gehabt. Hatte einmal zweiunddreißig Katzen aus einer Hochhauswohnung befreit, nachdem die Besitzerin, eine verwirrte und wohl sehr einsame alte Dame, verstorben war und die Nachbarn die Polizei gerufen hatten. Eine Zeit lang ging in der Grafschaft Kent ein Pferdemörder um, der es auf wertvolle Zuchttiere abgesehen hatte. Als man ihn gefasst hatte, stellte sich heraus, dass er der Sohn eines Pferdezüchters war und einen tiefen Hass gegen Gäule entwickelt hatte.

Mit einem Rattern kündigte sich Feighlans Fax an.

Collin setzte sich an Johnnys Schreibtisch, der seinem gegenüberstand, zog die zwei Seiten aus der Faxmaschine und machte eine Tüte Chips auf. Davon lagen immer welche in Johnnys oberster Schublade.

Sie teilten sich eins der engen Büros, sehr zum Unmut Collins,

13

der am liebsten allein arbeitete. Doch das Gebäude, ein zugiger Bau aus dem Mittelalter, stand unter Denkmalschutz. Umbauten oder eine Erweiterung waren nicht erlaubt. Die Holzfenster waren undicht, der Parkettboden knarzte und brauchte dringend einen neuen Schliff. Das Mobiliar war unmodern und nicht gerade rückenfreundlich. Dennoch mochte Collin das Büro. Vom Fenster aus sah man einen Zipfel vom Meer, man roch es zu jeder Jahreszeit.

Und zum Glück war Johnny ein umgänglicher Geselle. Seine Marotten waren erträglich.

Collin schob Aktenordner, einen Stapel aufeinandergeworfener Papiere, Kaugummipackungen und leere DVD-Hüllen beiseite. Niemand außer Johnny fand sich in dem Durcheinander zurecht. Collin hatte bislang keine Lust gehabt, einen Blick darauf zu werfen. Johnnys Arbeit musste liegen bleiben, bis er wieder da war. Er lag noch immer mit einer Bronchitis flach. Auf seinem Computer klebte ein Spruch. *Tritt mir bloß nicht in den Arsch, wenn ich sitze.* Die Flagge von Schottland, dem Land seiner Vorfahren, steckte in einer leeren Whiskyflasche. Daneben verstaubte die goldene Katze, die eine Zeit lang gewunken hatte, bis die Batterie versagte. Sie war eins der albernen Reisemitbringsel, die Johnny mit einem auf Singles spezialisierten Anbieter unternahm. Bislang ohne Erfolg.

Johnnys Uhr mit der Elefantenherde statt Zahlen tickte zu laut. Collin hätte im Augenblick alles dafür gegeben, wenn Johnny jetzt da wäre.

Die beiden jungen Kollegen vermisste er weniger. Bill war auf einer Fortbildung, und Anne verbrachte ihre Flitterwochen in Venedig.

Collin las den tierärztlichen Bericht über den Hund und knabberte mit einer Mischung aus Genuss und schlechtem

Gewissen die scharf-sauren Chips. Kathryn würde sie ihm wie einem unartigen Kind wegnehmen und ihm eine Schüssel Pistazienkerne oder getrocknete Aprikosenschnitzer hinstellen.

Mit einer Gesundheitsfanatikerin möchte ich nicht verheiratet sein, dann bleibe ich lieber Single, hatte Johnny nach einem Abendessen bei ihnen gesagt.

Kathryn hatte Dinge wie gebratenen Tofu und Spinatbrötchen serviert.

Collin beschloss, früher Feierabend zu machen.

Er fasste auf knapp zwei Seiten den mageren Ermittlungsstand über den toten Hund zusammen, mailte einen Text an den »Coast Observer«, fuhr den Computer um kurz nach 15 Uhr runter und machte seine Runde, bedächtig und zögernd, mit dem Gefühl, etwas Wichtiges versäumt zu haben. Er wollte gerade zur Tür hinaus, als das Telefon klingelte. Die Küstenwache. Ein Angler hatte einen Toten gefunden. Am Red Cliff Point.

Eine Wasserleiche. Mit zertrümmertem Schädel.

Collin dachte an den Hund. Eben noch war der tote Retriever der schlimmste Fall, der ihn in Monaten beschäftigt hatte. Und jetzt das. Er spürte, wie er Sodbrennen bekam. Warum musste ausgerechnet, wenn alle ausgeflogen waren, so etwas passieren?

»Sind Sie vor Ort?«, fragte Collin.

»Unterwegs.«

»Krankenwagen?«

»Haben wir verständigt. Auch den Helikopter.«

»Gut. In spätestens einer halben Stunde bin ich da.«

Collin warf einen Blick auf die Landkarte hinter seinem Schreibtisch. Der Red Cliff Point lag circa dreiunddreißig Meilen von seinem Haus entfernt.

Kathryn würde warten müssen. Die Versöhnung mit ihr. Alles, erkannte Collin, würde warten müssen.

Er verständigte per Funk die Kollegen von der Spurensicherung und Pathologie in Truro und machte sich mit Blaulicht und Vollgas auf den Weg.

* * *

»Seltsam ist, dass er nackt ist«, sagte Douglas Hampton.

Er hatte den Spitznamen Doughnut. Den genauen Grund dafür wusste Collin nicht. Vielleicht waren die süßen Küchlein seine Leibspeise, oder es hatte etwas mit Hamptons Aussehen zu tun. Er hatte ein teigiges Gesicht mit einem ausgeprägten Doppelkinn, graues Stoppelhaar und einen ausladenden Bauch.

»Reißen die Wellen die Kleidung nicht weg?«

»Kann sein. Aber alle anderen von meinen Wasserleichen hatten noch was an. Schuhe vielleicht weg oder die Jacke, aber ganz nackt? Und der hier wurd ja noch nett eingepackt. Vermutlich deshalb. Von allen Beweismitteln entledigt. Na ja, ich würd sagen, man lernt ja nie aus.«

Die Bucht ragte wie eine lange Zunge ins offene Meer hinein. Für Segler war es eine berüchtigte Ecke, drehte sich doch der Wind sprunghaft, und die Strömung war unberechenbar. Vor der Küste lagen tückische Felsen unter der Wasseroberfläche. Jedes Jahr gab es hier besonders unter unerfahrenen Hobbyseglern Unglücke. Die meisten gingen glimpflich aus, weil die Küstenwache den Red Cliff Point äußerst gut beobachtete.

»Wie lange liegt der hier?«, fragte Collin.

»Tja. Schon 'ne Weile. Der Tatort ist das nicht. Die Flut hat ihn angespült.«

16

Collin wandte sich von dem Toten ab. Es war ein entsetzlicher Anblick. Der blasse Körper war leicht aufgedunsen und voller Wunden. Die Haut war wie mit Sandpapier geschmirgelt. Kleine Muscheln, Seegras und Algen hingen zwischen den Gliedmaßen. Das Gesicht war eine unkenntliche Fleischmasse.

Es war fast nichts Menschliches mehr an dem Mann, fand Collin. Er sah aus wie ein Ungeheuer, das an Land geschwemmt worden war.

Der Angler, der den Toten gefunden und dann mit seinem Funkgerät die Küstenwache informiert hatte, war ein alter Mann aus dem nächstgelegenen Dorf, der fast täglich am Red Cliff Point Wolfsbarsche fischte. Jetzt hockte er etwas entfernt auf einem Stein und ließ den Kopf hängen. Er hatte von oben gesehen, wie ein schwarzer Gegenstand immer wieder in einer Felsenmulde an die Oberfläche schwappte, hatte den Feldstecher rausgeholt und dann deutlich eine Plane erkannt, in die etwas eingewickelt und mit Stricken zugebunden war. Das hatte ihn misstrauisch gemacht. Er war in die Bucht hinuntergestiegen und auf den glitschigen Steinen mehrmals ausgerutscht, als er erfolglos versuchte, das schwere Ding an Land zu ziehen.

»Das ist ein Kopf, da vorn, hab ich gleich gedacht«, sagte der Alte zu Collin. »Unsereins war im Krieg. Da weiß man, was das ist. Und wie schwer.«

Hampton zog sich die Handschuhe aus und deutete mit einer knappen Geste Richtung Hubschrauber. Der Leichnam sollte nun abtransportiert werden. Sie stapften durch den nassen Sand in Richtung der Felswand, um dem Wirbel der Rotorblätter auszuweichen.

»Mann, Mann, Mann!«, rief Hampton und stemmte eine Hand ins Kreuz.

»Rückenschmerzen?«

»Ischias, Niere, irgendwas ist da. Na ja, kann man nix machen.«

»Was heißt, er hat 'ne Weile da gelegen? Ein paar Tage oder Wochen?«, fragte Collin.

Er hatte keine Lust, auf eine von Hamptons Krankheitsgeschichten einzugehen. Immer klagte er über irgendein Zipperlein oder vermutete eine schwere, unheilbare Krankheit zu haben.

»Länger als ein paar Tage schon, würd ich sagen, so auf den ersten Blick. Muss erst mal ins Labor. Schlückchen?«

Hampton hielt Collin eine kleine Schnapsflasche hin, die in einem Handystrumpf mit Mickymaus-Gesicht steckte. Es war allen bekannt, dass Hampton ein Säufer war, der sich nicht um Dienstgesetze scherte und auch während der Arbeitszeit trank. Machte der Beruf des Pathologen einen zum Trinker?

Collin wischte die Flaschenöffnung ab und nahm einen Schluck. Whisky, stellte er fest. Kurz genoss er das Gefühl von Wärme im Hals und im Bauch.

»Die wievielte ist es denn?«

»Wie?«

»Die wievielte Wasserleiche in deiner Laufbahn?«

»Als ob ich die zähle. Die meisten sind ja Ertrunkene. Der da nicht.«

»Sein Gesicht – Hammer oder Axt? Was meinst du?«

»Was Scharfkantiges. Axt kann sein. Haben sich die Fischchen drüber gefreut. Kann froh sein, dass hier keine Haie sind. Aber hätt er eh nicht mehr mitgekriegt.«

Hampton lachte. Ein aus dem Bauch rollendes, trockenes Bellen.

Collin schaute auf die Uhr und wünschte, der Helikopter käme jetzt in diesem Augenblick zurück. Mit manchen Kollegen würde er nie warm werden. Hampton gehörte eindeutig dazu.

»Wann kann ich mit den ersten Ergebnissen rechnen?«

»Na ja, morgen fang ich dann mal an. Oder gleich noch. Wenn sonst nichts anliegt. Im Frühjahr wird mehr gestorben.«

»Ist das so?«

»Wintersünden. Ist wie mit Rosen. Deckst du die im Winter nicht richtig zu oder machst den Sack zu früh weg, zack, gehen sie ein, wenn noch mal Frost kommt.«

Collin dachte an die Rosenstöcke, die Kathryn gepflanzt hatte. Sie hatte einen grünen Daumen und bislang war noch keiner eingegangen. Ich muss ihr das erzählen, nahm er sich vor und hörte erleichtert das Motorgeräusch des Hubschraubers. Kein Wunder, dass alle Hampton mieden. Er strömte etwas wie den Leichengeruch aus, von dem er tagtäglich umhüllt war. Unangenehm und negativ. Ja, man glaubte in seiner Gegenwart gleich krank zu werden. Collin kam zu dem Schluss, dass positives Denken, von dem Kathryn wie aus der Bibel predigte, doch letztlich etwas für sich hatte.

Er half dem alten Angler in den Helikopter und hielt den Blick zum Meer gerichtet, als sie aufstiegen. Die Flut war wild. Eine schäumende Bestie. Der tote Mann hatte keinen Schiffbruch erlitten. Aber er war vielleicht über Bord geworfen worden. Dann müsste das Boot irgendwo herumschwimmen. Oder war es an einem der unter Wasser liegenden Felsen zerschellt? Hatte es eine blutige Auseinandersetzung auf dem Boot gegeben? War es Totschlag oder Mord? Alles sprach auf den ersten Blick dafür, dass der unbekannte Mann Opfer eines kaltblütigen Mordes geworden war. Der nackte gemarterte Körper. Die mit einem stabilen Seil fachmännisch verknotete Plane.

Das Meer sollte sein Grab sein. Aber es hatte ihn wieder ausgespuckt. Vor Collins Füße. Als würde es nicht jedem gönnen, die letzte Reise in die Weiten des Ozeans anzutreten.

Und ich habe keine Wahl, dachte Collin.

2

Elisabeth stellte den Koffer ab und sank aufs Bett.

Ihr Rücken schmerzte, besonders der Nacken, die Beine waren bleischwer, sie war durchgeschwitzt und so erschöpft wie seit jenen vier schlaflosen Nächten nicht mehr, als sie an Mervins Krankenhausbett gewacht hatte. Ihr Kopf fühlte sich noch immer an wie mit Nebel gefüllt. Von den Reisetabletten hatte sie gleich acht geschluckt, um ihre Flugangst zu bezwingen.

Verkehrslärm drang in das enge Zimmer des Zweisternehotels. Sie wünschte, Mervin oder Olivia anrufen zu können, sehnte sich nach einer vertrauten Stimme, die ihr Mut und Trost zusprechen würde. Doch in Australien war es jetzt zwei Uhr morgens und sie wollte niemanden wecken.

Sie rappelte sich auf und ging duschen. Man muss wach bleiben, dann vergeht der Jetlag schneller, hatten ihr erfahrene Überseereisende erklärt.

An ihren bislang einzigen Vierundzwanzig-Stunden-Flug, der sie vor rund zwanzig Jahren von England fortgeführt hatte, konnte sie sich nicht mehr erinnern.

Die Knochen waren damals eben jünger gewesen. Eine andere war sie gewesen. Und als eine andere war sie jetzt zurückgekehrt.

Zu spät, wie sie wusste, seit sie die Nachricht erhalten hatte. Immer war sie für das Wichtige im Leben zu spät gekommen.

Sie zog sich um und fuhr die fünf Stockwerke zum Hotelrestaurant hinunter. Es war geschlossen. Sie ärgerte sich. Ihr Magen knurrte, sie hatte Durst und spürte eine Unruhe, die sie hinaustrieb.

Elisabeth zog den Schal fester.

Die Hitze Australiens glühte noch auf ihrer Haut nach, doch

die letzten Monate hatte sie sich von einer Erkältung zur nächsten geschleppt.

Das Immunsystem, hatte der Arzt gesagt. Alles nur Stress. Lockern Sie sich.

Alles locker sehen. Das hatte sie Hunderte Male gehört. Jazz' Lieblingsspruch. Sie hatte sich darin einlullen lassen wie in die staubige, salzige dunkelblaue Sonnenglut seiner Heimat.

Sie erkundigte sich bei einem Passanten nach dem nächstbesten Restaurant.

Wie in Trance nahm sie alles wahr: die stattlichen viktorianischen Bauten mit den schmiedeeisernen Toren und Balkongittern, die dicken Knospen an den Rhododendronbüschen in den Vorgärten. Abgasgestank und der erste Dufthauch von Kirschblüten und Hyazinthen.

Sie kam auf die belebte Kensington High Street, an der sich Shoppingcenter aneinanderreihten, aus denen Reklamegekreisch und der zu schnelle und zu laute Beat dieser Zeit drangen. Die Bürgersteige zu beiden Seiten der Straße waren ein einziges wogendes Leibermeer.

Leiber bewaffnet mit Handys, überdimensionalen Kopfhörern und Einkaufstüten. Dazwischen wälzte sich vierspuriger Verkehr von einer Ampel zur nächsten.

Elisabeth lehnte sich an ein Schaufenster. Ihr war übel.

Sie war Jahre nicht mehr in einer Großstadt gewesen, weder in Sydney noch in Melbourne. Sie hatte die Erinnerung an die Geräusche und Gerüche einer Metropole wie London vergessen.

War es damals genauso gewesen? War London genauso groß, eine nicht endende Betonlandschaft, über die sie an diesem Morgen eine halbe Stunde lang hinweggeflogen war? War es damals auch so ohrenbetäubend laut gewesen? Hatte man den Himmel vor Smog nicht sehen können?

Als Teenager war London das Ziel ihrer Träume gewesen.

Jetzt, zwei Jahrzehnte später, hatte sie keine Freude verspürt, es wiederzusehen. Nein. Kein Kribbeln, keine aufgeregte Erwartung hatte sie empfunden, als die heimatliche Insel nach vielen Stunden Martyrium auf einem zu engen Flugzeugsitz endlich unter den Wolken aufgetaucht war.

Die Insel, die ihr einst zu eng, zu dunkel, zu kalt erschienen war, auf der sie geglaubt hatte, ganz allmählich zugrunde zu gehen.

Panik. Ja. Panik hatte sie gespürt, gedämpft nur durch die sedierenden Reisetabletten.

Und Panik befiel sie nun wieder in dieser belebten Einkaufsstraße. Sie atmete tief durch und fragte einen der Bodyguards vor dem Geschäft nach einem Restaurant. Er empfahl eine Pizzeria, gleich in der nächsten Seitenstraße.

Dort saß Elisabeth drei Stunden wie gelähmt erst vor einer vegetarischen Pizza, die sie halb verzehrt zurückgab, dann vor Espresso und Leitungswasser.

Wie, so dachte sie in einem Gefühlschaos aus Mutlosigkeit und Verzweiflung, wie kann ich dieser mir fremden Familie gegenübertreten? Wer bin ich anderes als eine aus ferner Vergangenheit und vom anderen Ende der Welt angereiste Unbekannte?

Welches Recht habe ich, etwas einzufordern, das mir gar nicht zusteht, nur weil ich keinen Ausweg weiß? Weil es eine Fügung des Schicksals ist, dass gerade im Moment der Ausweglosigkeit ein Rettungsring geworfen wurde, zumindest ein Strohhalm Hoffnung.

Was sollte sie sonst als Entschuldigung vorbringen?

Dass sie schließlich die genetische Schwester war? Sie die offizielle Nachricht eines Notars erhalten hatte? Dass sie unschuldig an den Ereignissen war und dennoch ein Recht auf Mitsprache hatte?

Für eine Auseinandersetzung, welcher Art auch immer, fühlte sie sich so wenig gewappnet wie für eine Enttäuschung.

Die lange Reise durfte nicht umsonst sein. Davor hatte sie Angst.

Tief in ihr aber lauerte eine andere Angst, eine, die auch am anderen der Welt, in der Ödnis und Stille des Outbacks, nie vertrieben werden konnte. Oft verschafften sich die Angstgespenster gerade dort besonders deutlich Gehör.

Elisabeth schleppte sie wie einen alten Koffer mit sich. Mochte sie sich noch so stark fühlen, sie konnte ihn nicht loswerden. Wie ihren Schal trug sie jene dunkle Angst, seit sie in Heathrow gelandet war, und er schnürte ihr die Kehle zu.

Sie zahlte, fand zum Hotel zurück und bestellte sich für den nächsten Morgen ganz früh ein Taxi zum Bahnhof Paddington. Dann hängte sie das schwarze Kleid zum Lüften an die Garderobe, nahm eine Schlaftablette und legte sich hin.

Einschlafen konnte sie lange nicht. Anthonys Gesicht verfolgte sie. Das Gesicht eines Fünfundzwanzigjährigen.

Wäre er ihr auf der Straße begegnet, hätte sie ihn erkannt? Vermutlich nicht.

Sie hätte ihn womöglich nicht einmal identifizieren können.

* * *

Erst beim sechsten Klingeln schrak Elisabeth aus tiefem Schlaf auf. Es war Mervin.

»Ich wollte nur wissen, ob alles in Ordnung ist.«

Elisabeth horchte besorgt, doch meinte nur Hast in seiner Stimme wahrzunehmen.

»Ja, alles bestens. Mervin, das kostet ...«

»Ich weiß. Aber da ich dich nicht begleiten konnte ...«

»Ist Mrs Tumber bei dir? Bist du gut versorgt?«

»Wie ein Baby. Die alte Glucke würde am liebsten mit mir im Bett schlafen. Du kennst sie doch. Ich wollte dir nur schnell alles Gute für die nächsten Tage wünschen und so. Du weißt schon.«

»Danke, mein Schatz. Es tut gut, deine Stimme zu hören.«

Elisabeth glaubte das Geräusch eines Kusses zu hören, bevor Mervin auflegte. Hatte nicht auch Sam, ihr Bordercollie, im Hintergrund gebellt?

Ein Anflug von Heimweh überfiel sie.

Sie stellte sich vor, jetzt auf der Holzveranda zu stehen, über den Hof zu blicken, die Hühner in ihrem Verschlag scharren zu sehen, wie der Wind in dem großen Baum rauschte, dessen Namen sie noch immer nicht wusste und der die Veranda beschattete, und ganz in der Nähe Olivias Schafe, das Quietschen eines Windrades und Mervins dunkle Stimme, die fordernd nach ihr rief.

Was war er doch für ein guter Mensch. Ja, im Grunde seines Herzens war er das. Seine Launen, seine Wutanfälle, den blanken Hass, den er auf das Leben hatte und somit auch auf sie, all das vermochte sie fern von ihm vergessen. Alles an ihm erschien ihr jetzt weich und warm wie roter Sand, in den sie sich betten wollte, um tief auszuatmen.

Wenn sie die Wahl hätte, wäre sie jetzt lieber bei Mervin, würde sich auch die schlimmsten Flüche anhören, seinem gesunden Arm nicht ausweichen, mit dem er um sich schlug, und jede einzelne seiner Tränen trocknen, die er letztlich wegen ihr vergoss. Auch die kaputte Bandscheibe, die sie ihm zu verdanken hatte, erschien ihr erträglich.

Es war das erste Mal, dass sie getrennt waren. Getrennt durch ein endloses Meer und Landmassen, die sich zwischen sie und ihr gemeinsames Schicksal schoben. Sie war niemand ohne ihn, wurde ihr klar. Litt auch er unter ihrer Abwesenheit? Sein Anruf schien ihr der Beweis dafür.

Ganz leise jedoch meldete sich in ihrem Hinterkopf eine Stimme, die ihr zuflüsterte, dass es womöglich einmal ganz gut war, wenn Mervin ohne sie zurechtkommen musste.

Vielleicht würde dann, sobald sie zurück wäre, sein Hass in Liebe verwandelt sein.

***

Am nächsten Morgen stand sie im ungewohnten Nieselregen vor dem Hotel und wartete auf das Taxi. Sie hatte Olivias Regenhut aufgesetzt. Ein unförmiges, aber praktisches Ding, mit dem sie vermutlich lächerlich und unmodern wirkte. Jeder konnte ihr ansehen, wie hinterwäldlerisch sie war. Zwanzig Jahre in einem Dreitausend-Seelen-Kaff hatten ihre Spuren hinterlassen.

Als rebellische junge Frau, die auf ihr Äußeres Wert gelegt hatte, war sie einst nach Australien gegangen. Nun kam sie als eine Frau zurück, der es nicht mehr wichtig war, um jeden Preis aufzufallen.

Die rote Erde macht dich schön, hatte ihr Olivia einmal gesagt. Sie hinterlässt wie die Sonne, der Regen, die Stürme Spuren in dir, die von innen nach außen strahlen. Du wirst irgendwann selbst ein bisschen wie die Erde und der Himmel.

Olivias Hut gab ihr jetzt eine gewisse Sicherheit. Wie der schwarze Tweedmantel, den sie für den heutigen Tag gebraucht gekauft hatte.

In Australien war sie sich darin fremd und elegant vorgekommen. Für London hatte er entschieden zu wenig Chic.

Aber für neue Kleidung war kein Geld da gewesen. Alles, was sie besaß, war aus zweiter Hand. Schon immer. Gebrauchtes, Gefundenes, Geliehenes. Das sollte sich nun ändern. Darum war sie hergekommen.

Aber wenn sie mit leeren Händen zurückfliegen würde? Was dann? Wie sollte sie ihre Schulden zurückzahlen? Die Reisekosten hatte ihr Olivia vorgestreckt.

Elisabeth versuchte ihre Sorgen zu verdrängen und setzte sich mit gespielt großstädtischer Lässigkeit ins Taxi. Als sie später im Zug nach Southampton saß, der in eine vom Regen niedergedrückte graue Landschaft aus verstreuten Dörfern, modrigen Feldern und kahlen Baumreihen fuhr, krampfte sich ihr Magen vor Nervosität zusammen.

Sie erinnerte sich an die Male, als sie damals nach der Schule diese Strecke mit dem Zug oder dem Bus gefahren war. Auf der Hinreise gen London hatte sie sich mit jeder Meile freier gefühlt. Auf der Rückreise genau das Gegenteil. Alles hatte sich verdüstert und auf den Magen gedrückt, genau wie jetzt. Ein Gefühl, als hätte sie Steine verschluckt.

Sie hatte sich Anthony all die Zeit immer in London vorgestellt. Warum war er an den Ort ihrer Kindheit zurückgekehrt? Womöglich wurde er im Grab ihrer Eltern beigesetzt. Es würde Kraft kosten, und sie wusste nicht, ob sie diese aufbringen würde. Heute die Beerdigung und am nächsten Tag der Termin beim Notar in London.

Sie hatte keine Ahnung, wo sie in den sechs Wochen bleiben sollte. Sie war sich nicht einmal sicher, ob sie bereit war, etwas über Anthonys Leben zu erfahren. Aber war sie nicht deshalb hier?

Elisabeth versuchte sich abzulenken und schaute aus dem Fenster. Sie erkannte nichts wieder. Die kleineren Orte schienen gewachsen zu sein. Mehr Häuser, mehr Autos, mehr Menschen. Siedlungen zerschnitten Wiesen. Straßen, Brücken, Strommasten, Industriegebäude hatten Wunden gerissen. Das Beschauliche, Puppenhaus-Kleine, das Grüne und Hügelige, die steinernen Zeugen von Jahrhunderten – alte Mauern und Kirchen, Kopfsteinpflaster und windschiefe Cottages – all das, was sie in Australien manchmal wie eine schwarze Welle des Heimwehs nach England vermisst hatte, sah sie nicht.

Es kam ihr vor, als fahre sie durch ein komplett fremdes Land.

Vielleicht würde sie die Orte ihrer Kindheit und Jugend gar nicht wiederfinden? Waren sie dem Erdboden gleichgemacht worden?

Sie hatte sich vorgenommen, den nötigen Mut aufzubringen, sich allem zu stellen. Sie wollte die Straße aufsuchen, in der sie mit ihrer Familie gelebt hatte. Ihre alte Schule, das College, den Hafen, wo ihr Vater gearbeitet hatte. Das kleine Eckgeschäft, wo Mrs Cai Yan, die runzelige Chinesin mit einem nie erlöschenden Lächeln, ihr oft Schokolade zugesteckt hatte. Durch den Park mit dem Spielplatz wollte sie laufen, ihr Umweg von der Schule. Auf die Schaukel wollte sie sich setzen, auf der sie jedes Mal so hoch wie möglich hinaufgeschwungen war, bis es im Bauch gekitzelt und sie für Augenblicke alles vergessen hatte, was sie zu Hause erwartete.

Sie wollte mindestens eine Woche in London verbringen. Anthonys erste WG-Wohnung aufsuchen, die Kellerkneipe, in der sie Jazz kennengelernt hatte, das Unigelände, den Hyde Park, all die Orte, wo sie einst glücklich gewesen war, die sie zumindest mit einer gewissen Leichtigkeit verband, mit der Zeit, bevor alles zerstört worden war. Vielleicht würde sie auch die Energie aufbringen, alte Freunde von damals zu suchen.

Es war Olivias Idee gewesen. Stell dich den Dämonen, um sie endlich zu vertreiben oder ihnen wenigstens mit einem Achselzucken zu begegnen. Elisabeth hatte es Olivia versprechen müssen. Im Moment traute sie sich nicht zu, das Versprechen zu halten.

Viel zu früh erreichte Elisabeth Southampton, gönnte sich einen Kaffee an einem Bahnhofskiosk und ließ sich dann mit einem Taxi zum Friedhof fahren.

Die Stadt erschien ihr erschreckend vertraut und gleichzeitig fremd so als sähe sie sie zum ersten Mal. Der verfallene Glanz einer Stadt am Meer, die harten Fassaden einer Hafenstadt, die wie Kraken um alte Viertel gewachsenen Neubausiedlungen, ein Geruch nach Abfall, Fisch und Feuchtigkeit. Die verschlossenen und unfreundlichen Gesichter von Menschen, die in Eile sind, die frieren, die vergebens Wärme suchen oder das kleine Glück.

Hätte sie nicht ihr halbes Leben hier verbracht, wäre es eine Stadt, wie es sie überall auf der Welt gibt. Zu groß, um ihren Reizen und Fallstricken nicht zu entkommen, und zu bedeutungslos, um sie nicht verlassen zu wollen.

Elisabeth schloss die Augen. Es wäre ihr lieber gewesen, wenn man sie nicht am anderen Ende der Welt aufgespürt hätte. Ob man einen Detektiv auf sie angesetzt hatte? Oder standen ihr Name und Aufenthaltsort in einer internationalen Datenbank, die bei Todesfällen angezapft wurde?

Der Luftpostbrief mit der Nachricht von Anthonys Tod steckte vom vielen Lesen schon leicht zerknittert in ihrer Handtasche. Der Briefkopf eines Notars und dessen schnörkellose Wortwahl, mit der er ihr als einzige direkte Verwandte nahelegte, ihn zu einer festgelegten Zeit in seinem Büro aufzusuchen, zusammen mit entfernten Verwandten. Sie würden auch bei der Beisetzung sein, fiel ihr ein, als das Taxi vor dem Friedhofstor hielt.

Nur einmal war sie hier gewesen. Die hohen Ulmen, Buchen und Koniferen waren auch damals einschüchternd gewesen. Das Tor hatte genauso gequietscht, der Kies unter ihren Schuhen geknirscht und jeder Schritt hatte sich so angefühlt wie jetzt.

Es war ein großer Friedhof. Ein Labyrinth aus Wegen mit verwitterten Grabsteinen, vermoosten Engelsfiguren, feuchten Bänken, hohen Hecken und Buchsbäumen. Irgendwo in dem Gewirr der Wege waren die Gräber ihrer Eltern. Sie würde Tage brauchen, sie zu finden. Und sie war sich nicht sicher, ob sie die Gräber überhaupt finden wollte.

Sie wünschte sich, ihre Vergangenheit wäre wie ein Tintenklecks gelöscht worden. Und somit auch ihre Pflicht als Anthonys Schwester. Stattdessen schluckte sie schnell eine weitere Beruhigungstablette und lief einer Gruppe Fremder hinterher, die wie sie dem Wegweiser zur Kapelle folgten. Mit jenem verschrammten Koffer in der Hand, in den sie zwei Jahrzehnte zuvor ihre wenigen Habseligkeiten für eine Reise ins Unbekannte gepackt hatte, um alles hinter sich zu lassen.

Zwei Männer drehten sich zu ihr um und sahen sie neugierig an. Sie stellte den Koffer ab und streckte die Hand aus.

»Elisabeth Polodny. Anthonys Schwester.« Es gelang ihr ein Lächeln.

»Anthony wie aus dem Gesicht geschnitten. Angenehm. Phil. Und das ist Richard. Anthonys Klubfreunde.«

»Klubfreunde?«

»Ja, ganz sündige Gesellen.« Phil lachte mit einem offenen, sympathischen Gesichtsausdruck. »Wir haben uns jede Woche zum Bowling getroffen. Anthony fehlt jetzt. Sogar sehr. Darf ich Ihnen den Koffer abnehmen? Haben Sie eine weite Reise hinter sich?«

»Australien.« Elisabeth versuchte mit den beiden Schritt zu halten.

»Australien? Hat Anthony nie erzählt, dass er eine Schwester in Australien hat und noch dazu eine so hübsche«, sagte Richard. »Da erfährt man ja allerhand Geheimnisse, kaum ist er unter der Erde.«

»Wie meinen Sie das?«

Richard blickte Phil kurz an, bevor er antwortete. »Na ja, was man so erzählt und hört. Hier entlang.«

Sie bogen in den Vorplatz zur Kapelle ab, auf dem sich weitere Trauergäste versammelt hatten, im Ganzen nicht mehr als ein Dutzend. Einige hatten Schirme aufgespannt. Wäre sie an Anthonys Stelle, dachte Elisabeth, kämen wohl nicht einmal eine Handvoll.

Fragende Gesichter wendeten sich ihr zu. Keins war ihr bekannt. Sie schaute vage in die Runde, stellte sich vor, schüttelte Hände.

»Welch schöne Überraschung!«

Eine groß gewachsene Frau um die sechzig mit Fuchspelz um den Hals umarmte Elisabeth. Sie verströmte eine Wolke blumigen Parfüms.

»Anthony wird sich so freuen, dass Sie gekommen sind«, sagte sie mit rauchiger Stimme. »Wissen Sie, ich denke, der liegt da gemütlich in seinem Sarg und späht durch irgendein kleines Astloch. Er will ja sehen, was los ist an seinem Ehrentag, oder? Ach, entschuldigen Sie. Ich bin Martha. Martha Fridge. Das ist mein Mädchenname. Habe ich wieder angenommen. Polodny klang natürlich vornehmer. Wer heißt schon freiwillig Kühlschrank? Allerdings liebe ich den Inhalt von Kühlschränken.

Leider. Tun Sie mir bitte den Gefallen und nennen Sie mich Martha. Da fühle ich mich jünger und schlanker.«

Sie klopfte sich auf den korpulenten Bauch und zog an ihrer silbernen Zigarettenspitze.

»Mutter, nun mach mal halblang. Du bringst die Dame ganz durcheinander«, unterbrach sie ein nicht minder beleibter Mann.

Er verbeugte sich, lüftete einen breitkrempigen Hut und küsste Elisabeths Hand.

»Mistwetter hat sich Anthony ausgesucht!« Er zog eine kleine Dose aus der Jackettjacke. Schnupftabak. »Verzeihen Sie bitte, meine Gute. Meine Mutter ist nicht ganz frisch hier oben.« Er tippte sich an die Stirn. »Besonders wenn sie auf Beerdigungen geht. Und ich bin leider ihr Sohn. Fynn ist mein Name. Daran ist sie schuld. Fynn Fridge. Fürchterlich. Sie können sich vorstellen, wie ich gefoppt wurde. Anthony sagte immer, er hätte mich Hannibal getauft, doch er konnte sich nicht durchsetzen.«

»Hannibal hätte besser zu dir gepasst«, sagte Martha. »Schauen Sie sich nur mal diese Fäuste an. Hat sich als Kind immer nur geprügelt.«

»Zum Boxprofi hat's dann doch nicht gereicht«, erwiderte Fynn und gab seiner Mutter einen Knuff auf den Oberarm. »Aber für eine schiefe Nase.« Fynn lachte und entblößte einen abgebrochenen Schneidezahn.

Elisabeth musste bei seinem Anblick an die typischen Darsteller von anrüchigen Mexikanern in alten Cowboyfilmen denken. Ein schmaler, lang gewachsener Schnauzbart umrahmte volle Lippen. Buschige Brauen, ein Geäst an Lachfalten und spöttische dunkle Augen. Er sog den Schnupftabak geräuschvoll ein, bekam eine Niesattacke und wischte sich mit dem Jackenärmel über die Nase.

»Sie sind Anthonys Sohn?« Elisabeth starrte auf die gelbe Narzisse in seinem Knopfloch. Sie hätte sich gern gesetzt. Ihr war kalt. Alles entglitt ihr, und sie konnte keinen klaren Gedanken mehr fassen.

»Na ja, kann man so oder so sehen. Knödel halb und halb kennen Sie sicher. Also damit vergleiche ich das gerne. Meine Mutter hat nämlich in der Hinsicht eine Erinnerungslücke. Stimmt's, Paul? Oder weißt du, wer von den beiden liebsten Bettgenossen deiner Mutter dein Erzeuger ist? Anthony oder der verrückte Professor?«

»Wir stammen doch sowieso alle von Sternschnuppen ab. Das Huhn fragt auch nicht, wer das Ei befruchtet hat, das du in die Pfanne haust«, sagte Martha.

Ein schlanker, hochgewachsener Mann gesellte sich zu ihnen. Hellbraune Augen sahen Elisabeth forschend an.

»Elisabeth, Anthonys reizende Schwester. Und das ist mein Bruderherz Paul«, erklärte Fynn. »Kaum zu glauben, oder? Der hat meines Erachtens nichts zu essen gekriegt. Strafmaßnahme. Ist nämlich ein extrem nerviger Zeitgenosse. Journalist. So einer mit Stift in der Hemdtasche. Stellt immer die falschen Fragen zur falschen Zeit. Da hilft nur Essenentzug. Stimmt's?«

Fynn legte den Kopf in den Nacken und öffnete den Mund zu einem lauten Lachen.

»Was will man mit einem Sohn machen, der nur Gemüse isst?«, fragte Martha. »Aus einer Bohne wächst 'ne Bohne, hab ich recht? Wo bleibt eigentlich der Pfaffe?«

»Haben Sie bitte Nachsicht mit meinen verrückten Blutsverwandten. Das ist vielleicht unsere Art, mit Trauer umzugehen. Nochmals herzlich willkommen.« Paul streckte Elisabeth die Hand hin, die sie zögernd ergriff. »Wir waren Anthony sehr zugetan. Er war wie unser Vater.«

»Ich fürchte, ich kann Ihnen nicht folgen«, sagte Elisabeth. »Ich habe ja all die Jahre keinen Kontakt zu Anthony gehabt. Ich weiß …«

»Sie wissen nichts. Darüber bin ich mir im Klaren. Wir alle. Es spielt keine Rolle. Heute so wenig wie gestern oder morgen. Sie sind da. Das rechnen wir Ihnen hoch an. Lassen Sie uns reingehen. Sie sehen ganz durchgefroren aus.«

Die Glocken begannen zu läuten.

Elisabeth ging mit weichen Knien inmitten der seltsamen Trauergemeinde in die Kapelle hinein, wollte sich erst allein nach hinten setzen, wurde aber in die erste Reihe gebeten. Alles kam ihr falsch vor. Als sei sie Statistin in einem Film oder hätte sich auf die falsche Beerdigung verirrt. Sie hatte sich eine verbissene, herablassende, keifende Familie vorgestellt, die ihr mit Misstrauen und Ablehnung begegnen würde. Und nun sah sie sich einer Gruppe Verrückter ausgesetzt. Sie hätte nicht sagen können, was schlimmer war. Alles war anders als erwartet.

Als der erste Gitarrenriff von »Tuesday's Dead« erklang, wandte sie den Blick von dem rot lackierten Sarg ab, auf dem eine einzelne gelbe Narzisse auf einem weißen Tuch lag.

Elisabeth schloss die Augen und kämpfte gegen Tränen.

Anthony hatte Cat Stevens im Gegensatz zu ihr immer geliebt. Und vor allem diesen Song. Sie wusste, warum. Sie wollte aber nicht daran denken. Nicht hier. Nicht jetzt. Hatte Anthony ein Drehbuch für seine Beerdigung hinterlassen? Hatte er gewusst, dass sie kommen würde? Wollte er sie noch im Tod quälen? Wer unter den Trauergästen wusste Bescheid? Wer ahnte, warum Anthony sich einen blutroten Sarg gewünscht hatte, und konnte die gelbe Narzisse in Verbindung mit seinem Leben bringen? Wusste die Fridge-Familie etwas? Hatte Anthony sich ihnen anvertraut?

Sie wagte einen Blick zur Seite, wo Fynn mit einem in sich gekehrten Lächeln saß. Er hatte die Narzisse aus dem Knopfloch genommen und zwirbelte sie zwischen den Fingern. Ihr lief ein Schauer über den Rücken.

Sie konnte sich kaum auf die Trauerrede konzentrieren. Der Pastor hatte Anthony mit Sicherheit nicht gekannt, so allgemein waren seine Worte. Und Anthony hatte nichts von der Kirche gehalten. Oder war er irgendwann gläubiger Anglikaner geworden? Erst am Ende der Trauerrede horchte Elisabeth auf.

»Ein Mann ist von uns gegangen, der voller Lebenslust war. Farbenfroh, so nannten ihn alle, mit denen ich über den Verstorbenen gesprochen habe. Ein Mann, der Farben so sehr liebte, dass er mit ihnen zu Gott gehen wollte. Und Sie, verehrte Trauergemeinde, haben mich und unsere Kirche überzeugt, dem Verstorbenen ein Fest der Farben zu gewähren.«

Er schwenkte den Arm in Richtung Sarg und über die Anwesenden.

Farbenfroh? Lebenslustig? Nein, dachte Elisabeth, ich hätte ihn nicht so genannt. Das ist alles falsch, falsch, falsch.

Oder hatte sich Anthony um hundertachtzig Grad gedreht? Was mochte ihn so stark beeinflusst haben, dass er lebenslustig geworden war und seine schwarze Kleidung gegen farbenfrohe ausgetauscht hatte?

Erst jetzt nahm Elisabeth wahr, dass sie fast als Einzige Schwarz trug.

Martha hatte unter ihrem cremefarbenen Mantel ein weinrotes Kleid an. Auf ihren Hut hatte sie gelbe Narzissenblüten gesteckt. Paul trug verwaschene Jeans und einen hellen Cordblazer, Fynn unter der Anzugsjacke ein Hemd mit grellem Muster.

Ja, dachte Elisabeth, im Grunde passte all das Unziemliche

ganz und gar zu Anthony. Er hatte immer das Gegenteil von dem gemacht, wie alle anderen es gemacht hatten. Er hatte sich nie an eine Etikette gehalten, an Vorschriften oder gesellschaftliche Zwänge.

Einen Moment ärgerte sie sich, nicht daran gedacht zu haben. Sie wünschte, sie hätte ein Kleidungsstück an, das zu ihr gehörte.

Sollte Anthony sie jetzt sehen, so würde er ein ganz und gar falsches Bild von ihr haben.

Zu den Klängen von »Morning Has Broken« schritten sie hinter dem Sarg her. Elisabeth war erleichtert, dass sie nicht zur Grabstätte ihrer Eltern gingen. Das hatte sie eigentlich erwartet, eine Beisetzung im Familiengrab. Aber vielleicht existierte es gar nicht mehr? Gab es nicht etwas wie eine Liegefrist? Sie hatte sich nie darum gekümmert.

Was weiß ich von dir?, dachte sie, als sie eine Handvoll Erde auf den roten Sarg warf, der schon von Narzissen bedeckt war.

Und was hast du dir vorgemacht, Anthony?

3

Als Elli die fremde Frau sah, wusste sie, dass Gott eine Strafe geschickt hatte. Sie wusste nur nicht, wofür.

Ein Unglück geschah meistens an einem Donnerstag. Dafür hatte Elli statistische Beweise. Sie hatte ihr Knie letzten Donnerstag aufgeschürft, als sie vom Fahrrad gefallen war. Und das Fahrrad war danach verbeult, und es war nicht einmal ihr eigenes gewesen, sondern Su-Annes.

Ellis letzte Mathearbeit, die reinste Katastrophe, hatte sie vorletzte Woche donnerstags zurückbekommen. Micey, der Dackel von Mrs Winterson, war an einem Donnerstag angefahren worden und seinen Verletzungen erlegen.

Elli führte Buch über die Donnerstags-Unglücke. Sie wusste Bescheid. Der Donnerstag war ein Unglückstag, weil Gott unzufrieden war, irgendein Mensch oder gleich mehrere ihn so ärgerten, bis ihm die Hutschnur platzte, er von seinem gemütlichen Ohrensessel hochschoss, mit Gebrüll durch seine Himmelswohnung polterte, Geschirr an die Wände warf, Töpfe, Pfannen aus dem Wolkenfenster, seine Fackeln hinterherpfefferte und schließlich eimerweise Wasser aus allen Himmelschleusen goss. Vielleicht waren es auch seine Tränen.

Das Donnerwetter veranstaltete er, weil die Menschen ihm sonntags in der Kirche versprachen, bis zum nächsten Gottesdienst ganz artig zu sein, doch das hielten die wenigsten durch, und schon in der Mitte der Woche war Gott enttäuscht und am Donnerstag war es mit seiner Geduld vorbei, und er schickte Strafen auf die Erde.

An diesem Donnerstag stand Elli am offenen Fenster des Kinderzimmers und beobachtete Schmetterlinge, die um die Tulpen herumflatterten, die ihre Mutter in den kleinen Garten gepflanzt hatte.

Es war der erste warme Frühlingstag.

Elli hatte die Schuluniform, kaum war sie zu Hause gewesen, schnell ausgezogen und ein kurzärmeliges Kleid aus dem Schrank geholt. Auf der Teppichstange lüfteten die Bettdecken, und aus der Küche duftete es verlockend nach Schokoladenkuchen. Sie hatte geholfen, den Tisch im Garten zu decken. Drei Gedecke des Kaffeeservice mit den rosafarbenen Blümchen, zu Schiffchen gefaltete Servietten, die frisch gefüllte Zuckerdose, ein Kännchen Milch und eine Vase mit einem Strauß Tulpen warteten auf das Eintreffen von Mr Smitton.

Elli sollte ihre Hausaufgaben machen und ihre Mutter rufen, sobald er angekommen war. Sie stand schon seit eineinhalb Stunden am Fenster ihres Zimmers und wartete. Zum Zeitvertreib beobachtete sie mit ihrem Fernglas das Spatzenpaar, das direkt über dem Schlafzimmerfenster von Mr Smitton ein Nest baute. Es klebte, durch Efeuranken geschützt, die das Haus fast das ganze Jahr wie einen grünen Mantel bekleideten, unter dem leicht vorspringenden Dach.

Mr Bean, der Kater von Mr Smitton, saß mit gespitzten Ohren auf dem Rasen und reckte den Kopf zum Nest. Der Kater hatte schon mehrmals versucht, am noch nackten Efeu hinaufzuklettern, es aber immer schnell aufgegeben.

Elli freute sich schon, Mr Smitton das Fernglas in die Hand zu drücken und ihm das Nest zu zeigen. Er liebte ihre Entdeckungen.

Eines Tages wirst du noch einen Schatz finden, hatte er einmal gesagt, nachdem sie ihn innerhalb einer Woche einen Dachsbau im nahen Wäldchen, einen überwucherten Erdverschlag beim Schuppen und ein Mäusenest auf dem Dachboden des Schuppens gezeigt hatte.

Ihre Mutter sah es nicht gern, wenn sie im Garten von Mr Smitton umherstromerte, als wäre es ihr eigener. Aber Elli fand, dass jemand die Augen offen halten musste. Mr Smitton war außerdem fast nie in seinem Garten. Sie hätte auch nicht genau sagen können, wo die Grenze zwischen Mr Smittons Garten und dem Grundstück verlief, auf dem das kleine Haus stand, in dem sie mit ihrer Mutter wohnte. Für sie war es ein und dasselbe.

Sie war so glücklich wie nie zuvor in ihrem Leben.

Die Welt, in der sie seit eineinhalb Jahren lebte, war ein riesiger Abenteuerspielplatz. Sie wollte nie mehr in die Einzimmerwohnung zurück, in der sie aufgewachsen war.

Auch wenn ihr eigenes Reich eine ehemalige Besenkammer war, in die nur ein kleiner Tisch und ein Bett passten. Vom Fenster aus konnte sie schließlich den Himmel sehen, manchmal sprangen Hasen frühmorgens im Gras umher und einmal hatte sie sogar zwei junge Füchse gesehen.

Erst gegen vier Uhr, ungewöhnlich spät, fuhr Mr Smitton an diesem Donnerstagnachmittag endlich die Einfahrt hoch.

Elli hörte den Kies unter Reifen knirschen und schaute durch das Fernglas. Sie runzelte die Stirn.

Hinter Mr Smittons blauem Ford fuhr ein anderes Auto, ein rotes, das Elli noch nie gesehen hatte. Es war ein Cabrio mit heruntergelassenem Verdeck. Die nun schon niedrig stehende Sonne spiegelte sich im Lack.

Hinter dem Steuer saß eine Frau. Sie trug eine große Sonnenbrille und einen Hut, unter dem ein paar blonde Strähnen hervorlugten.

Mr Smitton stieg aus seinem Ford, lief mit schnellen Schritten zum Cabrio, hielt die Fahrertür auf, und die Frau stieg wortlos aus.

Elli schob einen Stuhl ans Fenster, kletterte auf die Fensterbank und von dort mit einiger Mühe in den Garten. Ihre Mutter hätte sie ausgeschimpft, aber Elli wollte sich beeilen.

»Mr Smitton!« Elli versuchte ihr schlechtes Bein schneller hinter sich herzuziehen. In Augenblicken wie diesen verfluchte sie es. »Warten Sie doch bitte!«

Mr Smitton stand schon auf dem Treppenabsatz und drehte sich halb um, den Schlüssel in der Hand.

»Meine Mutter hat Kuchen gebacken und wir möchten Sie gern zu einem Stück einladen. In unseren Garten.«

Elli blieb vor der Treppe stehen.

Die Frau überragte Mr Smitton um mehr als einen Kopf. Sie

roch nach einem komischen Parfüm. Wie eine Mischung aus Heu, Vanillesoße und dem Rum, von dem Ellis Mutter manchmal einen Schuss in den Kuchenteig gab. Die Frau klatschte sich eine Handtasche an den Oberschenkel. Eine flache ohne Henkel.

Sie erinnerte Elli an eine dieser Steinfiguren. Ja sie verkörperte die gleiche Haltung: makellos schön, aber unnahbar. Auch wenn Elli ihre Augen wegen der Sonnenbrille kaum erkennen konnte, spürte sie den Blick: kalt und tot. Sie mochte die fremde Frau vom ersten Augenblick an nicht leiden.

»Heute geht es nicht.«

Mr Smittons Brille war beschlagen und sein graues Haar noch zerzauster als sonst, als hätte er gerade eine Spritztour im Cabrio gemacht. Er strich Elli nicht über den Kopf, zauberte kein Sahnebonbon aus der Jackentasche und lächelte nicht.

Selbst Mr Bean, der ihm miauend um die Beine strich, ignorierte er.

»Ich habe Besuch«, fügte er hinzu und öffnete die Haustür.

Er ließ der Frau den Vortritt, winkte Elli noch kurz zu, und kaum war Mr Bean hinter ihm ins Haus geschlüpft, fiel die Tür ins Schloss. Das Geräusch klang in Ellis Ohren nach. Dort klopfte auch ihr Herz ganz laut. Elli wusste, dass das Unglück mit der fremden Frau in Mr Smittons Haus eingezogen war. Sie fühlte es.

Sie würde das dritte Gedeck schnell abräumen und ihre Mutter überreden, trotzdem im Garten Kuchen zu essen.

Manchmal erwischte Gott den Falschen, der büßen musste. Manchmal traf der Blitz einen Unschuldigen. Ihr Vater, das wusste Elli genau, auch wenn sie ihn nicht kennengelernt hatte, war ein Unschuldiger gewesen. Und Mr Smitton hatte Gottes Zorn, soweit sie wusste, auch noch nie herausgefordert.

Die fremde Frau war das Unglück an diesem Donnerstag.

Elli hatte nur noch keine Beweise.

DAS ZWEITE GEBOT

*Geträumt hatte sie von ihm. Auch von ihm und ihm
und anderen.*
Negativbilder. Das Schwarze in Weiß. Das Weiße in Schwarz.
*Schattenrisse, in die ihr Herzblut pumpt, wenn ihre nackten
Knie auf Beton rutschen.*
*Im Raum ohne Fenster spuckt sie ihnen in die gesichtslosen
Gesichter.*
Ihre Köpfe rollt sie, wenn sie nackt in den Schnee geschickt wird.
Perle um Perle. Auge um Auge. Zahn um Zahn.
Ein Gebet für ein Bild.
*Von ihm und ihm und ihm und allen anderen. Damit sie es
auslösche.*
Der Wille der Herrin.
Ihr Wille geschehe.
Amen.

4

Collin liebte die stillen Frühlingsabende an der Küste. Dann war er mit Cornwall versöhnt. Das Licht war noch fahl und kraftlos. Doch das erste Grün zeigte sich darin mit vollem Saft. Es roch nach Kräutern und taufeuchtem Gras, nach Salz und dem moorigen Hinterland.

Seit er vor zwanzig Jahren von Southampton hierhergezogen war, führte er ein beschauliches Leben. Jeden Tag fuhr er nach Feierabend zu seinem Felsen hoch über dem Atlantik, den er auf einem seiner Ausflüge entdeckt hatte. Die Form erinnerte an einen Zwergenhut mit abgeknicktem Zipfel. Der Fuß des Felsens war wie eine Bank geformt, auf der er bequem sitzen konnte. Eine Reihe niedrigerer Felsen vor einem Abhang bot Windschutz.

Man sah ein paar verstreute Häuser, meistens nur in der Saison von Sommergästen bewohnt, windschiefe Büsche, von moosigen Steinmauern umsäumte Wiesen mit den ersten grasenden Kühen und Schafen, ein Stück der kurvigen Küstenstraße. Sonst nichts.

Man konnte sich einbilden, den Himmel und das Meer bis zum Horizont ganz für sich zu besitzen.

Collin freute sich auf seinen Tee mit Schuss, den er in einer Warmhaltekanne mitnahm, auf das Wurstbrot und die würzige Luft.

An diesem Abend gelang es ihm nicht recht, abzuschalten.

Außer einigen Verkehrssündern, einer brennenden Scheune, was auf Brandstiftung zurückzuführen war, mehreren ausgebrochenen Rindern und kleinen Schlägereien hatte er die letzten Wochen, ja Monate nichts Nennenswertes in den Ermittlungsakten gehabt.

Der tote Hund und kurz darauf der tote Mann waren ein Schock. Mordopfer hatte er seit Jahren nicht gesehen. Und noch nie eine Wasserleiche.

Nun stand Collin einer Aufgabe gegenüber, der er sich gar nicht gewachsen glaubte.

»Übernimm das«, hatte ihm Robert Ashborne, der Polizeichef von Devon und zuständig für Kapitalverbrechen, fast befohlen, über seinen Personalnotstand geklagt und die Kur, die er in ein paar Tagen antreten würde. »Aber liefere Resultate. Und zwar zügig. Sonst habe *ich* den Ärger am Hals.«

Mit gemischten Gefühlen hatte Collin sich darauf eingelassen. Mit der Hoffnung auf schnelle Aufklärung. Je spektakulärer ein Fall, desto mehr Spuren werden hinterlassen. Das war ein Spruch, den Collin in seiner Ausbildung immer wieder gehört hatte. Und oft hatte sich das bewahrheitet.

Abwarten, dachte Collin. Ruhig Blut. Nichts überstürzen.

Collins Blick folgte dem Flug einer Möwe. Er wünschte, mit ihr tauschen zu können. Er würde in einem zweiten Leben keinesfalls mehr Polizist werden. Auch wenn ihn sein Vater noch so sehr in diesen Beruf drängen würde. Er würde Nein sagen. Und was dann?

Er legte die Hand an den Felsen, als fände er in dem rauen Granitgestein eine Antwort. Ja, sie war da. Im Stein. Er fühlte es. Aber wie hätte er mit Steinen seine Familie ernähren können?

Steine, das war es, was ihn von Anfang an angezogen hatte wie eine unerklärliche Liebe. Seit er zum ersten Mal mit Rucksack und Zelt in Cornwall gewesen war. Die Steinkreise und verfallenen Mauern von uralten Kapellen und Burgen. Die überwucherten Schornsteine der Minen im ehemaligen Bergbaurevier von St Just. Steinerne Zeugen einer einst glanzvollen Zeit. Granit, Kupferkies, Grünstein, Bornit, Chalkosin, Schiefer,

Kassiterit – Collin hob Steine auf, trug sie in seinem Rucksack nach Hause, lernte ihre Namen wie Vokabeln einer Fremdsprache, legte sie in seinen Sammlerschrank und betrachtete sie, wann immer er nach Cornwall zurückflüchten wollte.

Jetzt war er den Steinen nah. Jetzt lebte er in Cornwall. Ein Zugezogener. Er würde es immer bleiben. Er war kein Korne. Und niemand der Alteingesessenen würde ihm zugestehen, sich im Herzen wie einer zu fühlen.

Er rieb die Hände, spürte Hornhaut und Schwielen. Nur am Wochenende, und nicht einmal jedes, gelang es ihm, zu fliehen. In seine wahre Welt, die Welt der Steine. Der ganze Garten stand schon voll mit Skulpturen, die er aus Stein meißelte. Das würde er lieber machen, als sich um einen verwesten Leichnam zu kümmern.

Collin schraubte die Kanne zu, warf einen letzten Blick in den wolkigen Abendhimmel und lief zu seinem Dienstwagen zurück. Auf seinem Handy fand er zwei Nachrichten. Hampton und Johnny. Seufzend setzte er sich hinters Steuer und rief den Pathologen an.

»Ein starkes Barbiturat. Und dann vermutlich Strychnin. Die genaue Analyse dauert noch.«

»Todeszeit?«

»Tja, zwischen zwei und acht Wochen.«

»So lange? Bis zu acht Wochen. Und dann noch halbwegs … Du weißt schon, was ich meine.«

»Na ja, gibt alles Mögliche. Lag ja in der Plane. Und das Salzwasser. Wenn du Heringe in Salz einlegst, na, was ist dann? Konserviert, oder? Haben ein paar Fische an ihm geknabbert, aber muss wohl nicht so gut geschmeckt haben.«

Collin hörte Hamptons bellendes Lachen.

»Was noch?«

»Monsieur hat vorher noch nett gespeist. Sicher eine Menge Alkohol. Sonst strotzte er vor Gesundheit. Ein Knöchelbruch. Der liegt aber schon länger zurück. Es spricht nichts dafür, dass er von einer Klippe ins Meer geworfen wurde. Eher von einem Boot. Gebiss. Ein teures. Bestimmt privat versichert. Kein Raucher. Zwischen Ende fünfzig und Mitte sechzig.«

»Und die Verletzungen?«

»Eine Axt vermutlich, scharfe Messer hier und da. Da hat man sich richtig ins Zeug gelegt. Sollte die Identifizierung wohl erschweren. Das Gesicht ist beinahe unkenntlich. Die Fingerkuppen verätzt. Womit, kann ich noch nicht sagen. Na ja, unnötige Maßnahme. Weiß doch jedes Kind, dass ein Haar genügt oder ein Stück Knochen und man hat die DNA. Trotzdem wohl nicht so einfach für dich, schnell rauszufinden, wer der Mann ist. Alles andere schick ich dir, wenn ich durch bin. Kann aber noch 'ne Weile dauern.«

Verdammt, dachte Collin, bedankte sich und rief Johnny an.

»Hast du Sehnsucht nach mir?«

»Schieb dir Antibiotika rein und steig aus dem Bett. Wir haben einen Toten rausgefischt. Sieht nach Mord aus.«

»Scheiße.« Johnnys weitere Worte gingen in einem Hustenanfall unter.

Collin fasste kurz die Fakten für Johnny zusammen und fuhr im Schneckentempo nach Hause.

Das letzte Streifen Licht der Dämmerung, ein dunkles Orange, löste sich am Horizont auf.

Die Nacht würde kurz werden.

Kathryn wärmte ihm Eintopf auf, band die Schürze ab und setzte sich mit verschränkten Armen auf den Stuhl neben ihn. Sie schaute Collin mit schief gelegtem Kopf an. Er kannte die

Haltung. Kathryn nahm sie immer ein, wenn sie etwas Wichtiges oder Unangenehmes zu besprechen hatte.

Er griff nach der Sojasoße, würzte nach und aß langsam. Kathryn würde ihn erst aufessen lassen. Eine ungestörte Mahlzeit war ihrer Meinung nach gut für die Magensäfte. Heute würde es nichts nützen. Der Tote war ihm längst auf den Magen geschlagen.

Kaum war der Teller leer, schob ihm Kathryn zwei Briefumschläge zu.

»Was ist das?«

»Von der Schule. Lies nur.«

»Die Jungs?«

Collin überflog die gleichlautenden Zeilen in den Briefen.

»Sie hätten Papier sparen können.«

»Ein Brief für beide?«, fragte Kathryn. »Auch Zwillinge haben ein Recht darauf, als individuelle Persönlichkeiten wahrgenommen zu werden.«

»Werden sie ja offenbar nicht.«

»Du musst mit der Miller sprechen.«

»Wer ist Miller?«

»Na, die Klassenlehrerin. Also, Collin …«

Kathryn begann eine Haarsträhne um den Finger zu drehen. Ein eindeutiges Zeichen, dass sie sauer war.

»Okay, sie haben eine Verwarnung für irgendetwas bekommen. Und?«

»Es ist schon die dritte. Noch eine und sie werden für zwei Wochen suspendiert.«

»Und dann? Wird ihnen der Prozess gemacht?«

»Dann können sie ganz von der Schule fliegen. Willst du das?«

»Nein. Aber vielleicht wollen Shawn und Simon nichts lieber als das.«

Collin holte ein Bier aus dem Kühlschrank und spülte den Nachgeschmack von Knoblauch, Zitronengras und Chili runter. Von oben drangen die Stimmen der Jungen bis in die Küche. Sie schienen sich über irgendetwas zu streiten. Oder es war eins ihrer lautstarken Spiele. Er war müde und hatte wenig Lust, sich mit Fragen der Kindererziehung zu beschäftigen. Nicht jetzt. Nicht nach einem solchen Tag.

»Also, wirst du diesmal hingehen? Du hast es versprochen.«

»Wohin? Was habe ich versprochen?«

Kathryn zeigte auf eine Stelle in einem der Briefe.

»Zum Elternsprechtag. *Du* solltest diesmal mit ihr reden. Die Frau ist ungerecht. Sie hat Vorurteile. Shawn und Simon glauben, dass die Miller es auf sie abgesehen hat, weil sie rote Haare und Sommersprossen haben. Die anderen Kinder ärgern sie deshalb, sagen sie.«

»Und du glaubst ihnen? Klingt nach einer faulen Ausrede.«

»Bist du nicht auch in der Schule deswegen gehänselt worden? Also, wirst du hingehen?«

Collin gab ein vages Versprechen und fragte sich, ob sein Leben deshalb so war, wie es war, weil er in eine väterliche Linie Rothaariger hineingeboren war, die entweder aus Irland oder gleich von Wikingern abstammten. In der Grundschule, fiel ihm ein, hatte er den Spitznamen Fuchs gehabt. Er nahm sich vor, mit seinen Söhnen zu reden. Er würde ihnen klarmachen, dass sie nicht wegen ihrer Haarfarbe einzigartig waren. Er dachte an seine Tochter.

Kathryn hatte unbedingt ein schwarzes Kind adoptieren wollen. Ayesha war als Vierjährige aus einem Kinderheim in Äthiopien zu ihnen gekommen. Kathryn hatte sich durchgesetzt. Vielmehr hatte Collin sie gewähren lassen, nachdem sie mehrere Jahre erfolglos versucht hatte, nochmals schwanger zu werden, und sich die Augen vor Sehnsucht nach einer Tochter ausgeheult hatte. Ein englisches Kind war für sie nicht infrage gekommen. Würde Ayesha irgendwann auch gehänselt werden, weil sie schwarz war?

Dank Ayesha war ihre Familie in den Augen der Nachbarschaft nun ein komplettes Kuriosum. Kathryn, deren Großmutter aus Vietnam geflohen war und deren Vater aus einer rumänischen Romafamilie stammte, scherte sich nicht um Nachbarn. Das Völkergemisch ihrer Herkunft, das sich in ihrem Gesicht widerspiegelte – dunkle Mandelaugen, starke, sichelförmige Brauen, zierliche Nase, lockiges schwarzes Haar –, hatte sie wahrscheinlich völlig immun gemacht gegenüber Vorurteilen und auch gegenüber Männern wie ihm. Rothaarige, die zu Sonnenbrand neigten, leicht schwitzten und so helle Augen hatten, dass man keine Farbe daraus erkennen konnte.

»Weil du ein Mann bist, der zu Hause bleibt und seine eigene Welt hat.« So hatte sie es einmal, das einzige Mal – es war ihr fünfter Hochzeitstag –, begründet, warum sie ihn liebte.

Collin machte ein zweites Bier auf und rieb sich die Augen.

»Müde?«

»Ein wenig Kopfschmerzen.«

Kathryn stellte sich hinter ihn und suchte mit dem Zeigefinger einen bestimmten Punkt am vorderen Teil seines Kopfes, dort, wo die Schädeldecke leicht nachgab. Sie drückte zu, als töte sie eine Kakerlake. Collin zuckte zusammen. Schmerz breitete sich strahlenförmig über den ganzen Kopf aus, doch kaum ließ Kathryn los, hatte Collin das Gefühl, für einen Moment vollkommen wach und klar zu sein.

Die Kopfmassage war Kathryns neueste Methode, ihrer Familie etwas Gutes zu tun. Kaum klagte jemand über Kopfschmerzen oder Müdigkeit, streckte sie schon ihre Finger aus.

Collin zog Kathryn auf seinen Schoß und küsste ihr Haar.

»Muss wohl demnächst Überstunden machen. Wegen der Wasserleiche. Ist vergiftet worden.«

»Vergiftet? Womit?«

»Strychnin.«

»Mit Rattengift? Aber das ist doch längst aus dem Verkehr gezogen.«

Kathryn war Apothekenhelferin. Nach der Geburt der Zwillinge hatte sie länger nicht in dem Beruf gearbeitet, half jetzt aber seit einigen Jahren halbtags in einer der Apotheken im Dorf aus.

»Stimmt.«

»Aber wer welches braucht, findet sicher Quellen. Auf den Höfen hier, da weiß man ja nicht, was da alles noch so steht, was jetzt verboten ist.«

»Kann sein.«

Collin sprach nicht immer gern mit Kathryn über seine Arbeit. Sie war scharfsinnig, oftmals mehr als er. Sie liebte seinen Beruf. Vielleicht hätte sie gern mit ihm getauscht. Krimis waren ihre Leidenschaft. Sie verpasste keinen Sonntagskrimi im Fernsehen und erriet den Mörder immer gleich in den ersten fünf Minuten.

»Dann war es eine Frau«, sagte Kathryn.

»Wie kommst du darauf?«

»Das weiß doch jedes Kind, dass die meisten Giftmorde von Frauen verübt werden.«

»Was ist das für eine Binsenweisheit?«

»Wer steht denn in der Küche und kocht? Noch heute meistens die Frau.«

»Und die Frau hackt auch Holz?«

»Warum nicht? Schau mich an. Ich könnte einen Zentner

48

Holz hacken.« Kathryn lachte und spannte ihren Oberarm an. Er war schlank und muskulös. Sie ging machte Tai-Chi, Qigong, Yoga und Fechtsport.

»Okay, du weißt ja, wo die Axt ist. Wenn es so kühl bleibt, brauchen wir noch Nachschub.«

»Du willst sagen, wegen der Wasserleiche bleibt hier jetzt alles liegen.«

»Hmmm.«

Collin schloss die Augen und sog den süßen Duft von Kathryns Haar ein. Es roch nach Jasminöl. Er wollte gerade die Hände unter ihre Bluse schieben, als Ayesha in die Küche stürmte. Kathryn stand sofort auf und im nächsten Moment kletterte Ayesha auf Collins Schoß.

»Daddy. Guck!«

Sie stellte ein Marmeladenglas auf den Tisch. Ein Frosch, nicht größer als Collins Daumennagel, hockte darin auf einem Bett aus Grashalmen.

»Guck! Das ist Tweeny. Er wird unser Wetterfrosch.«

Ayesha strahlte ihn an und schob ihre Zunge in die Lücke der Schneidezähne. Sie sammelte ständig kleine Tiere. Spinnen, Käfer, Schmetterlinge. Ihre Leidenschaft für Tiere verwandelte das Cottage, das Collin über die Jahre renoviert hatte, allmählich in einen Zoo. Ayesha hatte zwei Kaninchen, einen Hamster, eine weiße Ratte, versorgte eine Goldfischfamilie in dem kleinen Gartenteich, hatte so lange gejammert, bis sie eine Katze zum Geburtstag bekam, und wünschte sich jetzt mit dickköpfiger Sturheit einen Hund.

»Wie willst du ihm beibringen, ein Wetterfrosch zu werden?«

»Ich baue eine Leiter. Und wenn die Sonne scheint, muss er hochgehen. Aber was frisst ein Frosch, Daddy?«

»Hmm, Fliegen und andere Insekten.«

Ayesha zog die Stirn kraus und überlegte laut, wie sie Insekten fangen könnte.

Wie leicht doch die Welt der Kinder scheint, dachte Collin. Er drückte ihr einen Kuss auf die Stirn, nahm sich ein weiteres Bier aus dem Kühlschrank, zog den Parka an und ging in den Garten. Von der Erde stieg Feuchtigkeit hoch. Es roch nach Regen.

Der Mann hatte nackt in der Plane gelegen. Sein Mörder hatte ihn ausgezogen, als er schon ohne Bewusstsein oder bereits tot war. Ein starkes Barbiturat, danach Strychnin. Dann hatte er ihm den Schädel gespalten, das Gesicht zerfleischt, ihm Schnittwunden am ganzen Körper zugefügt und die Finger verätzt. Ein groß gewachsener Mann zwischen Ende fünfzig und Mitte sechzig Jahre alt. Schuhgröße 7. Halbglatze. Kein Ehering. Keine Tätowierung. Ein Unbekannter. Ein leeres Blatt Papier. Vermutlich stammte er von außerhalb. In St Magor, ja in Collins gesamtem Revier, lag keine Vermisstenanzeige vor. Die Küstenwache hatte bislang erfolglos um den Red Cliff Point herum nach einem Boot gesucht.

Früher wäre so ein Fall eine Herausforderung gewesen. Jetzt empfand Collin ihn als Belastung. Er war der Chef. Er musste Entscheidungen treffen. Einen Weg finden. Zumindest einen ersten Schritt tun. Doch in welche Richtung? Ein Zeichner fertigte ein Phantombild an. Es war mühsam, so sehr waren die Gesichtszüge entstellt. Er setzte auf die Computertechnik als Hilfsmittel.

Niemand ist allein auf der Welt, beruhigte sich Collin innerlich. Es würden sich Menschen melden, die den Mann aufgrund der Zeichnung erkannten, die ihn vermissten.

Er öffnete die Holzhütte, die er vor einiger Zeit in eine Ecke des Gartens gebaut hatte. Ein grober Tisch stand darin, ein

Werkzeugregal und ein kleiner gusseiserner Ofen. Er zerkleinerte Holzstücke, schichtete sie in den Ofen und entfachte ein Feuer. Bald breitete sich wohlige Wärme aus.

Collin nahm die Pfeife aus der Parkatasche, stopfte sie und zog mehr gierig als genussvoll daran.

Der Hund, dachte er. Erst der Hund, jetzt der Mann. Beide vergiftet, danach zerfleischt und schließlich ins Meer geworfen. Es musste einen Zusammenhang geben. Auch wenn der Mann rund achtundzwanzig Seemeilen von der White Bay entfernt gefunden worden war.

Die Aufzeichnungen der Küstenwache über Flut- und Ebbezeiten der letzten Wochen bestätigten Aussagen von Fischern, mit denen Collin gesprochen hatte. Das Meer war seit Wochen rau. Zwei Springfluten. Zwischendurch Regen und Sturm. Es konnte somit sein, dass die Wellen den Hund weiter fortgetragen hatten als den Mann, wenn sie an der selben Stelle und zur selben Zeit im Meer gelandet waren.

Aber wer auch immer Mann und Hund aufs offene Meer gefahren hatte, so mutmaßten die Fischer, musste verdammt gut mit einem Boot umgehen können. Oder hatte den richtigen Zeitpunkt abgewartet, das Meer wie eine Landkarte gelesen, alle notwendigen Vorkehrungen getroffen, um den mörderischen Plan jederzeit, sobald die Wellen es zuließen, in die Tat umsetzen zu können. Und es musste geplant gewesen sein. Das stand für Collin außer Frage. Jemand wollte diesen Mann aus dem Weg schaffen, warum auch immer.

Johnny glaubte, es handle sich um einen Auftragsmord. Ein Profi sei am Werk gewesen, ein kaltblütiger Killer, der ohne Skrupel mit einer Axt zuschlug. Einer ohne Gefühle, somit ohne Beziehung zum Opfer.

Doch wenn der Täter den Mann nur allzu gut kannte, einen

tiefen Hass gegen ihn hegte, er von Rachegelüsten oder Gier getrieben worden war? Auftragsmorde waren selten. Beziehungstaten statistisch viel häufiger. Eine Person, die dem Opfer nahestand, es auf einem Boot begleitet hatte, mit dem Ahnungslosen gespeist und getrunken, ihn in einer Atmosphäre der Vertrautheit das Beruhigungsmittel gegeben hatte, in einem Getränk aufgelöst, unter das Essen gemischt, danach Strychnin …

Ja, Collin war davon überzeugt, dass es ein geplanter Beziehungsmord war. Und der Hund war ein unliebsamer Zeuge, ein stummer, aber zuverlässiger. Deshalb musste auch er sterben.

Collin legte Holz nach. Dank des Ofens konnte er sich auch bei widrigen Wetterverhältnissen zu seinen Steinen zurückziehen.

Er hatte einen Kalkstein in Arbeit. Ein kleineres Werk, eineinhalb Fuß hoch. Bislang war er mit äußerster Zurückhaltung vorgegangen.

Kalkstein war weich, porös, sensibel. Ein falscher Schlag, und er zerbröselte. Das Hauptproblem aber war, dass er nichts sah. Seit Wochen tigerte er um ihn herum oder saß pfeiferauchend vor ihm, ohne irgendetwas in ihm zu sehen. Bislang hatte ihm jeder Stein eine Geschichte erzählt, die er dann, Schicht für Schicht, entblätterte.

Dieser Stein hatte zwar wie jeder zuvor, den er als Fundstück in seine Werkstatt gebracht hatte, gleich zu ihm gesprochen, kaum hatte er ihn in einem der Steinbrüche der Gegend gefunden. Doch jetzt schwieg er. Verhüllte sich.

Collin wollte es nicht zugeben. Aber er hatte Angst. Wollte dieser fast kreideweiße Stein ihm etwa sagen, dass seine Schaffenskraft nun zu Ende sei?

»Mach doch mal endlich eine Ausstellung«, sagte ihm Kathryn alle paar Monate. »So hat das doch alles keinen Sinn. Man weiß ja nicht mehr, wohin damit.«

Es war doch nicht etwa ihre Missachtung, ihr Desinteresse, was ihn lähmte? Sie hatte sich noch nie sonderlich für Kunst interessiert. Sie bastelte nicht mit den Kindern, machte keine Handarbeiten, dekorierte nie wie andere Frauen die Wohnung mit Gestecken oder sonstigem Klimbim, wie sie es nannte, fand Ohrringe und Ketten störend, schmiss die selbst gemalten Bilder der Kinder nach einer Woche weg und tolerierte außer Familienfotos nichts an den Wänden ihrer asiatisch eingerichteten Zimmer.

Collin stopfte sich eine zweite Pfeife.

Der Kalkstein strömte Wärme aus. Sie fühlte sich tröstlich an.

In Wahrheit, so erkannte er, bin ich ein einsamer Hund. Nicht unglücklich. Nein. Bestimmt nicht. Aber selbst die Steine dankten es ihm nicht, dass er aus ihnen Schlangenköpfe, in Wollust umschlungene Körper, Engel oder Totenmasken herausmeißelte. Und dieser Stein schwieg mit einer Beharrlichkeit, die ihn schmerzte wie Liebesentzug.

Ja, er erwiderte seine Liebe nicht.

5

»Ms Polodny? Alles in Ordnung?«

Paul Fridge nahm Elisabeth am Arm und zog sie sanft vom Grab weg. Elisabeth hatte einen Moment lang den irrsinnigen Wunsch, sich an die Schulter dieses fremden Mannes zu lehnen, der nach einem nussigen Aftershave roch. Sie machte sich von ihm los und öffnete die Handtasche.

»Taschentuch?«

»Danke.«

Elisabeth schnäuzte sich. Sie hatte einen Kloß im Hals. Und

hinter den Augenlidern lag ein Druck, der sich Richtung Schläfen ausbreitete. Sie hätte sich gern hingelegt.

»Sie kommen doch noch mit, oder?«, fragte Paul. »Wir haben einen Tisch reserviert.«

»Ich bin mir nicht sicher.«

»Sie sollten jetzt nicht allein sein. Oder wartet jemand auf sie?«

»Auf mich? Nein. Ich bin allein gekommen.«

Die braunen Augen dieses Mannes verunsicherten sie. Als wären sie Lupen, als könnte er alles lesen, was ihr durch den Kopf ging. Ebenso irritierend war seine Stimme. Tief und melodisch wie die eines Chorsängers. Er sprach mit großer Ruhe, als wäre ihm jedes einzelne Wort wichtig. Süßholz und Honig, würde Olivia sagen.

»Na dann. Außerdem denke ich, dass wir einiges zu besprechen haben, nicht wahr?«

»Ja, Sie haben wohl recht. Aber ich dachte, wir würden uns morgen sehen. In London. Beim Notar.«

»Elisabeth – ich darf Sie doch so nennen, oder?«

Elisabeth nickte.

»In der Trauer sollte man, finde ich, nicht allein sein. Wir sind sozusagen Familie. Meine Mutter war zwar nur ein knappes Jahr mit Ihrem Bruder verheiratet, und das ist ziemlich lange her, aber nach der Scheidung war sie dennoch irgendwie mit ihm zusammen. Wir fühlen uns auch ein Stück weit oder im Grunde unseres Herzens, jedenfalls wenn ich von mir spreche, wie Anthonys Familie und somit auch Ihre. Verstehen Sie?«

»Nein«, sagte Elisabeth. »Ich verstehe immer weniger.«

»Sehen Sie? Es gibt viel zu erzählen.«

Ein ganzes Leben, dachte Elisabeth.

Es regnete stärker. Paul spannte einen Schirm auf, einen blauen mit Wolkenmuster, hakte sich wie selbstverständlich bei Eli-

54

sabeth unter, und sie ließ sich von ihm zum Parkplatz geleiten, wo schon alle anderen plaudernd zusammenstanden.

»Da seid ihr Turteltauben ja endlich. Anthony hat Kohldampf. Ab die Post!«, rief Martha und öffnete die hintere Tür eines Großraumtaxis. »Und Sie, liebe Schwägerin, wärmen mich auf der Rückbank. Ein Sauwetter hat sich Ihr verehrter Bruder da ausgesucht. Aber Gummistiefel hätten nun wirklich nicht zu dem Kleid gepasst. Wobei sich Anthony vielleicht kaputtgelacht hätte. Ihr Hut, meine Liebe, ist ja auch der letzte Schrei. Trägt man solche Kochtöpfe in Australien?«

Elisabeth nahm den Regenhut ab und biss sich auf die Lippen. Hätte Anthony an ihrer Stelle gelacht? Nicht der Anthony, den sie kannte. Aber jener Anthony ihrer Erinnerung hätte niemals etwas mit einer Familie wie dieser zu tun gehabt.

Glück existiert nicht. Das waren seine Worte. Diese ganze kichernde, mit Fressen und Saufen und Ficken beschäftigte, oberflächliche, rein vergnügungssüchtige Gesellschaft, allesamt nur Blender und Heuchler, die keine Ahnung haben, dass das Leben in Wahrheit zu neunundneunzig Prozent aus Abgründen besteht, ja Scheuklappen davor aufsetzten.

So hatte Anthony gesprochen. Das waren seine Tiraden, seine mit tiefster Abscheu vorgetragenen Sätze, die in Elisabeths Ohren auch nach all den Jahren nachklangen wie der Knall von Schüssen.

Sie versammelten sich zu sechst in einem uralten Pub, der nach abgestandenem Bier, kaltem Zigarettenrauch und Zwiebeln roch. Mrs Fridge, ihre beiden Söhne, Anthonys Klubfreunde Richard und Phil und Elisabeth. Im Nebengebäude war ein Bed & Breakfast, in dem sich Elisabeth kurzfristig einbuchen konnte. Bald wurde Essen serviert, und das erste Bier floss. Elisabeth saß auf Tuchfühlung zwischen Paul und Richard.

»Wann haben Sie Ihren Bruder das letzte Mal gesehen?«, fragte Richard.

»Das ist sehr lange her …«

Welcher Wochentag war es gewesen? Ein Mittwoch? Oder ein Donnerstag? Hatte es geregnet? Es war im Sommer gewesen, das wusste sie genau. Im Juli oder August. Hatte sie eine Jeans getragen oder einen Minirock? Bestimmt eine Jeans. Eine mit ausgefransten Säumen. Dazu ein bauchfreies Top. Etwas gewagt, wie sie jetzt dachte. Das dunkle Haar offen, in eine Strähne bunte Perlen geknüpft, ein breiter Strich Kajal, der ihre grauen Augen noch größer wirken ließ, Armbänder, Fußkette, Nasenring. Die ganze Gotteslästerung und Gegen-den-Wind, wie es ihre Mutter immer ausgedrückt hatte. Nur hatte sie ihre eigene Tochter nie so gesehen. Zum Glück, dachte Elisabeth jetzt.

Sie war mit dem Bus gekommen. Sie hatte oben gesessen, wo sie sich besser abschotten und auf der langen Fahrt bis zu der Haltestelle nahe Anthonys Wohnung in Ruhe nachdenken konnte.

Sie war allein. Und auch er war an diesem Abend allein gewesen.

Ja, jetzt erinnerte sie sich, es war bereits in der Dämmerung, als sie bei ihm geklingelt hatte. Sie wartete eine ganze Weile, bevor Anthony die Tür aufmachte. Einen Spaltbreit erst. Das hatte er sich angewöhnt. Oft reagierte er gar nicht auf ein Klingeln, oder er warf einem die Tür vor der Nase wieder zu, wenn ihm danach war.

An jenem Abend ließ er sie ohne Begrüßung hinein. Der Flur war dunkel, auch die Küche. In seinem Wohnraum brannte eine dicke Kerze. Die Vorhänge, lichtundurchlässiger Stoff, schwarz wie die Wände und Möbel, waren zugezogen. Anthony setzte

56

sich in seinen Sessel vor den laufenden Fernseher. Überall standen Bierdosen herum. Es roch nach Schweiß und Rauch.

Elisabeth war weniger als eine Stunde bei ihm geblieben. Vielleicht nur ein paar Minuten. Sie wusste nicht einmal, ob er hörte, was sie ihm zu sagen hatte. Er wandte seinen Blick kein einziges Mal vom Fernsehschirm.

Oder hatte sie ihm am Ende gar nichts gesagt? Nein, das konnte nicht sein. Sie erinnerte sich doch, wie sie leise die Wohnungstür hinter sich geschlossen und die Treppen hinuntergegangen war. Erst wie eine schleichende Katze. Dann immer schneller, als sie die Tür hörte, seine Stimme, seine Schritte, die ihr folgten. Drei Stockwerke waren es.

»Du bleibst hier«, schrie er. »Du gehst nirgendwohin. Du bist meine Zeugin. Meine Zeugin!«

Er hatte sie auf der vorletzten Treppe eingeholt und sie an der Schulter zu fassen bekommen. Sie verlor den Halt, geriet ins Taumeln, klammerte sich ans Treppengeländer, spürte seine Hände, die sie zurückrissen, und er schrie die ganze Zeit. Sie stürzten zusammen ein paar Stufen hinunter, rappelten sich keuchend auf und starrten sich an, ihre Augen, in denen sich die gleichen Abgründe auftaten.

»Geh nicht«, flehte er und begann zu weinen.

Elisabeth hatte kurz gezögert. Einen Moment später fand sie sich auf der Straße wieder und stolperte den Bürgersteig entlang. Aus einer Platzwunde am Knie drang Blut. Mit einem Verband war sie am nächsten Morgen ins Flugzeug gestiegen. Eine kleine Narbe war ihr geblieben, die manchmal juckte.

»Komisch, dass Anthony uns seine hübsche Schwester verschwiegen hat«, sagte Richard. »Ich hätte glatt den langen Flug auf mich genommen.«

»Waren Sie eng miteinander befreundet?«, fragte Elisabeth.

Sie hätte am liebsten geschwiegen, wäre noch lieber allein gewesen, um ihre Gedanken zu ordnen. Und doch rührte sich in ihr eine Neugierde. Wer war ihr Bruder in all den Jahren, die sie kein Wort mit ihm gesprochen hatte, gewesen?

Sie trauerte um den jungen Mann, dessen Bild sie ins ferne Australien mitgenommen hatte. Jener Mann, der vor wenigen Tagen gestorben war, unerwartet, wie alle ihr versicherten, war für sie ein Fremder, ein Buch mit sieben Siegeln.

»Wir haben uns alle vierzehn Tage zum Bowling getroffen. Mehr war da eigentlich nicht«, sagte Richard. »Ich weiß nicht einmal, was Anthony dem abgewann. Bowlingklubs sind ja eigentlich für viele Männer eine Ausrede, regelmäßig ohne ihre Frauen einen über den Durst zu trinken. Für einige wenige mag es Sport sein oder eine Herausforderung. Turniere und so. Aber all das hat Anthony nicht interessiert.«

»Wir waren immer nur zu dritt«, ergänzte Phil. »Anthony war da eigen. Am Anfang haben wir mal diesen oder jenen Kumpel mitgeschleppt, auch mal eine nette Mieze, aber da ist Anthony jedes Mal ausgerastet und sofort abgehauen. Keine Ahnung, warum wir am Ende auf ihn Rücksicht genommen haben.«

»Weil er Anthony war«, sagte Richard.

»Sie waren seine einzigen Freunde. So sehe ich das«, mischte sich Martha ein. »Von zweien seiner Geschäftspartner mal abgesehen. Anthony vertraute ja niemandem. Das war sein Problem. Oder seine Weisheit. Wer weiß? Und auf euch beiden Idioten konnte er sich verlassen. Stimmt's?«

Phil und Richard lachten, wurden aber sofort wieder ernst. Sie sahen mit ihren gutmütigen runden Gesichtern und dem schütteren Haar beinahe aus wie Brüder. Langweilige, hohle Spießer in karierten Hemden. So hätte der Anthony, den Elisabeth kannte, über sie geurteilt. Was mochte er in ihnen gesehen haben?

»Ich glaube, ihr habt Anthony einfach ohne Wenn und Aber akzeptiert«, sagte Paul.

»Oder toleriert. Und dazu gehörte schon was. Jedenfalls ein dickes Fell. Aber bei euren Bäuchen war das ja kein Problem«, meldete sich Fynn zu Wort und kicherte.

»Wo und wie haben Sie sich denn kennengelernt?«, fragte Elisabeth.

Sie wusste, wovon Fynn sprach. Anthony hatte alle Freundschaften gekündigt, als sie ihn zuletzt gesehen hatte. Er hatte niemanden mehr an sich herangelassen, war nicht mehr ausgegangen wie früher, als er auf keiner Party gefehlt und jedes Wochenende mit einer anderen Flamme aus der Disco zurückgekehrt war. Er war in diesen heruntergekommenen Wohnblock gezogen, anonym genug für ihn. Hatte aufgehört zu reden. Auch mit ihr. Sie war zu jung gewesen, wie sie jetzt wusste, um darin einen Schrei um Hilfe zu erkennen. Sie war einfach weggerannt. Weil sie sich anders selbst nicht zu helfen gewusst hatte. Weil sie Anthony nicht anschauen konnte, ohne das Grauen zu sehen. Weil sie ihm nicht mehr vertrauen konnte.

Sie war Jazz gefolgt, hatte nach einem Rettungsring gegriffen, der ihr in Wahrheit keinerlei Halt geboten hatte.

Sie hatte nicht geahnt, dass man vor nichts davonrennen kann.

Hatte Anthony in diesen beiden Bowlingfreunden Menschen gefunden, an die er sich für zwei, drei Stunden anlehnen konnte?

»In einer Therapie«, sagte Phil. »Da haben wir uns kennengelernt.«

»Wo? Welche Therapie?« Elisabeths Herz begann zu pochen.

Phil räusperte sich, bevor er antwortete. »Spielsucht. Hatten wir alle drei. Wir beide wurden von unseren Frauen hingeschickt. Die uns dann trotzdem verlassen haben. Anthony kam freiwillig. Hat er jedenfalls gesagt. Ich meine, ist ja schon kurios, nicht wahr, denn er verdiente ja sein Geld – und nicht zu knapp – mit Spielsalons und dem Kasino.«

»Das wusste ich alles nicht«, flüsterte Elisabeth.

»Wir waren natürlich nicht die einzigen Idioten da, aber wir haben uns irgendwie gefunden. Vielleicht weil wir nicht zu dem ganz schlimmen Gesocks gehörten. Sie wissen schon. Oder nicht dazugehören wollten. Wir haben uns eigentlich gegenseitig therapiert. Das Bowling ist Richard eingefallen. Statt einarmiger Bandit kann es ja eine rollende Kugel auf einer Bahn sein. Wir haben uns dann zum ersten Mal an dem Tag nach Ende der Therapie verabredet und seitdem alle vierzehn Tage getroffen. War am Anfang auch eine Art gegenseitige Kontrolle. Als Zocker siehst du es an den Augen, wenn wer rückfällig wird.«

»Und an den Händen. Die fangen an zu zittern«, ergänzte Richard.

»Wo wir Bowling gespielt haben, da waren ja auch Automaten. Überall sind die ja. Das ist wie mit Heroin. Einmal gefixt und du kannst jederzeit rückfällig werden. Wurden wir aber nicht. Wir haben auch brav nur ein Bier getrunken. Wir haben alle drei unser Leben geändert, und das schweißt zusammen. Ist ja verdammt schwer, so ein kompletter Neuanfang, das können Sie mir glauben.«

Elisabeth wusste nur selbst zu gut, wie schwer ein Neuanfang war. Sie konnte sich vorstellen, dass Anthony spielsüchtig geworden war. Er neigte zu Extremen. In jeder Hinsicht. Er hatte eine Zockermentalität in sich. Hatte immer irgendwelche Geschäfte am Laufen, Kontakte hier, Kontakte da, kaufte, verkaufte. Aber Besitzer eines Kasinos? Beschämt spürte sie in sich Hoffnung aufkeimen. Geld war da, und nicht zu knapp. So hatte sie es doch eben gehört. Oder nicht?

»Sie sagten, Anthony hat Spielsalons betrieben«, begann sie vorsichtig. »Damit hat er also seinen Lebensunterhalt verdient?«

»Anthony hatte ein goldenes Händchen, aber das falsche Temperament«, sagte Martha. »Er war ein geborener Geschäftsmann. Er hat mit Autos gehandelt, später ist er ins Biogeschäft eingestiegen, ohne jemals Müsli angerührt zu haben. Er hat nur eins gerochen: Geld. Aber er verscherzte es sich regelmäßig, weil er nicht mit Leuten konnte. Nicht mit Kunden, nicht mit Mitarbeitern. Die Spielsalons und das Kasino, dann die Disco, ach und zwei Kneipen, das war am Ende die richtige Welt für ihn. Er musste selbst nicht da sein, und wenn, kam er besser mit dieser Nachtwelt zurecht als mit etwas anderem.«

»Und Steven nicht zu vergessen«, ergänzte Paul. »Steven Jackson. Sein Geschäftsführer. Dem konnte er voll und ganz vertrauen. Jedenfalls was die Geschäfte anbelangt. Die hat Anthony am Ende gar nicht mehr selbst geleitet. Steven hat alles gemanagt. Anthony war am Ende kaum noch vor Ort. Er lebte die letzten Jahre ja überwiegend hier, in Southampton.«

»Und was hat er hier gemacht?«

»Er war Lebenskünstler. Er hat nur noch für seine Kunst gelebt«, sagte Martha.

»Pah, Kunst. Dass ich nicht lache«, meinte Fynn.

»Was habe ich nur für einen missratenen Sohn? Da lasse ich ihn mit der Muttermilch Kultur aufsaugen und er setzt nichts als Fett an und wird ein Kulturbanause.«

Sie brach in Tränen aus.

»Ach, Mutterherz, du bist einfach nur untröstlich.« Fynn legte den Arm um sie.

Elisabeth fand die Szene fast theatralisch und spürte doch Neid in sich. Hatte sie ein solches Verhältnis zu Mervin? Hatte sie eine Schulter, an der sie sich anlehnen und weinen konnte? Diese Familie schien so voller Leichtigkeit zu sein. Wie nur war es Anthony gelungen, das Herz dieser Menschen zu erobern?

In ihrer eigenen Familie hatte es kein Lachen gegeben. Kein schnelles Verzeihen. Weder Vertrauen noch Trost.

Ihr Zuhause, eine Vierzimmerwohnung im ersten Stock eines jener unscheinbaren Reihenhäuser aus rotem Ziegelstein, die ganze Straßenzüge in Southampton füllten, war niemals ein Ort der Geborgenheit gewesen. Zwei Menschen hatten Kinder gezeugt, die selbst noch Kinder waren und die so wenig zueinandergepasst hatten wie Hund und Katze. Schlimmer noch. Ihr Vater war eine unkontrollierbare Bombe, die jeden Moment hochgehen konnte. Ihre Mutter wie eine tief vergrabene schweigende Mine. Die Wohnung nichts anderes als ein täglicher Kriegsschauplatz. Mittendrin Anthony und Elisabeth. Jede Freundin, die eine Familie hatte, in der es normal zuzugehen schien, hatte Elisabeth schnell vor den Kopf gestoßen. Eine beste Freundin hatte sie nie gehabt. Wen hätte sie mit nach Hause nehmen können und dürfen? Niemanden. Nicht anders musste es Anthony gegangen sein.

»Es war nicht einfach, Sie ausfindig zu machen«, unterbrach Paul ihre Gedanken. »Ich bin froh, dass es uns gelungen ist. Wie lange werden Sie in England bleiben?«

»Sechs Wochen.«

»Und wo? In Southampton?«

»Nicht nur«, sagte Elisabeth zögernd. »Ich werde wohl auch längere Zeit in London sein.«

»Sie können in London gern bei mir wohnen, wenn Sie keine anderen Pläne haben. Ich habe ein Gästezimmer mit eigenem

Bad. Oder bei meiner Mutter. Wenn Sie morgens gern vor dem Müslifrühstück mit ihr den Sonnenkranz turnen wollen oder wie diese Yogaübung heißt. Bei Fynn wäre es eher eng mit seiner großköpfigen Familie. Hat sich gerade wieder vermehrt. Aber vielleicht braucht er einen Babysitter.«

»Immer, vor allem nachts zum Windelwechseln.«

»Danke für das Angebot. Aber ich kann es nicht annehmen. Ich würde gern, wenn es keine Umstände macht, Anthonys Habseligkeiten, also seine persönlichen Sachen …«

»Selbstverständlich. Das ist auch in unserem Sinne. Wir können uns gleich morgen Vormittag treffen. Er hat hier ja ganz in der Nähe gewohnt. Jedenfalls überwiegend in den letzten Jahren. Ein kleines Haus. Wenn Sie es sehen, werden Sie verstehen, dass wir es gern behalten möchten. Die Idee ist, es der Gemeinde zu schenken, ein Art Museum daraus zu machen.«

»Ein Museum? Wie meinen Sie das?«

»Warten Sie ab, bis Sie es gesehen haben. Wobei wir natürlich erst morgen erfahren, ob Anthony selbst irgendwelche Pläne für das Haus hatte. Vielleicht ist es auch noch gar nicht abbezahlt.«

»Jeder Penny«, mischte sich Martha ein und trocknete sich die Tränen. »Wenn Anthony auch nicht einmal seine Socken selber waschen konnte, Schulden hat er nicht gemacht. Wissen Sie, meine liebe Elisabeth, Ihr Bruderherz war ein ganz schöner Geizkragen. Man musste immer schon vorher essen, wenn man mal bei ihm eingeladen war. Da gab es nur Salatblätter. Alles abgezählt. Auch einer seiner Ticks.«

»Aber für seine Ticks mochten wir ihn ja«, sagte Phil und lachte.

»Wenn die ihm an Ende nicht zum Verhängnis wurden«, meinte Paul.

»Wovon sprechen Sie? Welche Ticks?«, fragte Elisabeth.

»Kannten Sie ihn als Schwester nicht am besten von uns allen?«

Elisabeth wich Pauls forschendem Blick aus und starrte auf ihre Hände. Sie waren schmucklos. Kein Ehering. Kein Armreif. Kurz geschnittene Nägel. Kein Lack. Hände, die zu oft heißem Wasser und scharfem Spülmittel ausgesetzt waren. Die sie ständig eincremte. Sie juckten wieder und die Haut fühlte sich trocken an. Die Handcreme, preiswerte Pferdesalbe, war in ihrem Pensionszimmer.

Anthony hatte den gleichen Tick gehabt. Er wusch sich die Hände so oft, dass seine Haut rau wurde. Es gab Tage, ja Wochen, wo er nur in dünnen Baumwollhandschuhen die eigenen vier Wände verließ. London war seiner Ansicht nach schon immer ein Sumpf, eine Virenbrutstätte, ein Siechhaus, das jeden dahinraffte, der sich nicht schützte.

Einmal, sie trafen sich in einem Café, war Anthony mit Mundschutz erschienen. Er behauptete, dass sich Mikroorganismen in der Luft befänden, gesprüht aus Armeejets vom FBI, der CIA, von geheimsten Logen und Bruderschaften, in den Morgenstunden, wenn zumindest ein Viertel der Londoner Bevölkerung schlief.

Anthony hatte seine Theorien. Sie hielten ihn für Tage oder Wochen oder Monate gefangen. Und nicht selten wollte Elisabeth ihrem älteren Bruder Glauben schenken.

»Ich frage mich, was aus Chilpy wird«, sagte Martha. »Ob Anthony einen Spendenfonds für den Piepmatz eingerichtet hat?«

»Er hat ihn bestimmt dir vermacht.« Fynn stupste Martha an die Schulter. »Wer einen Vogel hat, bekommt einen und einen goldenen Käfig dazu.«

64

»Der Käfig ist so groß wie mein Kleiderschrank. Wo soll ich das Viech hinstellen? Auf den französischen Balkon? Nein, Männer, die mit Kanarienvögeln sprechen, da hört meine Toleranz auf.«

»Pst, Mutter. Anthony hört dich.«

Fynn zwinkerte Martha zu.

»Na ja, Chilpy hat am Ende offenbar nur die zweite Geige gespielt. Oder die dritte. Die zweite war ja ich.«

»Und die erste? Wer soll das gewesen sein? Eine Dose?«

Fynn schlug sich lachend auf die Knie. Die drei anderen Männer schmunzelten. Elisabeth wagte nicht zu fragen, welche Dose Fynn meinte.

Nur Martha blieb ernst, holte wortlos ein Schminktäschchen hervor und zog sich in aller Ruhe die Lippen nach.

Einen Moment war es still am Tisch. Alle sahen ihr zu, wie sie die Lippen auf eine Serviette presste, die Mundwinkel abtupfte, ihre Augen im Taschenspiegel betrachtete und silberne Haarsträhnen glättete.

Martha war die Antwort auf alle Fragen, die Elisabeth über ihren Bruder hatte. Eine Frau, die abseits von allem und allen stand, die sich selbst genügte, an die man niemals nah genug heranzukommen schien und die doch Mittelpunkt von allem war. Wie eine Lichtquelle, um die Motten schwärmten.

»Was willst du andeuten, Mutter?«, brach Paul schließlich das Schweigen.

»Was wohl? Dass da eine Frau war.«

»Ah, Mütterchen ist eifersüchtig, schau an«, sagte Fynn. »Bist eben doch nicht mehr taufrisch. Und Männer ab fünfzig bekommen ihren Koller. Hast du doch selbst gesagt.«

»Ach, ach. Anthony hatte schon seine Koller, als er noch keine silbernen Schläfen hatte. Warum hätte ich mich wohl sonst von ihm scheiden lassen? Aber für Barbiepuppen mit Pubertäts-akne hatte er nie was übrig.«

Martha streckte ihren Busen raus und zog das weit ausge-schnittene Dekolleté noch ein Stück tiefer. »Alles echt bei mir. Und proper wie mit zwanzig. Musst du doch zugeben. Da kann eine Barbie noch so viel Silikon spritzen. Bei mir, da ist alles echt. Das wirst du auch noch zu schätzen wissen, wenn du erst einmal dein elendes Windelleben hinter dir hast, mein werter Herr Sohn. Wissen Sie, verehrte Elisabeth, ich bin nicht der eifer-süchtige Typ. Aber es kann nur eine Frau dahinterstecken. Das sagt mir meine weibliche Intuition. Nicht wahr, das müssen Sie doch auch kennen.«

O ja. Elisabeth wusste leider allzu gut, wovon Mrs Fridge sprach.

Kurz tauchte das Gesicht des letzten Mannes auf, in den sie die Hoffnung auf eine gemeinsame Zukunft gesetzt hatte und der mit fadenscheinigen Ausreden seine Koffer packte und nach drei Jahren verschwand. Keineswegs, weil er mit Mervin nicht klarkam. An der Straßenecke wartete schon seine neue Liebe. Eine kinderlose Frohnatur, mit der er, wie sie hörte, jedes Wochenende bis zum Morgengrauen feiern ging.

»Mutter, worauf willst du hinaus?«, fragte Paul mit ernster Stimme.

»Herzschlag mit vierundfünfzig! Wo gibt es denn so was? Da kann doch nur eine Frau hinterstecken, die ihn so verrückt gemacht hat, dass die Pumpe versagt hat, oder? Wenn ich die zu fassen kriege, zerquetsche ich sie wie eine Schmeißfliege.«

Martha kniff die Augen zusammen und rieb Daumen und Zeigefinger aneinander.

»Also ist doch was dran an der Geschichte«, meinte Richard. »Unser eingefleischter Junggeselle hatte wirklich eine Affäre.

Wenn Anthony nicht mehr zum Bowling kommt, dann steckt garantiert eine Frau dahinter. Hab ich's nicht gesagt, Phil? Wir haben sogar eine Wette abgeschlossen. Und ich hab gewonnen? Also Phil, Segeltörn.«

»Du hast nichts davon erwähnt«, sagte Paul, an seine Mutter gewandt. »Hast du die Frau bei ihm gesehen?«

»Bei ihm gesehen?« Martha zog die Augenbrauen hoch. »Ich habe Anthony selbst ja in den letzten drei Monaten kaum noch in die Hände gekriegt. Und Phil und Richard sagen das Gleiche. Er hat auf keine SMS geantwortet, das Telefon klingeln lassen, und wenn ich Zeit hatte, herzufahren, hat er mir das Tor nicht aufgemacht. Er hat sich eingeschlossen. Glaubt bloß nicht, dass ich nicht alles Mögliche versucht habe. Ihr habt es nur nicht ernst genommen. Fynn hatte nichts als den dicken Bauch seiner Holden im Kopf, und du, mein superschlauer Paul, warst mit dem Stellenabbau in deiner Redaktion beschäftigt. Tut ja nicht so, als hätte ich euch nicht erzählt, dass ich mir Sorgen um Anthony mache.«

Elisabeth schwirrte der Kopf. Sie glaubte, schwer verständliche Bruchstücke aus dem Leben einer ihr völlig unbekannten Person zu hören. Sie war ausgeschlossen aus einer Art Geheimsprache, einem Code, den alle anderen beherrschten und den sie nicht verstand. Was hatte sie erwartet? Es waren zwanzig Jahre vergangen. Jahre, in denen sie sich kein einziges Mal bei Anthony gemeldet und in denen sie auch nichts von ihm gehört hatte. Er war ein Fremder. Nur auf dem Papier ihr Bruder. Das Bild, das sie von ihm hatte, war ein anderes. Weder ein Kanarienvogel noch ein außergewöhnliches Haus, weder viel Geld noch eine Frau fügten sich da hinein.

Anthony war immer der Mädchenschwarm gewesen, ja, doch die allerwenigsten hatten ihn interessiert. Zicken und Ziegen, so

hatte er das weibliche Geschlecht für sich eingeteilt. Plastik-
hirne. Elisabeth konnte sich an keine einzige Freundin erinnern,
die er mit nach Hause gebracht hatte, weil er länger als eine
Nacht mit ihr zusammen sein wollte.

Der Schlüssel zu seinem Herzen musste Martha gewesen sein.

»Und wo ist die Barbiepuppe?«, fragte Fynn. »Verdreht Anthony den Kopf, bis er tot umfällt, und weg ist sie?«

Martha machte ein ernstes Gesicht. »Wer immer sie ist – und
ich schwöre, dass ich das herausfinden werde –, sie hat Anthony
umgebracht. Darauf könnt ihr Gift nehmen.«

6

Der Spatz schimpfte schon seit geraumer Zeit, doch Su schenk-
te ihm keine Beachtung. Sollte er doch hinters Haus aufs Feld
fliegen und Würmer suchen, statt faul auf seinem Stammplatz,
einem Ast des Pflaumenbaums, zu hocken und auf seine Tüten-
körner zu warten.

Sie bestäubte die Hände mit Mehl und begann den Brotteig
mit einer Heftigkeit zu kneten, die aus ihrem Inneren in die
Fäuste und Handflächen strömte und ihr fremd war.

Sie hatte die Vorhänge des Küchenfensters zugezogen. Ganz
gegen ihre Gewohnheit. Sie mochte den Blick in den Garten,
erfreute sich sonst an dem immer hungrigen Spatzenpaar, liebte
es, die Sonne, zumindest ein Stück davon, hinter der Weißdorn-
hecke und den Pappeln untergehen zu sehen. Vor allem mochte
sie ihr Blumenbeet. Doch derzeit schmerzten ihr die Augen von
den grellen Farben der Frühlingsboten. Den blutroten Papa-
geientulpen würde sie am liebsten die Köpfe abreißen, und das
Gelb der Narzissen war auch wie ein Dorn in der Pupille.

Es war Mittwoch. Ihr Backtag. Sie sagte sich insgeheim, dass sie dann einen guten und harmlosen Grund hätte, ja eigentlich sogar die Berechtigung, an Mr Smittons Tür zu klopfen. Nicht nur das. Sie wollte ins Haus gebeten werden. Das Brot in seine Küche tragen. Es in den Tontopf legen oder gleich eine Scheibe abschneiden, mit selbst gemachter Kräuterbutter bestreichen, es ihm mit einem Glas Pfefferminztee im Wintergarten servieren.

Mr Smitton liebte ihr Brot. Das hatte er ihr zumindest immer gesagt. Oder war das alles nur Höflichkeit, schlimmer noch, nichts als Heuchelei gewesen?

»Kein Brot mundet und bekommt mir so gut wie Ihr Kartoffelbrot.« Das waren seine Worte gewesen. Gleich in der ersten Woche, als sie ihm nach ihrem Einzug eins gebracht hatte. Jetzt entzog er ihrem Brot seit beinahe einem Monat die Treue.

»Mr Smitton sagt, dass er jetzt meistens frühstücken geht. Er braucht kein Brot«, hatte Elli gestern ausgerichtet, nachdem Su sie das dritte Mal zu Mr Smitton geschickt hatte. Elli schien nicht minder enttäuscht zu sein. Su selbst traute sich nicht mehr, zu ihm zu gehen. Nicht, seit die aufgetakelte Fremde in ihrem roten Cabrio aufgetaucht war.

Alles war anders seither.

Ein Mann wie Mr Smitton, der zum Sonntagsfrühstück in den Golfklub fuhr oder sich in der noblen Villa Blanche zu Klaviermusik französische Croissants servieren ließ. Und für dieses sonntägliche Affentheater einen Anzug trug. Sie sah doch mit einem Blick, wie unwohl er sich fühlte.

Dennoch glühte sein Gesicht. Ja, es hatte sich verändert. Der ganze Mann. Es erschien Su jedenfalls von Weitem so. Das Haar war kürzer und in Form geschnitten. Das passte nicht zu ihm. Sie mochte es, wenn seine dünnen grauen Haare vom Wind in alle Richtungen gestrubbelt wurden. Dann sah er noch mehr wie ein liebenswerter zerstreuter Professor aus. Jetzt wirkte er wie jemand, der den Verstand verloren hatte.

Sie klopfte sich das Mehl an der Schürze ab, bestrich die Teigklöße mit Wasser und schob sie in den Ofen. Bald erfüllte der Duft nach frisch gebackenem Brot die Küche und den zweiten Raum ihrer kleinen Wohnung. Ein Duft, der ihr sonst ein Lied auf die Lippen gezaubert hatte.

Sie zog die Schiebetür zwischen Küche und Wohnraum zu, holte sich das Flickzeug und Ellis zerrissene Shorts und setzte sich auf den einzigen Sessel im Raum. Sie hatte ihn an das Fenster gerückt, von dem aus man den besten Blick auf Mr Smittons Haus hatte. Sie konnte sein Schlafzimmerfenster im obersten Stock sehen und auch die Haustür beobachten.

Wie oft hatte sie hier gesessen und auf seine Rückkehr gewartet. Das war ihr erst in den letzten Tagen klar geworden, da sie nun aus seinem Leben ausgeschlossen worden war.

Wer bin ich schon?, dachte sie. Was bilde ich mir ein?

Sie legte das Nähzeug beiseite und stellte sich vor den Spiegel des Kleiderschranks. Kritisch musterte sie sich. Versuchte sich vorzustellen, was Elroy – wie sie Mr Smitton für sich nannte – in ihr sehen mochte.

Mehr hager als schlank. Knochengerippe. So hatte sie ihr Vater genannt. Hakennase. Das war der Schimpfname, den sie sich als junges Mädchen in der Schule anhören musste. Bretterbrust. Ein Ausdruck ihres Bruders, der Su nicht weniger gehänselt hatte als seine Freunde.

Welchen Sinn hat es, geboren zu werden, um dann zu erleben, wie niemand die Hand ausstreckt, um den Weg des Lebens gemeinsam mit einem zu gehen? Welchen Sinn hat die Erfahrung, auf keinen Kindergeburtstag eingeladen zu werden, bei der Tanzstunde immer diejenige zu sein, die sitzen bleiben muss, im Pausenhof allein in einer Ecke zu stehen und nur Nähe zu spüren, wenn jemand einen an den Zöpfen zieht? Nicht einmal mit glänzenden Noten hatte Su den anderen imponieren oder sie ausstechen können. Sie war die dumme Pute. Immer schon.

Sie wandte sich vom Spiegel ab und nahm die Flickarbeit wieder auf.

Es war, wie es war. Einen Blumentopf würde sie nicht mehr gewinnen.

Sie haben festes Haar, hatte Elroy einmal gesagt, als sie im letzten Sommer zusammen auf seiner Veranda gesessen hatten. »Festes, volles Haar. Das ist selten.«

Immer wieder seither fuhr ihre Hand ins Haar. Und Hitze stieg ihr in die Wangen. Aber was zählte schon dieses Pferdehaar, in das sich nun schon erste Silberfäden spannen. Als Kind zog man sie an den Zöpfen. Und jetzt direkt am offenen Herzen.

Elli war anders. Sensibel. Aber sie vermochte sich zu wehren. Und hatte ihr das Schicksal nicht im Grunde eine noch härtere Bürde aufgeladen? Doch trotz ihres zu kurzen linken Beins lief sie mit einer Leichtigkeit durch ihre Kindheit, wie sie Su nie besessen hatte. Elli hatte zum Glück nicht Sus hagere Figur. Man sah schon erste weibliche Rundungen. Und sie hatte ihr dickes Haar geerbt. Es hatte eine ungewöhnliche Farbe. Ein sehr helles, fast weißes Blond. Du hast es von deiner Urgroßmutter, hatte Su ihrer Tochter erzählt. Eine Notlüge, wie so oft, wenn Elli Fragen stellte.

Sie war das einzige und größte Geschenk in Sus Leben. Niemals sollte Elli an sich zweifeln. Und niemals sollte sie herausfinden, unter welchen Umständen sie gezeugt worden war.

Ellie glaubte ihren Vater tot. Vom Blitz erschlagen. Diese

Geschichte hatte sie sich selbst ausgedacht. In Gedanken hatte Su ihn mehr als einmal durch Blitzschlag oder anders umgebracht.

Doch kaum sah sie Ellis fröhliches Kindergesicht vor sich, quoll alles in ihr vor Dankbarkeit und Glück über. Elli war ein Geschenk Gottes. So sah es Su. Welche Frau hatte schon das Glück, schwanger zu werden, nachdem sie nur ein einziges Mal mit einem Mann zusammen gewesen war?

Sie stach sich mit der Nähnadel in den Finger und fluchte leise. So war es. Wie ein Stich unter die Haut, der zwischendurch daran erinnerte, dass mit Elli zugleich die größte Schmach in Sus Leben verbunden war.

Sogleich tauchte Annabelles Puppengesicht, umrahmt von ondulierten rotblonden Löckchen, vor ihr auf.

Sie waren an die dreißig junge Frauen gewesen, alle Anfang bis Ende zwanzig, alle auf der Suche nach der letzten Möglichkeit, auf leichte Weise irgendeine Ausbildung abschließen zu können.

Die Haushaltsschule, ein Auffangbecken für angehende Servicekräfte in der Gastronomie und Arbeiterinnen für andere unterbezahlte Tätigkeiten, hatte auch Sport auf dem Stundenplan.

Su hasste Sport. Sie hasste es, sich vor anderen Frauen umziehen zu müssen. Aber genau dort, im Umkleideraum vor der Sporthalle, hörte sie jenen Satz, der sie bis heute verfolgte, als tausendfaches Echo: »Wie man erzählt, bist du seit gestern endlich keine Jungfrau mehr. Wer hätte das gedacht?«, hatte Annabelle mit lauter Stimme verkündet.

Das Geplapper und Gekicher der anderen war jäh verstummt. Alle wendeten sich neugierig Su und Annabelle zu.

»Henry meinte, er würde erst mal nicht so schnell wieder eine Wette abschließen, oder wenn, dann lieber um einen Kasten Bier.«

»Wovon sprichst du?«, hatte Su gefragt und ein Rauschen in den Ohren gespürt, das immer lauter wurde.

Sie hielt das Sporthemd vor die Brust. Den ganzen Tag schon hatte sie das Gefühl gehabt, nackt zu sein, hatte sich eingebildet, jeder würde ihr an den verschlafenen Augen ansehen, dass sie in der Nacht zuvor auf einer von Buchen gesäumten Wiese mit hochgeschobenem Kleid unter Henrys schwerem Körper gelegen hatte, der nach Bier roch, stumm und schnell mit halb heruntergelassener Jeans in sie eingedrungen war, lange auf sie einstieß, dabei die schlimmsten Schimpfwörter von sich gab, die sie mit zusammengebissenen Zähnen ertrug wie den Schmerz, wie jeden Stein und jeden Halm, die im Rücken stachen.

Sein weißblondes Haar hatte im Licht des Vollmonds geleuchtet, doch Romantik hatte sich Su anders vorgestellt.

Sofort hatte Henry den Hosenschlitz wieder geschlossen, nachdem er endlich mit kurzem Stöhnen gekommen war, hatte Su ohne ein Wort liegen gelassen und war mit ihrem Slip verschwunden, mit dem er ihr Blut und sein Sperma zwischen ihren Beinen abgewischt hatte. Jetzt wusste sie, warum.

»Hast du nichts von dem Rennen gehört?«, fragte Annabelle und grinste sie herausfordernd an.

»Rennen?«, stammelte Su.

»Na, Henry hat mit seinen Kumpels doch gewettet, dass sein alter Cadillac schneller fährt als Johns Golf. Dämlich. Vor allem dann noch Jungfernknacken als Wetteinsatz.«

Die anderen kamen kichernd näher. Su wich zurück, bis sie die Holzbank an ihren Kniekehlen spürte.

Annabelle stemmte eine Hand in die Hüfte und strich mit der anderen provozierend langsam ihren Körper von den Brüsten hinab über Bauch und Unterleib und ließ ihre Hand einen kurzen Moment zwischen den Schenkeln liegen. Sie trug einen

Tanga mit winziger schwarzer Schleife am Spitzensaum. Ihr Kaugummi poppte. Sie zog es mit der Zunge zwischen die Zähne zurück, ohne Su aus den Augen zu lassen.

Die Mädchen johlten.

»Na, und John hat gesagt, der Wetteinsatz war ja kein bisschen eine Herausforderung, so leicht, wie du zu knacken warst, und Henry meinte daraufhin, dass er sich drei Pillen einwerfen musste, weil es mit einem Schwulen nicht schlimmer hätte sein können. Aber dass es keine drei Minuten gedauert hat und du warst mit ihm in den Büschen. Er glaubt, dass John seinen Motor irgendwie getürkt hat, damit er bloß nicht die Wette verliert und er dann derjenige ist, der dich dann knacken muss. Na ja, jetzt kannst du dir sagen, dass du doch keine alte Jungfer geblieben bist.«

Su war auf die Bank gesunken, roch Deo und Haarspray und wünschte sich, auf der Stelle tot zu sein.

Sie wusste nicht mehr, was nach Annabelles Worten geschehen war. Vermutlich hatte die Glocke geläutet und sie erlöst.

Sie war erst aus ihrer Starre erwacht, als sie drei Monate später vom Überlandbus aus das Meer gesehen hatte.

Sus Großmutter hatte zeitlebens vom Meer geschwärmt. Als junge Frau hatte sie an der Westküste als Zimmermädchen gearbeitet. Die schönste Zeit meines Lebens, hatte sie immer gesagt. Danach war sie nur noch wenige Male in den Ferien dort gewesen.

Mit den Erzählungen ihrer Großmutter im Kopf war Su an die Küste gefahren. Mit einem Koffer, drei Taschen, fünfhundert Pfund Erspartem, ihrem Ungeborenen und einem Strohhalm Hoffnung.

Den Ort hatte sie sich mit dem Finger auf der Landkarte ausgesucht.

Ilfracombe. Ein fremdartig klingender Name. Ein winziger roter Fleck, weit genug entfernt von allem, was ihr Schmerz zugefügt hatte.

Sie war aus dem Bus gestiegen und einen Hang hinunter zum Meer gelaufen.

Es hatte wie ein glatter grünstichiger Spiegel vor ihr gelegen. Die tief stehende hellorange Sonne eine glitzernde Straße bis zum Horizont, die sie einzuladen schien, ihr zu folgen. Wind riss an ihrem Haar. Sie schmeckte Salz auf der Zunge, zog Schuhe und Strümpfe aus und grub ihre Füße in den Sand.

Dann legte sie sich auf den Rücken und schloss die Augen. Die Wellen tosten in ihren Ohren. Kein anderes Geräusch war mehr da. Annabelles hässliches Lachen verschwand, die wütende Stimme ihres Vaters, die bittere ihrer Mutter. Alle Stimmen, die Su wie mit Hyänengeheul umlagert hatten, wurden vom mächtigen Wellenbrausen verschluckt.

Die Weite des Meeres ließ sie auf eine Weise Atem schöpfen, wie sie es noch niemals erlebt hatte. Alles in ihr dehnte sich aus, füllte sich mit Wasser, Himmel und Wind. Der Schmerz wehte aus ihr und wurde unbedeutend.

Sie war endlich angekommen.

Und wusste, dass sie nicht zurückkehren würde.

Su legte die geflickte Shorts zurück in den Kleiderschrank und sah nach den Broten. Sie waren aufgegangen wie zwei Fußbälle.

Solange du Brot backen kannst, verhungerst du nicht. Auch einer dieser Sätze ihrer Großmutter. Es musste eine Erfahrung aus dem Krieg sein, über den sie nie gesprochen hatte. Doch Su wusste, dass ihr Großvater in der Normandie gefallen und ihre Mutter mit ihren zwei jüngeren Brüdern aufs Land geschickt worden war. Bei jedem Gewitter zog ihre Großmutter alle Vorhänge zu und ermahnte sie, nicht in den Blitz zu schauen. Bei jedem Feuerwerk erinnerte sie sich an die Bombengeschwader über London.

Su hatte von ihr die Hakennase geerbt, als Einzige ihrer Geschwister, und das Brotbacken gelernt und damit den Willen, zu überleben.

Su vermisste ihre Großmutter oft. Zu dem Zeitpunkt, als Su sie am dringendsten brauchte, war sie schon zwei Jahre tot. Sie hätte sich wie ein Bollwerk zwischen Su und ihre Eltern gestellt. Ein Bollwerk aus Liebe und allem, was damit verbunden war: Güte und Vertrauen.

Was bei ihren eigenen Eltern letztlich Lippenbekenntnis war, verkörperte Sus Großmutter in ihrem Wesen. Sie hätte Su niemals aus dem Haus gejagt. Wahrscheinlich wäre sie mit ihr gegangen.

Aufrechte Christen, so sahen sich Sus Eltern. Eine gefallene Tochter, ein uneheliches Kind – nicht unter ihrem Dach. Ob sie es jemals bereut hatten, sie noch an dem Abend, als Su ihnen unter Tränen von ihrer Schwangerschaft erzählt hatte, vor die Tür gewiesen zu haben? Du bist nicht mehr unsere Tochter, hatte Sus Vater mit harter Stimme gesagt, ihr eine halbe Stunde zum Packen gegeben, den Haustürschlüssel abgenommen und sie ohne Abschiedsworte hinaus auf die Straße geschickt. Ihre Mutter hatte sich weinend ins Schlafzimmer zurückgezogen.

Su hatte in der kalten Herbstluft gestanden und kurz zu den Fenstern hinaufgesehen, wo sie ihre Geschwister hinter Gardinen verborgen wusste. Die ersten Nächte hatte sie in einer Jugendherberge verbracht. Dann hatte sie, als sie die Aussichts-losigkeit einer Rückkehr allmählich begriff, angefangen zu kämpfen. Hatte sie am Ende nicht mehr erreicht, als man ihr jemals zugetraut hatte?

Die wenigen halbherzigen Versuche, die Herzen ihrer Eltern Jahre später zu erreichen, waren fehlgeschlagen. Sie wollten Elli nicht in die Familie aufnehmen. Die Male, da Su mit Elli Weihnachten bei ihren Eltern verbracht hatte, waren im Streit geendet.

Sie würde es ihnen wohl niemals recht machen können. Sie war das schwarze Schaf. Ihre drei Schwestern und ihr Bruder dagegen schienen in allem perfekt zu sein.

Vielleicht wären ihre Eltern gnädiger, hätte Su einen Mann an ihrer Seite. Einen Versorger. Einen Mann wie Elroy.

Bleib dir selbst treu. Das hatte Sus Großmutter gesagt. Bleib dir treu, sei stolz auf dich und versuche, ein Leben in Würde zu führen. Und sei dankbar, wenn du zu jeder Zeit Brot auf dem Tisch hast.

Daran hatte sich Su gehalten, als sie am Meer angekommen war und Schritt für Schritt ein unabhängiges Leben begann, das wie ein Planet um eine Sonne kreiste: ihre Tochter.

Sie hatte sich in ein preiswertes Pensionszimmer in Ilfracombe eingemietet und den erstbesten Job angenommen. Als Putzfrau in einer heruntergekommenen Kneipe. Klaglos hatte sie jeden Morgen Erbrochenes weggewischt, die Spuren von Saufgelagen und Schlägereien. Jeden Penny hatte sie gespart, bis sie sich eine kleine Einzimmerwohnung leisten konnte. Einen Ruf hatte sie sich aufgebaut, als verlässliche, schnelle, gute Reinigungskraft, und darauf war sie stolz. Sie hatte sich hochgearbeitet. Von der verruchten Kneipe zur Putzfrau in Hotels und wohlsituierten Privathaushalten.

Und seit einem Jahr hatte sie mit Elli ein eigenes Reich. Sie war glücklich in dem kleinen Haus. Sie beide waren es.

Ein Mann war in ihrem Leben nicht vorgesehen. So hatte es sich Su in all den Jahren, da sie allein mit ihrer Tochter lebte, eingeredet. Ihre Bestimmung war es, sich um Elli zu kümmern und sie glücklich zu machen. Sie hatte nicht damit gerechnet, sich jemals zu verlieben. Bis sie Elroy begegnet war.

Man sollte die Hoffnung niemals aufgeben, solange man noch die Sonne mit eigenen Augen jeden Morgen aufgehen sieht. Das war einer der Lieblingssätze von Sus Großmutter.

Und wenn ich blind bin und die Sonne nicht mit eigenen Augen aufgehen sehen kann?, hatte sie ihre Großmutter einmal gefragt.

Diese hatte geschmunzelt und augenzwinkernd geantwortet: Du spürst doch die Wärme auf deinem Gesicht, und die macht von innen alles hell.

Su nahm die Brote aus dem Ofen und legte sie in ein Leinentuch gewickelt auf die Fensterbank. Ihr Duft und ihre Wärme stimmten sie augenblicklich versöhnlich.

Ja, sie sollte die Hoffnung nicht aufgeben. Und war seit gestern Morgen nicht ein Keim Hoffnung in ihr aufgegangen wie Hefe im Brotteig?

Sie zog den Zettel aus der Schürzentasche und las die wenigen Worte zum wiederholten Mal.

Ab 19 Uhr bin ich morgen zu Hause. Könnten Sie es einrichten, dann vorbeizukommen? E. Smitton

Er hatte ihr den Zettel vor die Tür gelegt. Etwas lieblos, wie sie jetzt fand. Vor allem nach wochenlanger Ignoranz. Ein kurzes Winken, wenn er zur Garage ging und sie zufällig, manchmal zugegebenermaßen absichtlich, gerade vor ihrer Haustür stand.

Wie ein Pendel waren ihre Gefühle hin und her geschwungen, seit sie den Zettel gefunden hatte. Zwischen Neugier, Freude, Skepsis, Enttäuschung und, wie eben gerade, unterdrückter Wut.

Bei der Arbeit hatte sie sich Träumereien hingegeben. Sich sogar dabei erwischt, wie sie beim Staubputzen vor sich hin trällerte, sodass die alte Mrs Stevenson sie mit gerunzelter Stirn zurechtgewiesen hatte. Sie war wie ein aufgescheuchtes Huhn in der Stadt umhergelaufen, von einem Geschäft zum nächsten, wie zuletzt an Weihnachten, als sie Geschenke für Elli gekauft hatte.

Su blickte zur Uhr. Noch zwei Stunden. Ihr Herz begann im Hals zu pochen. Sie sollte alle schlechten Gedanken endlich beiseiteschieben. Es war noch Zeit, aber sie merkte, wie ihre Aufregung wuchs. Sie deckte den Tisch, stellte die Kasserolle in den Ofen und lief nach draußen.

»Elli! Abendessen.«

Wo um Herrgottswillen mochte das Kind sein?

Su stand in ihrem kleinen Garten, wo sie Kräuterbeete angelegt hatte. Es war ihr von Anfang an unheimlich gewesen, dass es dahinter keinen Zaun gab. Ein paar verkrüppelte Obstbäume, die dringend beschnitten werden mussten, markierten die Grenze zwischen dem Grundstück und dem Land des Bauern, einer Wiese und einem Acker.

Elli spielte gern in der Umgebung des Gartens, lief auch manchmal bis zu dem Wäldchen, wo sie sich zusammen mit Freundinnen eine Hütte aus Zweigen gebaut hatte. Ja, mit ihren zwölf Jahren war sie noch sehr kindlich, interessierte sich weder für Mode oder Mädchenkram, wie sie es nannte, noch für Computerspiele. Sie liebte die Natur, besonders das Meer. War in Tiere vernarrt. Versuchte ihr Handicap zu ignorieren und auf jeden Baum zu klettern, der sich ihr in den Weg stellte.

Doch jetzt dämmerte es schon.

Su zögerte. Sollte sie den Ofen ausstellen und in den Nieselregen hinauslaufen? Sie hatte Elli deutlich gesagt, dass sie heute um Punkt fünf zu Hause sein müsse. Elli war doch sonst pünktlich und pflichtbewusst. Warum war sie ausgerechnet heute so sorglos, ja ungezogen?

Su hatte sich einen reibungslosen Ablauf vorgestellt. Ein schnelles Abendessen, Schultasche packen, eine kurze Gutenachtgeschichte, worauf ihre Tochter noch immer bestand, dann ein Gebet und sie könnte noch im Bett lesen.

Der Boiler war schon für die Wanne vorgewärmt. Die Bluse mit dem Rüschenbesatz war frisch gebügelt. Der Rock hing bereit, den sie gestern gekauft hatte. Von der Haushaltskasse abgezwackt wie das teure Ölbad. Und die Uhr tickte. Sie wollte nicht zu spät kommen. Nicht heute. Nicht wegen Elli. Ein Kind stellte doch manchmal ein Hindernis dar. Heute jedenfalls kam es ihr so vor.

»Elli! Wo bleibst du?«, rief sie lauter, aber sicher nicht laut genug.

Sie konnte nicht schreien. Weder aus Freude, schon gar nicht aus Ekstase und erst recht nicht, wenn sie ärgerlich war. Ihr Stimmvolumen gab das gar nicht her.

Sie entschied sich schließlich doch dafür, Elli suchen zu gehen.

Aber wo? Das Wäldchen hatte sie noch nie betreten, wie sie beschämt feststellte. Sie hätte sich längst einmal die Hütte ansehen sollen, von der Elli immer so begeistert erzählte, als sei es ein Märchenschloss. Sie hatte mehrmals erfolglos darum gebettelt, darin übernachten zu dürfen.

Eine grauenhafte Vorstellung für Su. Ein kleines Mädchen allein im Wald. Da stellten sich ihr die Nackenhaare auf.

Unentschlossen ging sie über den Acker, der vor Feuchtigkeit nachgab. Ihre Schuhe würden ruiniert sein.

Mit wachsender Sorge rief sie Ellis Namen.

Endlich, sie war schon fast am Ackerrand angekommen, hörte sie Elli. Allerdings aus Richtung des Hauses. Da stand sie doch zwischen den Obstbäumen und winkte.

Ärgerlich kehrte Su um und hatte schon entsprechende Ermahnungen auf den Lippen. Doch sofort wurde sie weich, als sie vor Elli stand. Sie weinte bitterlich, konnte vor Tränen gar nicht sprechen, zog Su an der Hand zu dem Schuppen auf der Seite von Elroys Gartenteil.

Er hatte seine Gartengeräte darin und allerlei ausrangierten Kram. Für Elli ein geheimnisvoller Ort, an dem es viel zu entdecken gab, vor allem auf dem Dachstuhl, wohin man über eine Leiter gelangte.

»Da«, brachte Elli hervor und zeigte durch die offene Schuppentür.

Su, die Schuppen so wenig mochte wie Keller, Wald oder Dachstühle voller Spinnenweben, schaute hinein. Rechts sah sie Harken und einen Rasenmäher. Links war ein Karton mit einem Kissen. Und darauf lag Elroys Kater, Mr Bean.

Su beugte sich mit pochendem Herzen zu dem Tier hinunter, das leblos auf der Seite lag. Der Körper war noch lauwarm. Es musste vor Kurzem geschehen sein. Neben dem Köpfchen war Erbrochenes. Das Futter in der Schale vor dem Lager war halb aufgefressen.

»Elli, geh schon mal rein, wasch dir gründlich die Hände, ich bin gleich da.«

Sie drückte ihre Tochter kurz an sich, strich ihr übers Haar und schob sie in Richtung Haus.

Es war nur eine Ahnung, die Su Nägel aus einem Marmeladenglas schütten und mit einem Stück Pappe das Futter ins Glas kratzen ließ.

Zugleich fragte sie sich, warum in ihrem Leben immer alles

zum falschen Zeitpunkt passierte, warum selbst das leiseste Glücksgefühl, sei es auch nichts als Träumerei, sofort durch ein Ereignis zerstört wurde.

Während sie das Glas unter der Jacke verbarg und zurück zum Haus eilte, überlegte sie, ob sie den neuen Rock trotz allem anziehen sollte.

Würde Elroy, der Mr Bean über alles liebte, überhaupt bemerken, dass sie diesen Rock trug? Er ging nur bis zum Knie, was ihr gewagt erschienen war wie das schreiendbunte Muster. Der Rock ist vorteilhaft für Sie, hatte die Verkäuferin gesagt.

Vielleicht wusste Elroy vom Tod seines Katers und hatte sie nur deshalb zu sich eingeladen? Nein, Elroy musste ahnungslos sein, denn er war ja seit dem frühen Morgen außer Haus.

Noch hatte Su Zeit. Doch Elli lag auf dem Bett und heulte.

»Wir werden ihn begraben. Ich spreche mit Mr Smitton. Ich gehe ja gleich zu ihm und werde ihm vorschlagen, dass wir für Mr Bean ein schönes Begräbnis machen. Du kannst ein Holzkreuz basteln und Blumen auf sein Grab legen.«

Hilflos streichelte Su das Haar ihrer Tochter. Ihre Worte kamen ihr leer vor. Es war schließlich der erste Tod, den das Kind erlebte. Jedenfalls der erste Tod eines Wesens, dem sie sich verbunden fühlte, das sie geliebt hatte.

Mr Bean war zweimal täglich für eine Schale Milch vorbeigekommen, frühmorgens vor der Schule und wenn Elli Hausaufgaben machte. Dann saß er schnurrend auf ihrem Schoß, als wollte er sie anspornen, nur ja alles ordentlich und zügig zu erledigen. Der Kater war ihr oft draußen zu ihren Spielplätzen gefolgt. Ein Aufpasser und Spielkamerad.

»Sie war es. Das weiß ich genau. Sie hat ihn gehasst«, brachte Elli unter Schluchzen hervor.

»Von wem sprichst du?«

»Von der Hexe.«

Su fragte nicht weiter. Sie wusste, von wem Elli sprach, half ihr die Kleidung aus- und den Schlafanzug anzuziehen. Sie drückte ihr einen Kuss auf die Stirn.

»Magst du etwas essen?«

Elli schüttelte den Kopf. Su eilte in die Küche und machte Kakao. Ein hilfloser Versuch, ihre Tochter zu beruhigen. Konnte sie sie überhaupt allein lassen? Müsste sie Elroy nicht absagen?

Elli trank immer noch weinend die heiße Schokolade und barg dann den Kopf im Kissen.

»Heute ist Donnerstag«, schluchzte Elli. »Ich hätte auf ihn aufpassen sollen, weil Donnerstag ist.«

»Aber Elli, es ist nicht Donnerstag. Heute ist Mittwoch.«

»Nein«, schrie Elli, richtete sich auf und wies auf den Dinosaurierkalender über ihrem Bett. Sie hatte einen Tick mit der Zeit. Sie ging niemals ohne ihre Armbanduhr irgendwohin. Sie wollte immer wissen, wie lange etwas dauerte, wurde unruhig, wenn sie zehn Minuten später als gewohnt frühstückten, konnte unpünktliche Busse nicht ertragen und schob den grünen Tyrannosaurus Rex aus Plastik sofort nach dem Aufwachen ein Datumsfeld weiter.

»Siehst du. Donnerstag. Immer geschieht es an einem Donnerstag.«

»Was, Elli?«

»Ein Unglück.«

Su starrte auf den Kalender, ging in die Küche zu ihrem eigenen, einen mit Rezepten auf der Rückseite, und vergewisserte sich mit einem Blick auf das Display ihres Telefons. Elli hatte recht. Es war Donnerstag. Und sie hatte an einem Donnerstag Brot gebacken. War sie jetzt vollends durch den Wind? Es war wie verhext, seit Elroy den Zettel vor ihre Tür gelegt hatte.

Zerstreut ging sie zurück in Ellis Zimmer.

»Ich dachte, es wäre Mittwoch«, murmelte sie und streichelte das Haar ihrer Tochter. »Ich muss gleich zu Mr Smitton. Ich bleibe nicht lange.«

Elli nickte mit Tränen in den Augen und umklammerte eins ihrer Stofftiere, die sie immer noch nicht aus dem Bett verbannt hatte.

Sie nahm Elli fest in die Arme und murmelte ein Gebet in der Hoffnung, dass ihre Worte Trost und Magie sein würden. Zumindest, bis Elli eingeschlafen war.

Alle Vorfreude war wie weggeblasen. Sie stellte sich nur kurz unter die Dusche, zog sich hastig an, bürstete rasch das Haar und verzichtete auf den Schmuck.

Es war bereits zwanzig Minuten nach sieben, als sie mit schlechtem Gewissen Elli gegenüber vor Elroys Tür stand. Sie klopfte mit einem bekannten Gefühl. Dem Gefühl, zur falschen Zeit zu kommen. Nicht an einem Mittwoch, wie sie geglaubt hatte und was sie für ein gutes Omen gehalten hatte, sondern an einem Donnerstag, den Elli für den Wochentag der Unglücke hielt.

Wie eine Bittstellerin kam sie sich vor. Die gehorsam zur Stelle war, wenn man sie rief. Auch dann, wenn sie eigentlich nicht dazu in der Lage war, wie jetzt.

DAS DRITTE GEBOT

Die Herrin hat es gesagt. Immer und immer wieder.
Es sind sie. Sie sind es. Hüte dich vor ihnen.
Sie locken dich. Wollen dir die Zunge lösen.
Schweige bis zum Tod, sagt die Herrin.
Denn du bist niemand.
Du hast keinen Namen.
Du hast kein Woher und Wohin.
Ein Schatten in meinem Schatten.
Die Sonne ist schwarz, wo du bist.
Sie schließt dich in den dunklen Keller.
Ihr Wille geschehe.
Amen.

7

»Die Zeichnung ist doch verdammt gut geworden. Dafür, dass da nichts als Matsche war. Wenn ich so ein Talent hätte …«

Johnny strich die Zeitung glatt und legte sie mit dem aufgeschlagenen Vermisstenaufruf auf den Stapel. Sie hatten ein zweites Mal mit der Phantomzeichnung in allen möglichen Zeitungen berichtet, diesmal auch überregional. Sogar Radio und Fernsehen hatten eine kurze Meldung gesendet. Die DNA-Analyse hatte zu nichts geführt. Kein Eintrag in einer polizeilichen Datenbank. Weder im Königreich noch international. Das Profil des Toten passte auf keinen der vermisst gemeldeten Männer der letzten fünf Jahre.

Der Tote war bislang ein unbeschriebenes Blatt. Einer mit Allerweltsgesicht, wie Collin fand. Dennoch hatten sie noch Hoffnung. Ein Mensch verschwand nicht einfach. Jemand musste ihn auf der Phantomzeichnung erkennen. Die ersten Anrufe wurden schon ausgewertet. Es war alles eine Frage der Zeit.

Es hatten sich auch an die fünfzig Personen auf die Nachricht im »Coast Observer« gemeldet. Alle wollten einen Retriever kennen, der misshandelt worden war oder plötzlich nicht mehr im Nachbargarten bellte. Bill und Anne hatten alle Hände voll zu tun, den Aussagen nachzugehen.

»Und was soll ich machen?«, fragte Johnny. Er war mit einem Zahnstocher beschäftigt.

»Abwarten und Tee trinken bestimmt nicht«, sagte Collin. »Und bitte nimm endlich deine Quanten vom Schreibtisch.«

»Hab doch frische Socken an.«

»Und schmeiß die Knochen in den Mülleimer. Den in der Küche.«

»Ja, Chef. Ist hier ja schlimmer als bei Mami.«

Johnny stand mit einem übertriebenen Stöhnen auf, sammelte die Reste seines Brathähnchens vom Schreibtisch und lief ins Vorzimmer. Dort gab es eine kleine Küchenzeile. Collin hörte ihn mit Sandra schäkern, seiner heimlichen, unerwiderten Liebe. Sandra stand offenbar nicht auf Vollbärte und Übergewicht. Johnny kehrte mit zwei Bechern schwarzem Tee zurück.

»Hier, was Gesundes.«

»Ich hasse schwarzen Tee.«

»Kaffee ist alle. Und Tee hilft gegen Kopfschmerzen. Ich frage mich, wie wir in dem Wust weiterkommen sollen. Ich sehe keinen Weg. Nicht mal irgendeine kleine Spur.«

Alle waren davon überzeugt, dass es sich bei dem Täter um einen Mann handeln musste. Es kostete Kraft, einen Körper aus einem Boot ins Meer zu hieven. Der Tote hatte zu Lebzeiten mindestens 190 Pfund gewogen und war 6,5 Fuß groß. Der Hund wog 80 Pfund. Zwar war er nicht ausgewachsen gewesen, aber auch kein Schoßhund, den man ohne Probleme über Bord warf.

Vielleicht waren es auch mehrere Täter gewesen, mindestens zwei, wie Collin vermutete. Einer, der das Gröbere erledigt hatte, und einer, der den Toten näher gekannt und in eine Falle gelockt hatte. Wie hätte man dem Mann sonst Barbiturate und Strychnin intravenös verabreichen können?

War das Opfer der Besitzer des Hundes gewesen? Collin war sich sicher. Die anderen im Team genauso. Aber einen Beweis gab es nicht, abgesehen vom zeitnahen Auffinden beider Leichen und von der Todesart.

»Auf Telefondienst habe ich keine Lust«, sagte Johnny. Er trug den üblichen grob gestrickten Rollkragenpullover, hatte einen karierten Schal mehrmals um den Hals geschlungen und lutschte schon den ganzen Morgen Salbeibonbons.

»Das gehört zum Job.«

»Mit durchgeknallten Typen reden, die alle ein verdächtiges Boot gesehen haben, aber einen Frachter nicht von einer Jacht unterscheiden können? Nein, danke.«

»Es ist eben so. Da wollen sich immer welche in Szene setzen.«

»Die sollen zum Hirnklempner, wenn sie Probleme haben. Gibt es keinen Paragrafen für falsche Behauptungen oder Sensationslust und Geltungsbedürfnis? Behinderung von Ermittlungen. Dafür müsste es zumindest eine Geldbuße geben.«

»Wenn Bill, Anne und Sandra sich darum kümmern, dürfte das reichen. Was wissen wir über die Plane?«

Sie hatten die letzten Tage in der Nähe der Tatorte nach Augenzeugen gefahndet, versucht, die Herkunft der Plane zu ermitteln, hatten mit Züchtern von Golden Retrievern gesprochen und Tierheime in der Umgebung kontaktiert. Sie waren keinen Schritt weitergekommen.

»Die Plane besteht aus Spezialmaterial«, sagte Johnny. »Von einem Lastwagen oder so. Kann man nicht in irgendeinem Baumarkt kaufen.«

Er schraubte eine Flasche Hustensaft auf, von denen er gleich ein Dutzend auf den Schreibtisch verteilt hatte, und nahm einen Schluck.

»Und?«

»Soll ich jetzt den Laster suchen, von dem die Plane ist?«

»Wieso den Laster?«

»Sie hat Gebrauchsspuren, was immer das heißt. Vielleicht steht ja jetzt irgendwo ein Laster ohne Plane rum. Das Seil war auch nicht neu. Hier ist der Bericht.«

Johnny schob ihm einen Mailausdruck zu.

»Das Boot ist wichtiger«, sagte Collin.

Er war in eine Aufstellung von Booten und Jachten vertieft. Mithilfe der Küstenwache und der Marinas war es gelungen, eine Liste von Bootsbesitzern an der Westküste zu erstellen. Sie war jedoch unvollständig, denn die beweglichen Boote, jene, die Touristen für ihren Ferienaufenthalt mitbrachten, waren darin nicht vermerkt. Auch nicht die kleineren Motor- oder Ruderboote. Collin fragte sich, wie sie die Hunderte von Einträgen systematisch bearbeiten sollten.

»Hier scheint ja jeder Hinz und Kunz ein Boot zu haben.« Er warf die Liste auf den Tisch.

»Nur du nicht«, sagte Johnny.

»Bin nicht seetauglich. Fester Boden unter den Füßen ist mir lieber.«

Johnny war in Cornwall geboren und hatte nie woanders gelebt. Er wollte auch nirgendwo anders leben. Das Wasser war sein Element. Jede freie Minute verbrachte er auf seinem Boot, mit Angeln und Tauchen. Collin hatte zwar die meiste Zeit seines Lebens in Meeresnähe gelebt, schaute es sich aber lieber vom Festland aus an, als sich auf schwankende Bootsplanken zu begeben.

»Bei dem Wind um diese Jahreszeit kannst du alle kleinen Boote von der Liste streichen«, meinte Johnny. »Windstärken zwischen zwölf und vierzehn Knoten. Eins mit stärkerem Motor musste es schon sein.«

»Ist mir auch klar. Aber davon gibt es mehr, als ich an zwei Händen abzählen kann. Du solltest dir die größeren Häfen vornehmen. Die müssen doch Buch führen über ihre Liegeplätze, vielleicht sogar An- und Abfahrzeiten. Oder ist das wie ein Parkplatz, auf den jeder kommen kann, wie er will?«

Johnny steckte sich ein Hustenbonbon in den Mund.

»Eigentlich ja«, sagte er. »Aber der Hafenmeister muss da

schon ein Auge drauf werfen. Jachten und Segelboote, die größeren Dinger, die können nicht so einfach bei Nacht und Nebel verschwinden. Die Liegeplätze werden vermietet. Die meisten Bootsbesitzer mieten einen festen Platz, andere nur für kurze Zeit. Bei den vielen Marinas kann es aber Ewigkeiten dauern, bis wir das Boot finden … Und was, wenn es aus einer der Buchten raus ist oder von einem Privathafen? Fast jedes Haus hier an der Küste hat doch einen eigenen Anleger.«

Collin nickte und rieb sich über die Augen. Er war hundemüde. Seit Wochen, so kam es ihm vor, bekam er zu wenig Schlaf.

Die Gemeinde übte Druck aus. Die Bevölkerung wurde mit jedem Tag unruhiger. Erste Orte hatten eine Art Bürgerwehr aufgestellt, die nachts auf den Straßen patrouillierten. Hunde wurden ins Haus gesperrt. Angst ging um. Man befürchtete vor allem, dass in der Saison, die bald eröffnet wurde, die Touristen ausbleiben würden.

Wo versteckt sich der Axtmörder? So lautete die Überschrift auf der Titelseite der »Devon Post«. Ein übereifriger Journalist hatte zu Collins Ärger einen Artikel voller Halbwahrheiten und Vermutungen veröffentlicht, der nichts mit der offiziellen Pressemitteilung zu tun hatte. Vermutlich hatte Hampton hier seine Finger im Spiel gehabt und in seiner übertriebenen Art dem Journalisten das nötige Futter für einen sensationsheischenden Artikel geliefert.

Robert Ashborne hatte sich daraufhin aus der Kur gemeldet und besorgt gefragt, ob Collin den Fall ans Präsidium übergeben wolle, falls eine Überbelastung drohe. Überbelastung. Collin hatte wutschnaubend die magere Faktenlage dargelegt. Es wurde ihnen Aufschub gewährt. Doch wenn sie nicht bald einen nennenswerten Fortschritt erzielten …

»Mach deine Runde. Vielleicht hast du ja heute Glück.«

»Mach ich lieber als den Telefondienst, das kannst du mir glauben.«

Johnny nahm die Liste mit der Aufstellung der Boote, zog sich die Wollmütze über die Ohren und stieg in die Wellingtons, die er unter dem Schreibtisch stehen hatte.

»Ich fahr dann auch mal los«, sagte Collin. »Elf Uhr. Da werden die ersten ja wohl ein Bier brauchen. Wir sehen uns später.«

Er wollte an diesem Morgen weitere Kneipen abklappern. Solche, in denen sich Anglerlatein wie Netze über die Tresen spannten. Ein Boot bleibt hier niemals unbeobachtet, hatte ihm Johnny erklärt und war jeden Tag an der Küste unterwegs.

Beide klammerten sich an diesen Gedanken. Sie mussten das Boot finden. Dann hätten sie auch den Mörder am Haken.

***

Gegen ein Uhr mittags hatte Collin ohne Erfolg erst zwei Kneipen besucht. In Zivil. Einige erkannten ihn dennoch und wandten sich entweder sofort ab oder begegneten ihm mit einer Mischung aus Misstrauen und Neugierde.

Er war noch immer der Neue. Jemand, der nicht in einem der Orte an der Küste geboren war, blieb auf ewig ein Neuer, ein Zugezogener, auch wenn er schon zwanzig Jahre hier lebte. Die Verschlossenheit der Küstenbewohner war wie eine Austernmuschel. Man musste vorsichtig vorgehen und zugleich die harte Schale mit fester Hand aufreißen.

Collin drückte mit der Schulter gegen die Tür von »Albert's Rockcafé«. Sie war von der Feuchtigkeit verzogen. Das war der Nachteil, wenn man am Meer wohnte. Alles verfiel schneller. Der Pub war an eine Felswand gebaut und hatte dadurch die

Atmosphäre einer düsteren Höhle. Aus riesigen Boxen dröhnte Hardrock. Es war ein beliebter Treffpunkt von Motorradrockern und Surfern und lag günstig über einem langen Sandstrand, unweit einer kleinen privaten Marina und einer Reihe teils luxuriöser Ferienhäuser, einiger Bed-&-Breakfast-Pensionen und eines Campingplatzes.

Man konnte im Sommer auf einer Terrasse sitzen und den Surfern zuschauen. Die Wellen boten auch Fortgeschrittenen genügend Herausforderungen. Bands aus der Umgebung traten regelmäßig auf einer engen Bühne auf oder spielten Open Air.

Es hieß, das »Albert's« sei ein Umschlagplatz der lokalen Drogenszene, doch bislang gab es keine Beweise, auch nach zwei Razzien nicht. Zwischendurch wurde die Polizei wegen Schlägereien gerufen, und vor ein paar Jahren stand Albert, der Besitzer, kurzzeitig im Verdacht, im Hinterzimmer ein Bordell mit illegal eingewanderten Russinnen zu betreiben. Doch das war am Ende nichts als das Gerede konservativer Alteingesessener gewesen.

Collin hatte den Pub auf der Karte eingezeichnet. Er lag rund sechzehn Meilen von der White Bay entfernt, dem Fundort des Hundes.

Er bestellte ein kleines Guinness und setzte sich an den Tresen. Zwei weitere Männer hockten am anderen Ende schweigend vor ihren Gläsern. Ein Anblick der Trostlosigkeit und Einsamkeit, wie man ihn überall auf der Welt in Kneipen fand.

Es war um diese Zeit noch wenig los. Vor der Tür standen vier Motorräder. Die Gruppe saß in Lederjacken an einem Tisch und zockte.

Es war Freitag. Ich muss mir die Abende am Wochenende um die Ohren schlagen, dachte Collin. Dann sind die Kneipen voller.

»Wo ist Albert?«, fragte er die junge Frau hinter dem Tresen.

»Kommt später vielleicht noch. Sonst heute Abend.«

Sie war höchstens neunzehn, hatte ein offenes Gesicht mit einer Stupsnase und einen Londoner Upperclass-Akzent. Unter ihren Augen waren tiefe Schatten.

»Neu hier, stimmt's?«

»Seit sechs Monaten.«

Sie wischte mit einem verschlossenen Gesichtsausdruck über den Tresen, der aus lackierten Baumstämmen gebaut war.

»Macht es Spaß?«

»Spaß? Nicht sonderlich. Ist ein Job. Aber ich höre bald auf und gehe zurück nach London.«

»Für das Studium gejobbt?«

»Teils, teils. Mein Freund, mein Ex vielmehr, kommt von hier.«

Sie deutete mit dem Kopf zu einem Ecktisch, an dem ein Mann Händchen haltend mit einer blutjungen Frau saß. Ein Paar wie aus einem Werbekatalog für Aussteiger. Der Mann war Anfang dreißig, doch strahlte er mit seinem zotteligen Pferdeschwanz und dem Stirnband eine ungebrochene Jugendlichkeit aus. Die Frau trug bunte Perlen in ihren hennafarbenen Rastalocken und ein weites Kleid, wild gemustert wie ein Flickenteppich.

»Neue Liebe?«, fragte Collin.

»Eine unter vielen. Wird nicht halten. Die kommt aus Deutschland. Ist aber Surferin.«

Die Kellnerin zog einen Flunsch und begann Gläser zu spülen.

»Was werden Sie studieren?«

»Geologie oder Biologie. Ich bin mir noch nicht sicher.«

»Das ist jedenfalls handfester als Surfen. Trauern Sie ihm nach?«

»Nicht mehr. Der flirtet mit jeder, wissen Sie. So einer ist das. Der will vierundzwanzig Stunden lang im Limelight stehen und macht alles platt, was sich ihm bietet. Jedenfalls solange es keine hässlichen Enten sind.«

Sie sprach schnell und wirkte nervös. Collin kam es vor, als hätte das Mädchen nur darauf gewartet, dass einer kam, dem sie ihren ganzen Frust über diesen affigen Typen, auf den sie reingefallen war, erzählen konnte.

Er dachte an Ayesha. Irgendwann würde sie sicherlich auch ihre erste Enttäuschung in der Liebe erfahren, und er würde sie nicht davor schützen können.

»Ein Jäger also.«

»Eher ein Sammler. So einer, der Strandgut sammelt. Ich war wohl auch eine solche Muschel.«

»Kommt er von hier?«

»Nein. Mathew ist Neuseeländer. Was der hier will, weiß ich nicht. Meckert dauernd über das Wetter. Ich schätze, er war in Neuseeland ein Nobody oder hat Mist gebaut und kann nicht mehr zurück. Jetzt ist er hier gestrandet und glaubt sonst wie cool zu sein, nur weil er aus Neuseeland kommt und einen Pferdeschwanz trägt wie kaum einer hier, jedenfalls nicht so einen langen. Bis zum Arsch.«

»Und den wedelt er den Damen um die Nase?«

Sie lachte zum ersten Mal. Zwei Grübchen erschienen neben ihren Mundwinkeln. Dann wurde sie sofort wieder ernst und warf einen schnellen Blick zum Ecktisch, bevor sie mit einem Anflug von Bitterkeit in der Stimme weitersprach.

»Den Damen. Da haben Sie den Nagel auf den Kopf getroffen. Die Klunkerladys, die sind seit Neuestem seine Spezialität. Springt ja was raus. Nettes Wochenende auf 'ner Jacht und so. Was meinen Sie, wie die auf ihn abfahren?«

»Halber Maori. Ein Wilder aus dem Dschungel.«

»Genau. Der Body ist schon toll. Aber im Oberstübchen nichts drin.«

Das Mädchen wandte sich zu dem Tisch mit den Rockern, streckte mit einem Nicken vier Finger in die Luft und begann Bier zu zapfen.

»Ist der Typ hier mal aufgekreuzt?«

Collin zeigte eine Kopie der Phantomzeichnung.

Die junge Frau zuckte zusammen, sah sich zu den Tischen um und flüsterte: »Sind Sie etwa ein Bulle?«

»Einer ohne Hörner.«

Collin zeigte ihr die Polizeimarke.

»Ich habe nichts zu verbergen«, sagte sie nach einem längeren Blick auf die Zeichnung. »Und den Typ habe ich noch nie gesehen. Ehrlich. Wobei hier natürlich viele rein- und rausschwirren, also Ausflugsgäste. Aber von den Stammgästen ist das keiner. Fragen Sie trotzdem am besten Albert. Ältere kommen eigentlich aber kaum.«

»So alte Knacker wie mich sieht man hier also selten?«

Sie lächelte, stemmte die Gläser hoch und brachte sie den Motorradfahrern.

Collin blieb noch eine halbe Stunde. Er versuchte mit den zwei Männern an der Bar ins Gespräch zu kommen, doch beide waren wortkarg und weder Angler noch Bootsbesitzer.

Er notierte sich den Namen des Mädchens – Larissa Dawn –, gab ihr seine Karte und zahlte.

Er schaute ein letztes Mal in die Runde und fing den Blick des Neuseeländers auf. Misstrauen lag darin und Wut. Der Mann hatte Larissa und ihn die ganze Zeit beobachtet. Collin tat es als Eifersucht ab und verließ den Pub. Sein Wagen parkte direkt unter einem Fenster. Vorhänge gab es nicht. Collin blieb einen Moment unschlüssig stehen und schaute hinein. Ging es ihn etwas an, was er sah? Der Neuseeländer war von seinem Tisch aufgestanden und zu Larissa gegangen, umklammerte ihr Handgelenk, redete mit wütendem Gesichtsausdruck auf sie ein und schüttelte eine Faust. Eine Ader an seinem Hals war angeschwollen. Larissa schwieg mit niedergeschlagenen Augen und verschwand durch eine Tür neben der Theke, als der Neuseeländer endlich von ihr abließ.

Collin beschloss, am Abend noch mal ins »Albert's« zu fahren.

Seine Ohren dröhnten. Hardrock hatte ihm noch nie gefallen. So wenig wie Menschen, die mit Gebrüll und Gewalt ihre Gefühle oder Standpunkte vertraten.

Er atmete tief ein. Die Luft war satt vor Salz. Wassermassen brausten gegen Stein. Es gab keine schönere Musik.

* * *

Seit dem Fund der Wasserleiche war es vorbei mit Collins Routine. An keinem Tag kam er vor neun Uhr abends nach Hause. Kein einziges Mal hatte er in letzter Zeit Tee mit Schuss an seinem Felsen getrunken. Heute war es nicht anders.

Einige der Pubs auf seiner Liste besuchte er am frühen Abend erneut. Das Rockcafé zuletzt. Diesmal stand Albert persönlich hinter dem Tresen. Von Larissa Dawn keine Spur. Sie hätte auch wenig zu tun gehabt. Es war bereits kurz nach 20 Uhr, aber kaum voller als zur Mittagszeit. Dabei war es Freitag.

»Na, du alter Rotschopf.«

Albert stand breitbeinig hinter dem Tresen, mit seinem Markenzeichen, einem gelben Stirnband. Sein Händedruck war fest. Ringe, die er an jedem Finger trug, gruben sich in Collins Handfläche. Alberts andere Pranke schlug ihm auf die Schulter.

»Lange nicht gesehen. Alles in Butter?«

»Kann nicht klagen. Und bei dir?«

»Könnte nicht besser sein, Mann.«

Albert zapfte zwei Guinness. Sein muskulöser Oberarm war tätowiert. Eine Meerjungfrau an einem Anker aus züngelnden Schlangen.

Auf der behaarten Brust hing ein Lederriemen mit einem keltischen Zeichen.

»Wie geht's Pat?«

»Mann, wunderbar. Sie surft seit letztem Sommer wieder.« Albert zog eine Packung Tabak aus der Lederweste, drehte mit einer Hand und steckte sich die Zigarette in den Mundwinkel.

»Wie das? Ist sie …?«

»Nee, Mann. Einmal im Rolli, immer Rolli. Aber die Arme sind ja okay. Und so ein Typ aus den USA, auch so ein Gelähmter, hat ein Surfbrett für Rollis gebaut. Sieht aus wie ein Hühnerstall. Das hat sie sich bestellt. Konnte ich meiner Lady nicht ausreden. Mann, ich mein, wenn ich mich mit dem Bike auf die Fresse legen würde und der Doc sagt, da steigst du den Rest deines Lebens nicht mehr drauf. Verstehst du? Dann kann ich mir ja gleich 'ne Kugel geben. Und Pat ohne Surfbrett … Mann, jetzt hat sie wieder eins. Jetzt zieh ich sie mit dem Boot und sie ist happy.«

Albert war sich in all den Jahren, die Collin ihn nun schon kannte, treu geblieben. Geradeheraus, ohne Rücksicht auf Empfindlichkeiten, Anstandsregeln oder irgendwelche negative Konsequenzen für sich selbst.

Und er hatte ein sonniges Gemüt, das er sich trotz aller Schicksalsschläge bewahrt hatte und um das ihn Collin beneidete. Nichts schien ihn aus dem Gleichgewicht zu bringen. Selbst als Alberts Frau Pat nach einem Surfunglück querschnittsgelähmt war, hatte sich sein Optimismus nicht geändert.

»Hab gehört, dass sich ihre Quilts gut verkaufen.«

»Mann, und wie! Die werden ihr aus den Händen gerissen. Sogar vom Festland kommen schon Anfragen. Wenn das so weitergeht, mieten wir vielleicht einen kleinen Laden. Eine Angestellte hat sie schon. Ich sag immer zu ihr, Pat, du wirst mich noch als Paketpacker einstellen oder so, wenn ich meinen Laden hier dichtmachen muss.«

»Rollt der Rubel nicht mehr so?«

Albert machte eine wegwerfende Handbewegung und wischte sich Schaum vom zotteligen Schnurrbart.

»Mann, früher sind Leute von sonst wo gekommen. Sogar aus Portishead oder Southampton. Nur für ein paar Drinks. Heute? Pfff. Da sitzt die Kohle nicht mehr so locker, Mann. Und eure bescheuerten Kontrollen sind auch fürn Arsch. Wer düst schon hierher und trinkt Orangensaft? Das blöde Rauchverbot hat uns den Rest gegeben. Frierst dir ja draußen den Arsch ab und diese Heizdinger … Da kannste gleich den Profit verbrennen, so teuer sind die.«

»Und jetzt?«

»Warte ich wie alle auf die Saison, Mann.«

»Mehr Touristen als Hiesige?«

»Exakt, Mann. Wir stehen ja als Geheimtipp in jedem Reiseführer. Aber die Touris nuckeln auch gern 'nen ganzen Abend an einem Bier. Müsste die Küche erweitern. Aber find du mal 'nen vernünftigen Koch, der für den miesen Stundenlohn, den ich zahlen kann, mehr als Rührei auf den Teller zaubert. Dann die Preise für den Einkauf. Mann, ich sag dir. Aber wollen wir mal nich' jammern. Sind ja nur zwei Zähne weniger.«

Er lachte schallend.

»Und jetzt stehst du wieder selbst am Zapfhahn.«

»Leider. Dabei wollte ich schon längst mit der Harley durchs

Amiland düsen. War ja immer mein Traum. Aus die Maus. Und du, Rotschopf? Beruflich hier? Oder Krach mit deiner Lady?«

Albert sah Collin mit schmalen Augen an. Collin schob ihm die Phantomzeichnung zu.

»Der Tote vom *Red Point* hat ungefähr so ausgesehen. War der mal hier?«

»Der sieht ja aus wie Mr Jedermann.« Albert schüttelte den Kopf. »Da klingelt nix, Mann. War nicht von hier, oder?«

»Wissen wir nicht. Ich persönlich glaube, dass er von außerhalb kam. Vielleicht ein Tourist.«

»Deinen Job will ich auch nicht für 'ne Mille, Mann. Da machst du dir nicht unbedingt Freunde.«

»Worauf willst du hinaus?«

»Was denkst du wohl, Mann, wie das ankommt. Marschierst hier rein, als würde ich Mörder unterm Tresen verstecken.«

Albert spuckte einen Tabakkrümel aus. Seine Stimmung war innerhalb eines Augenblicks umgeschlagen. Bei Albert wusste man nie, wo man dran war. Er war unberechenbar. Und leicht erregbar. Bei den Razzien hatte er die Beamten beschimpft und war einmal auch handgreiflich geworden. Eine Klage wegen Beamtenbeleidigung hatte ihm einige Hundert Pfund Strafe und eine Verwarnung eingebracht. Seither war sein Pub in der Gegend noch mehr in Verruf geraten. Albert war selbst einmal Motorradrocker gewesen. Nicht bei den berüchtigten Hells Angels. Doch die Cliff Drivers, wie sich seine Gang nannte, bestanden nicht gerade aus den netten Jungs von nebenan. Hier vergaß und verzieh man schlecht. Gerüchte und Geschichten blieben oft noch jahrzehntelang haften wie ranziges Fett.

»Albert«, Collin versuchte seine Worte mit Bedacht zu wählen, »es ist ein grausamer Mord geschehen, der aufgeklärt werden muss. Befragungen in der Bevölkerung gehören dazu. Du bist nicht der einzige Pubbesitzer, den wir aufsuchen. Ruf mich an, wenn dir was einfällt oder du was hörst, was immer es ist. Es könnte wichtig sein.«

Albert zog die Lederhose mit dem Totenkopfgürtel hoch, zupfte sie im Schritt zurecht und trank den Rest Bier in einem Zug leer.

»Diese Wasserleiche ist schlecht fürs Geschäft, Mann«, murrte er. »Die Leute schließen sich lieber zu Hause ein, als hier rauszufahren. Wird Zeit, dass ihr den Typ findet.«

»Stimmt«, sagte Collin. »Ich hoffe wir sehen uns in besseren Zeiten wieder.«

»Nichts für ungut, Mann.«

Albert verabschiedete sich mit einem Finger an der Schläfe.

* * *

Collin fuhr die spärlich beleuchtete Küstenstraße zurück nach Hause.

Das Wochenende stand vor der Tür, doch den Familienausflug zu seinen Schwiegereltern, auf den Kathryn seit Wochen drängte, würde sie wohl allein unternehmen müssen.

Als er das Hoftor öffnete, sah er die kleine Lampe aus Schilfgras im Schlafzimmerfenster leuchten. Kathryns Zeichen, dass sie die Kinder früh ins Bett geschickt hatte, um sich mit ihm, wie sie es immer nannte, »auf dem Bärenfell auszutoben«.

Nicht, dass sie ein Bärenfell besaßen. Und Energie zum Austoben verspürte Collin heute wenig. Aber nach einer heißen Dusche könnte sich das ja ändern, beschloss er.

Kathryn war eine aufmerksame, unkomplizierte und lustvolle Liebhaberin. Vier Monate nach der Geburt der Zwillinge hatte sie Collin den Vorschlag gemacht, sich einen Tag pro

Woche im Kalender als ihren Tag, vielmehr ihren Abend, fest zu buchen.

Ein Termin für die Liebe? Collin war mehr als skeptisch gewesen. Würde nicht das Spontane darunter leiden, der Zufall? Wäre nicht dann alles schnell Routine, so wie der Einkaufstag, den Kathryn auf den Donnerstag gelegt hatte?

Das Spontane sei ja trotzdem nicht ausgeschlossen, hatte Kathryn argumentiert. Zweifelnd hatte Collin zugestimmt, einen Monat lang das Experiment zu wagen. Kathryn hatte ihn am Ende, wie so oft, nicht nur überzeugt, sondern begeistert.

Jeden Freitag überraschte sie ihn. Mal organisierte sie an einem lauen Sommerabend eine Babysitterin und entführte ihn zu einem Picknick an einen Fluss, wo sie nackt badeten, bevor sie sich mit feuchten Körpern umschlangen. Ein anderes Mal liebkoste sie ihn mit weichen Straußenfedern. Sie gingen zu Konzerten, saßen Händchen haltend im Kino oder mit einer Flasche Wein am Meer.

Kathryn versuchte eine Atmosphäre des Frischverliebtseins zu schaffen, in die sich Collin anfangs eher unwillig begab, doch später oft fallen lassen konnte wie in einen süßen Rausch.

Heute begrüßte Kathryn ihn in einem ihrer Abendkleider, die sie zu seltenen Opernbesuchen oder anderen festlichen Anlässen trug.

»Es ist spät, Honey.« Sie hauchte ihm einen Kuss knapp neben den Mund. »Hunger?«

»Ein wenig.«

»Ich habe dir die Wanne vorbereitet. Ich lasse heißes Wasser nach. Auf dem Tisch steht schon alles.«

Sie ging ins Bad. Der Stoff des Kleides knisterte. Sie duftete nach Lavendel, einem Kraut, dem sie beruhigende und erotische Kräfte nachsagte.

Die Kinder waren tatsächlich schon im Bett. Während Gleichaltrige freitags länger aufbleiben konnten, wurde ihnen, kaum waren sie den Windeln entwachsen, beigebracht, dass sie an dem Tag um Punkt 19.30 Uhr in ihren Betten zu liegen hatten und ihre Eltern nur im Notfall stören durften. Vermutlich sprühte Kathryn die Kinderzimmer mit irgendwelchen Naturdüften ein, die die drei außer Gefecht setzten. An fast keinem Freitag war es bislang vorgekommen, dass einer eine Kolik hatte, Albträume oder sonstige Gründe, nach den Eltern zu rufen.

Collin aß einen kleinen Salat mit undefinierbaren Sprossen und für seinen Geschmack zu viel Knoblauch und Ingwer, gönnte sich dazu ein halbes Steak und folgte Kathryns Ruf ins Badezimmer. Dort stand eine Wanne auf Füßen. Altmodisch, aber größer als moderne Badewannen. Man konnte bequem zu zweit darin liegen. Kathryn hatte Windlichter angezündet. Leise Musik dazu. Alan Parsons' »Time«.

Collin streckte sich im warmen Wasser aus und schloss die Augen. Er spürte Kathryns Finger im Nacken. Allmählich löste sich seine Anspannung.

»Schweren Tag gehabt?«

»Einen ohne Ergebnis.«

»Morgen ist ein anderer Tag.«

Kathryn stand hinter ihm. Ihre Hände wanderten zu seinen Armen, zu seinen Schlüsselbeinen, seiner Brust. Ihr Haar fiel in sein Gesicht. Er tastete nach ihren Brüsten. Der Stoff ihres Kleides war glatt und seidig und bald feucht. Er langte in ihr Dekolleté, ein schmales, tiefes Dreieck, spürte ihre Brustwarzen.

Sie seufzte, löste sich von ihm, hockte sich auf einen Stuhl ans Fußende, begann seine Füße zu massieren.

»Komm«, flüsterte Collin.

Sie hob das Kleid, stieg in die Wanne und griff nach einer ihrer vielen Ölflaschen.

»Dreh dich um, Honey.«

Collin gehorchte, schloss die Augen und begann zu schweben, Kathryns Hände schienen überall zu sein. Ihre kleinen Bisse im Nacken liefen ihm als schöner Schauer die Wirbelsäule entlang. Er hielt es nicht mehr aus und drehte sich auf den Rücken. Kathryns Kleid war vorne geknöpft. Zu kleine Knöpfe, zu viele, fand Collin und hätte es am liebsten einfach aufgerissen. Kathryn kniete sich zwischen seine Beine und ließ sich Knopf für Knopf ausziehen.

Dann setzte sie sich rittlings auf ihn. Ihre Haut war weich und sehr weiß. Was habe ich doch für ein Glück, fuhr es ihm durch den Kopf, bevor er in einer Geschwindigkeit kam, die er sich an diesem Abend nicht zugetraut hatte und die Kathryn womöglich enttäuschte. Doch wenn es so war, ließ sie sich nichts anmerken. Der Freitag war ja noch nicht vorbei. Der Bademantel lag schon bereit und die Lampe brannte noch im angrenzenden Schlafzimmer.

8

Elisabeth betrachtete den Stacheldraht auf der hohen Mauer und hörte nur mit halbem Ohr zu, während Paul ihr die verschiedenen Schlösser und dazugehörigen Schlüssel für das Metalltor erklärte. Auf der anderen Seite des Tors bellte ein Hund.

»Nicht erschrecken. Das ist Angel.«

Paul machte das Tor auf. Ein schottischer Hirtenhund mit aufmerksamen, warmen Augen lief auf sie zu. Elisabeth streichelte ihm den Kopf.

»Angel hat so lange gebellt, bis Passanten und Nachbarn aufmerksam wurden und die Polizei alarmiert haben. Ich denke, er war Anthonys treuester Freund«, sagte Paul.

Ein Hund als einziger Freund? Für einen Menschen, der mit Tieren nichts anzufangen wusste? Elisabeth wurde warm ums Herz. Sie kraulte Angel hinter den Ohren und fühlte sich Anthony erstmals nahe. Hatte sie nicht auch diese wunderbare Erfahrung gemacht, wie sehr ein Hund Einsamkeit vertreiben konnte?

»Ja, das ist also Anthonys Reich gewesen«, sagte Paul.

Sie wusste nicht, was sie erwartet hatte, als Martha und die anderen von Pauls Haus als etwas Einzigartigem geredet hatten. Eine Villa? Ein Art Museum wie das Hundertwasserhaus, das sie auf Fotos gesehen hatte?

Sie hatte alles erwartet, aber nicht das, was sich vor ihr ausbreitete: ein überwuchertes Grundstück voll alter Bäume, Brombeerbüsche und mit einer wilden Wiese, auf der ein halber Bauernhof herumspazierte. Hühner, vier Schafe, eine Ziege und ein kleines Hängebauchschwein.

»Ein Biotyp war Anthony nicht«, sagte Paul, als hätte er ihre Gedanken erraten. »Vielleicht war es ihm hier zu einsam. Gegacker als Ersatz für Londoner Menschenmassen.«

Elisabeth gelang es nicht, in sein Lachen einzufallen.

»Und dieser ganze Müll?«

Sie wies auf die ausgeweideten, verrosteten Autos und die Berge von ausrangierten Gegenständen. Alte Kühlschränke, Bettfedern, Öfen, Badewannen und anderes.

»Für seine Projekte – die meine Mutter Kunst nennt. Schauen Sie sich mal die Mauer genau an. Alles aus Reifen und Flaschen gebaut und mit Lehm verschmiert. Hält hundertprozentig. Selbst bei Erdbeben, hat Anthony mir mal gesagt.«

104

Jetzt sah Elisabeth es auch. Aus der Mauer, die von innen und außen in grellem Rot mit schwarzen Streifen und Flecken gestrichen war, ragten Flaschenhälse und Reifenteile hervor.

»Petflaschen. Mit Sand gefüllt. Hat er wochenlang dran gesessen.«

»Wie ist er auf diese Idee gekommen?«

»Martha meint, er hätte einen Typ kennengelernt, der ein Earthship bauen wollte, und das hat ihn fasziniert.«

»Ein Earthship? Was ist das?«

»Hat ein Architekt namens Mike Reynolds erfunden. Nachhaltige Bauweise war sein Zauberwort. Bauen mit Recyclingmaterial. In der Scheune dort drüben hat sich Anthony eine Werkstatt eingerichtet.«

»Wo man ihn gefunden hat?«

Paul nickte und nahm ihren Arm. Sie liefen an einer hohen Hecke vorbei zum Scheunentor. Der Sandweg war mit seltsamen Figuren aus rostigen Metallteilen gesäumt. Vor einer blieb Paul stehen.

»Das ist mein Liebling«, sagte er. »Und da muss ich sagen: Das ist Kunst.«

Die fast sechs Fuß hohe Figur bestand aus Besteck und Blechgeschirr. Gabeln als Finger, die eine Blume aus Löffeln hielten. Tassenaugen in einem verbeulten Pfannengesicht. Die Pupillen aus Münzen. Die Haare aneinandergelötete Schlüssel. Ein weites Kleid aus Hunderten von Ketten, die im Wind leise rasselten. Brüste aus Blechschüsseln und der Bauch eine Zinkwanne.

»Eine Schwangere, denke ich«, hörte sie Paul sagen

Wie sehr sie sich wünschte, Anthony wäre da, um ihr zu erklären, was er sich gedacht hatte, als er in wohl wochenlanger Arbeit diese Figur geschweißt hatte.

Paul öffnete die Scheune. Im vorderen Teil lagen weitere

Müllberge, nach Material sortiert. Plastik, Holz, Metall, Glas, Papier. Im hinteren Teil war eine penibel eingerichtete Werkbank. Elisabeth strich über die staubige Arbeitsfläche. Die Polizei hatte Anthony zusammengebrochen vor dieser Werkbank gefunden. Er hatte einen Blaumann und eine Sicherheitsbrille getragen und war beim Löten, als er tot umgefallen war. So lautete der nüchterne Polizeibericht.

Elisabeth hob ein Metallteil vom Boden auf. Zwei dicke Ringe, die wie eine Brille miteinander verbunden waren. Hatte Anthony daran gearbeitet, als er starb? Sie steckte es in ihre Manteltasche und ging hinaus.

Sie hatte nicht damit gerechnet, dass die Traurigkeit so überwältigend sein würde. Sie traf Elisabeth hier mit voller Wucht.

Das Begräbnis ihres Bruders, erkannte sie jetzt, war unwirklich gewesen. Als wäre sie zur Beisetzung eines Fremden gegangen. Aber hier war es anders. Obwohl nichts, was sie sah, sie an den Anthony erinnerte, den sie gekannt hatte, spürte sie ihn in jedem Winkel der Scheune, in jedem Grashalm auf dem Grundstück und sogar in den Wolken, die sich darüber zusammenballten.

»Es sieht nach Regen aus. Lassen Sie uns ins Haus gehen.«

Sie gingen durch einen in die Hecke geschnittenen Rundbogen und alles wurde gelb vor Elisabeths Augen. Ein süßlicher Duft umgab sie.

Narzissen. Ein meterbreites gelbes Blütenmeer umwucherte das Haus von allen Seiten.

Es war, als hätte sich Anthony bewusst dem Leid ausgesetzt. Und das waren die gelben Narzissen: eine Erinnerung an grausamsten Schmerz.

Sie merkte erst, dass sie Pauls Arm umklammert hielt, als er den anderen um ihre Schulter legte.

»Elisabeth, was ist los? Möchten Sie sich setzen?«

Sie nickte und ließ sich von Paul ins Haus geleiten. Ihre Knie drohten nachzugeben. Er führte sie zu einem Sessel, zündete Petroleumlampen an, öffnete Fensterläden und drückte ihr ein Glas Wasser in die Hand.

Langsam wich das Schwindelgefühl und ihre Augen gewöhnten sich an das Halbdunkel in dem Haus.

»Das war die Gartenlaube«, erklärte Paul. »Hat Anthony alles eigenhändig umgebaut und gestaltet. Wäre mir zu klein. Ich würde hier durchdrehen.«

Rot war die beherrschende Farbe. An den Außenwänden und innen.

Zum Verrücktwerden, dachte Elisabeth und ging in dem Raum umher.

War Anthony ein Sammler oder gar ein Messie geworden? Nichts, erklärte ihr Paul, vermochte er guten Gewissens wegzuwerfen.

Tausende von Coladosen hatte er gesammelt und sie an die Außenwände und auf das Dach verklebt, woraus sich von Weitem ein bizarres rot-weißes Muster ergab. Deckel von Bierflaschen, Marmeladengläsern, Scherben, Metall, zerbrochenes Porzellan, in Beton gegossen, mit einer Lackschicht versehen, bildeten wirre Grafiken auf dem Boden. Bierfässer als Sockel für eine Küchentheke und für einen Stehtisch. Autositze als Sessel, ein Duschvorhang aus zusammengehefteten Plastiktüten, ein Bettgestell aus Spanplatten, die auf Felgen ruhten, alte Magazine und Zeitungen dienten – teils in Rot gestrichen – als Tapeten, über dem Bett nur Todesanzeigen, über dem Stehtisch Gesichter von Prominenten. Alles war sorgfältig überlegt und geplant, das konnte Elisabeth sehen. Dennoch war sie mehr erschüttert als fasziniert. Wie hatte ihr Bruder hier leben können?

Im Haus fand sich keinerlei Luxus, kein einziges elektrisches Gerät bis auf ein altmodisches Telefon mit Wählscheibe. Fernseher, Radio, Laptop – nichts davon, nicht einmal eine Kaffeemaschine oder ein Toaster. Petroleumlampen und Kerzen als Lichtquellen. Nur in der Scheune gab es Elektrizität für Anthonys Schweiß- und Lötarbeiten. Ein schmiedeeiserner Holzofen in der Küche. Ein Rohr führte zur Dusche. Dort hing ein Waschbrett an der Wand.

»Schockiert?«, fragte Paul.

Er sah müde aus. Als hätte er die halbe Nacht durchgemacht, nachdem sie sich gestern vor dem Pub verabschiedet hatten. Sein Hemd war zerknittert, das braune wellige Haar ungekämmt. Unter seinen Augen lagen Schatten. Er stand vor dem riesigen, tatsächlich goldenen Vogelkäfig, füllte die Schalen mit Körnern und frischem Wasser und legte ein sauberes Zeitungsblatt auf den Boden. Anthony hatte aus Ästen einen Abenteuerspielplatz für den Kanarienvogel gebaut.

»Ja. Und überrascht. Ich wusste nichts von Anthonys handwerklichen Talenten.«

»Für Sie ist das also auch Kunst und keine Spinnerei?«

»Tja, beides irgendwie. Ich meine, wann hat er damit angefangen und warum?«

»Da müssen Sie meine Mutter fragen. Sie hat sich mit ihm regelmäßig getroffen, aber meistens allein. Er konnte mit Kindern nichts anfangen, mit jungen Menschen. Oder überhaupt mit Menschen, hatte ich den Eindruck. Er ließ seinen Hund und kranke Schafe im Haus schlafen, aber keinen Menschen.«

»Ja, er war schon immer recht menschenscheu«, murmelte Elisabeth.

»Und warum? Ich meine, war er autistisch?«

»Autistisch? Wie kommen Sie darauf?«

108

»Nur so ein Gedanke. Wissen Sie, ich habe Anthony gemocht. Sehr sogar. Vielleicht weil er so anders war als alle anderen. Aber ich denke, er war verdammt einsam. Für Einsamkeit gibt es doch immer irgendeinen Grund, oder? Es muss doch etwas passiert sein, was ihn zu dem gemacht hat, der er war. Ich meine, Sie sind all die Jahre nicht hier gewesen. Sie haben sich nicht gegenseitig besucht. Hatten überhaupt keinen Kontakt. Verzeihen Sie mir die Nachfrage, aber – warum nicht?«

Elisabeth saß auf einem der Autositze, die als Sessel dienten. Die Federn quietschten. Es musste ein sehr altes Automodell gewesen sein, denn solche Kunstledersitze ohne Kopfstütze gab es heute nicht mehr. Eine Reliquie aus einer vergangenen Zeit.

So wie sie selbst. Wie Anthony. Sie beide hatten in der Vergangenheit gelebt. Es war ihnen nicht gelungen, eine Zukunft aufzubauen, in der die Gespenster der Vergangenheit für immer in einen ausbruchsicheren Bunker verbannt waren. Anthonys Kunstwerk in Rot war ihr Beweis genug.

»Es gab wohl Gründe«, sagte sie. »Ja, die gab es. Aber … Ehrlich gesagt, wäre ich jetzt gern ein wenig allein.«

»Entschuldigen Sie. Ich wollte nicht in Sie dringen. Ich verschwinde erst einmal. Wenn Sie mich brauchen, finden Sie mich gegenüber. Im ›Black Horse‹.« Paul blickte auf seine Uhr. »Meine Mutter wird in ungefähr einer Stunde hier sein. Dann müssen wir los.«

»Danke.«

Paul strich sich mehrmals durchs Haar, rieb sein Kinn mit der Faust und ging schließlich hinaus.

Elisabeth blieb eine Weile sitzen und versuchte sich Anthony in dem seltsamen Häuschen vorzustellen. Es gelang ihr nicht. Paul hatte ihr erzählt, dass er eine ganz normale Wohnung gehabt hatte, bevor er hier eingezogen war. Er musste Monate, wenn nicht Jahre damit zugebracht haben, all die Fundstücke zusammenzutragen und in Baumaterial zu verwandeln. Sie konnte sich nicht daran erinnern, dass Anthony sonderlich geschickt mit den Händen gewesen war, als Kind gebastelt oder sich für Kunst interessiert hätte. Auch war er nie ein Aktivist gewesen. Er hatte seine Reden geschwungen, doch war er nie auf Demos mitgelaufen, hatte keine Leserbriefe gegen das Übel der Wegwerfgesellschaft geschrieben oder sich sonst öffentlich für irgendetwas engagiert.

Hatte er dieses Projekt aus einer Spinnerei angefangen? Hatte er plötzlich die Kunst entdeckt? War es Langeweile oder Einsamkeit gewesen? Elisabeth wusste keine Antwort darauf. Und die Antwort, die sich leise im Hinterkopf meldete, war zu schrecklich, um sie in geordnete Gedanken zu formen. Wie sie sich in diesem Augenblick wünschte, mit Anthony reden zu können.

Angel setzte sich vor ihre Füße und gedankenverloren streichelte sie den Hund. Die Schüssel mit dem Futter stand unberührt in einer Ecke. Er fraß Paul zufolge kaum noch etwas seit Anthonys Tod. Rastlos wanderte er umher, schnüffelte unter jedem Busch oder stand bellend vor dem Tor, als suche er Anthony. Wenn er nur sprechen könnte, dachte Elisabeth. Er wusste, was geschehen war.

Regen trommelte auf das Wellblechdach. Sonst war es still. Keine Uhr tickte. Kein Auto war zu hören. Wie in einer Höhle.

Anthony hatte sich eine eigene kleine Welt geschaffen, ein Versteck, in das er sich zurückziehen konnte wie in ein Schneckenhaus.

Waren sie nicht schon in ihrer Kindheit beide so gewesen? Hatten sie nicht immer nach Orten gesucht, wo sie sich ver-

110

stecken konnten? Wo verbarg sich hier der Anthony, an den sie sich erinnerte?

Sie stand auf und sah sich um. Von der Küchenzeile aus blickte man durch ein kleines Fenster über das Narzissenbeet hinweg auf einen Rhododendron. Es hatte etwas Idyllisches. Ob Anthony das auch so gesehen hatte? Schmutziges Frühstücksgeschirr stand im Spülbecken. Verschimmeltes Brot in einem Tongefäß. Verfaultes Obst in einer Schüssel. Niemand hatte hier bislang aufgeräumt. Nichts deutete allerdings darauf hin, dass Anthony sich oder sein Häuschen vernachlässigt hatte. Alles stand ordentlich an seinem Platz. Der Anthony, den sie zuletzt gesehen hatte, war fast am Dreck erstickt, so wenig hatte er sich um sein Äußeres und um die Wohnung gekümmert.

Was hatte er gemacht, wenn er hier allein war? Neben einem der Autositze stand eine Kiste mit Zeitschriften und ein Block mit Skizzen, die wie Bauanleitungen aussahen. Hatte Anthony nur noch in seiner Fantasiewelt gelebt, wo er nichts als seine Projekte sah?

An zwei Seiten des Hauses war jeweils ein schmales, bodenlanges Fenster eingesetzt. Wo er sich auch innen aufhielt, hatte er einen Blick ins Grüne gehabt. Elisabeth konnte sich nicht erinnern, dass sich Anthony sonderlich viel aus der Natur gemacht hatte. Er hatte nicht wie andere Studenten von Südseeinseln oder einem Dschungeltrip im Amazonas geträumt und dafür gespart, hatte keinen Wanderurlaub in den schottischen Highlands oder in Cornwall gemacht. Er hatte sich nicht einmal für das Meer interessiert, das in ihrer Kindheit vor der Haustür lag. Er war ein Städter gewesen. Diskotheken, Kneipen, das war seine Welt gewesen.

Aber ein Mensch war in der Lage, sich zu wandeln. Davon konnte sie selbst ein Lied singen. Irgendwann musste Anthony festgestellt haben, dass er langsam zu alt für lange Nächte wurde, dass sie ihren Reiz verloren, weil sie aus immer dem gleichen kurzen Vergnügen bestanden.

Elisabeth spürte einen Kloß im Hals, als sie Anthonys Kleidung sah. Plötzlich stand ihr Bruder vor ihr. Hochgewachsen, schlank, sein Kopf erhoben und ganz in Schwarz. Eine Lederjacke, ein breiter Gürtel mit silberfarbenen Beschlägen, Hemden, an denen die ersten drei oder vier Knöpfe geöffnet waren, im Winter lange dunkle Mäntel, und mit Vorliebe trug er Hüte, die ihn aussehen ließen wie ein Mann aus einem anderen Jahrhundert.

Er war jemand, der auffiel, dem man hinterhersah, der eine Aura des Unnahbaren hatte, den man kennenlernen und vor dem man sich doch instinktiv schützen wollte.

Elisabeth roch an der Kleidung, in der ein Hauch von Kernseife und Feuchtigkeit hing. Gerüche rufen tiefste Erinnerungen hervor, hatte sie einmal gelesen, aber sie konnte nichts Vertrautes ausmachen.

Sie hob einen fleckigen Blaumann vom Boden, faltete ihn zusammen, versuchte sich Anthony in Arbeitskleidung vorzustellen. Es gelang ihr nicht.

Seine Hände waren feingliedrig gewesen. Mädchenhände, zu vornehm für die Arbeit, hatte ihr Vater ihm immer gesagt. Dann ballten sich die großen, schwieligen Hände ihres Vaters zu Fäusten, und er schlug zu.

Sie verscheuchte die Bilder und durchsuchte zwei Kisten, fand aber nichts außer Unterwäsche. Ein ausrangierter Kühlschrank enthielt Papiere. Aktenordner mit dem Vermerk *geschäftlich*, Stapel mit Rechnungen, Werbepost, ein Karton mit Dokumenten. Alles wirkte geordnet, aber auf den ersten Blick unvollständig.

Elisabeth würde sich der unliebsamen Aufgabe widmen müssen, die Papiere durchzusehen, doch nicht jetzt. Sie wollte Anthony nahe sein.

Sie wünschte sich, Briefe, Fotos oder persönliche Notizen von ihm zu finden, um seine Stimme zu hören. Wo hatte Anthony die Zeugnisse seines persönlichen Lebens verborgen?

In der nächsten Stunde durchwühlte sie erfolglos alle Kisten, die im Wohnraum verteilt standen. Sie waren nach Themen gepackt. Kerzen, Tierfutter, Putzmittel, Werkzeug, Medizin und unter einem Tisch mit einer Industrienähmaschine Nähzeug.

Erschöpft legte sie sich aufs Bett. Was hatte sie erwartet? Dass Anthony eine Kiste mit der Aufschrift *Elisabeth* für sie gepackt hatte?

Er hat sein Leben geführt, ich meins, dachte sie. Was sie miteinander verbunden hat, liegt unter der Erde verborgen, in Gräbern. Anthony war ihnen all die Jahre näher gewesen als Elisabeth. Sie war Zehntausende Meilen entfernt von den Orten, die Zeugnis ablegten.

Hatte Anthony in jener blutigen Erde gegraben oder war es ihm gelungen, sie ruhen zu lassen? Sie wusste es nicht. Sie würde es wohl nie erfahren. Sie merkte, wie Tränen hinter ihren Augen brannten, aber weinen konnte sie nicht.

* * *

Jemand berührte ihre Schulter, und schreckte Elisabeth hoch. Sie wusste erst nicht, wo sie war oder ob sie noch träumte.

Martha Fridge saß auf der Bettkante. Ganz in Schwarz. Ein elegantes Kostüm unter einem offenen Mantel. Ein schwarzer Hut mit halbem Schleier auf ihrem perfekt frisierten Haar. Dicke Goldohrringe.

»Entschuldigung, meine Liebe. Ich wollte sie nicht erschrecken. Da steht Kaffee.«

»Danke, ja, ich … ich muss eingeschlafen sein.«

Elisabeth richtete sich auf.

»Als ich Sie da so liegen sah …. Einen kurzen Moment dachte ich … Wissen Sie, Anthony hat gern tagsüber geschlafen, und morgens lag er auch manchmal lange im Bett. Sie sehen ihm so ähnlich.« Martha tupfte sich die geschminkten Augen.

»Meine Nase ist doch ganz anders, und Anthony war viel größer«, sagte Elisabeth matt.

»Ja, natürlich ging er nach seinem Vater und Sie kommen nach Ihrer Mutter. Aber trotzdem. Beide Gesichter einmalig. Bezaubernd. Voller Traurigkeit und Geheimnis. Und dieses dunkle Haar.«

Was wusste Martha von ihren Eltern?, fragte sich Elisabeth.

»Sie müssen erschöpft sein. Der Jetlag. Das andere Klima. Und gestern die Beerdigung. Trinken Sie, meine Liebe.«

Martha zog den Mantel aus.

Elisabeth war die Nähe unangenehm. Sie fühlte sich wie ein grippekrankes Kind, das von einer Tante besucht wurde.

»Fündig geworden?«

Elisabeth blies in den Kaffee und antwortete nicht.

»Wissen Sie, meine Liebe, ich kann gut verstehen, dass Sie misstrauisch sind. Sie kennen mich nicht. Sie kennen meine Familie nicht. Sie wissen nicht, welche Beziehung Anthony zu mir hatte. Wir sind nicht an einem Erbanteil interessiert, verstehen Sie? Wir haben alle unser Auskommen. Warum wir eine Einladung zur Testamentseröffnung bekommen haben, können wir uns nur zusammenreimen. Anthony hat vielleicht gedacht, dass man Sie nicht finden würde. Und wir standen ihm nach Ihnen am nächsten, verstehen Sie?«

»Sie haben gestern angedeutet, dass Sie die Todesursache anzweifeln. Wie kommen Sie darauf?«

»Das kann ich Ihnen gerne erklären. Ich weiß nicht, ob Sie mir da zustimmen würden, aber ich habe Anthony als einen zutiefst ängstlichen Menschen wahrgenommen. Er hatte vor allem Angst vor Krankheiten. Keime, Bakterien, Viren … Er ging nicht jedes Jahr, sondern mindestens alle drei Monate zum Arzt und ließ einen Generalcheck machen. Blut, Lunge, Herz – alles. Er war seit Jahrzehnten in derselben Praxis, erst beim Senior, dann beim Junior. Dr. van der Merwe. Die Familie stammt aus Südafrika. Medizinstudium in Kapstadt. Weiterbildung an der Charité in Berlin, in London und Boston.

Ich habe van der Merwe befragt. Er hatte selbst schon die Krankenakte durchforscht. Nichts war ihm aufgefallen. Das Herz war einwandfrei. Keine Anomalität. Und drei routinemäßige Rundumuntersuchungen im letzten Jahr. Aber er hat auch gesagt, dass es solche Fälle gibt. Kerngesund und fällt tot um.«

»Hat er den Totenschein ausgestellt?«

»Nein, eben nicht. Er war gerade in Urlaub. Die Polizei kontaktiert sowieso meistens bestimmte Ärzte, mit denen sie zusammenarbeitet. Es kam für mich, für uns alle aus heiterem Himmel. Warum fällt einer plötzlich tot um? Da muss doch etwas passiert sein.«

»Wann haben Sie Anthony das letzte Mal gesehen? Sie sagten, er habe sich die Wochen vor seinem Tod abgekapselt.«

»Ja, das ist der richtige Ausdruck, meine Liebe. Er hat sich tatsächlich abgekapselt. Nichts Ungewöhnliches. Er hat, solange ich ihn kannte, immer zwischendurch einen Rappel bekommen und wollte niemanden sehen. Ich dachte erst, es wäre dieses Mal wieder genauso. Wobei das, wenn ich recht darüber nachdenke, in den letzten Jahren kaum noch vorgekommen war. Anthony hatte in diesem Projekt hier eine Art Erfüllung gefunden. Eine neue Energie, eine Lebensaufgabe.«

»Hat er überwiegend in den letzten Jahren hier gelebt?«

»Ja. Er war kaum noch in London. Was ich sehr bedauert habe. Denn so konnte ich ihn ja nicht regelmäßig sehen, auch wenn ich versucht habe, sooft es ging, hierherzukommen. Anthony hat sich sehr selten in den Zug gesetzt. Auto fahren wollte er gar nicht mehr. Er arbeitete hier unermüdlich. Das meiste hat er sich ja selbst beigebracht. Schweißen zum Beispiel. Anfangs war es wie ein Tick. So haben wir es alle gesehen. Dann wurde daraus eine Mission. Er wollte das Gelände so umgestalten, dass es für die Öffentlichkeit interessant sein könnte. Er hatte einen Spielplatz in Planung, natürlich alles aus Wegwerfzeug. Und die Idee, die ihn gerade mit Haut und Haar gepackt hatte, als ich ihn das letzte Mal sprach, war, Jugendlichen aus verwahrlosten Verhältnissen eine Aufgabe zu geben.«

»Jugendlichen aus verwahrlosten Verhältnissen?«, murmelte Elisabeth.

Sie spürte etwas wie Widerhaken in ihrem Kopf.

»Ja. Jugendliche, die es schwer hatten. Kinder von Alkoholikern, Schlägern, was weiß ich? Er wollte ein Haus für sie bauen, vielmehr sie es als Selbsthilfeprojekt selbst bauen lassen. Er hatte schon mit Sozialämtern und Heimen Kontakt aufgenommen. Das war kurz vor Weihnachten. Da hat er mir davon erzählt. Ich bin zu ihm gefahren, um ihn einzuladen.«

»Weihnachten haben Sie zusammen gefeiert?«

»Bis auf wenige Ausnahmen, wenn wir selbst etwa verreist waren, haben wir Anthony zu uns eingeladen. Auch wenn wir wussten, wie sehr er dieses Fest hasste. Er ist auch nur manchmal gekommen, vielleicht jedes dritte, vierte Jahr. Ich konnte bei Anthony immer sicher sein, dass er mir ein verbindliches Ja

116

oder Nein sagen würde. Ohne Schnörkel, wenn Sie wissen, was ich meine. Er entschuldigte sich nicht, gab keine Begründungen. Und dieses Mal war es ein Nein. Aber seltsamerweise hat er es anders formuliert als sonst. Ich höre den Satz noch wie heute: »Es geht leider nicht.« Mir ist aber erst später aufgefallen, dass diese Antwort ungewöhnlich war. Als wäre er gern gekommen, sei aber verhindert. Aber wodurch? In den Jahren, wenn er Weihnachten nicht zu uns kam, brachte ich ihm immer einen kleinen Braten. Niemals Geschenke. Das habe ich einmal und nie wieder gemacht. Im ersten Jahr, als wir zusammen waren. Er hat einen Tobsuchtsanfall bekommen. Ich wollte ihm also den Truthahn bringen. Den Tag vor dem Fest. Aber das Tor war verschlossen.«

»Haben Sie keinen Schlüssel?«

»Nein. Ich stand vor dem Tor und rief nach Anthony. Ich sah ja Licht brennen. Es war zwar erst vier Uhr nachmittags, aber bereits dunkel. Wie das im Winter so ist. Er hat nicht reagiert. Auch nicht auf meine Anrufe.«

»Hatte er ein Handy?«

»Das hatte er, wenn er es auch oft nicht benutzte und einfach in die Ecke warf. Ich habe dann den Braten in den Pub gebracht. Die haben ihn Anthony gegeben. Aber gehört habe ich nichts von ihm.«

»Vor Weihnachten also? Das ist lange her, es ist März«, sagte Elisabeth. »Aber er kann sich doch nicht die ganzen Monate hier eingeschlossen haben.«

Sie war aufgestanden und hatte sich ans Fenster gestellt. Es regnete wieder. Wie sehr man sich doch vom ständigen Regen entwöhnen kann, dachte sie. Fremd erschien all das Wasser wie auch der graue Himmel, aus dem es nieselte.

In ihrem Heimatort in Australien hatte sie viele Jahre ohne

nennenswerten Niederschlag erlebt. Jeder Regen war ein Fest der Freude.

»Nein, bestimmt nicht, meine Liebe«, antwortete Martha. »Ich hatte wahrscheinlich Pech. Bin immer gerade dann bei ihm vorbei, wenn er nicht da war oder nicht aufmachen wollte. Zwei Mal war ich hier, stand wieder vor dem verschlossenen Tor, habe aber irgendein Gerät in der Scheune gehört. Ich wollte schon eine Leiter organisieren, um über die Mauer zu klettern. Aber Anthony mochte es nicht, wenn man ihn bedrängte. Im Nachhinein mache ich mir Vorwürfe. Sein Verhalten war wohl ein Hilfeschrei. So erkläre ich es mir jetzt.«

Martha begann zu weinen.

»Mein Leben ist ohne Anthony so leer. Und dass Sie gekommen sind, meine Liebe, hilft mir. Wie ein Geländer, wissen Sie, an dem ich mich festhalten kann.«

Elisabeth legte unbeholfen ihre Hand auf Marthas Arm.

Noch immer wusste sie nicht, wie Anthony und Martha ein Paar geworden waren. Ganz allmählich begann ihr Misstrauen gegenüber Martha zu schmelzen. Es war ihr nie leichtgefallen, Menschen zu vertrauen. Sie hatte zu oft Enttäuschungen erlebt, besonders mit Männern. Und bis auf die inzwischen einundsechzigjährige Olivia hatte sie keine einzige Freundin.

Aber hatte Anthony nicht in den gleichen Schuhen wie sie gesteckt? Konnte sie sich dann nicht im Grunde für ihn freuen, dass er einen Menschen wie Martha gefunden hatte, der ihn offensichtlich auf allen seinen Wegen begleitet hatte?

»Sie vermuten, dass er jemanden kennengelernt hat. Eine Frau …«

Martha nickte und drehte einen Ring an ihrer rechten Hand.

»Aber es ist eine Vermutung. Sie haben die Frau nicht gesehen?«

»Nein, ich habe sie nicht gesehen. Aber spürt man das nicht? Wissen Sie, meine Liebe, es gab keinen Grund, warum sich Anthony von mir hätte abwenden wollen. Ich habe hin und her überlegt, aber mir ist nichts eingefallen. Es gab keinen Streit. Keine Meinungsverschiedenheit über irgendetwas, was ihn dazu gebracht hätte, den Kontakt mit mir abzubrechen. Wir hatten eine zwanglose Beziehung. Mehr Freundschaft oder geschwisterliche Zuneigung. Unsere Ehe war seit Jahren vorbei. Wir führten beide unser eigenes Leben. Zwei Planeten auf parallelen Bahnen, wenn Sie so wollen, und manchmal begegneten wir uns. Wir konnten uns nicht wirklich aus dem Weg gehen. Etwas zog uns wie Magneten immer wieder an. Ich verstehe es deshalb nicht. Es ist meine einzige Erklärung, dass etwas passiert sein muss, von dem mir Anthony nicht erzählen konnte.«

»Hat er denn vorher zwischendurch Beziehungen gehabt?«

»Natürlich.« Martha tupfte sich die Augenwinkel. »Und mir davon immer erzählt. Von dieser Frau aber nicht.« Sie beugte sich vor und flüsterte: »Gilbert, der Wirt vom ›Black Horse‹ hat sie zusammen gesehen. Ein junges Ding, sagt er. Wie ein Model.«

»Anthony ist nicht mehr da«, sagte Elisabeth. »Spielt es eine Rolle, was geschehen ist?«

Die beiden Frauen sahen sich einen Moment lang an.

Elisabeth erkannte, wie schön Martha Fridge einmal gewesen sein musste. Eine herbe, außergewöhnliche Schönheit. Weit auseinanderliegende, leicht schräg stehende Augen mit schweren Lidern und dichten Wimpern. Eine schmale, gebogene Nase, hohe Wangenknochen und ein Mund mit fülligen Lippen, die zum Küssen einluden. Eine Frau mit einem Charaktergesicht.

»Wo hat sich eigentlich mein Sohn versteckt?«, unterbrach Martha ihre Gedanken.

»Er wartet im Pub.«

»Dann sollten wir ihn nicht länger warten lassen. Es ist sowieso Zeit. Und bei dem Verkehr ...«

»Martha, könnte ich vielleicht hier in Anthonys Haus wohnen?«

»Aber natürlich, meine Liebe. Wenn Ihnen das nicht zu gruselig ist, so allein. Dann können Sie in Ruhe durch Anthonys Sachen sehen. Ich bitte Sie sogar darum. Weil ich hoffe, dass Sie irgendeinen Hinweis auf meine Vermutung finden. Verstehen Sie?«

Elisabeth nickte und folgte Martha in den Regen hinaus.

Die alles entscheidende Frage, ob ihr Anthony etwas vererbt hatte, war plötzlich in den Hintergrund getreten.

9

»Ich habe alle Häfen und Marinas auf einem Küstenabschnitt von fünfzig Seemeilen gelistet«, sagte Johnny. »Und die wichtigsten abgeklappert. Ist alles notiert, aber eine heiße Spur ... Nein. Ist eine Arbeit für Wochen, die Küste ist lang.«

Johnny zog einen Ordner aus seinem Rucksack, den er bei Außeneinsätzen immer dabeihatte. Das Sackleinen war speckig und roch nach Fisch.

»Und die Küstenwache?«

»Nichts. Keine Auffälligkeiten oder nennenswerte Vorkommnisse für den fraglichen Zeitraum. Bin achtzig Meilen mit der Küstenwache rumgefahren, im Umkreis der Tatorte. Hier auf der Karte habe ich alle Privathäfen eingezeichnet. Sind 'ne Menge. Überwiegend Ferienhäuser, aber auch Hotels und Privathäuser. Wüsste gar nicht, wo man da anfangen soll.«

Johnny warf die Karte auf den zu kleinen Tisch, den sie zur Lagebesprechung im Vernehmungszimmer aufgestellt hatten.

Nach dem zweiten Vermisstenaufruf stand das Telefon nicht mehr still. Als wäre die Bevölkerung erst jetzt aufgewacht. Es war eine mühselige Arbeit, die Nerven kostete. Die meisten Hinweise liefen ins Leere. Sie gerieten in so viele Sackgassen, dass sie nicht glaubten, in den nächsten Tagen einen Durchbruch zu erlangen. Und die Uhr tickte.

Robert Ashborne hatte über einen Stellvertreter anfragen lassen, ob Collin die Einsatzleitung der Sonderkommission, die sie »Red Point« getauft hatten, abgeben wolle. Das Präsidium erwartete handfeste Ergebnisse. Und zwar bald.

Collin kannte das Spiel zur Genüge aus Southampton. Nur hatte er damals kein einziges Mal die Verantwortung einer Einsatzleitung bekommen. Hier in der Provinz schien man es ihm immerhin für eine gewisse Zeit zuzutrauen. Er fragte sich allerdings täglich, ob er sich es selbst zutraute. So viele Fäden musste er in der Hand halten. Sein Team hatte keine Erfahrung mit einem solchen Fall und bis auf Bill zeigte auch niemand Enthusiasmus.

»Iss erst mal ein Häppchen.« Sandra hielt Johnny den Teller mit den Sandwiches hin. Sie hatte heute Geburtstag, und Johnny hatte zu diesem Anlass ihren Schreibtisch mit Luftballons dekoriert. Später würde es Sekt geben.

»Hmm, köstlich«, sagte Johnny kauend. »Sardinen benutze ich eigentlich sonst als Köder. Aber von dir serviert, esse ich die Fischchen gern.«

»Salz fördert die Konzentration.« Sandra reichte den Teller weiter.

»Wie sieht es mit der Auswertung der Anrufe aus?«, fragte Collin wie jeden Tag zum x-ten Mal.

»Wir haben jetzt alle in drei Kategorien eingeteilt. Priorität eins bis drei«, erklärte Bill. Er verteilte eine Farbkopie an alle, auf der mehrere Balken zu sehen waren. »Mit einer statistischen Auswertung. Prio drei überwiegt. Etwa siebzig Prozent. Prio zwei zwanzig Prozent und ...«

»Und zehn für Prio eins«, unterbrach ihn Johnny. »Richtig? In Mathe war ich ein Ass.«

Bill kniff die Lippen zusammen, schob die Brille hoch, ein eckiges Gestell mit breiter schwarzer Einfassung, und sprach ungerührt weiter.

»Zu dem Hund haben wir etwa achtzig Hinweise – das ist das blaue Diagramm –, davon haben wir zehn in Priorität eins genommen. Vier davon überprüft, aber die Hunde leben alle noch.«

»Wieso erst vier? Warum dauert das so lange?«, fragte Collin. »Heute ist Dienstag. Was habt ihr gestern den ganzen Tag gemacht?«

»Na, bei den Entfernungen ... Der letzte Köter war in Newquay.«

»Und?«

»Saß quicklebendig auf dem Sofa.«

»Und warum zum Teufel ist der Priorität eins? Newquay ist nicht gerade um die Ecke. War der Köter als vermisst gemeldet?«

»War er ...«

»Aber lümmelte auf dem Sofa rum. Wenn sich kein einziger Anrufer aus einem Umkreis von dreißig Meilen meldet, ist das gleich Prio zwei, verstanden? Und Spritgeld braucht ihr auch nicht zu vergeuden, geschweige denn Zeit, um persönlich Köter auf irgendwelchen Sofas zu besuchen. Ab sofort wird jeder einzelne Schritt mit mir abgesprochen.«

»Sonst muss ich noch einen Businessflug nach Guernsey buchen, weil da ein Retriever vermisst wird, stimmt's, Chef?«, fragte Sandra und hielt Collin ein Sardinenbrot vor die Nase.

»Kindergarten!«

»Komm, Spaß muss sein. Mund auf und rein damit.«

Collin kaute das Brot ohne Appetit. Auf dem Land sollten keine Morde geschehen, dachte er. Schon gar nicht am Meer. Das übersteigt das Fassungsvermögen aller.

Sandra hatte am Tag zuvor Moran Neves, eine Wahrsagerin aus einem der umliegenden Dörfer, in sein Büro geschickt. Sie hatte im Kaffeesatz gelesen, dass der Tote von seiner Liebhaberin ermordet wurde, die sich in Davos verstecke.

»Warum ausgerechnet in Davos?«, wollte Collin wissen.

»Sie ist gebürtige Österreicherin«, hatte die Wahrsagerin, eine Frau mit stechendem Blick und einer wie aufgeklebt wirkenden Warze am Kinn, geflüstert.

»Davos liegt in der Schweiz, und die Tür ist dort.«

Sie hatte ihm ihre Karte dagelassen und einen Beutel mit Halbedelsteinen, der zur inneren Reinigung dienen sollte, und war auf eine knotige Astgabel gestützt hinausgehumpelt.

»Was sollte dieser Unsinn?«, hatte er gegenüber Sandra gewettert. »Wie kommst du auf die verrückte Idee … «

»Moran hat schon mal einen Jungen gefunden, der von zu Hause weggelaufen ist«, sagte Sandra ungerührt. »Und hast du nicht gestern erst gepredigt, wir sollen offen für alles sein und alle Hinweise ernst nehmen?«

»Kaffeesatz bietet bestimmt keinen sachdienlichen Hinweis.«

»Wer weiß?«

In Cornwall herrschte noch ein gewisser Hang zur Mystik und zum Aberglauben. Vielleicht glaubte Collin nur, besser Bescheid zu wissen, weil er sein Handwerk in einer Stadt wie Southampton gelernt hatte. Wäre es ihm in Wahrheit nicht auch lieb, wenn ein Wunder geschähe und sie den Mörder so rasch wie möglich fänden, sei es durch einen Hinweis im Kaffeesatz?

123

»Okay. Lassen wir das«, sagte Collin. »Die Identität des Toten ist im Moment sowieso wichtiger. Anne, ich habe deine Listen durchgesehen.« Er blätterte in einem Hefter. »Warum hast du diesen Kandidaten in Prio zwei eingeordnet? Kannst du mir das mal erklären?«

»Hab meine Lesebrille nicht auf. Was steht denn da?«, fragte Anne.

Sofort blühten rote Flecken auf ihren Wangen und am Hals.

Warum sie eine Laufbahn bei der Polizei gewählt hatte, war Collin schleierhaft. Sie war nicht durchsetzungsfähig, schon allein wegen ihrer leisen Stimme, machte Dienst nach Vorschrift, zeigte weder Interesse noch Eigeninitiative, war konfliktscheu und hatte denkbar schlechte Abschlussnoten. Als Verkehrspolizistin konnte sie ohne Weiteres eingesetzt werden, doch ein Mordfall wie dieser überstieg ihre Fähigkeiten. Er seufzte und las die Telefonnotiz laut vor:

»Jack Lang, Assistent von Vincent Phyllis, Direktor der Bank of Scotland, Manchester, meldet die Aussage seines Chefs, dass der Gesuchte Ähnlichkeit mit einem seiner Kunden habe, einem gewissen Godwin McFersson, wohnhaft in Manchester. Da kein direkter privater Kontakt bestehe, könne Phyllis aber nicht sagen, ob McFersson in Wahrheit in Manchester oder anderswo weile. Allerdings wisse er, dass sein Kunde ein Ferienhaus in Cornwall habe, da er bei dessen Kauf und Finanzierung vor etwa fünf Jahren aktiv involviert gewesen sei. Auch wisse er, dass McFersson Besitzer einer Segeljacht und mit dieser häufig unterwegs sei. Mein Gott, Anne, fass dich das nächste Mal kürzer. Wir haben keine Zeit für Konjunktiv.«

»Für was?«, fragte Johnny.

»Vergiss es. Fasst euch kurz. Kurz und prägnant. Darum geht's. Also, Anne. Warum ist das nicht in Prio eins, wo es hingehört?«

Anne presste zwei Finger an die blassen Lippen, hob die schmalen Schultern und sah ihn unsicher an.

»Na ja, ich dachte, Manchester ist ja ein bisschen weit weg, oder?«

»Weit weg. Was ist heute weit weg? In zehn Stunden ist man in Afrika, New York oder Sibirien.«

»Bei dem Hund hast du gerade das Gegenteil behauptet«, warf Bill ein.

»Es tut mir leid«, murmelte Anne.

»So was können wir uns nicht leisten.« Collin schmiss den Hefter auf den Tisch.

»Also wirklich, Chef. Unsere kleine Anne ist gerade aus den Flitterwochen zurück«, sagte Sandra und wuschelte Anne durchs kurze, konturlos geschnittene Haar. »Und du hast nichts Besseres zu tun, als ihr eine Moralpredigt zu halten.«

»Genau, Liebe macht blind«, meinte Johnny. »Und hungrig.« Er klopfte sich auf den Bauch und hob sein Sektglas. »Erst mal ein Prosit auf die frischgebackene Braut und auf unser Geburtstagskind hier.«

Er stieß mit Sandra an, die ihm einen Kuss auf die Stirn gab.

»Quak, quak, jetzt werd ich gleich zum Märchenprinzen.« Johnny sprang auf und hob Sandra hoch. »Hipp, hipp, hurra!«, rief er. »Unser Küken ist endlich volljährig und die kleine Anne-Maus unter der Haube.« Er streckte die Arme nach Anne aus, aber sie schüttelte erschrocken den Kopf und drehte an ihrem schmalen Ehering.

»Johnny. Könntest du bitte …«,

»Was denn, Collin? Anne hat dir im Konjunktiv gerade den Jackpot geliefert. Da kann man doch feiern, oder? Eine Jacht. Ein Ferienhaus in Cornwall. Wer wettet mit mir, dass der Schotte unsere Wasserleiche ist?«

Niemand außer Sandra schlug ein. Sie prosteten sich erneut zu. Mit einem Blick bat Collin um Aufmerksamkeit.

»Wir müssen allen Hinweisen nachgehen«, sagte Collin. »Aber bei Prio eins anfangen und da sorgfältig sein. Ist das so schwer? Sonst können wir ja gleich würfeln. Es ist sozusagen zwanzig vor zwölf. Nächste Woche steht hier schweres Geschütz, wenn nichts passiert, wenn ihr wisst, was ich meine. Wobei es mir letztlich egal ist, ob ein anderer das Heft in die Hand nimmt. Die Arbeit bleibt aber die gleiche. Und ausgeruht hat sich keiner hier. Also kommt in die Puschen. Sonst noch etwas für die Runde?«

Bill streckte den Arm wie ein Schulkind aus und zog einen Notizzettel aus einer Klarsichtfolie.

»Einem Zeuge ist ein Wagen mit fremdem Kennzeichen aufgefallen. Vor vier Wochen. Am 13. März um 14.15 Uhr. Ein Cruiser. Und zwar ein goldener. Deshalb hat der Mann auch genauer hingesehen. Außerdem stand der Wagen ziemlich nah am Wasser, am Pebble-Strand. Es war gerade Ebbe. Der Zeuge ging spazieren. Er wollte sich das Kennzeichen merken, weil man ja nicht mehr mit dem Auto an den Strand fahren darf. Er hat es dann aber vergessen und wusste nur noch, dass es ein ortsfremdes Kennzeichen war. Es saß keiner im Wagen. Er hat auch niemanden am Strand gesehen, dem das Auto hätte gehören können. Der Zeuge hat die Beobachtung später am Tag gemeldet. Um 16 Uhr. Es ist aber keiner von uns rausgefahren. Ich habe das Datum überprüft. Wir waren gerade mit einem Brand beschäftigt, dem in der Scheune. Ich dachte, ich gehe noch mal kurz alte Meldungen durch. Man weiß ja nie.«

Bill strich mit dem kleinen Finger eine blonde Strähne aus der Stirn und legte den Zettel zurück in die Klarsichthülle.

»Cruiser-Halter überprüft?«, fragte Collin.

»Selbstverständlich. Einen goldenen hat hier keiner in der Gegend. Ich warte noch auf Rückmeldung von Händlerseite. Ich denke, so oft sieht man so einen Lack nicht. Sonderlackierung.«

»Und sandfarben war er nicht?«

»Nein, das habe ich nachgefragt. Der Zeuge, ein pensionierter Versicherungsvertreter namens William Burg, schwört, dass es ins Goldene ging. Die Sonne schien direkt drauf. Der Wagen war sehr gut gepflegt und wie frisch aus der Waschanlage. An den Tankstellen im Umkreis konnte sich keiner an so einen Cruiser erinnern.«

»Nun gut, bleib dran, wenn dir die Zeit dafür bleibt. Klar? Kein sichtbarer Zusammenhang mit unserem Fall. Muss ich noch deutlicher werden?«

Bill reckte das spitze Kinn und kniff die Lippen zusammen.

Collin verteilte Aufgaben und beschloss, für eine Pfeifenlänge nach draußen zu gehen. Der Wind blies eisig aus Norden. In Schottland hatte es einen erneuten Schneeeinbruch gegeben. Der Frühling schien in diesem Jahr mit Eisfüßen heranzuschleichen. Alle sehnten sich danach, dass nach Winterstürmen und Frost der milde Sommer endlich an die Tür klopfte.

Er blieb vor einem Garten stehen, hinter dem man das Meer sah. Sonnenstrahlen ragten wie die Finger aus einem Wolkenloch, und das Wasser glänzte für einige Momente auf.

Ein goldener Cruiser am Pebble-Strand? Vor wenigen Jahren war es noch erlaubt gewesen, dort Boote einzulassen. Nach einer heftigen Sturmflut war der Steg weggespült worden und Teile der Bucht. Es war immer wieder zu Unfällen gekommen, bis man den Strand für Boote und zum Baden gesperrt hatte.

Wer ein solch auffälliges Auto fuhr, wäre schön blöd, es für ein Kapitalverbrechen zu benutzen, entschied Collin, klopfte die Pfeife aus und ging ins Büro zurück.

Eine halbe Stunde später hatte er den Bankdirektor aus Manchester an der Strippe.

»Ich kann Ihnen nicht viel mehr sagen, als Ihnen mein Assistent schon mitgeteilt hat«, sagte Phyllis mit hörbarer Ungeduld und der gebieterischen, lauten Stimme eines Menschen, der es gewohnt war, Macht auszuüben. »Ich wollte meiner Bürgerpflicht nachgehen. Sonst nichts. Das Phantombild in der Zeitung hat mich an meinen Kunden erinnert. Das ist alles. Ist ja keine sehr detaillierte Zeichnung. Somit kann ich nicht hundertprozentig sagen, dass er es ist. Aber es gibt eine gewisse Ähnlichkeit. Ich sagte auch schon, dass ich keinen direkten Kontakt zu Mr McFersson habe. Privat meine ich. Es wundert mich sowieso, dass Sie die Sache noch immer nicht überprüft haben. Dann hätte sich ein Anruf bei mir erübrigt.«

»Haben Sie noch Unterlagen zum Kauf des Ferienhauses?«

»Lasse ich Sie wissen. Wenn Sie mich jetzt entschuldigen würden. Ein Kunde wartet. Zeit ist Geld, wenn Sie verstehen, was ich meine.«

Arschloch, dachte Collin und legte verärgert auf. Ausatmen, befahl er sich, und Kathryn tauchte vor seinem inneren Auge auf, wie sie im Buddhasitz auf dem Rasen saß, das Gesicht der Sonne zugewandt, die Augen geschlossen, die Arme parallel vor der Brust, die Hände aufgerichtet und aneinandergepresst wie zum Gebet. Wie sich ihre schmalen Schultern ein wenig beim Einatmen hoben, auch ihre Brüste und Rippen, und wie sie hörbar aus dem rund geöffneten Mund Luft ausblies. Collin hatte ihr im Schneidersitz mit schmerzenden Knien gegenübergesessen, sie fasziniert betrachtet und nur so getan, als folge er ihren Anweisungen.

Jetzt stieß er Luft aus. Dann informierte er seine Kollegen in Manchester.

Die erste Antwort kam drei Stunden später per Mail. Ein eingescanntes vergrößertes Passfoto.

»Shit, hätten wir doch gewettet. Schaut euch das an.«

Johnny hielt das ausgedruckte Foto neben die Phantomzeichnung, die an einer Pinnwand hing. Alle starrten es an. Die Ähnlichkeit war frappierend.

Es war, als habe der Tote endlich ein Gesicht bekommen, ein echtes, kein von einem Computerprogramm erstelltes, halb fantasiertes. Der Mann wirkte gepflegt, kraftvoll, selbstbewusst. Ein Erfolgsmensch, der stets bekam, was er wollte. Jedenfalls wenn das Passbild irgendetwas über seine Persönlichkeit aussagte.

»Ich könnte direkt mit Beten anfangen«, rief Johnny und kniete sich vor Sandra. »Bitte, lieber Gott, lass das unseren Mann sein. Damit wir endlich keine Überstunden mehr machen müssen.«

Die anderen lachten. Es klang ausgelassen, wie eine Befreiung.

»Abwarten«, mahnte Collin.

»Und Sekt trinken«, ergänzte Sandra. »Noch ein Schlückchen. Auf den Schotten.«

Sie lief von einem zum anderen und schüttete nach. Sie hatte schon die zweite Flasche geöffnet.

»Hipp, hipp, hurra!«, rief Johnny, fasste Sandra von hinten und schwang sie drei mal hoch.

»He, du Wüstling.«

»Happy Birthday noch mal, meine Schöne!«

»Danke zum zehnten Mal. Zum Glück werde ich nicht bei jedem Glückwunsch ein Jahr älter. Wer kommt übrigens am Samstag? Hände hoch, damit ich weiß, wie viele Würstchen ich brauche. Oder ist etwa jemand Vegetarier?«

»Nein, aber Obstlianer«, feixte Johnny.

Collin sagte mit Einschränkung zu. Er konnte ja schlecht zugeben, dass er lieber mit seinem Kalkstein allein wäre als auf einer Geburtstagsparty mit all seinen Kollegen. Er hoffte, noch eine passende Ausrede für eine Absage zu finden.

Je länger er die Phantomzeichnung und das vergrößerte Passbild betrachtete, desto mehr verschmolzen die Gesichtszüge der beiden Köpfe miteinander. Er ist es, dachte Collin und schlug das Glas, das ihm Sandra reichte, diesmal nicht aus. Der Sekt prickelte auf der Zunge.

Etwas wie Freude und Erleichterung und eine fiebrige Erregung ergriff ihn. So wie wenn die Angelschnur nach stundenlangem Warten endlich zuckte und man sie einzuholen begann, ohne zu wissen, welchen Fisch man am Haken haben würde.

DAS VIERTE GEBOT

Ein Chor aus Engeln. Halleluja.
Der siebte Tag ist der Tag des Fleisches.
Der siebte Tag ist der Tag des Feuers.
Der siebte Tag ist heißer Wachs auf weicher Haut.
Die Scheuerbürste am Morgen, bevor der Tag die Sünden lichtet.
Die Herrin schlägt den Stock.
Schlägt den Takt, Puls um Puls.
Sie gebietet die Stimme.
Gebietet über das Kreuz im Rücken.
Ihr Wille geschehe.
Die siebte Nacht komme.
Amen.

10

»Sammy glaubt mir nicht, dass es in Äthiopien Schnee gibt. Dabei war sie noch nie da. Sie sagt, wenn es da Schnee gibt, dann sind die Äthiopier auch weiß und nicht schwarz.«

»Na so ein Blödsinn. Diese Sammy scheint ja ganz schön dumm zu sein.«

Collin legte eine Hand auf Ayeshas Haar. Sie hatte es sich in Plymouth bei einem Spezialisten, wie Kathryn den Rastafriseur nannte, in schmale Streifen flechten und mit Kunsthaar verlängern lassen. Jetzt verzierte sie es mit bunten Schleifen und Perlen.

Collin war lange, zu lange nicht mehr mit Ayesha allein gewesen. Er schämte sich dafür, wie unwillig er sie an diesem Nachmittag zum Tanzunterricht gebracht hatte. Eine von vielen Aufgaben, die sonst Kathryn klaglos übernahm. Heute hatte sie einen Zahnarzttermin.

»Sie ist aber gut in Sport.«

»Da braucht man ja kein Hirn, oder?«

Ayesha lachte und zeigte die große Lücke in ihrer oberen Zahnreihe. Sie trug die beiden herausgefallenen Schneidezähne wie Trophäen an einem Band um ihren Hals.

»Guckst du noch zu oder musst du wieder den Mörder fangen?«, hatte sie gefragt, als sie vor der Sporthalle hielten.

Tanzen war Ayeshas große Leidenschaft. Neben Schwimmen, Hörbüchern und dem Fangen von Fröschen und anderen Kleintieren, die sie in Marmeladengläsern und Kartons sammelte und die regelmäßig eingingen. Ayeshas Lieblingstiere waren ausgerechnet Hyänen und Geier. Weil die armen Tiere so hässlich waren, alle sich vor ihnen ekelten, weil sie Aas fraßen und niemand außer Ayesha sie lieb hatte. Und natürlich weil sie typisch afrikanische Tiere waren.

»Ich schaue ein bisschen zu, muss dann aber ins Büro zurück. Ich hole dich nach dem Unterricht wieder ab. Dann spendiere ich dir ein Eis. Okay?«

»Wie viele Minuten? Das Aufwärmen ist nämlich langweilig.«

»Fünfzehn? Reicht das?«

»Ja.«

Collin saß erst fünf Minuten auf einer Bank im Gymnastikraum, als sein Handy klingelte. Er nickte Ayesha aufmunternd zu, die ihren zierlichen kleinen Körper mit erhobenem Kopf an einer Stange bog, und nahm ab.

»DC Brown? Hier ist Larissa Dawson. Aus dem ›Albert's‹. Sie waren neulich mal hier.«

»Ja. Worum geht's?«

»Ich habe nicht viel Geld auf der Karte. Können wir uns treffen?«

»Ist es dringend?«

»Bitte, ja. Am *Eagles Nest*. Kennen Sie das?«

»Kenne ich.«

»Geht es in einer halben Stunde? Später muss ich arbeiten.«

Collin warf einen Blick auf die Uhr und versprach, in einer Dreiviertelstunde da zu sein. Er blieb noch einen Augenblick sitzen und sah zu, wie Ayesha auf Zehenspitzen quer durch den Raum lief. Sie war das einzige schwarze Mädchen, das am Ballettunterricht teilnahm. Überall war sie das einzige schwarze Kind. In Southampton oder London wäre sie weniger aufgefallen. Aber hier auf dem Land war sie eine Attraktion. Zum Glück eine, die von allen schnell ins Herz geschlossen worden war.

Trotz ihres zarten Alters zeigte sie ein bewundernswertes Selbstbewusstsein und schätzte ihre Herkunft und andere Hautfarbe. Ayesha war stolz, aus Äthiopien zu stammen. Sie wollte alles über das Land wissen, an das sie sich kaum noch erinnern konnte. Kathryn hatte ihr versprochen, dorthin zu reisen, sobald Ayesha alt genug sei.

»Und wann ist das?«, wollte sie bei jedem Geburtstag wissen.

»Du musst mindestens zwölf sein.«

Inzwischen war sie neun Jahre alt. Noch drei Jahre, dann müssten sie das Versprechen einlösen. Kathryn hielt nichts von Wortbrüchen. Collin gefiel der Gedanke an eine Reise nach Äthiopien nicht. Er hatte keine Angst vor möglichen Gefahren, denen seine Familie dort ausgesetzt sein könnte. Er befürchtete vielmehr, dass Ayesha womöglich feststellen würde, nach Äthiopien zu gehören und nicht ins feuchte, kühle England. Was würde passieren, wenn sie plötzlich dort bleiben wollte? Sie war der Sonnenschein der Familie. Ja, mit ihr waren der unendliche blaue afrikanische Himmel und seine Wärme in ihr Leben eingezogen. Ayesha wusste, dass sie ihre ersten zwei Jahre in einem Waisenhaus verbracht hatte und noch irgendwo Familie von ihr in Äthiopien lebte. Und die wollte sie suchen und kennenlernen. Collin würde es das Herz brechen, wenn Ayesha eines Tages beschließen würde, in das Land ihrer Geburt zurückzukehren. Aber er hatte sich vorgenommen, ihr die Wege, die sie im Leben einschlagen wollte, durch nichts zu verbauen.

Collin winkte Ayesha zum Abschied und ging mit dem Gefühl zum Parkplatz, sie wieder einmal in einem wichtigen Moment enttäuscht zu haben.

***

Larissa Dawson saß in einen dicken Parka gehüllt, die Kapuze über den Kopf gezogen, auf der Bank, die geschützt unter einem ausladenden Felsdach stand. Das *Eagles Nest* war ein beliebter Ort für Liebespaare. Wild und romantisch. Collin hatte hier mit

Kathryn einige Sonnenuntergänge bei einer Flasche Wein erlebt. Etwas, was sie sehr lange nicht mehr gemacht hatten, wie er jetzt feststellte.

»Entschuldigen Sie bitte, aber mir ist kein anderer Treffpunkt eingefallen«, sagte Larissa. »Und im ›Albert's‹ wäre es nicht gegangen.«

»Zu viele Ohren und Augen?«

»Ja, richtig erkannt.«

»Also? Ich habe nicht viel Zeit. Was liegt Ihnen auf dem Herzen?«

»Es geht um Mathew.«

»Ihren verflossenen Surfer.«

»Ja. Wissen Sie, kaum waren Sie weg, ist er zu mir an den Tresen gekommen und hat mir gedroht. Ich habe es jedenfalls als Drohung verstanden. Er sagte, ich solle bloß nichts zu irgendwem sagen, was ich später bereue. Ich sei schließlich nicht von hier. Da wurde ich ein wenig hellhörig.«

Collin fiel die Szene ein, die er vom Parkplatz beobachtet hatte, nachdem das erste Mal im ›Albert's‹ gewesen war und mit Larissa gesprochen hatte. Er erinnerte sich an das wütende Gesicht des Neuseeländers.

»Deshalb wollten Sie sich hier mit mir treffen?«

»Mathew neigt zu, wie soll ich das sagen …?«

»Gewalt?«

»Vielleicht. Er kann sehr jähzornig werden, und wissen Sie, ich war ja diejenige, die sich getrennt hat. Das kann er nicht haben. Das weiß ich von Diane, einer Freundin, die auch mal mit ihm zusammen war, aber länger als ich. Er hat mit ihr Schluss gemacht. Er ist sonst derjenige, der eine Beziehung beendet.«

»Und diesmal war es andersherum, und das verletzt seinen Stolz.«

135

»Ja. Er hat mich danach immer wieder versucht anzubaggern und war jedes Mal sauer, wenn ich ihm eine Abfuhr erteilt habe.«

»Ist das alles, was Sie mir mitteilen wollten?«

»Nein. Es ist vielleicht nichts, aber ich habe Zeitung gelesen. Da wurde ja noch mal berichtet. Auch über den toten Hund, und da ist es mir wieder eingefallen. Ich fahre ja bald nach Hause und wollte Sie deshalb vorher noch sprechen. Mathew hat nämlich mal von einem Hund erzählt, so einem Golden Retriever, wie Sie ihn gefunden haben. Auf den hat er aufgepasst. Also, er hatte so einen Job als Hundesitter.«

»Was es nicht alles für Jobs gibt.«

»Mathew hat dauernd irgendwelche komischen Jobs und so nebenbei.«

»Und so? Krumme Dinger oder was meinen Sie?«

»Ja, bestimmt auch krumme Dinger. Er ist ja ständig knapp bei Kasse. Er hat diesen Job angenommen und etwa zwei Wochen später habe ich mit ihm Schluss gemacht. Weil ich dachte, dass er mit der Hundebesitzerin ein Verhältnis hatte. Ich hab da was läuten gehört.«

»Aber sie nicht zusammen gesehen?«

»Nein, und ich habe mich auch nicht getraut, ihn danach zu fragen.«

»Wo hatte er denn diesen Hundesitterjob?«

»Ich weiß es nicht. Vielleicht hat er sich das auch nur ausgedacht. Er hat immer so komische Geschichten erzählt. Ich habe ihn auch nicht mit dem Hund gesehen. Aber einmal war eine Grillparty beim ›Albert's‹. Im Januar. Eigentlich verrückt, aber es ist gut angekommen. Zum Glück war es auch recht mild. Ich habe an dem Abend bedient und alles nur von Weitem gesehen. Jedenfalls lief ein größerer Hund auf Mathew zu und hat ihn freudig begrüßt. Schwanzwedelnd und so.«

»Und das war ein Retriever?«

»Ich kann es nicht beschwören. Er war groß und die Form ... Ich meine, es war nicht viel Licht da an der Stelle ... Er kannte Mathew ganz offensichtlich. Und dann war da diese Frau, und ich denke, ihr gehörte der Hund.«

»Und Mathew begrüßte die Frau seinerseits schwanzwedelnd?«

»Wenn Sie es so ausdrücken möchten, ja. Den Eindruck hatte ich. Auch andere. Sie blieb nicht lange und hielt sich abseits von den anderen. Mathew hat sie noch zur Straße begleitet, dann kam er zurück.«

»Können Sie die Frau beschreiben?«

»Sie war älter als Mathew, wobei ich gar nicht sagen kann, woran ich das erkannt habe. Es war irgendwie die Haltung, der Gang und so. Und die Kleidung auch. Sie trug einen ganz langen Mantel und eine Mütze. Sie fiel auf.«

»Sie glauben also, der Hund der Frau könnte identisch sein mit dem Retriever, den wir gefunden haben.«

»Es ist Ihr Job, das herauszufinden. Der Hund, auf den Mathew aufpassen sollte, war jedenfalls jung. Ein junger, sehr verspielter und neurotischer Hund, der Angst vor allem Möglichen hatte. Das hat er Dianes Bruder erzählt, mit dem er häufig rumhängt. Und es soll gutes Geld rausgesprungen sein.«

»Für Hundesitting oder Damenbegleitung?«

»Tja ...«

»Wissen Sie, ob Mathew den Hund jetzt nicht mehr betreut?«

»Nein, macht er nicht mehr. Die Frau ist bestimmt auch nicht mehr hier. Meint Diane jedenfalls. Aber was komisch ist, und das weiß ich erst seit gestern: Mathew erzählt allen, dass er weggeht. Er erzählt es wohl schon seit Längerem, nur habe ich es erst gestern gehört. Er soll sich ein Flugticket für die Karibik gekauft haben und hat mit einem Bündel Banknoten geprahlt.

Er hat es im ›Albert's‹ aus der Tasche geholt und herumgezeigt. Ich finde das alles sehr merkwürdig.«

»Dass er plötzlich Geld hat oder dass er verschwinden will?«

»Beides.«

Sie ließ den Kopf hängen und starrte auf ihre Hände.

»War er ihr erster Freund?«

Sie nickte.

Collin kramte seine Pfeife hervor und rauchte ein paar Züge, bevor er sprach.

»Die erste Liebe bleibt immer irgendwie haften, aber irgendwann klebt es weniger und gehört eben einfach zum eigenen Leben dazu wie andere Erfahrungen. So wie ein Beinbruch, wenn Sie wissen, was ich meine. Meine erste Freundin war ein wenig pummelig, so wie ich, und unglaublich schlau. Sie studierte Astrophysik. Das fand ich damals unwiderstehlich. Aber mich hat sie am Ende nicht unwiderstehlich gefunden. In Naturwissenschaften war ich eine Niete, müssen Sie wissen. Jetzt bin ich mit einer wundervollen Frau verheiratet. Sie ist klug, liebevoll und schön. Wer hätte das gedacht, wenn man mich hässlichen Vogel anschaut.«

Sie lächelte ein wenig. Dann begann sie zu weinen.

»Ich habe Sie für intelligenter gehalten. Sie heulen dem Trottel doch nicht etwa nach?«

»Ich habe ihm Geld geliehen. Er hat mich immer wieder vertröstet. Diane war genauso blöd, aber sie will ja nicht studieren.«

»War es viel?«

»Für mich schon. Ich habe ja fast alles gespart, was ich hier verdient habe. Er schreit mich an, wenn ich es erwähne.«

»Ich habe da wenig Handhabe, wenn Sie darauf hinauswollen. Aber ich knöpfe mir den Kerl gern mal vor.«

»Ich weiß nicht …«

138

»Sie scheinen ziemliche Angst vor ihm zu haben.«

Larissa putzte sich die Nase.

»Es kann sein, dass ich schwanger bin,« presste sie dann hervor.

Collin pfiff durch die Zähne.

»Aber den wollen Sie doch nicht etwa als Vater, wenn Sie tatsächlich schwanger sind?«

»Aber ich kann doch nicht … Ich will studieren … Und wie …?«

»Wie Sie es Ihren Eltern sagen? Kathryn, meine Frau, hat ihr erstes Kind abgetrieben. Sie war etwa so alt wie sie. Sie hat es bis heute nicht verwunden. Es kann sein, dass Sie es verkraften. Das wissen Sie erst hinterher. Aber was das Studium betrifft, werden Sie sehen, Sie sind nicht die Einzige. Da gibt es inzwischen Kindergärten an den Unis. Und ihre Eltern? Die werden dahinschmelzen, wenn sie das Kleine sehen. Vorher schon.«

»Meine Eltern haben mich vor ihm gewarnt. Sie haben ihn ja kennengelernt. Mein Vater hat sich zu seinem fünfzigsten Geburtstag eine Cornwallreise mit der ganzen Familie gewünscht. Ich bin in den Ferien achtzehn geworden, mein Bruder fünfzehn. Wir haben beide einen Surfkurs geschenkt bekommen. Und meine Mutter hat einen Anfängerkurs im Segeln gemacht.«

»Und der Maori war ihr Lehrer.«

»Genau. Meine Mutter meinte, er sei ein ziemlich guter Lehrer.«

»Und dann hat er sie angebaggert?«

»Kann sein.«

Collin zog sein Portemonnaie aus der Tasche und reichte ihr eine Fünfzig-Pfund-Note und seine Visitenkarte.

»Sie rufen Ihre Eltern an. Dann gehen Sie zur Apotheke und holen sich einen Schwangerschaftstest. Melden Sie sich bitte gern, wenn sie das Ergebnis haben oder Hilfe brauchen.

Sie können auch bei uns wohnen, bis Sie zurück nach London fahren. Wenn Sie sich nicht sicher fühlen.«

»Danke.«

»Wo wohnt der Maori? Ich lasse eine Streife rausschicken und ihn befragen. Nur machen Sie sich nicht allzu viel Hoffnung. Wir können niemanden festnehmen, der geliehenes Geld nicht zurückgibt oder jemanden verbal bedroht. Wenn die Belästigung in Richtung Stalking geht, dann ja.«

»Oder wenn man totgeschlagen wird«, murmelte Larissa.

Collin spürte, wie ihm der Mund trocken wurde. Die Sache mit dem Mädchen überforderte ihn. Sie hatte offensichtlich eine Heidenangst vor dem Neuseeländer. Doch war sie begründet?

»Wo wohnen Sie?«

»Ich habe ein Zimmer in der Nähe vom ›Albert's‹.«

»Fühlen Sie sich dort sicher?«

»Es wird schon gehen. Ich übertreibe wahrscheinlich. Aber es wird ja auch über nichts anderes als diesen Toten geredet. Da sieht man schon Gespenster.«

»Wir besorgen Ihnen jetzt zusammen den Schwangerschaftstest. Ist das für Sie okay?«

Larissa nickte.

Wie mochte es Kathryn ergangen sein, als sie erfahren hatte, dass sie wieder schwanger war?, dachte Collin, während sie schweigend zu der nächstgelegenen Apotheke fuhren. Sie war allein gewesen wie Larissa, als sie sich das Stäbchen geholt hatte, das ihre gemeinsame Zukunft bestimmt hatte. Sie war in die Zweizimmerwohnung gegangen, in die sie damals gerade eingezogen waren, und hatte sich im Badezimmer eingeschlossen.

»Ich habe die Tür zugeschlossen«, hatte sie ihm später erzählt und gekichert. »Dabei war ich doch ganz alleine. Aber dann ja doch nicht.«

Collin war an dem Abend spät und erschöpft nach Hause gekommen. Es war der 12. April. Drei Kerzen brannten auf dem Tisch, den Kathryn mit Blumen dekoriert hatte. Sie hatte ihn mit leuchtenden Augen in dem engen weinroten Kleid begrüßt, das sie im Standesamt getragen hatte.

»Bald sind wir zu dritt«, hatte sie gesagt. Dass sie Zwillinge unter ihrem Herzen trug, hatte der Schwangerschaftstest nicht verraten.

»Ist das ein verspäteter Aprilscherz?«, hatte Collin gefragt und Kathryn in den Arm genommen, zögernd ihren leidenschaftlichen Kuss erwidert, mit dem Gefühl, dass etwas zu Ende gegangen war, was nie mehr zurückkehren würde, und etwas begann, das sich wie ein Schatten zu dem wirren Glücksempfinden gesellte: Ungewissheit.

11

Elroy Smitton war ein Mann von Prinzipien. Das hatte er zumindest immer von sich geglaubt. Er hatte einen festen Tagesablauf, an dem er auch als Frührentner festhielt, angefangen beim Weckerklingeln um sieben Uhr. Wurst kaufte er ausschließlich bei »Carrack«, einem alteingesessenen Fleischer, der noch wie seit Generationen selbst räucherte und Därme ausstopfte.

Die Tageszeitung und die Frischmilch vom Bauern hätte er sich gern vor die Haustür liefern lassen, wie es noch vor Jahren Sitte war. Doch inzwischen herrschte ein Mangel an Zeitungsboten, die bereit waren, bei Wind und Wetter Kunden in Mortehoe zu beliefern, die weiter außerhalb wohnten, und die Bestimmungen erlaubten den Bauern nicht mehr, ihre Milch direkt abzufüllen und zu vertreiben. Auch der kleine Gemischtwaren-laden hatte unlängst zugemacht.

Elroy wurde gezwungen, sich umzustellen und bei der einzigen ortsnahen Konkurrenz einzukaufen, einem unpersönlichen Discounter. Eine Umstellung, wie mit knapp über sechsundfünfzig Jahren plötzlich zum alten Eisen zu gehören. Die Bescheinigung, die ihn zum Frührentner gemacht hatte, und der Auflösungs-vertrag lagen in der untersten Schublade des Wohnzimmer-schranks, in der er seine Scheidungspapiere und andere unange-nehme Schriftstücke aufbewahrte, die sein Leben dokumentierten wie die Laufbahn eines Versagers.

Elroy verstand auch zwei Jahre nach seinem Ausscheiden aus der »Sharenton Pump Company« nicht, warum seine fast vierzig Jahre umfassende Kompetenz nicht mehr gebraucht wurde. War er nicht der dienstälteste Mitarbeiter mit der längsten Erfahrung gewesen?

Er war bei Mr Sharenton senior persönlich in der Lehre ge-wesen, hatte die Fieberkurven von Aufstieg, Goldjahren und Krisen miterlebt und dem Unternehmen immer die Treue gehal-ten. Nie hatte er sich beschwert. Nicht, als man ihn erst Trepp-chen hinaufsteigen ließ – wenn auch kleine – und mit jeder Stufe mehr Last auf den Buckel lud. Um ihm dann, kaum hatte er sich an die Höhenluft gewöhnt, einen Tritt zu versetzen, der ihn Stufe für Stufe hinunterpurzeln ließ, während jene stets son-nengebräunten sportlich-schlanken Gute-Laune-Jüngelchen, in einer Hand den Blackberry, die andere lässig in der Hosentasche des Markenanzugs, die Treppen nur so hocheilten, dabei leicht-füßig Stufen übersprangen. Dann saßen ihm diese glatten Gesich-ter als seine neuen Chefs in weichen Ledersesseln gegenüber.

Wer anders als sein letzter Vorgesetzter, der noch Babyspeck in den Wangen hatte, war dafür verantwortlich, dass Elroy dem

Rotstift zum Opfer gefallen war? Nur weil er sechs Monate wegen eines Rückenleidens ausgefallen war. Sechs Monate in vierzig Jahren.

Die Strahlemänner blieben höchstens für einen ersten löblichen Eintrag in ihr Zwischenzeugnis an Bord. Dann dampften sie mit ihrer Karrierejacht schon wieder davon, in irgendeine andere Branche womöglich, denn die Pumpen waren ihnen so gleichgültig wie die Menschen, die sich so wie Elroy an der schlichten Kraft einer Pumpe und ihrem hohen Nutzwert für die Menschheit noch immer begeistern konnten.

Elroy hatte nicht aufgegeben, hatte der Firma jede Woche einen Besuch abgestattet, war mit ehemaligen Kollegen in die Kantine gegangen, hatte jedem, der es hören wollte, Ratschläge gegeben. Denn wer kannte sich besser mit dem Verkauf von Absaugpumpen aus als er? Schließlich hatte er die technische Entwicklung über Jahrzehnte verfolgt und konnte jedem Kunden die Historie von der mechanischen bis zur computergesteuerten Technologie im Detail auseinanderlegen. Er war kein Blender. Keiner dieser Verkäufer mit Hochglanzbroschüren und PowerPoint-Präsentationen in einer Aktentasche aus feinem Rindsleder. Er wusste, wie man mit Kerlen im Blaumann sprach. Und in diesem Geschäft ging es seines Erachtens auch im Zeitalter des Internets um Kerle im Blaumann.

Seit drei Wochen hatte er sich allerdings kein einziges Mal mehr bei seinem ehemaligen Arbeitgeber blicken lassen. Drei Wochen. Die ihm erschienen wie Jahre, so viel Erstaunliches, Wunderbares, Neues hatte sich in seinem Leben ereignet.

Aber auch Verwirrendes.

Immer wieder, vor allem, wenn Patricia nicht bei ihm war, spulte er jenen Tag, als er sie kennengelernt hatte, wie eine Videokassette zurück und drückte auf »Start«.

Es war ein Tag mit lästigem Wind, der in Böen aufschwang, als sie in Elroy Smittons Leben trat. Unvermittelt, unerwartet wie ein Wespenstich. Er begriff es allerdings erst in der Rückschau.

Es war ein typischer Samstag gewesen, gegen elf Uhr morgens am siebten Loch. Gegenwind. Elroy war kein Mann, der gegen Widrigkeiten wie ein Stier kämpfte. Jedenfalls nicht beim Golf. Vor allem war er nicht sportlich. Dafür fehlten ihm auch die körperlichen Voraussetzungen.

Seine Beine waren zu kurz, sein Körper zu eckig und zu stämmig. Seine Beweglichkeit im Kreuz war noch immer leicht eingeschränkt.

Es machte ihm keinen Spaß, gegen den Wind zu schlagen und die mögliche Flugbahn und den Backspin des Balles vorab zu berechnen, wie es einige seiner Teamkollegen zu einem nervtötenden Wettbewerb erhoben hatten. Selbst bei idealen Wetterbedingungen gelang ihm die goldene Regel und das Geheimnis eines erfolgreichen Golfers nicht – die mentale Einstellung. Neunzig Prozent Kopf, zehn Prozent Technik.

Er war an diesem Samstag frustriert und lustlos, war zu dünn angezogen und fragte sich zum x-ten Mal, warum er sich zu diesem albernen Sport hatte überreden lassen, bei dem er sich Blasen an den Füßen lief, viel Geld für eine Ausrüstung ausgegeben hatte und in den drei Jahren, die er jetzt im Verein spielte, keine wesentliche Verbesserung seines Handicaps vorweisen konnte. Er traf schlichtweg selten ein Loch, bevor er nicht mindestens zehn Mal gegen den Ball geschlagen hatte. Falls er den Ball überhaupt traf.

Beim siebten Loch war es nicht anders. Er stand in einem Grün mit tückischen Breaks und konnte das Par-4-Loch auf dem abknickenden Fairway mehr erahnen als sehen. Von den drei verschiedenen Schlägern, die er sich im Laufe der Zeit angeschafft hatte, wählte er den Chipper, in der Hoffnung, dass die geneigte Schlagfläche ihm helfen würde, den Ball kraftvoll zu treffen.

Der Ball hatte laut Hersteller einen Hartgummikern. Hunderte von Dimples, kleinen Dellen, verhalfen ihm, dorthin zu fliegen, wohin ihn der Golfer haben wollte. Jedenfalls theoretisch.

Elroy band sich die Schnürsenkel fester, federte in den Knien, wie er es in den Kursen gelernt hatte, versuchte dabei die Balance zu halten, schwang so sanft wie möglich den Schläger, fixierte die kleine Stange mit der gelben Flagge, die im Wind flatterte, sammelte all seine Konzentration, atmete aus und schlug.

Der Chipper rasierte das Gras. Elroy hatte den Ball nicht optimal getroffen. Rund dreiundvierzig Gramm Masse wurde in trudelnde Rotation versetzt, ohne Auftrieb zu erhalten, driftete vom Ziel seitlich um mehrere Yards ab und fiel wie eine abgeschossene Taube ins Aus. Der Ball landete vor den Füßen einer Frau. Im ersten Augenblick glaubte Elroy sie getroffen zu haben.

Sie spazierte mit Sonnenhut und Handtasche auf dem Kiesweg zwischen den Rasenflächen, als wäre der Golfplatz ein botanischer Garten.

Eine Entschuldigung schon auf den Lippen, eilte Elroy zu ihr.

Als er außer Atem vor ihr stand, bückte sie sich in einer fließenden Bewegung, gewährte einen tiefen Einblick in ihr Dekolleté, hob den Ball auf, drehte und betrachtete ihn, als handelte es sich um ein aus dem Nest gefallenes Vogelei, und reichte ihn Elroy wortlos und ohne eine Miene zu verziehen. Schmale Silberreifen klimperten an ihrem Handgelenk.

»Meinen allerherzlichsten Dank und entschuldigen Sie vielmals«, stammelte er mit einer leichten Verbeugung.

Doch sie war schon weitergegangen.

Elroy kehrte zu seinem Golfcart zurück. Eine Investition, die sich gelohnt hatte. Dank des Wagens konnte er seit einigen Wochen mit seinen Teamkollegen auf dem teils steilen Gelände zwischen den achtzehn Löchern Schritt halten. Heute war er allerdings allein. Die vier anderen hatten aus unterschiedlichen Gründen abgesagt.

Elroy war der Schlechteste von ihnen. Sein Handicap war so erschütternd, dass er befürchtete, irgendwann aus dem Team zu fliegen. Er überlegte jede Woche, den ganzen Unsinn an den Nagel zu hängen.

Andererseits war es die einzige Beschäftigung, die er derzeit hatte. Bei Turnieren war es selbstverständlich, dass er gar nicht erst mitspielte. Er war der Kassenwart. Ein verlässlicher und durchaus leidenschaftlicher. Mit Zahlen kannte er sich aus. Das war ein Boden, auf dem er sich bewegte wie ein Tänzer. Schließlich war seine Rolle schon immer und überall gewesen, nicht die erste Geige zu spielen, sondern aus dem Hintergrund die Fäden in der Hand zu halten.

Elroy sah der Frau nach, die geschmeidig wie eine Gazelle auf ihren langen Beinen in Richtung des Klubgebäudes ging. Der Saum ihres Kleides hob sich, sobald der Wind daruntergriff. Der satte apfelsinenfarbene Stoff leuchtete. Wie eine Erscheinung, dachte Elroy. Erst dann fiel ihm ein, dass die Frau nicht auf den Platz gehörte. Begleitete sie jemanden? War sie Zuschauerin? In beiden Fällen hätte sie sich anmelden müssen.

Elroy nahm einen Schluck aus der Wasserflasche, schaute auf die Uhr und erinnerte sich plötzlich an die Regelwidrigkeit. Der Ball war im Aus gelandet. Nicht nur das. Die Frau hatte ihn aufgehoben, Elroy gegeben, und er hatte ihn zurück zu seinem Wagen getragen. Was jetzt?

Golf bestand aus einer Vielzahl komplizierter Regeln. Verstöße wurden geahndet. Hatte er die Frau getroffen oder nicht? Hätte

146

er sie getroffen, so würde er straffrei davonkommen, denn in der Golfordnung würde sie wie ein Baum oder Papierkorb betrachtet werden und Elroys Schlag wäre nichts weiter als ein unglücklicher Zufall gewesen, wie er in jedem Spiel passieren konnte.

Oder hatte er die Frau nicht getroffen? Dann wäre der Ball im Aus gelandet und er müsste drei Schläge hinzurechnen. Der Schlag ins Aus, ein Strafschlag plus der neue Versuch, den Ball ins Loch zu bringen.

Elroy seufzte, addierte drei Schläge hinzu und legte den Ball an die Stelle zurück, wo er zuletzt gelegen hatte. Das siebte Loch und theoretisch lagen noch elf weitere vor ihm.

Er blickte über die hügelige Rasenfläche in Richtung Meer, von dem er einen kleinen Zipfel sah. Wolken türmten sich bedrohlich über der Wasserfläche. Der Golfplatz von Ilfracombe galt als einer der spektakulärsten Englands. Direkt oberhalb der Felsküste gelegen, hatte man wunderbare Ausblicke über den Atlantik bis nach Wales und Lundy Island. Immerhin war die schöne Aussicht eine Entschädigung.

Elroy gab sich einen Ruck und schlug. Zu seiner Überraschung landete der Ball einen Yard vom Loch entfernt.

Er spürte neue Kraft. Ein so guter Schlag war ihm lange nicht gelungen.

Vielleicht hatte die Frau im apfelsinenfarbenen Kleid ihm Glück gebracht. Beschwingt puttete er den Ball ein.

Eine Stunde später sah er sie im Wintergarten des Klubs sitzen. Elroy hatte schließlich doch noch nach dem neunten Loch den Kampf gegen Wind und Frust endgültig aufgegeben, auch weil niemand Zeuge seiner Niederlage wurde.

Geduscht und umgezogen lief er durch den halb leeren Klubraum, grüßte hier und da und bemerkte schließlich die Frau. Sie saß allein und blätterte in einer Zeitschrift.

Er setzte sich an den Ecktisch, der für sein Team reserviert war, und prostete, kaum hatte er sein Bier, den »Blauen« zu. Das Konkurrenzteam. Dieselbe Altersklasse, alle schon mit ergrauten Schläfen und leichtem Bauchansatz wie er selbst und die anderen »Gelben« seines Teams, jedoch waren sie die Nummer eins im Verein.

»Steifer Wind heute, nicht wahr?«, versuchte einer der »Blauen« ihn zu einem Golfergespräch zu motivieren.

Elroy nickte nur kurz und wandte sich wieder dem Bier zu.

Da stand plötzlich die Frau neben seinem Tisch.

»Verzeihen Sie die Störung, aber vielleicht können Sie mir behilflich sein«, hörte er sie mit einer sehr tiefen Stimme sagen.

Elroy schaute zu ihr hoch. Sie war groß. Er hatte das Gefühl, den Kopf weit in den Nacken legen zu müssen, um unter die Krempe ihres Huts blicken zu können.

»Bitte, gern. Womit?«

»Ich bin neu in der Gegend. Können Sie mir sagen, ob es auch Frauenteams in diesem Klub gibt?«

Elroy war ganz verdattert. Er war es gewohnt, von Frauen übersehen zu werden. Sie saß hier doch schon eine Weile. Warum hatte sie nicht Thomas Langton oder einen anderen der forsch auftretenden »Blauen« gefragt? Er räusperte sich.

»Tut mir leid, Sie enttäuschen zu müssen«, antwortete er. »Dieser Klub ist recht traditionell. Damen werden nicht zugelassen. Soviel ich weiß ... Nicht gerade zeitgemäß, aber ...«

Die Frau verzog leicht den Mund, der brombeerrot geschminkt war, und tippte mit dem linken Schuh auf den Boden. Tapp-tapp-tapp hörte Elroy.

»Patricia Williamson. Darf ich mich setzen?«

Elroy merkte, wie er hektisch wurde. Sollte er sich zuerst selbst vorstellen oder den Stuhl vorziehen? Er entschied sich für den Stuhl, erhob sich schnell, stieß an den Tisch und konnte gerade noch das Bierglas vor dem Umkippen retten. Doch sie hatte schon längst ihm gegenüber Platz genommen. Saß wie ein Gemälde da. Eine Sonnenbrille bedeckte ihr halbes Gesicht. Sie duftete wie eine Sommerwiese. Elroy rückte seine Brille zurecht, die leicht beschlagen war, und hüstelte gegen den Frosch in seinem Hals an.

»Mein Name ist Elroy Smitton.« Er spürte die Blicke und das Flüstern der »Blauen« in seinem Rücken. »Angenehm«, fügte er mit halb aufgerichteter Verbeugung hinzu und plumpste auf den Stuhl zurück.

Sie neigte leicht den Kopf, legte die Tasche auf den Tisch und zog sich die Handschuhe aus, die ihr bis unterhalb der Ellbogen reichten. Helle Arme kamen darunter zum Vorschein. Elroy musste an das feine Porzellangeschirr seiner Mutter denken. Es war, als säße er einem Filmstar gegenüber.

»Es ist heiß.« Sie fuhr sich mit der Zungenspitze über die Lippen. »Der Kamin.«

»Entschuldigen Sie. Darf ich Ihnen etwas zu trinken bestellen?«

»Gern. Ein Glas eisgekühlten Champagner.«

Im Geiste öffnete Elroy seine Brieftasche. Erleichtert fiel ihm ein, dass er frühmorgens am Geldautomaten gewesen war. Er winkte Dora, der Bedienung, einer übergewichtigen, hüftkranken Mittsechzigerin, die mit barscher Stimme und übler Laune das Regiment über Küche und Tresen führte.

»Haben Sie einen Bruno Paillard oder Larmandier-Bernier?«, fragte Patricia sie.

»Weder – noch. Chardonnay. Sind alle mit zufrieden.« Dora runzelte die breiten Brauen und tippte mit dem Kugelschreiber auf ihren Block.

»Chardonnay? Nun, wenn Sie nichts anderes zu bieten haben. Aber das Glas vor dem Einschenken sehr eisgekühlt.«

»Stellen wir ins Eisfach. Austern dazu?«

»Bitte gern. Eine große Portion. Mit Tabasco.«

»Für Sie auch, Mr Smitton?«

Elroy schüttelte den Kopf. Austern. Die hatte er noch nie gegessen. Wie bei Kaviar klebte daran seines Erachtens fast etwas Verruchtes. Nicht ziemlich für jemanden wie ihn, einen Verkäufer von Pumpen. Und schließlich war es ein ganz gewöhnlicher Samstag. Andererseits, war es nicht ein außergewöhnlicher Samstag?

Er putzte die Brille, rieb sich die Augen, doch die Frau blieb bei ihm am Tisch. Sie war tatsächlich da. Keine Erscheinung. Prostete ihm mit Champagner zu und schlürfte elegant sechs Austern aus.

Am selben Abend schon, als Elroy bei ausgeschaltetem Ton vor dem Fernseher saß, konnte er sich nicht mehr in allen Einzelheiten daran erinnern, worüber er mit Patricia gesprochen hatte. Irgendwann hatten sich drei der »Blauen« zu ihnen gesellt, zotige Witze gerissen, zu laut gelacht und Runden bestellt. Die Frau wurde wie ein seltener Schmetterling behandelt, von allen mit Übereifer umsorgt und hofiert.

Elroy war keine Ausnahme, doch kaum war er nicht mehr mit ihr allein, geriet er ins Hintertreffen. Buhlende Bullen, so hatte es Ruth, seine geschiedene Frau, einmal mit angewidertem Gesicht zum Ausdruck gebracht. Elroy hatte sich an diesem Samstag nicht wie ein buhlender Bulle gefühlt. Er war beschwingt und leicht beschwipst nach Hause gefahren. Er fühlte noch die Hand Patricias in seiner, die sie ihm zum Abschied gereicht hatte. Eine glatte, große Hand und ein erstaunlich fester Händedruck.

»War nett, Ihre Bekanntschaft gemacht zu haben«, hatte sie in ihrer tiefen Stimme gesagt. Eine Stimme, die wie Honig an einem haften blieb.

Zwei Tage später hatte Elroy sie zwar nicht vergessen, aber weitgehend aus seinen Fantasien verbannt. Er war schon zu lange Junggeselle, war niemals der Typ gewesen, auf den Frauen flogen, auch nicht, als er dreißig Jahre jünger gewesen war. Warum sollte eine schöne Frau wie Patricia auch nur einen Gedanken an ihn verschwenden?

Am übernächsten Samstag hatte Elroy sie wiedergesehen.

Sie saß mit übereinandergeschlagenen Beinen in einem engen Rock auf einem Barhocker und hörte Tim, dem Besitzer des Golfplatzes, mit leicht geöffneten Lippen zu. Tim war einer dieser Erfolgsmenschen mit Sportwagen, Surfbrett und sonnigem Lachen, wie es sie nach Elroys Geschmack zu viele auf der Welt gab.

Elroy hüstelte in die Faust, grüßte die beiden mit einem »Schönen Tag«, was ihm holprig über die Lippen kam, und folgte seinen Teamkollegen zum Ecktisch. Eine Viertelstunde später war sie da.

»Ich möchte Sie wissen lassen, dass sich Tim überlegt, Frauen in naher Zukunft doch zuzulassen.«

»Glückwunsch«, brachte Elroy hervor. Duzt sie sich bereits mit diesem Schnösel?, dachte er nicht ohne einen Anflug von Neid.

»Wer ist denn die Schöne?«, wollte Jeff wissen.

Bevor Elroy Patricia vorstellen konnte, hatte sie schon selbst das Wort ergriffen. Dann saß sie zwischen Jeff und Berti. Und es war nicht anders als an dem Tag, als sie wie ein exotischer Vogel in Elroys Leben geflattert war. Sie trank gläserweise Champagner, sprach wenig, ließ Fragen an einer Wand des Schweigens abprallen und puderte sich zwischendurch die Nase.

»Darf ich Sie bitten, mich nach Hause zu bringen?«, fragte sie Elroy an dem dritten Samstag, einem Abend, den sie nach einem internen Turnier bei Grillwurst und Salatbüfett im Klub verbracht hatten. »Ich meide ab einer bestimmten Stunde Taxis.«

Elroy fühlte sich geschmeichelt. Gut, alle anderen außer zwei, drei weiteren Junggesellen oder Witwern waren mit Anhang gekommen und Patricia hatte sich vielleicht deshalb an ihn gewandt. Er war allein, musste niemanden um Einverständnis fragen und hatte zudem nicht übermäßig getrunken.

Gerade als sie zum Parkplatz gingen, kam ein Platzregen herunter. Elroy glitt rasch aus seiner Jacke und legte sie Patricia über die Schultern. Sie zog die Jacke über ihrer beider Köpfe, und kichernd wie Teenager wichen sie auf dem Weg zum Auto Pfützen aus. Die unerwartete Nähe zu ihr beglückte Elroy.

Auf der Fahrt plauderten und lachten sie. Lange hatte sich Elroy nicht mehr so leicht und jung gefühlt.

»Was macht ein Mann wie Sie an einem Sonntag?«, fragte Patricia, als sie vor ihrer Wohnung angekommen waren.

»An einem Sonntag gibt es keine Tageszeitung. Ansonsten ist für mich ja jeder Tag ein Sonntag. Bedauerlicherweise.«

»Was speist ein Mann wie Sie an einem Sonntag. Was kocht ihm seine Liebste?«

Elroy bekam einen Hustenanfall.

»Ich bin Junggeselle«, gab er schließlich zu. »Da öffnet man den Kühlschrank und schaut nach, ob sich etwas findet.«

»Gibt es denn keine Restaurants in Ihrer Gegend?«

Endlich verstand Elroy den Wink mit dem Zaunpfahl, begriff es aber nicht so recht. Dennoch wagte er einen Vorstoß.

»Gern lade ich Sie morgen zum Essen ein.«

Ja, das hatte er gesagt. Wer wagt, gewinnt. Und Elroy hatte gewonnen. Patricia hatte ohne Zögern zugesagt. Warum, hatte er sich nicht gefragt. Er wollte es gar nicht wissen. Sie hatte die Einladung angenommen und lief am Sonntag zwanzig Minuten nach der verabredeten Zeit auf seinen Wagen zu, in dem er in einem Anzug, den er Jahre nicht getragen hatte, und mit pochendem Herzen auf sie wartete.

Seit jenem Tag begriff er, was es bedeutete, im siebten Himmel zu schweben. Wobei er nicht schwebte, es war vielmehr so, als wirbelte er durch die Luft oder führe mit Vollgas über hohe Wellen auf einem Schnellboot. Wobei nicht er, sondern Patricia am Steuer saß.

Er genoss es in vollen Zügen.

Bei jenem ersten gemeinsamen Restaurantbesuch war etwas in Gang gekommen, das Elroy noch nicht überblicken konnte. War es Freundschaft? Er hatte keine Erfahrung mit Freundschaften, besonders nicht zu Frauen.

Mit Patricia war es anders als mit Su, seiner Nachbarin, vielmehr seiner Untermieterin. Das waren klare Verhältnisse. Aber Patricia? Welches Verhältnis hatte er zu ihr? Elroy wusste es nicht und versuchte sich keine Gedanken darüber zu machen.

Vor zwei Stunden hatte sich Elroy von Patricia verabschiedet. Sie wollte bis Sonntag ihren Vater im Pflegeheim in Oxford besuchen.

Dieses Wochenende würde er zum ersten Mal wieder allein sein. Das war gut so, wie er zugeben musste. Er bemerkte erst jetzt die Erschöpfung.

Er war es ganz und gar nicht gewohnt, sich die Nächte um die Ohren zu schlagen. Patricia hielt sich allzu gern in Pubs auf, wurde, je später der Abend, desto quicklebendiger. Elroy spürte auch die Anstrengung von den langen Spaziergängen an Strandpromenaden, dem Warten in stickigen Boutiquen, wo sich Pat-

153

ricia stundenlang in neuen Gewändern vor Spiegeln drehen konnte, ohne etwas zu kaufen, weil ihr die Farbe der Blusenknöpfe nicht gefiel, eine Hose ihr Gesäß zu sehr rundete oder die Schuhe am großen Zeh drückten. Er hatte Ecken und Gegenden rund um Mortehoe kennengelernt, wo er sein Lebtag noch nicht gewesen war.

Jetzt sehnte er sich nur nach Schlaf.

Genau diesen Gedanken hatte er, als es an der Tür klopfte. Eine halbe Stunde zu spät, stellte er mit einem Blick zur Uhr leicht verärgert fest, als er Su hineinließ.

»Es war mir nicht früher möglich«, sagte sie.

Ihre Wangen waren gerötet. Elroy nahm einen ihm unbekannten Duft an ihr wahr.

»Kommen Sie doch bitte«. Er nahm ihr die Jacke ab. »Ins Wohnzimmer. Tee?«

»Danke. Nur ein Glas Wasser bitte«.

Elroy ging erleichtert in die Küche. Das Gespräch würde nicht lange dauern, hoffte er. Es gab ja nur ein Ja oder ein Nein. Würde sie die Bitte abschlagen, müsste er sich allerdings nach einer Alternative umschauen. Es wäre einfacher und praktisch, wenn Su das Angebot annähme.

Sie war eine angenehme Mieterin, und ihr Kind machte keine Scherereien. Davor hatte er sich am meisten gefürchtet. Ein ewig plärrendes Kind oder eins, das Bälle in Fensterscheiben schmiss oder schreiende Horden von Freundinnen mitbrachte.

Die Idee, das Nebengebäude zu vermieten, war ihm aus reiner Sorge gekommen, nachdem er seine Arbeit verloren hatte und sein Monatseinkommen plötzlich um die Hälfte geschrumpft war. Er hatte die Eineinhalbzimmerwohnung, in der in früheren Zeiten Dienstboten untergebracht waren, notdürf-

154

tig renoviert, einige ausrangierte Möbel hineingestellt und eine Anzeige geschaltet. Er hatte auf einen alleinstehenden Mann in seinem Alter gehofft oder einen Städter, der eine permanente Ferienwohnung für Angelwochenenden suchte. Aber dafür war Mortehoe wohl zu abgelegen, bot zu wenig Infrastruktur und zudem lag sein Haus nicht einmal direkt am Meer.

Auf die Anzeige hatte sich schließlich nur eine einzige Person gemeldet. Und das war Su. Sie hatte Vorhänge genäht, den Garten um das Häuschen gejätet, einen Kranz an die Haustür gehängt, erntete die Johannisbeeren und Brombeeren, die überall wild wuchsen und kochte daraus köstliche Marmelade. Außerdem erledigte sie alles Mögliche für Elroy. Eine gute Fee. Genau das war Su. Und daher, so befand Elroy, würde sie sein Angebot sicher annehmen.

Sie stand vor der Wand, an dem die Familienfotos hingen, als er mit dem Wasser ins Wohnzimmer kam.

»Ihr Vater?« Sie zeigte auf die Schwarz-Weiß-Fotografie in dem schmalen Silberrahmen. Ein Soldat in Uniform.

»Ja. Reserveoffizier der RAF. Bei einer Übung abgestürzt. Hat nicht überlebt.«

»Aber einen Sohn gezeugt«, murmelte Su.

»Unehelich. Sie wollten heiraten. Aufgebot schon arrangiert. Wurde nichts draus. Na ja, meine Mutter hat mich trotzdem durchgebracht.«

»Und nie wieder einen anderen Mann gefunden?«

»Tja«. Elroy wollte sich gern setzen, noch lieber schlafen gehen. »Jedenfalls nicht dass ich wüsste. Sie hat immerhin alles geerbt. Das ist mir zugutegekommen.«

»Eine Familie der Einzelkinder also«, stellte Su fest, ging noch einmal an den Fotos entlang, die Generationen von Withbones zeigten, die Familie seines Vaters, die dieses alte Herrenhaus bewohnt und von dort aus ihr dazumal noch beachtliches Imperium aus Ländereien und Geschäften betrieben hatte, das vor langer Zeit wie ein Kartenhaus zusammengefallen war. Der Familienname war inzwischen Geschichte. Jetzt gab es nur noch ein wenig Land, das verpachtet war, und das Haus. Wie viel das Wert war, wusste Elroy nicht genau. Ich müsste es gelegentlich mal schätzen lassen, dachte er.

»Ist es so?«, fragte Su und setzte sich ihm gegenüber auf den Sessel, in dem auch Patricia gerne saß.

Einen Augenblick verlor sich Elroy in Gedanken an Patricias schlanke, lange Beine, die sie stets auf eine Weise übereinanderschlug, die ihm die Kehle zuschnürte. Sie wippte dann mit einem Fuß und ließ den Schuh schaukeln.

»Was meinen Sie?«, fragte er zerstreut.

»Wenn Sie alles geerbt haben, so hatte auch Ihr Vater keine Geschwister, oder? Aber das geht mich ja alles nichts an. Entschuldigen Sie bitte.«

»Nichts für ungut.« Elroy warf wieder einen Blick auf die Armbanduhr. »Das Mädchen ist schon im Bett?«

»Ja.«

Elroy räusperte sich. Er hatte Vorstellungsgespräche geführt, Kündigungsgespräche, schwierige Kunden überzeugt, verärgerte beschwichtigt, er hatte Erfahrung in solchen Angelegenheiten und zögerte dennoch, unumwunden zum Punkt zu kommen. Das ärgerte ihn. Es musste an seiner Müdigkeit liegen.

»Was ich Sie fragen wollte…«, begann er nach einem Räuspern.

»Ob ich Mr Bean gesehen habe?«

»Nein, das nicht, aber wo Sie es jetzt erwähnen … Ich habe ihn tatsächlich noch gar nicht gesehen. Stromert wohl rum. Macht er manchmal, wenn auch nicht mehr oft in seinem Alter.

Nein, wissen Sie, das Haus ist ja recht groß und für mich allein eigentlich zu groß, also …«

Su sah anders aus als sonst. Irgendwie bunter. Elroy konnte nicht festmachen, woran es lag. Es waren nicht nur die roten Flecken auf ihrem Hals. Sie hatte die Hände im Schoß gefaltet und blickte ihn aus ihren hellen Augen an. Er konnte den Blick nicht deuten.

»Ja, es ist wirklich sehr groß.«

»Und mir als Mann, als alleinstehender Mann, fällt es schwer …«, nahm Elroy den Faden wieder auf. »Also es entsprechend … Sie wissen schon, in Schuss zu halten. Also mir selbst ist das ja weniger wichtig, aber als Frau sieht man das sicher anders, oder?«

»Was?«

Elroy kam die ganze Sache allmählich lächerlich vor. Er rief sich Patricias Worte ins Gedächtnis: »In diesem Schmutz könnte ich nicht leben. So ein riesiges Haus. Und das alles ohne Hilfe sauber machen. Ich nicht. Da lob ich mir mein Appartement.«

Aber das konnte sie sich kaum leisten. Es war klein, lag an einer Durchgangsstraße, hatte keinen Garten und war in einem Wohnkomplex, der von allen möglichen zwielichtigen Gestalten bevölkert wurde, die Patricia als bedrohlich empfand. Außerdem war der Weg zu ihrer Arbeit weit. Von Mortehoe aus wäre es ein Katzensprung. Es musste eine Entscheidung her. Elroy verschränkte die Arme vor der Brust. Das hatte er bei schwierigen Kundengesprächen auch immer gemacht.

»Sie kennen sich doch von Berufs wegen aus. Sicher könnten Sie das zusätzliche Geld gut gebrauchen. Und es ist ja auch gleich nebenan. Kein Anfahrtsweg und nichts. Ich wüsste, dass ich mich verlassen kann. Nichts geklaut wird. Sie wissen schon, wovon ich spreche …«

»Ich weiß überhaupt nicht, wovon Sie sprechen, Mr Smitton.

Und es wäre mir lieb, wenn Sie endlich Klartext reden würden. Ich möchte meine Tochter heute Abend ungern lange allein lassen.«

Sie starrten sich über den Wohnzimmertisch hinweg an.

Elroy hatte noch nie einen derartigen Ausbruch bei Su erlebt. Ihre Stimme hatte sich beinahe überschlagen. Er holte tief Luft.

»Gut, gut. Also, ich biete Ihnen ein Honorar von fünfzig Pfund, wenn Sie einmal pro Woche mein Haus säubern. Zusatzhonorar für Sonderleistungen wie Bügeln und was sonst noch anfällt. Sie kennen sich da besser aus. Sie können gern sofort anfangen. Also morgen. Ab acht Uhr. Oder am Nachmittag, wenn das besser passt. Es zeichnet sich nämlich ab, also könnte sein, dass demnächst jemand, also eine Dame, hier einzieht ... Ich wäre Ihnen sehr verbunden, wenn ...«

Elroy verstummte, als Su unerwartet aufstand.

»Ich lasse Sie meine Antwort wissen, Mr Smitton«, sagte sie. »Wenn ich mich jetzt bitte verabschieden darf?«

»Wollen Sie nicht noch ...? Ich kann natürlich auch etwas mehr zahlen ...«

Elroy folgte Su in den Flur. Sie hatte schon ihre Jacke in der Hand.

»Ich kann Ihnen übrigens sagen, wo Mr Bean ist. In Ihrem Schuppen. Tot. Vermutlich vergiftet. Also dann ... Ich wünsche Ihnen eine geruhsame Nacht.«

Mit den Worten ließ Su ihn stehen und ging mit schnellen Schritten hinüber zu ihrem Häuschen.

Elroy sah ihr nach und versuchte zu begreifen, was sie gerade gesagt hatte. War das eine Absage gewesen? Sollte er ihr nachlaufen, alles richtigstellen? In ihrer Küche brannte Licht. Er roch einen vertrauten Duft, der aus dem gekippten Fenster drang. Brot, dachte er und bekam augenblicklich Appetit.

158

Dann fiel ihm ein, was sie über Mr Bean gesagt hatte. Er holte eine Taschenlampe und ging zum Schuppen. Was er dort sah, trieb ihm augenblicklich Tränen in die Augen. Das war ihm Ewigkeiten nicht mehr passiert. Und als er sich zu dem Kater hinunterbeugte und ihm einen Finger auf den Kopf legte, dachte er an Jodi.

Nichts war mehr so, wie es immer gewesen war. So wie damals.

12

»Unser Mann wusste, wie man das Leben genießt.«

»Kann ich mir vorstellen. Also?«

Collin brannte das rechte Ohr. Die Schulter und der Arm signalisierten mit stärker werdendem Ziehen, dass er den Telefonhörer schon zu lange hielt. Jetzt wäre ein Headset Gold wert, dachte er. Selbst schuld, wenn du dich den Neuerungen immer verweigerst, schalt er sich. Die Frauenstimme am anderen Ende der Leitung ging ihm auf die Nerven. Piepsig, dazu ein nuscheliger schottischer Akzent. Collin konnte sich kaum auf ihre Worte konzentrieren, so irritierte ihn diese Stimme.

DC Coimbra MacLaughlin hatte ihn darüber informiert, dass Manchester nun doch nicht für den Toten zuständig sei. Mehrere Tage war es hin und her gegangen, und die Ermittlungen waren beinahe zum Stillstand gekommen. Ein Vorort von Manchester sei zwar der Wohnort des Verstorbenen gewesen, aber sollte sich der Verdacht auf Mord erhärten, wäre der Fundort des Leichnams ausschlaggebend.

Immerhin hatte Collin mit seinem Team McFerssons Ferienhaus unter die Lupe nehmen können – ohne Ergebnis –, und

MacLaughlin hatte ihrerseits ihre Leute losgeschickt, um nach Angehörigen zu forschen und das Umfeld von Godwin McFersson auszuleuchten. Sie hatten einen Durchsuchungsbefehl für sein Wohnhaus in Manchester erwirkt, eine Luxusvilla in der feineren Gegend mit Dienstpersonal, und sich über sein Geschäftsleben schlaugemacht.

Der erste Bericht lag jetzt vor. Er hätte auch gefaxt werden können oder gemailt. Aber nein, die Kollegin ließ es sich nicht nehmen, Collin persönlich in Kenntnis zu setzen. Er hatte schon drei Seiten mit Notizen vollgekritzelt.

Junggeselle, keine Kinder. Keine Geschwister. Eltern lange verstorben.

Godwin McFersson war wohlhabend gewesen, sehr sogar, beinahe Millionär, hatte aber im Zuge der Finanzkrise einiges an Aktienpapieren verloren. Er besaß neben einer Kette von Reinigungen namens »Cleany« mehrere Immobilien, auch im Ausland, war stiller Teilhaber zweier Hotels der gehobenen Klasse im Norden Schottlands sowie eines sehr gut laufenden Fischrestaurants in Portishead und eines Kasinos in London.

DC MacLaughlin kaute irgendetwas, während sie sprach.

»Er hatte einen Pilotenschein. Seine Cessna steht in Gatwick. Hat er aber länger nicht mehr geflogen. War wohl mehr fürs Prestige. Sein Lieblingsspielzeug war eine Jacht.«

»Er hatte eine Jacht?« Collin lehnte sich vor.

»Ja. Der Liegeplatz ist in Portishead. Ob das Boot noch da ist, haben wir nicht überprüft. Ist ja jetzt Ihr Baby. Mit der ist er jedenfalls regelmäßig, das heißt mindestens zwei Mal im Jahr, herumgeschippert, manchmal einige Wochen lang. Darum hat ihn niemand vermisst.«

»Keiner hatte Kontakt zu ihm in der Zeit? Und die Geschäfte?«

»Der Geschäftsführer von ›Cleany‹ ist Ferdinand Güren.

Deutschstämmig. Seit vierzehn Jahren dabei. Er hat immer alles gemanagt, wenn sein Chef Segel gesetzt hat. McFersson hat sich nie gemeldet. ›Wenn die Buden brennen, brennen sie. Was soll ich da machen, wenn ich gerade vor Zypern Anker werfe?‹ So hat ihn Güren zitiert.«

»Haben Sie diesen Güren schon unter die Lupe genommen?«

»Nein. Aber wenn der Mord etwas mit McFerssons Geschäften zu tun haben sollte, dann muss man ihm gründlich auf die Finger klopfen, denke ich.«

Jacht / Portishead / Manchester notierte Collin und malte drei Ausrufezeichen dazu.

»Okay. Sonst noch was?«

Collin hörte Coimbra MacLaughlin schmatzen. Offenbar ein Kaugummi. Angewidert wechselte er den Hörer zum linken Ohr, dem schlechteren.

»Unser Toter war ein Lebemann, scheint mir. Partys, Empfänge, er ließ nichts aus. Dazu offenbar wechselnde Bekanntschaften.«

»Bekanntschaften?«, hakte Collin nach. »Meinen Sie Frauen?«

Er hörte die Kaugummiblase platzen, dann wieder Kaugeräusche.

»Exakt. Frauen. Junge. Oder immer jüngere. So hat es der Gärtner ausgedrückt. Die Hausangestellte sprach von Damenbesuchen. Alle gut aussehend. Genauere Angaben haben wir nicht. Offenbar ging unser Mann sehr diskret vor. Ob die Damen aus einem bestimmten Milieu kamen, konnten die Zeugen nicht bestätigen.«

»Also keine Prostituierten?«

»Nun, wie gesagt, das konnte nicht bestätigt werden.«

MacLaughlin musste ganz schön konservativ sein, dachte Collin. Oder wirklich eine Anfängerin. Es fiel ihr offenbar schwer, die Dinge beim Namen zu nennen. Er dachte an seinen Lehrmeister aus Southampton, den inzwischen pensionierten DC Owen Peters. Southampton war nicht gerade ein friedliches Pflaster, ganz im Gegenteil: Drogen, Bandenfehden, Raubüberfälle, Vergewaltigungen, Morde.

Collin hatte vom ersten Tag an die raue Unterwelt einer Stadt kennengelernt, in der das Leben aus nichts als Gewalt zu bestehen schien.

Du musst der Realität schonungslos ins Auge sehen, hatte Owen Peters gesagt. Wenn du das nicht kannst, hast du in der Abteilung für Kapitalverbrechen nichts zu suchen und überhaupt den falschen Beruf gewählt.

Nach sieben Jahren hatte Collin das Handtuch geworfen. Schlaflose Nächte, ein nervöser Magen, zunehmende Mutlosigkeit und Lebensunlust, die ein Arzt als erstes Warnzeichen einer beginnenden Depression diagnostiziert hatte. Er hatte sich schließlich zu dem Entschluss durchgerungen, sich um eine andere Stelle zu bewerben, in einem anderen Distrikt, weit entfernt vom Sumpf Southamptons. Und nun drohten mit dem Toten aus dem Meer die alten Dämonen aus jener Zeit zurückzukehren.

Vielleicht gibt es keinen Ort der Unschuld auf der Welt, keinen Flecken des Friedens, fuhr es Collin durch den Kopf. Nicht einmal auf diesem abgelegenen Zipfel Englands, hier, wo Himmel und Meer eins sind und man sich einbilden kann, der Mensch sei vor jedem Unrecht geschützt.

»Seine Kontobewegungen sind etwas komplex«, sagte MacLaughlin. »Wie es sich für so jemanden gehört, hat er mehrere Banken, auch im Ausland, Schweiz, Liechtenstein, das Übliche. Wir checken noch, ob es Auffälligkeiten im Zahlungsverkehr gab, aber Sie wissen ja, das kann dauern, bis die Banken uns ihre Daten überlassen.«

»Ist das alles?«

Es war inzwischen eine knappe Stunde vergangen. Collin sehnte sich nach einer Tasse Kaffee und vor allem danach, endlich diese nervige Frauenstimme aus den Ohren zu haben.

»Vorerst ja. Maile Ihnen dann den Bericht. Darin finden Sie auch die Zulassungsdaten vom Boot und von seinen Autos. So ein Kaliber hat ja gleich drei.«

»Drei?«

»Einen Cruiser, einen Benz, natürlich A-Klasse, und einen Oldtimer. Ein Cadillac. Wurde einmal im Monat geputzt. Vom Gärtner. Und selten gefahren. Der Cruiser ist weg. Vermutlich ist er damit nach Portishead gefahren. Wir haben das aber noch nicht überprüft.«

»Ich komme in den nächsten Tagen zu Ihnen hoch.«

»Gern. Wir klappen hier auch erst einmal die Akte zu. Also dann. Es ist Mittagspause.«

Mittagspause. Collin streckte sich. Eine schottische Fressmaschine, würde Johnny sie wohl nennen, dachte er und packte sein Lunchpaket aus. Kathryn bestand darauf, dass er täglich Grünzeug aß. Salat vor allem, Soja in allen Variationen, Ingwer und Obst. Asiatische Kost. Er hatte sich daran gewöhnt und bestand nicht mehr auf seinen geliebten Fish and Chips. Die englische Küche fand Kathryn grauenhaft. Schon für Augen und Nase eine Beleidigung. Mit Hingabe schnitzte sie aus Karotten Figuren und Blumen, mit denen sie die Teller verzierte. Manche Mahlzeiten brauchten eine Vorbereitungszeit von mehreren Stunden. Unermüdlich schnippelte, hackte und zerbröselte sie, rollte alles in selbst gemachten Teig und garnierte das Essen mit Kräutern, die sie in Töpfen im Garten zog. Eine gesunde Ernährung stand für sie an erster Stelle ihrer Aktivitäten. Oder ihrer kreativen Energie. Wie immer man es sah.

163

»Na, wieder auf Diät?«

Johnny schob sich mit einem fettigen Burger an ihm vorbei.

»Wisch dir mal den Knutschfleck ab.«

»Knutschfleck? Hab ich was verpasst?«

»Sandras Lippenstift klebt auf deinem Schädel.«

»Den lass ich da. Tattoos sind modern. Willst du was?«

»Nein, danke. Hab keinen Magenbitter dabei. Und stinkt mir ehrlich gesagt zu sehr.«

»Bist eine langweilige Gemüsezwiebel geworden. Früher …«

»Ja, ja. Wasch dir deine Fettfinger und geh an die Arbeit. Das Boot von McFersson lag in Portishead. Da hat er einen Liegeplatz gemietet. Kannst du das mal überprüfen?«

»Was?«

»Na, ob das Boot noch da ist und wenn nicht, wann der Herr abgedampft ist. Identifikationsnummer kommt.«

»Soll ich da vorbeifahren? Ginge aber erst morgen früh. Hab dir doch erzählt, meine Nichten haben eine Aufführung in der Schule, Vorlesen, da mach ich um vier Uhr die Fliege. Fängt zwar erst um fünf an, aber du weißt ja, wie Kinder sind. Lesley will unbedingt noch mal mit mir üben. Sie liest aus ›Alice im Wunderland‹. Sie ist ganz schön gut.«

Hoffnungslos, Johnny und der Rest. Auch wenn ein Toter, genauer gesagt ein potenzielles Mordopfer, das erste seit Jahren, als Fall auf dem Tisch landete, verlor niemand die Ruhe. Vorlesewettbewerb.

Collin atmete aus. Nun gut, ich bin der Chef, dachte er. Aber sicherlich kein guter. Keiner, der mit der Faust auf den Tisch haut und einem verschlafenen Mitarbeiter wie Johnny die Leviten liest. Er beneidete ihn vielmehr um seine Gelassenheit. Der Tote war schließlich tot. Wen scherte es, ob der Mörder heute oder morgen gefasst wurde? Mich, dachte Collin. Mich beun-

164

ruhigt es, und wenn es mich beunruhigt, so auch die Bevölkerung, für die ich Verantwortung trage. »The Cornwall Coast Observer«, die beliebteste Regionalzeitung, hatte den Fall erneut als Topnachricht gebracht:

Polizei tappt im Dunkeln
Noch keine Spur zum Red-Point-Mörder

Einwohner wurden zitiert, die sich Alarmsysteme kaufen wollten. Eine Nachbarschaftswache hatte sich neu gegründet. Jede ihnen verdächtig erscheinende Bewegung meldeten sie gleich, so ernst schienen sie ihre freiwillige Bürgerwehr zu nehmen. Auch nachts fuhren sie umher und rissen Collin mit dubiosen Meldungen aus dem Schlaf. Collin hatte verärgert mit Kellis Penfentin, dem Chefredakteur, telefoniert, der mit seinen übertriebenen Artikeln die Angst im Dorf schürte und damit auf fruchtbaren Boden stieß. Es passierte so wenig Spektakuläres innerhalb der engen und engstirnigen Grenzen von St Magor, dass dieser Mordfall Gesprächsthema Nummer eins war. In einem Leserbrief wurde Kritik am Ausverkauf der Gemeinde geübt. Jeder Hinz und Kunz brauche nur den Geldbeutel zu zücken und schon würden Häuser an ihn verkauft. Den Einheimischen gehöre bald kein Grund und Boden mehr. Und mit der Moral und vor allem der Sicherheit sei es gleich ganz vorbei, wenn ungehindert Fremde an ihre geliebte Küste strömten.

»Morgen reicht sicher«, antwortete er Johnny.

Collins warf einen Blick auf den Kalender. Das aktuelle Datum, das Sandra jeden Morgen mit einem roten Plastikschieber markierte, brachte etwas in seinem Hinterkopf zum Läuten. Das Mädchen. Wollte sie nicht heute nach London zurück? Warum hatte sie sich nicht wie verabredet gemeldet? Er tippte

Larissa Dawsons Nummer ein, hinterließ eine Nachricht auf der Mailbox und ging in das enge Büro, das sich Anne mit Bill teilte.

»Hast du Mathew Field schon überprüft?«, fragte er Bill.

»Vor ein paar Tagen. War nicht da. Hatte ich das nicht gesagt?«

»Wo nicht da? In seiner Wohnung, bei ›Albert's‹ oder wo nicht?«

»In seiner Wohnung.«

»Du hast also geklingelt. Es hat niemand aufgemacht, und das war's, oder wie?«

»Genau.«

»Und jetzt ist die Sache erledigt, meinst du?«

»Sagst du nicht jeden Morgen, dass die Wasserleiche Priorität Nummer eins ist? Wir haben einen Fahrraddiebstahl, Sachbeschädigung und zwei Schlägereien die Woche gehabt und auf deine Anweisung hin alles liegen lassen. Und nun soll ich diesen Typen suchen?«

»Exakt. Du fährst jetzt raus und recherchierst. Ich möchte wissen, wo er ist und was er so treibt. Befrag die Nachbarn und alle, die du in die Finger kriegst. Und dann schaust du bei ›Albert's‹ vorbei, ob Larissa Dawson heute noch arbeitet. Verstanden?«

Bill zog die Augenbrauen hoch und sog Luft zwischen die Zähne. Sein sonst wie mit Pomade geglättetes Haar war leicht zerzaust. Offenbar hatte er sich an diesem Morgen vergessen zu rasieren. Schatten lagen unter den Augen. Schlug er sich die Nächte um die Ohren? Konnte sein. Der Mordfall war zu Bills Steckenpferd geworden. Jeden Tag kam er mit neuen Theorien über den Mörder, versuchte ein Profil zu erstellen, soziales Umfeld, Psyche, Motive. Er verbrachte auch nach Feierabend jede freie Minute im Netz, wie er erzählte, weil er davon überzeugt war, dass ein Serientäter am Werk war und es ähnliche Fälle geben müsste, bislang noch unentdeckt oder unaufgeklärt. Seine säuberlich angelegte Profilakte, die er jeden Morgen auf seinen Schreibtisch legte, wollte nur niemand lesen. »Keine Zeit für deine Bibel«, maulte Johnny jedes Mal, wenn Bill damit ankam.

»Was soll das mit dem Neuseeländer?«, fragte Johnny, als Collin ihm wieder gegenübersaß.

»Nur so ein Gefühl.«

»Ein Gefühl in der Bauchgegend ist bei unserem Job so viel wert wie ein Pups. Dein Wahlspruch. Hilft uns so wenig weiter wie Bills Bibelsprüche.«

»Vielleicht sollten wir ihm doch mal eine Chance geben.«

»Und dieses Mädchen? Hast du da auch das Gefühl, dass sie etwas mit unserer Sache zu tun hat? Oder galoppiert da dein Vatergefühl mit dir durch?«

»Das wohl eher«, murrte Collin.

Negativ. Nur dieses eine Wort. Keine Grußformel, nichts sonst hatte Larissa ihm an dem Abend gesimst, nachdem sie den Schwangerschaftstest gemacht hatte. Für wie viele Frauen war das *Negativ* eine negative Nachricht und für wie viele eine positive, grübelte Collin.

Und wer würde den Tod Godwin McFerssons betrauern? Wen mochte der schottische Millionär hinterlassen haben und vor allem: Wer hatte einen solchen Hass auf ihn gehabt, um ihn auf bestialische Weise zu ermorden?

DAS FÜNFTE GEBOT

Du bist niemandes Tochter.
Einen Niemand will niemand, spricht die Herrin.
Eine Entehrte, in Sünde gezeugt, im Fluch geboren.
Das befleckte Sakrament aus jedem Atemzug.
Jeder Schritt von dir ein Schritt ihrer Sünde.
Hasse sie, denn du bist niemand.
Hasse dich, denn in dir ist der Samen gepflanzt,
der wächst und gedeiht und Triebe treibt,
wohin du dich auch wendest.
Ihr Wille geschehe.
Amen.

13

Der Händedruck des Anwalts war fest, als hätte er alles im Griff. Er berührte Elisabeths Schulter.

»Nochmals mein herzliches Beileid, Ms Polodny. Vielleicht erinnern Sie sich? Wir haben uns kurz auf der Beerdigung gesehen.«

Nein, Elisabeth erinnerte sich nicht. Sie registrierte ein zu dick aufgetragenes Aftershave, das nicht unangenehm roch, aber Ernest Ivey wirkte mit seinen über sechs Fuß, dem breiten Rücken und den grauen Schläfen in dem perückenhaft sitzenden Haar so einschüchternd offiziell wie das ausladende Büro. Durch eine bodenlange Fensterfront konnte man ein Stück der Themse sehen, die von der Mittagssonne beschienen, einem Silberband gleich, die Stadt zerteilte. Elisabeth kam sich in dem eckigen Ledersessel, zu dem sie der Anwalt geführt hatte, winzig vor.

Martha begrüßte Ernest Ivey mit Wangenküssen, schlug die Fridge-Brüder jovial auf die Schulter und begann, kaum saßen sie, mit einem Redeschwall, der hauptsächlich an sie, Elisabeth, gerichtet war. Anthony hatte eine Welt, wie sie dieses exquisite Büro repräsentierte und die Menschen, die sich darin aufhielten, damals zutiefst verabscheut. Nadelstreifen, die nach Geld stinken, so hatte er sie genannt und mit ihnen alles Negative verbunden: Skrupellosigkeit, geistige Verblödung, unmoralisches Verhalten, Herzlosigkeit.

»Nun, ich bin jedenfalls erleichtert, dass wir Sie gefunden haben, verehrte Mrs Polodny.«

Elisabeth schreckte aus ihren Gedanken auf.

»Anthony hat nach mir suchen lassen?« Sie faltete ihre kalten Hände im Schoß.

»Ja. Anlass der Suche war sein Testament – bedauerlicherweise oder vielmehr, wenn ich jetzt darüber nachdenke … Nun, wie soll ich sagen, es verleiht dem Ganzen etwas Düsteres. Ich hatte Anthony selbst schon vor fünf Jahren nahegelegt, ein Testament aufzusetzen. Er war ja nicht gerade mittellos, hatte laufende Geschäfte und nun, ab einem bestimmten Alter … Bitte verzeihen Sie mir, auch Sie …«

Er nickte der Fridge-Familie zu.

»… dass ich etwas aushole, aber unter den gegebenen Umständen … Ich habe also auf seine Bitte hin ein Detektivbüro in Australien eingeschaltet. Auf normalem Weg, also über Behörden, war es mir zu umständlich, und auch Anthony selbst hatte den Gedanken gehabt. Er glaubte, dass es so schneller gehen würde, und war in der Angelegenheit recht ungeduldig.«

»Einen Detektiv?«, wiederholte Elisabeth. Alle schienen sie neugierig zu betrachten.

»Anthony wollte keine Zeit verlieren, schien mir. Er rief beinahe jeden zweiten Tag an und wollte wissen, ob unser Mann Sie gefunden hat.

Und es dauerte tatsächlich ein wenig. Anthony hatte uns den Namen ihres Mannes genannt …« Ernest Ivey blätterte in einer schmalen Akte. »Smith. Ein sehr geläufiger Name, den Sie durch Ihre Heirat angenommen haben. Über Ihren Mädchennamen Polodny ist es dann gelungen. Sie tragen ihn jetzt wieder?«

Elisabeth nickte. Ihr Kopf brannte. Gleichzeitig spürte sie etwas wie Eisfinger im Nacken.

»Sie scheinen recht abgelegen zu leben. Ich bin jedenfalls froh, dass Sie hier sind, Ms Polodny.«

»Ist ja wie im Krimi«, rief Fynn. »Und Sie, meine liebe Elisabeth, die Hauptfigur. Verstecken sich im Outback zwischen Schafen und werden von einem Detektiv gefunden. Wow!«

»Wann hat Anthony diesen Detektiv beauftragt?«, fragte Elisabeth.

»Er trug die Bitte gegen Ende letzten Jahres an mich heran.«

»Ende letzten Jahres«, murmelte Elisabeth.

»Sind Sie okay?«, flüsterte Paul nah an ihrem Ohr und berührte ihre Hand. Elisabeth zuckte zusammen.

»Hier, trinken Sie etwas.«

Sie nahm das Glas Wasser und trank einen Schluck. Ihr Hals war wie zugeschnürt. Sie konnte das alles nicht glauben. Was mochte der Detektiv über sie mitgeteilt haben? Welche Fakten, Beobachtungen, Meinungen hatte er in der Akte zusammengetragen, die Ivey wieder auf den Schreibtisch aus teurem Echtholz zurückgelegt hatte? Was mochte Anthony getrieben haben, plötzlich nach ihr zu suchen? War es ihm wirklich nur um das Testament gegangen?

»Nun, verehrte Familie …« Ivey lächelte breit in die Runde. Man sah zwei Goldzähne blitzen. »Die Sachlage ist etwas komplex. Anthony hat das Testament durchaus zu meinem Erstaunen, ändern lassen. Das ursprüngliche hat er vor fünf Jahren notariell aufsetzen lassen und bei mir hinterlegt. Anfang dieses Jahres bestand er dann auf eine Modifizierung. Durchaus nichts Ungewöhnliches, aber da ich Anthony, wie gesagt, besonders zugetan war und sein Tod für mich wie sicher für alle doch sehr überraschend, ja unerwartet kam, möchte ich an dieser Stelle Ihnen als direkt Betroffene diese Tatsache nicht vorenthalten. Ich habe mit mir gehadert. Meine Aufgabe ist eine rein faktische Testamentseröffnung und Verlesung. Doch in diesem Fall … Wie soll ich es sagen … Es kommt mir persönlich seltsam vor.«

Er öffnete mit einem silbernen Briefschlitzer einen Umschlag.

Fynn pfiff durch die Zähne. »Wenn ich den Piepmatz erbe, spende ich ihn einem Zoo«, witzelte er.

Keiner lachte. Ivey zog eine Lesebrille aus einem schmalen Etui und begann mit sachlicher Stimme das Testament vorzulesen.

London, den 30. Januar 2013

Ich, Anthony Polodny, habe das vorliegende Testament im Beisein und unter Zeugenschaft meines Anwalts Mr Ernest Ivey im vollen Besitz meiner geistigen Kräfte aufgesetzt.
Im Falle meines Todes vermache ich meine Besitztümer wie folgt:
Das Grundstück in der Miller Street 103 in Southampton wird der Gemeinde mit der Auflage überschrieben, auf diesem ein Wohnheim für Jugendliche aus schwierigen Familienver-hältnissen zu errichten.
Darüberhinaus möchte ich als Schirmherrin des Gesamt-projektes meine langjährige Vertraute und Lebensgefährtin Mrs Martha Fridge einsetzen. Sollte sie diese Aufgabe nicht wahrnehmen können, soll sie eine Person ihres absoluten Vertrauens dafür auswählen.

»Ach du grüne Neune!«, rief Fynn. »Mutter als Schirmherrin. Jetzt musst du immer mit Regenschirm herumlaufen.«

»Pass auf, du Grünschnabel«, versetzte Martha. »Schneller, als du denkst, bin ich unter der Erde. Auf jeden Fall vor dir. Also benimm dich, sonst setze ich dich als Nachfolger ein.«

»Okay, okay. Ich pflücke dir auch jeden Muttertag einen Strauß Gänseblümchen.«

»Darf ich wieder um Ihre Aufmerksamkeit bitten?« Ernest Ivey warf ihnen einen Blick wie der eines strengen Oberlehrers zu und las weiter.

Weitere Besitztümer werden wie folgt vermacht:
Der Campingbus verbleibt im Jugendprojekt mit der Auflage,
ihn für Ausflüge zu nutzen.
Mr Richard Hawkins und Mr Phil Carlson wird mein Grund-
stück am Loch Monar in Schottland mit der Auflage über-
schrieben, es weder zu verkaufen noch zu verpachten oder
zu vermieten. Es kann lediglich an eine der hier genannten
Personen verschenkt werden.
Mr Ernest Ivey, meinem Anwalt, wird mein Einzimmer-
appartement in Kensington überschrieben. Es kann jederzeit
verkauft werden.
Mr Paul Fridge erhält meinen Toyota-Landrover zu seiner freien
Verfügung, inklusive der Möglichkeit, ihn zu verkaufen.
Mr Fynn Fridge erhält den Volkswagen Kombi zu seiner freien
Verfügung, inklusive der Möglichkeit, ihn zu verkaufen.

»Wow«, flüsterte Fynn. »Wenn das meine Holde hört. Dann
will sie gleich noch mehr Küken, so viele passen in den Kombi.«

Ernest Ivey rieb sein Ohr.

»Ich komme nun zum für Sie sicherlich interessantesten
Punkt«, erklärte er. »Dem monetären Vermögen, das teils in
Fonds und Aktien angelegt ist, teils auf verschiedenen Konten
liegt. Das heißt, es ist nur partiell verfügbar, da einiges in noch
laufenden Verträgen eingebunden ist. Einen genauen Über-
blick habe ich mir noch nicht verschaffen können, auch nicht
über die Gesamtsumme, deswegen bitte ich Sie hier um etwas
Geduld ...«

Eine Einmalzahlung von je fünftausend Pfund geht an meine
langjährigen Bowlingkameraden Richard Hawkins und Phil
Carlson zur Deckung der Vereinskosten.

Mein monetäres Vermögen wird wie folgt gedrittelt:
Meine leibliche Schwester Elisabeth Smith, geborene Polodny
erhält 60 %. Mrs Martha Fridge erhält 10 %. Die übrigen 30 %
gehen an ein Nummernkonto (die Details sind separat aufge-
führt).
Sollte meine Schwester trotz aller Bemühungen nicht bis zwei
Jahre nach meinem Tod gefunden werden, so wird ihr Erban-
teil ebenfalls in das Nummernkonto eingezahlt.
5 % der überschüssigen Einnahmen aus meinen gesamten
laufenden Geschäften werden weiterhin an den »Weißen Ring«
gespendet.«

Ivey hielt kurz inne und warf Elisabeth einen Blick über den
Rand seiner Brille zu. »Der Weiße Ring«, dachte sie. Als hatte
Anthony über seinen Tod hinaus Buße tun wollen. Ob er seinen
Anwalt ins Vertrauen gezogen hatte? Sie versuchte den Gedan-
ken zu verscheuchen und sich wieder auf Iveys Stimme zu kon-
zentrieren.

»Meine Geschäfte werden wie folgt überschrieben:
Die beiden Pubs »The Corner« und »The Old Mill« werden
Mrs Martha Fridge bis zu ihrem Tode überschrieben und
fallen danach automatisch in den Besitz meiner Schwester
Mrs Elisabeth Polodny. Sollte meine Schwester nicht auffind-
bar sein (siehe oben), geht der Besitz auf das genannte Num-
mernkonto.
Die Disco »Dance-Palast« wird Mr Paul Fridge überschrieben.
Die sechs Spielsalons werden je zur Hälfte an Mr Fynn Fridge
und Mr Steven Jackson überschrieben und können jederzeit
verkauft oder verpachtet werden. Geschäftsführer der Spiel-
salons bleibt bis auf Weiteres Steven Jackson. Er berichtet an

die neuen genannten Besitzer.

Mein Anteil am Kasino »The Tresor« wird meiner Schwester überschrieben. Sollte sie nicht auffindbar sein (siehe oben), wird die inhabende Person des Nummernkontos Teilhaber.

Sollte die Aufstellung meiner Besitztümer und meines Vermögens unvollständig sein, beauftrage ich Mr Ernest Ivey mit der entsprechenden Aufteilung des Restes.

Die Vollstreckung und das Inkrafttreten des Testaments erfolgt ein Jahr nach meinem Todestag.

Unterzeichnet

Anthony Polodny

Ernest Ivey nahm die Brille ab und schaute in die Runde.

»Nun, um es kurz und knapp auf den Punkt zu bringen«, sagte er, »so Sie es nicht selbst wussten: Der Verstorbene war recht vermögend. Erbschaftssteuer, all diese Sachen werden natürlich auf Sie zukommen. Der Staat redet da ein Wörtchen mit. Heißt, Sie werden sich alle gedulden müssen, bis der ganze Prozess über die Bühne ist.«

Elisabeth schwirrte der Kopf. Sie konnte nicht fassen, was sie gehört hatte.

Ein Reichtum steckte in der nüchternen Aufzählung, an den sie in ihrem bisherigen Leben nicht annähernd herangekommen war.

Es war, als hätte der Anwalt aus dem Scheckbuch eines Fremden vorgelesen. Wie manche Geschichten in Magazinen, von Menschen, die aus dem dunkelsten Keller ins Licht gestiegen waren. Vom Tellerwäscher zum Millionär.

Elisabeth gelang es nicht, das Bild, das sie all die Jahre von Anthony bewahrt hatte, mit der Erfolgsbilanz zusammenzubringen, die ihnen Ernest Ivey gerade mit einer nüchternen

175

Stimme präsentiert hatte. Ja, Erfolgsbilanz. Anders konnte sie es nicht nennen.

Am wenigsten konnte sie begreifen, dass ihre kühnsten Hoffnungen in Erfüllung gegangen waren. Anthony reichte ihr mit diesem Testament die Hand aus seinem Grab. Sie würde nicht mit leeren Händen zu Mervin zurückkehren. Ihre Hände waren mit einem Schlag übervoll, sodass sie all die Reichtümer nicht würde tragen können. Ungerecht. So erschien es ihr. Sie verdiente Anthonys Hilfe nicht.

Sie hatte ihn zurückgestoßen, ihn alleingelassen, sich bewusst so weit von ihm entfernt wie irgend möglich. Alles hatte sie getan, um nicht von ihm gefunden zu werden. Irgendwann hatte sie daran geglaubt, dass er sie gar nicht suchte. Sie hatte nicht mehr jeden Tag von ihm geträumt – schwarze Träume voller Messerklingen, Geschrei, Blut und ihren rennenden Beinen im Unterholz, auf Treppen oder in langen Tunneln. Ihr schlechtes Gewissen, ihr Schuldgefühl hatte sich voll und ganz auf Mervin verlagert. Und jetzt saß sie hier wegen Mervin, um einen Erbanteil entgegenzunehmen, den sie durch nichts verdiente außer der Tatsache, Anthonys Schwester zu sein. Sie kämpfte gegen die Tränen an, die in ihr hochstiegen.

Neben ihr begann Martha rückhaltlos zu weinen. »Es ist doch alles nicht zu fassen«, jammerte sie. »Konnte kaum für sich selbst sorgen und hat jeden versorgt. Mir wäre es lieber, wenn ich mein ganzes Erbe nehmen und Anthony damit wieder lebendig machen könnte.«

Sie lehnte sich an Fynn.

»Was hat es mit diesem Nummernkonto auf sich, Ernest?«, fragte Paul. »Was oder wer verbirgt sich dahinter?«

Ernest Ivey strich die zwei Seiten des Testaments glatt und setzte die Lesebrille ab. »Diese Frage habe ich mir auch gestellt, mein verehrter Paul. Genau dies ist der Punkt, den Anthony in seinem Testament geändert hat. Ein Nummernkonto?, fragte ich ihn. Wozu? An wen geht das? Er ist überhaupt nicht auf die Frage eingegangen. Ich habe Anthony mehrmals gebeten, mir Gründe zu nennen, habe versucht, ihm etwas zu entlocken. Wissen Sie, er erschien mir irgendwie, wie soll ich sagen, nervös, fahrig ja mehr als das, als er wegen der Testamentsänderung bei mir war. Es hat sich eine Änderung ergeben, so hat er es formuliert. Wodurch, hat er nicht gesagt.«

»Haben Sie eine Vermutung?«

»Nein, Paul, ehrlich gesagt nicht. Die Bank, bei der das Konto eröffnet wurde – übrigens eine Woche vor der Testamentsänderung –, besteht auf ihr Bankgeheimnis. Sie gibt keine Daten heraus. Ich kann also nur vermuten, dass die Person oder auch eine Organisation, ein Verein, dem Anthony einen nicht geringen Anteil seines Erbes vermacht hat, anonym bleiben soll. Ganz bewusst. Auf Anthonys Wunsch oder auf den des oder der Erben. Ich habe vorsichtig bei Steven Jackson, Anthonys Geschäftsführer, nachgehakt, ob ihm etwas in den laufenden Geschäften aufgefallen ist, also im fraglichen Zeitraum Ende letzten bis Anfang dieses Jahres. Steven war aber nicht in der Stimmung, um es so auszudrücken, ein sachliches Gespräch zu führen. Und letztlich übersteigt es meine, wie soll ich sagen, Rolle, hier Nachforschungen anzustellen. Anthony hat die Testamentsänderung gewollt und sie ist durchgeführt worden. Warum und weshalb, nun ja, das müssen wir wohl hinnehmen.«

»War das die einzige Änderung?«, hakte Paul nach.

»Nun, die erste Fassung war, wie soll ich sagen, etwas schlichter. In der gültigen Fassung sind einige Zusätze, vor allem Ms Polodny betreffend, hinzugefügt worden. Anthony konnte ja nicht davon ausgehen, seine Schwester zu finden.«

177

»Und das Kasino? Habe ich das richtig verstanden? War Anthony da nur Teilhaber?«

Ernest nickte.

»Ja, Paul, es gibt einen stillen Teilhaber. Ich kenne ihn persönlich nicht. Ein, zweimal gab es etwas zu klären, was über sein Anwaltsbüro abgewickelt wurde. Ich werde den Anwalt diese Woche informieren. Noch dringende Fragen?« Ivey sah Elisabeth an, dann auf die Uhr. »Leider wartet ein Außentermin auf mich. Ich schlage vor, dass Sie sich mit den Kopien des Testaments, die jeder von Ihnen nach Zeichnung erhält, mit dem Inhalt noch einmal gründlich auseinandersetzen und wir uns bei Bedarf wieder zusammensetzen.«

* * *

»Hier, meine Liebe, das Handy ist für Sie. Alle Nummern von uns sind gespeichert, auch von Ernest. Bitte rufen Sie jederzeit an, auch um drei Uhr morgens, wenn Ihnen danach ist.«

Martha schmatzte allen Küsse auf die Wangen und stieg in ein Taxi. Fynn lief zur nächsten U-Bahn, und Elisabeth stand allein mit Paul unter einem Regenschirm.

Es war, als säße ein tonnenschweres Gewicht auf ihren Schultern. Sie vermochte nicht klar zu denken. Sollte sie Marthas Einladung zum Abendessen annehmen und dann die Nacht bei ihr verbringen? Oder sollte sie sofort nach Southampton zurückfahren, wo sie Anthony nahe wäre? Der Gedanke erschien ihr verlockender, als quer durch London zu fahren, um Orte aufzusuchen, die vor zwanzig Jahren bedeutsam für sie gewesen waren.

Wie sehr sie sich wünschte, mit einem Knopfdruck zu verschwinden und wieder in Australien zu sein. Dort wusste sie, was sie tun musste. Ihr Tag war eingeteilt, in Stunden mit und Stunden ohne Mervin, in Arbeit und Schlaf, in die Zeit mit und die Zeit ohne Sonne.

Jetzt stieg sie wie eine willenlose Puppe in Pauls Auto ein, ließ sich durch Straßen fahren und war blind und taub für die Stadt, in der Anthony zum reichen Mann geworden war.

»Alles zu viel?«, fragte Paul.

Ja, es war alles zu viel. Zu viele offene Fragen. Zu viele unbekannte Menschen. All die Bilder aus der Vergangenheit. Und Gefühle, die sie überrollten wie Wellen. Und das Zuviel an einer Erbschaft, an die sie Hoffnungen geknüpft hatte und die nicht nur ihre kühnsten Träume überstieg, sondern ihr Scham bereitete. Ein moderner Rollstuhl für Mervin, das war ihr Wunsch gewesen. Nun war sogar ein behindertengerechtes Auto in greifbare Nähe gerückt.

»Sie zwirbeln Ihr Haar, wenn Sie nachdenken.«

Elisabeth ließ die Strähne aus dem Zeigefinger gleiten und schaute zur Seite. Paul lächelte sie an.

»Eine alte Angewohnheit. Merke ich schon gar nicht mehr.«

»Ich reibe mir angeblich in den unmöglichsten Momenten den Nasenflügel. Nur den rechten. Der ist schon chronisch wund.«

Elisabeth merkte, wie ein Lachen und Leichtigkeit in ihr hochstieg. Sie ließ es zu.

»Sie riechen wahrscheinlich überall eine Story«, sagte sie.

»Schön wär's. Anthonys Finanzspritze hilft, wenn ich ehrlich bin. Gut fühlt man sich nicht damit. Geld, das einem in den Schoß fällt. Aber als Übergang ...«

»Sind Sie freier Journalist?«

»Ja, jetzt schon, und das wird heutzutage immer schwieriger. Ich müsste umsatteln oder mich weiterbilden. Das Internet verdrängt die Printmedien. Fynn meint, ich sei ein Sturkopf. Stimmt schon, ich möchte oft die Zeit zurückdrehen. Und Sie?«

»Nein«, murmelte Elisabeth.

In Wahrheit hatte sie die Zeit immer wieder zurückgespult wie eine Filmrolle, mit dem unbändigen Wunsch, eine Cutterin ihres Lebens sein zu können, um Ereignisse auszuschneiden, neu zu ordnen und zu einem harmonischen Ganzen, einem Film mit Happy End, wieder zusammenzukleben.

»Was machen Sie in Australien? Womit verdienen Sie Ihren Lebensunterhalt?«

»Kellnern.«

Sie hielten vor einer Ampel, über die Dutzende Menschen eilten, als hätten sie ein Ziel. Was wäre ich geworden, wenn …, fragte sie sich. Hätte ich es wie Anthony zu irgendetwas gebracht, wäre ich hiergeblieben? Hätte ich irgendwann etwas vorzuweisen gehabt? Das Studium beendet, dann eine Stelle als Designerin bekommen, in einer schicken Wohnung gelebt, geheiratet, in ein Haus mit Vorgarten gezogen und zur Teeparty eingeladen?

»Ich habe gehört, dass in Australien keiner arbeitet, außer Ausländern und eingewanderten Chinesen«, unterbrach Paul ihre Gedanken.

»Ich bin ja eine eingewanderte Ausländerin.«

»Na ja, doch eingebürgert, oder? Durch Heirat?«

»Ja.«

»Ihr Mann …?«

»Ich bin geschieden.« Elisabeth bemerkte die Schärfe in ihrer Stimme. Warum war sie immer diejenige, die Fragen beantworten musste? Warum war sie nicht selbst so, dass sie, kaum hatte sie jemanden kennengelernt, den üblichen Fragenkatalog abspulte? Beruf? Ehemann? Kinder?

180

Paul musste abrupt bremsen und fluchte.

»Ich nehme an, dass Kellnern kein Zuckerschlecken ist«, sagte er.

»Wo schleckt man schon Zucker?«

Elisabeth rieb sich den Zeigefinger der rechten Hand. Die Haut war trocken und schwielig vom Geschirrspülen, ihrer Hauptaufgabe in der Kneipe. Nur manchmal fühlte sie sich in der Lage, tatsächlich zu kellnern. Es bereitete ihr die größten Probleme, unter Menschen zu sein, wie auf dem Präsentierteller zwischen den Tischen umherzulaufen oder gar an der Bar zu stehen und Bier zu zapfen.

»Mit so einem Gesicht«, hatte ihr Olivia nach der Einstellung gesagt, »gehörst du eigentlich nicht in die Küche.«

Die Kneipe war mit dem Auto zehn Minuten von ihrem Haus entfernt, und so konnte sie jederzeit, wenn Mervin sie brauchte, schnell bei ihm sein.

»Es sind eher praktische Gründe«, erklärte Elisabeth und war froh, dass Paul nicht näher darauf einging.

»Haben Sie für heute bestimmte Pläne? Oder darf ich Sie zum Mittagessen einladen? Allerdings habe ich eine Pizzeria im Auge. Ist Ihnen das recht?«

»Danke. Aber wenn ich heute Abend bei Martha …«

»Das ist doch erst in mindestens sechs Stunden. Bitte!«

Warum lasse ich mich von diesem Mann sofort zu allem überreden?, dachte Elisabeth, als sie nickte. Warum habe ich mich überhaupt immer so schnell überreden lassen? Doch die Vorstellung, den ganzen Nachmittag allein und ziellos in London umherzulaufen, erschreckte sie im Moment mehr als Pauls Gesellschaft. Und wenn sie in sich hineinhorchte, fand sie seine Gesellschaft angenehm, ja mehr als das. Sie fühlte sich wohl.

Eine Dreiviertelstunde später saßen sie in einem kleinen italienischen Restaurant, das zu Elisabeths Erleichterung fast leer war.

»Mein drittes Zuhause«, erklärte Paul, nachdem er von den beiden Kellern überschwänglich begrüßt worden war.

»Und die ersten beiden?«

»Tja, das erste war bis vor fast zwei Jahren eine Maisonettewohnung in Kensington. Das zweite bis vor eineinhalb Jahren die Redaktion. Frau und damit Wohnung verloren. Job verloren. Jetzt habe ich nur noch dieses hier. Ist doch leider so, dass im Leben meistens alles auf einmal kommt, oder? Jedenfalls wenn es ums Schlechte geht.«

Elisabeth stimmte ihm im Stillen zu. Sie dachte an jenen verhängnisvollen Abend, als ihr Blick so tränenverschleiert war, ihr Kopf so leer und zugleich eine offene Wunde, dass sie nichts mehr klar sah. Nicht den Verlauf der Straße, nicht die Rücklichter der Autos vor ihr, keine Schilder und nicht die rote Ampel. Mervins Schrei war von weit weg an ihr Ohr gedrungen. Doch sie hatte zu spät reagiert. Eine Sekunde zu spät. Und diese Sekunde hatte alles verändert.

»Aber verstehen Sie mich nicht falsch. Ich bin kein Pessimist«, sprach Paul weiter. »Wie ist das für Sie, wieder in Ihrer Heimat zu sein? Oder ist Heimat das falsche Wort? Vielleicht ist ja Australien jetzt Ihre Heimat? Kann ich mir vorstellen nach so vielen Jahren.«

»Die Frage kann ich Ihnen nicht wirklich beantworten.«

Heimat ist da, wo ich meine Füße vor ein wärmendes Feuer legen kann, meinen Hund an meiner Seite, und draußen weiß ich meine Schafe, hatte Olivia einmal gesagt. Für Elisabeth war Mervin die Welt. Australien war das Land, in das sie geflohen und wo sie geblieben war, ohne zurückzuwollen. Es hätte auch woanders sein können. Und jetzt wollte sie nicht mehr woan

182

ders sein. Mervin war da. Olivia. Ihr kleines Zuhause. Der weite Himmel. Der Duft nach Erde. Ja, vielleicht war dieses Gefühl das Gleiche wie Heimat.

»Ich war einmal, das ist auch schon fünfzehn Jahre her, in Australien. Sydney überwiegend, dann eine Woche im Outback. Das ist so ein Land, vielmehr Kontinent, wo man sofort bleiben möchte. Haben Sie von Anfang an in diesem kleinen Kaff gelebt?«

»Nein. Erst war ich in Sydney. Einige Jahre sogar.«

»Und haben dann einen Schafzüchter in der Pampa kennengelernt?«

Elisabeth lächelte. Selbst Journalisten, vielleicht gerade sie, zehrten von Klischees.

»Es war Zufall. Eine Stellenanzeige. Zur Farmerfrau bin ich nicht gemacht.«

»Das glaube ich Ihnen gern. Sie riechen auch nicht so.«

Sie lachten.

»Wie ist Anthony zu diesem Reichtum gekommen?«, wollte Elisabeth wissen. »Ich meine, irgendwo muss doch der Anfang gewesen sein. Als ich ihn das letzte Mal gesehen habe … Nun, er hatte jedenfalls keine Arbeit.«

»Ich weiß es nicht. Fragen Sie Martha. Anthony hat nicht geprotzt, im Gegenteil. Er sprach nie über Geld. Auch nicht über seine Geschäfte. Er war ein atypischer Geschäftsmann, um es so auszudrücken. Eigentlich zeigte er so gut wie überhaupt kein Interesse am Business. Trotzdem war er erfolgreich. Vielleicht hatte er gute Leute, die seine Geschäfte führten. Was werden Sie mit Ihrer Erbschaft machen?«

Elisabeth ließ die Gabel sinken. Ihr war plötzlich der Appetit vergangen. Sie wollte nur noch allein sein. Ein Rauschen in ihren Ohren wurde immer lauter. Anthony war tot. Alle waren tot. Sie hatte niemanden mehr. Auch Mervin war nur halb bei ihr. Hätte er gesunde Beine, wäre er womöglich schon Meilen weit vor ihr davongelaufen. Sie konnte die Tränen nicht mehr zurückhalten.

»Elisabeth?«

Paul nahm ihre Hände und streichelte sie ganz leicht.

»Möchten Sie gehen? Elisabeth?«

Sie erwachte erst wieder aus ihrer Betäubung, als sie sich auf einem Sofa wiederfand. Paul hielt ihr eine Tasse Tee hin.

»Was ist geschehen?«

»Ich glaube, ihr Kreislauf spielt verrückt. Sie sind umgekippt.«

»Und wo …?«

»Wir sind in meiner Wohnung.«

Elisabeth richtete sich verwirrt auf. Hatte sie geschlafen? Ihre Zunge fühlte sich dick und schwer an und ihre Hände taub. Die Tabletten. Es konnte nur daran liegen.

»Ich setze mich dahinten in den Sessel. Rufen Sie mich, wenn Sie mich brauchen.«

»Paul, ich …«

»Sie stehen unter Schock. Ruhen Sie sich aus.«

»Ich sollte besser …«

»Nein. Ich möchte Sie jetzt ungern gehen lassen. Hier …«, er hielt einen Kurzgeschichtenband von William Trevor hoch, »… den wollte ich schon immer lesen. Ruhen Sie sich aus.«

Paul ging aus dem Zimmer mit der offenen Küche, in dem bis auf das Sofa nur wenige Möbel standen. Dafür waren die Wände mit Bücherregalen vollgestellt. Anthony hatte schon als Kind leidenschaftlich gern gelesen, sich heimlich einen Bibliotheksausweis besorgt und die Bücher in seinen Verstecken im Kinderzimmer vor den Augen ihres Vaters verborgen, der Bücher überflüssig fand. Nichts als Verweichlichung, nichts für

Jungen, hatte er getobt, wenn er Anthony beim Lesen erwischt hatte.

Elisabeth schloss die Augen. Wenige Minuten später war sie eingeschlafen.

Eine Hand auf ihrer Stirn weckte sie. Paul. Er hatte sich auf die Sofakante gesetzt. Viel zu nah, wie Elisabeth fand.

»Entschuldigen Sie, ich wollte Sie nicht erschrecken«, sagte er, nahm ihre Hand zwischen seine Hände, die sich warm und kräftig anfühlten, lange, weiche Finger hatten, wie die eines Klavierspielers. Die Nägel sorgfältig gestutzt. Am rechten Ringfinger trug er einen schmalen Silberring. Um das Handgelenk ein Lederband.

Paul musterte sie. Sein Blick wanderte von ihrem Haar zu ihrem Mund, ihrem Hals und blieb an ihren Augen hängen. Seine Brauen waren nur unmerklich geschwungen. Die Wimpern so dicht und lang, als wären sie geschminkt. Eine Narbe durchtrennte die rechte Augenbraue.

Elisabeth zog die Hand weg, richtete sich auf und umschlang ihre Beine.

Ihr Herz pochte. Sie fühlte sich diesem Mann ausgeliefert und zugleich von ihm angezogen, auf eine Weise, dass sie sich fallen lassen wollte, wie ein Kind sich in die Arme seiner Eltern flüchtete, nachdem es sich die Knie aufgeschlagen hatte.

»Ich muss jetzt leider gehen«, sagte Paul mit belegter Stimme. »Ein Auftrag. Kann ich nicht absagen. Da steht eine Kanne Tee. In zwei Stunden kommt das Taxi. Kommen Sie zurecht?«

»Ja, natürlich. Vielen Dank für alles.«

»Wenn Sie reden möchten … Ich meine, ich bin jederzeit für Sie da.«

Er hauchte ihr einen Kuss auf die Wange und war im nächsten Augenblick gegangen.

Elisabeth wühlte in ihrer Tasche, bis sie die Bürste fand. Ihre beiden Eltern hatten Anthony und ihr das kräftige, wellige Haar vererbt. Anthony hatte als junger Mann starke Locken, die er abwechselnd lang wachsen ließ oder ganz kurz schnitt. Elisabeth hatte ihr Haar immer mindestens schulterlang getragen, mal als Pferdeschwanz gebunden, mal offen. Alle Männer, mit denen sie zusammen gewesen war, hatten es gemocht. Schneide nie dein Haar ab, hatte Jazz sie gebeten, nachdem sie sich zum ersten Mal geküsst hatten. Ein einziges Mal hatte Elisabeth es abgeschnitten. Kurz wie ein Igel. Als Mervin im Krankenhaus lag und sie nicht wusste, ob er jemals wieder aus dem Koma erwachen würde. »Wo ist dein Haar?« Das war seine erste Frage gewesen, als er nach drei Wochen die Augen aufgeschlagen hatte.

Sie öffnete ein Fenster und schaute in den hellgrauen Nachmittagshimmel über London. Irgendwo im Gewirr der Häuser und Straßen hatte Anthony sein Leben ohne sie geführt. Hatte er in Martha die Liebe gefunden, sein Glück, zumindest das Vergessen, vielleicht sogar die Vergebung?

Sie hielt den Kopf weit aus dem Fenster und spürte feinen Nieselregen im Gesicht. Das Wetter erinnerte sie an den Tag, als sie Jazz kennengelernt hatte. Mit nassem Haar und feuchten Jacken waren sie und ihre Freundinnen im »Fox House«, einem Musikkeller in Hackney, angekommen, wo sie sich fast jeden Freitag trafen. Es spielten unbekannte Nachwuchsbands, die über so viel Talent verfügten, dass der Manager sie für vielversprechend hielt. Tatsächlich waren einige später berühmt geworden. Jazz' Band »The Ayers« gehörte allerdings nicht dazu. Sie war in London lediglich etwas Besonderes, weil sie aus Australien kam. Und nur deshalb, vermutete Elisabeth, war ihr Konzert an jenem Abend, als sie ihm begegnete, ausverkauft gewesen.

Jazz hieß eigentlich Francis Smith und war der Drummer. Groß gewachsen, braun gebrannt, wildes Haar, das er mit einem Stirnband aus dem Gesicht hielt. Auf den muskulösen Oberarmen trug er Tattoos. Er behauptete, es seien die Zeichen der Aborigines für »Freiheit« und »Liebe«. Viel später fand Elisabeth heraus, dass er gelogen hatte. Wie bei so vielem. Sein Urgroßvater war auch kein Aborigine gewesen. Er hatte kein Haus am Strand und die »Ayers« waren niemals in den australischen Charts gewesen.

An jenem Abend und noch lange Zeit danach glaubte ihm Elisabeth jedes Wort. Sie wollte es glauben. Schließlich zeigte ein Mann für sie Interesse, der alles in sich verband, was sie zu jener Zeit anzog: die Freiheit, nach der sie sich sehnte, und er war Musiker.

Jazz musste sich, wie Elisabeth erst Jahre später klar geworden war, gar nicht anstrengen. Er hatte eine Aura, die Elisabeth vom ersten Augenblick an neugierig gemacht hatte. Geheimnisvoll. Ja, so hatte sie es gesehen. In der Rückschau nichts als eine verklärende Schwärmerei. An Jazz war nichts geheimnisvoll. Alles an ihm war im Grunde schlicht und hohl. Sein Geist, seine Worte, sein Leben.

Seine Band blieb fast ein Jahr in London und wartete auf den großen Durchbruch, der niemals kam. Anfangs sahen sie sich nur im »Fox House«. Dann lag sie eines Tages auf der Matratze seines schäbigen WG-Zimmers und ließ sich von ihm ausziehen, während jemand hinter der einen dünnen Wand Gitarre spielte, ein Fernseher aus einem anderen Zimmer brüllte und Jazz ihr ins Ohr flüsterte, dass sie seine Königin sei und er nicht ohne sie nach Australien zurückkehren wolle.

Doch er war ohne sie geflogen. Ihr blieb der Zettel mit seiner Adresse, ein verwackeltes Foto von einem seiner Auftritte und das vage Versprechen, er werde so rasch wie möglich wiederkommen.

Zwei Monate später, Monate, in denen sie vergeblich auf ein Lebenszeichen von ihm wartete, hatte sie die Gewissheit, dass er ihr noch etwas hinterlassen hatte: ein Kind.

Wie naiv sie damals gewesen war. Aber spielte das jetzt eine Rolle? Nein. Sie wollte keine Sekunde mit Mervin missen. Und wenn sie in sich hineinhorchte, hätte sie auch keinen der glücklichen Momente mit Jazz missen wollen. Immerhin war er ein liebevoller Vater. Verantwortungslos, doch Mervin vergötterte ihn. Allein in Jazz' Gesellschaft zeigte Mervin eine beinahe unbändige Lebensfreude. Ja, das konnte Jazz, und dafür hatte Elisabeth ihn lange geliebt.

Er nahm nichts wichtig, was keinen Spaß bereitete, was einengte, mit Anpassung, Regeln oder irgendwelchen Normen zu tun hatte. Er stand jeden Tag auf, als sei es sein erster Tag auf Erden. Fröhlich, unbelastet von irgendeinem Gestern und sorglos wie ein Kleinkind.

Genauso sorglos ging er mit Menschen um. Mervin war vielleicht der Einzige, dem er treu blieb. Seinen Frauen konnte er sowieso nicht treu bleiben, und wer sich auf ihn verließ, zog den Kürzeren.

Elisabeth hatte sich oft gefragt, ob es irgendeinen Menschen gab, irgendeine Frau, die seine Leichtigkeit des Seins akzeptieren konnte. Sie, so hatte sie nach fruchtlosen Diskussionen, Kämpfen und Tränen herausgefunden, konnte es nicht. Er hatte sie geheiratet. Immerhin. Damit sie in Australien bleiben konnte. Aber eine Ehe führten sie nur auf dem Papier.

Lag es nicht letztlich an ihr, dass sie noch heute allein lebte? So allein, wie Anthony es auch gewesen war? Weder Jazz noch den drei, vier Männern, die nach ihm wie Zugvögel in ihr Leben geflattert waren, hatte sie sich anvertrauen können. Du bleibst in deinem Schildkrötenpanzer, hatte ihr einer gesagt, von dem sie eine Zeit lang geglaubt hatte, ihn heiraten zu wollen.

Niemandem, ja das war die Wahrheit, niemandem hatte sie zugetraut, jene Last mit ihr zu teilen, die sie wie ihren eigenen »Ayers«-Rock mit sich herumschleppte. Das Böse hatte über alles gesiegt, was nur annähernd ein winziges Stückchen Gutes gewesen war.

14

»Warum kann ich nicht auch hierbleiben?«

Collin saß in seiner Hütte vor dem Kalkstein, den er schon über zwei Pfeifenlängen hinweg von allen Seiten angestarrt hatte. Er blickte auf.

Mit trotzigem Gesichtsausdruck stand einer der Zwillinge vor ihm.

Collin musste anders als Kathryn jedes Mal kurz überlegen, welcher der beiden es war, so ähnlich sahen sie sich. Und so ähnlich waren sie den Kinderfotos, die Collin von sich hatte – Abziehbilder seiner selbst. Die gleichen runden Gesichter, übersät mit Sommersprossen, die abstehenden und immer geröteten Ohren, das dicke rote Haar mit der einen widerspenstigen Strähne, die Lücke zwischen den oberen Schneidezähnen und der trotzige Mund. Nur die zierlichen Nasen, behauptete Kathryn, hätten sie von ihr geerbt. Mit ihren wasserblauen Augen blickten die beiden wach, fröhlich und furchtlos in die Welt. Und das, fand Collin, war das Wichtigste.

Es war Shawn, entschied er, als der Junge ein rosa Kaugummi aus den fleischigen Lippen blies, bis es platzte. Shawn war anders als Simon seit Neuestem ganz auf Provokationskurs. Kaugummis waren in Kathryns Erziehungsplan nicht vorgesehen, und Shawn wagte es eher als sein zehn Minuten jüngerer Bruder, Grenzen zu überschreiten.

»Grandma und Grandpa freuen sich schon auf euch. Es wird bestimmt Spaß machen.«

»Was?«

»Was Spaß machen wird? Na ja, vielleicht unternehmt ihr ja etwas Schönes.«

»Was denn?«

»Keine Ahnung.«

Es war acht Uhr morgens. Sie waren bereits vor zwei Stunden aufgestanden, hatten Brote geschmiert, Teewasser gekocht und alles für die Wochenendreise vorbereitet.

Collin fühlte sich unausgeschlafen und für eine Auseinandersetzung mit einem seiner Kinder nicht gewappnet, zumal ihn das schlechte Gewissen plagte, seine Familie nicht zu begleiten. Um zehn Uhr wollte ihn Johnny abholen. Sie wollten an diesem Samstag noch einmal mit frischem Blick und ohne das Gewusel der Beamten von der Spurensicherung McFerssons Ferienhaus durchsuchen.

»Kann ich nicht hierbleiben und wir fahren angeln?«, quengelte Shawn.

»Schau raus. Es regnet in Strömen.«

»Ich ziehe meine Regenjacke an. Meinen Gameboy darf ich auch nicht mitnehmen, sagt Mum und Grandma und Grandpa haben keinen Fernseher.«

»Hm.«

Collin fragte sich, ob er mit zwölf Jahren schon so ungern Familienbesuche gemacht hatte. Dann erinnerte er sich an das endlose Sitzen an Esstischen, wo sich Tortenstücke, Kartoffeln und Wurstscheiben auf den Tellern stapelten, er gelangweilt zwischen Erwachsenen saß und nach der Schule gefragt wurde. Kathryns Eltern dachten sich allerdings für die Kinder meistens irgendetwas aus. Einen Zoobesuch, Spielplatz, Eisdiele. Sie stellten ein ganzes Vergnügungsprogramm auf. Shawn schien das wenig zu würdigen.

»Den Gameboy brauchst du nicht. Und das Fernsehen wirst du auch nicht vermissen.«

»Ich will aber nicht mit.«

»Und dein Bruder?«

»Kann ja allein fahren. Muss ich immer machen, was er macht? Ich will nicht mit.«

Shawn stampfte mit dem Fuß auf und wischte zwei Meißel vom Werkzeugtisch.

»Heb die bitte sofort wieder auf.«

Collin legte Strenge in seine Stimme, dabei war er nur genervt. Die Kinder wussten doch genau, dass sie ihn in seiner Hütte nicht stören durften. Ich beschäftige mich zu wenig mit den Jungen, dachte er im nächsten Moment schuldbewusst. Er hatte den Mordfall vorgeschoben, um nicht mitfahren zu müssen. In Wahrheit sehnte er sich nach Ruhe.

»Daddy!«

Ayesha stürmte in die Hütte, sprang auf seinen Schoß und umarmte ihn. Ihr Gesicht war mit Schokolade verschmiert.

»Kommst du mit? Bitte!«

»Ich kann nicht, Schatz. Ich muss arbeiten.«

»Haben die bösen Verbrecher kein Wochenende?«

»Tja, nicht wirklich.«

»Wenn du die Verbrecher gefangen hast, kommst du dann? Bitte, bitte.«

»Mmmh…«

Collin wischte sich die Schokolade von der Wange und gab Ayesha einen Kuss auf die Stirn.

»Ist das eine schwangere Frau?«, rief sie und patschte auf den Stein.

Collin sah ärgerlich einen Schokoladenabdruck auf dem Kalk und atmete tief durch.

»Guck, da ist der dicke Bauch.«

Ayesha legte den Finger auf eine Auswölbung. Sie nahm mit Begeisterung am Aufklärungsunterricht teil und hatte derzeit kein anderes Thema als Babys in Bäuchen. Sie polsterte die Kleider ihrer Puppen, lief selbst mit Kissen unter der Kleidung herum und fragte Kathryn seit Wochen täglich, wann sie eine Schwester bekäme.

»Stimmt doch, Daddy, nicht?«

»Ich weiß nicht«, murmelte er. »Und jetzt lasst uns rübergehen. Ihr fahrt gleich los.«

Eine halbe Stunde später stand er am Gartentor und winkte seiner Familie mit dem Gefühl hinterher, sie im Stich gelassen zu haben. Kaum waren sie außer Sicht, war er voller Unruhe, die sich erst legen würde, sobald ihn Kathryn aus Glastonbury anrief und er die Gewissheit hatte, dass sie sicher angekommen waren. Waren es im Jahr durchschnittlich dreitausend oder viertausend tödliche Unfälle, überlegte er und versuchte die Bilder jener Momente zurückzudrängen, in denen er die Nachricht vom Unfalltod eines Angehörigen hatte überbringen müssen. Collin vergewisserte sich, dass das Handy geladen war, und zog sich mit einem Kaffee wieder in die Hütte zurück.

Eine Kopie des Berichts über Godwin McFersson lag auf dem kleinen Tischchen, den er neben einen Lesesessel mit höhenverstellbarem Fußteil gestellt hatte. Die letzte Zeit saß er dort öfter als vor seinem Stein. Vielleicht musst du erst diesen Fall lösen, bevor du wieder den Kopf für deine Steine freihast, hatte Kathryn vor einigen Tagen gesagt. Sieh es als kreative Schaffenspause. Wer weiß, wozu es gut ist?

Doch in dem Fall gab es so viele Klippen, dass Collin kaum einen Weg erkannte, auf dem er und sein Team vorankommen konnten, um den Fall zu lösen. Die Spurensicherung hatte Fingerabdrücke der Haushälterin und des Gärtners identifiziert sowie wenige andere, die alle zu keinem Treffer in den Datenbanken geführt hatten.

Mitte Februar hatte McFersson sich von seinem Geschäftsführer Ferdinand Güren verabschiedet. Nach Auskunft der Marina in Portishead, wo er Mitglied war und einen ganzjährigen Liegeplatz hatte, war er erst Anfang März ausgelaufen. Wo hatte er sich vorher aufgehalten?

Die See war die erste Märzwoche launisch gewesen. Starke Winde, Wintertemperaturen, Nebel und Schneeregen. Wer schippert freiwillig in diesem Wetter los?

Wann genau war er in seinem Ferienhaus in Cornwall angekommen? Oder war er dort gar nicht vor Anker gegangen? War er auf seiner Jacht ermordet worden? Wo war das Boot? Alles eine Frage der Zeit, hatte Johnny gesagt und eine Suchanfrage mit der vierzehnstelligen Rumpfnummer der Jacht zunächst an die größten Häfen geschickt.

McFersson hatte sein Boot »Aniol« getauft. Das polnische Wort für *Engel*. Warum hatte ein Schotte ein polnisches Wort gewählt?

Die Fahndung nach dem Cruiser war bislang genauso erfolglos. Triumphierend hatte sich Bill die Hände gerieben, als Collin in dem Bericht aus Manchester die Beschreibung fand. Ein Cruiser aus erster Hand. Modell mit Sonderausführung. Höher gelegte Sitze und Reifen. Dachgepäckträger. Sonderlackierung »Golddust«.

193

»Das war der Wagen am Pebble-Strand«, hatte Bill gemeint. »Der goldene Cruiser mit dem fremden Kennzeichen.«

»Möglich«, hatte Collin gemurrt. »Ist jedenfalls wie vom Erdboden verschwunden.«

»Überlackiert. Gestohlene Kennzeichen. Das Dachgestell abgebaut. Und schon fällt der Wagen durch die Rasterfahndung«, hatte Johnny gesagt.

Johnny konzentrierte sich auf das Boot. Denn ein Boot verschwand seiner Meinung nach nicht so leicht wie ein Auto.

Und wenn es auf offener See war? Man hörte doch immer wieder die verrücktesten Geschichten von vermissten Schiffen, die erst nach Monaten auftauchten oder eben gar nicht mehr.

Collin knipste die Leselampe aus. Ich hätte mitfahren sollen, dachte er und blieb vor dem Stein stehen. Der Abdruck von Ayeshas Schokoladenfinger irritierte und ärgerte ihn. Ich sollte ihn in die Ecke stellen. Das Ganze hier, sagte er sich, schloss die Hütte ab, ging in die stille Küche und machte sich ein zweites Frühstück.

* * *

Um halb elf hupte Johnny.

»Nur eine halbe Stunde zu spät«, sagte Collin, räumte Chipstüten und Kassetten vom Beifahrersitz und ließ sich auf das verschlissene Polster fallen. »Hast du dir einen Wecker angeschafft?«

»War schon auf Achse. Und du? Wie ist es als Strohwitwer?«

»Sind gerade erst weg. Fahr schon los.«

»Anschnallen. Hab neue Reifen.«

»Ist mir nicht aufgefallen. Kann man das Fenster inzwischen runterkurbeln?«

»Muss man nicht bei der Kälte.«

Johnnys schwarzer Opel Ascona sah man die dreißig Jahre an, die er schon vor sich hin rostete. Er bestand fast nur noch aus Ersatzteilen. Ein über die Jahre zusammengeflickter Wagen, der wie durch ein Wunder immer durch den MOT-Test kam. Johnny hatte mindestens zwei weitere Autos zum Ausschlachten im Hof stehen und verbrachte lange Stunden mit Schweißarbeiten und anderen Reparaturen. Die rote Beifahrertür stammte von einem Modell, das Johnny extra aus Irland von einem Schrottplatz geholt hatte. Der Kofferraumdeckel wurde von Draht gehalten. Für nichts in der Welt wollte er seinen »Old Uncle«, wie er den Ascona liebevoll nannte, gegen einen Neuwagen eintauschen.

Johnny legte eine Kassette mit Blues ein und drehte die Lautstärke hoch.

»Hat der eine Kartoffel verschluckt oder leiert die Kassette?«

»Sie leiert.«

»Wie wär's mal mit einer neuen Anlage. USB-Stick. Da leiert nichts.«

»Ist mir zu glatt. Das Leiern gehört dazu, verstehst du? Das macht die Musik authentischer.«

»Bandsalat auch?«

Collin zog eine Kassette zwischen seinen Füßen hervor, aus der ein verwickeltes Band hervorquoll.

»Mann, das wird wieder reingedreht. Mach ich irgendwann.«

Sie hielten an einer Ampel. Johnny reckte sich zum Rückspiegel und strich sich Haare über die beginnende Stirnglatze.

»Warst du beim Friseur?«, fragte Collin.

»Vorhin. So ein bisschen Stutzen macht jünger und schlanker, hab ich gehört.«

»Und was haben sie dir da reingeschmiert? Stinkt ziemlich nach Schwuchtelpaste.«

»Hat dir schon mal jemand gesagt, dass du rassistisch, ordinär und intolerant bist? Muss dein irisches Blut sein.«

Johnny gab Gas.

»Meinst du, Sandra steht auf dies stinkende Schmierzeug?«

»He, wirst schon sehen. Sie schwirrt wie eine Biene zum Honig!«

»Hör mal, Alonso, wenn du sie heute noch lebendig sehen willst, dann halt dich bitte an die Geschwindigkeitsbegrenzung.«

Collin langte nach dem Haltegriff und drückte den rechten Fuß auf eine imaginäre Bremse. Seit wann bin ich so ein Angsthase?, fragte er sich, und wusste gleich die Antwort. Seit er Kathryn geheiratet hatte. Und seine Sorgen waren mit der Geburt der Zwillinge noch einmal ums Zigfache gewachsen. Johnny würde ihn deshalb womöglich nur auslachen. Frotzeln, das konnte man mit ihm. Ein ernstes Gespräch hatten sie dagegen noch nie miteinander geführt. War er ein Freund? Auch das wusste Collin nicht zu beantworten. Bestimmt wäre er da, wenn Collin ihn um Hilfe bitten würde, ja.

»Meinen Wetteinsatz verplemper ich nicht für diesen spanischen Hitzkopf«, sagte Johnny. »Button. Das ist ein wahrer Rennfahrer. Der hat Stil. Zum Qualifying will ich übrigens wieder zurück sein. Muss ich hier abbiegen?«

»Ja, den Schotterweg da runter.«

McFerssons Ferienhaus befand sich auf einem Traumgrundstück, wie man es nicht mehr kaufen konnte. Ein Schotterweg führte von der Küstenstraße etwa zwei Meilen bergab, sodass man das Haus von der Straße aus nicht einsehen konnte.

Ein Schwede hatte es vor dreißig Jahren gebaut, im Stil seiner Heimat.

Ein blaues Holzhaus, wie man es von Postkarten mit Schärenlandschaft kannte. Es lag oberhalb einer kleinen Badebucht mit Anlegersteg.

Der Schwede war, wie so viele, zum Malen in die Gegend gezogen. Hatte die Hoffnung gehabt, damit seinen Lebensunterhalt zu verdienen. Doch er war nicht der Einzige, der Landschaftsbilder von Cornwall malte, und hatte keinen bekannten Namen. Welche Galerie sollte sich für einen schwedischen Durchschnittskünstler interessieren?

Irgendwann war er nach Schweden zurückgekehrt. Collin konnte sich vorstellen, dass er dort seine Küstenansichten in Öl besser verkaufen konnte. Studienaufenthalt in Cornwall. Das machte sich doch gut auf der Homepage. Das Haus hatte er vor zehn Jahren an Deutsche verkauft. Vor sechs Jahren war es in den Besitz des Schotten gekommen.

Die nächsten Nachbarn waren zur einen Seite drei Meilen, zur anderen vier entfernt. Fast alle Häuser an diesem Küstenabschnitt gehörten Auswärtigen und waren nur zeitweise bewohnt. Bislang hatten sie keinen Zeugen gefunden, der McFersson gesehen hatte.

In dem Haus deutete nichts darauf hin, dass er sich dort vor Kurzem aufgehalten hatte. Alle Räume waren in einem fast klinisch sauberen Zustand.

»Ich glaub nicht, dass wir was finden. Die Spurensicherung hat doch schon alles auf den Kopf gestellt«, sagte Johnny, als sie vor der hohen weißen Mauer hielten, die mit Glasscherben gespickt war. Eine für die Gegend ungewöhnliche Sicherheitsmaßnahme. »Aber mit der Alarmanlage, das finde ich komisch.«

Die Alarmanlage war, als sie mit dem gesamten Team und der Spurensicherung angerückt waren, ausgeschaltet gewesen. Warum? War sie ausgefallen oder hatte sie jemand ausgeschaltet? McFersson? War das ein Beweis, dass er in dem Haus gewesen war? Man konnte die Anlage nicht durch den Hauptschalter im Stromkasten ausschalten. Sie wurde durch einen Spezialtransponder betätigt und funktionierte auch ferngesteuert, beispielsweise durch einen Handycode, wie ihnen die Sicherheitsfirma erklärt hatte, die das hochmoderne Alarmsystem erst vor drei Jahren installiert hatte. Ohne Einweisung oder spezielle Kenntnisse konnte ein Laie nichts ausrichten.

»Ein Klick im Internet«, sagte Collin. »Da erfährst du doch heute alles. Mir kann man nicht erzählen, dass so ein System völlig wasserdicht ist.«

»Trotzdem komisch.«

»Sehe ich auch so.«

Sie hatten einen Gärtner und einige Handwerker aufgespürt, die zeitweise bei McFersson zu tun gehabt hatten. Sie hatten das Dach ausgebessert, ein modernes Badezimmer mit Whirlpool eingebaut und die Terrasse vergrößert, überdacht und mit einem Außengrill versehen. Der Gärtner hatte pflegeleichte, unempfindliche Sträucher eingepflanzt und alle Blumenbeete entfernt.

Eine Tischlerei war mit der Ausbesserung des Bootsstegs beauftragt worden und hatte drei Hütten errichtet. Eine für Gartengeräte, eine für die umfangreiche Angelausrüstung und eine dritte direkt an der Bucht, in der ein Ruderboot und andere Dinge untergebracht waren. Alles war zweckmäßig, pflegeleicht und robust erneuert worden. »Weil der ja kaum da war«, hatte es der Tischlermeister begründet. Brauchbare Aussagen hatte keiner der Handwerker über McFersson machen können. Die Aufträge kamen per Telefon, meistens gar nicht direkt von McFersson, sondern von einem seiner Mitarbeiter.

»Ein Reicher eben«, so hatte es der Gärtner knapp zusammengefasst.

Vielleicht hatte der Gärtner den Nagel auf den Kopf getroffen, dachte Collin. Ein Millionär wie McFersson lebte in einer teuren Kulisse, die keinen Raum zuließ für persönliche Dinge oder Unordnung.

»Das Hundehotel sieht ja neu aus. Und unbenutzt.«

Johnny bückte sich vor die großzügige Hütte, die auf der Terrasse stand.

»Sogar die Decke ist kein bisschen verlaust.«

»Der Hund war noch jung. Hat wahrscheinlich im Haus geschlafen«, sagte Collin.

»Und dann finden wir kein einziges Hundehaar? Kann doch nicht sein. Wenn du einen Köter hast, steht immer eine halbe Packung Futter irgendwo rum. Nicht mal ein Plastikknochen, Ersatzleine, nichts. Ich sag dir was, Collin, der Hund war nie hier. Vielleicht gehörte er nicht mal McFersson.«

»Möglich.«

Das Dienstpersonal in Manchester und auch Ferdinand Güren, sein Geschäftsführer, hatten bestätigt, dass sich McFersson tatsächlich einen jungen Retriever angeschafft hatte. Güren musste seinen Assistenten beauftragen, die nötigen Formalitäten für die Hundesteuer zu erledigen. Dazu war es dann aber nicht gekommen. Der Assistent hatte sie vergessen und kurz danach gekündigt. Es wurde noch recherchiert, wann und von wem McFersson den Hund gekauft hatte. Noch hatten sie keinen Beweis, dass der tote Hund am Strand McFersson gehört hatte.

»Wollen wir erst mal drinnen anfangen? Ist ja ein Mistwetter.« Johnny zog einen Müsliriegel aus der Jackentasche und schaute missmutig in die jagenden Wolken.

Collin nickte, entfernte das rot-weiße Versiegelungsband an der Eingangstür und sperrte auf.

Das Haus war spärlich, aber modern und hochwertig eingerichtet. Viel Glas und Stahl. Zwei abstrakte Bilder im Wohnzimmer, außer einigen Muscheln keinerlei Nippes oder Dekoration.

Ein paar Angel- und Jachtzeitschriften, aber keine Bücher, Fotoalben oder Ähnliches. Sie hatten nicht einmal einen Zettel mit einer handschriftlichen Notiz gefunden. Kein einziger noch so kleiner Gegenstand hätte darauf hindeuten können, wer McFersson war, welche Vorlieben er außer dem Angeln hatte, ob er in seinem Ferienhaus Besuch empfing, seine Ferien in Begleitung verbracht oder womit er sich an verregneten Abenden beschäftigt hatte. Es gab keinen Fernseher, keinen Festnetzanschluss, kein Radio. Lediglich ein Funkgerät fand sich in der Hütte mit den Angelutensilien.

Die Schränke im Schlafzimmer waren leer bis auf zwei neue Garnituren Bettwäsche, die noch in der Verpackung waren. Keine Handtücher, keine Kleidungsstücke oder Gummistiefel, nicht einmal eine nennenswerte Staubschicht. Auch das Badezimmer war so leer wie das eines Neubaus. Keine Toilettenartikel, nicht eine Rolle Klopapier. Das wenige Geschirr in der Küche stand ordentlich in den Schränken. Sie hatten alle Reinigungsunternehmen in der Umgebung angerufen, doch keins hatte in dem blauen Haus zu tun gehabt.

»Meinst du, der hat in der Hundehütte gepennt oder auf seiner Jacht?«, fragte Johnny. »Also ich find das ja schon sehr merkwürdig. Du musst mal bei den Millers oder Kilmores in die Ferienhäuser gehen. Da liegen noch die muffigen Tennissocken vom letzten Sommer im Flur, und es riecht nach nassem Sand. Hier riech ich nicht mal Desinfektionsmittel.«

»Das verfliegt auch irgendwann. Wie lange muss man putzen, damit es so aussieht?«

»Da fragst du den Falschen. Ich sag dir nur: Unser Mann war hier nicht.«

»Es gibt ja auch private Putzfrauen. Nur, sind die irgendwo registriert?«, fragte Collin.

»Müssen ja auch versichert sein, oder? Ich setze Anne drauf an. Das Thema passt zu ihr. Und wäre nicht auch das Bett bezogen gewesen?«

»Stimmt.«

»Haben die Kollegen die Matratze untersucht?«

»Wenn die nicht gepennt haben.«

»Die sieht ja auf den ersten Blick nicht benutzt aus.«

Sie standen vor dem breiten Doppelbett aus dunklem massivem Holz, einem Himmelbett. Johnny hatte einen der braunen blickdichten Vorhänge aufgezogen.

»Wie ein Sarg«, sagte er kopfschüttelnd. »Dadrin könnte ich keine Minute ruhig schlafen. Und dann noch so ein kleines Zimmer. Ich sag dir, der hatte 'ne Macke.«

»Vielleicht ist es ein Erbstück.«

»Keine Antiquität. Hat der Kollege doch gestern gesagt. Also auch kein Erbstück. Der hatte einen Tick, sag ich dir.«

»Oder Einschlafschwierigkeiten.«

»Wer sich gegen Schlafprobleme in so einen Sarg legt, ist doch ein Mamakind.«

»Wie meinst du?«

»Na, nicht abgenabelt.«

»Weißt du, Johnny, du mit deiner Stammtischpsychologie …«

»Ich arbeite im Gegensatz zu dir wenigstens an einem Profil.«

»Ich auch. Aber am Profil des Täters, nicht des Opfers.«

»Soso. Und?«

Collin zuckte mit den Schultern.

Sie schauten kurz in eine leere Abstellkammer und in einen weiteren Raum ohne Möbel und gingen dann wieder ins Erdgeschoss.

Johnny holte den nächsten Müsliriegel raus und blieb kauend vor den beiden Bildern im Wohnzimmer stehen. Es waren große

Gemälde. Knallige Primärfarben, überwiegend Rot und Gelb, in dicken Schichten, als hätte der Künstler sie auf die Leinwände geschmissen wie ein Maurer Mörtel mit der Kelle.

»YY«, las Johnny mit schief gelegtem Kopf die Signatur. »Komisches Initial. Muss man den oder die kennen?«

»Bestimmt teuer gewesen«, sagte Collin und nahm sich vor, den Namen des Künstlers zu recherchieren. »Oder die hat der Maler aus Schweden hiergelassen.«

»Und was soll das sein? Könnten meine Nichten besser.«

»Ist eben abstrakt, du Kunstbanause.«

Collin stand an der breiten Fensterfront, von der aus McFersson einen beneidenswerten Blick auf die See hatte. Vielleicht hatte dieser Blick genügt. Ein ausladender Sessel stand direkt am Fenster. Collin stellte sich vor, wie McFersson darin gesessen und bei schlechtem Wetter die Bucht betrachtet hatte, die schimmernde Linie des Horizonts, wo der Himmel verschwimmt und das Meer eine Fläche wird wie ein blanker Spiegel, der vorgaukelt, man könne darüberlaufen und irgendwo ankommen. Welche Gedanken mochten einen Mann wie McFersson dabei bewegt haben, einen Millionär, der alles hatte, der sich, wann immer er wollte, dem Vergnügen hingeben konnte.

»Der Papierkorb ist wie geleckt«, sagte Johnny und hielt einen kleinen Bastkorb hoch. »Finde ich auch neurotisch.«

»Was?«

»Na, nicht mal in den Papierkörben ist ein Fitzelchen Dreck. Hast du dir mal die Mülltonne angeschaut?«

»Nein.«

»Wie fabrikneu. Ist doch nicht normal. Ich sag dir, der Schotte hat keinen Fuß in sein Haus gesetzt.«

»Weil er keinen Müll hinterlassen hat?«

»Überleg doch mal. Selbst wenn er so einen Tick hatte,

Waschzwang oder wie sich das nennt, irgendwas hinterlässt man doch. Irgendeine Staubmaus, einen Bierdeckel, ein Ohrenstäbchen.«

»Wie kommst du auf Ohrenstäbchen?«

»Du weißt genau, was ich meine. Er war nicht hier.«

»Oder jemand hat gründlich sauber gemacht.«

Sie gingen durch einen Flur in die Garage. Es war tatsächlich der einzige Raum, der verriet, dass jemand hier gewesen war. Ölflecken auf einem Stück Pappe und Reifenspuren. Die Ergebnisse der Spurensicherung, die Sand- und Schotterproben aus der Garage ins Labor mitgenommen hatte, stand noch aus. Doch Hoffnungen machte sich keiner, dass sie durch das Ergebnis einen wesentlichen Schritt weiterkommen würden.

»Ist grad 'ne Regenpause«, sagte Johnny. »Ich geh dann schon mal raus.«

Collin schaute sich ein letztes Mal im Wohnzimmer um, dem größten und vermutlich wichtigsten Raum in dem Haus. Hier, so glaubte er, hatte sich McFersson bei schlechtem Wetter überwiegend aufgehalten oder wenn er nicht auf dem Boot war. Er wünschte, Kathryn wäre hier. Was würde sie in diesem Haus sehen, in diesem spartanisch eingerichteten Zimmer? Vielleicht wollte McFersson an nichts erinnert werden, wenn er im blauen Haus war. An nichts aus der Gegenwart. An nichts aus der Vergangenheit.

Die beiden Gemälde nahmen fast die gesamte Wand rechts vom Sessel ein. Sie stören, dachte Collin. Farben, die schreien. Warum hängt sich jemand, der ansonsten alles in unauffälligem Weiß und Braun einrichtet, ausgerechnet so etwas Grelles auf? Die Bilder ergänzten sich. Etwas wie Symmetrie, erkannte er, und noch etwas, was er nicht benennen konnte, etwas Verstörendes.

Er trat nah an die Bilder heran, doch verschwand das, was er gesehen zu haben glaubte, sofort. Dafür bemerkte er jetzt, dass zwischen den Rahmen ein schmales Regalbrett angebracht war, auf dem eine Kerze stand. Sie war ein Stück heruntergebrannt. Collin spürte seinen Puls an der Schläfe pochen. Er zog Handschuhe an, steckte die Kerze samt Ständer in eine Tüte und fotografierte die Gemälde. Dann folgte er Johnny zum Bootsanleger.

McFersson war ein leidenschaftlicher Angler gewesen. Das Angelgerät war vom Feinsten. Es gab einen Räucherofen, der länger nicht in Betrieb gewesen war, und eine leere Tiefkühltruhe. Sie nahmen an, dass McFersson entweder den gefangenen Fisch eingefroren und mit nach Manchester genommen – dort hatten die Kollegen einige Exemplare in einem Kühlfach gefunden – oder gleich in seinem Ferienhaus gegrillt hatte. Der Außengrill war ausgiebig benutzt worden. Der Rost war nicht gesäubert. Entweder war das übersehen worden oder es hätte zu viel Mühe gekostet. Wenigstens ein Indiz, dachte Collin. McFersson hatte offenbar gegrillten Fisch gemocht. Kohlereste waren im Labor. Die Kollegen wollten herausfinden, wann das letzte Feuer gezündet worden war.

Eine steile, teils in den Fels gehauene Treppe führte zur Bucht hinunter. Der Steg war gut in Schuss mit ausgebesserten Planken, ein Eisenpfosten mit Rettungsring sah frisch gestrichen aus. Eine Leiter war angebracht. Man konnte auch von einem kleinen Strandstück aus bequem ins Wasser gehen.

Hinter dem Strand, erhöht und vor der Flut geschützt, befand sich ein Podest zum Sonnen. In einem kleinen Schuppen daneben standen zwei Liegen, ein Sonnenschirm, ein Surfbrett, ein Sauerstoffgerät und weitere Angeln.

»Jemand, der allein ist, braucht keine zwei Liegestühle«, meinte Johnny.

»Als Ersatz oder wenn Besuch kommt? Als Millionär kaufst du mehr als einen.«

»Kann sein. Guck, der eine hat so ein Sonnendach und einen kleinen Seitentisch. Eindeutig für Frauenbesuch.«

»Als Mann hätte ich nichts gegen ein Sonnendach«, sagte Collin.

»Du Weichei kriegst ja auch gleich einen Sonnenbrand.«

»Was beweist, dass ich reinrassiger Engländer bin.«

»Immer das letzte Wort. Die Dinger sollten sich die Kollegen noch mal vornehmen. Sonnencreme und Schweiß sind doch schwer zu entfernen.«

»Dieses Jahr hatten wir noch keinen einzigen Sonnentag. Und letztes Jahr war ein Scheißsommer.«

Collin leuchtete mit der Taschenlampe in die Hütte am Steg.

»Das Ruderboot hat er jedenfalls nicht benutzt. Ist noch winterfest verpackt.«

»Ich sag dir ja, der war gar nicht hier. Wollen wir wetten? Um zwei Müsliriegel?«

»Stattdessen war er in einem Hotel? Unsinn. Das wüssten wir inzwischen. Und was soll ich in einem Hotel, wenn ich ein Ferienhaus habe?«

»Und wenn du hier unten ʼne nette Flamme hast mit ʼnem netten Wasserbett? Mehrgleisig ist unser Mann ja offenbar gern gefahren.«

»Er könnte auf dem Boot übernachtet haben.«

»Auf der Jacht? Brrr. Dann war der König da, aber ohne Dame. Ist um die Jahreszeit ja nicht gerade kuschelig.«

»Hast du mir nicht gestern erst einen Vortrag über Jachten gehalten? Dass die groß wie ein Bungalow sind mit separatem Schlafzimmer und sogar eine Sofaecke reinpasst? Dann wird es da wohl auch eine Heizung geben.«

Johnny kramte noch einen Müsliriegel aus der Jackentasche und schwieg. Er hatte Collin am Tag zuvor nicht nur Fotos von dem Jachtmodell gezeigt, wie es McFersson besaß, sondern ihm auch zu verstehen gegeben, dass er den Fall an seiner Stelle abgeben würde. Die ganze Geschichte sei zu kompliziert. Er fühlte sich überfordert, zu unerfahren für einen solchen Mordfall, überhaupt für Mordfälle. Es war nämlich sein erster.

Collin konnte sich gut daran erinnern, als er, kaum einen Monat nach Beendigung der Ausbildung, mit seinem ersten Mordfall konfrontiert gewesen war. Noch Wochen nachdem der Täter in Handschellen aus seiner Wohnung abgeführt worden war, hatte er von dem Fall geträumt. Auch er hatte daran gezweifelt, überhaupt an der Aufklärung mitarbeiten zu können.

Owen Peters, sein Chef, hatte ihm die Zweifel anfangs nicht nehmen können. Deine Augen sind unverdorben, hatte er gesagt. Dein Blick ist naiv und frisch. Da siehst du oft mehr, als abgestumpfte, erfahrene Beamten sehen können. Viele sind schon betriebsblind. Owen forderte ihn auf, alles zu sagen, was er sah. Selbst eine Kleinigkeit, die nichtig erschien. Man sieht zuerst den Ameisenhaufen, hatte er erklärt. Und jeden Busch und Baum drum herum. Doch bück dich mal. Was siehst du dann? Eine wuselige eigene Welt voller Ameisen, jede gleich und doch jede anders, die Zweige und sonst was tragen. Und der Ameisenhaufen wird zu einem Gebirge, das aus zig Anhöhen und Tälern besteht. Hab bei der Ermittlung beides im Blick. Den Ameisenhaufen als Ganzes und die Details.

»Es geht gleich wieder los.« Collin wies zu den Regenwolken. »Lass uns fahren. Und du machst Feierabend, Johnny. Schau dir das Qualifying an und Sandras Party ist doch heute auch.«

Johnny schloss die Tür der Bootshütte, zog die Handschuhe aus und stopfte sie in die Hosentasche.

»Und du? Kommst du nicht?«

»Vielleicht.«

»Also nicht? Hör mal, Chef, du siehst unter uns gesagt richtig scheiße aus. Wenn hier jemand Feierabend machen muss, dann du. Kommst du wegen McFersson nicht mit? Ich hab das gestern deinetwegen gesagt. Okay?«

Er schlug Collin auf die Schulter und marschierte vor sich hin schimpfend die Holztreppe hoch. Collin folgte ihm nach einem letzten Blick auf die Bucht.

Wie gerne hätte er seiner Familie und sich selbst ein solches Anwesen verschafft. Aber die Immobilienpreise ließen diesen Traum so wenig zu wie sein Gehalt.

Auch wer ein solches Paradies hat, muss nicht unbedingt glücklich sein, dachte er im nächsten Moment. Man glaubt nur immer, man werde glücklicher, wenn man einen Ort wie diesen besäße.

Warum brauchte ein Mensch andere Gewässer, wenn er eins sein Eigen nennen konnte? Hier in dieser Bucht konnte man sich ohne Weiteres einbilden, dass man ganz allein auf einer Insel leben würde. Die Felsen, die die Bucht umrahmten, hatten bizarre Formen. Ein Felsbrocken, mit zwei dünnen Bäumen bewachsen, lag idyllisch wie auf einer Postkarte einige Yards vom Ufer entfernt im Wasser. Wer besaß schon solch ein kleines Paradies?

Aber es schien McFersson nicht genügt zu haben. Vielleicht hatte er davon geträumt, ein Seemann zu sein, fühlte sich fern von der Küste wohler als auf festem Boden. Vielleicht hatte er Gründe, immer unterwegs zu sein, das Fahren zu spüren, die Fortbewegung. Stillstand war ihm vielleicht suspekt gewesen. Als Autonarr wurde er beschrieben, immer auf Achse. Keine Woche am Stück hatte er in Manchester verbracht. Einmal im Monat mindestens im Ausland. Lief ein solcher Mensch nicht in Wahrheit vor irgendetwas davon, und sei es auch nur vor sich selbst?

Collin spürte den beißenden Wind. Er mochte das Harsche dieser Küste. Er mochte es, vom Sturm durchgeschüttelt zu werden, wie Gischtspritzer im Gesicht brannten, und alles durcheinandergeriet, sein ganzes Gleichgewicht, wenn er sich auf nichts als das Kommen und Gehen der Wellen konzentrierte. Er brauchte kein anderes Meer, um bei sich zu sein.

Hier an dieser Küste hatte er gefunden, was er gesucht hatte, ohne zu wissen, dass er auf der Suche gewesen war. An jedem Felsen konnte er sich festhalten. Jeder Stein an der Küste wurde umbrandet, geschliffen oder zerfressen. Das Meer hinterließ Spuren und verdeckte sie zugleich. Es verwundete und hinterließ eine vernarbte, zerfurchte Landschaft. Wie die Gesichter der Menschen, die hier aufgewachsen waren.

McFersson kam nicht von hier. Sein Gesicht war nicht das eines Seemanns. Das Meer, das Ferienhaus mit dem Bootssteg, seine Jacht waren Trophäen eines Reichen. Mehr nicht. Die Segeljacht war jedenfalls nicht da. Kein Auto. Kein Boot. Außer ein paar Kohlestücken und Ölflecken kein Zeichen einer Anwesenheit – ja, eines Lebens.

Schon seltsam, dachte Collin. Und verdammt kompliziert. Wie die Puzzle, die ihm sein Vater zu Weihnachten geschenkt hatte, bis er fünfzehn Jahre alt war. Tausend, später fünftausend Teile. Landschaften, Tiere, Stadtansichten, Schiffe. Collin hatte das Puzzeln gehasst. Sein Vater hatte darauf bestanden, dass er jedes einzelne fertig machte und auf Karton klebte. Es schult deine Konzentration, hatte er gesagt. Der Mordfall erschien Collin wie ein Puzzle seines Vaters. Mit Kathryn hatte er eine Frau geheiratet, die Puzzle liebte.

Alles wiederholt sich, wie Ebbe und Flut, dachte er.

* * *

Zurück zu Hause, briet sich Collin Bratkartoffeln mit Spiegeleiern, das einzige Gericht, das ihm gelang und auf Kathryns Speiseplan selten vorkam. Er aß mit Unlust und googelte dann ohne Erfolg nach dem Künstlerinitial »YY«. Ihm fiel der Kunstkritiker ein, mit dem er in seiner Southamptoner Zeit zu tun gehabt hatte, und schickte ihm einen Mailanhang mit dem Foto der Bilder. Auch den Schweden schrieb er an, ohne Hoffnung, dass die Gemälde von ihm stammen könnten.

Eine Weile starrte er die Aufnahme in Verkleinerung und Vergrößerung an, doch außer einem rot-gelben Farbengewirr konnte er nichts erkennen. Wie bei meinem Stein, dachte er und fragte sich erschrocken, ob der besondere Blick, der unter die Oberfläche der Dinge dringt, sie wie in Träumen umformt, irgendwann verloren geht.

Mit zwei Flaschen Bier zog er sich in seine Werkstatt zurück. Fast eine halbe Stunde saß er mit geschlossenen Augen im Sessel, hörte den Regen auf das Dach trommeln und versuchte, all seine Gedanken so fließen zu lassen, dass sein Kopf leer wurde. Es gelang ihm nicht. Er hatte keine Übung darin. Hatte McFersson sie gehabt? War das blaue Haus sein Meditationsraum gewesen, ein Rückzugsort von allem?

Collin machte den Ofen an, betrachtete die Scheite, wie langsam bläuliche Flammen an ihnen leckten, sie sich entzündeten und in rote Skelette verwandelten. Er knipste die Halogenlampe an, die er für Feinarbeiten direkt über dem Arbeitstisch installiert hatte, stellte den Stein auf einen Kasten und drehte ihn langsam.

Der Schokoladenfleck beherrschte alles. Würde man ihn mit einem feuchten Tuch entfernen können oder war Schmirgelpapier notwendig? Collin zögerte. Als er mit der Bildhauerei angefangen hatte, kannte er keine Zweifel. Er meißelte und schmirgelte damals aufs Geratewohl, frei von allem, was ihn jetzt hemmte. Schließlich wusste er nichts über Bildhauerei. Sein Nichtwissen war es, das ihn frei gemacht hatte. Nicht einmal die schlechtesten Arbeiten hatte er anfangs weggeschmissen. Pure Freude hatte er empfunden und war stolz auf das Ergebnis gewesen, wie immer es auch ausgefallen war. Wie ein Kind.

Jetzt, nach etlichen Jahren, war er befangen. Durch die Erfahrung, durch die Aneignung von Fertigkeiten. Jetzt sollte jeder Schlag sitzen, jeder Stein ein Meisterwerk werden. Dabei war es nur sein eigener Erwartungsdruck, der ihn hemmte. Wissen und Können waren nicht Macht, sondern Ohnmacht. Das wollte ihm der kleine weiße Kalkstein wie ein Trotzkopf sagen.

Collin trank eine Flasche Bier aus, legte Holz nach, suchte einen sauberen Lappen und feines Schmirgelpapier und legte beides unschlüssig neben den Stein. Er drehte ihn ein Stück weiter ins Licht. Da sah er es. Es war die ganze Zeit da gewesen. Vor seinen blinden Augen.

15

Elli steckte das Fernglas in den Schlitz, den sie in der Bretterwand des Dachstuhls gefunden hatte, und notierte Datum und Uhrzeit in ihr Notizheft. Auf den Umschlag hatte sie mit rotem Filzstift *Ermittlungen* geschrieben. Sie hatte schon fünf Seiten gefüllt. Aber noch immer fehlte ihr der Beweis, dass die Hexe Mr Bean auf dem Gewissen hatte.

Sie setzte Hoffnung in den dritten Tag ihrer Mission und – so sie Glück hatte – auf die folgenden.

Alles hing davon ab, wie lange sie nicht zur Schule durfte. Mumps hatte der Arzt diagnostiziert. Quarantäne. Bett hüten.

Ihre Mutter hatte ihr eine Wollmütze verordnet und zusätzlich einen Schal um die angeschwollenen Wangen gebunden. Die Fransen des Schals hingen über ihren Ohren. Elli kam sich vor wie ein Osterhase.

Im Moment war ihr das allerdings egal. Jetzt war sie Sherlock Holmes. Sie hatte am Abend zuvor schon alles vorbereitet: ein Lunchpaket, zwei Decken, ein Kissen, das Fernglas und den Schlachtplan. Sie las ihn im Notizheft nach. Bis zwei Uhr hatte sie Zeit, die Hexe auszuspionieren. Dann würde ihre Mutter von der Arbeit zurück sein und sie musste wieder brav im Bett liegen. Kurz vorher wollte sie noch den Kopf auf eine Wärmflasche legen. Ihre Mutter würde als Erstes überprüfen, ob Elli glühte. Das Fieberthermometer kam nur morgens und abends zum Einsatz, aber Elli hatte sich Mittel und Wege überlegt, wie sie das Quecksilber in die Höhe treiben konnte. Auch wenn das wohl nicht notwendig war, ihr Gesicht fühlte sich heiß an.

Der schwierigste Teil ihres Plans war gewesen, unbemerkt in Mr Smittons Geräteschuppen zu gelangen. Elli musste zum Acker laufen und sich von dort durch die Büsche bis zur Tür schleichen und diese geräuschlos öffnen, was kaum möglich war, so hatte sie sich im Laufe der Jahre verzogen.

Seit zwei Wochen trennte ein Bretterzaun die Grundstücke und schloss auch den Schuppen ein. Der Zaun war so hoch, dass selbst Ellis Mutter nicht über ihn schauen konnte. Er umgab wie eine Gefängnismauer ihr Häuschen und den kleinen Garten. An der vorderen Gartenseite war ein schmales Tor eingebaut, der einzige Zugang zu ihrem Häuschen. Der direkte Weg zu Mr Smittons Haus war nun abgeschnitten.

Seither hatte Ellis Mutter keinen Abend mehr trällernd vor dem Radio gesessen. Sie schaltete es gar nicht mehr an. Jetzt backte sie nur noch alle vierzehn Tage Brot und fror eins ein.

211

Die Vorhänge waren im Wohnzimmer jetzt immer zugezogen. Den neuen Rock, der ihr so stand, hatte sie ganz hinten in den Schrank gehängt. Sie war entweder sehr schlecht gelaunt oder abwesend. Manchmal vergaß sie das Wasser abzudrehen, wenn sie Geschirr wusch, und merkte es erst, wenn es ihr auf die Füße tropfte.

Mr Smitton hatte sich ein einziges Mal den Zaun von ihrer Grundstücksseite aus angeschaut und vorgeschlagen, dass sie eine Hecke pflanzen könnten, um es grüner zu machen. Seitdem hatten sie ihn nicht mehr gesehen. Sie hörten die Wagenreifen auf der Kiesauffahrt knirschen, das Gehämmer und Gebohre der Handwerker und manchmal die Stimme der Frau, die ihnen diesen Zaun und alles andere eingebrockt hatte.

Elli hasste sie. Ihretwegen war ihre Mutter unglücklich. Es war tatsächlich das erste Mal in ihrem jungen Leben, dass sie dieses starke, dunkle Gefühl hatte und wusste, es war Hass.

Sie glaubte nicht, dass diese Frau Mr Smitton liebte. Wenn sie ihn lieben würde, hatte Elli als Überlegung in ihr Notizheft geschrieben, so hätte sie nicht auf den Zaun bestanden. Sie hätte das Brot ihrer Mutter probiert und das Johannisbeergelee. Sie wäre neugierig darauf gewesen, was Mr Smitton mochte. Vor allem hätte sie Mr Bean nicht vergiftet. Ja, das war der Beweis Nummer eins, dass die Frau Mr Smitton nicht liebte.

Aber was wollte sie dann von ihm? Hatte sie vielleicht keine Wohnung? Elli hatte hinter diese Frage drei Fragezeichen gemalt. Eine andere Erklärung hatte sie nicht. Es erschien ihr plausibel. Schließlich waren ihre Mutter und sie auch auf der Suche nach einer größeren Wohnung gewesen und waren so zu Mr Smitton gekommen.

Einen Beweis für diesen Grund sah Elli in den Handwerkern, die im Erdgeschoss einen Durchbruch zwischen dem Badezimmer und dem danebenliegenden Zimmer gemacht hatten. Jetzt wohnte die Frau mit einem Bad en suite, hatte Ellis Mutter gesagt, die den Dreck der Baustelle wegfegen musste. En suite, fand Elli, hörte sich schick an. Dann hatte Elli einen Möbelwagen beobachtet. Die Möbel waren alle noch verpackt gewesen. Also, hielt sie in ihrem Ermittlungsheft fest, waren sie nagelneu. Die Frau hatte also entweder keine Möbel gehabt oder die alten weggeschmissen. Wenn solch ein Aufwand betrieben wurde, fand Elli, konnte das nur heißen, dass die Frau vorhatte, lange zu bleiben.

Elli richtete das Fernglas auf die Stelle unter dem Nussbaum. Dort hatten sie Mr Bean begraben. Er wird jetzt zur Erde, hatte ihre Mutter gesagt. Wenn das stimmte, so müsste nach Ellis Vorstellung ein kleiner Erdhaufen unter dem Stein wachsen, auf den sie Mr Beans Namen gepinselt hatte. Sie sah nichts dergleichen und widmete sich wieder der Beobachtung des Hauses.

Das untere Badezimmer, das jetzt nur noch die Hexe benutzte, war von ihrem Ermittlungsposten aus voll einsehbar. Elli entschied, dass sich die Frau unbeobachtet fühlte, sonst hätte sie nicht die Vorhänge vor dem Fenster abgenommen. Oft stand das Fenster sogar auf. Elli hatte sich überlegt, dass sie auch dann Vorhänge vor dem Badezimmerfenster anbringen würde, wenn sie ein Haus mitten in den kanadischen Wäldern hätte. Sie fand den Gedanken unangenehm, auf der Toilette zu sitzen und ein Waldtier oder gar ein Wanderer würde sie dabei sehen. Dass die Frau das nicht störte, hatte Elli unter der Überschrift *Eigenschaften* als seltsam bewertet.

Die Frau hielt sich gern im Badezimmer auf. Das hatte Elli schon festgestellt, als sie ihren ersten Beobachtungsposten hinter einem Brombeerstrauch bezogen hatte. Vom Dachstuhl des Schuppens aus hatte man aber einen viel besseren Blick. Sie sah das Waschbecken und ein Stück der Badewanne und sogar einen Zipfel des Schlafzimmers, wenn die Tür offen stand, was meistens der Fall war.

Es war acht Uhr. Ein wenig zu früh, wie Elli wusste. Die Frau schlief unglaublich lange. In Mr Smittons Schlafzimmer ging bereits um halb sechs das Licht an und kurz darauf lief die Kaffeemaschine. Die Küche war zum Glück auch auf der Rückseite des Hauses und Elli konnte so zumindest das Licht sehen und Geräusche hören. Mr Smitton fuhr inzwischen wieder allein in die Stadt, wie er es früher getan hatte, und kam mit der Tageszeitung und frischen Brötchen zurück. Seit der Zaun da war, schienen die beiden nicht mehr jeden Tag außer Haus zu frühstücken. Allerdings frühstückten sie nie zusammen, jedenfalls nicht in den letzten drei Tagen.

Vor zwei Tagen war die Frau um zehn Uhr aufgestanden und hatte sich danach eineinhalb Stunden im Badezimmer aufgehalten und auch ein Schaumbad genommen. Für einen normalen Dienstag fand Elli das sehr übertrieben. Die Frau ließ die Wanne bis fast zum Rand volllaufen und schüttete aus mehreren Flaschen Badeöl ins Wasser. Während das Wasser lief, ging sie im Bademantel kurz in die Küche.

Am Mittwoch hatte sich Elli der Gefahr ausgesetzt, so schnell sie konnte die Leiter hinunterzuklettern und sich im Schutz der Hauswand zum Küchenfenster zu schleichen, das gekippt war. Sie hatte frisch gebrühten Kaffee und getoastetes Weißbrot gerochen und Mr Smitton gehört. Er hatte die Frau wie die Patientin eines Krankenhauses befragt. Er wollte genau wissen, wie gut oder schlecht sie geschlafen hatte, ob ihre Kopfschmerzen besser seien, ob das Kissen immer noch Nackenschmerzen verursachte. Die Frau hatte nur kurz geantwortet und war mit einer Tasse Kaffee wieder im Badezimmer verschwunden.

Elli war noch einen Augenblick stehen geblieben, weil sie wissen wollte, wie Mr Smitton mit einer Langschläferin wie dieser Frau zurechtkam. Brachte sie nicht alles in seinem Alltag durcheinander? Um zwölf Uhr aß er doch gewöhnlich zu Mittag. Um zwei Uhr ruhte er eine Stunde. Und jetzt musste er warten, bis die Frau fertig gebadet hatte. Vielleicht las er die Zeitung jetzt zwei Mal?

Elli goss sich Tee ein und biss von ihrer Stulle ab. Ihr Hals brannte. Das Schlucken tat weh, und sie packte das Brot wieder weg.

Sie wusste eigentlich, was sie heute erwartete. Das Gleiche wie gestern. Die Frau würde mit der Kaffeetasse zwischen dem Badezimmer und dem Schlafzimmer hin- und herlaufen, bis sie ausgetrunken hatte. Dann stellte sie sich gewöhnlich vor den Spiegel und legte eine Gesichtsmaske auf. Es war eine, die eine Weile einziehen und antrocknen musste. In der Zeit saß die Frau auf einem Sessel, der im Badezimmer stand, und telefonierte. Elli konnte leider nicht verstehen, was die Frau sagte und hatte bislang noch nicht gewagt, unter dieses Fenster zu schleichen.

Doch allein die Tatsache, dass sie im Badezimmer telefonierte, fand sie schon sehr verdächtig. So als ob Mr Smitton nichts davon wissen sollte. Elli hatte die Länge jedes Telefonats notiert. Manchmal hatte sie auch den Gesichtsausdruck erkennen können. Schnell und leise sprach die Hexe, lachte nie und drückte danach auf der Tastatur herum. Sie rief an. Elli hatte jedenfalls noch kein Mal das Handy läuten gehört. Nicht in den drei Tagen ihrer Ermittlungen.

Nach dem Telefonieren wusch sich die Frau das Gesicht und stieg in die Wanne. Sie war nicht besonders hübsch, fand Elli. Mindestens eine halbe Stunde lag die Frau mit geschlossenen

Augen bewegungslos im Wasser, als wäre sie wieder eingeschlafen. Dann bürstete sie den ganzen Körper ausgiebig und
wusch sich das Haar.

Das Haar, so hatte Elli notiert, war der Frau sehr wichtig.
Und in diesem Punkt hatte sie sich bislang am stärksten verdächtig gemacht. Ellis Mutter wusch sich drei Mal die Woche das
Haar, bürstete es morgens und abends sorgfältig und benutzte
ein Mal im Monat eine Kurpackung. Die Frau in Mr Smittons
Haus wusch sich das Haar täglich und schüttete sich aus verschiedenen Flaschen Lotion über den Kopf. Dann föhnte sie es.
Und schließlich kam das Verdächtige: Sie tönte es. Jeden Tag.
Nach dem Föhnen war es nämlich bräunlich. Sie schmierte
dann eine Creme hinein, ließ sie einwirken, lackierte sich in
der Zwischenzeit die Nägel, rasierte die Beine, cremte sich ein
und behandelte die Fußsohlen mit Bimsstein. Sie wusch die
Tönungscreme aus, drehte Lockenwickler ein, ließ das Bade-
wasser aus und schrubbte die Wanne. Danach föhnte sie das
Haar wieder und war blond.

Die Frau ging dann ins Schlafzimmer und kam nach etwa
einer Viertelstunde, wenn sie schnell war, angezogen ins Badezimmer zurück. Nun waren ihre Haare viel länger als vorher. Elli
vermutete, das sie künstliche Haarteile im Schlafzimmer haben
musste. Sie hatte die Beobachtung in Rot geschrieben, so wichtig erschien sie ihr. Genauso seltsam fand sie es, dass die Frau
jeden Tag nach dem Baden das ganze Badezimmer schrubbte,
als hätte sie einen Dreckstall hinterlassen. Elli hatte zu Hause
die Aufgabe, das Badezimmer sauber zu machen. Aber nur zwei
Mal die Woche, davon einmal gründlich mit Bodenwischen.
Das Waschbecken wurde nach jedem Gebrauch gereinigt, aber
nicht mit Scheuermilch. Wenn die Frau jeden Tag ihr Badezimmer putzte, warum wollte sie dann nicht auch für Mr Smitton

sauber machen?, fragte sich Elli. Warum war Ellis Mutter dafür engagiert worden? Auch ein Punkt, den Elli in ihrem Notizheft mit Fragezeichen versehen hatte.

Die Fragezeichen häuften sich. Sie kam so nicht weiter, dachte sie. Sie musste näher herankommen.

Es war inzwischen neun Uhr. Trotzdem entschied sich Elli, ein Wagnis einzugehen. Sie würde unter den Rhododendron kriechen, der unter dem Badezimmerfenster stand, sobald die Frau das Wasser in die Wanne ließ. Und vorher würde sie sich zur Küche schleichen.

Vielleicht würde sie ein Gespräch zwischen Mr Smitton und der Frau hören, was sie weiterbrachte.

* * *

Es war ein kurzes Abwägen gewesen. Eigentlich hatte sie sich bereits an dem Abend entschieden, als Elroy ihr das Angebot gemacht hatte. Auf den wenigen Schritten von Elroys Haustür zu ihrer eigenen war in ihre Enttäuschung und Wut ein leises Ja geschlichen.

Jetzt war es bereits der dritte Donnerstag, an dem sie um drei Uhr nachmittags mit dem Zweitschlüssel, den Elroy ihr gegeben hatte, die Tür zu seinem Haus aufschloss. Sie hatten sich auf den Nachmittag geeinigt, weil Su an allen Vormittagen außer am Wochenende ihrer regulären Arbeit als Zimmermädchen im Hotel »Seagull« nachging. Außerdem verbrachte Patricia den Donnerstagnachmittag im Gym und in der Sauna.

Su blieben drei Stunden. Viel zu kurz für das ganze Haus, aber Patricia duldete ihre Gegenwart nicht. Sie wollte nicht über einen Staubsauger oder Putzeimer stolpern, und überhaupt wollte sie ihre Ruhe haben, wenn sie da war. Und sie war, soweit es

Su beurteilen konnte, meistens da. Jedenfalls stand das Cabrio fast jeden Morgen in der Garage und Elroys Wagen ungeschützt draußen. Su konnte inzwischen den Motor des Cabrios erkennen. Frühmorgens, wenn sie und Elli sich auf die Räder schwangen, war Mr Smittons Haus noch still. Sie fragte sich, welcher Arbeit die Frau nachging. Eine Nachmittagstätigkeit schien sie jedenfalls auch nicht zu haben. Wer Zeit für die Sauna hat …, dachte Su.

Sie holte den Besen, rollte einen Läufer auf und begann zu fegen. Lustlos und resigniert. In der ersten Woche war sie noch voller Hoffnung gewesen, Elroy auf diese Weise näherzukommen, ihn zumindest ab und an zu sehen. Inzwischen glaubte sie nur noch an einen Vorteil: Ihr Mietverhältnis würde nicht sofort gekündigt werden. Diese Angst trug sie wie den Staubsauger von Raum zu Raum. Elroy hatte nur etwas angedeutet. Patricia würde das Häuschen später gern anderweitig nutzen. So hatte er es ausgedrückt. War der Zaun nicht ein erster Schritt, sie und Elli loszuwerden? Hatte sie sich vielleicht letztlich in Elroy getäuscht? War er doch nur einer von vielen, die in ihr jemanden sahen, den man zum Opfer machen und ausnutzen konnte?

Hatte er eine Träne vergossen, als sie zu dritt unter dem Nussbaum standen und Elli für Mr Bean ein selbst geschriebenes Gedicht vorgelesen hatte? Nein. Su konnte sich nicht erinnern. Elroy hatte sich am Kopf gekratzt, geseufzt, immerhin Elli die Hand auf die Schulter gelegt. Aber er war nicht bei der Sache gewesen. Hatte keinerlei Reaktion gezeigt, als Su ihm nochmals von ihrer Vermutung erzählte, dass Mr Beans Futter vergiftet worden war.

Hatte diese Frau ihm schon nach kurzer Zeit den Verstand geraubt? Auf jeden Fall war sie Gift für Elroy. Davon war Su überzeugt. Er hatte abgenommen. Nur leicht, aber sie fand sein Gesicht schmaler. Und blasser.

Das Futter aus Mr Beans Napf lag noch immer eingefroren in ihrem Eisfach. Sobald Gwenny, die Nichte ihrer Chefin, am Montag aus dem Urlaub zurück war, würde sie mit ihr darüber sprechen. Als Apothekenhelferin wusste Gwenny bestimmt, wie man Gift nachweisen konnte.

Und dann? Su fragte sich, warum sie überhaupt Energie daran verschwendete. Sollte Elroy doch glücklich oder unglücklich mit dieser Schnepfe werden.

Aber leise in ihrem Hinterkopf sagte ihr eine Stimme, dass etwas nicht mit rechten Dingen zuging. Was wollte diese aufgetakelte Frau von Elroy? Sein Geld? Sein Haus? Ja, darum schien es ihr zu gehen. Sie verkroch sich darin selbst bei schönstem Frühlingswetter.

Su ging in den ersten Stock. Beim Putzen, so wusste sie aus langjähriger Erfahrung, konnte man Räume und die Menschen, die darin lebten, am besten kennenlernen.

Sie begann mit dem Staubwischen, eine bedächtige und behutsame Annäherung. Gegenstände mussten in die Hand genommen, abgewischt, an denselben Ort zurückgestellt werden. Unter Vasen, Bildern, Platzdeckchen, hinter Kissen, die sie aufschüttelte, zwischen Zeitungen, die sie zu einem ordentlichen Stapel schichtete, fanden sich meistens winzige Spuren, die ihr zeigten, wie ein Mensch lebte. Lagen zerknüllte Papiertaschentücher herum? Zettel mit Telefonnummern oder Notizen? Rechnungen? Fotos? Beim Staubwischen fiel ihr auch am ehesten auf, ob etwas woanders stand oder ganz verschwunden war.

Im Schlafzimmer konnte sie mit einem Blick sehen, dass hier noch keine Frau übernachtet hatte. Kein Wunder. Der Raum war nicht gerade einladend. Sollte sie es dabei belassen? Nein, sie würde ihrem ursprünglichen Vorhaben noch eine Zeit lang folgen. Elroy ahnte nicht, warum sie sein Angebot angenommen hatte. Er sollte sehen, welche Frau wirklich zu ihm gehörte, sich um ihn sorgte, ihm guttat. Nicht Patricia, sondern sie selbst.

Sie holte eine Leiter und nahm die Vorhänge ab. Sie würde sie waschen und die Säume ausbessern. In weniger als einer Stunde war sie fertig. Es duftete nach den Tulpen, die sie auf Elroys Nachttisch gestellt hatte, die Frühlingsluft drang durch die weit geöffneten Fenster und das Schaffell hing auf der Wäscheleine. Su war zufrieden und beeilte sich mit den restlichen Putzarbeiten im ersten Stock, um genügend Zeit für die Inspektion von Patricias Zimmer zu haben.

Es war wieder peinlich aufgeräumt. Kein Kleidungsstück, keine Frauenzeitschrift, rein gar nichts lag herum. Das Bett war gemacht, alle Schränke waren abgeschlossen. Im Badezimmer standen eine Kollektion teurer Parfüms und luxuriöse Kosmetika in Reih und Glied wie in einem noblen Hotelzimmer, das auf seinen Gast wartete. Keine Verhütungsmittel im Spiegelschrank. Halb leere Flaschen Badeöl und die Wanne geputzt. Im Mülleimer waren wenige Haare, die Su nach kurzem Zögern in ein Plastiktütchen steckte.

Na warte, dachte Su, kein Mensch hält diese Reinlichkeit durch. Und wenn, hat er Spuren zu verwischen. Das ist nicht normal. Su horchte, aber alles war still. Elli lag noch immer mit erhöhter Temperatur im Bett und war seit Tagen nach dem Mittagessen auffällig müde. Es war nicht nur der Mumps, wie Su wusste. Sie hatte nicht herumschnüffeln wollen, aber vor zwei Tagen, als sie vor dem Schlafengehen nach Elli gesehen hatte, war die Nachttischlampe noch an gewesen. Als sie sie leise ausknipsen wollte, fand sie das aufgeschlagene Heft. Es war Elli aus der Hand gerutscht und auf den Boden gefallen. Sie

220

warf nur einen kurzen Blick auf die Seite und den Umschlag, dann wusste sie Bescheid. Aber sollte sie Elli zur Rede stellen? Machte sie nicht im Grunde das Gleiche?

Auch sie spionierte der Frau und Elroy hinterher. Und heute hatte sie etwas vor, wofür sie sich aus tiefstem Herzen schämte. Es war kinderleicht gewesen. Sie hatte in der Woche zuvor mithilfe von Ellis Knetgummi Abdrücke von den Schrankschlössern gemacht und war mit einer übertrieben formulierten Lüge zum Schlüsseldienst gegangen. Standard, hatte der Angestellte gesagt, und am nächsten Tag hatte sie einen Satz Schrankschlüssel abgeholt. Sie probierte die erste Tür. Der Schlüssel passte. Sie horchte noch einmal, merkte ihr Herz im Hals klopfen, dann schloss sie auf.

Der Schrank enthielt Lappen, Bürsten, ein Beutel mit Einmalhandschuhen und Putzmittel. Nicht die üblichen Sorten für den Haushalt. Spiritus, Zitronensäure, alles scharfe Flüssigkeiten, wie sie Su für den normalen Hausgebrauch niemals benutzen würde.

In einem größeren Schrankteil standen zwei leere Koffer im oberen Fach. An einer Stange hingen Kleidungsstücke, eine erstaunlich geringe Anzahl für eine Frau wie Patricia. Auch der Wäscheschrank war nicht sonderlich gefüllt und sie fand nur wenige, dafür sehr teuer aussehende Schuhe. Patricia bestand darauf, ihre Wäsche zur Reinigung zu bringen. Su war anfangs beleidigt gewesen. War es nicht ein Affront gegen sie? Doch dann überlegte sie, dass es einen anderen Grund geben musste. Schmutzwäsche war doch etwas sehr Intimes. Ihr selbst wäre es auch unangenehm, wenn jemand anderes ihre Sachen in die Waschmaschine stecken würde. Su vermutete, dass Patricia den Großteil der Kleidung woanders gelassen hatte. Womöglich hatte sie ihr Appartement gar nicht aufgegeben. Einen Beweis für diese Annahme hatte sie nicht. Aber in der letzten Woche hatte sie Elroy seinen Wagen an zwei Abenden in die Garage fahren hören, wo sonst Patricias Cabrio stand.

Su öffnete die letzte Schranktür und fand Kartons. Kurz entschlossen holte sie sie raus und schaute hinein. Was sie sah, verwirrte sie: Hüte, Tücher, Sonnenbrillen, Mützen, Handschuhe in dem einen Karton. Perücken und falsche Haarteile in dem anderen. Und in dem kleinsten Karton waren Medikamente. Su las die lateinischen Namen, mit denen sie nichts anfangen konnte. Zwei Packungen waren eindeutig Herzmedikamente.

War die Frau krank? Vielleicht sogar schwer krank? Erklärte sich ihr Verhalten damit? Hatte sie womöglich nur noch eine kurze Zeit zu leben und wollte nicht allein sein?

Su schrieb sich alle Medikamente auf. Sie würde Gwenny fragen.

Sie wollte eine Antwort.

DAS SECHSTE GEBOT

Töte, was dich tötet.
So spricht die Herrin.
Gestehe, schreit die Herrin. Gestehe.
Sie rührt das Blut im Topf über offenem Herd. Würzt die
Wunden mit Pfeffer und Salz. Lässt dich kosten. Das Süße.
Das Zarte. Das Warme.
Erst die sieben Fliegen auf einen Schlag. Dann die Mäuse
und Ratten im feuchten Verlies. Die räudige Katze, der Wurf
Welpen im Sack.
Leise, sei leise. Die Erlösung ist nah. Dieser und dieser und
jener. Sie sind nur Klippen auf dem Weg zum Licht. Schaff sie
beiseite.
Komm, komm. Dein ewiges Leben ist dir gewiss.
So spricht die Herrin.
Ihr Wille geschehe.
Amen.

16

»Manchester ist in der Leitung, Chef.«

»Wer?«

Collin hasste Unterbrechungen. Er versuchte sich gerade durch den übervollen E-Mail-Posteingang durchzuackern.

»Na, diese Coimbra MacLaughlin. Kann ich durchstellen?«

Sandra hatte ein Handtuch wie einen Turban um den Kopf gewickelt und trug einen Bademantel. Seit einigen Tagen fuhr sie mit dem Rad zur Arbeit. Sie wollte etwas für ihre Kondition tun. Heute war sie in einen Regenschauer geraten.

»Darf ich dich darauf aufmerksam machen, dass du Polizistin bist und keine Bademeisterin?«

»Und?«

»Ein Minirock ist schon nicht in der Kleiderordnung vorgesehen. Ein Bademantel erst recht nicht.«

»Meine Klamotten sind klatschnass. Was kann ich denn dafür, wenn es heute Morgen regnet wie bei 'ner Sintflut? Willst du, dass deine Mitarbeiterin eine Lungenentzündung bekommt?« Sandra begann sich das Haar zu rubbeln.

»Wie wär's mit einem Regenmantel? Oder steig einfach wieder in deinen Fiat.«

»Werde ich. Ab morgen. Vom Radfahren kriegt man sowieso nur dicke Waden.«

»Fitnessprogramm beendet?«

»Yep.«

»Ging ja schnell.«

»Immerhin fünf Tage. Da habe ich mich mehr bewegt als du in fünf Jahren. Also, soll ich durchstellen?«

»Tu das. Ab morgen möchte ich dich in Dienstkleidung sehen. Dein halber Kleiderschrank gehört auch nicht ins Büro.«

»Hab Wasser in den Ohren.«

»Musste das sein?«, fragte Johnny. Mit Stielaugen blickte er zur Tür, die Sandra hinter sich zugeknallt hatte.

»Was?«

»Sandra in Dienstkleidung ist nicht Sandra.«

»Und wer sollte sie sonst sein?«

»Welche Laus ist dir denn über die Leber gelaufen?«

»Du könntest den Rollkragenpullover auch mal für dein freies Wochenende im Schrank lassen. Wann wäschst du den eigentlich mal? Wir haben hier einen Mord aufzuklären, und ihr benehmt euch wie auf einem Kostümball.«

»Also los. Was plagt dich? Hast du Verstopfung oder bist du auf Petersiliendiät?«

Collin kam nicht zu einer Antwort. Sein Telefon klingelte, und er musste sich Wetternachrichten aus Schottland anhören, die ihm DC Coimbra MacLaughlin in aller Ausführlichkeit schilderte.

»Aber gut, das Wetter kann man ja nicht ändern. Weswegen ich anrufe ...«

»Ja?« Collin schlug den Kugelschreiber gegen die Tischkante.

»Edward Morris, McFerssons Anwalt hat angerufen. Ob uns das weiterbringt, vielmehr Sie, kann ich nicht sagen, aber ich wollte es Sie wissen lassen, weil ich das schon ganz interessant finde ...«

»Nämlich?« Collin kritzelte Figuren auf ein Blatt Papier. Er fragte sich, wie MacLaughlin und andere Kollegen, mit denen er es im Laufe der Jahre zu tun gehabt hatte, es überhaupt zur Polizei geschafft hatten. Wahrscheinlich gab es einfach zu wenige, die bereit waren, diesen Job zu machen, und so hatten selbst die Nullen eine Chance, leitende Positionen zu ergattern.

»Morris hat einen Anruf von einem Kollegen aus London

bekommen. Es ging um eins der Geschäfte von McFersson. Um sein *Kasino,* bei dem er stiller Teilhaber war. Kasino klingt ja gleich etwas verrucht, oder?«

Collin atmete hörbar aus und schwieg.

»Finde ich, aber na ja. Jedenfalls ist der Kompagnon tot, also sein Geschäftspartner. Ein gewisser Anthony Polodny. Herzschlag. Muss wohl überraschend gekommen sein. Ist doch was, oder? Beide Kasinobesitzer tot. Andererseits, solche Zufälle gibt's wohl, oder?«

»Durchaus.«

Collin musste aufstoßen und ließ das Telefon einen Moment sinken. Seit Tagen plagte ihn Sodbrennen. Er aß nur kleine Mengen, trank ein Glas Wasser nach dem anderen, schluckte brav die Tabletten, die ihm Kathryn besorgt hatte, und dennoch stellte sich keine Besserung ein.

Er wusste, woran das lag. Robert Ashborne war aus der Kur zurück und hatte ihm seinen Besuch angekündigt. Das Präsidium zweifelte endgültig daran, dass Collin den Mordfall ohne die Hilfe von erfahrenen Kollegen, wie es Robert ausgedrückt hatte, aufklären könnte. Es war typisch für ihn, ohne Termin aufzutauchen. Jeden Tag erwartete Collin, dass Robert auf der Matte stand. Und wenn er Sandra im Bademantel und Johnny in Freizeitkleidung sah, wäre eine Abmahnung für Collin so sicher wie das Amen in der Kirche. Robert war ein Chamäleon. Fangopackungen schienen nichts daran geändert zu haben. Die Kur hatte ihm offenbar neue Energie verliehen.

»Meine Assistentin mailt Ihnen jedenfalls gleich die Telefonnotiz. Ich habe hier einen Schreibtisch, der sich biegt. Kommen Sie nun oder nicht? Was ich sagen will …«

»Ja, nicht Ihr Fall. Verstehe. Ich komme morgen. Hoffe, Sie haben Zeit für einen Kaffee?«

»Das doch immer. Es ist allerdings ein neuer Raubüberfall reingekommen. Sie verstehen …«

Collin drehte nach dem Gespräch den Stuhl in Richtung Fenster und dachte nach. Zufälle gab es zuhauf, die seltsamsten Geschichten. Doch ohne Details zu wissen, gab er seiner Kollegin recht. Man musste genauer hinschauen, wenn zwei Männer, die zusammen ein Kasino besessen hatten, innerhalb weniger Wochen starben.

Er ignorierte Kathryns Kaffeeverbot und brühte sich eine Tasse auf.

»Sandra. Buch mir Manchester für morgen früh. Mach Termine mit Güren und allen anderen aus McFerssons Umfeld. Drei Tage. Bitte keine dieser Bettenburgen. Eine Pension, aber ein Zimmer mit eigenem Bad.«

»Und die Tierheime in Manchester?«

»Gibst du Anne. Wobei ich nicht weiß, wer von euch davon überzeugt ist, dass hier irgendein Tierheim den Hund mal aufgenommen hat. Ist doch alles für die Katz.«

»War doch deine Idee«, versetzte Sandra.

»Immerhin besser als Däumchen drehen.«

»Heiliger Strohsack. Hast du aber eine Laune. Bist du diese Woche zum Abwaschdienst eingeteilt?«

»In einer Stunde will ich erste Resultate.«

»Von der Reiseroute? Du kannst fliegen, Zug, Bus oder Auto fahren. Oder soll ich ein Schiff buchen?«

»Haha. Dann recherchier bitte mal, was du über diesen Kandidaten hier rausfindest.« Collin reichte Sandra einen Zettel.

»Anthony Polodn…? Ist das ein y am Ende?«

»Ja. Ach, und verbinde mich bitte mit McFerssons Anwalt.«

Er reichte ihr den Zettel mit der Telefonnummer, die ihm Coimbra MacLaughlin diktiert hatte.

»Ist ja heute megastressig.« Sandra legte den Handrücken an die Stirn und seufzte.

»Wenn du eine Kopfmassage brauchst …«, sagte Johnny.

Sandra zwinkerte ihm zu und stöckelte mit Hüftschwung hinaus.

»Kann ich kurz stören?« Bill stand in der Tür. »Wegen des Neuseeländers.«

»Lass hören«, sagte Collin.

»Mathew Field hat die Wohnung gekündigt. Schon vor sechs Wochen, aber zu Ende April. Ist allerdings nicht mehr drin. War eine möblierte Wohnung. Die Vermieterin hat die Schlüssel noch nicht von ihm zurück, und er hat ihr auch nicht Bescheid gesagt, dass er früher auszieht. Sie wohnt nicht mit im Haus. Die eine Nachbarin hat ihn mit zwei Koffern gesehen, daher die Vermutung, dass er ausgezogen ist. Das war vor zehn Tagen. Bei ›Albert's‹ ist er nicht mehr gewesen. Zwei Zeugen meinten, er hat mit einem Bündel Geld geprahlt und erzählt, er geht als Surflehrer in die Karibik. Und dass er schon ein Flugticket hat. Aber er hat es in keinem Reisebüro in der Gegend ausstellen lassen. Vielleicht übers Internet. Ich warte noch auf Rückmeldung von den Flughäfen. Field soll Kokser gewesen sein, hat auch gedealt. Alles, was man sich vorstellen kann. Der eine meinte, daher stammt das Geld. Hat aber Schulden überall und nicht den besten Ruf. Er war wohl als Surflehrer sehr gut, hat auch Segelunterricht gegeben, hat einen Schein als Tauchlehrer und sogar eine Skipperlizenz. Field stammt ursprünglich aus Zimbabwe. Ist als Jugendlicher mit seiner Familie nach Neuseeland ausgewandert. Vermutlich kam er da schon auf die schiefe Bahn. Ist jedenfalls wegen Dealerei dort vorbestraft. Liegt ein paar Jahre zurück.«

»Hast du was über seinen Hundesitterjob rausgefunden?«, fragte Collin.

»Nur, was wir schon wussten. Keiner hat ihn mit dem Hund gesehen. Er hat es wohl mal erwähnt, aber niemand weiß Näheres. Er soll immer irgendwelche Geschichten erzählt haben.«

»Seine neue Freundin?«

»Die Deutsche? War nie in seiner Wohnung. Sie weiß nicht, wo er ist. Er hat sich auch bei ihr Geld geliehen. Sie haben zusammen gekifft und waren in den Kneipen unterwegs. Er wollte sie mit in die Karibik nehmen. Sie hatte schon den Rucksack gepackt.«

»Larissa Dawson?«

»Abgereist. Albert meint, bei Nacht und Nebel. Sollte eigentlich bis Samstag noch bei ihm arbeiten. Ist aber schon über eine Woche nicht mehr gekommen und muss ihre Handynummer gewechselt haben.«

»Versuch sie in London aufzutreiben.«

Er wollte vor allem wissen, ob es dem Mädchen gut ging. Vatergefühle, hätte Johnny angemerkt. Collin spürte ein Pochen in der Schläfe. Kathryn hatte ihm in seiner Southamptoner Zeit immer an der geschwollenen Ader den Stress angesehen. Es war ein Gefühl, wie auf einem Pferd zu sitzen, ohne Sattel und Zügel, das mit ihm durchgegangen war. Er war neun Jahre alt gewesen und hatte zum ersten Mal in seinem Leben Todesangst gehabt. Das Pferd hatte seinem Freund gehört. Collin war auf den Rücken geklettert, ließ sich einen Feldweg entlangführen, doch dann hatte sich das Pferd vor einem Auto erschreckt, das plötzlich hinter ihnen aufgetaucht war, und war losgaloppiert. Er hatte sich in der Mähne festgekrallt und sich wie durch ein Wunder auf dem Rücken gehalten, bis das Pferd endlich in einen Hof eingebogen und stehen geblieben war.

»Ist Field hier auch verknackt worden?«

»Doch.« Bill suchte in seinen Papieren, bis er das passende fand.

»Trunkenheit am Steuer, zwei, drei Mal. Schlägereien. Drogen-
delikte. Er saß aber nur zwei Mal ein paar Monate. Sonst Be-
währungsstrafen und Sozialdienste. Ist alles länger her. Und das
war nicht bei uns hier. In verschiedenen Orten. London. Glas-
gow. Northampton. Southampton. Ist ziemlich rumgekommen.«

»Mach ein Protokoll.«

»Sollten wir ihn nicht auf die Fahndungsliste setzen?«

»Kann ich noch nicht sagen. Es besteht keine direkte Verbindung zu McFersson.«

»Und das viele Geld?«

»Kann er von seiner Oma geerbt haben. Bleib bei den Fakten,
Bill. Ohne den Surfer aus den Augen zu lassen. Also, Larissa
Dawson. Und noch das hier: ein Kasino in London, ›The Tresor‹.
Schau nach, ob du was darüber findest.«

»Kein Problem. Setz ich mich gleich dran.«

Bill leckte sich über die Lippen, steckte seine Aufzeichnungen
in eine Klarsichthülle und verschwand mit eiligem Schritt in
sein Büro.

Collin tippte die Mail an Robert Ashborne zu Ende: *Hallo
Robert. Schaue mich ab morgen einige Tage in Manchester um.* Er
klickte auf »Senden« und hoffte Aufschub zu erhalten. Robert
würde in seiner Abwesenheit wohl schwerlich den Weg auf sich
nehmen.

»McFerssons Anwalt ist heute nicht mehr zu sprechen«, unterbrach Sandra Collins Gedanken. »Außentermine. 6.30 Uhr geht
der erste Flieger von Plymouth. Fährst du schon heute mit Übernachtung in Plymouth oder stehst du morgen um halb zwei
Uhr auf?«

»Mit Übernachtung.«

»Nimmst du mich mit, Chef?«, wollte Johnny wissen.

»Nach Manchester? Nein, einer muss hier …«

»… für Recht und Ordnung sorgen. Ja, ja. Ich will auch nur bis Plymouth mitkommen.« Johnny stellte sich neben Collin und legte seinen Kopf auf dessen Schulter. »Kriege ich jetzt eine Streicheleinheit?«

»Was soll das?« Collin knuffte ihn in den Bauch. »Bist du jetzt völlig übergeschnappt?«

»Reg dich ab, Chef. Die Sonne kommt raus. Hier.«

Johnny drückte ihm ein Fax in die Hand. Collin las, ohne ein Wort zu verstehen, und schaute Johnny fragend an.

»Das Boot, Mann. Wir haben es. Liegt in Plymouth. Schon seit ein paar Wochen.«

»McFerssons Boot?«

»Welches sonst? Hab die Rumpfnummer gestern an die großen Häfen geschickt. Irgendwo musste ich ja anfangen. Und bingo.«

Collin sprang auf und klopfte Johnny auf den Rücken.

»Das ist ja …«

»Hättest du gar nicht vom Rollkragen erwartet, oder? Also, ich komme mit und schau es mir an. Hab schon die Kollegen von der Spurensicherung in Plymouth informiert. Es geht voran. Hab ich doch immer gesagt, wir müssen nur das Boot finden.«

»Meinst du, Mr Mörder schrubbt gerade das Deck, wenn du kommst, oder was?«

»Weißt du, Collin, wäre ich dein Vorgesetzter, würde ich dich nach Hause ins Bett schicken, damit du deine miese Laune ausschläfst.«

»Sorry, Jungs«, rief Sandra. »Verkehrsunfall. Zusammenstoß. Totalschaden. Einer tot. Einer schwer verletzt. Fahrt ihr raus oder soll ich Bill und Anne schicken?«

»Schick die beiden«, sagte Collin. »Nicht mein Tag dafür. Bill, Anne. Meldet euch, wenn ihr Unterstützung braucht. Sandra, hast du schon was über Anthony Polodny rausgefunden?«

»Noch nicht viel. Aber dafür Zündstoff.«

Sandra holte den Ausdruck eines alten Zeitungsartikels. Die »Southern Post«. Ein Regionalblatt aus Southampton. Collin pfiff leise durch die Zähne und überflog den Artikel. *Messer-attacke: Sohn wollte die eigenen Eltern töten.* Die Überschrift prangte in roter großer Schrift über den Fotos zweier Männer. Schwarze Balken über den Augen machten ihre Gesichter fast unkenntlich. Das dritte Foto zeigte einen Sarg.

Collin schob den Ausdruck zu Johnny.

»Es muss einen Zusammenhang geben«, murmelte Johnny. »Ich wette meinen Bart drauf.«

»Sandra, buch um«, sagte Collin. »Erst Plymouth, dann Southampton. Dann Manchester. Mal sehen, ob Johnny seinen Bart behalten darf oder nicht. Abfahrt heute nach der Mittagspause.«

»He, Chef. Was für ein Stress. Ich muss noch Hemden bügeln und Unterhosen waschen. So oft verreise ich nicht«, sagte Johnny.

Collin ignorierte ihn, schlüpfte in die Regenjacke und ging hinaus. Als er Richtung Meer lief, fragte er sich, warum er nicht wie Sandra oder Johnny war, nichts leicht nahm, sondern alles so gewichtig empfand wie einen Granitfels, den er mit sich herumschleppte.

Er dachte an das Gespräch mit der Lehrerin beim Elternsprechtag, zu dem er am Abend zuvor auf Kathryns Drängen gegangen war. Das erste Mal, seit seine Söhne zur Schule gingen. Wut und Machtlosigkeit hatte er empfunden, als die Klassenlehrerin Mrs Miller mit unbewegter Miene Verhaltensweisen und Vergehen aufzählte, durch die Shawn und Simon angeblich tagtäglich den Unterricht störten, ihre Noten versauten und auf den Nasen der Lehrer herumtanzten.

Collin hatte sich die gebogene, großporige Nase von Mrs Miller angeschaut und sich vorgestellt, wie die Zwillinge darauf herumhopsten. Im Hip-Hop-Stil. Das war seit Neustem ihre Lieblingsmusik. Sie übten in jeder freien Minute Breakdance und wollten unbedingt einen Kurs besuchen. Nur wenn eure Noten besser werden und ich keine Klagen mehr aus der Schule höre, hatte ihnen Kathryn als Bedingung genannt.

Mitten im Unterricht einen Handstand machen, die Hausaufgaben vergessen, Knallfrösche zünden oder Papierflieger werfen waren so harmlose Albereien, dass Collin nicht verstand, warum Shawn und Simon deshalb als Problemkinder abgestempelt wurden. Vielleicht langweilten sie sich nur?

Ja, hatte er Mrs Miller gegenüber zugegeben, Kleber auf dem Lehrerstuhl, das ist kein harmloser Streich mehr. Und natürlich würde er mit seiner Haftpflichtversicherung sprechen und die Reinigungskosten für ihren Rock übernehmen.

Konnte er als Vater wirklich für seine Söhne die Hand ins Feuer legen, dass aus kleinen Streichen nicht irgendwann große Probleme erwachsen würden? Nein, das konnte er nicht. Er konnte sein Bestmögliches tun, um seine Kinder zu schützen, doch den hundertprozentigen Schutz gab es nicht. Nicht vor Ungerechtigkeit, nicht vor schlechten Einflüssen, Gefahren, Krankheiten oder Unfällen. Auch wenn er Polizist war und Kathryn eine liebevolle und prinzipientreue Mutter, sie für die Kinder ein positives Vorbild darstellten, wie er glaubte und hoffte, konnten sie sie letztlich nicht ganz und gar davor bewahren, niemals selbst Unrecht zu tun. Wenn aber ein Sohn mit dem Messer auf die eigenen Eltern losgeht, musste etwas grundlegend nicht in Ordnung sein.

Nein, dachte Collin, Shawn und Simon wachsen nicht zu Messerstechern heran. Nicht hier in Cornwall. Nicht in unserem Cottage. Nicht durch Kathryns und meinen Einfluss. Das wird niemals geschehen.

Er atmete die nasse Luft ein, blickte auf die schiefergraue tosende Flut und versuchte, die Aufruhr in seinem Inneren zu bändigen.

Der Fall, der auf seinem Schreibtisch wartete, entwickelte sich zu einer Monsterwelle. Er wollte sich nicht davon verschlingen lassen.

***

Kathryn steckte den Kopf in Collins Hütte, wo er vor der Abfahrt noch in Ruhe eine Pfeife rauchen wollte. Kathryn und die Kinder waren gestern erst spät aus Glastonbury zurückgekehrt und nun würde er für einige Tage auf Dienstreise sein. Wenigstens hatte er noch eine verlängerte Mittagspause mit ihnen verbringen können.

»Gwenny ist hier, bei ihren Eltern«, sagte Kathryn. »Ich dachte, wir laden sie und ihren neuen Freund zum Grillen ein.«

Sie störte ihn nur, wenn sie es für wichtig hielt. Sie kam nie hinein. Nicht einmal, wenn er sie darum bat. Ihrer Ansicht nach brauchte jeder Mensch ein eigenes Reich, in das niemand eindringen sollte. Selbst die Kinderzimmer räumte sie nicht regelmäßig auf. Am Freitagnachmittag schickte sie die Kinder mit Staubsauger und Lappen in die Zimmer und überprüfte das Ergebnis. Spielzeug durfte herumliegen, aber kein Dreck. Einmal im Monat erbat sie sich Zutritt für das Großreinemachen.

»Gwenny?«, fragte Collin.

»Na, du weißt doch. Gwenny. Meine Lieblingskollegin, die wegen ihrer neuen Liebe nach Ilfracombe gegangen ist.«

»Kenne ich nicht.«

»Du mochtest sie doch so. Du hast von ihren Grübchen geschwärmt.«

»Wo hat sie die?«

»Collin! Gwenny mit den Locken.«

»Ach, die Löwenmähne!«

»Sie macht ein paar Tage Urlaub bei ihren Eltern, und ich dachte, wir grillen am Samstag …«

»Grillen?« Collin kam jetzt zur Tür und schaute in den Himmel. »Bei dem Wetter?«

»Sie haben aber Sonne gemeldet. Wir können ja den Pavillon aufbauen.«

»So sonnig soll es werden?«

»Falls es regnet. Als Regenschutz. Ach, Collin …« Sie stupste ihn an die Schulter.

»Wenn du meinst. Weiß aber nicht, ob ich dann zurück bin.«

»Das wächst dir alles über den Kopf, oder?«

»Morgen wissen wir vielleicht mehr.«

»Geht es gerade mit dem Stein voran?«

Collin zuckte die Schultern.

Wie konnte es vorangehen, wenn er nicht die Muße hatte, sich ganz und gar auf den Stein zu konzentrieren, jeden Tag Überstunden machte und auch am Wochenende unterwegs war?

»Der Koffer ist gepackt. Johnny ist in fünfzehn Minuten da.«

Kathryn warf ihm eine Kusshand zu und ließ ihn wieder allein.

Collin fuhr mit dem Finger über den Stein. Eine sanfte Berührung. Jenen Schmerz, den er immer deutlicher sah, hätte kein Streicheln lindern können.

Eine Frau mit einem Kind im Arm. Einem toten Kind. Sie hielt es, als überreiche sie jemandem den kleinen Leichnam. Ihr abgewandter Blick war voll Trauer. Ihr Kopf war ein wenig nach hinten geneigt, als schaue sie über ihre linke Schulter.

Collin hatte die Halspartie entsprechend bearbeitet und ihr ein Tuch über den Kopf gemeißelt. Das Kind saß mit dem

Rücken zu ihr auf ihren leicht gestreckten Armen. Ein gekrümmter Kinderkörper, ein zum stummen Schrei geöffneter Mund, ein schlaff herabhängender Unterarm und geschlossene Augen – der vielfältige Ausdruck des Todes. Das kleine Gesicht mit den Runzeln eines Greises. Ein bodenlanges, schmal geschnittenes Kleid spannte sich über den gewölbten Bauch der Mutter.

Collin musste noch viel Arbeit in den Faltenwurf stecken, eine Herausforderung, wie die ganze Skulptur.

Ayesha hatte eine Schwangere gesehen. Collin hatte auf den zweiten Blick das ältere, verstorbene Kind in ihren Armen erkannt.

Warum war es ihm nicht gelungen, die Augen davor zu verschließen?

Warum erzählte ihm der unschuldige weiße Stein eine solch grausame Geschichte?

17

»*Hühnersuppe für die Seele.* Kennen Sie die Bücher, meine Liebe?«

»Nein.«

Elisabeth stand neben dem Esstisch, den Martha Fridge eindeckte, und betrachtete eins der vielen Bilder, die in der riesigen Loftwohnung hingen und hintereinandergestapelt an den Wänden lehnten. Kaum ein Stück Wand war frei. Wohnraum, Essecke, Küche, Arbeitszimmer und Atelier waren auf einer Ebene, nur durch spanische Wände voneinander abgegrenzt. Lediglich zum Schlafzimmer gab es eine Tür.

Damit der Rauch nicht die Träume verpestet, hatte ihr Martha beim Rundgang erklärt. Ein Balkon umsäumte die Wohnung.

Über eine Treppe gelangte man von dort in einen kleinen Garten, von einer Hecke umschlossen, mit einem Pool und einer mit Wein umrankten Laube.

Mein Nudistenparadies, hatte Martha verschmitzt erklärt.

Elisabeth versuchte sich ihren Bruder in diesem lichtdurchfluteten Raum vorzustellen, der vor Sinnlichkeit zu vibrieren schien. Leise Klaviermusik sickerte aus einer Ecke. Vor einer der Fensterfronten schossen Palmen und Farne bis an die hohe Decke. Dazwischen standen mit herausfordernden, zugleich kindlichen Gesichtern zwei Nackte aus Stein und ein mit Mosaiken dekorierter Springbrunnen, in dem das Wasser schläfrig rauschte. Eine Chaiselongue, dicke Sitzkissen und eine Hängematte luden in dem grünen Dschungel zum Faulenzen und Träumen ein. Es duftete nach Blumen.

Elisabeth wähnte sich an einem Ort fern aller Realität. Nichts schien hier einzudringen. Kein Alltagsgrau, kein Unbill, kein dunkler Ton. Als würde alles von den weichen orientalischen Teppichen geschluckt. Jeder Missklang.

Hatte sich Anthony hier geborgen gefühlt? Hatte er in diesem luftigen Raum zu atmen begonnen, ein Kellerbewohner, der in ein oberes Stockwerk katapultiert worden war und zum ersten Mal den weiten Himmel wahrnehmen konnte? Hatte sie sich nicht selbst auch immer an Orte wie diesen gewünscht wie in ein Märchenschloss?

Manchmal hatten sie abends zusammen auf Anthonys Bett gesessen und von Plätzen gesprochen, wo sie eines Tages gerne leben wollten. Eine Burg in den Highlands von Schottland. Eine Schilfhütte auf einer Insel in den türkisen Weiten des Pazifik. Ein Schloss weit oben in irgendeinem Gebirge, die Wolken zum Greifen nah. Sie träumte, wie Mädchen träumen, von Himmelbetten, begehbaren Kleiderschränken, Zofen, die ihr das Haar jeden Morgen flochten, einem nicht endenden Tanz und wie sich das Licht von Kronleuchtern in ihrem lachenden Gesicht spiegelte.

Anthony träumte nur eine Zeit lang ganz Junge von Piratenschiffen, Ritterspielen und wie er in fernen Urwäldern unermessliche Schätze entdeckte. Später wünschte er sich nur noch, endlich erwachsen zu sein, um die Tür für immer hinter sich zu schließen und aus dem Dunkel ins Helle zu treten. Und noch viel später schloss er seine Träume, so er noch welche hatte, in seinem Herzen ein, und in seinen Augen brannte nichts als das Feuer seiner Wut, ja seines Hasses.

Elisabeth konnte sich vorstellen, was Anthony in dieser aus Zeit und Raum entrückten Wohnung einer Martha Fridge gesehen hatte. Eine Fluchtburg. Ein Ort, wo er sich einbilden konnte, jemand anderes zu sein. Wo er ein anderes Leben führen konnte wie in einer Theaterkulisse.

War es ihnen nicht beiden im Grunde immer darum gegangen? Sich nicht nur woanders hinzuträumen, an einen schöneren Ort, sondern damit auch in eine andere Haut hinein?

»Na, wie dem auch sei, meine Liebe. Ich hoffe sie mögen Hühnersuppe. Indische. Mit Curry und Mango. Anthony mochte sie am liebsten von all meinen Suppen. Sie müssen wissen, dass ich außer Suppen nicht viel anderes zustande bringe. Hatte zum Glück immer Männer, die mir den Kochlöffel gern aus der Hand nahmen. Zumindest hatte ich in der Hinsicht bei den Männern Glück. Wobei ich damit keinesfalls unseren lieben Anthony meine. Für Kartoffelschälen hatte er keine Zeit. Schönes Bild, nicht wahr, meine Liebe?«

»Ja. Sehr schön.«

Elisabeth trat nochmals einen Schritt zurück, um das Bild, das eine Frau mit ernsten Augen und verschränkten Armen in einem Türrahmen zeigte, aus der Distanz zu betrachten. Erst dann entfaltete es seine ganze melancholische und zugleich heitere Atmosphäre. Heiter war vielleicht nicht der richtige Ausdruck. Eher hell. Das Licht drang aus der Ferne besehen deutlicher in den Vordergrund, beschien die linke Gesichtshälfte, Schulter und den Arm der Frau, die jung war, aber schon so alt, dass die Unschuld ganz und gar aus ihren Zügen gewichen war. Sie blickte in eine diffus in greller Sonne daliegende Landschaft. Einen Feldweg konnte man erkennen, ein Stück Zaun und niedrige Büsche. Der Horizont verschwamm in einem grünstichigen Blau. Sie hat die Wahl, dachte Elisabeth. Die Tür ist geöffnet. Sie kann gehen oder bleiben.

»Die meisten sind noch von meinem Vater. Er war Kunsthändler. Und das ist seine Privatsammlung«, erzählte Martha, als sie sich vor der dampfenden Suppe gegenübersaßen. »Alles unbekannte Künstler, von denen einige später dann doch bekannt wurden. In seiner Galerie hat er nach Marktwert verkauft. Privat folgte er nur seinem eigenen Geschmack. Ich habe die Galerie nach seinem Tod übernommen. Da war ich ziemlich jung. Mein Vater hatte Bluthochdruck und ein zu schwaches Herz. Ich bin praktisch in der Galerie aufgewachsen. Sie war mein Zuhause.«

»Und Ihre Mutter?«

Martha verzog das Gesicht und seufzte.

»Meine Mutter? Tja, meine Liebe … Sie war Chefsekretärin in einer internationalen Versicherung. Lange Arbeitsstunden. Dauernd unterwegs. Nach der Schule war ich in der Galerie. Manchmal haben mein Vater und ich dort sogar übernachtet. Auf der Couch im Büro. Mein Vater schien sich dort lieber aufzuhalten als im Ehebett. Darum habe ich wohl auch keine Geschwister. Schmeckt es Ihnen, meine Liebe?«

»Danke. Es ist köstlich. Was ist aus der Galerie geworden?«

Die Schärfe der Suppe trieb Elisabeth Tränen in die Augen und Hitze in jede ausgekühlte Pore ihrer Haut. Sie zog die Strickjacke aus.

»Habe ich übernommen. Sie hat mich früh finanziell unabhängig gemacht. Das ist wichtig. Vor allem, wenn man sonst nichts gelernt und Pech mit den Männern hat.«

»Pech mit den Männern?«

»Na, Pech ist das falsche Wort. Ich habe wunderbare Männer kennengelernt. Auch nach Anthony. Die davor zähle ich eigentlich nicht. Außer meinem lieben Professor. Aber irgendwie stand Anthony immer dazwischen.«

»Wann und wie … Ich meine, ich wusste nichts von Ihrer Beziehung. Dass Anthony mit Ihnen verheiratet war …«, stotterte Elisabeth.

All ihre Fragen schienen im Kopf festzusitzen wie ein unentwirrbares Wollknäuel. Einige Male hatte sie die Ungewissheit um Anthony so weit belastet, dass sie ihm beinahe einen Brief aus ihrem fernen Exil geschrieben hätte oder noch lieber zu ihm gereist wäre. Doch es war wohl das Schicksal, das ihr eine Aufgabe und damit Ablenkung, ja eine Last gegeben hatte, die sie mehr beanspruchte als die schuldbewusste Frage, wie es Anthony gehen mochte, wie er nach allem, was geschehen war, weiterlebte, ob er überhaupt dazu in der Lage war. Dass er sein Glück gefunden hatte, hatte sie sich dagegen all die Jahre kaum vorstellen können.

»Darum sitzen wir beide hier, nicht wahr?«, antwortete Martha. »Um die Fragen, die uns die Nacht um die Ohren schlagen lassen, zu beantworten. Ich habe Anthony in meiner Galerie kennengelernt. Mein Vater war da schon ein Jahr tot. Ich bin, als mein Vater starb, Hals über Kopf aus Paris zurückgekehrt. Da habe ich bei einem befreundeten Kunsthändler gearbeitet und vergeblich versucht, Französisch zu lernen. Ich stand auch vor der Entscheidung, ob ich dem Drängen eines äußerst charmanten französischen Künstlers nachgeben sollte. Aber ich kehrte mit meinen Koffern zurück nach England und blieb. Die Galerie war das Lebenswerk meines Vaters und, wie ich dann erkannte, auch mein eigenes Leben. Und in London wartete eine alte Liebe. Professor Raymond Goldberg. Er hatte einen Lehrstuhl für Kunstgeschichte und verkörperte alles, wovon ich einst geträumt hatte. Ich hätte nämlich auch gern studiert, müssen Sie wissen. Raymond war ein Freund meines Vaters, älter als ich. In vielerlei Hinsicht war er meinem Vater ähnlich. Raymond interessierte sich für nichts, was nicht mit Kunst zu tun hatte. Mit zwei Ausnahmen: Kochen und Frauen. – Zucker?«

»Ja, bitte.«

Martha goss zwei Becher mit starkem Kaffee ein und schob Elisabeth die Zuckerdose zu.

»Und Paul und Fynn? Ist der Professor ihr Vater?«, fragte Elisabeth.

»Tja, ich habe nie einen Vaterschaftstest machen lassen.« Martha rührte gedankenverloren in ihrem Kaffee. »Ich meine, ich war nicht die Einzige, die sich damals ihre Freiheiten nahm. Wozu war denn die Pille da? Ich war da wohl mehr als schusselig. Ja, ich habe die Pille dauernd vergessen. Beide waren Überraschungseier. Habe mich nach Pauls Geburt sterilisieren lassen.« Sie lachte.

»Aber Sie müssen doch wissen … Ich meine …«

»Natürlich, meine Liebe. Eine Frau weiß, wer der Vater ist. Und es war eindeutig mein zerstreuter Professor. Paul sieht ihm ähnlicher als Fynn. Auch was seinen Charakter angeht. Aber in jener Zeit, als ich Anthony begegnete, geriet alles in meinem Leben aus dem Lot. Mein Vater, den ich sehr geliebt hatte, war gerade verstorben. Meine Mutter hatte nichts Besseres zu tun, als endlich ihren Chef zu heiraten, mit dem sie eine langjährige Affäre gehabt hatte. Sie zog mit ihm nach New York. Tja, meine Liebe, so ist das, und ich musste die Galerie in Gang halten. Und da ging eines Tages, kurz vor Ladenschluss, die Tür auf und Anthony kam herein. Es war einer dieser entsetzlichen Regentage. Von frühmorgens an hatte es ohne Unterbrechung geschüttet. An dem Tag hatte ich keinen einzigen Kunden gehabt. Und da tauchte Ihr Bruder auf. Wie ein nasser Pudel. Er trug keine Jacke. Die hatte er um eine Mappe gewickelt. Er knallte sie auf meinen Tisch, machte sie wortlos auf und zeigte auf feuchte Bilder. Ich schaute da gar nicht hin. Ich starrte ihn an. Ein Adonis stand da vor mir. Er hatte eine Wut im Gesicht. Kaum zu beschreiben. Und diese Augen. Da war Leidenschaft drin, Traurigkeit und ein unglaublicher Eigensinn. Ich wollte ihn gleich auf der Stelle fotografieren. Das hatte ich damals entdeckt, die Fotografie. ›Schauen Sie‹, sagte er und zeigte wie ein ungeduldiges Kind auf die Bilder. Ich holte erst einmal ein Handtuch aus dem Büro und rubbelte sein Haar ab. Er blickte mich wütend an, ließ es aber widerstandslos über sich ergehen. Also machte ich weiter. Knöpfte sein Hemd auf und trocknete ihm Rücken und Brust. Da war es längst um mich geschehen, müssen Sie wissen. Ein Blitzschlag sozusagen. Und wer nicht daran glaubt, hat es eben nicht erlebt. Dann schloss ich die Galerie ab, brühte Tee auf und schaute mir in aller Ruhe seine Bilder an. Ich wollte ihn von Anfang an nicht gehen lassen.«

»Ich wusste nicht, dass Anthony gemalt hat«, sagte Elisabeth. »Er wohnte ja nicht mehr zu Hause.«

Eigentlich hatte sie ab dem Zeitpunkt seines Auszugs, als er zum Studium nach London ging, den Kontakt zu Anthony weitgehend verloren. Er hatte sein eigenes Leben geführt, fern von ihr und ihrem gemeinsamen Elternhaus. Wenn Anthony zu seinen seltenen Besuchen erschien, war er immer nur kurz geblieben und hatte Geschenke mitgebracht. Woher er das Geld dafür hatte, fragte sie nicht. Damals wollte sie ihm so schnell wie möglich nach London folgen. Sobald sie mit der Schule fertig war.

In ihrer Kindheit hatten sie alles miteinander geteilt. Es hatte keine Geheimnisse gegeben. Sie wusste, welche Musik er mochte, welche Mädchen er anhimmelte, wovon er in der Nacht träumte, dass er sich vor Spinnen ekelte und vor der Haut auf warmer Milch, dass er hitzeempfindlich war, sich für seinen hervorstehenden Bauchnabel schämte, die Haare zwischen den Brauen zupfte, Hermann Hesse verehrte, vor Dobermännern und Gewittern Angst hatte und es ihn mit keiner Faser seines Herzens zum Meer hinzog. Sie kannte seinen Hass und auf wen sich dieser unverrückbar konzentrierte, teilte ihn, genauso wie seine tiefe Sehnsucht, dass sich der Hass irgendwann verflüchtigen, in einem Verstehen und Vergeben auflösen würde.

»Anthony studierte ja damals Kunstgeschichte«, erklärte Martha. »Ich denke, jeder Student der Kunstgeschichte ist ein verkappter Künstler oder ein Möchtegernkünstler. Von der Sorte sind mir einige begegnet. Mein Professor gehörte allerdings nicht dazu. Er hat nie Ambitionen in der Richtung gezeigt. Anthony hat eine Vorlesung bei ihm belegt. ›Edward Munch und die Farben des Schmerzes‹. Das muss ihn tief beeindruckt haben. Und gab ihm den Anstoß, sich Farbe und Papier zu beschaffen und es selbst zu versuchen. So hat er es mir erzählt.«

»Hatte er Talent?«

»Natürlich hatte er das, meine Liebe. Jedenfalls in meinen Augen – die ziemlich verschleiert waren. Ich meine, Liebe macht ja nicht blind, sie ist eine getönte Brille, ohne die man das Objekt der Begierde nicht betrachtet, und anfangs war, was mich betrifft, nichts als Begierde da. Ich schaute mir also seine Mappe an. Edward Munch ließ grüßen. Ich raspelte Süßholz, nur damit er blieb. Und natürlich blieb er. Jeder angehende Künstler kniet dem Galeristen zu Füßen, leckt ihm die Zehen, hängt wie ein Moskito an seinen Lippen. Und Anthony war da nicht anders. Aber natürlich musste ich ihm eine Absage erteilen. Er hatte keinen Namen, hatte nicht Kunst studiert.«

Elisabeth merkte, dass ihr der schwere Portwein, den Martha nach dem Kaffee eingeschenkt hatte, inzwischen zu Kopf stieg. Die Frau, die ihr gegenübersaß, in ein dunkelgrünes Samtkleid mit Stickereien gehüllt, sorgfältig, aber nicht übertrieben geschminkt, im hochgesteckten blondierten Haar eine kleine Orchideenblüte, war so anders, als ihre Mutter gewesen war, als sie selbst es war. Was hatte Anthony in ihr gesehen? War sie der Schlüssel zu seinem geheimen Traum gewesen, ein Künstler zu sein? Nichts weiter als das?

»Hat Anthony denn all die Jahre gemalt, und wissen Sie, wo seine Bilder sind?«

»Irgendwann hat er aufgehört. Es war wohl eine Phase wie bei vielen. Ich muss mal schauen, ob ich noch ein paar seiner Bilder habe. Eine Zeit lang hat er nichts anderes als gelbe Narzissen gemalt.«

»Gelbe Narzissen?«

Elisabeth wich Marthas Blick aus, in dem sie das Wissen um die Bedeutung der gelben Narzissen zu sehen glaubte.

»Er liebte und hasste sie«, sagte Martha wie zu sich selbst. »Diese Blumen. Nun …. Sein Häuschen, wissen Sie, als er damit anfing, war das für mich wie ein Anknüpfen an damals. Er war so begeistert. Dieses Feuer in seinen Augen, das war plötzlich wieder da. Vielleicht erkennen wir es jetzt noch nicht, was er uns da hinterlassen hat. Etwas Einzigartiges. Ein Vermächtnis. Und in diesem Wort steckt das Wort *Macht,* nicht wahr? Vielleicht war Anthony niemals so selbstbestimmt und stark wie in den letzten Jahren, als er an seinem Projekt gearbeitet hat.«

»Und glücklich?«, fragte Elisabeth leise.

Martha überlegte einen Moment.

»Ich würde sagen, ja.«

Elisabeth überlegte, ob sie etwas Ähnliches gefunden oder geschaffen hatte. Nein, hatte sie nicht. Sie hatte ihr Leben Jazz und anderen Männern gewidmet, vor allem aber Mervin. Sie konnte nichts vorweisen, was nur annähernd ein Vermächtnis sein könnte.

Sie war diejenige gewesen, die sich ein kreatives Leben vorgestellt hatte, nicht Anthony. Designerin wollte sie werden. Schmuck entwerfen, Handtaschen, Kleider. Nicht einmal ansatzweise hatte sie ihren Lebensweg in diese Richtung beschritten. Ein paar Seminare und Nähkurse, wenige unbeholfene Skizzen auf einem Block, der noch immer irgendwo in einer Schublade lag. Sonst nichts als vage Träumereien. Sie konnte nicht einmal sagen, ob sie das Talent gehabt hätte. Sie hatte erst gar nicht den Versuch unternommen.

Auch Anthony hatte seine Träume in eine Kiste gepackt, sie fest verschlossen und in den Keller seines Herzens gestellt, doch eines Tages hatte er sie offenbar wiedergefunden.

»Dieses Projekt, wann hat Anthony damit angefangen? Und warum? Ich meine, es ist doch verrückt, oder nicht? Warum hat er freiwillig so gelebt? Ohne Strom. Ohne Heizung.«

»Was er sich ja leisten konnte, nicht wahr, meine Liebe? Ein wohlhabender Geschäftsmann, der auf allen Luxus verzichtet und in eine Gartenlaube zieht. Er hat mir nie erzählt, wie er überhaupt darauf gestoßen ist. Kannte er es vielleicht von früher?«

»Von früher?«

»Nun, Southampton ist doch schließlich Ihre Heimatstadt.«

»Ja«, sagte Elisabeth. »Aber ich kenne das Grundstück nicht. Ich erinnere mich nicht an diese Straße.«

»›Trinkst du jetzt nur noch Cola?‹, habe ich ihn mal gefragt.« Martha lachte und zündete sich einen Zigarillo an. »Er hat das Zeug überall gesammelt und hatte nur noch Müll im Kopf. Wälzte Bücher über Baustoff, recherchierte über Bindemittel, Presswalzen, Einschmelzverfahren, belegte Kurse im Tischlern und Schweißen. Eine erneuerbare, nachhaltige Architektur, das war sein Spleen. Ich glaube, alles fing damit an, als er einen Artikel über Samuel Mockbee gelesen hat.«

»Wer ist das?«

»Ein Architekt, der Pionier war auf dem Gebiet alternativer Baumaterialien. Warum Anthony das so gepackt hat, weiß ich nicht, meine Liebe. Er war ja eigentlich überhaupt kein Aktivist. Aber er sah nur noch all die Dinge, die wir ansammeln und wegschmeißen. Es war fast so, als hätte er eine Religion entdeckt, die zu ihm passte. Er war kaum noch in London. Seine Hände hatten auf einmal Schwielen. Und sein Teint. Er war ja immer blass gewesen. Und nun stand er früh auf, fütterte Hühner und hackte Holz, all so was, was so gar nicht typisch für ihn war, nicht wahr?«

Nein, dachte Elisabeth. All das passte tatsächlich ganz und gar nicht zu dem Bild, das sie von Anthony hatte. Der Gedanke, der sich ihr aufdrängte, war absurd, aber vielleicht eine Erklärung: Wollte Anthony zumindest durch seine handwerkliche Arbeit ihrem Vater und damit sich selbst etwas beweisen? Tunte,

Schwuchtel, Weichei – was hatte ihr Vater Anthony nicht alles an den Kopf geworfen?

»Ich bin wirklich so froh, dass Sie gekommen sind«, sagte Martha und tätschelte Elisabeths Hand.

Hatte Anthony seine Geheimnisse mit Martha geteilt, wie er es einst mit Elisabeth getan hatte? War er mit ihr glücklich gewesen? Er war es, dachte Elisabeth. Martha war nicht irgendeine Frau. Nicht eine, die vor dem Topf mit Kartoffeln auf die Rückkehr ihres Mannes wartete oder sich einen Blumenstrauß zum Geburtstag wünschte.

»Wann haben Sie geheiratet?«

Martha drehte an einem Ring an ihrer linken Hand.

»Wissen Sie, meine Liebe, es klingt verrückt, aber wenn Sie es nicht selbst erlebt haben, so kennen Sie solche Geschichten vielleicht zumindest aus Romanen oder kitschigen Liebesfilmen. Wir saßen am Tag unserer ersten Begegnung bis Mitternacht in der Galerie. In der Nähe ist eine Kirche. Die Glocken schlugen zwölf Mal. Wie ein Zeichen, sage ich Ihnen. Kurz danach lagen wir auf dem Sofa im Büro und … nun ja. Eine Woche danach hatte er sein Rasierzeug in meinem Badezimmer stehen. Knapp zwei Monate später wusste ich, dass ich schwanger war. Aber nicht, von wem. Denn mein Professor war ja auch noch da. Ich fuhr, wie man heute so schön sagt, zweigleisig. In Wahrheit liebte ich wohl beide. Es ging mir nicht durch den Kopf, kein einziges Mal in all der Zeit, dass ich eine Entscheidung zu treffen hatte. Und keiner der beiden drängte mich dazu. Sie wussten ja voneinander. Manchmal saßen wir hier zu dritt am Tisch und aßen, und ohne Diskussion ging einer von beiden und der andere verbrachte die Nacht mit mir. Niemand von uns wollte sich in Wahrheit binden. Und ein Kind war gar nicht vorgesehen. Ebenso wenig eine Heirat. Die war eine überstürzte

247

Schnapsidee von Anthony. Er holte mich eines Morgens im Smoking ab. Drang darauf, dass ich mich schick machte. Ich ahnte nichts. Anthony hatte ein Taxi bestellt, köpfte eine Flasche Champagner und verband mir die Augen. Als er die Augenbinde wieder abnahm, saß ich einem Standesbeamten gegenüber. So beschwipst, dass ich ganz und gar nicht klar denken konnte. Ich kicherte nur wie ein albernes Schulmädchen und sagte Ja. Wir verbrachten zwei Tage in einem sündhaft teuren Hotelzimmer und danach ging er in sein Studentenzimmer zurück und ich in meine Wohnung. Wir lebten nicht wie Eheleute. Anthony hatte zwischendurch andere Frauen. Mein Professor war ja auch noch da. Aber dann wurde Paul geboren. Von Anfang an ein vaterloses Kind. Weder mein Professor noch Anthony waren in der Lage, eine Vaterrolle zu spielen. Und ich war ehrlich gesagt als Mutter auch völlig untauglich. Zum Glück konnte ich mir ein Kindermädchen leisten. Eineinhalb Jahre später kam das böse Erwachen, wenn man es so nennen kann. Es gibt eigentlich keine Worte dafür. Für Trauer meine ich. Raymond war ein Bilderbuchprofessor. Immer in Gedanken. Und so wurde er von einem Auto erfasst. Er war auf der Stelle tot. Da war ich schwanger mit Fynn.«

Martha schob bereits den dritten Zigarillo in eine silberne Zigarettenspitze und machte einige tiefe Züge, bevor sie weitersprach.

»Ich war so verzweifelt wie nie zuvor in meinem Leben. Wissen Sie, er hatte sehr sanfte Hände. Er konnte kochen wie ein Gott. Flambierte Ente in Macadamiasoße. Geeiste Hummercreme auf Trüffelbett. Und dann stand ich an seinem Grab wie eine unter sehr vielen Trauergästen. Nicht wie seine Witwe, obwohl ich mich genauso gefühlt habe. Alles war falsch. Ich hätte nicht Anthony heiraten sollen, sondern meinen Professor.«

»War Anthony nicht für Sie da?«, fragte Elisabeth und wusste gleich die Antwort.

»Nein, meine Liebe. Vielleicht war er es auf seine Weise, aber ich brauchte in jener Zeit etwas, was er mir nicht geben konnte. Er zog sich zurück. Erst nur ein wenig, doch als Fynn auf die Welt kam, bat er mich um die Scheidung. Entbinde mich – so drückte er es aus. Er wollte nicht die Rolle eines Stiefvaters übernehmen. Er glaubte nicht an das Sinnstiftende einer Familie. Sehen Sie, ich wusste im Grunde genommen nichts von ihm. Auch nicht von meinem lieben Professor. Wir führten keine Gespräche über Verwandtschaftsverhältnisse, Schulstreiche oder allererste Kindheitserinnerungen. Ich ahnte lange nicht, dass Anthony eine Schwester hatte. Meinen Professor interessierte solch ein profanes, konventionelles Gerede schon mal gar nicht. Wir lebten in der Gegenwart, und wenn es eine Vergangenheit für uns gab, so war es eine geliehene, eine auf Bilder und in Bücher gebannte. Unser Kosmos, der aus drei Menschen bestand, die auf ihren eigenen Planetenbahnen umeinanderkreisten, war durch den Tod meines Professors aus dem Lot geraten. Ich stand mit zwei Kleinkindern als Alleinstehende da, und das in einer Zeit, als die Rezession auch auf mich zurollte. Die Geschäfte gingen so schlecht, dass ich überlegte, die Galerie zu verkaufen. Anthony sah ich nur noch sporadisch. Manchmal vergingen Monate, bis er wie ein Gestrandeter wieder vor meiner Tür stand. Ich traf andere Männer, doch mit keinem konnte ich mich auf eine Weise einlassen, die ich eigentlich dringend brauchte, auch wenn sie mir und meinen Kindern die Sicherheit geboten hätten. Vermutlich habe ich nie gelernt, wie man ein Leben führt, wie es die meisten führen.«

Die Welt draußen hatte sich jäh in ein dunkelgraues Tuch gehüllt. Regen prasselte auf den Balkon und gegen die Fenster«.

Das Pendel der antik aussehenden Standuhr schwang hypnotisierend hin und her.

Zeit war verstrichen. So viel Zeit, dachte Elisabeth. Sie lauschte Martha mit einer Anstrengung, die ihren Nacken umklammerte wie ein Eisenring. Die Zeit ohne Anthony war eine Erzählung aus dem Munde einer Fremden. Sie hörte Sätze, die sie selbst über ihr Leben hätte sagen können. Als tränke sie aus einem altbekannten Krug. Es waren dieselben Einsamkeiten und ungestillten Sehnsüchte. Dieselben Täuschungen und Verschwiegenheiten.

Die Frau auf dem Gemälde, die Frau, die mit verschränkten Armen in der Tür stand, zeigte in Wahrheit mit keiner Drehung ihres Körpers, dass sie im Begriff war, sich aus dem tiefen Schatten ihrer Behausung fortzubewegen. Sie stand regungslos da. Sie wartete auf etwas. Sie wartete, ob jemand den Feldweg hinunterkam.

Die Zeit ohne Anthony war ein Warten gewesen. Elisabeth hätte nicht sagen können, worauf.

Allmählich wurde sie schläfrig und auch ein wenig ungeduldig. Sie hatte geglaubt, innerhalb höchstens einer Stunde etwas über ihren Bruder zu erfahren. Eine Erklärung wollte sie dafür haben, warum er ein Haus aus Müll gebaut hatte, warum er als lebensfroher Mensch der bunten Farben beschrieben wurde und eine beinahe zehn Jahre ältere Frau geliebt hatte, obwohl er an jedem Finger seiner Hand eine jüngere hätte haben können. Und wie war er zu seinem Reichtum gekommen?

Marthas Erzählung kreiste um einen Kern, ohne sich ihm zu nähern, und Elisabeth fragte sich, ob sie an diesem nun hereinbrechenden Abend noch darauf zusteuern würden wie eine Gewehrkugel auf ihr tödliches Ziel. Sie fühlte sich zu aufgewühlt, ängstlich und kraftlos, das Gewehr selbst in die Hand zu nehmen. Aber sie musste es tun.

Es ging nicht um die vollen Taschen, erkannte sie, mit denen sie zurückzukehren beabsichtigt hatte. Es ging um sie selbst. Um Verstehen und Vergeben. Um Mervins Fragen, denen sie auswich. Um jenen schwärzesten Tag in ihrem Leben, vor dem sie die Augen für immer hatte verschließen wollen.

»Sie haben sich dann also von Anthony scheiden lassen?«

»Ja, zumindest auf dem Papier. Im Herzen keinesfalls«, sagte Martha. »Wir führten unser Leben genauso weiter. Anthony war für mich ein fester Teil in all dem Wirbel meines Lebens. Eines Tages aber blieb er fort. Zwei Jahre lang. Ich habe ihn vergeblich gesucht und gab irgendwann auf. Er war ja immer längere Zeit weggeblieben und schuldete mir keine Erklärung. Ich vergrub mich in die Arbeit und vermisste ihn. Ich denke heute, dass ich das alles verdrängte. Ich wollte ihn weder in festen Händen einer anderen Frau wissen noch im Ausland und schon gar nicht in Schwierigkeiten. Als er zurückkam, war er nicht mehr derselbe. Er redete kaum noch. Saß da und starrte vor sich hin. Kunst, Musik, Partys, selbst Sex schienen für ihn gestorben. Er trank. Nahm auch anderes Zeug, vermute ich. Ich bettelte, brüllte, schüttelte ihn. Doch er blieb stumm. Ich wusste, dass etwas Schreckliches passiert war, wollte es aus ihm herauspressen, ihm zugleich das Gefühl geben, dass es keine Rolle spielt. Nicht zwischen uns.«

»Er hat nichts erzählt?«, fragte Elisabeth und merkte, wie ihre Stimme bebte.

Wenn Martha redete, schweiften ihre hellblauen Augen haltlos durch den Raum. Jetzt blickte sie Elisabeth zum ersten Mal länger an. Elisabeth erkannte, dass sie Bescheid wusste. Sie begann zu zittern, als sie Marthas Stimme hörte, die ein Flüstern war.

»Am Ende, ja«, sagte sie. »Sein Kopf lag auf meinem Schoß. Er weinte. Und ich hatte ihn zuvor noch nie weinen sehen. Ich habe nicht alles verstanden. Wissen Sie, für die Boulevardpresse habe ich mich nie interessiert. Ich wollte nicht alles verstehen und es vor allem gleich wieder vergessen«, fügte Martha nach einer Pause hinzu.

Nichts anderes hatte Elisabeth gewollt – vergessen. Doch wie konnte man ein solch schreckliches Ereignis jemals vergessen? Niemals und nirgendwo war das möglich. Weder nahe noch sehr fern vom Ort des Geschehens. Weder nach einem noch nach zwanzig Jahren. Man trug es jeden Tag, jede Stunde wie ein entzündetes Brandzeichen mitten auf dem Herzen mit sich herum, solange man lebte.

Mit Anthony war all das nicht begraben. Ich lebe, dachte Elisabeth und zog sich die Strickjacke wieder an. Auf einmal war ihr kalt.

»Er hat dieses eine Mal von der Sache gesprochen, danach nie wieder«, sagte Martha und legte ihre Hand auf Elisabeths Arm. »Ich habe keine Fragen gestellt. Und tue es auch jetzt nicht. Könnte ich mir ein Urteil erlauben? Jemand anderes hätte den Kontakt zu Anthony vielleicht abgebrochen. Er verkroch sich für lange Zeit. Sprach von der Sinnlosigkeit seines Lebens und der Strafe, leben zu müssen. Aber irgendwann kam die Wende. Wodurch, weiß ich nicht. Anthony rasierte sich wieder, legte auf seine Kleidung wert, sein Aussehen. Er stieg ins Geschäftsleben ein. Er sagte, er habe einen Kredit aufgenommen. Jetzt frage ich mich, von wem? Von einer Bank? Kaum zu glauben bei der Vorgeschichte. Wer also hat ihm Geld gegeben? Und warum? Damals habe ich mir nie Gedanken darüber gemacht. Er wurde Geschäftsmann und fertig. Er wurde reich und fertig. Er begann sein Recyclingprojekt und fertig. Anthony wurde plötzlich zur reinen Gegenwart. Mal war er da, mal nicht, wie Regen oder Sonnenschein. Wir hingen aneinander und versuchten doch krampfhaft, ein Leben unabhängig voneinander zu führen, wobei wir beide nicht erfolgreich waren. Ich meine, er hatte keine feste Beziehung nach mir und ich auch nicht. Alles Eintagsfliegen.«

»Und mit Ihnen?«

»Sex gehörte der Vergangenheit an. Wir waren Freunde, fast schon Geschwister.«

Elisabeth merkte, wie ihr Tränen in die Augen stiegen. Anthony hatte sich an Martha geklammert und sie sich an Jazz. Dabei hätten sie einander halten sollen. Aber zwei Nichtschwimmer können sich nicht gegenseitig vor dem Ertrinken retten, hatte Olivia einmal gesagt.

»Und irgendwann sprach er von Ihnen, meine liebe Elisabeth. Sein größter Wunsch war, dass Sie zurückkommen. Suchen wollte er sie nicht. Ich recherchierte im Internet. Versuchte zu helfen. Ihn zu überreden, nach Australien zu fliegen. Aber er sagte nur, er würde es über Telepathie versuchen. Tja, und nun sind Sie tatsächlich hier.«

»Zu spät«, flüsterte Elisabeth.

Sie schwiegen eine Weile.

»Wie ist es Ihnen in Australien ergangen? Sie müssen sehr jung gewesen sein.«

Martha hatte Elisabeth auf die Chaiselounge geführt, ihr eine Decke um die Schultern gelegt und einen Brandy in die Hand gedrückt. Elisabeth war so viel Alkohol nicht gewohnt. Der Brandy brannte ihr im Hals.

»Ja, ich war jung«, sagte sie. »Und naiv.«

Dann begann sie mit leiser Stimme zu erzählen. Wie sie mit ihrem Koffer und wenigen Ersparnissen, die sie beim Kellnern verdient hatte, in Sydney gelandet war. Jazz war nicht am Flughafen gewesen. Sie stand mit ihrem Koffer in einer grellen

253

Sonne und wusste nicht, wohin. Drei Stunden wartete sie und schließlich kam Jazz. Er strahlte sie an, umarmte sie, und alles schien gut. In einem verbeulten Auto, in dem Freunde von ihm saßen, fuhren sie nach Sydney. Elisabeth verliebte sich auf den ersten Blick in die Stadt. Jetzt, dachte sie, als sie am Meer entlangfuhren, beginnt endlich mein Glück.

Anfangs fühlte sich das neue Leben an wie eine nicht endende Party. Jazz legte eine Matratze für Elisabeth in die Küche einer Kellerwohnung, die er sich mit seinen Bandmitgliedern teilte und in der jeden Tag Dutzende Leute ein und aus gingen. Das größte Zimmer war der Proberaum. Bis tief in die Nacht wummerte Musik. Wo immer sich eine Gelegenheit ergab, trat »Ayers Rock« auf. Meistens in kleinen Kneipen. Geld verdienten sie damit kaum. Sie aßen Nudeln mit Tomatensoße und stritten sich über jedes Ei, das einer zu viel aß.

Was, so hatte Elisabeth nach vier Wochen gedacht, als Jazz sie noch immer so selten wie am Anfang in sein Zimmer holte, soll daraus werden? Wir müssen uns aneinander gewöhnen, hatte sie sich eingeredet. Wir haben uns Monate nicht gesehen. Wir waren in London nur kurz zusammen. Und jetzt tauche ich mit einem Kind im Bauch hier auf. Mit einem Touristenvisum, das bald abläuft. Ohne einen Penny. Ohne einen Berufsabschluss. Mit nichts als die Hoffnung auf Liebe im Gepäck.

Aber die vermochte ihr Jazz nicht zu geben. Jedenfalls nicht auf die Weise, wie sie es sich wünschte. Mal war sie eine Weile seine Königin und er überschüttete sie mit Komplimenten, Küssen und kleinen Überraschungen. Sie zelteten am Meer, saßen eng umschlungen im Kino, kauften Strampelanzüge und Spielzeug für das Baby, backten zusammen Kuchen, schrieben einen Liedtext über ihr Kind und träumten zusammen von einer Reise ins Outback. Dann wieder setzte Jazz sie auf Entzug, ging auf Tour, traf sich mit anderen Mädchen, sprach darüber, nach England auszuwandern, las eine Katze auf der Straße auf, und alles drehte sich nur um sie. Dann wartete Elisabeth erneut, bettelte, litt und stieß auf Granit, denn Jazz zuckte immer nur mit den Schultern und lachte.

Er lachte alles weg. Probleme, nein, die wollte er nicht, die sah er nicht. Genauso wenig wie Verpflichtungen. Dennoch hatte Elisabeth ihn irgendwann überreden können, sie zu heiraten. Eine Scheinheirat war es für ihn gewesen. Damit sie bleiben konnte. Damit das Kind ein australisches Kind wurde. Jazz hatte im Standesamt eine löchrige Jeans getragen und ein Hemd, das nach Rauch stank. Er hatte herumgealbert und am Abend eine Riesenparty in der engen Wohnung veranstaltet.

Das Schlimme war, dass Elisabeth die Hoffnung nicht aufgegeben hatte. Wie hätte sie es auch gekonnt? Sie schmolz wie Eis in der Sonne, wenn er sie anlächelte. Er war ein großes Kind, das das Leben als Spiel betrachtete und nichts wichtiger fand, als »good vibes«, wie er es nannte. Sie hatte ihn niemals schlecht gelaunt erlebt oder frustriert. So wenig Erfolg seine Band hatte, es störte ihn nicht. So wenig Geld er hatte, er war sorglos. War der Kühlschrank leer, trank er warmes Leitungswasser. Wenn sie die Stromrechnung nicht zahlen konnten, zündete er Kerzen an.

Als Mervin geboren wurde, hatte Elisabeth ihn zum ersten Mal gerührt erlebt. Jazz hielt seinen Sohn im Arm und heulte. Er kümmerte sich nicht darum, dass Windeln gewechselt oder Arztbesuche gemacht werden mussten, aber Jazz konnte, wenn er Lust hatte, stundenlang mit Mervin spielen. Und sie hoffte noch immer. Auf eine kleine eigene Wohnung für Jazz, Mervin und sie. Auf etwas wie Beständigkeit. Über zehn Jahre hatte sie gewartet. Sie hatten an verschiedenen Orten gelebt, mal zusammen, mal getrennt, mal in der Harmonie einer jungen Kleinfamilie, dann wieder im Chaos einer Kommune. Elisabeth war mehrmals ausgezogen. Hatte kleine Jobs angenommen und mehr schlecht als recht versucht, für Mervin eine heile Welt zu schaffen. Und mitten in der Achterbahnfahrt dieser Jahre Jazz, der wie eine Sonne war, der sich niemals änderte, immer der junge, sorglose Musiker blieb, in den sie sich in London verliebt hatte. Doch dann kam der Wendepunkt. Elisabeth konnte nicht sagen, wann genau es geschehen war und warum nicht sie, sondern diese andere Frau Jazz den Kopf um hundertachtzig Grad gedreht hatte.

»Elisabeth, ich bin so glücklich. Ich habe meine große Liebe gefunden«, hatte Jazz ihr eines Nachmittags gesagt.

Er hatte sich nicht entschuldigt, hatte keine Sekunde lang daran gedacht, sie zu verletzen, sie unglücklich zu machen. Nur sich selbst sah er. Sein Glück. Sein Leben. Seine Entscheidung. Er drückte ihr einen Kugelschreiber in die Hand und bat sie, die Scheidungspapiere zu unterschreiben. Sie lagen schon auf dem Küchentisch. Neben schmutzigem Geschirr und einem vollen Aschenbecher. Er hatte Kartons gepackt. Mervins Sachen. Ihre Sachen. Sie standen vor der Wohnungstür. Den ganzen Morgen, wahrscheinlich schon Tage vorher, musste er alles für ihren Weggang vorbereitet haben. Selbst eine Einzimmerwohnung hatte er für sie organisiert. Die Wohnung einer gemeinsamen Freundin, die für ein paar Monate auf Weltreise war. Jazz hatte auch mit Mervin gesprochen, ihm die Sache erklärt.

»Wir bleiben Freunde, und ich bleibe Mervins Vater«, hatte er ihr gesagt, dann die Sachen ins Auto gepackt und ihr den Schlüssel gegeben. »Du kannst den Volvo haben«, sagte er.

Geheult hatte sie, geschrien, ihn angefleht. Er hatte sie in seine Arme genommen, ihr Haar gestreichelt, sie geküsst und beruhigende Worte gesprochen, als wäre sie ein bockiges Kind.

Sie hatte keine Chance gehabt. Und keine Wahl. Nie hatte sie die gehabt. Einer Illusion war sie all die Jahre hinterhergelaufen. Leeren Versprechungen. Einer Hoffnung, die so wenig wog wie eine Kükenfeder. Dabei hatten ihr so viele den Hof gemacht. Sie war hübsch. Sie war als Engländerin eine Exotin. Aber es hatte für sie immer nur Jazz gegeben.

An jenem kühlen, nebeligen Herbsttag dämmerte es schon, als Jazz sie ins Auto schob, ihnen mit seinem umwerfenden Lächeln nachwinkte und wie zum Hohn sogar eine Kusshand hinterherwarf.

Elisabeth war mit Mervin auf dem Beifahrersitz und tränenverschleierten Augen losgefahren. Und als teilte der Himmel ihren Schmerz, regnete es. Der Scheibenwischer quietschte und zog Schlieren über die Windschutzscheibe. Die Gummis waren ausgeleiert. Eins von vielen Dingen, die an dem alten Volvo repariert werden mussten.

Elisabeth hatte sich in der Zeit nach diesem Tag oft gefragt, warum sie willenlos in den Volvo eingestiegen war. Eselskarre, so nannten sie ihn. Mehrmals die Woche musste er angeschoben werden. Geld für neue Bremsscheiben hatten sie so wenig wie für neue Reifen. Und der Sicherheitsgurt des Beifahrersitzes war auch kaputt gewesen.

Mervin hatte neben ihr gesessen. Auf dem Beifahrersitz, wo er sonst nie sitzen durfte. Aber daran hatte Elisabeth nicht gedacht. Ihre Gedanken waren ausgeschaltet gewesen. Ihr Kopf hatte sich wie Watte angefühlt, alle Geräusche seltsam gedämpft.

Mervin hatte Fragen gestellt, auf die sie keine Antwort wusste. Sie hatte ihm gar nicht zugehört. Seine Stimme war da. Eine fröhliche Kinderstimme. Von einem Hund hatte er erzählt. Daran erinnerte sie sich. Jazz hatte ihm einen Hund versprochen. In der neuen Wohnung könnt ihr einen Hund haben. Das war sein Trick, seine Erklärung für Mervin, gewesen. Mervin redete davon, als Elisabeth auf die Stadtautobahn fuhr. Sie blinkte, schaltete, lenkte und fädelte sich in den dichten Verkehr ein, als säße jemand anderes am Steuer. Rücklichter, Schilder, eine Stauwarnung glitten an ihrer Netzhaut vorbei, ohne ihr Gehirn zu erreichen. Erst als Mervin schrie, wachte sie auf.

Ein Aufprall, ein entsetzlicher Knall, ein Schlittern und Drehen, ein Bersten und Splittern, ein dumpfer Schlag am Kopf, Schmerz an der Schulter – und Mervins Schrei. »Ma! Ma!«, hatte er geschrien und dann war Stille. Eine weiße eisige, lange Stille.

Sie hielt noch an, als Stimmen lauter wurden, Gesichter auftauchten, Sirenen, Schweißgeräte, ein Ambulanzhubschrauber, und auch noch, als man Elisabeth wegtrug, sie festschnallte, ihr eine Spritze gab und sie helle Flure entlanggerollt wurde. Die Stille hielt unter den Verbänden und dem Mundschutz an, mit dem Elisabeth vier Tage und Nächte an Mervins Bett gesessen hatte, auf blinkende kleine Knöpfe und rote Zickzackstriche starrte, den Tropfen der Infusionen durch transparente, dünne Schläuche folgte, Mervins Puls suchte, seinen Herzschlag, das Blut in seinen Adern und irgendeinen Gott oder Engel, der mit einem Zauberstab käme und das Wunder vollbringen würde, von dem die Ärzte sprachen.

Jazz hatte sie nie einen Vorwurf gemacht. Nur sich selbst. Eine Schuld, starr und unnachgiebig wie der Betonpfeiler, gegen den sie gerast war. Und auch wenn ihre stummen Gebete erhört worden waren, auch wenn Mervin überlebt hatte, trug sie die Schuld mit sich.

Denn das Leben geschenkt bekommen zu haben reichte Mervin nicht. Dieses Leben wollte er nicht.

Lieber wäre ich tot! Wie oft hatte sie aus Mervins Mund

diesen Satz gehört? Und war es ihm zu verdenken? Durch kein Geld der Welt würde er den zertrümmerten Halswirbel zurückbekommen und wieder laufen können. An ein medizinisches Wunder hatte sie anfangs geglaubt, inzwischen nicht mehr.

Die Zeit war zerschnitten durch den Tag, an dem sie mit überhöhter Geschwindigkeit die Gewalt über die Eselskarre verloren hatte. In ein Davor und ein Danach. Harte Schnitte. So war es immer in ihrem Leben gewesen.

18

Die Jacht schaukelte auf Liegeplatz L 45 sanft im Wasser. Eine von hunderten im Hafen von Plymouth, die für den Winter vertäut in der Marina auf wärmeres Wetter und die Ankunft ihrer Besitzer warteten.

Nur würde auf diesem Boot zumindest von Godwin McFersson kein Segel mehr gesetzt werden.

»Soll fünfzehn Jahre alt sein«, sagte Johnny. »Sieht man der Dame gar nicht an. Top gepflegt auf den ersten Blick. Dabei hat unser Skipper sie ja ziemlich rangenommen. Jedes Jahr zwei Mal bis ins Mittelmeer …«

»Kaum in Hafennähe und du redest wie ein Seemann beim Landgang.«

Collin blickte auf die Uhr. In knapp zwei Stunden ging sein Zug nach Southampton. Er überlegte kurz, ob er seine Verabredung mit Owen Peters verschieben sollte, entschied sich aber dagegen. Bei Johnny war das Boot in besten Händen.

»Sie sagen also, der Liegeplatz ist im Voraus bezahlt worden?«, wandte er sich an den Hafenmeister.

»Ja, halbes Jahr Miete im Voraus.«

»Suchen Sie bitte alle Unterlagen zu dem Boot heraus. Sie führen doch Buch über alles, oder?«

»Sind ja nicht in Timbuktu.«

Der Hafenmeister kniff die Augen zusammen, die ein dichtes Geäst von Falten umrahmte. Er machte mit seiner ganzen Haltung deutlich, wie wenig es ihm gefiel, dass ein Dutzend Polizisten im Hafen umherliefen. Er schüttelte sich eine Prise Schnupftabak auf den Handrücken, sog diesen lautstark ein, nieste zweimal und wischte sich mit dem Finger die großporige Nase. Dann zog er das Boot am Ankertau näher an den Steg, über den er dann mit schweren Schritten zurück in sein Büro lief.

Die Kollegen der Spurensicherung wuselten in ihren weißen Schutzanzügen wie Gespenster auf dem Deck und in der Kajüte herum.

Collin konnte sich kaum in Ruhe einen ersten Eindruck verschaffen. Was er sah, erinnerte ihn allerdings an McFerssons Ferienhaus.

Das Boot wirkte tatsächlich sehr gut gepflegt. Alles war penibel aufgeräumt und gereinigt. Wenn der Mord dort stattgefunden hatte, dann waren Spuren sorgfältig verwischt worden.

»Dann schau ich mal, ob der Griesgram die Daten hat. Muss mich dann auch auf den Weg machen.«

»Alles klar. Ich ruf dich an, wenn wir 'ne Leiche oder 'nen Goldschatz finden«, erwiderte Johnny. »Hab zwei Unterhosen mehr eingepackt. Denke, das wird hier länger dauern.«

Er trug Gummistiefel, eine Wollmütze, seinen üblichen Rollkragenpullover und darüber eine Latzhose aus Gummi. Offenbar seine Anglermontur.

Vielleicht hätte Johnny Seemann werden sollen statt Polizist, dachte Collin. Ob er auch manchmal wie Collin dachte, den falschen Weg im Leben eingeschlagen zu haben? Aber wer konnte schon von sich behaupten, den goldrichtigen gewählt zu haben oder durch das Schicksal auf diesen gelangt zu sein? Wohl nur wenige Glückliche. Hatte McFersson zu jenen gehört?

Collin blickte noch einmal zu der blau gestrichenen Jacht, auf der in großzügigen Goldbuchstaben der Name »Aniol« stand, schloss den Reißverschluss und schlug den Kragen seiner Jacke hoch. Es regnete inzwischen stärker. Wasser verwischt Spuren. Er setzte auf die Technik. Und auf die Hoffnung.

***

Im Zug nach Southampton beobachtete Collin die Regentropfen, die sich über das Zugfenster schlängelten.

Das Boot war auf den Namen des Toten in der Marina von Plymouth registriert. Die Buchung war knapp zwei Monate zuvor, also im Januar, gemacht worden. Ein Automatismus über ein Internetformular wie auch die Zahlung. Alle Personenangaben stimmten mit den Daten McFerssons überein.

Der Hafenmeister konnte sich nicht erinnern, ob es sich bei dem Mann, der schließlich mit dem Boot gekommen war, um McFersson gehandelt hatte oder nicht. Er hatte kurz auf das vergrößerte Passfoto von McFersson geschaut und den Kopf geschüttelt. »Zu viel Kommen und Gehen. So ein Gesicht vergisst man sofort. Und ob ich da Dienst hatte, tja …«, hatte er gegrummelt. Der Liegeplatz war von seinem Büro aus nicht einsehbar. Er konnte nicht sagen, ob das Boot seit Ankunft bewegt worden war oder nicht.

Wieder Fragen über Fragen, dachte Collin. Was hatte McFersson in Plymouth gewollt? Warum hatte er den Liegeplatz für ein halbes Jahr gemietet, obwohl er einen festen in Portishead hatte und doch ursprünglich gen Mittelmeer aufgebrochen war?

»Das stinkt zum Himmel«, hatte Johnny gesagt. »Wenn jemand wie McFersson Segel setzt, weiß er, wo er hinwill.«

Collins Handy klingelte. Es war Sandra.

»Na, schon Heimatgefühle?«, fragte sie.

»Der Regen ist hier nass. Hast du Sehnsucht nach uns?«

»Ist ganz nett, wenn man seine Ruhe hat. Also, Ohren gespitzt. Topnachricht aus den Highlands. Wir haben den Hundezüchter. Durch eine Überweisung, die Bankdaten kommen nun endlich rein. Ist aus einem kleinen Kaff nördlich von Manchester. Ganz neu im Geschäft. Erst seit zwei Jahren. Der Retriever stammt sogar aus dem allerersten Wurf, den er professionell gezüchtet und verkauft hat. War fast am Heulen, als ich ihm erzählte, dass der Hund von irgendeinem Irren getötet wurde.«

»Von einem Irren? Glaubst du das?«

»Ich schon, aber mir hört ja keiner zu. Na, wie gesagt, er war ganz fertig. Aber jetzt halt dich fest: Er hat ausgesagt, dass eine Frau den Hund bei ihm abgeholt hat. Ungesehen bestellt und gekauft. Scheint üblich zu sein. Wobei die Zahlung auf McFerssons Namen und von seinem Konto lief. Die Frau hat den Hund zu einem viel späteren Zeitpunkt geholt, als vereinbart war. Der Hund war schon zwei Monate alt, als sie endlich aufgekreuzt ist. Der Züchter konnte sie telefonisch nicht erreichen. Hab die Handynummer ausprobiert. Existiert nicht mehr.«

»McFersson hat er also nicht kontaktiert?«

»Nein. So weit hat er nicht gedacht. Er hatte die Handynummer von der Frau und hat da immer wieder angerufen.«

»Und ihr Name?«

»Sie hat sich als Mrs McFersson ausgegeben. Interessant, nicht wahr? Er hat den Hund Milli getauft. Die Frau mochte den Namen nicht.«

»Sie mochte den Namen nicht ...«

Collin hatte sich zwischen zwei Abteile vor ein WC gestellt, aus der ein penetranter Uringestank drang. Er war bis in die Haarspitzen elektrisiert und zugleich wie betäubt. Alles purzelte in seinem Hirn durcheinander. Der Hund. Die Frau. Der Neuseeländer. Larissa Dawson.

»He, bist du noch dran?«, hörte er Sandra fragen.

»Mail mir die Beschreibung der Frau. Quetsch den Hundezüchter aus und bestell ihn für morgen nach Manchester zu den Kollegen, damit alles gleich zu Protokoll kommt.«

»Der Typ ist schon eine leere Senftube. Die Körbchengröße weiß er nicht, aber sonst würde ich ihn sofort als Phantomzeichner einstellen. Hab selten so ein detailgetreues Gedächtnis für Personen erlebt. Unser Glück, dass der erste Wurf vier Welpen hatte, zwei an Freunde gingen und er sich somit nur an zwei Fremde erinnern musste. Außerdem war ihm die Frau total unsympathisch. Am liebsten hätte er ihr Milli gar nicht mitgegeben. Kein Hundetyp, meinte er.«

»Wie ist denn ein Hundetyp?«

»Weiß ich auch nicht genau. Milli wollte auch gar nicht mit ihr mitgehen.«

»Okay. Ist Bill weitergekommen?«

»Wo? Bei dem Verkehrsunfall? Schreibt gerade das Protokoll. Wir mussten Verstärkung holen und die Straße absperren.«

»Ach so, der Unfall. Habe ich gar nicht mehr dran gedacht. Sag Bill trotzdem, dass ich auf Ergebnisse warte.«

»Aye, aye, Sir. Ich werd Bill schon einen Tritt in den Allerwertesten geben. Er meckert nämlich, seit du weg bist. Voll auf Egotrip und Revoluzzertum.«

»Wieso?«

»Na, weil er das Gefühl hat, dass er wegen des Unfalls heute nicht weiter am Fall arbeiten kann und niemand seine Ergüsse lesen will. Er hat noch einen Zeugen aufgegabelt, der den goldenen Cruiser gesehen hat. Er sagt, das sei wichtiger, als zu Unfällen geschickt zu werden und Kindermädchen für diese Studentin zu spielen.«

»Soso. Und Anne?«

»Heult dauernd. Ich glaube, sie hat Frisch-verheiratet-Depris. Ihr Macker beschwert sich über ihre Überstunden. Schätze, er kann nicht mal Spiegeleier braten.«

Sandra lachte ihr ansteckendes glockiges Lachen.

»Ich will eigentlich wissen, ob sie bei den Putzfrauen weitergekommen ist.«

»Fehlanzeige. Hat einen Schock wegen des Unfalls. Ich glaube, Blut kann sie nicht sehen. Und bei den Putzfrauen fragt sie mich dauernd, wie sie das anstellen soll. Keine Sorge, ich helfe ihr. Ach ja, Grüße noch vom Seebär. Hat eben aus irgendeiner Hafenkaschemme angerufen. Klang heiter, vielmehr angeheitert.«

»Johnny?«

»Wer sonst? Macht ihr in eurer alten Heimat früher Feierabend? Dann will ich das nächste Mal mitkommen.«

»Alte Petze.«

Sandra lachte und legte auf.

Collin fühlte, wie sein Herz aufging. Für Sandra. Für Johnny. Für sein ganzes Team. Er nahm sich vor, seinen Kollegen in Zukunft öfter zu zeigen, wie sehr er sie schätzte. Hatte er solche Kollegen in Southampton gehabt? Nicht solche, die immer genau wussten, wo die Grenze war zwischen Job und dem eigenen Leben. Doch, einer hatte es gewusst. Und zu ihm war Collin unterwegs. Ihm hatte er zu verdanken, dass er dort war, wo er jetzt war: in Cornwall.

* * *

»Na so was, heute ist doch gar nicht mein Geburtstag. Hast du dich im Datum vertan?«

Owen Peters strahlte über das ganze blasse, eingefallene Gesicht und bedeutete Collin, ihm zu folgen. Er steuerte seinen Rollstuhl einen Flur hinunter, der nach Desinfektionsmitteln und Medikamenten roch, und in einen überheizten Wintergarten hinein. Befangen setzte sich Collin seinem ehemaligen Chef gegenüber. Er bekam das Bild des alten Mannes im Rollstuhl nicht mit dem des agilen Owen zusammen, der Marathon gelaufen und auch nach achtzehn Stunden Dienst fit wie ein Turnschuh gewesen war. Jedes Jahr versuchte Collin ihn an seinem Geburtstag zu besuchen. Letztes Jahr hatte Owen noch nicht im Rollstuhl gesessen und auch nicht im Altersheim gelebt.

»So, hier sind keine Wanzen oder Hörgeräte«, sagte Owen. »Wirklich eine schöne Überraschung an diesem trüben Mittwoch. Mittwochs gibt's immer Bohneneintopf. Pupssuppe. Kannst du mich Windelrolli mit jagen.«

»Seit wann sitzt du dadrin?«, fragte Collin.

»Schon einige Monate. Als Sally gestorben ist, musste ich mir ja eine betreute Bleibe suchen. Seitdem bin ich hier. Ist wie im Hotel. Musst dich um gar nichts kümmern. Frühstück, Rasieren, Bettpfanne – alles wird gemacht. Ich zahle und bekomme den Service.«

»Und damit kommst du klar?«

»Wunderbar. Dieser ganze Alltagskram hält doch nur auf. Hundertprozentiger Zeitgewinn. Keine verschwendeten Stunden mehr für Schuheputzen oder Milchkaufen. Und solange die Rübe noch funktioniert … das ist doch das Wichtigste. Der Körper, na ja. Jungbrunnen gibt es nur im Märchen. Weißt du, mein Junge, endlich kann ich mal aus dem Fenster schauen und alles Revue passieren lassen. Den ganzen Fluss Leben. Ich sitze hier, betrachte die Kirschblüten und lasse mich treiben. Schaue, was da so vorbeischwimmt. Hab ich da früher den Kopf für freigehabt? Nie. Das ist mir jetzt vergönnt, weil mir die Schuhe geputzt werden.«

»Vermisst du den Job?«

»Ach, da bin ich ja noch voll drin. Mein Enkel kommt einmal die Woche und interviewt mich. Er studiert Gerichtsmedizin. Ich erzähle ihm alle Fälle, er nimmt sie auf und tippt sie ab. Wir machen ein Buch. Jedenfalls wird das vielleicht ein Buch. Macht Spaß. Und ermitteln kannst du überall. Hab schon einen Handtaschenraub aufgeklärt und den Prozess über den Kleinkrieg zweier alter Hexen geführt. Jetzt suche ich gerade den Gehstocktäter.«

»Den was?«

»Na, irgendein eifersüchtiger Mittachtziger klaut Mr Fillins Gehstock und versteckt ihn. Das Spiel geht schon seit ein paar Tagen. Ich bin aber schon auf 'ner heißen Spur.«

Owen schlug sich auf die Knie und lachte. Ein Lachen, das noch so lebensfroh und kräftig war wie vor zwanzig Jahren. Dabei war Owen inzwischen weit über siebzig.

»Und du, mein Junge? Immer noch glücklich bei den entlaufenen Schafen?«

»Hab es nie bereut. Möchte nicht tauschen.«

»Haust du noch an deinen Steinen rum?«

»Wenn ich Zeit habe.«

»Nimm sie dir. Weißt ja nie, ob die Arme noch mitmachen, wenn du Pensionär bist. Halt dich fit. Schau immer zu jeder Jahreszeit die Blüten an. Im Winter reichen dafür die Topfpflanzen. Aber Altersweisheit beiseite. Was führt dich her?«

Collin zog die Kopie des Zeitungsartikels über Anthony Polodny aus der Innentasche seiner Jacke.

266

»Sagt dir das was? Ist ziemlich lange her.«

Owen schob den Daumen unters Kinn, drückte den Zeigefinger auf die Nasenspitze und las. Eine Geste, die Collin vertraut war. Owen konnte explodieren, mit Aktenordnern um sich werfen, er bellte ins Telefon, achtete auf keine Etikette, war im Pyjama aus dem Bett und in den Dienstwagen gesprungen, wenn er mitten in der Nacht gerufen wurde.

Doch er konnte auch ganz ruhig werden, nachdenken, so lange schweigen und grübeln, bis er eine Antwort wusste. Und die war zumeist glasklar und richtig.

»Januz Wriznik«, murmelte er mit schmalen Augen und einem nach innen gekehrten Blick, als krame er in seinem Gedächtnis, in dem Hunderte, vielleicht Tausende Fälle einer über vierzigjährigen Laufbahn bei der Polizei schlummerten. Als seine Antwort kam, wusste Collin, dass sich dieser Name in Owens Gedächtnis eingemeißelt hatte wie wenige.

»Hat sich nach der ganzen Sache erhängt«, war die erste Information, die mit leiser Stimme kam, als spule er ein Tonband in seinem Gedächtnis ab. »Zerrissenes Laken. Die übliche Methode. Hat nur keine Halterung am Fensterrahmen gefunden. Hat seine Pritsche hochkant gestellt, Schrank dagegen. Einfache Konstruktion, die irgendwie seinen Körper gehalten hat. War ja nicht gerade klein gewachsen und recht kräftig. Hafenarbeiter, mehr Muskeln als Hirn. Hat sich also die Todesstrafe gegeben. Wobei er, wenn's nach dem Staatsanwalt gegangen wäre, lebenslänglich bekommen hätte. Nach mir auch. Zum Glück war ich kein Richter. Ich wäre ein gnadenloser gewesen, muss ich zugeben. Mildernde Umstände hat er bekommen. Also nur fünfzehn Jahre. Denke mal, lebenslänglich hat er anderen beschert.«

»Seinen Kindern?«

»Ja. Wer denkt schon über die Kinder von Tätern nach? Was aus ihnen wird … Hab ich mir als zweites Buchprojekt vorgenommen. Und Wriznik ist da auf meiner Liste ganz oben.«

»Und sein Sohn Anthony?«

»Sah dem Vater ähnlich und auch nicht. War weicher. Alles an ihm. Die Augen, die Hände, sein Gemüt. Musste er von der Mutter haben. Vielleicht war der Hass auf seinen Vater darin begründet. Und umgekehrt. Anthony sollte nichts Besseres werden. Nicht studieren. Nicht raus aus dem Dreck. So hatte es ein Gutachter formuliert. Hat dann ja auch letztlich die Chance verspielt.«

»Indem er seinen Vater fast erstochen hätte? War das keine Notwehr, meinst du?«

»Tja, hab ich persönlich nicht so gesehen. Jedenfalls soweit wir in dem Chaos den Hergang rekonstruieren konnten. Der Richter hat Notwehr auch nicht in Erwägung gezogen. Urteile hängen aber oft davon ab: Wo kommt jemand her? Kann er sich auch mit professioneller Hilfe entsprechend wehren, für sein Recht einstehen. Wrizniks Sohn konnte es nicht. Kein Geld für einen ordentlichen Anwalt. Und, um es salopp zu sagen, völlig durch den Wind. Der schwieg ja nur. War nichts aus ihm rauszukriegen. Die Psychologen waren sich auch nicht einig bei ihm, ob er nicht ganz beieinander war oder was vorgespielt hat. Der Vater war zunächst nicht vernehmungsfähig, und kaum war er zusammengeflickt, hat er seinen Sohn beschuldigt und belastet. Er war ja der einzige Zeuge gegen seinen Sohn. Und umgekehrt der Sohn gegen ihn. Wobei der Sohn am Ende glimpflich davonkam, aber eben nicht ungestraft. Waren es drei oder fünf Jahre? Ich erinnere mich nicht genau. Vielleicht auch weniger. Aber vorbestraft. Eine Strafe, die einen an dem Beruf zweifeln lassen kann. Ja, ein solcher Fall war das. Hatte daran selbst zu knacken. Das ist so, mein Junge. Januz Wriznik. Pole. Ein Zungenbrecher bleibt haften. Ist so. Wenige Fälle bleiben haften. Manchmal bis weit nach der Pensionierung. Welche, die man gern aus dem Fluss der Erfahrungen rausfischen und jemand anderen ins Abwasser schmeißen will. Aber so ist das.«

»Was ist aus Wrizniks Sohn später geworden? Als er entlassen wurde? Weißt du das?«

»Nein, mein Junge. Hab mich auch nicht drum gekümmert. Man muss immer wissen, wo die Grenze ist. Der Täter wird verurteilt und dann ist dein Job vorbei. Da wartet schon der nächste Fall auf dem Tisch. Sally war Krankenschwester. Weißt du ja. Intensivstation. Da starb ihr dauernd jemand unter den Händen weg. Waren harte Jahre am Anfang, bis sie so weit war, die Haustür hinter sich zu schließen, ohne diese Dämonen mit reinzulassen.«

Owen stockte und blickte mit verschlossenem Gesicht zum Fenster. Ohne Sally musste er unerträglich einsam sein. Sie hatten schon im Sandkasten zusammen gespielt. Das behauptete Owen immer, obwohl Sally knapp zehn Jahre jünger als er gewesen war.

»Und nun zu dir«, sagte Owen. »Warum fährst du von deinen Schafen weg, um mich nach dieser alten Geschichte zu befragen? Oder wolltest du testen, ob ich hier oben noch funktioniere?« Owen tippte sich an die Stirn und grinste.

»Gemordet wird auch bei den Schafen.«

»Also doch. Was hab ich dir damals prophezeit? Nun ja, häufig scheint es nicht vorzukommen, sonst hättest du mich vielleicht öfter besucht und mitermitteln lassen. Nein, das ist auch nicht der Grund, stimmt's? Also, ich höre.«

»Der Mädchenname von Wrizniks Frau war Polodny. Sie hat ihn offenbar nie abgelegt. Vielleicht ist es eine polnische Sitte.

Ihre Kinder trugen jedenfalls den Namen der Mutter, zumindest der Sohn. Wobei ich meine Informationen bislang nur aus dem Internet habe. Ist keine Zeit gewesen. Dieser Hinweis kam erst heute Morgen.« Collin zeigte auf den Zeitungsartikel.« Und da ich in der Gegend hier sowieso zu tun hatte …«

»Ich höre.«

»Wrizniks Sohn ist kürzlich gestorben. Herzanfall. Nicht lange nach seinem Geschäftspartner Godwin McFersson, einem Schotten. Sie hatten ein Kasino in London. McFersson war der stille Teilhaber. Und er ist bei uns im Land der Schafe ermordet worden.«

»Wie?«

»Betäubt, dann eine kräftige Prise Strychnin, Axt und im Meer entsorgt.«

»Das ihn wieder ausgespuckt hat, und jetzt sorgt man sich, dass es Stornierungen hagelt.«

»Ein gewisser Druck ist da, aber gut …«

»Du tust dann mal so, als ob dich das nicht kratzt?«

»Ich habe den Fall nur deshalb an den Hacken, weil mich Robert machen lässt.«

»Und setzt dir die Pistole auf die Brust, wie ich ihn kenne.«

»Du kennst das Spiel …«

In Southampton war Robert Ashborne Collins Kollege gewesen, bis sein Ehrgeiz ihn die Treppen hoch bis zum Polizeichef von Devon getrieben hatte. Offiziell hätte der Mordfall an ihn abgegeben werden müssen. Dass Robert ein Auge gegen alle Vorschriften zugedrückt hatte, konnte nur an ihrer gemeinsamen Vergangenheit liegen.

Collin erinnerte sich an den Schusswechsel in einer düsteren Lagerhalle am Hafen von Southampton. Wie ein Häuflein Elend hatte Robert hinter einer Kabelrolle gehockt, den Kopf zwischen den Knien, die Hände auf die Ohren gepresst, zitternd und unter Schock, während die Schüsse von den Wänden widerhallten. Collin war zu ihm gerobbt, hatte ihn weiter in Deckung gebracht und schließlich aus dem Gebäude herausgelotst, als die Bande russischer Dealer vom Rest der Spezialeinheit gestellt worden war. Er hatte niemandem von Roberts Versagen erzählt. Im Gegensatz zu ihm hatte Robert immer Polizist werden wollen. Kein Verkehrspolizist, nein, die Mordkommission musste es sein. Er hatte ein Heldenbild. Der furchtlose Detective. Eine Art James-Bond-Gestalt, der er selbst nie entsprochen hatte.

Collin schob die Gedanken an Robert Ashborne beiseite. Und auch die Erkenntnis seiner eigenen Eitelkeit. Es hatte etwas mit Stolz und Berufsethos zu tun, dass Collin den Mörder von Godwin McFersson fassen musste und niemand sonst, denn der Tote war schließlich an dem Küstenabschnitt gefunden worden, an dem er persönlich die Verantwortung trug. Eine Einstellung, die er Owen Peters verdankte, der in seinen aktiven Jahren keinen Pfifferling auf irgendwelche Vorschriften gegeben hatte. Man hatte ihn allerdings nur deshalb gewähren lassen, weil er erfolgreich war. Und auch Collin musste erfolgreich sein.

»Also, was sagt dir dein Bauchgefühl?«, fragte er Owen.

»Du weißt doch, wie wenig ich davon halte. Der Bauch soll Braten verdauen und keine Vermutungen. Gut, Zufälle gibt es. Ich wäre an deiner Stelle auch zu einem Besuch ins Altersheim gekommen, selbst wenn ich solche Kerker sonst meide wie die Pest. Aber zäumst du das Pferd nicht mal wieder von hinten auf? Hast du bereits den Schotten gründlich durchleuchtet?«

»Fliege morgen nach Manchester. Da kommt der Tote her. Schau mich heute noch in Southampton um. Die Wrizniks haben hier doch gelebt. Und dein Archiv war ja immer picobello.«

»Ich mach dir einen Vorschlag, mein Junge. Du entführst mich heute auf ein heimliches Bier. Genehmigt mir der Besen von Heimleiterin nämlich nie. Ist um mein Herz besorgt. Bettzeit neun Uhr. Für uns beide. Dann schläfst du dich mal aus. Schau dich an. Die reinste nervöse Schlaflosigkeit. Und bestehen eure Schafe nur aus Fett?« Owen stupste Collin mit dem Stock in den Bauch. »Bewegung, hab ich das nicht immer gepredigt? Na ja, nichts für ungut. Morgen fliegst du jedenfalls ausgeschlafen nach Manchester, und ich lasse mich ins Archiv chauffieren. Auf deinem Rückweg gebe ich dir alles, was du brauchst. Mündlich und als Akte. Du kennst ja meine Akten. Kein überflüssiges Fett. Einverstanden?«

»Ob es einen Zusammenhang gibt, wer weiß?«

»Erst die Fakten. Dann der Bauch. War ich dein Lehrer oder nicht? Scheint nicht gefruchtet zu haben.«

»Gut. Machen wir es so. Hatte ich insgeheim auch gehofft. Und jetzt zieh dir deinen Smoking an und zeig mir, wo die Alten rocken.«

* * *

Collin fühlte sich am nächsten Morgen tatsächlich frischer als sonst. Owen hatte wie angekündigt darauf bestanden, dass sie um halb acht den gemütlichen Pub verließen, befahl ihm mit Kathryn zu telefonieren und nicht später als neun Uhr ins Bett zu gehen.

Collin hatte den Rat befolgt wie ein kleiner Junge, der Anweisungen von seinem Vater bekommt. Owen war all die Jahre auch ein wenig wie ein Vater gewesen. Streng und doch herzlich, gnadenlos in der Verfolgung von Kriminellen, weich, wenn es um seine Familie ging oder engste Freunde. Er hatte Collin volles Verständnis entgegengebracht, als er die Kündigung eingereicht hatte, ja ihm diese sogar Monate vorher, als sich sein Zusammenbruch immer mehr abzeichnete, nahegelegt.

Collin setzte sich mit dem Gefühl ins Flugzeug, dass er den Fall lösen würde, und zwar bald. Er sah keine unentwirrbaren Knoten mehr, keine Sackgassen und Hindernisse, die nicht zu überwinden waren. Alles braucht seine Zeit, hatte Owen gesagt, und manche Fälle brauchen besonders viel. Wichtig wäre, immer wieder Abstand zu nehmen, um klar sehen zu können.

An diesem windigen Morgen hatte Collin den Eindruck, sehr klar zu sehen. Es gab einen Zusammenhang zwischen den Todesfällen. Es gab zwei Männer, deren Namen er wusste. Orte, an denen sie Spuren hinterlassen hatten. Anthony Polodny hatte eine Vergangenheit, die zum Teil polizeilich erfasst war. Auch Godwin McFersson musste eine Vergangenheit haben. Sein steril sauberes Ferienhaus, die wenigen Spuren, die Coimbra MacLaughlins Team in seiner Villa in Manchester gefunden hatte, das angebliche Nichtvorhandensein eines privaten Umfeldes – all das erschien Collin, als er den vom Smog rot gefärbten Sonnenaufgang sah, nur verdächtig.

Ein Mensch, der knapp sechzig Jahre auf der Welt war, hinterließ Spuren. Er hatte Begegnungen mit anderen Menschen, und wenn, nicht nur flüchtige.

Es war wie beim Fischen. Man musste nur das Netz an der richtigen Stelle auswerfen. Oder wissen, wie man die Fische anlockt. So hatte es Owen formuliert. Und das Netz, mit dem sie seit Wochen nach dem Mörder fischten, war engmaschiger geworden.

Collin las ein drittes Mal die E-Mail mit der Personenbeschreibung der Frau, die den Retriever vom Züchter im Namen McFerssons abgeholt hatte. Ein unnatürlich blasses Gesicht, als hätte sie viel Schminke aufgetragen. Groß, schlank, aber kein zierlicher Typ, recht kräftige Schultern, alles ein wenig kantig. Eine Mütze hatte sie getragen, darüber die Kapuze ihrer Winterjacke. Reitstiefel, blank geputzt oder nagelneu. Sie hatte jedoch weder den Gang einer Reiterin, noch wirkte sie wie ein Mensch, der sein Leben lang von Tieren umgeben gewesen war.

Ein Hund. Eine Frau. Wie zwei Kreise, die eine Schnittmenge ergaben. Das meldete Collins Bauch.

Er löste den Sicherheitsgurt, der am Bauch spannte. Ich muss abnehmen, dachte er. Kathryns Gerede von Trennkost nachgeben, mich von Johnnys Chipstüten nicht mehr verführen lassen. Mit den Jungs Rad fahren und den Lauftrainer aus der Garage holen.

Er verzichtete auf das Sandwich, das kurz nach dem Abflug gereicht wurde, lehnte sich zurück und schloss die Augen.

***

Um kurz nach zehn Uhr saß Collin im Büro von Coimbra MacLaughlin, die ihm umständlich erklärte, nur eine Dreiviertelstunde Zeit für ihn zu haben.

»Ich kann Ihnen nicht mehr sagen, als Sie schon wissen«, sagte sie und rührte den dritten Löffel Zucker in der Tasse um.

Auf ihrem Schreibtisch jaulte ein kleines Radio, türmten sich Akten und Notizen, das Telefon klingelte beinahe ununterbrochen. Ihre Erscheinung passte zu Collins Bild von ihr. Sie war auf fröhliche Weise übergewichtig, trug eine zu knapp sitzende Dienstuniform, an der sich die Knöpfe spannten, hatte eine unvorteilhafte Dauerwelle, weit auseinanderstehende Zähne und trug dicke Perlohrringe. Sie wirkte wie über fünfzig, war aber höchstens Mitte dreißig.

»Haben Sie die Laptops überprüft?«

»Den geschäftlichen, ja. Zumindest teilweise. Ich habe erwirkt, dass Sie die Dinger mitnehmen können. Es ist hier wirklich der Teufel los. Es muss mehr Personal eingestellt werden. Wir überlassen Ihnen ein Vernehmungszimmer. Willis, ein sehr zuverlässiger Kollege, wird Ihnen zur Seite stehen. Termine mit allen, die Sie sprechen wollten, sind ab elf Uhr anberaumt. Wobei McFerssons Anwalt ein Abendessen mit Ihnen vorgezogen hat. Ist hoffentlich okay. Hier ist die Akte. Bürokratie hält ja auch auf. Muss ich Ihnen nicht sagen. Ich denke aber, bei Ihnen da unten gehen die Uhren noch anders.«

Sie pulte einen Kaugummi aus einer großen Packung.

»War jedenfalls nett, Sie mal persönlich kennengelernt zu haben«, sagte Collin. »Und nochmals, auch von meinem Team, besten Dank für die Unterstützung.«

»Immer gern. Ist ja unser Job. Rufen Sie jederzeit an, wenn es brennt und wir etwas tun können. Ich hoffe, Sie können den Fall bald abschließen.«

Collin lockerte die Krawatte, als er das Büro verließ. Es war stickig, roch nach Aktenstapeln, Adrenalin, Frust und Resignation. Er kannte den Geruch nur allzu gut aus Southampton.

Ein paar Minuten blieben ihm noch. Er fuhr mit dem Fahrstuhl die zwei Stockwerke hinunter und ging vor dem Polizeipräsidium auf und ab. Er wäre jetzt gern am Meer gewesen. Sehnte sich nach einem salzigen Wind, der sich in die Wangen biss, nach Möwengeschrei und dem steten Brausen der Wellen. Stattdessen nahm er Verkehrslärm wahr, Abgasgestank und einen durch Häuser versperrten Himmel.

Kein Wunder, dass McFersson Sehnsucht nach dem Süden hatte. Collin war davon überzeugt, dass alle aus dem Norden tief in sich diese Sehnsucht verspürten.

Und er selbst?

Collin war in Northampton geboren und als Kind mehrmals umgezogen. Schlummerte das Gen des Nordens in ihm? Er wusste es nicht. Er wusste nur, dass er froh sein würde, wenn er wieder zurück in seinem Cottage war, bei Kathryn und den Kindern, bei seinen Steinen, nah am Meer.

DAS SIEBTE GEBOT

Ins Dunkle ging sie, schrie die Herrin.
Sie ist dein Spiegel der ewigen Nacht. Erkenn dich in ihr,
schrie die Herrin.
Einen Niemand siehst du. Von Angesicht zu Angesicht.
Ohne Vergebung ging sie, schrie die Herrin.
Mit Hurenzunge sprach sie, schrie die Herrin, ihr Sündenhaar
in Flammen.
So ging sie, schrie die Herrin.
Sie ließ nicht ab, schrie die Herrin.
Besessen von jenem, ihr Leib gebrandmarkt, seine Brut gesät,
dem Satan vermacht, schrie die Herrin.
Schau in den Spiegel.
Du bist sie.
Das Wort der Herrin.
Ihr Wille geschehe.
Amen.

19

Ferdinand Güren, der Geschäftsführer von McFersson, war so hager, dass sämtliche Knochen aus der Haut hervorstachen. Sein rotblondes dünnes Haar war scharf an der rechten Seite gescheitelt und mit der langen, höckerigen Nase, den hervorquellenden Augen und dem faltigen Hals ähnelte er einem Geier. Seine Lippen waren ein schiefer zynischer Strich. Er hatte die nervösen fleckigen Finger eines Kettenrauchers und seine ganze Haltung zeigte Missmut und übertriebene Hektik.

»Es tut mir leid, dass ich Ihnen Zeit stehle, aber ich denke, es dürfte auch in Ihrem Sinne sein, wenn man den Mörder findet.«

»Ich habe bereits alles gesagt, was ich weiß, und mein Alibi wurde auch schon überprüft. Ist alles abgetippt, abgeheftet und unterschrieben. Mir hat nur noch niemand gesagt, ob ich meinen Job behalte. Das interessiert *mich*.« Er klopfte sich auf die magere Brust.

»Verstehe«, sagte Collin. »Das ist aber leider nicht mein Kompetenzbereich. Ist mein Eindruck richtig, dass Sie McFerssons absolutes Vertrauen besaßen?«

»Vertrauen?« Güren zog die Augenbrauen hoch.

»Sie scheinen die Nummer eins nach ihm gewesen zu sein. Auch über das rein Geschäftliche hinaus. Oder wie erklären Sie sich, dass McFersson Sie mit so etwas wie den Formalitäten für seinen Hund anvertraute?«

»Das konnte er sich leisten. So einfach ist das.«

Collin nickte und tat so, als schaue er etwas Wichtiges in der Akte nach. Er war aus der Übung. Es war Ewigkeiten her, dass er Vernehmungen dieser Art führen musste. Zudem war er allein. Vernehmungen zu zweit hatten seinen Sinn. Einer konnte immer beobachten, in den Gesprächsverlauf eingreifen, und von der Seite aus zum Kreuzfeuer ansetzen. Und bei einem Kaliber wie diesem schlagfertigen, wenig kooperationswilligen Güren wäre das von Vorteil gewesen. Collin rückte das Aufnahmegerät näher an Güren heran.

»Waren Sie nur für ›Cleany‹ zuständig oder hat McFersson Ihnen auch seine anderen Geschäfte anvertraut? Zum Beispiel ›The Tresor‹, das Kasino in London.«

»Richtig. Er fuhr nicht gern mehrgleisig. Zu viel Aufwand.«

»Hatten Sie mit seinem Geschäftspartner des Kasinos direkt zu tun? Mit Anthony Polodny?«

»Was sollte ich mit ihm direkt zu tun gehabt haben? Meinen Sie, man muss besprechen, ob ein Roulettetisch einen neuen Samtbezug braucht?«

Güren schnaubte und blickte ihn mit einer Mischung aus Herablassung und Missmut an. So wie ein Lehrer einen Schüler anschaut, der eine dumme Frage stellt.

Collin trank einen Schluck Wasser und versuchte seinen Ärger unter Kontrolle zu halten.

»Also lasse ich zu Protokoll nehmen, dass Sie Polodny nie persönlich begegnet sind.«

»Exakt.« Güren blickte demonstrativ auf seine Uhr.

Eine Rolex, registrierte Collin. Wie hatte McFersson einen so wenig diplomatischen, arroganten, ja unangenehmen Menschen zu seinem wichtigsten Vertrauten auswählen können? Güren machte nicht einmal den Eindruck, sonderlich intelligent zu sein. War er gegenüber den Mitarbeitern auf eine Weise gnadenlos, die für ein solches Geschäft notwendig war? Vermutlich alles unterbezahlte, ungelernte Kräfte, Hausfrauen, die halbtags arbeiteten, um die Haushaltskasse zu füllen, Studentinnen, die ihr schmales Budget aufbessern wollten, vielleicht illegale Einwanderer, deren geringe Englischkenntnisse zumindest dafür

279

ausreichten, Anzüge und Hemden auf Bügel zu hängen und abzukassieren.

Die Geschäfte liefen von selbst. Kein Grund, ununterbrochen oder gar regelmäßig vor Ort zu sein. Das war die Aussage, auf die Güren bestand. Hatte McFersson also keinen Grund für Misstrauen gehabt?

Kontrolle ist besser als Vertrauen, hatte Collins Vater immer gesagt.

Einer dieser Kindheitssätze, die einen verfolgten, die man in bestimmten Situationen noch Jahrzehnte unter der Haut spürte wie den Schmerz einer Prügelstrafe.

Collin konnte nicht den Finger darauflegen, doch irgendetwas schien ihm faul an diesem Konzept. Und Güren kam ihm vor wie eine Paranuss. Schwer zu knacken, und wenn es gelang, dann kaute man an einem harten Kern herum und die Fasern blieben zwischen den Zähnen hängen.

»Welchen Eindruck machte McFersson auf Sie, als Sie ihn das letzte Mal gesehen haben? In welcher Verfassung war er?«

»Verfassung? Gesundheitlich? Wie wohl? Wenn man dreihundert von dreihundertfünfundsechzig Tagen Urlaub hat, in welcher Verfassung ist man da wohl?« Ferdinand Güren fuchtelte mit den Armen. Sein Gesicht färbte sich knallrot.

Ein typischer Kandidat für ein Magengeschwür, dachte Collin. Neid. Wie oft waren es Neid und Eifersucht, die Menschen den Hass einpflanzten, der schließlich zu Verbrechen führte. Neid, Eifersucht, Gier, Hass, Rache. Dazu war jeder Mensch fähig. Auch ein Güren wäre es, entschied Collin.

»Er war also wie immer, wollen Sie sagen. Sein Dienstpersonal hat angegeben, dass er im letzten Jahr eine feste Beziehung hatte. Können Sie das bestätigen?«

»Glauben Sie, ich habe mit ihm zusammen gefrühstückt?«

»Sie wollen also sagen, dass Ihr Kontakt strikt beruflich war und Sie keine einzige Aussage zu McFerssons Privatleben machen können?«

»Genau.« Güren verschränkte die Arme und sah erneut auf die Uhr.

»Wenn Sie etwas zu besprechen hatten, sind Sie dann in sein Büro gekommen?«

»Welches Büro?«

»Hatte er keins?«

»Nicht, dass ich wüsste. Ich habe eins. Und es gibt ja Telefon und E-Mails.«

»Wer sitzt dort mit Ihnen?«

»Im Büro? Zwei Sekretärinnen. Ein Buchhalter. Drei Leute fürs Marketing. Der Chef des Außendienstes. Soll ich alle aufzählen?«

Collin schüttelte den Kopf und notierte sich die Büroadresse sowie Namen und private Handynummer der Chefsekretärin von McFersson. Beim Durchblättern der dünnen Akte hatte er keine Aussage von ihr gefunden. Auch nicht von anderen Mitarbeitern oder Büroangestellten.

Eine Chefsekretärin wusste oft besser Bescheid als die eigene Ehefrau. Sie musste seine Launen ertragen, seine Vorlieben kennen, ihm auch bei vielen privaten Angelegenheiten den Rücken freihalten und nicht selten prekäre Geheimnisse hüten.

Collin hoffte, bei ihr weiter zu kommen als bei Güren, der offensichtlich eine ziemliche Wut auf McFerssons finanzielle Freiheit hegte, durch die er seinen feudalen Lebensstil pflegen konnte, ohne einen Finger krumm zu machen.

Die Geschäftsleute, die Collin kannte, waren auch nach ihrer Pensionierung alle auch noch nach ihrer Pensionierung aktiv in ihrem Business. Privates und Geschäftliches waren nicht ge-

281

trennt. Sie trauten normalerweise niemandem, nicht mal den eigenen Kindern, wenn diese sie dann endlich ablösen sollten. Alle machten alles falsch.

Collin fiel nur eine Erklärung ein: McFersson hatte sich nicht oder nicht mehr für die Geschäftswelt interessiert. Er hatte von der positiven Bilanz profitiert, von der nach diversen kleineren Krisen stetig nach oben weisenden Kurve im Jahresabschluss. Ohne Anstrengung schien er aus vollen Kassen geschöpft zu haben. Der aktuelle Geschäftsbericht lag auf Hochglanzpapier gedruckt in Collins Akte. Er hatte sich eine Reihe bunter Diagramme angeschaut und ihn wieder zugeklappt. McFersson war reich. Sehr reich. Das stand außer Zweifel.

Habgier war ein altbekanntes Motiv für Mord und ein frustrierter Mensch wie Güren ein perfekter Verdächtiger. Zu perfekt, entschied Collin. Aber immerhin jemand, an dessen Fährte man sich heften konnte.

Collin würde länger bleiben müssen. Die Menschen, die McFersson am nächsten gestanden hatten, waren alle hier in Manchester. Zumindest welche mit Namen und Gesichtern. Ob er auch an der Küste Cornwalls oder woanders Bekannte oder Freunde gehabt hatte, lag im Dunkeln.

»Finden Sie es nicht seltsam, so viele Jahre für jemanden gearbeitet zu haben, den Sie gar nicht näher kannten?«

Er ärgerte sich gleich über die banale Frage, als Gürens Reaktion kam, die er wie eine bittere Beere ausspuckte.

»Welcher Sklave kannte seinen König?« Güren grinste mit seinem schiefen Mund.

Ein Mensch, der nur für sich selbst Mitleid hat, dachte Collin. Und für die meisten anderen nichts als Verachtung empfindet.

Nach dem Gespräch mit Güren holte sich Collin einen Kaffee und bat McFerssons Haushälterin ins Vernehmungszimmer.

Elena Strzyzin war Ende fünfzig, aber hatte die kleine Gestalt und das pausbäckige, glatte Gesicht eines Mädchens. Ihr kurzes, zu rot gefärbtes Haar war am Ansatz weiß. Sie wollte den abgetragenen Mantel nicht ausziehen, versank fast in dem Stuhl und hielt sich an ihrer Handtasche fest, nervös wie jemand, der sich nie etwas hatte zuschulden kommen lassen. Es hatte ihr vermutlich schlaflose Nächte bereitet, als Zeugin eines Mordes zur Vernehmung geladen zu werden. Ihr Englisch war lückenhaft. Sie stammte aus einem kleinen Dorf in Polen und arbeitete seit vier Jahren in McFerssons Haushalt.

»Wer hat Sie eingestellt? Wie sind Sie an die Stelle gekommen?«, fragte Collin.

»Da war Anzeige in der Zeitung. Mrs Lindson hat mich angestellt.«

»McFerssons Sekretärin.«

»Ja, Mrs Lindson hat ein Interview gemacht mit mir. Sie hat gefragt, kann ich gut polnisch kochen. Und das kann ich. Der Mister hat polnische Küche geliebt.«

Semmelknödel, dicke, scharfe Soßen, kräftige Eintöpfe. Nur einen süßen Zahn hatte er nicht gehabt und ließ die cremigen Nachtische und die Sahnetorten meistens unberührt. Elena hatte jeden Tag für ihn gekocht, auch an den Wochenenden, wenn er in seiner Villa war. Besuch kam nie. Elena musste keine Dinner für Gesellschaften anrichten, keine intimen Abendessen zu zweit vorbereiten, keine Häppchen für Sektempfänge. Seinen Geburtstag feierte McFersson nicht, und Weihnachten waren normale Tage.

Sie bügelte seine Hemden. Er trug nur weiße. Schwarz und Weiß, das waren McFerssons Farben. Sie durfte keine Blumen in Vasen stellen. Er schmiss sie weg. Sie putzte alle Räume zweimal in der Woche, die drei Badezimmer und die beiden Gästetoiletten jeden Tag.

Es durfte nichts herumliegen. Keine Plastiktüte, keine Zeitung, keine gebrauchte Gabel. Kam er früher nach Hause als erwartet, wurde er wütend, wenn noch Frühstückskrümel auf dem Tisch oder die Spülbecken nicht auf Hochglanz poliert waren.

»Er hat später immer gesagt Entschuldigung und mir Geschenk gemacht«, sagte Elena.

»Was hat er Ihnen geschenkt? Geld?«

»Nein, nein.« Elena schlug die Augen nieder. »Pralinen. Manchmal teure Wodka.«

»Haben Sie ihn oft ärgerlich erlebt?«

Elena schüttelte den Kopf.

»Meinen Sie, McFersson war krank?«

»Krank? Nein, sehr gesunder, starker Mann.«

»Hatte er Ihrer Meinung nach einen Tick? Einen Sauberkeitstick?«

»Sauberkeitstick. Sie meinen, weil er wollte alles schön haben? Er hat Schmutzigkeit nicht geliebt, nein.«

Elena musste Handtücher und die Bettwäsche täglich wechseln und jeden Tag einen frischen Pyjama rauslegen. McFersson trug schwarz-weiß gestreifte und hatte zehn Stück von derselben Sorte. Sie musste alle Schuhe einmal wöchentlich putzen, auch wenn er sie nicht getragen hatte.

»Hat er sie kontrolliert? Wie konnte er wissen, ob alle Schuhe geputzt waren?«

»Nein, er hat nicht geschaut. Er hat gesagt, wie er alles will haben, und ich habe so gemacht.«

»Wo hielt sich McFersson auf, wenn Sie zum Putzen oder Kochen da waren?«

»In sein Studierzimmer. Da ich nicht geputzt so oft.«

»War er ein angenehmer Arbeitgeber?«

Die Haushälterin starrte einen Moment auf ihre Hände, die kurzen, schwieligen Finger waren über der Tasche wie zum Gebet gefaltet.

»Mr McFersson war guter Mann«, sagte sie mit ihrer leisen Stimme und dem starken osteuropäischen Akzent. »Er nur war sehr allein. Keine Frau, keine Kind.«

»Und die Damen, die zu Besuch kamen?«

»Keine guten Frauen.« Elena errötete.

»McFersson hatte im letzten Jahr eine feste Beziehung.«

Sie nickte und berichtete stockend, was Collin im ersten Vernehmungsprotokoll gelesen hatte. Wie McFersson ihr unerwartet die Dienstwohnung gekündigt und sie informiert hatte, dass sie nicht mehr für sein leibliches Wohl sorgen musste. Sie kam nun nur noch zum Putzen. Zweimal die Woche.

Wie kann es ein offenbar penibel, ja übertrieben, wenn nicht beinahe krankhaft auf Ordnung und Sauberkeit bedachter Mensch ertragen, wenn die Handtücher nicht mehr täglich gewechselt werden?, fragte sich Collin.

»Da war diese Frau im Haus. Aber sie hat nicht Essen gekocht.«

»Können Sie die Frau beschreiben?«

»Eine große Frau. Ich weiß nicht Farbe von Haar. Die Frau war mit Tuch an Kopf. Aber nicht wie von Islam. Ich habe sie nicht gesehen gut. Nicht mit ihr gesprochen, nie.«

»Hat McFersson Ihnen von ihr erzählt?«

»Nein, nichts. Ich weiß Name nicht. Gar nichts. Der Mister war nicht glücklich mit der Frau.«

»Wie kommen Sie darauf? Hat er Ihnen das gesagt?«

»Nein, der Mister hat nichts gesagt. Nur er sah nicht glücklich aus. So müde immer und weiß in die Gesicht.«

»Was haben Sie von der Frau im Haus gesehen? Welche Dinge sind Ihnen aufgefallen?«

»Dinge? Kleider? Nicht viel. Alles hat sie in Schrank zugeschlossen.«

»Im Badezimmer? Ist Ihnen da etwas aufgefallen? Oder im Müll?«

»Was meinen Sie?«

»Irgendetwas, was Sie komisch fanden.«

»Nein, alles normal. Shampoo, Parfüm. Alles hat viel Geld gekostet. Sie war junge Frau.«

»Hat Ihnen McFersson erklärt, warum sie ausziehen mussten?«

»Zwei Frauen in eine Haus ist nicht gut.«

Gab es nur diese einfache, herzensgute Frau, die um den toten McFersson trauert?, dachte Collin. In zwei Wochen würde die Leiche überführt werden. Wenn sie bis dahin dem Mörder nicht auf die Spur gekommen waren, wollte Collin zur Beerdigung fahren.

»McFersson soll sich einen jungen Hund angeschafft haben. Einen Golden Retriever. Können Sie das bestätigen?«

»Die Frau hat den Hund gebracht.«

»Hatte McFersson andere Haustiere?«

»Nein, keine. Er liebte nicht Tiere gefangen.«

»War der Hund im Haus, wenn Sie zum Putzen kamen?«

»In Haus oder Garten. Schreckliche Name hat er. Judas. Aber er war lieb und kein Judas.«

Wie kann man einen Hund Judas nennen?, fragte sich Collin.

»Hörte er auf den Namen?«

»Nein, nicht. Ich habe ›Bella‹ gesagt. Es war eine schöne Hund und ein Mädchen. Die Hund ist hinter Mister gelaufen. Mister hat auch ›Bella‹ gesagt.«

Collin wartete, bis der Protokollschreiber die letzten Worte getippt hatte, ließ Elena unterzeichnen und geleitete sie zur Tür. Er hätte fragen können, wie sie nach England gekommen war, ob sie eine Arbeitserlaubnis hatte, wie ihre Zukunft nun aussah. Einige Antworten würde er in dem ersten Vernehmungsprotokoll mit ihr finden.

Elena war die Erste, die McFersson ein menschliches Gesicht gegeben hatte. Sie hatte in ihrer schlichten Art seine Macken akzeptiert, war in seine Intimsphäre vorgedrungen und hatte ihm ein Stück weit die umsorgende Wärme einer Familie, einer Mutter, einer Ehefrau ersetzt. Aber McFersson hatte ihr die Tür nur einen Spaltweit geöffnet.

Eine Gesprächspartnerin für seine Sorgen und Gefühle war sie nicht gewesen.

Es war vorgekommen, wenn auch selten, dass McFersson auf einmal neben dem Bügelbrett stand und Elena aufforderte, von Polen zu erzählen. Von ihrem Dorf. Wie der Sommer in Polen roch, wollte er wissen. Wie hoch der Schnee im Winter lag. Und manchmal wollte er polnische Lieder hören. Welche Verbindung hatte McFersson zu Polen gehabt?, fragte sich Collin erneut. Es musste eine sentimentale Verbindung gewesen sein. Vielleicht ein schönes Kindheitserlebnis. Ein Ferienaufenthalt in Polen voll unbeschwerter Freude. Oder eine Liebe.

Collin holte sich noch einen Kaffee und begann die Vernehmung mit McFerssons blutjungem Gärtner, ebenfalls ein Einwanderer aus Osteuropa, allerdings aus Rumänien und erst seit einem knappen Jahr angestellt gewesen.

Er war für den großen Garten zuständig. Gießen, Rasenmähen, Fegen der Plattenwege – eine Menge Arbeit, wie er versicherte. Dazu die Autos, die einmal wöchentlich innen und außen gereinigt wurden, ob sie nun bewegt wurden oder nicht.

Im Haus hatte er nie zu tun. Sein Frühstück nahm er in einer kleinen Kammer in der Garagenhalle ein, wo er Radio hörte oder Zeitung las. Auch er konnte nichts Konkretes zu der Frau in McFerssons Leben sagen.

Nach dem Gespräch schaute sich Collin die Fortschritte des Phantombildes an. Der Hundezüchter saß seit einer Stunde bei dem Kollegen vor dem Computer. Auch wenn der Mann ein fotografisches Gedächtnis zu haben schien, war er wie die meisten kaum in der Lage, mit Worten ein Gesicht zu beschreiben. Besser als gar nichts, beruhigte sich Collin.

Augen beherrschten jedes Gesicht. Mit wenigen Strichen waren sie angedeutet. Die Ränder einer Brille fassten diese Augen ein.

Harte, undurchdringliche Augen.

Wer war die unbekannte Frau?

***

Am frühen Nachmittag saß Collin auf dem Beifahrersitz neben seinem Manchester Kollegen Willis. Sie fuhren an den Stadtrand, dorthin, wo Vorortsiedlungen in eine nasse, kahle Landschaft übergingen, die der Winter noch fest im Griff hatte.

»Wenn man so reich ist, will doch jeder was vom dicken Kuchen abhaben«, sagte Willis. Sein starker schottischer Akzent war nicht leicht zu verstehen. »Also, was mache ich? Ich lasse niemanden an mich ran.«

»Und stelle dauernd neues Personal ein? Will man da nicht lieber Langjährige haben, auf die Verlass ist?«

»Tja, kann man so oder so sehen. McFersson fand es vielleicht sicherer, wenn man ihm nicht zu nah an die Wäsche kam, wenn Sie wissen, was ich meine. Angestellte sind irgendwann doch Familienmitglieder. Da hat man Verpflichtungen. Aber stimmt schon, unser Mann ist irgendwie nicht zu greifen. Hab ich so auch noch nicht erlebt. Werden Sie ja gleich selbst sehen. Als ob da ein Geist in dem Haus gelebt hat. Oder das Haus ein Ausstellungsstück ist. Wie so ein Musterhaus.«

»Schicke Gegend jedenfalls«, sagte Collin, als sie in die Straße einbogen, in der auf großzügigen Grundstücken zwischen viel Grün die Besserbetuchten lebten, fern von der modernen Skyline aus Beton und Glas der Metropole Manchesters.

»Ja, kann man neidisch werden.« Willis schniefte in ein kariertes Stofftaschentuch. »Die können einfach in die Sonne fliegen, wenn sie erkältet sind.«

»Habt ihr hier viel zu tun?«

»Selten. Alles gut bewacht. Kaum Einbrüche. Mal Fälle von Wirtschaftskriminalität. So man die feinen Herren Banker und Firmenbosse überhaupt erwischt. Die stecken alle unter einer Decke. Und Manchester ist ja eine Banken-Hochburg. Zum Glück nicht mein Ressort.«

»Könnte McFersson wegen seiner Geschäfte ermordet worden sein?«

»Auf den ersten Blick ist uns nichts aufgefallen. Ich persönlich denke nicht.«

»Er war sehr reich.«

»Millionär, ja. Sein Geld hat vielleicht eine Rolle gespielt, aber irgendetwas anderes ist da noch im Busch. Wenn jemand ans Geld ranwollte, muss er ja an die Konten. Auffällige Bewegungen hat die Bank nicht festgestellt. – So, da wären wir.«

Willis hielt vor einem Grundstück in einer Sackgasse und öffnete mit einer Fernbedienung ein hohes Eisentor. Nur Elena und der Gärtner hatten den Code für die Tür direkt neben dem Tor. Der Code wurde regelmäßig geändert. Eine Videokamera

289

war auf die Einfahrt gerichtet, weitere befanden sich an der Haustür, in der Garage und in der Eingangshalle des zweistöckigen Gebäudes.

Die Sicherheitsfirma, die für McFersson arbeitete, war nur zwei Mal wegen des ausgelösten Alarms zur Villa gefahren. Das eine Mal war es ein Fehlalarm gewesen, das andere Mal hatte ein Betrunkener versucht, über das Tor zu klettern.

Seltsam war, dass die Bänder der letzten zwei Monate schwarz waren. Jemand hatte die Kameras manipuliert. Die Hoffnung, die unbekannte Frau auf den Archivbändern zu Gesicht zu bekommen oder andere Personen, war somit hinfällig geworden.

»Also wohnen möchte ich hier nicht.« Willis rückte den Polizeihelm gerade. »Wie ein Bunker, finde ich. Viel zu kleine Fenster. Alles vergittert. Dann diese Farbe. Scheußlich.«

Collin konnte ihm nur recht geben. Anders als McFersson Ferienhaus wirkte seine Villa wie ein Gefängnis. Eine abweisende Festung aus dunkelbraunem Stein. Hohe Tannen standen wie Soldaten um das Gebäude. Die Rasenflächen, durch die ein Plattenweg führte, waren mit akkurat geschnittenen Buchsbäumen gesäumt. Vor die hohe Grundstücksmauer war zusätzlich eine dichte Hecke gepflanzt.

Blumenrabatten oder Sträucher, die im Frühling blühten und ihren Duft verströmten, ein Teich oder ein gemütlich gestalteter Sitzplatz – all das fehlte gänzlich. Der eckige Swimmingpool war leer und mit einer Plane abgedeckt, als wäre er nie oder seit Jahren nicht benutzt worden. Alles wirkte funktionell, sachlich und kühl.

Hatte McFersson den Architekten und Landschaftsgärtner mit der Anweisung beauftragt, einen möglichst neutralen Lebensraum für ihn zu schaffen?

Collin folgte Willis ins Haus. Dunkelheit umfing sie. Selbst bei geöffneten Vorhängen fiel wenig Licht in die Räume. Die Fenster waren zu klein und die dicht stehenden Tannen verhinderten zusätzlich, dass Sonne in die Räume dringen konnte.

Die Eingangshalle war wie ein Schachbrett schwarz-weiß gefliest und hatte etwas von einer Filmkulisse. Zwei breite Treppen führten auf eine Galerie, von der verschiedene Zimmer abgingen. Ein ausladender Leuchter hing an der dunkel getäfelten Decke. Darunter stand ein riesiger Tisch mit zehn Stühlen. Bis auf eine laut tickende Standuhr und einen sauber gefegten Kamin war die Eingangshalle leer.

Kein Bild, keine Dekoration, nicht einmal ein Gegenstand auf dem Tisch deutete darauf hin, dass McFersson den Raum überhaupt genutzt hatte.

Die großzügige Küche mit Vorratskammer und separatem Spülraum war klinisch sauber. In den Schränken herrschte eine penible Ordnung. Gewürze standen geordnet in Reih und Glied. Der Backofen war geschrubbt. Bei den wenigen trockenen Vorräten konnte sich Collin nicht vorstellen, dass Elena hier einmal deftige polnische Gerichte gezaubert hatte.

Eine Tür führte in einen beheizten Raum mit Waschmaschine, Trockner, Wäscheleinen und Bügelbrett. Es roch schwach nach Waschpulver und Stärke. Collin versuchte sich vorzustellen, wie McFersson zwischen feuchten Kleidungsstücken gestanden und polnischen Liedern gelauscht hatte.

Im Esszimmer stand ein weiterer Tisch, an dem eine Fußballmannschaft hätte Platz finden können. Der Raum wirkte genauso bedrückend und nichtssagend wie das Kaminzimmer mit den Chippendale-Möbeln und den dicken orientalischen Teppichen.

»Wie ein Möbelhaus aus dem viktorianischen Zeitalter, oder?«, meinte Willis. »Also ich würde hier nach einer Woche einen Fips kriegen. Ist ja schlimmer als in einem Hotel. Ich denke, dem fehlte eine Frau. Die haben ja ein Händchen dafür, es wohnlich zu machen.«

Elena hatte erzählt, dass McFersson jeden Morgen im Kaminzimmer Zeitung gelesen hatte. Sie musste sie sofort wegschmeißen, wenn er mit seiner Lektüre fertig war. Wo hatte er gesessen? Auf dem Sofa oder auf dem Fernsehsessel mit verstellbarem Fußteil? Willis setzte sich in den Sessel, ließ die Rückenlehne zurückfahren und drückte ein paar Knöpfe. Ein leises Summen erfüllte den Raum.

»Mit Massagefunktion. Nicht schlecht. Und so einen LCD-Fernseher hätte ich auch gern. Manchester United auf so einer riesigen Leinwand und dann schön den Kamin an …«

»War McFersson Fußballfan?«

»Keine Ahnung. Hat Golf gespielt. Wir können nachher noch zum Golfplatz. Ist nicht weit von hier.«

Collin öffnete Schränke und Schubladen. Sie waren leer.

»Hat die Spurensicherung alles mitgenommen, Willis?«

»Wie?«

»Warum sind alle Schränke leer? Wozu hat man Schränke, wenn da nichts drin ist?«

»Ein alleinstehender Mann hat natürlich nicht so viel Kram.«

»Nicht einmal eine gefüllte Bar?«

Sie standen vor dem leeren Barschrank und sahen ihre Gesichter verzerrt in der Spiegelverkleidung.

»Soll das vom übermäßigen Trinken abhalten? Reiche haben doch wirklich alle einen Spleen.«

»Sie haben also nichts mit ins Labor genommen?«, hakte Collin nach.

»Doch, das eine oder andere. Eine Hundedecke lag vor dem Kamin. Ich habe unserem Labor heute Morgen den Kontakt zu Ihren Kollegen gegeben. Vielleicht bekommen wir später noch

Gewissheit, ob Ihr toter Retriever und McFerssons Hund identisch sind. Ansonsten haben wir auch nicht viel mehr gefunden. Als hätte jemand alles auf den Schrottplatz gebracht.«

»Sie meinen, die Schränke hier waren nicht immer leer?«

»Die Putzfrau meint, nein. In den Unterlagen finden Sie eine Liste von Gegenständen, die sie vermisst hat, als wir mit ihr eine Begehung gemacht haben. Ich denke auch, dass jemand gründlich aufgeräumt hat. Aber viele Sachen hatte McFersson nicht. Er war kein Sammler.«

»Vielleicht war er Asket?«

»Ein halber Mönch? Gelebt haben soll er ja nicht wie ein Mönch.«

»Haben Sie irgendwen auftreiben können, der ihn näher kannte? Einen Freund?«

Willis rieb sich die Wange. Sein ganzes Gesicht war mit geplatzten Äderchen überzogen, seine Stirn von drei tiefen Falten durchfurcht, als wäre er in eine Egge geraten.

»Nicht, dass ich wüsste. Wir haben ja irgendwann die Sache beiseitegelegt. Millionäre sollen ja keine Freunde haben, aber er kannte bestimmt eine Menge Leute. Vielleicht im Golfklub.«

»Haben Sie den Anrufbeantworter überprüft?«

»Ja. Brachte nichts. Er hatte ihn nicht aktiviert. Die Telefonlisten sind in der Akte. Wie gesagt, die Zeit war zu knapp.«

Sie warfen einen Blick in eine Gästetoilette und in einen Abstellraum und gingen in die Eingangshalle zurück.

Das Haus hatte eine bedrückende Atmosphäre. Das Ticken der Standuhr war zu hören. Sonst war es still. Von draußen drang kein Laut ein, keine Luft, kein Licht. Wie in einem Mausoleum. Wenn McFersson ein einsamer Mensch gewesen war, musste ihn hier die Einsamkeit verschlungen haben.

Im ersten Stock waren zwei Gästezimmer mit abgezogenen

Betten, zwei peinlich saubere Badezimmer, ein Arbeitszimmer und McFerssons Schlafzimmer.

»Die Putzfrau hat die Matratzen hochgestellt, als McFersson zu seiner Reise aufgebrochen ist«, erzählte Willis. »Wir haben keine Spermaspuren gefunden. In den anderen Zimmern auch nicht. Unser Mann soll ja nicht im Zölibat gelebt haben, aber in seinem Bunker hat er es offenbar nicht getrieben.«

»Keine Spur zu der Frau, mit der er angeblich eine längere Beziehung hatte?«

»So gut wie nichts. Keine konkrete Personenbeschreibung. Wir haben eine Reihe Fingerabdrücke sichergestellt, auch Fasern, Haare und anderes. Neben dem Dienstpersonal haben sich zumindest zeitweilig andere Personen hier aufgehalten. Aber keine Matches. Wenn Sie nicht weiterkommen, heißt es wohl, die Labormäuse ranzunehmen und McFerssons Umfeld abzugrasen. Speichelproben. Muss ich Ihnen ja nicht erzählen. Ich mach dann mal 'ne Zigarettenpause. Nehmen Sie sich gern Zeit.«

Collin war froh, allein zu sein. Er konnte sich besser konzentrieren, wenn er nicht durch Gespräche abgelenkt wurde. Bis auf Johnny, so stellte er jetzt fest, konnte er niemanden mehr längere Zeit ertragen. Nach den Jahren in seinem kleinen, familiären Kollegenkreis konnte er sich nicht mehr vorstellen, in einem Großraumbüro zu sitzen oder in großen, unübersichtlichen Teams zu arbeiten.

Er zog den schweren Vorhang am Schlafzimmerfenster beiseite und blickte in den Garten. Das Zimmer ging zur Straßenseite hinaus.

Zwischen noch weitgehend kahlen Bäumen waren ein paar Dächer anderer Häuser zu erkennen, sonst konnte man den Eindruck haben, mitten im Grünen zu sein.

McFersson hatte wie in seinem Ferienhaus ein altmodisches

dunkelbraunes Himmelbett. In den halbhohen Seitenwänden war eine rund gesägte Aussparung, die das Hineinsteigen erleichterte. Am Holzdach hingen Spitzengardinen, dicht gewebt wie ein Mückennetz. Warum hatte McFersson ein solches Bett gewählt? War es ein Erbstück? Hatte er mit diesem unmodernen und klobigen Möbelstück eine sentimentale Erinnerung verbunden? Eine Liebesnacht in diesem fast schon sargähnlichen Bett erschien Collin alles andere als reizvoll. Er würde hinter den Gardinen Platzangst bekommen.

Im Kleiderschrank, der die gesamte Längswand des Zimmers einnahm, hingen unzählige schwarze Anzüge und weiße Hemden unter Staubsäcken. Collin fand die gestreiften Pyjamas, die Socken, Krawatten und die weiße Unterwäsche, von denen Elena erzählt hatte. Ein perfekt gekleideter Geschäftsmann, der auch in der Freizeit stets wie aus dem Ei gepellt war und ausschließlich teure Marken trug.

Ein Schrankteil enthielt die Golfkleidung und in einem anderen waren wenige robuste Kleidungsstücke, die McFersson vermutlich auf seinen Segel- und Angeltouren getragen hatte.

Die äußere Erscheinung als Schutzschild. Man konnte weder auf eine Lieblingsfarbe schließen noch auf sonst eine geschmackliche Vorliebe.

Eine Langeweile in Schwarz und Weiß.

Das Schlafzimmer war ein zweckmäßiger Raum. Ein Raum zum Schlafen und Anziehen. Träumen, Lieben, Leidenschaft, ja nicht einmal ein leises Sichgehenlassen war in dieser unterkühlten, unpersönlichen Ordnung denkbar. Ein Mann ohne Eigenschaften. Konnte das sein? Das passte nicht mit dem Bild des Frauenhelden zusammen.

Auf dem Nachttisch lag eine in Leder gebundene Bibel neben einer Leselampe. Wie in einem Hotelzimmer. Das Buch der

Bücher als einzige Zerstreuung. Hatte McFersson jeden Abend vor dem Schlafen darin gelesen? Vielleicht hatte er ohne seine Bibellektüre nicht einschlafen können.

Hatte ihm der Glaube Halt gegeben wie auch die Ordnung in seinem Kleiderschrank? War McFersson in Wahrheit ein zutiefst ängstlicher Mensch gewesen, der ohne eine äußere Struktur, ohne Askese und Strenge verzweifelt wäre?

Collin streifte sich Einmalhandschuhe über und schlug die Bibel an der Stelle des Lesebändchens auf.

1. Korinther 13. Das Hohelied der Liebe.

Wenn ich mit Menschen- und mit Engelszungen redete und hätte die Liebe nicht, so wäre ich ein tönend Erz oder eine klingende Schelle. Und wenn ich weissagen könnte und wüsste alle Geheimnisse und alle Erkenntnis und hätte allen Glauben, sodass ich Berge versetzte, und hätte der Liebe nicht, so wäre ich nichts. Und wenn ich alle meine Habe den Armen gäbe und ließe meinen Leib brennen und hätte der Liebe nicht, so wäre mir es nichts nütze.

Die Liebe ist langmütig und freundlich, die Liebe eifert nicht, die Liebe treibt nicht Mutwillen, sie blähet sich nicht, sie stellet sich nicht ungebärdig, sie suchet nicht das Ihre, sie lässt sich nicht erbittern, sie rechnet das Böse nicht zu, sie freuet sich nicht der Ungerechtigkeit, sie freuet sich aber der Wahrheit; sie verträgt alles, sie glaubet alles, sie hoffet alles, sie duldet alles.

Collin kannte einige Passagen. Bei seiner Hochzeit hatte der Pastor genau aus dieser Stelle zitiert. Collin war nicht besonders gläubig, aber als die warme, tiefe Stimme des Pastors damals in der Kirche ertönte und diese Zeilen las, war er ergriffen gewesen.

Weiter unten auf der Seite ab Vers 11 hatte jemand, wahrscheinlich McFersson selbst, mit orangem Textmarker gearbeitet. Es erschien auf dem dünnen, aber hochwertigen, mit Goldrand versehenen Papier beinahe blasphemisch. Hatten die Kollegen das übersehen?

Da ich ein Kind war, da redete ich wie ein Kind und war klug wie ein Kind und hatte kindliche Anschläge; da ich aber ein Mann ward, tat ich ab, was kindlich war. Wir sehen jetzt durch einen Spiegel in einem dunkeln Wort; dann aber von Angesicht zu Angesicht. Jetzt erkenne ich stückweise; dann aber werde ich erkennen, gleichwie ich erkannt bin.

Warum war gerade die Textstelle mit dem Kind hervorgehoben worden? Der letzte Vers von Korinther 13 war mit einem schwarzen dünnen Filzstift umrandet und mit Ausrufezeichen versehen. Der Stift hatte sich auf zwei Folgeseiten durchgedrückt. Es war ein bekannter, fast sprichwörtlicher Vers, der auch Collin geläufig war.

Nun aber bleibet Glaube, Hoffnung, Liebe, diese drei; aber die Liebe ist die größte unter ihnen.

Collin blätterte noch ein wenig, ohne weitere markierte Stellen zu finden, steckte die Bibel in eine Plastiktüte und warf einen letzten Blick auf das sargartige Bett. Dann ging er ins Arbeitszimmer.

Es war der einzige Raum im Haus, der annähernd bewohnt aussah. Ein üppiger Schreibtisch aus Eichenholz stand am Fenster, davor, mit Blick zur Tür, ein bequemer Chefsessel. Aktenschränke und Bücherregale säumten die Wände.

Die Kollegen hatten jeden einzelnen Aktenordner durchgesehen. Alle enthielten geschäftliche Unterlagen. Kopien. Die Originale, so hatte Güren ausgesagt, wurden im Büro aufbewahrt. Sollten andere Spuren im Sande verlaufen, wäre eine genauere Untersuchung der Akten eine arbeitsaufwendige Möglichkeit, auf irgendeinen Hinweis zu stoßen.

McFersson war nie in negative Schlagzeilen geraten. Sein Unternehmen und sein Geschäftsgebaren waren solide und seriös. Aber oft verbargen die weißen Westen schmutzige Wäsche. Würde man bei McFersson, wenn man tiefer grub, kleinere und größere Kavaliersdelikte finden, gar Steuerhinterziehung, Formen von Korruption oder sonstige Betrügereien?

Wer gräbt, der findet. Ein Spruch von Collins Vater.

Collin las die Beschriftungen auf den Ordnern und zog einen mit dem schlichten Aufdruck *Immobilien* heraus. Er hoffte, etwas über das blaue Haus am Meer zu finden. Die Kollegen hatten in der Villa weder Fotoalben noch private Korrespondenz gefunden.

Die Bücherregale waren halb leer. Fachliteratur über Segeln, Angeln, Golf. Noch in Zellophan verpackte Publikationen über Politik, Geschichte und Business-Know-how. Nach Ländern alphabetisch geordnete Reiseliteratur, vor allem über den Mittelmeerraum. Restaurant- und Weinführer. Einige Bildbände über verschiedene Themen, die genauso neu und ungelesen wirkten wie Nachschlagewerke, Atlanten, zwei in Leder gebundene Lexikareihen von A bis Z und Kunstbände. Vielleicht hatte McFersson ein Abonnement oder hatte die Bücher bei verschiedenen Anlässen geschenkt bekommen. Collin hatte nicht den Eindruck, dass McFersson ein Leser gewesen war. Ein Leser ließ nicht so viele Bücher in einer Plastikhülle mit Preisschild. Wollte McFersson die Regale füllen? Collin seufzte und begann

298

jedes einzelne nicht eingeschweißte Buch durchzublättern. Ohne Erfolg. In keinem eine Widmung. Kein Zettel fiel heraus. Nichts. Die Bücher waren für McFersson bedeutungslos gewesen, entschied er.

Die Schreibtischplatte war leer bis auf einen Stifthalter aus Marmor, ein Telefon und einen Tischkalender ohne einen einzigen Eintrag.

Was hatte McFersson hier getan? Nach umfangreicher Büroarbeit sah es nicht aus.

Collin nahm sich vor, die Listen der Telefongesellschaft gleich am Abend noch an Sandra zu faxen. Er hoffte auf Nummern, die McFersson in den letzten drei Monaten regelmäßig gewählt hatte.

Ein Ohrensessel und ein kleiner Teetisch waren ans Fenster gerückt.

Hatte McFersson dort gesessen, nach draußen geschaut und vom Meer geträumt?

Der leicht durchgesessene Sessel erinnerte an McFerssons Wohnzimmer im Ferienhaus. Ein Paar Filzpantoffeln standen darunter. Eine karierte Wolldecke lag akkurat gefaltet über der Lehne. Durch das Fenster sah man die Krone einer einzeln stehenden ausladenden Kastanie, die ihre Äste bis zur Scheibe streckte. Vielleicht hatte sich McFersson an den Blütenkerzen im Frühling erfreut, an der Herbstfärbung der Blätter und den herabfallenden Kastanien.

Collin setzte sich einen Moment, sank in das weiche, alte Leder ein und schloss die Augen. Er merkte, dass er wieder müde wurde. Die dämmrige Stille umfing ihn. Die Villa war viel zu groß für eine Person.

Hatte McFersson davon geträumt, eines Tages eine Familie zu haben, das Haus mit Kinderstimmen zu bevölkern, sollten die beiden leeren Zimmer im Obergeschoss eigentlich bunte fröhliche Kinderzimmer werden?

Aus welchem Grund hatte ein wohlhabender, zwar nicht überdurchschnittlich attraktiver, aber doch ansehnlicher Mann, der ein ruhiges und solides Leben führte und sich in der bessergestellten Gesellschaftsschicht bewegte, niemals geheiratet? Und warum hatte er offenbar nur zu dieser einen Frau, die niemand kannte oder beschreiben konnte, eine festere Beziehung gehabt? Und das in seinem Alter.

Das ist wirklich seltsam, dachte Collin. Und unwahrscheinlich. McFersson musste andere Beziehungen gehabt haben. Vielleicht war er über eine Trennung nicht hinweggekommen, über eine unerfüllte Liebe oder einen schrecklichen Verlust. Vielleicht hatte er auf eine Frau gewartet und sein Herz allen anderen gegenüber verschlossen. Oder er war wirklich ein menschenscheuer, beziehungsunfähiger Mensch, der niemanden an sich heranlassen konnte, aus welchem neurotischen Grund auch immer.

War er schwul gewesen? Manchester galt als eine der Schwulen-freundlichsten und multikulturellsten Städte Europas. Das Gay Village rund um die Canal Street war als größtes schwules Amüsierviertel bekannt.

Aber wenn McFersson hier in Manchester als Schwuler gelebt hatte, so hatte es ja keinen Grund gegeben, sich zu verstecken. Auch nicht als Geschäftsmann. Im Gegenteil. Nein, entschied Collin. Wäre McFersson schwul gewesen, wüssten wir das schon.

Er rappelte sich aus dem Sessel auf und durchsuchte die sechs Schubladen des Schreibtisches. Büromaterial, eine Geldkassette mit etwa zweihundert Pfund, Dosen mit Schnupftabak.

Collin drehte den Bürosessel in alle Richtungen. Erst dann nahm er das Bild wahr. Es hing zu hoch über der Tür. Eine ungewöhnliche Stelle an den sonst schmucklosen Wänden. Es musste von demselben Künstler sein, der die Bilder in McFerssons Ferienhaus gemalt hatte. Die knalligen Farben sprachen dafür. Rot und Gelb und ein kräftiger Klecks Schwarz, der in der Mitte wie eine Krake die beiden anderen Farben voneinander trennte und nach unten in zwei Schlangenlinien auslief, an deren Enden die Signatur auf einer blassgelben Narzisse in Rot aufleuchtete: »YY«.

Der Schwede, von dem McFersson das Ferienhaus gekauft hatte, signierte nicht mit diesen Buchstaben, wie er auf Collins Anfrage erklärt hatte. Der Kunstkritiker, den Collin angeschrieben hatte, kannte keinen Künstler mit dieser Signatur. Die beiden Bilder in McFerssons Besitz schienen von einem unbekannten Künstler zu stammen.

Collin nahm das Bild von der Wand.

Die Bibel und das Bild. Näher war er McFersson nicht gekommen.

20

Edward Morris, McFerssons Anwalt, hatte ein italienisches Restaurant der gehobenen Klasse ausgewählt. Er saß bereits an einem Ecktisch am Fenster, als Collin aus dem Taxi stieg und durch einen Regenguss zum Eingang rannte. Es duftete nach Pastateig, Knoblauch und Öl, und ein Steinofen strömte heimelige Wärme aus. Collin lief das Wasser im Mund zusammen, er hatte einen Bärenhunger.

Wie gern hätte er den Abend hier mit Kathryn verbracht. Er vermisste sie. Seine Kinder, die quirlige Atmosphäre seines Zuhauses, die Abgeschiedenheit seiner Gartenwerkstatt, die in der Ferne dröhnende See und die klare Küstenluft. Er hatte das Gefühl, schon zwei Wochen fort zu sein.

Ein zielgerichtetes Arbeitsessen mit dem Anwalt, dann zurück ins Hotel, eine heiße Dusche und Kathryns Stimme, bevor er seine Notizen und Mails durchsehen würde, ein paar Telefonate und dann endlich schlafen, nahm er sich vor.

»Ein richtiges schottisches Wetter heute, oder?«

»Ist es in England etwa anders?« Morris erwiderte Collins Händedruck nur kurz. Seine Handfläche war feucht.

Er hatte die Anzugjacke über den Stuhl gehängt, die Krawatte gelockert und die Ärmel des hellblauen Hemdes aufgerollt. Schweißflecken zeichneten sich unter den Achseln ab.

»Dieselbe Insel jedenfalls. Aber hier sitzen wir ja im Trockenen«, erwiderte Collin und hängte die nasse Jacke auf.

»Der Ofen macht eine ziemliche Hitze. Aber Godwin, ich meine Mr McFersson, bestand auf dieses Lokal.«

Morris wischte sich mit einer Serviette über das runde Gesicht. Seine Haut glänzte wie eine Speckschwarte. Am Kopf war sein Haar schon spärlich, dafür wuchs es an den Armen schwarz und üppig. Auch aus dem Hemdkragen lugte es wie ein Dschungel heraus. Rückenfell, Bauchfell, Affenschicksal, hätte Johnny jetzt gesagt.

»War er hier Stammkunde?«

»Ja. Wir haben uns immer hier getroffen. Hier an diesem Tisch. Für meinen Geschmack alles zu laut. Wenn Fußball läuft, drehen sie den Fernseher auf. Eben Italiener. Aber das Essen ist vorzüglich. Auch der Wein. Den Merlot kann ich Ihnen empfehlen.«

»Danke. Heute ist mir nach einem kühlen Pint Black Ale. Wenn ich schon mal in Schottland bin.«

»Wird das nicht bis zu Ihnen da unten geliefert?«

»Doch, doch. Aber es schmeckt am besten dort, wo es herkommt. Verzeihen Sie, Mr Morris, gebürtiger Schotte sind Sie nicht, oder? Ich meine, Ihr Akzent …«

»Nein, Texaner. Aber ich lebe seit dem Studium hier und habe übrigens keine Vorurteile gegen Schotten. Im Gegenteil. Ich habe eine bezaubernde Schottin geheiratet.«

Kein Humor, dachte Collin und vertiefte sich in die Speisekarte. Morris schien es genauso eilig zu haben. Er bestellte wie Collin eine Pizza, allerdings auch eine kalte Vorspeise und dazu eine Flasche Wein.

»Wie lange waren Sie McFerssons Anwalt?«

»Zwanzig Jahre.« Morris steckte sich eine Handvoll Oliven in den Mund.

»Eine lange Zeit. Wie haben Sie sich kennengelernt?«

»Wir waren Studienkollegen. Godwin hat auch eine Weile Jura studiert. Aber nicht zu Ende. Wir haben uns dann aus den Augen verloren und viele Jahre später hat er mich kontaktiert. Da hatte er seine ›Cleany‹-Kette schon recht weit ausgebaut. Nun, und ich hatte mich gerade selbstständig gemacht.«

Morris zerknüllte eine weitere Serviette. Er wischte mit der Hand einen Schweißtropfen von der Schläfe. Zu hoher Blutdruck, entschied Collin. Zu viel Wein, von dem er sich bereits das dritte Glas eingeschenkt hatte, und eine Vorliebe für das Ungesunde, so schnell war die Schüssel Pistazien leer und auch das Weißbrot mit Aioli. Oder war Morris nervös?

»Waren Sie Freunde? Oder beschränkte sich Ihr neu geknüpfter Kontakt aufs Geschäftliche?«

Morris fummelte am stramm sitzenden Gürtel, lockerte ihn und schnäuzte sich die Nase. Seine wieselkleinen Augen glitten durch den Raum.

»Freunde, nein. Im Grunde wusste ich wenig über ihn, privat, meine ich. Ein paarmal haben wir ihn eingeladen. Zu meinem Fünfzigsten zum Beispiel. Man muss ja Kontakte pflegen in diesem Geschäft. Und McFersson war für mich der wichtigste Kunde. Tja …«

Morris ließ sich reichlich Parmesan und Pfeffer über seine Pizza nachstreuen, steckte sich die Stoffserviette in den Hemdausschnitt und hob eine Weile den Blick nicht mehr vom Teller.

Collin hatte es immer vorgezogen, Ermittlungsgespräche in einer inoffiziellen Atmosphäre zu führen, an einem Ort, wo sich der Gesprächspartner wohler fühlte als in einem Vernehmungszimmer. Andererseits bestand dann Gefahr, die Konzentration zu verlieren, zu vergessen, die entscheidenden Fragen zu stellen oder sich Notizen zu machen.

Die italienischen Wortfetzen, die schnulzige Hintergrundmusik, das Zischen der Espressomaschine und die Stimmen anderer Gäste lullten ihn ein. Was tue ich hier, fragte er sich? Ich komme keinen Schritt weiter. Er bestellte ein zweites Bier.

»Wie erklären Sie es sich, dass Sie als ehemaliger Studienkollege und nach zwanzig Jahren als sein Anwalt nichts über sein Privatleben sagen können?«

»Tja, wie soll ich es ausdrücken? Wir hatten nicht die gleiche Wellenlänge. Man war freundlich zueinander, mehr aber nicht, wenn Sie wissen, was ich meine.«

Morris zog die Brauen hoch und angelte mit der Zunge einen Fetzen geschmolzenen Käse aus dem Mundwinkel.

War es nicht so im Leben? Man begegnete unzähligen Menschen, hatte mit vielen beruflich zu tun, war mit ihnen in Vereinen oder sah sie anderswo regelmäßig und hätte trotzdem nichts über sie erzählen können, abgesehen von Oberflächlichkeiten.

»Dennoch würde ich gern von Ihnen wissen, wie er als Mensch war. Wie würden Sie ihn charakterisieren?«

»Na ja, er hatte alles unter Kontrolle. Man konnte ihm nichts vormachen. Er hörte sich die Fakten an und war in der Lage, sofort Entscheidungen zu treffen, die dann auch alle Konsequenzen berücksichtigten. Er hatte eine ruhige, aber, so meint meine Frau, sehr kühle Art. Oder distanziert. Immer höflich, zu den Damen charmant – da hatte er Talent, müssen Sie wissen, das hatte er schon in der Studienzeit. Musste sich gar nicht anstrengen …«

Ein Anflug von Neid lag in Morris' Stimme. Womöglich war er immer der chancenlose Typ gewesen, der abseitsstand und zuschauen musste, wie andere die schönsten Mädchen auf die Tanzfläche führten.

Das konnte Collin nachvollziehen. Als rothaariger Mann mit zu vielen Sommersprossen und einer nicht gerade sportlichen Figur hatte auch er niemals zu jenen gehört, um die sich die Frauen gerissen hatten.

»Hatte McFersson Probleme, als Sie ihn zuletzt gesehen haben? Hatte er Feinde? Hat Ihrer Meinung nach irgendjemand ein Motiv, ihn zu ermorden?«

Morris kaute mit leisen Schmatzgeräuschen zu Ende, bevor er antwortete, als wiege er die Frage ab.

»Feinde? Nein. Mir fällt niemand ein. Die Geschäfte liefen gut. Alles normal. Kein Grund zur Sorge.«

»Und ihre persönliche Meinung?«

»Meine persönliche Meinung? Ich habe mir schon den Kopf darüber zerbrochen, aber ich habe keine Erklärung. Vielleicht war es Totschlag. Nicht geplant, meine ich. Irgendein Verrückter oder Besoffener, dem Godwin zufällig über den Weg gelaufen ist. In einem Hafen sind doch immer solche zwielichtigen Gestalten.«

»Könnte jemand an seinem Geld interessiert gewesen sein?«

»An seinem Geld? Pfff. Wer Geld hat, jedenfalls so viel wie er, lebt ja immer gefährlich, oder? Dass McFersson kein armer Schlucker war, konnte ja ein Blinder sehen. Ich meine, wer eine Jacht hat, und dann sein Cruiser. Wer hat schon einen goldenen Cruiser? Er hat die Scheine bündelweise in der Jackentasche gehabt.«

»Er prahlte also mit seinem Reichtum.«

»Nein, das tat er nicht. Ich glaube, es war ihm egal. Er hatte das Geld und gab es aus. Wenn ein Bettler vor der Tür stand, gab er ihm was. Ein Taxifahrer, ein Kellner, irgendwer, alle bekamen mehr als nötig.«

»Konnte er mit Geld nicht umgehen?«

»Sie meinen, kein Gefühl dafür? Nein, das war es nicht. Er hat nie über seine Verhältnisse gelebt. Keine Riesenkredite aufgenommen oder so was.«

»Also war er großzügig.«

Morris trank sein Weinglas leer und schüttete sich nach.

»Kann man vielleicht so sagen. Er hat auch gespendet. Ich meine, nicht einmal im Jahr, sondern er hat verschiedene Projekte über Jahre gefördert.«

»Zum Beispiel?«

»Überschwemmungsopfer in Polen, ein Kinderheim in Nordengland, eine Sprachschule für Einwanderer und noch ein paar kleinere Sachen.«

Collin ließ die Gabel sinken. Er war auf einmal hellwach. Er konnte nicht sagen, was sich in seinem Hinterkopf meldete, aber er glaubte, dass ihm Morris gerade etwas sehr Wichtiges mitgeteilt hatte.

»Können Sie sich erklären, warum er sich ausgerechnet für diese Projekte eingesetzt hat?«

»Tja, keine Ahnung.« Morris schob sich das letzte Stück Pizza zwischen die Lippen. »Habe ich mir keine Gedanken drüber gemacht. Vielleicht sind diese Organisationen auf ihn zugekommen.«

»Hatte er denn eine besondere Beziehung zu Polen?«

»Zu Polen? Wie meinen Sie das? Weil er für Überschwemmungsopfer gespendet hat?«

»Seine Haushälterin stammt aus Polen.« Und Anthony Polodnys Familie, fügte Collin in Gedanken hinzu.

»Da bin ich überfragt. Es gibt ja viele Immigranten aus Osteuropa. Jeder Zweite hat doch eine Putzfrau aus Polen. Wobei die jetzt auch nicht mehr so billig sein sollen.«

»Aber es kann McFersson doch nicht darum gegangen sein.«

»Stimmt schon. Aber wie gesagt. Ist sicher Zufall. Schottinnen putzen doch nicht in fremden Häusern. Und Inder oder Chinesen, na ja …«

Morris wischte mit einem Brotstück über den leeren Pizzateller. Dann winkte er der Bedienung und ließ sich die Dessertkarte geben.

»Worum ging es bei Ihren Treffen hier beim Italiener?«

»Verträge, so etwas in der Richtung. Neue Ladenlokale oder Schließungen von unrentablen. Neue Steuerregelungen. Das Wichtige. Kleinigkeiten interessierten Godwin nicht. Da ließ er mir freie Hand oder ich regelte das mit Güren.«

Güren, dachte Collin. Ein ganz anderer Typ als Morris. Und doch war eine gewisse Ähnlichkeit vorhanden. Beide waren schlicht. Beide schien es am meisten interessiert zu haben, einen Gutteil vom Geldkuchen abzubekommen, den McFersson zuverlässig gebacken und ebenso zuverlässig generös verteilt hatte.

Collin konnte sich vorstellen, dass Morris seine Honorare entsprechend bemaß und Güren keine Skrupel hatte, sich auf jedem Weg, der sich ihm im McFersson-Imperium bot, zu bereichern. Collin bestellte einen doppelten Espresso. Er hatte den Eindruck, Morris wie eine Zitrone auspressen zu müssen.

»Welches Verhältnis hatten Güren und McFersson?«

»Tja, um ehrlich zu sein …« Morris machte sich über das Tiramisu her und naschte zwischendurch von dem gemischten Beerenteller. »Ich habe nicht verstanden, warum Godwin jemanden wie Güren eingestellt hat. Er ist effektiv, durchaus. Ein Arbeitstier. Deutsche Tugenden, Sie wissen schon. Vielleicht auch genau der Richtige für Unangenehmes. Man muss ja mal Leute entlassen oder abmahnen. Das kann Güren, ohne mit der Wimper zu zucken. Nicht gerade der moderne Führungsstil, aber effektiv. Auch für anderes, Gröberes, um es mal so auszudrücken. Tja, aber als Typ? Ich hätte ihn nicht eingestellt. Einfach kein Stil. Er hatte übrigens selbst vorher mehrere eigene Unternehmen. Reifenhandel. Dann Teppiche. An alles erinnere ich mich nicht mehr. Alle in die Pleite geführt.«

Morris hielt ihm den halb leeren Beerenteller hin. Collin nahm sich zwei Erdbeeren.

Warum hatte McFersson ausgerechnet einen Pleitegeier eingestellt? Das ergab keinen Sinn. Andererseits las man es doch tagtäglich in der Zeitung: wie Topmanager oder Politiker trotz einer Vorgeschichte, die aus Versagen, Fehlentscheidungen und Inkompetenz bestand, dennoch selten tief fielen, sondern anderswo erneut die Leiter nach oben erklommen. Morris schien einen Groll gegen Güren zu haben, so sehr hatte er sich ereifert.

»Gab es irgendeinen Vorfall, eine Meinungsverschiedenheit, worüber Güren verärgert war?«

»Sie meinen …? Güren? Meinen Sie, Güren könnte …« Morris schüttelte mit empörtem Gesicht den Kopf. »Also das traue ich ihm nun wirklich nicht zu. Er war nicht gerade bestens auf Godwin zu sprechen in den letzten Monaten. Stimmt schon.

Irgendeine Frauengeschichte, vermute ich. Und dann die alte Sache. Aber ein Mord, um Gottes willen.«

»Welche alte Sache?«

»Er wollte vor ein paar Jahren die ganze Kette komplett ändern. Neuer Name, neues Design, teure Markenkampagne, Ausweitung gen Festland, erst Frankreich, dann Deutschland. Alles ohne Absprache mit Godwin. Hatte schon Agenturen beauftragt, sich mit Verträgen gebunden. Zwei Millionen in den Sand gesetzt. Da habe ich Godwin mal von einer anderen Seite erlebt.«

»Aber er hat Güren nicht entlassen?«

»Nein. Seltsamerweise nicht. Tja, hätte ich sofort gemacht. Ist ja so was wie ein Putsch. Aber Godwin war clever, und wenn es sein musste, auch eiskalt. Er ließ mich prüfen, ob so eine Vorgehensweise strafbar ist. Unterschriftenfälschung. Nicht mehr und nicht weniger. Godwin drohte mit Anzeige, wenn Güren nicht jeden Penny zurückzahlte.«

»Zurückzahlen? Zwei Millionen?«

»Nun ja, nicht unbedingt aus eigener Tasche. Gürens Gehalt wurde gekürzt. Keine Boni mehr, kein vierzehntes Gehalt, kleinerer Dienstwagen, längere Geschäftsreisen mit öffentlichen Verkehrsmitteln, preiswerte Unterkünfte. Und er sollte den Profit verdreifachen, ohne Ausgaben. Jedenfalls ohne Godwins Geld. Dafür hatte er drei Jahre Zeit. Nicht gerade lange. Die erste Rate hat er teuer bezahlt. Haus verkauft, Zweitwagen, Ferienwohnung, Fonds geplündert. Da kam schon einiges zusammen.«

Erpressung oder Gerechtigkeit? War es ein menschlicher Zug, dass er sich gegen eine Strafanzeige entschieden hatte, oder Ausdruck von gnadenloser Härte? Vielleicht hatte, McFersson noch einen anderen Grund, Güren um jeden Preis als Geschäftsführer behalten zu wollen. Und warum hatte Güren mitgespielt? Nach seiner Vorgeschichte zu urteilen, schien er doch ein Typ zu sein, der den Kopf aus jeder Schlinge wieder herauszuziehen vermochte.

»Warum hat Güren das mit sich machen lassen?«

»Vielleicht hatte er woanders keine Chance mehr. Und eine Vorstrafe, da kann man doch gleich einpacken. Dann seine Verpflichtungen: zwei Mal geschieden, Kinder, die Alimente. Da dachte er vielleicht, besser so, als ein oder zwei Jahre eingelocht zu werden und dann mit gar nichts dazustehen.«

»Hat er die zwei Millionen inzwischen zurückgezahlt?«

»Nein. Noch lange nicht. Ich muss prüfen, wie damit verfahren werden kann, jetzt, wo Godwin tot ist. Die Verpflichtung ist schriftlich fixiert, von beiden Seiten unterschrieben, aber nicht notariell beglaubigt. Eine interne Regelung, wenn Sie so wollen.«

»Also kann Güren jetzt hoffen.«

»Wenn Sie so wollen, ja. Hat gleich bei mir angerufen und gemeint, dass er ja jetzt keine Zahlungsverpflichtung mehr hätte.«

»Gibt es eine Nachfolgeregelung für die Geschäfte?«

»Interim ist Güren. Alles nicht so einfach.«

Collin trank von dem eisgekühlten Wasser, das in einer Karaffe auf dem Tisch stand. An der Schläfe und hinter dem linken Auge spürte er die ersten Anzeichen von Kopfschmerzen. Er hatte geglaubt, er würde ein paar Tage nach Manchester fahren und käme mit einem klaren Ergebnis zurück. Mit einem Namen. Mit einem Täter, der in Handschellen abgeführt werden konnte.

Das Gegenteil war der Fall. Er würde mit einem Berg Material zurückkehren, das gesichtet werden musste. Kaum glaubte er einen klaren Blick auf McFersson zu haben, verzerrte er sich wieder.

Es war, wie durch bewegtes Wasser zu schauen. Vor Jahren hatte Kathryn eine Kette beim Schwimmen im Meer verloren. Es war kein teures Schmuckstück gewesen, aber sie hatte es gemocht. Collin hatte ihr die Kette bei ihrem ersten Rendezvous geschenkt. Eine kleine Muschel an einem einfachen Lederband. Mit Taucherbrille hatte er an der Stelle gesucht, wo Kathryn im Wasser gewesen war. Ein-, zweimal hatte er geglaubt, die Kette zu sehen, nach ihr greifen zu können, doch eine Welle nach der anderen war herangerollt, hatte die Kette fortgetragen oder in den Sand des Meeresgrundes gespült. Sie war nicht mehr aufgetaucht.

»Sie erwähnten eine Frauengeschichte«, sagte Collin, bestellte einen weiteren Espresso und unterdrückte den Wunsch, sich draußen seine Pfeife anzustecken.

»Ist nur so eine Vermutung.« Morris schabte den letzten Rest Tiramisu aus der Dessertschüssel. »Habe ich selbst auch nur mit halbem Ohr aufgeschnappt. Das war auf der letzten Weihnachtsfeier im November.

Es war auch der einzige Anlass im Jahr, wo sich Godwin überhaupt mal bei den Mitarbeitern blicken ließ. Für die Damen, also die Mitarbeiterinnen von ›Cleany‹, war das ein richtiges Fest, ein Höhepunkt im Jahr, wenn Sie so wollen. Sie haben ihre besten Kleider angezogen. Güren hat bei mir am Nebentisch gesessen und war schon ziemlich betrunken. Da hat er etwas in der Richtung gesagt. Ziemlich laut sogar. Man müsse auf seine Frauen aufpassen, Godwin würde sie gern wie ein Geschenk auspacken.«

»Sie glauben also, dass McFersson Güren eine Frau ausgespannt hat?«

»So habe ich das damals aufgefasst.«

»War es eine Angestellte von ›Cleany‹?«

»Da bin ich überfragt. Es ist ja auch mehr eine Vermutung. Güren war ziemlich sauer und ist irgendwann rausgebeten worden.«

Collin nahm sich vor, Gürens Alibi nochmals überprüfen zu lassen. Zwei Millionen Schulden. Eine Freundin, die ihm McFersson möglicherweise ausgespannt hatte. Eifersucht und Geldsorgen, damit verbundene Rachegefühle – ein Motivcocktail für Mord, wie er häufig vorkam, und doch erschien es Collin zu einfach.

»Was wissen Sie über das Kasino in London?«

»Da war Godwin stiller Teilhaber, jedenfalls später.«

Der Kellner brachte Morris einen doppelten Espresso und einen Grappa.

»Am Anfang hat er das Kasino aus einer Konkursmasse herausgekauft und war Alleininhaber. ›Cleany‹ war da noch klein, vier Standorte in Kleinstädten. Aber bereits sehr profitabel. Verstanden habe ich nicht, was Godwin mit einem Kasino wollte. Bringt ja nur Ärger. Und ist ein ganz anderes Geschäftsfeld. Dann noch in London. Wobei das für Godwin selbst kein Problem war, ich meine die Entfernung. Er ist da regelmäßig hin. Gereist ist er immer schon gerne.«

»Haben Sie mit seinem Partner Anthony Polodny direkt zu tun gehabt?«

»Nein, das wurde alles auf Anwaltsebene abgewickelt. Das Kasino lief so nebenbei und letztlich ohne Probleme.«

»Polodny ist kürzlich an einem Herzschlag gestorben. Kann das ein Zufall sein? Erst McFersson, dann Polodny?«

»Tja, ich habe mir auch meine Gedanken gemacht. ›The Tresor‹ ist sauber, da ist nichts an krummen Sachen gelaufen. Es war ein feineres Kasino, nicht, was Sie vielleicht denken. Da geht die High Society ein und aus. Selbst Minister.«

»Haben Sie mit Polodnys Anwalt darüber gesprochen?«

»Ja, er hat mich diese Woche angerufen. Muss mich demnächst mit ihm zusammensetzen. Es ist ein wenig seltsam. Godwin hat ja sein Testament vor Kurzem geändert. Und Polodny auch. Das Kasino geht jetzt zu hundert Prozent an eine Person, die anonym ist. Ein Nummernkonto. Tja, was denken Sie?«

Zum ersten Mal blickte Morris Collin direkt an. Seine Augen waren wässrig und gerötet. Misstrauen lag darin, etwas Lauerndes und eine Spur Feindseligkeit.

»Sie meinen, Polodny und McFersson haben sich abgesprochen?«

»Sieht doch so aus. McFersson hat mir sein geändertes Testament handschriftlich und getippt zur Durchsicht und Gegenzeichnung überreicht und meine Frage nach diesem Nummernkonto nicht beantwortet. Polodnys Anwalt ist genauso perplex. Juristisch ist da ja nichts gegen zu sagen.«

»Wo sehen Sie dann das Problem?«

»Das Problem? Meinen Sie nicht, es wäre angebracht gewesen, bei mir die Personendaten zu hinterlegen? Ich möchte meinen, als Anwalt seines Vertrauens … Ich meine, im Fall der Fälle.«

Morris unterstrich seine Worte mit Kopfschütteln und haute auf den Tisch. Er schüttelte die letzten Tropfen aus der Weinflasche in sein Grappaglas.

»Die Daten sind also bei seiner Bank hinterlegt.«

»Ja, und die pocht auf Anonymität. Sicher kommen Sie da weiter, da es sich um Mord handelt. Mir kam es gleich spanisch vor, weil ich solche Anweisungen von Godwin nicht gewohnt war. Es gab keine Ungereimtheiten, keine versteckten Konten, Steuertricks oder irgendetwas, was er jemals zu verschleiern beabsichtigte.«

Morris steckte sich wütend eine Pistazie in den Mund.

Er verschwieg, dass er selbst in ein unlauteres Geschäft verwickelt worden war und beinahe seine Lizenz als Anwalt verloren hatte. Sandra hatte die Information über Morris am frühen Nachmittag gefaxt. Ein Industrieller hatte einen sechsstelligen Betrag in die eigene Tasche gespielt. Ein Skandal, der in der Presse weidlich breitgetreten worden war. Morris hatte bei dem kriminellen Spielchen seine fetten Finger mit drin gehabt und war mit blauem Auge davongekommen. Aber er hatte seinen Ruf weg und verlor Klienten. McFersson dagegen schien ihm die Treue gehalten zu haben. Aus welchem Grund? Weil er einst ein paar Semester mit Morris studiert hatte? Weil er ihm trotz allem vertraute? Oder hatte er dadurch etwas gegen Morris in der Hand gehabt, was er für seine Zwecke nutzen konnte?

Jede Medaille hat zwei Seiten, dachte Collin.

Morris ging mit schwankendem Schritt zum Taxi und verschwand mit allem, was er verschwiegen hatte, im Regen.

***

Kaum im Pensionszimmers, kam Collin die Pizza hoch. Er musste aufstoßen. Ein Mal, zwei Mal, drei Mal. Und es nahm kein Ende. Wasser half so wenig wie Luftanhalten und bis zehn zählen. Wenn er diese seltenen Attacken hatte, halfen nur zwei Dinge: ein Sprung ins eiskalte Wasser oder Sex. Beides konnte er hier in Manchester schwerlich umsetzen.

»Kalt duschen«, riet ihm Kathryn. »Fünfzig Liegestützen, Trampolinspringen oder einen Eiswürfel lutschen.«

»Weißt du, Scha-Schatz«, stammelte Collin. »Das ist gar, gar nicht zu-zum Lachen.«

»Ich lach doch nicht über dich. Aber du hörst dich an wie ein Schotte mit einem löchrigen Dudelsack.«

»Ich trö-tröte dir gleich ein-nen!«

Kathryn unterhielt ihn mit neuen Streichen der Zwillinge und dem tragischen Tod von Ayeshas Wetterfrosch, bis sie schließlich auf ihre Freundin Gwenny zu sprechen kam. Collin hörte mit halbem Ohr zu und versuchte, sein Aufstoßen unter Kontrolle zu bringen.

»Gwenny, du weißt ja …«

»Die mit den Locken und den Grübchen …«

»Genau. Sie hat vor ihrem Urlaub etwas Komisches erlebt. Sie hat einer Frau auf Rezept ein Herzmedikament gegeben. Drei Tage später hat Gwenny nachmittags in Woolacombe ausgeholfen und noch mal dasselbe Medikament ausgegeben. An dieselbe Frau. Meint sie jedenfalls. Das Rezept war auch vom selben Arzt, von Doc Worthdow. Den kennt Gwenny persönlich. Sie hat bei ihm eine Ausbildung gemacht, sie kennt seine Handschrift. Und auf dem Rezept, das war nicht seine, verstehst du? Außerdem ist er schon ein paar Jahre tot. Aber das ist Gwenny alles erst hinterher eingefallen.«

»Ein gefälschtes Rezept also?« Collin hielt kurz die Luft an und atmete vorsichtig aus. Die Aufstoßattacke war vorbei.

»Genau. Ich meine, weil du bei dem Mordfall Medikamente erwähnt hast. Vielleicht …«

»Ja, vielleicht, Kathryn. Aber das waren Beruhigungsmittel. Und Ilfracombe ist ein bisschen weit weg.«

»Aber so weit nun auch nicht, oder?«

»Na ja, man neigt dazu, Gespenster zu sehen. Aber sag Gwenny, sie soll die Augen aufhalten, falls die Frau wiederkommt. Und frag sie nach einer Beschreibung, Namen natürlich auch.«

»Ich hoffe, du bist Samstag zurück. Gwenny und ihr Freund würden gern zum Grillen kommen. Hast du was erreicht?«

»Tja. Ich weiß nicht, was ich von diesem McFersson halten

soll. Wie kann jemand zwei Häuser haben, in denen nichts drin ist?«

»Wie nichts drin? Keine Möbel?«

»Möbel schon. Alles ist zum Wohnen da. Aber es ist keine Spur eines gelebten Lebens in den Häusern. Als hätte er sich da als Person gar nicht aufgehalten.«

»Vielleicht wollte er das genauso.«

»Wie meinst du das?«

»Ist ja möglich, dass er kein Zuhause wollte.«

»Warum sollte jemand kein Zuhause wollen?«

»Ich weiß nicht. Hat er sein richtiges Zuhause verloren und darauf gewartet, es wiederzubekommen? Denk mal an Dilaras Eltern. Seit dreißig Jahren wohnen sie in dieser Sozialwohnung und haben nichts geändert. Und warum? Weil sie wie am ersten Tag auf gepackten Koffern sitzen und warten, dass sie in den Iran zurückkehren, in ihr Haus dort.«

»Sie werden aber nicht zurückkehren.«

»Nein, werden sie nicht. Aber sie können den Gedanken nicht aufgeben. Dann hätten sie nichts mehr.«

»Hmm. Und deshalb hat man kahle Wände und hebt nichts Persönliches auf?«

»Genauso ist es doch bei Dilaras Eltern. Du denkst, du bist in einem Hotelzimmer oder so. Da hängt ein Gebetsteppich im Wohnzimmer und das war's. Alles andere kommt vom Sozialamt.«

»So könnte ich nicht leben.«

»Es ist das Prinzip Hoffnung.«

»Oder genau das Gegenteil. Resignation.«

»Kann man so oder so sehen, ja. Manchen ist die Einrichtung auch einfach nicht wichtig. Mönchen zum Beispiel.«

»Ein Mönch war McFersson nicht gerade.«

316

»Nach außen hin vielleicht nicht.«

»Und warum trägt eine junge Frau Kopftücher, wenn sie keine Muslimin ist?«

»Vielleicht ein Modetick. Wie will man sonst auffallen? Back to the Grandparents. Ist vielleicht so ein Trend? Oder sie hat Krebs? Warum?«

»Lassen wir das. Und sonst? Alles okay bei dir?«

»Nur halb, wenn du nicht da bist …«

Er stellte sich nach dem Gespräch unter die Dusche und nahm sich danach seine Notizen vor.

Nachdem Morris gegangen war, hatte er noch mit Guiseppe, dem Eigentümer des Restaurants, gesprochen. Er war ein quirliger Neapolitaner, der mit galoppierender Zunge und ungezügelten Händen redete. Keine Verbindung zur Mafia – no, no, no –, beteuerte er. Und ja, McFersson sei Stammgast in seinem Restaurant gewesen. Er hörte nicht mit Kopfschütteln und Seufzern auf, als Collin ihm von McFerssons Ermordung erzählte.

»*mamma mia*. Der *Signore* war feiner Mann, feiner Mann. Gentleman. Immer gutes Trinkgeld.«

Mehrmals die Woche habe er bei Guiseppe gegessen, meistens mittags, manchmal auch abends, meistens allein, oft aber auch in Begleitung von *Signorinas*. Guiseppe hatte augenzwinkernd Daumen und Zeigefinger geküsst. Die letzten Monate war McFersson fast täglich gekommen.

»Immer mit derselben *Signorina*. Junge *donna,* elegante. Ah, *mamma mia,* Beine bis Himmel und blonde Locken wie ein Engel.«

Die Signorina habe nie etwas gesagt, die Sonnenbrille nicht abgesetzt, ein Pastagericht bestellt, Mineralwasser getrunken und sei schon hinausgegangen, während McFersson bezahlt und noch ein paar Worte mit ihm, Guiseppe, gewechselt habe.

»Deine *fidanzata,* deine neue Frau, deine Tochter?«, hatte Guiseppe gefragt. McFersson hatte nur gelächelt.

»*Mamma mia!* Keine Zeit für Essen, keine Liebe für Essen und kein Essen für Liebe.« Guiseppe hatte mit einem Schnalzen die Hände theatralisch gehoben.

Die unbekannte Frau, dachte Collin. Sie schien eine wichtige Rolle in McFerssons letzten Lebensmonaten gespielt zu haben. Womöglich war sie die Person, die hinter dem Nummernkonto steckte. Wo hatte McFersson sie kennengelernt? Warum konnte sie niemand näher beschreiben? War sie mit der Frau identisch, die McFersson angeblich seinem Geschäftsführer Güren ausgespannt hatte?

Collin betrachtete die Phantomzeichnung der Frau, die den jungen Retriever abgeholt hatte. Der Zeichner hatte einen weichen Bleistift benutzt und an einigen Stellen Konturen verwischt, um Schatten anzudeuten. Dennoch hatte er etwas Hartes im Gesicht eingefangen, das von einer Kapuze und einer Brille fast bedeckt war. Es war kein Lächeln im Gesicht. Die hellen Brauen lagen als dünn gezupfte Sicheln unter der großen Brille. Als hätte sie Fensterscheiben vor den Augen. Auf der linken Wange hob sich eine haarfeine, zart gezackte Narbe ab. Die Nase lief in einem eleganten Bogen aus, und sie war es, die dem Gesicht etwas Formvollendetes gab.

Die zusammengepressten Lippen passten nicht in das Bild. Die scharfen Falten, die von den Nasenflügeln zu den Mundwinkeln zeigten. Die in die Leere blickenden Augen hatte der Zeichner mit einem härteren Stift hinter den Brillengläsern hervorgehoben. »Auch wenn sie eine Brille trug, ich hab diesen kalten Blick gespürt«, hatte der Hundezüchter gesagt. Die Schönheit dieses Frauengesichts hatte Risse.

Collin legte die Zeichnung beiseite. Sie taugte nichts für

einen Aufruf in der Bevölkerung. Er wollte sich auch nicht von dem Gedanken verführen lassen, dass die Unbekannte McFerssons Mörderin sein könnte. Man sollte nur auf den Bauch hören, wenn er Hunger meldet, hatte Owen ihm beigebracht.

Der Betreiber des Golfklubs, bei dem McFersson Mitglied gewesen war, konnte sich an keine Frau erinnern, die der Personenbeschreibung der Unbekannten entsprach.

McFersson war ein sporadischer Spieler gewesen und hatte seine Runde immer allein gemacht. Er kannte viele Vereinsmitglieder und kam manchmal zu Turnieren oder Veranstaltungen. Aber er war kein wirklich aktives oder gar ehrgeiziges Mitglied. Allerdings hatte er den Klub in den zehn Jahren seiner Zugehörigkeit großzügig unterstützt.

Aber auch der Golfklub war nicht der Ort gewesen, wo McFersson die Maske des gepflegten, galanten Geschäftsmannes abgelegt hatte und Privatmensch gewesen war.

Collin schlug den Ordner auf, der mit *Immobilien privat* beschriftet war. Er fand Unterlagen zu McFerssons Villa, die ein kleines Vermögen gekostet hatte. Vielleicht hatte es zu dem Zeitpunkt keine Alternativen gegeben, aber Collin hätte für dieses Haus keinen Penny ausgegeben.

Es folgten der Kaufvertrag zum blauen Ferienhaus und Dokumente über weitere Immobilien. Zwei Appartements in Portishead. Ein Pachtvertrag für ein Grundstück irgendwo in Schottland, vermutlich in den Highlands.

Schließlich ein Erbschaftsvertrag über ein Haus in Southampton. Es war McFersson vor fünfzehn Jahren von einer gewissen Caroline Thompson-Carter übertragen worden.

War die Frau eine Verwandte? Angeblich hatte McFersson keine Familienangehörigen. Aber womöglich war nur das direkte Verwandtschaftsverhältnis überprüft worden.

Collin suchte die biografischen Details über McFersson heraus, die die Manchester Kollegen zusammengetragen hatten. McFersson war ein Einzelkind gewesen. Ein Kind der Fünfzigerjahre. Der Sohn, auf dem wahrscheinlich die ganze Hoffnung der Eltern, die selbst in bescheidenen Verhältnissen aufgewachsen waren, gelegen hatte. Der Nachkomme, der es einmal besser haben sollte. Für den Opfer gebracht worden waren. Privatschule, Jurastudium. Und der Sohn, der den Schmerz der Eltern über den Verlust eines weiteren Kindes tragen musste – die Schwester, die sechs Jahre nach seiner Geburt auf die Welt kam, war nach wenigen Monaten gestorben. Ihr Name war Alice gewesen. McFerssons Mutter hatte danach für fast ein Jahr in einem psychiatrischen Krankenhaus verbracht. Diagnose: posttraumatische Depression.

Wer hatte in der Zeit für den kleinen Godwin gesorgt? Großeltern gab es nicht. Beide Großväter waren im Krieg gefallen, die Großmütter an Krankheiten gestorben. War McFersson ein Schlüsselkind gewesen? Hatte er zu dem Zeitpunkt, da er in die Schule gekommen war, den Großteil des Nachmittags im Geschäft seines Vaters verbracht oder bei Nachbarn?

Es war die zweite Ehe seines Vaters gewesen. Seine erste Frau war im Kindbett gestorben wie auch der zweite Sohn.

Wie hatte McFerssons Vater all die Schicksalsschläge verarbeitet? So wie die meisten dieser Generation? Mit stummer Bitterkeit? Oder hatte sich sein Schmerz in Hass verwandelt? Nein, entschied Collin. Schließlich war McFerssons Vater in der Lage gewesen, das Herz seiner zweiten Frau zu erobern und noch einmal von vorn anzufangen. War er also ein Kämpfer gewesen, der den Widrigkeiten des Lebens getrotzt und immer versucht hatte, das Beste aus allem zu machen?

Und wie war der kleine Godwin mit all dem fertiggeworden?

Mit einer Schwester, die erst da war und auf einmal nicht mehr. Mit einer Mutter, die ein Jahr in der Psychiatrie gelebt hatte und nach ihrer Rückkehr womöglich nicht mehr dieselbe gewesen war. Mit einem Vater, der sich in schwierigen Zeiten mit einem Schuhgeschäft selbstständig gemacht hatte und vermutlich selten zu Hause war.

Hatte Godwin ein Zuhause gehabt? Oder war er schon früh daran gewöhnt gewesen, allein zu sein? Ja, glaubte Collin. Das war vorstellbar. Wie sonst hätte ein junger Mann von dreiundzwanzig Jahren nach dem tödlichen Verkehrsunfall seiner Eltern das Schuhgeschäft weiterführen können.

Collin las den Unfallbericht. Bei dichtem Nebel von der Fahrbahn abgekommen, mit einem entgegenkommenden Fahrzeug frontal zusammengestoßen. Beide Insassen auf der Stelle tot.

Ein paar Jahre nur hatte McFersson danach das Schuhgeschäft aufrechterhalten, bevor er es verkauft und die erste ›Cleany‹-Filiale eröffnet hatte. Offenbar hatte er zur rechten Zeit den richtigen Riecher gehabt und war ins Risiko gegangen, um dann schnell erfolgreich zu werden.

War es so einfach gewesen, wie es sich in dem nüchternen Bericht las? Wer hatte dem jungen McFersson zum damaligen Zeitpunkt geholfen, ihm mit Rat und Tat zur Seite gestanden? Wo waren die Menschen, die ihn nach dem Tod seiner Eltern begleitet hatten? Es schien so, als gäbe es sie nicht. Als wäre McFersson ab seinem dreiundzwanzigsten Lebensjahr Vollwaise gewesen, der ewige Junggeselle, der Single aus Überzeugung oder aus einem Manko heraus, durch das er jede Frau, kaum hatte sie ihn näher kennengelernt, in die Flucht geschlagen hatte.

War das die Wahrheit?

Mit jedem Jahr als Geschäftsmann war McFersson erfolgreicher und wohlhabender geworden. Er hatte sich auf stille, zurückgezogene Art ein kleines Imperium aufgebaut und war dort angekommen, wo ihn seine Eltern vermutlich gern gesehen hätten.

Aber es gab Ungereimtheiten. Vor rund zwanzig Jahren hatte McFersson das Spielkasino in London erworben und als Partner ausgerechnet einen Mann mit zweifelhafter Vergangenheit ausgewählt. Warum? Wie war er Anthony Polodny begegnet? Hatte er ein Herz für gestrandete Existenzen gehabt? Polodny, vorbestraft. Güren, mehrmals pleitegegangen, intrigant und skrupellos. Morris, ein Anwalt mit nicht gerade blütenweißer Weste. Seine Haushälterin und sein Gärtner Einwanderer aus Osteuropa.

Es musste einen Grund geben, warum McFersson wie ein Samariter gehandelt zu haben schien. War es so etwas wie christliche Nächstenliebe gewesen? Wer tut das schon?, dachte Collin. Die meisten Menschen sind doch das Gegenteil von selbstlos.

Sein Handy klingelte. Es war Johnny. Collin hörte Musik und Stimmen im Hintergrund.

»Na, Chef, zieht's unterm Schottenrock?«

»Ich dudel dir gleich einen. Wo treibst du Seebär dich rum?«

»Wo das Garn gesponnen wird, wo sonst? Nette Kneipe, sag ich dir. Bier preiswert, und die haben hier Steaks, da träumst du bei deinem zähen Schaffleisch von. Und die Biene am Zapfhahn, ich sag dir …«

»Wirst du Sandra etwa untreu?«

»Ein bisschen Spaß muss sein, oder?«

»Ich verstehe dich kaum. Kannst du nicht von deinem Zimmer aus anrufen, wie es sich gehört?«

»Da krieg ich Depris. Auf den Tapeten flattern Möwen. Hunderte. Und überall verstaubte Flaschenschiffe. Moment, ich geh mal vor die Tür. – Hörst du mich jetzt besser?«

»Etwas, ja. Also, was gibt's?«

»Hundertpro hat unser Schotte seinen Millionen-Pfund-Schuh nicht in Plymouth an Land gesetzt. Seine Jolle hat ein anderer vor Anker gebracht. Habe zwei Zeugenaussagen. Wasserdicht.«

»Und wer hat die Jacht in den Hafen gebracht?«

»Auf meinen Bart kann ich ja nicht mehr wetten. Aber vielleicht auf einen Sonderurlaubstag? Ich denke, das war dieser Hippie.«

»Welcher Hippie?«

»Na, dieser bekiffte Neuseeländer, der mit der Kleinen aus'm ›Albert's‹ rumgemacht hat.«

»Mathew Field? Ist das ein Verdacht oder hat der Neuseeländer seine Personendaten hinterlassen?« Collin kannte Johnnys Enthusiasmus. Nicht selten ging seine Fantasie mit ihm durch.

»Ein Pferdeschwanz mit Tattoos. Hat zwei Tage den Kahn geschrubbt und sich abends hier im »Old Sailing« volllaufen lassen. Er hat Vicky, die nette Biene an der Bar, angebaggert, mit seiner üblichen Masche – dass er von Maoris abstammt. Sie hat sein Tattoo gesehen, so wilde Zeichen um den Bauchnabel.«

»Ein Tatoo um den Bauchnabel?«

»Ja, so ein sternförmiges Ding. Sieht wahrscheinlich nur mit Sixpack gut aus. Bei meinem Bierbauch, haha. Also, ich denke, wir sollten Interpol einschalten und den Kerl suchen. Scheint nicht oder noch nicht in die Karibik abgedampft zu sein. Von den Flughäfen kam jedenfalls noch keine Meldung. Sandra hat die Deutsche noch mal befragt, mit der er im ›Albert's‹ rumgefummelt hat, und alle möglichen anderen Leute. Aber keiner weiß, wo er sich rumtreibt. Er nannte sich Mattie. In Irland hat er übrigens auch mal gelebt. Da ist er zwei Mal beim Autoknacken erwischt worden. Na, was sagst du?«

323

Collin schob die Vorhänge mit Rosenmuster und die Spitzengardine beiseite und schaute aus dem Fenster in den kleinen nachtdunklen Garten der Pension. Vom Dach plätscherte Regen aus einem Rohr in eine Tonne. In einem Zimmer im Haus gegenüber brannte eine große Deckenlampe. Ein Fernseher flimmerte. Nebenan musste das Bad sein. Durch eine milchige Scheibe konnte er den Schattenriss einer Frau ausmachen, die sich abtrocknete.

Der Ausschnitt einer harmlosen abendlichen Welt, in der alles in Ordnung war, während nur eine Straße weiter eine Katastrophe geschehen konnte, eine Gewalttat, ein tödlicher Unfall, die Diagnose einer unheilbaren Krankheit.

Das Nebeneinander von Abgründen und Normalitäten hatte er in seiner Zeit in Southampton täglich erfahren und nie begreifen können. Es hatte ihn krank gemacht.

Als Polizist kannst du die Menschheit nicht vor dem Bösen bewahren. Das ist nicht deine Aufgabe, hatte ihm Owen Peters immer gepredigt.

Collin hatte in Cornwall wieder angefangen, daran zu glauben, dass er allein durch seine Präsenz die Menschen, für die er zuständig war, vor Verbrechen schützen könnte. Hier in Manchester begann er erneut daran zu zweifeln.

Er glaubte nicht daran, dass ein koksender Surflehrer Godwin McFersson umgebracht hatte. Aus welchem Motiv? Bislang wies nichts darauf hin, dass sich die beiden persönlich gekannt hatten.

»Ich lasse dich morgen früh wissen, ob wir Interpol einschalten. Gibt es schon Ergebnisse der Spurensicherung?«, fragte er Johnny.

»Komisches Volk hier. Rücken mit nichts heraus, bis nicht alles im Labor drei Mal gecheckt wurde. Hab mir schon den

Mund fusselig geredet und die Finger wund telefoniert. Haben mich auch gleich wieder vom Boot runtergeschmissen. Kann dir also leider noch nichts sagen. Erst morgen oder übermorgen. Aber warum sollte der Hippie die Jacht, die tipptopp in Schuss war, wie ein Weltmeister schrubben? Einen Hochdruckreiniger hat er an Bord geschleppt. Von dem Lärm wird ja jeder Seebär geweckt. Die beiden Zeugen haben sich jedenfalls gewundert und ihn in der Kneipe angesprochen. Haben ihre Boote ganz in der Nähe vertäut, zwei Fischer. Auftrag vom Eigentümer, hat er nur gesagt. Also, wenn du mich fragst …«

»Gut, bleib dran. Sonst noch was?«

»Hab Bill nach Portishead geschickt.«

»Warum hast du …«

»Ja, Chef, warum hab ich dich nicht vorher gefragt. Weil ich der Bootschef bin, darum. Die Marina hat sich endlich gemeldet und die Daten durchgegeben, wann unser Schotte abgedampft ist. Und ich dachte, dass sich da mal jemand genauer umsehen sollte.«

»Aye, aye, Captain, und da hast du Bill geschickt.«

»Unser Billi-Boy ist geradezu über sich hinausgewachsen. Also Hut ab. Wir haben ihn alle unterschätzt. Ein richtiger Bluthund. Hat Fährte aufgenommen und Beute gemacht. Schreibt gerade einen hübschen Bericht.«

»Gut. Soll er schicken. Habe ich das richtig verstanden? Du hast dir den Bart abrasiert?«

»Ein Wort ist ein Wort, oder?«

»Dich kann man nicht allein lassen. Wir sehen uns frühestens übermorgen. Vielleicht brauche ich dich auch hier oben. Sind noch 'ne Menge Vernehmungen.«

»Ist mir zu langweilig«, meinte Johnny. »Und karierte Röcke stehen mir nicht.«

325

War Mathew Field ein Helfershelfer gewesen? Hatte er die Drecksarbeit gemacht? Hatte er im Auftrag eines anderen gehandelt oder steckte er selbst mit drin? Johnny hatte recht, entschied Collin am Ende. Wenn Field die Jacht tatsächlich nach Plymouth gebracht hatte, so gab es eine direkte Verbindung zu McFersson, und sie mussten alles dafür tun, ihn zu finden. Seine Vorstrafen machten ihn darüber hinaus verdächtig. Womöglich hatte er McFersson doch irgendwo kennengelernt und war mit ihm zusammen, aus welchen Gründen auch immer, von Portishead aus in See gestochen.

Er schickte Sandra eine SMS. Field würde ab sofort auf der Fahndungsliste stehen.

21

McFersson hatte im Zentrum die Hälfte der dritten Etage eines der älteren Hochhäuser für sein Backoffice angemietet. Im Schatten des Beetham Towers und des Picadilly Towers, jener beiden Gigantomanen der Skyline, mit denen sich Manchester den Anstrich einer Weltmetropole gab. Alles nur Show, hatte Güren gesagt und den Arm durch McFerssons Büro geschwenkt, von der blanken Schreibtischplatte zum Besuchertisch und zu der Glasfront, hinter der Hochhaussilhouetten in einen bewölkten Himmel ragten.

»Hier haben wir schon alles auf den Kopf gestellt. Nichts zu finden«, sagte Willis und nahm die Bronzefigur eines Golfspielers in die Hand. »Bis auf die Akten natürlich. Die sind auf den ersten Blick ohne Tadel.«

»Ohne Tadel. Netter Ausdruck.«

Collin betrachtete die vier vergrößerten Fotos, die eingerahmt über dem Besuchertisch hingen. Auf allen war McFerssons Jacht abgebildet, mit unterschiedlichen Hafenansichten. Eine Kamera hatten sie in seiner Villa nicht gefunden.

Collin war froh, dass Willis bei den Vernehmungen von McFerssons Mitarbeitern neben ihm saß und ihn mit seinem stoischen Gesichtsausdruck daran erinnerte, dass Routine oft der einzige Weg war, einen klaren Kopf zu bewahren.

Die Durchleuchtung von Gürens Büropersonal, alle um die dreißig Jahre alt und nicht länger als fünf Jahre im Team, brachte allerdings keine neuen Erkenntnisse. Die meisten kannten McFersson kaum.

Außer Fanny Lindson, McFerssons Sekretärin. Eine attraktive Endfünfzigerin mit gepflegter silbergrauer Dauerwelle. Sie war ganz in Schwarz gekleidet und strahlte Eleganz aus. Die Trauer, die ihr ins Gesicht geschrieben stand, hatte sie nicht daran gehindert, sich mit Sorgfalt zurechtzumachen. Ihr gerader Rücken, der erhobene Kopf und der sichere Gang auf Pfennigabsätzen verrieten den Ballettunterricht in frühen Jahren. Sie war in Edinburgh geboren und hatte nie außerhalb Schottlands gelebt, sprach jedoch ohne einen Anflug des schottischen Dialekts. In ihrer Stimme lag kontrollierte Strenge und Ruhe.

Sie hatte ihr Büro direkt neben McFerssons. Ein perfekt organisiertes, mit Stil und unaufdringlichem Charme eingerichtetes Vorzimmer, in dem bis zum Schreibset alles den Anstrich von Luxus hatte. Ein Druck von Klimt schmückte eine Wand. An einer anderen hingen zwei Motivationsposter mit »Cleany«-Logo, austauschbaren Naturmotiven und ebenso hohlen Sprüchen: *In der Ruhe liegt die Kraft* und *Beginne den Tag mit einem Lächeln.*

Eine einzelne rote Nelke stand auf ihrem Schreibtisch sowie auf McFerssons. Ein unauffälliges, aber eindeutiges Symbol für Trauer, wie Collin fand.

»Wie kommt es, dass Sie als Einzige im Team länger als fünf Jahre bei McFersson waren?«

Fanny Lindson setzte die Brille ab. Sie hatte eine violette Fassung und hing an einer Silberkette. »Treue? Ich weiß es nicht«, sagte sie mit leiser, aber fester Stimme. »Ich habe nie darüber nachgedacht, mir eine andere Tätigkeit zu suchen oder einen anderen Arbeitgeber. Die Bezahlung war gut, ich hatte meine Freiräume, normale Bürozeiten. Warum also hätte ich wechseln sollen? Jetzt überlege ich allerdings, mich zur Ruhe zu setzen.«

Sie hielt Collins Blick stand – mit wachsamen grünblauen Augen, in denen noch ein letzter Schimmer des Leuchtens ihrer Jugend lag. Ein dezenter Streifen Lidschatten und sorgfältig getuschte Wimpern lenkten von den Fältchen und den Schatten unter den Augen ab. Sie war sichtlich betroffen über den Tod ihres Vorgesetzten und schien alles dafür zu tun, die Fassung zu bewahren.

Zuletzt hatte sie ihn drei Tage vor seiner Abreise nach Portishead gesehen. Ihr war nichts Besonderes aufgefallen. McFersson war wie immer gut gelaunt im Büro erschienen, hatte Unterschriftenmappen bearbeitet, mit Güren einen halbstündigen Termin gehabt und anschließend mit ihr.

»Er wollte wieder einmal in die Ägäis. Und dann zum ersten Mal zum Schwarzen Meer«, sagte Fanny Lindson. »Davon hat er gesprochen.«

»Hatte er immer eine Kamera auf Reisen dabei?«

»Eine Kamera? Da bin ich überfragt. Er hat mir nie Fotos gezeigt.«

»Und diese hier?« Collin wies auf die vier Aufnahmen von der Jacht.

»Die hat er irgendwann mal aufhängen lassen. Aber ob er selbst die Fotos gemacht hat … Ist das wichtig?«

»Nein, nein. War er jemand, der von seinen Reiseerlebnissen erzählt hat?«

»Nun, nicht sonderlich viel.« Sie drehte die Brille hin und her, als hielte sie sich an ihr fest. »Wenn er mal in einen Sturm geraten war, das hat er ausführlicher erzählt. Sonst? Nein, eigentlich nichts.«

»Sie sagten, dass er besonders gern in die Ägäis fuhr …«

»Ja, dort war er öfter gewesen.«

»Hatte er dort Bekannte oder Freunde? Besuchte er jemanden dort regelmäßig?«

»Darüber weiß ich nichts.«

»Ist er immer allein gefahren?«

»Davon bin ich ausgegangen. Godwin, ich meine Mr McFersson, hat nie jemanden erwähnt, der ihn begleitet hätte.«

»Sind Sie selbst einmal mit auf dem Boot gewesen oder jemand anderes aus Ihrem Team?«

»Ich?« Zum ersten Mal flog etwas wie ein Lächeln über ihr Gesicht. »Nein. Um Gottes willen. Ich werde leicht seekrank. Abgesehen davon habe ich nie eine Einladung erhalten. Die anderen, soviel ich weiß, auch nicht.«

»Sie haben zwanzig Jahre für McFersson gearbeitet, sind somit seine längste und engste Mitarbeiterin gewesen. Sie müssten ihn also am besten kennen.«

»Nun …« Fanny Lindson rieb sich den Oberarm. »Müsste ich das?«

»Wie würden Sie McFersson beschreiben?«

»Korrekt. Ja, das fällt mir dazu ein. Er war in allem äußerst korrekt. Man kann das sicher nicht von allen Vorgesetzten sagen. Aber er konnte sich entschuldigen. Sein Wort galt. Darauf konnte man sich verlassen. Hundertprozentig.« Sie nickte.

»Welche Schwächen hatte er?«

»Schwächen? Als Geschäftsmann? Nun ja, er war eher atypisch. Er hätte ja eigentlich jeden Tag hier sein müssen. War er aber nicht. Musste er auch nicht. Ich glaube, dass er nicht unbedingt mit vollem Herzen seinen Geschäften nachgegangen ist. Zum Glück lief ja alles wie am Schnürchen.«

»War das schon immer so? Oder haben Sie im Lauf der zwanzig Jahre eine Veränderung wahrgenommen?«

»Eine Veränderung?«

Fanny Lindsons Blick glitt zum Fenster.

Collin hatte den Eindruck, dass sie jeden Moment ihren Schutzschild aufbrechen würde, aber dann schien sie sich wieder zu fangen.

»Verändern wir uns nicht alle im Lauf der Jahre? Das Haar wird grau. Ist es nicht so?«

»Sie wissen, worauf ich hinauswill. Ist der McFersson der letzten Jahre derselbe gewesen wie der, bei dem Sie damals angefangen haben?«

»Nun, gewiss nicht. Aber auch ich war ja eine andere.«

»Können Sie uns irgendetwas über den Menschen Godwin McFersson sagen? Haben Sie eine Erklärung dafür, dass wir nichts Persönliches von ihm in seiner Villa gefunden haben? Wissen Sie, ob er irgendwann eine feste Beziehung gehabt hat?«

»Viele Fragen auf einmal.« Fanny Lindson lehnte sich zurück. »Ich war seine Sekretärin. Habe für ihn gearbeitet. Mehr nicht. Wie Mr McFersson privat lebte, welche Beziehungen er hatte, wie er sein Haus eingerichtet hat, ob er eine Kamera hatte oder nicht – all das kann ich Ihnen nicht beantworten.«

Sie will es nicht, dachte Collin. Sie will ihn schützen oder sich selbst. Aber aus welchem Grund?

»In welchem Ausmaß mussten Sie sich denn um McFerssons private Angelegenheiten kümmern?«

Fanny Lindson blickte mit wandernden Augen länger zum Fenster. Dann beugte sich vor. »Ich habe lange überlegt, aber Godwin ist tot. Ermordet, wie Sie sagen.« Sie legte die Spitzen ihrer schmalen, manikürten Finger aneinander. Auf den rotbraun lackierten Nägeln glitzerte eine geschlängelte silberne Linie. »Also spielt es keine Rolle mehr. Vielleicht hilft es Ihnen weiter.«

»Alles kann weiterhelfen, Ms Lindson«, sagte Willis.

»Also gut. Natürlich habe ich seine Anzüge in die Reinigung gegeben, wenn er darum bat, Termine beim Zahnarzt und bei der Autoversicherung gemacht. Einen Tisch im Restaurant gebucht, Weihnachtspost verschickt, Blumensträuße für Geburtstage besorgt. Solche Dinge sind sicher ganz normal und gehören einfach dazu in meiner Position.« Fanny Lindson ließ die eine Hand auf den Schoß sinken. »Ich habe aber auch mit gewissen Diensten zu tun gehabt, die Diskretion erfordern, und Godwin, ich meine Mr McFersson, konnte sich voll und ganz auf mich verlassen.«

»Gewisse Dienste?« Willis schaute sie mit geneigtem Kopf an und kratzte sich hinterm Ohr. Mit seinem Bürstenhaarschnitt, der im Nacken schief geschnitten und unfertig ausrasiert war und dem eckigen Gesicht, an dem die beiden geröteten Ohren wie zwei verschämte lang gezogene Segel abstanden, wirkte Willis wie die Karikatur eines hinterwäldlerischen Dorfpolizisten.

»Ich denke, Sie wissen, was ich meine. Oder muss ich etwa deutlicher werden?«, fragte Fanny Lindson.

»Es wäre hilfreich.«

Hinter Willis saß der Protokollschreiber, ein bedauernswerter Auszubildender, der die Aufgabe hatte, den Kern der Befragung zu begreifen und zu verschriftlichen.

»Also gut.« Fanny Lindson schlug die Beine andersherum

übereinander und strich den Rock glatt. »Nun, Mr McFersson war, wie Sie ja wissen, alleinstehend. Warum, habe ich nie verstanden. Er war vermögend und auch gut aussehend. Aber, nun ja … ich bin ja selbst unverheiratet. Man hat vielleicht seine Ansprüche. Aber natürlich auch Bedürfnisse. Und es gibt ja Damen für die Klasse, in der er sich bewegt hat.«

»Sie meinen …«, unterbrach sie Willis.

Sein dümmlich wirkender Gesichtsausdruck, entschied Collin, hatte Vorteile. Jedenfalls bei Menschen mit einer gewissen Intelligenz wie Fanny Lindson. Willis konnte einen anschauen wie ein Fisch. Das brachte manche in Rage, lockte sie aus der Reserve.

»Nein, das meine ich ganz und gar nicht.« Fanny Lindson verschränkte die Arme. »Ein Escortservice. Damen, mit denen sich ein Mann wie Godwin bei allen Anlässen sehen lassen konnte, und er hatte ja doch hin und wieder Verpflichtungen, wo man ungern ohne Begleitung erscheint. Die Damen sind gepflegt, verfügen über gute Umgangsformen, ein gewisses Maß an Bildung. Handverlesen sozusagen.«

»Handverlesen«, wiederholte Willis, pfiff durch die Zähne und schrieb etwas in sein Notizheft. »Interessant. Handverlesen also von Ihnen …?«

»Wenn Sie so wollen, ja. Ich habe den Service kontaktiert, die Vorschlagsliste, wenn Sie so wollen, gesichtet und eine Dame für ihn ausgewählt. Er war mit meiner Wahl stets zufrieden. Wer kannte ihn besser als ich?« Sie wischte über den Rock, als wollte sie Fusseln entfernen.

Sie hatte es gerade zugegeben. *Wer kannte ihn besser als ich?* Sie ist all die Jahre in ihn verliebt gewesen, dachte Collin, und nie erhört worden. Oder McFersson hatte sie immer wieder vertröstet, ihr Hoffnungen gemacht, mal eine Nacht mit ihr verbracht, aber niemals um ihre Hand angehalten. Solche tragischen, unerfüllten Liebesgeschichten gab es.

»Hatte er eine Vorliebe für groß gewachsene blonde Frauen?«, fragte er.

Sie taxierte Collin einen Moment lang. »Welcher Mann hat das nicht? Im Angebot waren übrigens zu neunundneunzig Prozent groß gewachsene Frauen und viele davon tatsächlich blond. Warum sollte man für einen Abend auch eine klein gewachsene, pummelige Braunhaarige mit schiefen Zähnen als Tischgesellin haben wollen?«

»Stimmt«, murmelte Willis und grinste.

Fanny Lindson trank einen Schluck Wasser. Rote Flecken blühten auf ihrem Hals und im Dreieck ihres tief geschnittenen Dekolletés. Es war so unnatürlich gebräunt wie ihr Gesicht. Make-up oder Sonnenstudio. Was auf dem ersten Blick ansehnlich wirkte, war auf den zweiten nichts als der verzweifelte Versuch, den natürlichen Alterungsprozess aufzuhalten. Ihre Wangen waren auch auffällig straff. Vielleicht versuchte sie sich mithilfe von Botox ihre Jugendlichkeit zu bewahren. Sie hatte augenscheinlich all die Jahre keine Mühe gescheut, für McFersson attraktiv zu bleiben. Doch McFersson hatte die jungen Frauen vorgezogen. Die Eifersucht musste sie rasend gemacht haben. Das Klischee von Erfolg. Der gut situierte Geschäftsmann im sechsten Lebensjahrzehnt mit der jungen Blondine an seiner Seite bei einem festlichen Empfang einer Bank. Die bewundernden und neidischen Blicke der anderen Männer, die meisten davon verheiratet. Alle unangenehmen Fragen oder Gerüchte zum Schweigen gebracht.

Collin war froh, dass er sich nicht in einer solchen Welt der Heuchelei bewegen musste. Es hätte ihn kaputt gemacht. Er nahm sich vor, Kathryn davon abzubringen, wenn sie jemals den Wunsch äußern sollte, sich unter das Messer eines Schönheitschirurgen zu legen.

»Wann haben Sie zum letzten Mal den Escortservice für McFersson beauftragt?«

Fanny Lindson schlug ihren in Leder gebundenen Terminkalender auf. »Im Januar muss das gewesen sein. Ja, hier ist es. Am 8. Januar. Da war Mr McFersson in London. Manchmal ging Godwin in die Oper. Und da sitzt man ungern allein. Ich weiß nicht mehr, was gespielt wurde. Habe nur Oper notiert.«

»Und den Namen der Dame?«

»Nein. Das habe ich nicht im Terminkalender eingetragen. Godwin hat wie immer eine persönliche Notiz erhalten, handgeschrieben. So wollte er es.«

Diskretion, dachte Collin. Das Geheimnis einer Chefsekretärin. Diskretion, die ihr zu einer Macht verhalf, die unbezahlbar war. Eine rechte Hand wie Fanny Lindson folgte ihrem Chef überallhin. Wechselte er den Job, nahm er sie mit wie eine Schnecke ihr Haus.

»Glauben Sie, dass McFerssons Ermordung irgendetwas damit zu tun hat?«, fragte Willis, zog ein frisches kariertes Taschentuch hervor und trompetete hinein.

»Mit dem Escortservice?« Fanny Lindson runzelte die Stirn. »Es dürfte Ihre Aufgabe sein, diese Frage zu beantworten. Ich habe es nur erwähnt, weil es früher oder später ja doch herausgekommen wäre. Und man weiß ja nie. Am Ende lassen sich die Damen schließlich für ihre Dienste bezahlen, wenn Sie verstehen, was ich sagen will.«

»Von verschiedenen Seiten haben wir die Information, dass McFersson die letzten Wochen oder gar Monate seines Lebens mit einer jungen Frau verbracht hat. Sie soll mit ihm in seinem Haus gewohnt haben.«

Fanny Lindson trug zwei schmale Goldreifen am rechten Handgelenk. Sie klimperten aneinander. »Darüber weiß ich nichts.«

»Erkennen Sie diese Frau wieder?« Collin zeigte ihr die Zeichnung der Frau, der sie inzwischen den Spitznamen »Mrs X« gegeben hatten.

»Ist ja kaum etwas zu erkennen.«

»Wenn Sie trotzdem einen genauen Blick drauf werfen könnten.«

Fanny Lindson betrachtete die Kopfzeichnung mit unbewegtem Ausdruck und schob sie Collin wieder zu. »Tut mir leid.«

»Könnte McFersson sie über den Escortservice kennengelernt haben?«

»Da bin ich überfragt.«

»Sie haben die Frau nicht bei ihm zu Hause oder bei einem anderen Anlass gesehen?«

»Ich hatte privat nichts mit Godwin zu tun. Das sagte ich schon. Ich meine, ich war kein einziges Mal in seinem Haus. Verstehen Sie? Ich hatte keinen Einblick in sein Privatleben, was über die genannten Dienstleistungen hinausging.«

»Ferdinand Güren hat ausgesagt, dass Sie regelmäßig miteinander essen gingen, auch abends.«

»Ist das verboten? Der Mensch hat Hunger und isst ungern allein. Und wenn man wie ich seit zwanzig Jahren für dieselbe Person tätig ist, so ist es ja wohl ganz normal, ab und zu zum Essen eingeladen zu werden. Zumal man nebenbei ganz gut das eine oder andere besprechen kann. Godwin war viel unterwegs. Und nun, von seiner Vorliebe für lange Reisen auf seiner Jacht wissen Sie ja.«

»Und wenn er unterwegs war, wer hatte dann das Ruder in der Hand? Güren?«

»Güren? Wie meinen Sie das?«

»Bekamen Sie dann von Güren Anweisungen?«

Fanny Lindson schnaubte durch die Nase. »Ich brauche von niemandem Anweisungen. Ich kenne die Abläufe.«

Keine Freundin Gürens, entschied Collin. Und die Diskretion gegenüber McFersson hielt sie auch nach seinem Tod aufrecht. Sie wusste mehr, als sie zu sagen bereit war. Alle Fragen nach dem Kasino und Anthony Polodny ließ sie unbeantwortet und mit Achselzucken im Raum stehen. Auch zu McFerssons Wohltätigkeitsprojekten wusste sie nichts zu sagen. Schließlich warf sie einen ungeduldigen Blick auf die Uhr.

Als sie mit festem Schritt hinausging, fragte er sich, wie ihr Leben sich ohne McFersson gestalten würde. Eine Lücke war gerissen worden, die sie vielleicht durch nichts zu füllen wusste. Zwei Jahrzehnte lang ergebene Dienerin ihres Herrn und vermutlich heimlich Angebeteten. Und jetzt?

Würde sie sich nun in einer sozialen Einrichtung engagieren, auf Reisen gehen oder einen Töpferkurs belegen? Oder würde sie bei dem Versuch, quasi bei null wieder anzufangen, kläglich scheitern und zur Patiencelegenden, Antidepressivaschluckenden älteren Dame werden, die sich einen Schoßhund anschafft, um nicht ganz allein zu sein?

Mord aus Eifersucht? Denkbar war alles. Aber Fanny Lindsons Alibi war wasserdicht. Sie war in dem Zeitraum, in dem McFersson ermordet worden war, auf einer Kreuzfahrt gewesen. Südamerika. Ihr Gehalt schien üppig gewesen zu sein.

Collin schickte Sandra eine SMS. Sie sollte sich um den Escortservice in London kümmern. Es erschien ihm nicht abwegig, dass die unbekannte Frau mit dem Kopftuch als ehemalige Damenbegleitung in Godwin McFerssons Leben geflattert war.

Er dachte an den Stein, der in der Gartenlaube auf ihn wartete. Wie lange hatte er ihn angeschaut, ohne zu sehen, was er verbarg, welche Schlaglinien und Schleifkanten er zeigte, an denen entlang sich Collin seinem Inneren nähern und das Unsichtbare Schicht für Schicht freilegen konnte. So erschien ihm McFerssons Schicksal, das ihn letztlich zu einem Mordopfer gemacht hatte. Es war kein zufälliger Tod durch die Hand eines wie auch immer gearteten Mörders, dem McFersson über den Weg gelaufen war. Ein tieferer Grund war vorhanden, der sich im Geflecht und Gestrüpp eines nur oberflächlich unscheinbaren Lebens verbarg. McFersson hatte gründlich dafür gesorgt, möglichst wenige Spuren zu hinterlassen und kaum jemanden Einblick in seine private Welt und somit in sein Herz zu gewähren.

Ging es nicht immer darum? Um das Herz eines Menschen? Um ein verletztes Herz, genauer gesagt. Welche Verletzungen hatte McFersson erlitten, die ihn zu der Überzeugung gebracht hatten, niemandem restlos zu vertrauen und sich hinter einer schützenden Mauer zu verbergen? Und doch hatte er sich nicht ganz hinter einer Festung verschanzt. Wer Wohltätigkeitsprojekte unterstützt, will entweder Gelder steuerbegünstigt anlegen oder zeigt eine weiche Stelle. Es ist die weiche Stelle, wollte Collin glauben und ließ sich mit dem Kinderheim in Leyburn verbinden, für das McFersson über Jahre eine nicht unbeträchtliche Summe gespendet hatte.

Ein fruchtloser Versuch. McFersson war dort lediglich ein spendabler Name neben anderen Unterstützern. Persönlich war er niemals vor Ort gewesen, auch wenn er regelmäßig Einladungen erhalten hatte, etwa zu Weihnachts- oder Jubiläumsfeiern. Er hatte nicht für ein bestimmtes Kind gespendet. Die Heimleitung hatte mehrmals gewechselt. Die neue Leiterin legte ihm nahe, vorbeizukommen. »Wenn einer unserer langjährigen Unterstützer ermordet wurde, könnte das in Leyburn Unruhe stiften,« hatte sie gesagt.

Ja, vielleicht liegen die Antworten nicht hier in Manchester, sondern in London und Leyburn, überlegte Collin auf dem Weg zu seiner Pension.

Es war Donnerstag. Er stellte sich ein Wochenende mit einem Ausflug zu einem Fluss vor, wo er mit den Zwillingen wie in den Jahren, als sie noch klein waren, Dämme bauen, Papierschiffe zu Wasser lassen, aus Ästen Angelruten basteln, Steine über das Wasser hüpfen lassen und Stockfisch über einem Feuer grillen könnte. Das hatten sie lange nicht mehr gemacht.

Die Jahre fliegen, dachte er, und allzu schnell ist die Zeit vorbei, in der man einem Kind die größte Freude machen kann, wenn es stundenlang Kiesel in einen Bach werfen darf.

Hatte der Vater von McFerssons Mörder mit ihm als Kind Papierschiffe gebaut? Verhinderte eine Kindheit mit Erinnerungen an Angelausflüge, dass ein Mensch eines Tages zum Mörder werden würde?

Collin graute vor der Vorstellung, dass seine Zwillinge sich irgendwann, aus welchen Gründen auch immer, hasserfüllt von ihm abwenden könnten.

Sonntag, entschied er, werde ich für sie da sein und einen Ausflug an ihren Lieblingsfluss machen, auch wenn der Wettergott Regen bringt.

Zurück in der Pension, informierte er Kathryn über seine Pläne und duschte. Er ließ heißes Wasser über seinen ausgekühlten Körper rieseln, bis seine Haut krebsrot war und das Badezimmer unter Dampf stand.

Kurz stellte er sich einen Mörder unter der Dusche vor. Könnte man sich nach einem Mord wohl jemals wieder sauber fühlen?

Könnte man jemals wieder das eigene Gesicht im Spiegel ertragen? Ja, auch dazu war der Mensch fähig. Jeder, dachte Collin mit Grauen, zog sich den Bademantel über, rief den Pizzaservice an und setzte sich vor den Fernseher. Es gelang ihm nicht, abzuschalten. Irgendwo da draußen lief ein Unbekannter herum, der das Leben eines Menschen auf dem Gewissen hatte. Jemand, der planvoll vorgegangen war, skrupellos und äußerst brutal. Der ein perfektes Verbrechen geplant hatte, aber zugleich auf dramatische Weise der Öffentlichkeit die Bluttat vor Augen führen wollte.

So war das Täterprofil im psychologischen Gutachten dargestellt. Wie immer es den Gutachtern gelang, allein aus dem rekonstruierten Tathergang und wenigen Hinweisen das Psychogramm eines Menschen zu erstellen.

Der Gutachter hatte das Profil eines Täters entworfen, an dem nun alle festhielten: männlich, kräftiger Körperbau, sehr gewaltbereit, womöglich psychisch gestört, intelligent, machtbesessen, geltungssüchtig, zwischen fünfundzwanzig und vierzig Jahre alt, ortskundig, mit dem Opfer bekannt, vermutlich mit diesem über einen längeren Zeitraum in einem engen Kontakt gewesen, bindungsunfähig. Jemand, der um jeden Preis die Kontrolle behalten wollte. Deshalb war McFersson sozusagen dreifach ermordet worden. Gift, Messerstiche und ins Meer geworfen. Und wenn es doch zwei oder noch mehr Täter waren?

Die Frau. Mrs X. Wer sonst war über einen längeren Zeitraum in engstem Kontakt mit dem Opfer gewesen?

Collin machte es sich auf dem Bett gemütlich, aß lustlos die schon fast kalte Pizza und ging dann seine Mails durch.

Johnny hatte seinen Bericht vorab per SMS angekündigt. »Boss«, hatte er geschrieben. »Lies meinen zuerst und beweg deinen Arsch zurück.«

Collin schmunzelte und lud den Bericht hoch. Kaum hatte er angefangen zu lesen, saß er aufrecht im Bett.

Der Mord hatte eindeutig auf McFerssons Boot stattgefunden. Unter Deck hatte man ihn ausgezogen, die Treppe hochgeschleift, ihm oben mit einem scharfen Gegenstand, vermutlich einem Fleischermesser, weitere schwerste Verletzungen zugefügt und ihn dann über Bord geworfen. Zuvor wurde der Hund abgeschlachtet, ja so wurde es im Bericht formuliert, abgeschlachtet, und im Meer entsorgt.

Neben McFersson hatten sich zwei bis drei andere Personen an Bord befunden. Ob alle zum Zeitpunkt des Mordes dort gewesen waren, hatte so wenig geklärt werden können wie die Identität der Personen. Das Labor hatte allerdings noch nicht alle Proben ausgewertet.

Alles, so hatte Johnny mit mehreren Ausrufezeichen am Ende geschrieben, deute darauf hin, dass Mathew Field, der Neuseeländer, in die Sache verwickelt sei. Er soll sich mindestens zwei Tage auf dem Boot aufgehalten und es gereinigt haben. Bei einem Baumarkt in Hafennähe hatte er einen Hochdruckreiniger und ein Schleifgerät ausgeliehen. Reinigungsmittel und Farbe hatte er auch gekauft. Die Personenbeschreibung des zuständigen Mitarbeiters passe auf Mathew Field. Der Mitarbeiter des Baumarktes erinnerte sich deshalb so genau, weil die Ausleihfrist überschritten und er mit dem jungen Mann in Streit über eine Nachzahlung und eine zusätzliche Strafgebühr geraten war. Mit der Reinigung hatte er es dann am Ende doch nicht so genau genommen, vor allem nicht unter Deck.

Die beiden Bootsbesitzer, die ihn beobachtet hatten, sahen ihn überwiegend auf Deck. Und wunderten sich. Das Wetter war für Wartungsarbeiten am Boot nicht das beste gewesen. Sie hatten Field dann im Pub gesehen und angesprochen. Er hatte auf sie wütend und abweisend gewirkt. Auch großspurig und ein wenig nervös.

Offenbar hatte er auf dem Boot übernachtet und sich dort eine Erkältung eingefangen. In einer Apotheke in Hafennähe hatte ein Mann, dessen Aussehen und Verhalten zu Field passte, Grippetabletten und mehrere Flaschen codeinhaltigen Hustensaft gekauft. Seine ganze Familie sei krank, hatte er dem älteren Apotheker erklärt.

Die Quellen eines Abhängigen, dachte Collin. Und dessen Käuflichkeit. Schulden, Geldgier und Sucht hatten Mathew Field womöglich zum perfekten Handlanger gemacht. Und er selbst vermochte sich ohne Anstrengung eigene Helfer zu verschaffen. Junge, ahnungslose Frauen. Vermutlich lag er bei einer, die ihm in seiner jetzigen Notlage Unterschlupf bot, gerade gemütlich im Bett.

Er ist zu feige und zu faul, in die Karibik oder sonst wohin zu verduften, entschied Collin. Oder sein Plan ist nicht aufgegangen. Vielleicht wurde er am Ende hereingelegt. Kein Fluchtweg, wie versprochen. Hockt nun irgendwo und wartet, wie er immer gewartet hat. Bis sich der Rauch legt, Gras über alles gewachsen und das Geld, das er sich mit der Schmutzarbeit verdient hat, aufgebraucht ist.

Collin scrollte die Posteingangsliste herunter, bis er Sandras Mail mit der Londoner Telefonnummer von Larissa Dawson fand, Mathew Fields Exfreundin.

Es meldete sich die schneidende Stimme ihres Vaters. »Polizei? Was soll das bedeuten? Was hat meine Tochter …«

»Beruhigen Sie sich. Ihre Tochter hat nichts angestellt. Sie kann uns in einem Fall aber möglicherweise eine Frage beantworten. Ist Larissa zu Hause?«

»Ist sie. Worum geht es?«

»Hören Sie, Mr Dawson, Ihre Tochter ist volljährig. Sie ist somit berechtigt und verpflichtet, persönlich Rede und Antwort zu stehen. Also bitte, rufen Sie sie jetzt, sonst schicke ich morgen einen Kollegen zu Ihnen nach Hause, und die Verweigerung einer Aussage kann zu unangenehmen Folgen führen.«

Einen Moment war es still in der Leitung, dann hörte Collin Larissas verschüchterte Begrüßung. Erst wie ein flügge gewordener Vogel im Frühlingswald und jetzt im goldenen Käfig eingesperrt, dachte Collin.

»Ich hoffe, es geht Ihnen gut, Larissa«, begann Collin vorsichtig. »Ich vermute, Ihr Vater steht neben Ihnen. Wir machen es so: Ich frage und Sie antworten mit Ja oder Nein. Ich gebe Ihnen später meine Mailadresse, sollte Ihnen noch etwas einfallen. Also, fangen wir an. Haben Sie in der Zwischenzeit etwas von Mathew gehört?«

»Nein.«

»Hat sonst irgendwer, den Sie aus Cornwall kannten, zum Beispiel Freunde von Mathew, Kontakt zu Ihnen aufgenommen?«

»Nein.«

»Hat Mathew noch irgendwelche Gegenstände von Ihnen, die Sie ihm vielleicht geliehen haben oder die Sie vermissen?«

»Nein.«

»Haben Sie Waffen bei Mathew gesehen?«

Sie verneinte abermals.

»Haben Sie irgendeine Vorstellung, wo er sich aufhalten könnte, wenn er in Schwierigkeiten wäre? Hat er Ihnen gegenüber einen Freund oder irgendeinen Ort erwähnt?«

Sie zögerte.

»Möchten Sie die Frage eher mit einem Nein beantworten?«

»Nein«, flüsterte sie.

Sie hat eine Ahnung, frohlockte Collin und diktierte Larissa seine E-Mail-Adresse. Dann legte er auf.

Fanny Lindson, McFerssons Sekretärin, hatte ihm einige Kontaktdaten aus den Personalakten besorgt. Bedauerlicherweise war Gürens Vorgänger bereits verstorben. Dafür hatte Collin mehrere Namen ehemaliger Haushälterinnen und Gärtner erhalten. Ja, seine Vermutung war richtig gewesen: Alle stammten aus osteuropäischen Ländern, überwiegend aus Polen. Zufall, hatte Fanny Lindson gesagt. War es das?

Er telefonierte alle Nummern durch. Die meisten existierten nicht mehr. Nur bei einer nahm jemand ab. Collin versuchte den polnischen Namen auf seiner Liste auszusprechen, hörte fremdländische Worte und schließlich ein Klicken in der Leitung. Frustriert gab er auf. Es musste einen anderen Weg geben, herauszufinden, welche Verbindung McFersson zu Polen hatte.

Bis weit nach Mitternacht schrieb Collin Berichte und las das Sammelsurium an Hinweisen, fruchtlosen Bemühungen und Mutmaßungen, das ihm sein Team gemailt hatte.

Bill hatte eine Fahndung nach dem goldenen Cruiser durchgesetzt, dessen Halter niemand anderes sein konnte als McFersson. Er hatte sich den Augenzeugen noch einmal vorgeknöpft, der den goldenen Cruiser am Pebble-Strand gesehen hatte. Der Mann war sich nun sehr sicher, dass der Cruiser einen Bootsanhänger hatte. Personen im Umfeld von Field bestätigten, dass dieser drogenabhängig und aus diesem Grund in ständiger Geldnot war.

Es gab niemanden, der nicht zu irgendeinem Zeitpunkt mit ihm in Streit geraten war. Einigen schuldete er Geld, anderen hatte er leere Versprechungen gemacht, Freundinnen ausgespannt, geliehene Sachen nicht zurückgebracht oder sie ausgenutzt. Seiner Vermieterin schuldete er drei Monatsmieten.

Die Frauen beschrieben ihn weniger negativ. Vermutlich ein Charmeur, hatte Bill angemerkt. Hätte Johnny klarer formuliert, dachte Collin und musste schmunzeln.

Er holte sich ein zweites Bier aus der Minibar und stellte sich ans offene Fenster. Die nasskalte Nachtluft wehte ihm wohltuend ins Gesicht.

Ich mag dich, weil alles an dir weich und warm wie frisches Brot ist, hatte Kathryn einmal gesagt.

Als Jugendlicher wollte er so cool sein wie die Clique um Andrew, seinem Sitznachbarn in der Highschool. Immer war Andrew in einen Schlamassel geraten. Nachsitzen, Suspendierung, schließlich Schulverweis.

Ein lauter Bass, vorgestrecktes Kinn, der lässige Gang eines Fußballspielers, verwegenes Haar und ein nicht versiegendes Grinsen. Nichts konnte Andrew erschüttern.

Die anderen eiferten ihm nach, versuchten sich ein wenig in seinem Lichtkreis zu bewegen, auch Collin erwischte sich dabei, denn die Mädchen himmelten Andrew an, schwirrten um ihn wie Motten und weinten ihm nach, wenn er sie sitzen ließ.

War Mathew Field so ein Typ? Ein Loser, der umso lauter wurde, je mehr Angst er hatte – man würde erkennen, dass er in Wahrheit nicht das Alphatier war, für das ihn alle halten sollten, sondern eine armselige Ratte, ein bellender Köter, der nicht wirklich beißen konnte?

Andrew war bei einem Unfall mit einem frisierten Motorrad ums Leben gekommen. Sein Kopf, den kein Sturzhelm schützte, denn das war ja nicht cool, wurde in einem Straßengraben gefunden. Das war ausgerechnet Collins erster schwerer Unfall, zu dem er als blutjunger Streifenpolizist gerufen worden war.

Wochenlang hatte er danach Albträume gehabt. Damals hätte

ich sofort aufhören sollen, dachte Collin. Stattdessen stieg er die Karriereleiter hoch, wechselte nach Southampton und versuchte sich jenen Panzer der Distanz, ja der Gefühllosigkeit anzulegen, den er bei älteren Kollegen zugleich bewunderte und fürchtete wie auch verachtete.

Er schloss das Fenster, trank den letzten Schluck Bier aus und wälzte sich in eine schlaflose Nacht.

* * *

Am Morgen war Collin mit stechenden Kopfschmerzen hinter dem linken Auge aufgewacht und nahm jetzt bereits die zweite Tablette.

In einer Stunde ging sein Zug nach Southampton.

Er war froh, dass Coimbra MacLaughlin ihm den geduldigen Willis als Unterstützung gegeben hatte. So viel war noch zu klären und zu recherchieren. Willis würde sich um die Laptops von McFersson kümmern, einige Mitarbeiter von »Cleany« befragen, Ferdinand Güren und Fanny Lindson noch einmal überprüfen und viele Dinge mehr im Umfeld von Manchester erledigen, die vielleicht Relevanz für den Fall hatten.

»Für mich riecht das alles nach einem Beziehungsdrama«, meinte Willis, als sie in der Kantine des Kommissariats einen letzten Kaffee zusammen tranken.

»Wie kommen Sie zu der Überzeugung?«

»Diese Lindson, die hat doch was zu verbergen. Sie müssen mal sehen, wie die lebt. Nobles Penthouse und alles. Geerbtes Geld war da nicht. Auch kein Ex mit dem nötigen Kleingeld.«

»Sie war nie liiert?«

»Wohl immer auf der Warteliste. Vielleicht hat sie McFersson erpresst?«

»Womit? Seiner Vorliebe für gewisse Damen? Ist das in den Kreisen nicht Usus?«

»Dennoch. Sie ist so seltsam wie ihr Chef. Und dieser Güren, na ja, man kann sich täuschen. Mit seiner Meinung hält er ja nicht hinterm Berg. Trägt er ja sozusagen in der Visage.«

»Klingt ganz nach einem billigen Klischee. Zu einfach.«

»Ist es das nicht oft?«

Vielleicht hatte Willis recht, überlegte Collin später, als er die in matschigen Farben vorbeiziehende Landschaft aus dem Zugfenster betrachtete. Man sucht nach einem großen und damit beinahe schon verständlichen Motiv, warum ein Mensch zum Mörder wird, und in der Praxis sind es dann manchmal nichtig erscheinende Anlässe, Situationen und Gründe, die nicht nachvollziehbar erscheinen. Wenn ein Mord überhaupt gerechtfertigt werden kann.

Ja, Güren hegte einen Hass gegenüber McFersson. Und Fanny Lindson war ebenfalls eine Person auf dem Schachbrett des Mordfalls, die verdächtige Züge hatte. Und doch glaubte Collin, dass es im Fall von Godwin McFersson komplizierter war. Es musste eine verborgene Geschichte geben, die auf tragische Weise mit seinem Tod geendet hatte.

»Lassen Sie uns auf drei Personen konzentrieren«, hatte er Willis geraten. »Die unbekannte Frau in McFerssons Leben. Mathew Field. Anthony Polodny. Güren und Fanny Lindson als tragende Nebenfiguren.«

DAS ACHTE GEBOT

Du bist nichts.
Du weißt nichts.
Du kannst nichts.
Du hast nichts.
Alles, was du bist, bist du durch mich.
Ohne mich ist kein Leben in dir.
Wohin du gehst, ich gehe mit dir.
Ich hauche dir den Odem ein.
Ich krieche dir unter die Haut.
Ich führe deine Hand.
Ich liege auf deiner Zunge. Perle. Stein. Klinge.
Du bleibst, wer du bist.
Ein Niemand.
Mein Kind.
So sprach die Herrin.
Ihr Wille geschehe.
Amen.

22

Collin schloss gerade die Tür zu seinem Zimmer in Southampton auf, als sich Ernest Ivey, Polodnys Anwalt, meldete, den er seit Tagen erfolglos zu erreichen versucht hatte. Ivey erklärte, dass ihn eine dringende Familienangelegenheit gezwungen hatte, Sonderurlaub zu nehmen.

Als das Gespräch nach einer Stunde beendet war, ließ sich Collin erschöpft aufs Bett fallen. Die Federn der ausgelegenen Matratze quietschten. Der Bezug roch nach Zitrone.

Er starrte auf die Tapete mit den zwei verschiedenen Grüntönen. Eine Bordüre mit goldfarbenen Blättern trennte sie in der Mitte und verband sie zugleich miteinander.

Zwei Männer, die sich gekannt hatten. Die beide innerhalb weniger Wochen starben. Die Todesursachen waren unterschiedlich: McFersson ermordet, Polodny einem Herzschlag erlegen.

Ivey fand das merkwürdig. Zwei Männer, die Geschäftspartner gewesen waren. Nicht nur … Nein, dachte Collin. Da musste mehr gewesen sein, als zusammen ein Kasino zu besitzen. Wie waren sie sich begegnet?

Ernest Ivey wusste es nicht. So wenig, wie er über die Tragödie in Polodnys Familie wusste und von dessen Gefängnisstrafe. Geradezu erschüttert hatte er reagiert. Offenbar hatte er seinen Klienten von einer ganz anderen Seite kennengelernt. Besonders sei er gewesen, ein ganz einmaliger Kunde.

Die Schwester Elisabeth. Sie war zur Beerdigung extra aus Australien angereist. Wenn jemand etwas über Polodnys Vergangenheit wusste, dann sie. Solange sie im Land war, musste Collin mit ihr sprechen.

Southampton also. Anthony Polodny war dort aufgewachsen und hatte die letzten Jahre in der Stadt gelebt, in der vor zwanzig

Jahren das schreckliche Blutbad in seiner Familie geschehen war. Collins ehemaliger Chef Owen Peters wartete hier auf ihn – mit der Akte über den damaligen Fall.

Offenbar kann ich dieser verdammten Stadt nicht entrinnen, muss wieder in ihr finsteres, schmutziges Antlitz schauen, dachte Collin.

»Unser Schotte scheint eine Vorliebe für Dominas gehabt zu haben«, hatte Sandra gemailt. »Allerdings mit Stil.«

Wie konnte man sich freiwillig quälen lassen und wie noch mit Stil?, fragte sich Collin. Peitschen aus Krokodilleder? Er wollte es sich nicht genauer vorstellen und verschob es auf einen späteren Zeitpunkt, Sandras Informationen vollständig zu lesen.

Stattdessen rief er Kathryn an, genoss für Augenblicke ihre fröhliche Stimme. Sie hatte schon eine Liste für das Wochenende erstellt: Bierbrot wollte sie backen und einen Bananenkuchen, einen Salat machen und Köder kaufen. Die Kinder, erzählte sie, wären ganz aus dem Häuschen. Sie hätten schon die Gummistiefel und Angelruten gepackt und würden die Tage und Stunden zählen, bis sie zum Fluss fuhren.

»Ich hoffe nur, dein Mörder macht uns keinen Strich durch die Rechnung«, sprach sie Collins Gedanken aus.

Er versprach ihr, am frühen Samstagabend zum Grillen zurück zu sein, und fuhr mit einem Taxi zum Hafen von Southampton.

Collin lief an Frachtern entlang, an rostigen Kranhälsen, an übereinandergestapelten Containern, roch die typische Mixtur von Diesel, Chemikalien und verrottetem Fisch, betrachtete im Hafenbecken die Regenbogenfarben der Ölschlieren und den bleifarbenen Teppich der offenen See, über dem sich Wolken wie Betonwände aufschichteten. Selbst das Kreischen der

Möwen erschien kränklich und verzweifelt, wie Hilferufe gequälter Existenzen.

Der Hafen der Träume, so hieß es damals. Januz Wriznik, Polodnys Vater, hatte hier gearbeitet. Für ihn musste es der Hafen gewesen sein, an dem er seine Träume begraben hatte.

Collin machte sich auf den Weg zu Owen. Er wusste, was ihn dort erwartete: Begeisterung. Owen hatte sie immer gehabt. Für jeden kleinen Handtaschendiebstahl. Vor allem aber für die Aufdeckung von Schwerverbrechen. Ein Mord war für ihn wie eine Gruselgeschichte – er wollte jedes schauerliche Detail wissen und fügte es zu einer Dramaturgie des Geschehens zusammen, die sich in seinen Berichten las wie eine Mischung aus Sherlock-Holmes-Prosa und den nüchternen Fakten eines pathologischen Referats.

»Das schottische Klima scheint dir nicht gutgetan zu haben«, meinte Owen mit einem kritischen Blick in Collins abgespanntes Gesicht.

Sie saßen in einem für Collins Geschmack zu süßlich nach heißer Schokolade duftenden Café. Owen hatte sich ein Stück Kirschsahnetorte bestellt und gut gelaunt die wenigen anderen Gäste begrüßt, alle so ergraut wie er.

»Weitergekommen?«, fragte er.

»Kennst du ja. Aufgewirbelter Staub, überall Fussel und Krümel, und man pult Dreck unter den Fingernägeln weg.«

»Verdächtige Schottenröcke?«

»Eine Chefsekretärin, die McFersson zu Füßen lag und …«

»… als Fußabtreter benutzt wurde.«

»Mehr oder weniger, ja. Ein Geschäftsführer, dem McFersson die Daumenschrauben angelegt hat. Eine unbekannte Frau. Aber nichts Stichhaltiges.«

»Also musst du das schwarze Schaf doch bei deinen Schafen suchen.«

»Möglich.«

»Und der Schotte? Hast du was in seinen Schubladen gefunden?«

»Nichts. Als hätte ein Geist in seinem Haus gelebt. So ein Fall ist mir noch nie untergekommen. Keiner weiß Näheres über ihn. Wie ein weißes Blatt Papier.«

Owen lachte und leckte die Kuchengabel ab.

»Weißt du, mein Junge. Ich hab Diabetes. So eine Sünde wie die Torte hier ist mir streng verboten. Gönne ich mir trotzdem jede Woche. Man muss doch etwas Vergnügen im Leben haben, und hier in diesem Café erfährt man nicht nur allerlei Neues. Es gibt zwischendurch auch nette Damen, die man an seinen Tisch bitten kann.«

Collin schüttete sich eine zweite Tasse Kaffee ein und fragte sich, was Owen ihm damit sagen wollte. Dieser winkte der Bedienung, schäkerte mit ihr und bestellte sich noch ein Stück Torte, bevor er weitersprach.

»Dein Schotte hat ein soziales Leben gehabt. Jeder hat das. Sogar der, der sich angeblich in den eigenen vier Wänden verkriecht. Jeder hat seine Routinen, der Mensch ist schließlich ein Gewohnheitstier. Da muss schon ein Art Erdbeben geschehen, dass man sich grundlegend ändert. Und jeder hat seine großen und kleinen Sünden. Manchmal lohnt es sich, dahin zu schauen und daraus seine Schlüsse zu ziehen. Also, ich höre?«

»Ein Mann ohne Eigenschaften. Aber offenbar hatte er eine Vorliebe für Peitschen.«

»Für Peitschen?«

Owen lachte schallend. Dann hörte er Collins Bericht mit ernster Miene und der hellwachen Aufmerksamkeit zu, für die

351

er bekannt war. Danach aß er schweigend und genüsslich die Torte auf, trommelte währenddessen auf der weißen Tischdecke herum, als feuerte er seine Gedanken an, und nickte dabei vor sich hin.

Früher hatte das Collin verrückt gemacht. Bis zu einer halben Stunde hatte Owen manchmal so dagesessen, und nur sein Mund bewegte sich. Nicht anders als jetzt: Er zog die Lippen ein, machte leise Sauggeräusche, zischte, biss sich auf die Unterlippe, blies eine Wange auf.

Collin war die Prozedur hier in diesem Café peinlich.

»Und du glaubst, dass es da einen Zusammenhang mit dem Polodny-Fall gibt?«, nahm Owen endlich das Gespräch wieder auf.

»McFersson war stiller Teilhaber eines Kasinos, das Polodny in London hatte. Wo sind sich die beiden begegnet? Ich denke, man muss ihre Vergangenheit durchleuchten. Vielleicht ist es nur Zufall. Vielleicht aber auch nicht. Ich schaue mich morgen jedenfalls hier um. Polodny soll die letzten Jahre überwiegend in Southampton gelebt haben, und seine Schwester ist gerade hier. Aus Australien.«

»Bingo! Das ist doch was!«, rief Owen. »Du kannst die Akte über seinen Vater in Ruhe lesen. Es war Mord im Affekt. Seine Frau hat ihn um die Scheidung gebeten. Anthony Polodny war an dem Tag in der elterlichen Wohnung. Die Tochter, Elisabeth, ist kurz nach dem Blutbad nach Hause gekommen und sah ihren Bruder mit dem Vater ringen. Sie ist sofort wieder aus dem Haus gerannt und zu einem Geschäft um die Ecke. Von dort aus wurde die Polizei gerufen. Die Polodnys hatten kein Telefon. Als wir eintrafen, fanden wir Anthony Polodny mit einem Messer in der Hand in der Küche. Seine Eltern lagen auf dem Boden. Der Vater lebte noch. Natürlich haben wir den jungen Mann erst einmal festgenommen. Es sah für uns so aus, als hätte er auf beide eingestochen. Eine Tote, ein lebensgefährlich Verletzter. Anthony verweigerte die Aussage. Die Tochter stand unter Schock. Rückblickend muss ich sagen, dass wir diesen Fall eigentlich ziemlich oberflächlich abgehandelt haben. Heute würde man mehr in die Tiefe schauen. Psychologische Gutachten anfertigen lassen. Aber damals haben wir Anthony Polodny keine Chance gegeben. Und uns erst recht nicht um die minderjährige Schwester gekümmert. Zudem hat sich der Vater dann ja kurz nach seiner Festnahme umgebracht. Die Hintergründe spielten beim Prozess gegen Anthony Polodny keine Rolle. Ein Familiendrama, wie es zu der Zeit zuhauf in Southampton vorkam. In einer bestimmten sozialen Schicht und in der Gegend, wo sie wohnten. Schublade auf und zu. Und da lag schon der nächste Fall auf dem Tisch. Ja, so ist das. Was ich sagen will, ist: Schau in die Tiefe. Das ist deine Stärke. Wenn jemand dermaßen weiß geputzte Wände wie dein Schotte um sich aufbaut, kann etwas nicht stimmen.«

Owen schlug mit der flachen Hand auf den Ordner mit der Kopie des Wriznik-Falls. Collin würde Anmerkungen, mit Textmarker hervorgehobene Stellen und Adressen finden. Er wusste, wie sorgfältig Owen war.

»Übrigens habe ich dir auch das Protokoll zu Anthony Polodny besorgt. Über seinen plötzlichen Herztod, meine ich. Was hat sich der Stinkstiefel vom zuständigen Dezernat angestellt. Hat es dann doch rausgerückt. Du brauchst also keine abgestandene Sheriffluft schnuppern.«

Collin lächelte dankbar, das sparte ihm Zeit und Nerven. So konnte er seine Pläne für den restlichen Tag ändern und noch versuchen, mit Polodnys Schwester zu sprechen.

»Bitte halt mich auf dem Laufenden. Irgendwie ist es doch zu einem Viertel noch mein alter Fall, oder?«, bat Owen, als Collin ihn wieder in sein Altersheimzimmer geschoben und zur Mittagsruhe ins Bett geholfen hatte.

Collin warf einen letzten Blick auf Owens nun ganz eingefallenes Gesicht, das Gesicht eines Greises, bevor er leise die Zimmertür schloss. Mochten sich diese alten Menschen hier jeden Morgen fragen, ob sie an diesem Tag das letzte Mal die Sonne sehen? Selbst ein so vitaler Rentner wie Owen?

Als er im Taxi saß, kam eine SMS von ihm. *Nimm mich mit zu Polodnys Schwester.* Keine Bitte. Eine Order.

* * *

Owen hatte sich sorgfältig herausgeputzt: dunkler Anzug, Krawatte, ein geblümtes Tuch in der Brusttasche. Er roch nach einem teuren Aftershave und hatte das Haar nass gescheitelt. In barscher Stimme gab Owen dem jungen Taxifahrer Anweisungen, wie der Rollstuhl zusammenzuklappen sei.

Für Collin war es ein Arbeitstag wie jeder andere, allerdings zu seinem Unmut an einem Samstag. Für Owen bedeutete der Besuch bei Polodnys Schwester eine aufregende Exkursion, die ihn aus dem tristen Alltag des Altersheims riss.

Collin hatte Elisabeth Polodny am Abend zuvor auf der Handynummer erreicht, die ihm Ivey gegeben hatte. Eine melodiöse Stimme, die ins Haspeln geriet, kaum hatte er ihr erklärt, worum es ging.

Als das Taxi vor dem Grundstück hielt, sahen sich Collin und Owen perplex an.

»Potztausend!«, rief Owen. »Muss ich meine Brille putzen? Das ist ja verrückt!«

»Ja, sehr ungewöhnlich. Gefällt mir aber.«

»Im Ernst? Willst du eine Mauer aus alten Reifen und Coladosen um dein Cottage haben?«

»Ich persönlich vielleicht nicht. Aber die Idee …«

»Dass es dafür eine Genehmigung gibt.«

»Du bist schon immer ein konservativer Stinkstiefel gewesen, Owen.«

»Pfff, konservativer Stinkstiefel. Sei froh, dass ich dir keine Verwarnung mehr für wegen Beamtenbeleidigung geben kann.«

Collin zog an einer Kette, an deren Ende eine Dose befestigt war. Sie trug die Aufschrift *Wer immer mich zu stören wagt*. Ein Hund bellte. Dann wurde das Tor geöffnet, und eine zierliche Frau stand vor ihnen. Sie hielt den kläffenden Hund am Halsband fest und sprach beruhigend auf ihn ein, bis er sich jaulend neben sie legte.

»Ms Polodny? DC Brown und Owen Peters.«

Elisabeth begrüßte sie mit verschlossener Miene und bedeutete ihnen, ihr zu folgen.

Collin mühte sich mit Owens Rollstuhl ab, der sich trotz der dicken Bereifung nur schwer über den Sandweg schieben ließ.

»Ist das jetzt ein Müllplatz oder wo sind wir gelandet?«, fragte Owen.

Sie starrten die Berge von ausgeschlachteten Fahrzeugen und Haushaltsgeräten an.

»Vielen Dank, dass Sie sich die Zeit nehmen«, sagte Owen zu Elisabeth Polodny, als sie vor einem kleinen knallroten Haus angekommen waren. »Mein Ferrari passt aber sicher nicht durch die Tür des Knusperhäuschens, fürchte ich. Ein trockenes Plätzchen für unsere Unterhaltung wäre trotzdem nett.«

»Dann dort.« Elisabeth wies zu einer Scheune. »Tee?«

»Gern«, sagte Collin. »Ich bringe Mr Peters dann schon mal in die Scheune.«

355

Elisabeth verschwand wortlos in dem kleinen Haus.

»Also dann, Collin, drück aufs Gas. Solange das Teewasser kocht, solltest du dich umschauen.«

Collin schob Owen in die Scheune und folgte Elisabeth ins Haus.

»Entschuldigung, dass ich hier so reinplatze. Aber ich habe so etwas noch nie gesehen. Darf ich …«

»Dafür ist es wohl gedacht«, murmelte Elisabeth, ohne sich von dem Gaskocher abzuwenden, auf dem ein kleiner Kessel stand.

»Als Ausstellungsraum?«

Sie gab keine Antwort. Das lange Haar hatte sie nachlässig zu einem Zopf gebunden, sie trug ein weites graues Kleid mit gestickten Blumen am Saum und Puffärmeln dazu. Elisabeth wirkte auf Collin wie ein älteres Blumenmädchen aus den Siebzigerjahren.

Er ging in dem kleinen Wohnraum mit dem Gefühl umher, in eine beinahe sakrale, jedenfalls sehr intime Welt einzudringen, in der er nichts zu suchen hatte. Eine Unruhe hatte ihn überfallen, kaum war er durch die Tür getreten. Wie ein offenes schreiendes Buch schien Polodnys Seele vor ihm ausgebreitet.

Das Häuschen war ein kompletter Kontrast zu Godwin McFerssons Lebensraum. Wirkte dort alles wie eine blank polierte, farblose Leere, quoll es hier über vor Farben und umfunktionierten Dingen, die zur Entdeckungsreise einluden. Und doch strahlte der Raum eine morbide Düsterheit aus.

Ein Feuerwerk der Fantasie oder das erdrückende Zeugnis eines Verrückten, wie es Owen und viele andere wohl sehen würden. Kunst und Wahnsinn, wie nah das oft beieinanderlag.

Collin wünschte sich, jetzt auf der Stelle Holzkisten öffnen zu können, die sich bunt bemalt an den Wänden stapelten, oder die als Tapeten dienenden Zeitungsartikel zu lesen, die, teils überstrichen, ein wirres Muster bildeten.

Was würde man finden, wenn es gelang, die Zeichen von Anthony Polodnys Sprache zu entziffern und zu einer Botschaft zusammenzusetzen, so er überhaupt die Absicht gehabt hatte, eine Botschaft zu senden?

Aber Collin waren ohne Durchsuchungsbefehl die Hände gebunden. Und den würde er nur mit einem eindeutigen Indiz dafür bekommen, dass sich ein Tatverdächtiger im Zusammenhang mit McFerssons Ermordung ausgerechnet an diesen seltsamen Ort verirrt hatte. Außerdem befand er sich in Southampton. Nicht sein Distrikt. Die Stolpersteine und Hindernisse der Bürokratie, die ihm schon immer ein Ärgernis gewesen waren.

Eine umfunktionierte Müllhalde. So hatte Owen das Häuschen genannt.

Collin behielt seinen Eindruck lieber für sich. Es war ein Gefühl wie ein Stromschlag. Es hatte ihn von den Haarwurzeln bis zu den Fußsohlen durchzuckt: Was er sah, war das Werk eines Künstlers. Die kompromisslose Leidenschaft eines Menschen, der nur noch für eins lebte: seine Kunst.

Der Kessel pfiff. Collin nahm Elisabeth das Tablett mit dem Teegeschirr ab und entzündete mit wenigen Handgriffen ein Feuer im offenen Kamin der Scheune.

Elisabeth reichte ihnen Tee und brach endlich ihr Schweigen.

»Also, bitte. Stellen Sie Ihre Fragen.«

»Nochmals unser aufrichtiges Beileid, Ms Polodny«, sagte Collin. »Es tut mir leid, dass wir Sie ausgerechnet jetzt belästigen.«

»Das Leben geht weiter, oder? Was möchten Sie wissen?«

»Ist Ihr Bruder hier gefunden worden?«

»Ja, vor der Werkbank. Er hat etwas geschweißt. Ich weiß

aber nicht, ob das Gerät … Ich meine, ich habe mir darüber Gedanken gemacht, und niemand kann mir Auskunft geben. War das Schweißgerät noch an? Ist es ihm aus den Händen gefallen? Verstehen Sie, ich …«

»Ja«, unterbrach Owen sie mit einer ungewöhnlichen Sanftheit in der Stimme. »Ich verstehe Sie vollkommen. Genau diese Fragen stellen sich die Hinterbliebenen. Und niemand macht sich Gedanken darüber. Ich war nicht anders, als meine Frau starb. Die Krankenschwestern waren ganz genervt, als ich wissen wollte, wie ihr Kopf auf dem Kissen lag. Ja. Das verfolgt einen.«

Collin rutschte auf dem Baumstumpf herum, der mit Schaumstoff beklebt und dennoch unbequem war. Es fiel ihm schwer, seine Ungeduld zu zügeln. Komm zum Punkt, dachte er. Doch offenbar hatte Owen genau das richtige Fingerspitzengefühl. Behutsam wählte er seine Fragen. Elisabeth Polodny schien sich zu entspannen.

»Fühlen Sie sich hier wohl? Ist es nicht ein wenig unheimlich?«, fragte Owen.

Elisabeth ließ den Blick durch die zugige Scheune gleiten und legte die Hand auf den Kopf des Hundes, der zu ihren Füßen lag. Sie ließ die Frage unbeantwortet.

»Aus welchen Grund wollten Sie mich sprechen?«, fragte sie stattdessen an Collin gewandt. »Sie erwähnten Anthonys Geschäftspartner. Dass er ermordet wurde. Gibt es einen Zusammenhang zu Anthonys Tod?«

Collin kämpfte gegen das dumme Gefühl an, sich in Owens Gegenwart beweisen zu müssen, schmiss Holz nach und wählte seine Worte sorgfältig. »Godwin McFersson, der stille Teilhaber des Kasinos, ist in Cornwall, in dem Distrikt, für den ich zuständig bin, tot aufgefunden worden. Alle Indizien sprechen dafür, dass er ermordet wurde. Wir gehen jeder Spur nach, überprüfen alle Personen, die mit dem Opfer zu tun hatten, vor allem diejenigen, die um den Tatzeitraum in näherem Kontakt zu ihm standen. Darunter auch Personen, mit denen er geschäftlich zu tun hatte. So sind wir auf Ihren Bruder gestoßen und mussten erfahren, dass er gerade verstorben ist. Das kann Zufall sein. Wir möchten uns in erster Linie ein genaueres Bild über McFersson machen. So haben wir uns zum Beispiel gefragt, wie er Ihrem Bruder begegnet ist. Das Kasino ist vor rund achtzehn Jahren auf die beiden überschrieben worden. Wissen Sie etwas darüber?«

»Nein. Ich wusste bis vor ein paar Tagen nichts von dem Kasino.«

»Gut. Ich möchte nicht um den heißen Brei herumreden, Ms Polodny, aber zum damaligen Zeitpunkt stand Ihr Bruder finanziell betrachtet sicherlich nicht so gut da. Er war noch nicht lange auf Bewährung entlassen und arbeitslos. Er hat, wie ich aus Berichten des Bewährungshelfers weiß, wenig Antrieb besessen, war, um es so auszudrücken, hochgradig gefährdet und instabil. Haben Sie eine Erklärung, warum ein gut situierter Geschäftsmann, wie es Godwin McFersson war, Ihren Bruder als Partner gewählt hat?«

»Vielleicht waren sie befreundet. Aber Sie fragen die Falsche. Ich … ich lebe seit Langem in Australien und hatte keinen Kontakt zu meinem Bruder.«

Elisabeth war inzwischen aufgestanden und wanderte in der Werkstatt umher, nahm hier einen Zollstock in die Hand, da ein paar Schrauben. Zwischendurch rieb sie sich die Arme, als sei ihr kalt.

»Haben Sie im Nachlass Ihres Bruders irgendeinen Hinweis zu Godwin McFersson gefunden oder ist Ihnen sonst etwas aufgefallen, was Sie wichtig finden?«

Sie schüttelte den Kopf. Auf eine entschlossene Weise, die Collin misstrauisch machte. Sie verschweigt etwas, dachte er. Sie hält uns auf Distanz und spielt auf Zeit, weil sie vor etwas Angst hat.

»Glauben Sie, dass mein Bruder ermordet wurde?« Elisabeth stellte sich direkt vor Collin. Ihre Augen hatten im Feuerschein einen seltsamen Schimmer. Tiefste Traurigkeit lag darin. Eine Abwesenheit, als blickte sie in eine ferne Welt. Als wollte sie in die Arme genommen und zugleich von allen und allem in Ruhe gelassen werden.

»Ms Polodny, ich untersuche den Mordfall McFersson. Ich habe keine Informationen über Ihren Bruder, die über den Polizeibericht hinausgehen.«

»Sie wissen also nicht, ob er ermordet wurde?«

»Nein, meine Liebe«, mischte sich Owen ein, der mit geschlossenen Augen gelauscht hatte. Collin hatte schon geglaubt, er sei eingeschlafen. »Wenn mein Kollege während der Ermittlung im Fall McFersson irgendwelche Hinweise erhalten sollte, dass ihr Bruder nicht eines natürlichen Todes gestorben ist, wird er die Kollegen hier in Southampton informieren. Zweifeln Sie daran, dass Ihr Bruder einen Herztod erlitten hat?«

»Warum sind Sie dann hier? Sie sagen doch selbst, dass Sie nach einem Zusammenhang mit diesem toten Geschäftsmann suchen. Und ein Kasino, ich meine …«

»Wir tappen im Dunkeln, Ms Polodny. Und manchmal ist man dann gezwungen, in eine andere Richtung zu schauen. Das ist oft nicht einfach. Man muss graben, die Oberfläche abtragen und darunterschauen.«

Owen hielt einen Moment inne und trank einen Schluck Tee. Nicht nur das Feuer knisterte. Collin wusste, dass Owen jetzt zum Punkt kommen würde.

»Gesichter verändern sich, meine Liebe. Meines hat Falten bekommen. Ich weiß nicht, ob Sie sich dennoch erinnern können? Ich kann mich genau an Ihr Gesicht erinnern. Im Krankenhaus habe ich Sie befragt. Das menschliche Hirn lässt nicht alles zu, wenn man unter Schock steht. Es blendet aus, vergisst aber nur an der Oberfläche. Will vergessen. So war es bei Ihnen. Ich habe mir gestern das Protokoll von damals noch einmal durchgelesen. Zum x-ten Mal. Und immer denke ich, es fehlt etwas ...«

Owen rollte ein Stück auf Elisabeth zu, die sich auf den Stuhl gekauert hatte, den Oberkörper zum Hund gebogen, den Kopf gesenkt, das Haar fiel ihr übers Gesicht. Er streckte die Hand nach ihr aus.

Sie schlug sie weg. »Das ist alles Jahrzehnte her!«, rief sie. »Alle liegen unter Erde. Anthony jetzt auch. Warum sind Sie hier?«

»Vielleicht würde es Sie erlösen«, sagte Owen leise. »Vielleicht müssen Sie noch einmal hinschauen. Auch wenn es wehtut. Ein Mörder läuft frei herum. Eine Spur hat uns zu Ihrem Bruder geführt und, wie ich denke, zu Ihrer gemeinsamen Vergangenheit.«

»Sie ist begraben«, murmelte Elisabeth. »Gehen Sie zum Friedhof. Da sind die Gräber.«

»Es geschah hier in Southampton. In weniger als drei Meilen Entfernung von hier. Es war ein Tag im Frühling, nicht wahr? Alles blühte, aber an dem Tag hat es leicht geregnet. Ein Tag wie heute war es.«

Elisabeth blickte ihn jetzt an. Mit unbeweglichem, wie zu einer Maske erstarrtem Gesicht, aus dem alle Farbe gewichen war.

»Es war ein Sonntag. Ihr Bruder wollte aus London kommen. Sie hatten sich gefreut. Noch mehr hatten Sie sich aber darüber gefreut, dass Ihre Mutter zu Besuch kam. Sie hatten Sie lange nicht gesehen. Nichts von ihr gehört. Fast ein Jahr. Wussten nicht, wo sie war. Dann hat sie plötzlich eine Postkarte an Ihren Vater geschickt. Die Postkarte war in York abgestempelt worden. Ihre Mutter hatte das Datum und die Uhrzeit Ihres Besuchs mitgeteilt: am 14. April um zwei Uhr nachmittags, ein Sonntag. Auch Ihr Bruder hatte eine solche Postkarte erhalten. Aber das haben Sie erst später erfahren. Die Kathedrale von York war darauf abgebildet. Eine alte Schwarz-Weiß-Aufnahme. Die Postkarten kamen am Freitag davor an. Ihr Vater hat Sie gebeten, seinen Anzug in die Reinigung zu bringen. Sie haben den Anzug am Samstagmorgen abgeholt. Er hat Ihnen eine Einkaufsliste geschrieben oder diktiert. Sekt. Ein teurer Wein. Einen Braten. Eine Torte. Sie haben die Wohnung auf Hochglanz geputzt. Die Betten frisch bezogen. Ihr Vater war beim Friseur. Sie hatten sich ein Kleid angezogen und voller Vorfreude gewartet. Aber am späten Sonntagmorgen hat Ihnen Ihr Vater eine Kinokarte in die Hand gedrückt. Für die frühe Nachmittagsvorstellung. Sie sollten nicht da sein, wenn Ihre Mutter kam. Er wollte Ihre Mutter für sich allein haben.«

Elisabeth hatte ihr Gesicht im schwarzen Fell des Hundes vergraben. Collin fragte sich, ob sie weinte.

»Sie sind ins Kino gegangen. Die abgestempelte Karte ist in der Akte. Reihe 10, Sitzplatz 22. Ein Actionfilm. Ganz und gar nicht Ihr Geschmack. Ein lauter Film mit Verfolgungsjagden und Schießereien. Sie saßen im dunklen Kinosaal und dachten an Ihre Mutter. Der Hauptfilm lief nur wenige Minuten, da sind Sie aufgestanden und gegangen, haben auf den Bus gewartet und sind bis zur Haltestelle gefahren, die zehn Minuten von Ihrem Elternhaus entfernt liegt. Sie wollten Ihre Mutter sehen. Sie sind die Treppe hochgegangen, mit ungutem Gefühl, denn

Sie haben sich ja Ihrem Vater widersetzt. Vor der Wohnungstür angelangt, hörten Sie Schreie. Sie liefen in die Küche, sahen Ihre Mutter blutüberströmt am Boden liegen und wie Ihr Bruder mit einem Messer in der Hand mit Ihrem Vater rang. Sie sind sofort weggelaufen, zu dem einzigen Menschen, an den Sie sich wenden konnten: Mrs Cai Yan, die den kleinen asiatischen Laden an der Straßenecke hatte. Cai Yan hat die Polizei gerufen. Sie warteten im Regen, bis die Polizei eintraf. Sie folgten den beiden Polizisten die Treppe hoch, blieben vor der Wohnungstür stehen, hörten die Stimme Ihres Bruders, nur seine Stimme und die der beiden Polizisten, die ihn schließlich überwältigten.«

Owen trank erneut einen Schluck Tee.

»Heute denke ich, dass wir alles zu schnell abgehandelt haben. Totschlag als Folge häuslicher Gewalt. Das war damals kein Einzelfall, Ms Polodny. Southampton ist inzwischen sicherer. Die Polizisten sind besser ausgebildet. Doch damals waren wir hoffnungslos überlastet. In einem Viertel wie dem, in dem Sie mit Ihren Eltern wohnten, waren wir im Dauereinsatz. Wir haben Ihren Vater in Untersuchungshaft gebracht, sobald er aus dem Haftkrankenhaus entlassen wurde. Wir haben Ihren Bruder festgenommen. Und dann dem Staatsanwalt den Fall übergeben. Bevor es zum Prozess kommen konnte, hat Ihr Vater Selbstmord begangen. Und Ihr Bruder hat geschwiegen. Er hat nicht kooperiert. Der Anwalt hat seine Verantwortung als Pflichtverteidiger erledigt. Der Psychologe hat ein wenig aussagekräftiges Gutachten angefertigt. Niemand hatte sich die Zeit genommen, tiefer zu schauen, nach Gründen zu suchen. Niemand hat sich zum Beispiel die Frage gestellt, ob Ihr Bruder zu Unrecht in Haft gewesen war.«

Owen suchte Collins Blick. Eine leichte Verzweiflung schien darin zu liegen. Eine Unsicherheit, die Collin früher nie an Owen wahrgenommen hatte. Oder hatte er es, jung und unerfahren, wie er anfangs gewesen war, nur damals nie wahrnehmen wollen?

Eine Situation wie diese hatte Collin im Laufe der Jahre schon oft erlebt. Wie beim Verhör auf Menschen eingeredet wird, auf Täter, Zeugen oder Opfer, und es blieb bei einem Monolog. Ein Gefühl, als redete man gegen eine Wand. Wie den Zwillingen eine Standpauke zu halten, die mit geneigten Köpfen dastanden, die Ohren auf Durchzug gestellt, zu allem nickten und Ja und Amen sagten und im Grunde nur eins wollten: dass sie endlich gehen konnten.

Elisabeth hatte Owens Monolog ohne Reaktion und ohne ein einziges Mal die Hände vom Hund zu lösen über sich ergehen lassen. Mit gespitzten Ohren und einer Spannung in den Muskeln saß der Hund zu Elisabeths Füßen. Eine falsche Bewegung und er würde sich auf Collin und Owen stürzen.

Collin wusste, dass er übernehmen sollte. Ein Wechsel der Stimme. Eine andere Wortwahl. Eine andere Herangehensweise. Oft brach dies das Eis.

Collin stellte sich an die Werkbank neben Elisabeth. »Was wird aus dem Hund?«

Elisabeth hob den Kopf, ein verwirrter Ausdruck in ihrem Gesicht. »Ich weiß es nicht.«

»Es gibt ein gutes Tierheim in Southampton. Ob die Hühner und Schafe aufnehmen, weiß ich allerdings nicht.«

Sie streichelte die Ohren des Hundes, bevor sie antwortete. »Vielleicht nehme ich ihn mit.«

»Es ist seltsam, aber mir fällt gerade auf, dass Godwin McFerson sein Boot ›Engel‹ genannt hat. Allerdings auf Polnisch: ›Aniol‹. Und der Hund Ihres Bruders …«

»… heißt Angel«, sagte Elisabeth. »Ist das ein Zufall?«

»Ich weiß es nicht. Was geschieht mit dem Haus und dem Grundstück?«

»Anthony hat das Gelände der Gemeinde vermacht. Martha … Martha Fridge, seine … eine gute Freundin von ihm, soll seinen Lebenstraum weiterführen. Anthony wollte hier ein Haus für verwahrloste Jugendliche aufbauen. Ich denke, als Wiedergutmachung irgendwie oder weil wir …«

Sie verstummte.

»Weil Sie selbst es nicht leicht hatten in ihrer Kindheit?«

»Möglich«, flüsterte sie.

»Sie haben beide den Namen Ihrer Mutter angenommen.«

»Damit lebte es sich einfacher.«

»Haben Sie Ihrem Bruder verziehen?«

»Er hat dafür gebüßt«, sagte sie und fügte nach einer Pause kaum hörbar hinzu: »Wir beide.«

»Haben Sie jemals nachgeforscht, wo sich Ihre Mutter aufgehalten hatte, als sie Monate weg war? Nichts darüber steht in der alten Akte. Das ist, was mein Kollege meint. Es ist damals nicht gründlich genug recherchiert worden. Es interessierte niemanden, was wirklich vorgefallen war. Was zu der schrecklichen Tragödie geführt hat.«

Elisabeth schüttelte den Kopf.

Totschlag im Affekt. So lautete die nüchterne Beschreibung der Tat.

Als hätte es keine Vorgeschichte gegeben. Als hätte das Wiedersehen des Ehepaars auch anders verlaufen können, in jener Harmonie, die sich Elisabeth und auch ihr Vater ausgemalt hatten. Mit einem festlichen Essen, einem Glas Wein, mit Händen, die sich liebevoll ineinanderschlingen, und dem Versprechen eines Neuanfangs.

Zweiundzwanzig Stiche mit dem Fleischermesser, das neben

dem Herd in einem Messerblock gesteckt hatte und aus der Zeit stammte, als Januz Wriznik, Elisabeths Vater, eine Lehre als Metzger angefangen hatte.

Die Fingerabdrücke aller vier Familienmitglieder waren auf dem Tatmesser gewesen. Am Morgen hatte Elisabeth damit noch Speck klein geschnitten.

Anthony und sein Vater hatten Magdalenas Blut an ihren Händen.

Die Art der Stiche, die Collin auf Fotoabzügen gesehen und die der Pathologe mit detaillierter Sachlichkeit dokumentiert hatte, zeigte, dass zielgerichtet vorgegangen worden war. Die Herzgegend, der Bauch, der Hals. Später dann ein Beweis, dass Wriznik der Täter war.

Elisabeths Bruder hatte keinesfalls früher als seine Mutter eintreffen wollen und war letztlich zu spät gekommen. Ein unpünktlicher Zug, der übliche Stau in der Innenstadt und am Ende eine Dreiviertelstunde Verzögerung.

Der Streit, der dem Blutbad vorausgegangen war, steuerte schon auf das tödliche Ende zu, als Anthony in die Wohnung kam.

Wriznik hatte eine Flasche Wodka intus gehabt und das Messer in der Hand, als Anthony die Szenerie betrat. Geschirr lag zerschlagen auf dem Fliesenboden.

Magdalena Polodnys Arme und das Gesicht verbrüht mit der Hühnersuppe, die Elisabeth als Vorspeise für das Wiedersehensessen gekocht hatte. Buchstabennudeln, Gemüse, Hühnerstreifen auf dem Boden verschmiert.

Magdalenas Kleid war zerrissen, ihre Augen blau geschlagen. Sie hatte aus dem Mund geblutet, wo ihr Wriznik einen Schneidezahn ausgeschlagen hatte.

Alle Fenster waren geschlossen. Die Küche dampfte von dem

Braten im Ofen und den von Elisabeth am Morgen hochgedrehten Heizkörpern.

Wriznik hatte Unterhemd und eine Anzughose getragen. Seine blau-weißgestreifte Krawatte hing stramm um Magdalenas Hals.

Aber sie lebte, als Anthony endlich in der Küche stand. Sie lebte.

Das zumindest hatte Anthony gesagt, und der Pathologe hatte die Aussage bestätigt. Nur konnte sie nicht gerettet werden. Innere Blutungen. Sie starb noch auf dem Weg ins Krankenhaus.

Welche Geschichte hatte sich in der Küche abgespielt? Welche Dialoge? Wie hatten ihre Stimmen geklungen? Was hatte die beiden Männer in eine solch rasende Wut versetzt, dass sie zu besinnungslosen Messerstechern wurden?

Als Hauptverdächtiger wurde zunächst nicht der Vater, sondern der Sohn festgenommen. Anthony wurde mit Handschellen aus dem Haus geführt, vorbei an seiner Schwester. »Mörder!«, hatte Elisabeth geschrien und sich später geweigert, Anthony zu sehen.

»Es war der Hochzeitstag Ihrer Eltern, nicht wahr, Elisabeth?«

Sie stand auf. Ihr Gesicht war wie aus Stein. »Entschuldigen Sie mich jetzt, bitte. In einer Stunde fahre ich nach London. Ich muss Sie jetzt bitten, zu gehen.«

Sie rief »Angel« und verließ die Scheune. Collin und Owen blieb nichts anders übrig, als ihr zu folgen und ihr am Einfahrtstor ihre Visitenkarten in die Hand zu drücken.

»Danke für Ihre Zeit«, sagte Collin.

Mit einer Miene, die vieles zu offenbaren schien und zugleich wie ein dicker Vorhang anderes verbarg, schloss Elisabeth das Tor.

Wie der Kalkstein, der auf mich wartet, dachte Collin. Weich und hart zugleich. Ein Schlag zu viel oder an der falschen Stelle und er würde zerbrechen.

23

»Diese ganze vergeudete Zeit. Das macht einen doch mutlos.«

Collin rührte zu kräftig in der Tasse, und Kaffee schwappte über.

Sie saßen im »Black Horse«, dem Pub gegenüber Anthony Polodnys Haus, und hatten sich zu dem Kaffee beide einen doppelten Brandy bestellt.

Owen studierte die Speisekarte und überlegte laut, ob er sich ein T-Bone-Steak mit Pommes frites oder nur einen Salat bestellen solle. Collin verspürte keinen Appetit. Er hatte den Eindruck, wieder einmal mit Vollgas in eine Sackgasse gefahren zu sein. In einem Zug trank er den Brandy aus, wischte sich über den Mund und orderte gleich noch einen.

»Wir hätten in mein Café fahren sollen. Dann wärst du nicht in Versuchung geraten«, meinte Owen mit einer hochgezogenen Augenbraue und Schmunzeln in den Augen.

»Was hat diese Frau für ein Problem?«, wetterte Collin. »Sie war zwanzig Jahre weg, hat sich nie bei ihrem Bruder gemeldet und jetzt schützt sie ihn vor wer weiß was. Da stimmt doch was nicht. Sie verbirgt doch etwas. Warum sagt sie nichts?«

Owen machte seine nachdenklichen Kaubewegungen und zupfte sich am Hals. Collin würde Kathryn darum bitten, ihn von derlei Angewohnheiten, sollte er sie jemals annehmen, frühzeitig abzubringen.

»Ja, mein Junge, ganz bestimmt hätte sie uns einiges erzählen können. Aber warum sollte sie? Sie sieht keinen direkten Zusammenhang zu deinem Fall. Sie ist zutiefst misstrauisch. Ist es ihr ganzes Leben lang gewesen. Und voller Schuldgefühle. Eine fatale Mischung. Da braucht es offenbar länger, um ihr Vertrauen zu gewinnen.«

»Sie hat zwei Mal gefragt, ob wir glauben, ihr Bruder sei ermordet worden. Fällt mir jetzt erst ein, dass ich da gar nicht nachgehakt habe, ich Esel.«

»So wenig wie ich. Aber immerhin ist es uns aufgefallen. Und es wird nicht der letzte Besuch bei ihr sein. Ich bestelle das Steak. So was gibt es nicht bei der Vitaminköchin im Heim. Und du?«

»Nein, danke. Nichts.«

Der Pub war zu dieser Stunde kurz vor Mittag nicht sonderlich gefüllt. Der Boden war abgewetzt, die Vorhänge waren rissig und offenbar seit Jahren nicht gewaschen worden. Es roch streng nach abgestandenem Bier und Fett. Auch einen Hauch Erbrochenes glaubte Collin auszumachen.

»Was war Wriznik für ein Typ?«, fragte er.

»Wriznik? Mein Neffe, du weißt doch, der, mit dem ich das Buch zusammen schreibe, findet ihn seltsamerweise von allen Fällen, die wir ausgesucht haben, am interessantesten. Er meint, es sei so ein fast klischeemäßiges Einwandererschicksal und darin spiegele sich viel aus der heutigen Gesellschaft unseres Landes. Einer, der seine Prägung in einem anderen Land erfahren hat und schon zu alt war, um die ganz abzulegen, andererseits zu jung, um sich nicht durch das neue Land beeinflussen zu lassen. Zwischen zwei Welten sozusagen. Mein Neffe ist noch voller Ideale. Studiert Soziologie im Nebenfach. Glaubt noch, die Welt und hoffnungslose Existenzen wie Wriznik retten zu können. Die Metzgerlehre, die Wriznik durch Vermittlung des Sozialamtes bekommen hat, brach er ab. Wie er zuvor die Schule abgebrochen hatte. Er ist im Hafen gelandet, wie so viele ohne Abschluss, ohne Qualifikation und ohne den Willen, diese irgendwie zu erlangen. Er war also Hafenarbeiter, einer für die Drecksarbeit. Mal hier ein Containerschiff zum Abladen, mal da Packarbeiten, Säuberungsdienste, kleine Handlangerjobs. Schlecht bezahlte Muskelarbeit. Er trank, brachte das Geld damit durch. Und mit Pferdewetten. Die Verführung lauert im Hafenviertel ja überall.

Er war ein unangenehmer, zum Jähzorn neigender und zugleich zutiefst wehleidiger Mensch. Seine Familie ging ihm über alles – gab er jedenfalls vor. So wie er vorgab, religiös zu sein. Die meisten Polen sind ja katholisch. In dem einzigen Gespräch, das ich vor dem Selbstmord mit ihm geführt habe, hat er dauernd von der Jungfrau Maria geschwafelt.«

»Und die Frau? Was weiß man über sie?«

»Nur dass sie zehn Jahre jünger war und aus einem kleinen Dorf an der russischen Grenze kam. Offenbar das Dorf, aus dem Wrizniks Familie ursprünglich stammte. Von den Nachbarn wissen wir, dass sie kaum ein Wort Englisch sprach, nicht gearbeitet hat und die meiste Zeit in der Wohnung verbrachte. Sonntags ging sie in die Kirche. Meistens allein. Sie muss ein sehr einsames Leben geführt haben.«

»Und niemand hat damals nachgeforscht, wo sie in dem Jahr gewesen ist? War sie vielleicht in York? Von dort hatte sie doch die Postkarten losgeschickt.«

»Das wissen wir nicht. Wir haben nicht überprüft, wo sie sich aufgehalten hat. Aber wie gesagt, ihr Mann war dann auch tot und der Sohn kam irgendwann auf Bewährung raus, und der Fall war abgeschlossen.«

Und das Leben ist weitergegangen, dachte Collin. Es geht immer irgendwie weiter. Schorf wächst über die Wunden. Der Schorf fällt ab. Es bleibt vielleicht eine Narbe, die bei Wetterumschwung juckt.

Elisabeth Polodny war weit genug weggegangen, bis nach Australien, um die Sache zu vergessen. Der Anwalt Ernest Ivey hatte es angedeutet: Elisabeth würde erben. Nicht wenig, wie Collin rausgehört hatte.

Owen schnitt an seinem Steak herum und kaute genüsslich. Collin wünschte, seine Gelassenheit zu haben, statt sich über Verzögerungen in der Aufklärung des Falls allzu große Gedanken zu machen.

Die Kellnerin brachte eine Pfeffermühle und würzte das Steak nach.

»Entschuldigen Sie«, hielt Collin sie zurück und zückte seine Polizeimarke. »Kennen Sie Anthony Polodny? Er hat hier gegenüber gewohnt.«

»Scheint sich ja plötzlich die halbe Welt für ihn zu interessieren.« Die Kellnerin hatte eine Hand in die Seite gestemmt und machte ein unfreundliches Gesicht. Tränensäcke hatten sich unter ihren müden Augen gebildet. Der Mund war ein einziges verhärmtes Faltengewirr.

»Tatsächlich? Und warum, meinen Sie, ist er plötzlich für die halbe Welt interessant?«

»Na, ein toter Knallkopf ist doch immer interessanter als ein lebendiger, oder?«

»Hielten Sie ihn auch für einen Knallkopf?«

Sie schüttelte den Kopf.

»Kam er öfter hierher?«

»Schon.«

»Wer kannte ihn denn von ihnen hier am besten?«

»Tja. Kommt drauf an, was Sie unter ›gut kennen‹ verstehen.«

Ob sie etwas mit Anthony gehabt hat?, fragte sich Collin. Unter der Schürze zeichnete sich ein durchaus attraktiver Körper ab. Die Kellnerin mochte nicht älter als Anfang vierzig sein.

»Bestellen Sie dem Koch, dass ich Jahre kein so gutes Steak

gegessen habe«, sagte Owen und legte das Besteck mit einem zufriedenen Seufzer auf den Teller. »Und dann bitten Sie doch Ihren Chef an unseren Tisch. Sie wissen ja, worum es geht.«

»Koch und Chef ist ein und derselbe. Das ist Gilbert«, antwortete sie schnippisch.

Owen wedelte mit der Serviette Richtung Theke, zerknüllte sie dann und schmiss sie ebenfalls auf den Teller. Die Kellnerin räumte wortlos ab und verschwand für Minuten in der Küche.

»Polodny scheint nicht viele Freunde gehabt zu haben«, sagte Collin.

»Kein Wunder bei seinen Spinnereien. Dafür haben doch die allerwenigsten Verständnis. Glaubst du, nur einer der Typen, die hier herumhängen, würde eine Einrichtung für gefährdete Jugendliche in ihrer Wohngegend befürworten? Und warum? Die eine Hälfte hat Angst, dass ihre eigenen Kinder plötzlich zu Drogensüchtigen, Schlägern oder Kleinkriminellen werden. Die andere Hälfte hat genau solche Kinder und fürchtet, dass man das entdeckt und sie dort reinsteckt. Und dann noch sein Tick mit dem Müll. Alle schmeißen jede Woche Tonnen davon weg, aber wehe, du erinnerst sie daran. Oder die, die sich für Kunstkenner halten, weil sie ein Ölgemälde mit der Titanic über dem Wohnzimmersofa hängen haben. Das ist Kunst, sagen sie dann. Aber nicht, was dieser Verrückte da macht. Das ist nicht schön. Das verschandelt nur unsere nette Straße. Ist es nicht so?«

Collin nickte. Genauso war es. Da konnte Southampton mit seinen Galerien noch so sehr eine Hochburg moderner Kunst sein und Touristen aus aller Welt anlocken. Die allgemeine Meinung wurde noch immer von Stammtischgenossen wie diesen hier gebildet, von den Staubtüchern und Autopolierern, wie es Kathryn auszudrücken pflegte.

»Was gibt's?«

Der Mann, der kurzatmig auf sie zutrat, schleppte schwer an seinem Bauch. Er rieb sich das glühende Gesicht mit einem Geschirrhandtuch ab, das er dann hinten in den Hosensaum klemmte. Die Stimme eines Tenorsängers passte nicht zu seiner raumfüllenden Erscheinung.

Owen stellte sich und Collin vor und fragte nach Polodny.

»Anthony? Natürlich kenne ich ihn. Wir alle hier. War ja Stammgast. Er kam mittags zum Essen, die Mittagskarte ist preiswerter. Und kochen konnte er nicht sonderlich gut. Hab ich der Schwester auch schon erzählt. Die war gestern hier. Und diesem Journalisten aus London. Davor Ihren Kollegen. Na ja, jetzt erzähl ich's eben Ihnen auch noch mal. Die meinen ja alle, es sei komisch, dass er plötzlich umgekippt ist. Aber wie der am Schluss aussah … Kein Wunder.«

»Wie denn?«, hakte Owen nach.

»Na, so blass, fast schon grünlich. Machte vielleicht auch das Licht hier drin. Muss mal repariert werden.« Er wies zu einigen kaputten Glühbirnen. »Na, und dünn auch. Hat die letzten Wochen nur noch Suppe bestellt. Du arbeitest dich tot, hab ich immer zu ihm gesagt. Aber wer nicht hören will …«

»Kam er immer allein?«

»Hmm, kam er immer allein?« Der Wirt kratzte sich am runden, fast kahlen Kopf. »Meistens ja. Manchmal mit Martha. Sie kennen doch Martha? Pfundsmädchen.«

»Martha Fridge?«

»Genau die. Hat ihm immer Sachen hiergelassen, wenn er nicht da war. Sogar den Weihnachtsbraten. Ich musste aufpassen, dass sich den keiner ins Maul steckt.«

»Ist Ihnen sonst irgendwer aufgefallen, der zum Beispiel durch das Tor ging? Das Grundstück ist ja genau gegenüber.«

»Mir nicht. Bin ja meist in der Küche. Agnes, Kevin! Kommt mal kurz her!«, brüllte er zur Theke hin.

Die Kellnerin mit den Tränensäcken und ein junger Mann mit kräftigen, tätowierten Armen traten an den Tisch.

»Die Bullen hier wollen wissen, ob ihr irgendwen durch Anthonys Tor habt gehen sehn.«

»Wen?«, fragte Kevin mit einem dümmlichen Gesichtsausdruck.

Der Wirt klatschte ihm mit flacher Hand an den Hinterkopf.

»Na, noch nie 'nen Krimi gesehen? Jemand Verdächtiges natürlich, du Pfeife. Wen sonst?«

»Mann, du Pflaume, weiß ich auch. Handwerker sind ja wohl nicht verdächtig, oder? Martha auch nicht. Oder Postboten. Und wen sonst hab ich nich' gesehen.«

»Und du, Agnes?«

Die Kellnerin betrachtete von allen Seiten ein Sherryglas, hauchte es an und polierte es ausgiebig.

»Na, los, Agnes. Spuck's aus.«

»Hab schon alles gesagt. Denen und den anderen auch, die schon mal hier waren.«

»Und, hast du wen an Anthonys Tor gesehen?«

»Geht ja dauernd jemand vorbei.« Sie verschränkte die Arme vor der Brust, wippte mit einem Fuß und schwenkte das Glas in der Hand.

»Agnes hat ihre flunschige Phase. Kann man nix machen«, sagte der Wirt. »Hör verdammt noch mal auf, ihm nachzutrauern. Er liegt unter der Petersilie.«

»Was weißt du denn, Gilbert?«, zischte Agnes. »Und jetzt verpisst euch, wenn ihr hier fertig seid.«

»Ich sag doch, sie ist in letzter Zeit unausstehlich. Wechseljahre, denk ich.« Gilbert klatschte Agnes auf den Hintern, schob

Kevin vor sich her und verschwand kichernd zur Theke. Agnes sah ihnen wütend hinterher. Owen warf Collin einen amüsierten Blick zu, den Collin nicht erwidern konnte. Ihm war nicht nach Humor. Er spürte nur Frustration und Müdigkeit.

»Meine Liebe, ich bin es ja gewohnt zu sitzen, aber Sie sicherlich weniger bei Ihrem anstrengenden Job. Wenn ich bitten darf.«

Owen zog den Stuhl neben sich vom Tisch weg.

»Also gut«, murrte Agnes, setzte sich und begann das Sherryglas auf der Tischplatte zu drehen.

»Sie waren Anthony sehr zugetan, nicht wahr? Kein Wunder. Er war ein außergewöhnlicher Mann«, sagte Owen mit jener sanften Stimme, die Elisabeth schon nicht zum Sprechen bewegt hatte.

»Mag sein. Aber ich bin nur ganz gewöhnlich«, entgegnete sie. »Hier mal 'ne Nacht und da, aber dann war ich doch nicht gut genug. Und als diese Frau kam, war's ganz vorbei.«

»Welche Frau?«

Agnes bedachte Owen mit einem schwermütigen und zugleich kalten Blick.

»Na, was für eine Frau wohl? Eine, die sich alle Männer nehmen. Eine junge eben. Eine, die tut, als wär sie 'ne Dame. So eine. Uniabschluss wahrscheinlich. Keine Ahnung, wo zum Teufel Anthony die aufgegabelt hat.«

»Und er kam mit ihr hierher zum Essen?«

»Eben nicht. Zwei Mal, dann nicht mehr. Er kam nur noch ganz selten und dann war sie nicht dabei. Neue Liebe?, hab ich ihn mal gefragt, aber natürlich hat er mir nichts gesagt. So ist das, und mehr weiß ich nicht.«

Collin hatte dem Gespräch mit offenem Mund gelauscht. Er trank den zweiten Brandy so schnell aus, dass er einen Hustenanfall bekam.

»Können Sie die Frau beschreiben?«, fragte er, als er wieder seine Stimme fand.

»Groß, Stöckelschuhe und so ein Gang. Na ja, hat nie gekellnert. Aber sonst. Gepflegte Hände. Darauf schaue ich, weil meine … Sie sehen ja selbst. Hab sie aber wie gesagt nur zwei Mal hier drin gesehen und da saß sie dahinten am Fenster mit dem Rücken zu mir. Anthony hat bestellt. Sie hat keinen Pieps von sich gegeben. Und trug die ganze Zeit diese riesige Brille. Wie 'ne Eule.«

»Eine Sonnenbrille?«

»Tja, kann sein. So eine komisch getönte. Die Augen sieht man und irgendwie doch nicht. Weiß nicht, was daran attraktiv sein soll. Aber wahrscheinlich ein arschteures Markenmodell aus Paris.«

»Haarfarbe?«

»Dunkel. Sah irgendwie unecht aus. Gefärbt oder so. Und so bauschig, wie frisch vom Friseur.«

»Also lange Haare?« Collin begann mit den Fingern zu trommeln.

»Nein, bis hier.« Agnes deutete mit den Handkanten bis unterhalb der Ohren. »Als hätte sie da jede Menge Festiger drin oder 'ne Dauerwelle. Halt wie in einer Shampoowerbung.« Sie zupfte an ihren dünnen Strähnen herum. »Und ein Muttermal. Hier.« Agnes wies auf eine Stelle über dem linken Mundwinkel. »Weiß ich so genau, weil es wie angemalt aussah. Wie es Filmstars früher hatten.«

»Einen Namen wissen Sie nicht?«

»Sag ich doch, dass die stumm wie ein Fisch war. Und Anthony hab ich nicht gefragt oder vielleicht doch. Keine Ahnung jedenfalls. War vielleicht 'ne Ausländerin. Er stand ja aufs Exotische.« Sie hauchte wieder ans Glas.

»Und dieselbe Frau haben Sie auf sein Grundstück gehen sehen?«

»Dann und wann. Kaufte auch mal ein. Beim Schlitzauge.«

»Wo?«

»Na, beim Asiashop hier in der Straße. Und mehr weiß ich nicht.«

»Noch eine letzte Frage: Wer war der Journalist, der nach Anthony gefragt hat?«

»Was weiß ich? Halt ein Journalist. Einer aus London. Sah gut aus.«

»Das war doch Marthas Sohn«, rief der Wirt von der Theke aus. »Paul. Dass du nicht weißt, wer das ist.«

»Woher soll ich das wissen? Und was hast du zu lauschen?«

»Hast ihm doch schöne Augen gemacht, als er neulich hier war.«

»Macht sie doch bei allen, unsere süße Agnes«, mischte sich ein Gast ein, der mit rundem Rücken teilnahmslos ins Bierglas gestarrt hatte. »Nur nicht bei mir.« Sein tabakraues zahnloses Lachen ging in einen Hustenanfall über.

»Bild dir bloß nichts ein, Andy.« Agnes zog die Bluse zurecht. »Glaubst du, ich steh auf Mundgeruch?«

»He, du weißt gar nicht, mit wem du es zu tun hast.«

»Ja, ja. Dritter Platz im Dauerküssen. Ist nur dreißig Jahre her. Und ins Guinnessbuch bist auch nicht gekommen. Trinkst nur noch welches.«

»Lustiges Publikum haben Sie hier«, mischte sich Owen ein, der den Wortwechsel schmunzelnd verfolgt hatte.

»Wohin soll so einer sonst?« Agnes hob die Schultern. »Also, muss jede Menge Gläser polieren.«

»Wenn Ihnen noch was einfällt …«

Collin schob ihr seine Visitenkarte zu, die sie mit einer Geste, die mehr traurig als amüsant auf ihn wirkte, in den Ausschnitt steckte.

»Wenn Sie uns noch zwei Brandy bringen könnten?«, bat Owen und zwinkerte Agnes zu. »Wir machen jetzt Feierabend.«

»Aber sicher.«

»Wenn sie ein Kopftuch getragen hätte …«, murmelte Collin.

»Wer?«

»Die Frau, mit der Polodny hier war. Ich habe so das Gefühl, es ist ein und dieselbe.«

»Die geheimnisvolle Unbekannte in McFerssons Leben?«

Collin nickte gedankenverloren.

»Raffiniert muss sie dann sein.«

Dem konnte Collin nur zustimmen. Aber wer war sie? Das fehlende Verbindungsstück zwischen Godwin McFersson und Anthony Polodny?

Sonnenbrillen trugen viele. Groß waren viele. Und Mrs X wurde von mehreren als blond beschrieben, wohingegen Agnes von einer Dunkelhaarigen gesprochen hatte. Aber es gab ja Tönungen und Perücken.

Der Escortservice fiel ihm ein. Und damit das Klischeebild eines Frauentyps, die sich zu verwandeln wusste – Kleidung, Make-up, sogar ein erwünschtes Verhalten.

Sie verließen kurze Zeit später angeheitert den Pub und dirigierten das Taxi zuerst in die Straße, in der vor über zwanzig Jahren die Tragödie der Polodnys stattgefunden hatte.

Der dreistöckige Wohnblock stand nicht mehr. Es war vor einigen Jahren abgerissen worden und einem modernen Bürogebäude gewichen. In dem Laden der Chinesin war inzwischen ein Handyshop untergebracht. Nichtssagende Kneipen, Junkfoodküchen, Geschäfte mit Billigware, ein Lebensmitteldiscounter, überquellende Mülleimer, Graffiti, vernachlässigte Mietshäuser – das typische triste Bild einer sozial schwächeren Wohngegend.

»Noch ein wenig Seeluft?«, fragte Owen. »Habe lange keine Schiffe mehr gesehen. Steht nie auf dem Bespaßungsprogramm. Würde die Versicherung bestimmt nicht bezahlen, wenn ein Gehwagen ins Hafenbecken kippt.«

Owen lachte und wies den Taxifahrer an, jene Stelle im Hafen anzusteuern, wo vor hundert Jahren die Titanic zu ihrem Untergang aufgebrochen war.

Collin schob Owen den windigen Kai entlang, vorbei an im Wasser schaukelnden Jachten, bunten Bojen, Cafés mit zusammengefalteten Sonnenschirmen, an Anglern und Spaziergängern. Die andere, angenehmere Hafenansicht der Stadt.

Der Wind kühlte seinen vom Brandy schwer gewordenen Kopf. Er hielt das Gesicht in den Himmel und genoss das Schweigen.

Vor einem Kreuzfahrtschiff blieben sie schließlich stehen. Wie winzig man sich vor diesem Koloss vorkam und wie unvorstellbar es war, dass diese tonnenschwere Eisenmasse überhaupt schwimmen konnte. Welche Verantwortung doch ein Kapitän hatte, Hunderte von Menschen durch Sturm, Strömungen und sogar durch Eisberge zu manövrieren. Dennoch hegte Collin mehr Bewunderung für einen Fischer, der mit seinem kleinen Boot Wellen und Wind trotzte.

Hatte ein Godwin McFersson auch jenen Kitzel mit seinem Segelboot gesucht? War es ihm darum gegangen, sich der Angst zu stellen, dem Schicksal, dem nicht Berechenbaren eines tosenden Ozeans?

Eine Gedenktafel erinnerte an die Titanic. Noch immer beschäftigten sich Wissenschaftler, Hobbyhistoriker und entfernte

Nachkommen von Überlebenden mit der Frage, wie es zu dem Unglück hatte kommen können. Über tausendfünfhundert Opfer. Wer war der Verantwortliche?

Und wer hatte Godwin McFersson auf dem Gewissen? Diesen einen einzigen aus dem Meer gespülten Toten?

Ein Toter mit einem Gesicht und einer Geschichte war einem dennoch näher als eine nackte, wenn auch noch so hohe Zahl von Opfern wie beim Titanicunglück.

Collin warf einen letzten Blick auf das Kreuzfahrtschiff und versuchte, etwas von der Stärke mitzunehmen, das es ausstrahlte, statt sich von seiner Größe einschüchtern zu lassen.

24

Die Sonne kämpfte mit den Wolken, die wie eine Herde Schafe über den Nachmittagshimmel stromerten. Die Muscari und Tulpen leuchteten, die Anthony an einer Scheunenwand entlang gepflanzt hatte. Und die Narzissen.

Elisabeth betrachtete das glühende Gelb, das das Herz ihrer Mutter so erfreut hatte. Es hatte ihre Mutter an Polen erinnert. Als Kind hatte sich Elisabeth das Dorf, in dem ihre Mutter aufgewachsen war, umgeben von endlosen Narzissenfeldern vorgestellt. In Wahrheit konnte es nicht so gewesen sein, aber sie hatte die Erzählungen nie infrage gestellt. Das kleine polnische Dorf war ein paradiesischer Ort. Immer schien dort die Sonne. Der Schnee war weißer als woanders, der Himmel blauer, die Wiesen dufteten, das Brot schmeckte knuspriger, die Menschen waren wärmer, alles dort war schöner als in England.

Das Heimweh musste für ihre Mutter unerträglich schmerzvoll gewesen sein oder das einzige Gefühl, das ihr niemand nehmen konnte und das sie jeden noch so schrecklichen Tag an der Seite ihres Mannes ertragen ließ. Polen war ihr Fluchtort. Dorthin konnte ihr niemand folgen.

Elisabeth pflückte eine Narzisse und roch den süß-herben Frühlingsduft, der etwas Verheißungsvolles hatte. Und etwas Tödliches.

Düfte rufen Erinnerungen wach, auch jene in den tiefsten Schichten des Gehirns. Ja, der Mann im Rollstuhl hatte recht. Ihn hatte sie nicht wiedererkannt, und an jenen grauenhaften Tag konnte sie sich nur bruchstückhaft erinnern, aber den Duft trug sie wie ein Brandmal mitten auf dem Herzen. Der Duft nach Frühling und Regen, wie es ihn in Australien nicht gab.

Über zwanzig Jahre hatte sie den besonderen Geruch jenes Sonntags vergessen. Ein Blumenduft, der wie Parfüm in der Küche lag, als ihre Mutter nach einem Jahr ohne eine einzige Nachricht zu Besuch gekommen war.

Fünfzig Stück, hatte ihr Vater zu Elisabeth gesagt. Fünfzig gelbe Narzissen. Für die Jahre, die wir schon verheiratet sind, und die Jahre, die ich mindestens mit deiner Mutter verheiratet sein möchte.

Elisabeth war mit dem dicken Strauß gelber Narzissen im Arm durch den Regen gelaufen, hatte im Treppenhaus das Wasser abgeschüttelt und dann keine passende Vase gefunden.

Sie hatte einen kleinen Eimer mit Geschenkpapier umwickelt und die Narzissen hineingestellt. Einige waren noch knospig. So wollte sie es haben. Ihre Mutter sollte schließlich bleiben und jeden Tag neue Blüten aufgehen sehen. Die Narzissen standen mitten auf dem Küchentisch, auf dem weißen Spitzentuch, das ihre Mutter von einer Großtante geerbt hatte. Klöppelspitze. Die Großtante hatte es selbst gemacht.

Warum, fragte sich Elisabeth jetzt, hatte sie nie nach den Verwandten ihrer Mutter geforscht? Niemand war da gewesen. Keine Tanten, keine Cousins, kein Großvater, in deren tröstende polnische Arme sie sich hätte flüchten können – sie, Anthony und ihre Mutter.

Stattdessen hatte sie Fragmente aus einer Kindheit an einem weit entfernten Ort gehört, die sich nie zu einem vollständigen Bild zusammengesetzt hatten. Immer dieselben kleinen Geschichten. Unscharfe Bilder wie das der Narzissenfelder, ein gelbes Meer bis zum Horizont und Schwärme von Schmetterlingen, die daraus aufflogen.

Das hatte ihr vor Augen gestanden, als sie den Sektkühler mit Eis gefüllt, Erdnüsse in eine Schale geschüttet, Kaffeegeschirr auf den Tisch gestellt und von allen Blickwinkeln aus den üppigen Blumenstrauß angeschaut hatte. Ihre Mutter würde die Narzissen sehen, vor Rührung weinen, sie alle in die Arme nehmen, ihnen sagen, wie sehr sie sie vermisst hatte und dass sie nie wieder fortgehen würde.

Die Küchenuhr hatte getickt. Ein Heizkörper machte gluckernde Geräusche. Und ihr Vater hatte gepfiffen. Ja, er hatte fröhlich vor sich hin gepfiffen.

»Bind mir mal die verdammte Krawatte«, hatte er aus dem Schlafzimmer gerufen. Sie war zu ihm gegangen, hatte so nah vor ihm gestanden wie sonst nie, musste sich ein wenig zu ihm hochstrecken und band ihm mit nervösen Fingern die Krawatte, roch ein Zuviel an Aftershave, das Shampoo in seinem noch feuchten Haar und das Pfefferminz des Mundwassers, mit dem er den Schnapsgeruch nicht übertünchen konnte, den er mit jedem Atemzug ausströmte. »Wie sehe ich aus?«, hatte ihr Vater gefragt und sein Spiegelbild in der Tür des Kleiderschranks betrachtet. Er ließ das Gummi der Hosenträger schnappen und wandte das breite Kinn hin und her. Ein kleines Pflaster klebte darauf, er hatte sich beim Rasieren geschnitten.

Fremd fuhr es ihr durch den Kopf. Doch sie hatte bloß irgendetwas gemurmelt, was ihn offenbar zufriedenstimmte. Er lief ins Badezimmer und rubbelte sich Birkenwasser ins Haar. Dann schaute er zum x-ten Mal auf die Uhr und aus dem Schlafzimmerfenster, das zur Straße hinausging.

Der Regen hatte nachgelassen. Noch zwei Stunden. Zwei lange Stunden, bis ihre Mutter kam.

Ihr Vater tigerte in der Wohnung umher, strich über die Bettdecke, schaltete den Fernseher ein und wieder aus, betrachtete seine Nasenlöcher im Badezimmerspiegel, rauchte eine Zigarette nach der anderen und gab Elisabeth einander widersprechende Anweisungen.

Stell eine Narzisse auf den Nachttisch deiner Mutter. – Bring sie wieder zurück, sonst sind es nur neunundvierzig, eine Unglückszahl. – Leg eine aufs Kopfkissen. – Nein, das würde ihr nicht gefallen.

Er machte ein Bier auf und schickte sie los, Schokolade kaufen. Pralinen. Die Uhr in der Küche tickte. Und dann drückte er Elisabeth plötzlich eine Kino-Eintrittskarte in die Hand.

»Was ist das?«, hatte sie gefragt, als könnte die Antwort anders ausfallen.

»Ja, denkst du denn, dass ich dich hierhaben will? Es ist schließlich unser Hochzeitstag.«

Sie hatte erst gar nicht gekämpft. Auch diesen Kampf hätte sie verloren. Ihr Vater hatte sich nie erweichen lassen. Durch keine Träne, durch kein lautes Aufbegehren, durch kein Bitten oder Argumentieren. Was er wollte, wurde gemacht. Elisabeth hatte die Kinokarte angestarrt, noch die kräftige Hand ihres Vaters im Rücken gespürt, wie er sie rausschob, die Tür ins

Schloss fallen hören und war zur Bushaltestelle gelaufen. Da waren keine Tränen gewesen. Wie jetzt.

Anthonys Hund folgte ihr, als Elisabeth das Grundstück abschritt. Die Schafe wichen ihr aus. Sie waren geschoren. Auch das musste Anthony sich beigebracht haben. Ein Spinnrad stand im Wohnraum. Vielleicht hätte sie Anthony bitten sollen, zu ihr nach Australien zu kommen.

Sie fand ein paar Eier unter Büschen, streute Hühnerfutter aus und ließ frisches Wasser in die Tränke. Zu zwei Seiten war das Gelände durch eine hohe, vermooste Sandsteinmauer eingefriedet. Vermutlich hatte sie Anthony zur Straßenseite hin eingerissen, um aus Recyclingmaterial eine neue zu bauen. Sie fand einen Haufen mit Steinen, die nur aus der Mauer stammen konnten. Direkt an der Rückseite des Häuschens war eine Hecke gepflanzt. Ein fast ebenso großes Grundstück lag dahinter mit einem zweistöckigen älteren Haus. Es waren die einzigen Nachbarn in der Sackgasse. Anthonys Grundstück war sonst von Gleisen einer Bahnlinie, einem leer stehenden Fabrikgebäude und dem ›Black Horse‹ umgeben. Ob die Nachbarn Anthony kannten? Von den oberen Fenstern aus mussten sie einen guten Blick auf seinen Garten haben. Offenbar wohnte dort eine Familie mit Kindern, Elisabeth sah eine Schaukel und ein Trampolin. Sie nahm sich vor, bei ihnen zu klingeln, sobald sie aus London zurück war. Aber was sollte sie die Leute fragen? Ob sie Anthony mit einer Frau gesehen hatten? Was würde das ändern? Ihr Bruder war tot. Dennoch war der Wunsch stärker, mehr über ihn zu erfahren.

Elisabeth ging ins Häuschen, öffnete alle Fenster und ließ die Sonne herein, die an diesem Tag alles in ein sanfteres Licht tauchte. Wenn sich Anthony hier wohlgefühlt hatte, entschied sie, so werde ich es auch.

Er hatte seinen Lebensmittelpunkt in den letzten acht Jahren hierherverlegt und musste seine Gründe gehabt haben. Alles, was ihm wichtig gewesen war, musste hier sein. Aber wo?

Er hatte ihr auch etwas anderes außer Geld hinterlassen. Das wusste sie.

Sie versuchte alles mit Anthonys Blick zu betrachten. Das Muster auf dem Boden war nicht wahllos zusammengesetzt. Elisabeth erkannte ein Blumenmuster. Sie versuchte ein Ordnungsprinzip in den Zeitungstapeten zu entdecken. Im Eingangsbereich klebten nur Frontseiten. Die großen Headlines sprangen ins Auge, eine Anordnung in Schwarz und Rot.

So viel Arbeit Anthony in jedes Detail gesteckt hatte, so viel Zeit würde sie brauchen, seine Gedanken zurückzuverfolgen. Auf einmal war sie froh, nicht schon morgen zurückzufliegen. Sie konnte sich in aller Ruhe auf Anthonys Welt einlassen. Jahre galt es nachzuspüren.

In zwei Stunden ging ihr Zug nach London. Sie packte schnell für eine Übernachtung den Koffer.

Was mochte damals ihrer Mutter durch den Kopf gegangen sein, als sie mit dem Gedanken ihren Koffer gepackt hatte, Southampton, ihren Mann und ihre Kinder zu verlassen? Wie war ihr das alles gelungen, obwohl sie kaum Englisch sprach? Sie musste Hilfe gehabt haben. Elisabeth hatte sich nie gefragt, ob Anthony ihrer Mutter heimlich geholfen oder es jemand anderen gegeben hatte. Sie war nicht einmal auf die Idee gekommen, bei der Kirchengemeinde nachzufragen. In der Wohnung hatte sie gesessen, auf eine Nachricht gewartet und darauf, dass sich die Tür öffnete und ihre Mutter wieder da wäre.

Und ihr Vater? Getobt hatte er. Elisabeth geschlagen, sie eingesperrt und nicht geglaubt, dass sie nichts wusste. Und selbst hatte er nichts unternommen, um ihre Mutter zu finden.

Er verlangte von Elisabeth, ihn zu versorgen. Und manchmal, wenn er spätnachts in ihr Zimmer kam und sich neben sie ins Bett legte, befürchtete sie, er würde auch noch mehr von ihr verlangen, wenn ihre Mutter nicht wiederkam oder sie selbst nicht den Mut aufbrachte, die Flucht zu ergreifen.

Sorge und Traurigkeit waren irgendwann in Wut umgeschlagen. Hätte ihre Mutter sie nicht mitnehmen können, wo immer sie hingegangen war?

Wo war Anthony in diesem dunklen Jahr gewesen? Fern von allem. Elisabeth hatte ihn kaum gesehen. Er kam nicht zu Besuch, und sie vermochte nur selten den Mut aufzubringen, heimlich nach London zu fahren.

Sie war wie eine Maus in der Falle gewesen.

Wir haben damals nicht tief genug gegraben, hatte der Mann im Rollstuhl gesagt. Was würde sie finden, wenn sie sich tief in Anthonys Leben hineingraben würde?

Als Kinder hatten sie Verstecke. Ihre Kinderzimmer, nur durch einen Vorhang abgetrennt, waren schmale Schläuche. Ein Bett, ein kleiner Schrank, in Anthonys Zimmer ein Tisch mit zwei Stühlen, an dem sie zusammen die Hausaufgaben machten. Es war kein Platz für andere Möbelstücke und kein Raum für Verstecke. Dennoch fanden sie welche. Ein Stück Wäscheleine um einen Lederbeutel, der aus dem Fenster hing. Eine lose Styroporplatte unter der Decke. Ein Loch in der Matratze. Anthony hatte das beste Versteck: Ein Brett des Holzbodens war locker. Er hatte es einmal gefunden, als er Stubenarrest hatte und fünf Tage lang in seinem Zimmer eingesperrt war. Das Brett hatte gequietscht und gefedert. Er musste nur den Teppichläufer anheben, dann das Brett und darunter war ein Hohlraum. Groß genug für alles, was er damals vor den Augen ihrer Eltern verstecken wollte.

Elisabeth ging um Anthonys Bett herum. Ein selbst gemachter Quilt lag darauf. Sogar das Nähen hatte er sich offenbar beigebracht. Sie tastete ihn ab, zerrte die Matratze von den Paletten, leuchtete mit einer Taschenlampe in die Zwischenräume. Nichts. Sie schüttelte erfolglos jedes einzelne Buch, das sie in der Apfelkiste neben dem Bett fand. Raymond Chandler. William Carlos Williams. Don de Lillo. Hemingway. Die Bibel.

Erschöpft setzte sie sich aufs Bett und betrachtete die Wand über dem Kopfteil. Todesanzeigen. Dazwischen aus Werbeprospekten und Zeitungen ausgeschnittene Fotos von Narzissen. Das ist alles verrückt, dachte sie. Du warst verrückt, Anthony. Schon immer.

Vielleicht war er erst hier so richtig verrückt geworden. Kein Wunder, wenn man unter Todesanzeigen schlief. Die schwarzen Balken, die Kreuze und die Engel wie mit Blut vollgesogen. Dazwischen das satte Gelb der Narzissen. Elisabeth las Nachrufe auf unbekannte Personen, Bibelzitate, Namen von Angehörigen, Geburts- und Todesdaten.

Dann sah sie es. Glasklar stand es vor ihren Augen.

LISA.

Buchstaben aus aneinandergereihten gelben Narzissen. Ihr Kurzname, den nur Anthony benutzt hatte. Andere nannten sie manchmal Lizzy, nur Anthony hatte sie Lisa genannt. War es eine Botschaft an sie?

Sie stieg aufs Bett, streckte sich zu der Stelle an der Wand und ertastete eine leichte Unebenheit. Etwa eine Armlänge lang und in der Mitte ein kleiner Haken, kaum sichtbar. Es war ein geniales Versteck. Anthony hatte einen Hohlraum in die Wand eingebracht, ihn mit einem Brett verdeckt, das von Weitem nicht zu erkennen war.

Elisabeth spürte Aufregung und Angst zugleich, als sie das Brett anhob und eine Aktentasche aus dem Hohlraum zog. Sie war mit einem Zahlenschloss versehen. Um den Griff war ein Schild gebunden. Wieder las Elisabeth ihren Kosenamen. Sie lächelte. Es war ein Spiel gewesen, Codes aus Zahlen und Buchstaben.

Dieser Code war einfach. 12 9 19 1 – die Reihenfolge der Buchstaben LISA im Alphabet.

Das Schloss schnappte auf. Elisabeth öffnete die Aktentasche. Ein Bündel Briefe, mit einem Gummiband zusammengehalten. Alle an sie adressiert. Ein Notizbuch. Eine kleine Kamera. Zwei kleine Schachteln. Und ein Fotoalbum, das sie sofort erkannte. Das billige Kunstleder war zerkratzt, der Verschluss abgerissen. Es war das einzige Album in ihrem Elternhaus gewesen.

Elisabeths Hände zitterten, als sie es aufschlug.

Auf der linken Innenseite sah sie Anthonys Schrift. Er hatte nie gute Noten nach Hause gebracht, doch immer ein A plus für seine Schrift. Sie war wie Kalligrafie, eine sorgfältige Anordnung von Schnörkeln für die Initialen und Satzzeichen. Er konnte sie variieren. Mal imitierte er alte Handschriften. Mal verwendete er düstere Gothiczeichen oder Druckbuchstaben. Manchmal verzierte er nur die i-Punkte oder einen bestimmten Buchstaben.

Für das Album hatte er eine schlichte, aber große Schrift gewählt. In Rot. Nur der Punkt des Ausrufezeichens fiel auf. Wie ein Blutstropfen, der bis zum Seitenrand floss.

Eines Tages wirst du wiederkommen, Lisa.
Wenn es zu spät ist!

Elisabeth bekam eine Gänsehaut, kroch unter den Quilt und blätterte im halb leeren Album, das nur Passfotos und Studioaufnahmen von wenigen Ereignissen enthielt wie Geburt, Kommunion und erster Schultag. Ihre Eltern hatten keine Kamera besessen. Es fehlten die üblichen Fotos unterm Weihnachtsbaum, von Geburtstagen, gemeinsamen Ausflügen oder Urlauben. Keine Schnappschüsse der ersten Gehversuche, von Spielplätzen, beim Türmchenbauen oder mit einem Teddy im Kinderbett. Fotos, wie Elisabeth unzählige von Mervin hatte.

Aber auch wenn ihre Eltern eine Kamera besessen hätten, gäbe es solche Zeugnisse ihres Lebens nicht. Sie konnte sich an keinen einzigen Familienurlaub erinnern, an keinen Besuch im Zoo oder auf einer Kirmes. Auf den Spielplatz nahe ihrem Elternhaus war sie allein gegangen. Ponyreiten oder Entenfüttern im Park, Ausflüge in die Umgebung, Ostereiersuchen, Halloweenkostüme – all das hatte es in ihrer Kindheit nicht gegeben. Selbst Weihnachten war kein Fest, schon gar nicht ein Fest der Liebe, gewesen. Im Gegenteil. Meistens hatten die Weihnachtstage in einer Katastrophe geendet.

Elisabeth blätterte zurück zur ersten Seite. Das einzige Hochzeitsfoto ihrer Eltern. Eine Porträtaufnahme. Elisabeths Mutter im neunten Monat schwanger mit Anthony, vermutlich hatte sie den dicken Bauch nicht zeigen wollen.

Niemand war zur Hochzeit eingeladen gewesen. Die Familien ihrer Eltern wussten nichts von der Eheschließung. Sie ahnten nichts von der Schwangerschaft. Die beiden Trauzeugen waren ein Paar, das Elisabeths Vater am Abend zuvor in einem Pub kennengelernt hatte. Fremde. Die Kirche musste wie ein großer, verwaister Raum gewirkt haben. Die Hochzeit eine Farce, ein Fehler, im letzten Moment arrangiert, bevor Anthony als uneheliches Kind geboren worden wäre. Eine Woche später war er zur Welt gekommen.

Anthony hatte einen Zettel mit einem Kommentar unter das Foto geklebt:

*Ein geliehenes Brautkleid, ein geliehener Anzug, ein schon vor
der Geburt verleugnetes Kind. Liebe abwesend. Die fatale
Zukunft schon im Blick – der pathologische des Erzeugers, der
demütige des Opfers.*

Glücklich erschien ihre Mutter auf dem Foto nicht. Braut und
Bräutigam sahen sich nicht an. Der Blick ihres Vaters, den
Anthony nur den »Erzeuger« nannte, war in die Ferne gerichtet.
Seine Lippen fest aufeinandergepresst, seine Augen wirkten starr
und kalt. Und dennoch hatte er eine Ausstrahlung, der man
sich nicht entziehen konnte. Etwas Wildes, Ungezügeltes, sehr
Männliches lag in seinen osteuropäischen Gesichtszügen. Wie
ähnlich Anthony ihrem Vater gewesen war. Dieselben tiefschwarzen
dichten Haare. Die markante Nase. Das Unnahbare.

Daneben wirkte ihre Mutter wie ein zarter Vogel. Ein Gesicht
wie aus Porzellan gegossen, ebenmäßig, fast kindlich. Mein
Gesicht, dachte Elisabeth erschrocken.

Sie klappte das Album zu und nahm einen Umschlag in die
Hand, auf dem ihr Name stand und in roten Buchstaben: *Bitte
sofort öffnen!* Sie entfaltete den Werbebrief einer Telefongesellschaft,
auf dessen leere Rückseite Anthony mit einer fahrigen
Handschrift an sie geschrieben hatte:

*Lisa,
ich hoffe, die Zeit reicht aus, dir diesen Brief zu schreiben.
Ich habe die Hoffnung aufgegeben, dass du bald gefunden
wirst und ich dir persönlich sagen kann, was mir schwerfällt
zu schreiben. Die Müdigkeit wird jeden Tag schlimmer.
Für jeden kommt seine Zeit. Meine ist überfällig. Seit vielen
Jahren. Du weißt, warum.
Gern wüsste ich, ob du glücklich bist. Was immer Glück ist.*

*Ich habe erst hier im roten Haus Frieden gefunden. Meine
Hände haben meinen Kopf beschäftigt. Du bist fortgegangen.
Ich blieb. Strafe genug war das nicht. Die Strafe stand zur
Bewährung. Die Frist ist nun vorbei. Der Richter hat an die
Tür geklopft. Unerwartet, wie ich dachte. In Wahrheit habe
ich auf ihn gewartet. Mein Leben lang.
Du sollst vor ihm sicher sein. Halte dich fern vom roten Haus.
Geh zurück zu dem Ort, wo du dich versteckt hast. Nimm,
was dir zusteht, und vergiss, was war. Auch mich. Wann
immer du in Schwierigkeiten bist, melde dich unter dieser
Telefonnummer: 0044 161 66 77 88 99. Jemand ist dort für
dich da, was auch geschieht.
Denn du bist unschuldig und sollst nicht zur Schuldigen
gemacht werden.*

*Ich habe dich sehr vermisst. Niemanden sonst auf der Welt.
Beeil dich.
Anthony*

PS: Alles andere findest du in der Tasche.

Elisabeth verstand kein Wort. Was hatte Anthony ihr mitteilen
wollen? Hatte er gewusst, dass er sterben würde? Wer verbarg
sich hinter der Telefonnummer?

Sie hatte plötzlich Angst. Ein Flattern in der Magengrube.

Sie wusste, dass irgendetwas Schreckliches in Anthonys Haus
geschehen sein musste. Etwas, das er ihr in dem Brief nicht hatte sagen können.

Die letzten Zeilen waren fast unleserlich. Anthony musste sie
unter großer Anstrengung aufs Papier gebracht haben.

Einen Tag vor seinem Tod. Einen Tag davor.

Mit pochendem Herzen saß sie auf dem Bett. Sie hätte schwören können, dass sie Schritte gehört hatte. Sie zog sich die Decke über den Kopf.

Das hatte sie als Kind immer getan.

Es hatte ihr nur nie etwas genützt.

DAS NEUNTE GEBOT

Die Wahrheit bin ich. Amen.
Die Wahrheit ist Lüge.
Die Wahrheit bist du nicht.
Bete. Und sie kommt näher.
Bete. Und sie kommt näher.
Bete. Und sie kommt näher.
So sprach die Herrin.
Ihr Wille geschehe.
Amen.

25

»Hast du Dudelsack gespielt?«

»Du bist spät dran, Johnny.«

Collin wies zur Wanduhr. Es war fast halb zehn und sie hatten immer noch nicht mit ihrer Lagebesprechung begonnen. Alles schien aus dem Ruder gelaufen zu sein in den wenigen Tagen, als er in Manchester gewesen war.

»Fünfeinhalb Minuten, Chef. Ich weiß, die Schotten geizen sogar mit Zeit, aber …«

»Ab morgen fangen wir eine halbe Stunde früher an. Punkt sieben Uhr. Also, Johnny, setz dich endlich hin, wir warten auf dich.«

Johnny goss sich in Ruhe Kaffee ein, bevor er einen Stuhl neben Sandra quetschte.

Collin konnte den Kugelschreiber kaum halten. Kathryn hatte ihm einen übertrieben dicken Verband um die Hand gewickelt. Die Wunde schmerzte noch. Ebenso sein aufgeschlagenes Knie. Bislang hatte er noch keinem aus seinem Team das peinliche Missgeschick beim Angeln gestanden.

Auf einem nassen Stein ausgerutscht, als er einen Fisch vom Haken lösen wollte. Wie ein Anfänger. Der Haken war in die weiche Haut zwischen Daumen und Zeigefinger eingedrungen. Shawn und Simon hatten gelacht und ihn nachgeäfft. Collins Fluchen hatte Ayesha zum Weinen gebracht, und später hatte sie auf seinem Schoß gesessen und versucht, ihn zu trösten.

»Der Stein ist doch nicht blöd«, erklärte ihm Ayesha mit ernster Miene. »Er hat dich lieb und du hast doch Steine lieb. Der Stein wollte bestimmt, dass du ihn mit nach Hause nimmst.«

»Damit ich ihn kaputt haue?«

»Damit er ein besonderer Stein wird.«

Collin schaute in die Runde. Alle mieden irritiert seinen Blick. Sie sahen so müde aus, wie er sich fühlte. Sein Ausbruch tat ihm sofort leid.

»Johnny, kannst du bitte anfangen?«

»Aye, aye, Captain.«

Sandra knuffte ihn in die Seite.

»He, das ist meine kitzelige Stelle. Okay, Captain. Die Kollegen der Spurensicherung haben festgestellt, dass sich drei bis sechs verschiedene Personen auf dem Boot aufgehalten haben. Wahrscheinlich nicht alle gleichzeitig. Aber das kann nicht exakt rekonstruiert werden. Bill und ich gehen davon aus, dass unter den Samples zwei von den beiden Mechanikern sind, die McFersson in Portishead engagiert hat. Es mussten Teile vom Motor ausgetauscht werden, eine Pumpe und ein paar Kabel. Fingerabdrücke von ihnen waren vor allem im Maschinenraum. Die Bestätigung kommt heute.«

»Und die anderen?«

»McFersson natürlich. Wir haben außerdem einen Schuhabdruck gefunden. Ein Männerschuh, vermutlich ein Turnschuh. Größe 9. Die Mechaniker, der Hafenmeister, McFersson – keiner hat die Größe. Aber angeblich Mathew Field.«

»Ist das alles?«

»Das Beste kommt noch. Beim Saubermachen mit dem Hochdruckreiniger hat der Maori wohl zwischendurch die Handschuhe ausgezogen.« Johnny tauchte ein Croissant in die Kaffeetasse. Sein allmorgendliches Frühstücksritual. »Um eine zu rauchen. Hat die Zigarettenkippen dann nicht alle entsorgt – Chesterfield, seine Marke, wahrscheinlich weil sein Name drin vorkommt. Eitler Fatzke.«

»Ihr habt seine Fingerabdrücke?« Collin atmete aus und spürte, wie eine Last von seinen Schultern fiel.

»Ja. Haben seine Wohnung auf den Kopf gestellt und Fingerabdrücke verglichen. Eindeutige Übereinstimmung.«

Johnny schob Collin seinen Bericht zu.

»Also können wir nun definitiv davon ausgehen, dass er an Bord war.«

»Ja, das denke ich. Also, Chef, was ist jetzt mit meinem Sonderurlaub? Die Wette gilt.« Johnny schlug sich selbst auf die Schulter und schaute Beifall heischend in die Runde.

»Dann wollen wir aber alle einen«, rief Sandra.

»Wir feiern, wenn der Fall abgeschlossen ist«, sagte Collin. Hoffentlich ist er das jetzt schnell, dachte er. Immerhin waren sie einen Schritt weiter. Aber konnte Field der Mörder sein? Die Fahndung nach ihm war bislang erfolglos gewesen.

»Irgendeine Spur auf dem Boot zu einer Frau?«

»O ja, Captain«, sagte Johnny. »Frauen kämmen sich ja dauernd. Haben Haarproben von einer Blondine. Die Labormäuse meinen aber, eine unechte. Sie haben Blondierungsmittel nachgewiesen. Und es mit den Haarproben aus McFerssons Haus verglichen. Passt.«

»Also dieselbe Frau.« Collin hatte nichts anderes erwartet.

»Logbuch?«

»Drei Einträge einschließlich der Abfahrtszeit aus Portishead. Es endet am 12. März.« Johnny blätterte in einem seiner zerknitterten Schulhefte, die er für Notizen benutzte. »McFersson hat einen Zwischenstopp in Bideford gemacht und war mittagessen. In einem Schnellrestaurant. Die Bedienung konnte sich deshalb an ihn erinnern, weil er mit einer schottischen Hundert-Pfund-Note bezahlt hat und sie die nicht wechseln konnte. Sie musste zur Bank gegenüber gehen.«

»War er allein?«

»Ja, offenbar. Sie hat uns die Quittung gefaxt. Der Herr hat gebackenen Fisch gegessen, die Kinderportion. Die Kellnerin sagte, er hat die Hälfte stehen lassen. Was mich wundert, ist, warum er so lange in dem Restaurant war. Bis ungefähr drei Uhr. Die Kellnerin ist immer wieder an seinen Tisch, aber er hat nur Wasser nachbestellt. Ob er auf jemanden gewartet hat? Er hat so spät wieder die Leinen losgemacht, dass er zwangsläufig in die Dämmerung kommen musste. Die besten Bedingungen auf See hatte er auch nicht. Im letzten Eintrag vom Logbuch hat er stärkeren Wellengang und Wind vermerkt. Er hat die Segel eingezogen.«

McFersson hatte zu dem Zeitpunkt noch nicht geahnt, dass er das Schwarze Meer niemals sehen würde. Wo hatte er geplant, die Nacht zu verbringen? In seinem Ferienhaus? Diese Vermutung hegten fast alle am Tisch. Es war die logische Konsequenz: ein paar Tage im Ferienhaus und dann in Ruhe weiter. So hatte er es offenbar in all den Jahren gehalten. Es sprach nichts dafür, dass McFersson für den letzten Segeltörn seine Routine hätte ändern sollen. Nach allem, was Collin über ihn erfahren hatte, war er ein Mensch, der größten Wert auf seine Gewohnheiten legte.

»Ist das alles, Johnny?«

»Nein. Im Logbuch stand noch ein letzter Satz. In einer Handschrift, für die man einen Kryptologen braucht. Hier schau dir mal das Gekritzel an.«

Collin versuchte den Satz zu entziffern.

15.30 Uhr. Auf Autopilot. Übelkeit. Schwindel. W

Das letzte Wort hatte McFersson nicht mehr vollendet.

»Am gebackenen Fisch kann es nicht gelegen haben, sagt der Koch von diesem Schnellrestaurant. Hat an dem Tag dreißig Portionen ausgegeben und keine Beschwerden. McFersson hat mindestens einen Liter Wasser getrunken und zwei Magenschnäpse. Irgendwas war da also schon im Busch.«

Collin fiel ein, was Elena, McFerssons Haushälterin, gesagt hatte. Dünn sei er geworden. »Hast du nachgehakt? War McFersson krank, bevor er losgefahren ist?«

»Nein, das hat niemand bestätigt. Oder vielmehr wusste es niemand. Eremiten leben allein und sterben allein.«

Johnny ließ Sandra von seinem Müsliriegel abbeißen. Ohne Bart sah er nur noch halb aus wie er selbst. Die Haut über den Lippen und am Kinn war heller als im restlichen Gesicht. Die Kontur seines Bartes würde noch lange sichtbar sein. Jetzt sprossen erste Stoppeln, was ihn verwegen aussehen ließ.

»Gut. Wer möchte weitermachen?«

Alle sahen sich an.

»Ene, mene, muh und raus bist du«, zählte Sandra in die Runde. Ihr Finger wies auf Bill, der sich räuspernd die Brille hochschob und sich noch aufrechter hinsetzte.

Collin nickte ihm zu. Er hatte sich fest vorgenommen, Bill mit frischem Blick zu betrachten, doch es fiel ihm schwer. Er erinnerte ihn allzu sehr an zahlreiche junge aufstrebende Kollegen aus Southampton, die vor lauter Karrieredenken alles andere ausblendeten.

»Die Fahndung nach Field läuft«, begann Bill und ruckte die Krawatte zurecht. Eine breite blaue mit Karomuster. »Auch nach dem Cruiser. Vermutlich befindet sich der Tatverdächtige noch im Land. Ich habe mir Gedanken über den Tathergang gemacht. Wenn ich die kurz vortragen dürfte?«

»Nur zu.«

Bill hüstelte in die Faust und schlug die nächste Seite des Ordners auf, in der jedes Blatt säuberlich in einer Folie lag.

Collin lehnte sich zurück.

Gib doch mal Verantwortung ab, hatte ihm Kathryn geraten, als er am Samstagabend mit Kopfschmerzen im Bett lag. Ja, genau das fiel ihm schwer. War er zu arrogant, um an sein Team zu glauben? Meinte er wirklich, weil niemand außer ihm langjährige Erfahrung mit Kapitalverbrechen hatte, würde es allein an ihm hängen, den Fall aufzuklären? Wäre es nicht besser, sich zu sagen, dass er ein verlässliches und gutes Team hatte, das keinesfalls, wie es Robert Ashborne gern durchklingen ließ, aus Dorftrotteln bestand?

»Als Superintendant ist es wohl meine Pflicht, ins Bild gesetzt zu werden«, hatte Robert vor einer Stunde ins Telefon gebellt. Collin würde ihm nach der Besprechung Rede und Antwort stehen müssen. Immerhin hatte Robert seinen für diese Woche angekündigten Besuch verschoben. Der Arzt hatte ihn wieder krankgeschrieben. Collin war Roberts Rücken mehr als dankbar.

»Am 4. März hat McFerssons Gärtner den Cruiser gewaschen«, berichtete Bill. »Danach hat ihn McFersson aufgetankt, Öl und Wasser überprüfen lassen und ist am nächsten Morgen losgefahren. Haushälterin und Gärtner haben Lohn für drei Monate im Voraus bekommen. Sie sollten sich während seiner Reise einmal pro Woche um Haus und Garten kümmern.«

»Das wissen wir schon«, sagte Sandra und gähnte gelangweilt.

Bill ließ sich nicht beirren und las weiter aus seinem Bericht vor. »Vier Tage hat sich das Opfer in Portishead aufgehalten und Wartungsarbeiten an seinem Boot durchführen lassen. Er ist am 10. März morgens gegen acht Uhr losgesegelt. Zwei Zeugen haben das auslaufende Boot gesehen.«

»War eine Frau dabei?«

»Nein, er war allein im Hafen. Ich habe noch nicht alle Rückmeldungen von den Hotels.«

»Gut, bleib dran. Weiter?«

»Am 13. März wurde der goldene Cruiser mit dem Bootsanhänger am Pebble-Strand beobachtet.«

Bill vermutete, dass jemand anderes als McFersson den Cruiser von Portishead aus zu seinem Ferienhaus gefahren hatte, um ihn dort bis zu seiner Rückkehr unterzubringen.

»Mrs X?«, fragte Sandra. »Unsere Blondine?«

Bill nickte ihr zu. »Das entspricht auch meiner Theorie.«

War dieses Szenario denkbar?, überlegte Collin. Hatte die unbekannte Frau an McFerssons Seite ihn ursprünglich auf seine Mittelmeerreise begleiten sollen und den Cruiser zu seinem Ferienhaus gebracht? Sie wäre mit dem Wagen schneller gewesen als McFersson.

Bill zog Karten aus dem Ordner, die in seiner Grundschulschrift sorgfältig gekennzeichnet waren. Er hatte alle für den Mordfall relevanten Orte eingetragen.

Der Pebble-Strand lag rund fünfzehn Meilen vor der White Bay, dem Fundort des toten Retrievers, entfernt. Mit einem kleineren Boot war es ohne Schwierigkeiten möglich, die Küste entlangzufahren. Allerdings musste man bei stärkerem Wellengang, wie er um die Zeit herrschte, schon ein erfahrener Seemann sein. Mit seinem Skipperschein war Mathew Field alles andere als ein Anfänger. Bill hatte auf der Karte Fields Wohnung, den Red Cliff Point, wo McFerssons Leiche gefunden worden war, und McFerssons Ferienhaus eingezeichnet. Seine Theorie war, dass Field mit seinem Motorboot zu McFerssons Jacht gefahren war, sich an Bord geschlichen und sein Opfer überwältigt hatte.

»Unlogisch«, sagte Collin. »Wenn Field McFerssons Jacht direkt nach dem Mord nach Plymouth gefahren hat, wie hat er dann das Motorboot wieder in sein Bootshaus gebracht?«

»Und warum hätte McFersson den Neuseeländer an Bord lassen sollen?«, warf Johnny ein. »Meinst du, sie kannten sich und der Schotte hat ihn auf ein Bier eingeladen?«

Bill schob die Brille zurück, die ihm auf die Nasenspitze gerutscht war, und trank einen Schluck Mineralwasser, das von einer seiner Brausetabletten getrübt war.

»Allein konnte er das nicht organisiert haben«, sagte Bill. »Logistisch fast unmöglich. Es muss meines Erachtens noch eine weitere Person involviert gewesen sein.«

»War Mrs X also seine Komplizin, meinst du?«, fragte Sandra.

»Diese Möglichkeit habe ich in Erwägung gezogen.«

Am Tisch herrschte ein gespanntes Schweigen. Alle Blicke waren auf Bill gerichtet. Er feuchtete einen Finger an und blätterte in seinem Bericht.

»Also, Bill. Dann fahr bitte fort«, forderte ihn Collin auf.

»Ich gehe davon aus, dass McFerssons Cruiser für den Transport von Fields Boot benutzt wurde. Mathew Field hatte einen Bootsanhänger und ihn zum Verkauf angeboten. Den Anhänger und seine zwei Motorboote.«

Die Anzeige in einem Gebrauchtwarenforum war vom 11. März, zwei Tage bevor der Cruiser mit dem Bootsanhänger von einem Augenzeugen am Pebble-Strand gesichtet worden war. Zwei Tage später war alles verkauft. Die unbekannte Person, die möglicherweise Mrs X ist, hat Field und sein Boot zum Pebble-Strand gebracht.«

»Aber es scheint doch alles dafür zu sprechen, dass die gefärbte Blondine auch auf der Jacht war«, warf Sandra ein.

»Ja«, sagte Bill. »Ich persönlich plädiere dafür, dass beide zur Tatzeit auf der Jacht waren.«

»Und wie ist dann der Cruiser vom Pebble-Strand weggekommen?«, fragte Johnny.

»Field und die zweite Person haben Fields Boot in Schlepptau genommen, die Jacht vor McFerssons Ferienhaus verankert, und Field ist mit seinem Boot wieder zum Pebble-Strand zurückgekehrt, hat es auf den Anhänger des Cruisers geladen, in sein Bootshaus gebracht und ist mit dem Cruiser zurück zum Ferienhaus gefahren.«

»Und dann?«

Collin sah Johnny an, wie skeptisch er war. Bills Mutmaßungen über den Tathergang klangen auch in seinen Ohren abenteuerlich und wenig plausibel. Aber ihre bisherigen Überlegungen darüber, wie McFerssons Mörder auf sein Boot gelangt waren, waren auch nicht überzeugender und entbehrten vor allem Beweise. Field hatte die Jacht nach Plymouth gebracht. Der Gedanke war naheliegend, dass er in die Mordtat involviert war, dachte Collin am Ende. Er nickte Bill zu.

Bill hüstelte in die Faust und drehte seinen schmalen goldenen Verlobungsring, den er seit etwa zwei Wochen trug. *Wenn unsere Anne-Maus einen abbekommen hat, wird sich auch ein Deckel für Streber-Bill finden,* hatte Johnny gewitzelt. Inzwischen war Bill also verlobt. Und Johnny? Warum war ein Pfundskerl wie er noch immer allein?, dachte Collin. Warum war eine gute Partie wie Godwin McFersson Junggeselle gewesen? Er schüttelte die Gedanken ab und versuchte sich auf Bills Worte zu konzentrieren.

»Die Täter haben danach mindestens zwei Tage lang McFerssons Ferienhaus gründlich gereinigt.«

»Anne, hast du nichts zum Thema Putzfrauen herausgefunden?«, fragte Collin.

Anne schrak hoch, öffnete den Mund, klappte ihn gleich wieder zu und sah Sandra Hilfe suchend an.

»Ich hab ihr gesagt, sie soll mit dem Quatsch aufhören«, sagte Sandra.

»Mit dem Quatsch?«

»Zig Putzfrauen sind gar nicht erst registriert. Wir glauben wie Bill, …«, sie legte die Hand kurz auf Bills, der bei der Berührung zusammenzuckte, »… dass die Täter selbst Frühjahrsputz in McFerssons Haus gemacht haben. Putzfrauen wären doch gleich Mitwisser, oder?«

»Durchaus«, brummte Collin.

Gib doch ruhig mal zu, dass du einen Fehler gemacht hast, lach doch mal über dich selbst, hatte ihm Kathryn nach dem Angelausflug ans Herz gelegt. Collin stand auf und trat ans Fenster. Die Scheibe war verschmiert. Wenn es an der Küste regnete, dann war es ein schmutziger Regen. Vielleicht sehe ich nichts mehr klar, dachte Collin und hörte Bills Bericht weiter zu.

Am 19. März hatte der Hafenmeister der Marina in Plymouth die Ankunft von McFerssons Jacht vermerkt. Wo war seine Jacht vor dem Eintreffen in Plymouth? Bill glaubte, dass sie nur in McFerssons Privathafen hatte liegen können.

Die Reifenspuren in McFerssons Garage passten zu dem Profil der Reifenmarke seines Cruisers. Für Bill ein Indiz, dass das Ferienhaus einige Tage bewohnt gewesen war.

»Und warum hat Field die Jacht nicht gleich dort in McFerssons Bucht geschrubbt?«, fragte Johnny.

»Tja. Die Frage habe ich mir natürlich auch gestellt.« Bill setzte die Brille ab und klappte sie zusammen. »Ich denke, er hat hier bei uns in der Gegend die nötigen Geräte, Hochdruckreiniger und so weiter, schwerer beschaffen können. Vielleicht glaubte er auch, eine größere Marina würde mehr Anonymität garantieren.«

»Als seine Privatbucht, in die keiner reinkommen kann? Was ich auch nicht kapiere bei deiner Geschichte, ist, warum die Killer den Schotten nicht an Land beiseitegeschafft haben«, sagte Johnny. »Warum dieser ganze Aufwand? Mit einem Boot zur Jacht fahren und all das.«

»Der Plan ist nicht aufgegangen. McFersson sollte auf dem Meeresgrund landen und gar nicht mehr auftauchen. Es sollte sicherlich zumindest wie ein Bootsunglück aussehen, ein perfekter Mord sein, als Unfall getarnt. Aber es ist schiefgelaufen.«

»Gute Arbeit, Bill«, sagte Collin.

Einen Moment war es still, dann klatschte Sandra und schließlich auch die anderen. Bill lief rot an und setzte die Brille wieder auf.

Collin teilte Bills Ansicht. Es war alles andere als ein perfekt geplanter Mord.

Er setzte sein Team in Kenntnis über den Ermittlungsstand aus Manchester und Southampton, zeigte das Phantombild von Mrs X herum und verteilte für die nächsten Tage Aufgaben.

»Sandra, wir fahren morgen nach London und statten dem Escortservice einen Besuch ab. Wir schauen uns danach in dem Kinderheim um, das McFersson unterstützt hat.«

»Und das ist wo?«

»In Leyburn.«

»Leyburn? Noch nie gehört.«

»Yorkshire.«

»Ach du meine Güte. Das ist ja sonst wo.«

»Anne, du übernimmst für Sandra, während wir weg sind.«

Anne riss die Augen auf. »Aber ich weiß doch gar nicht …, ich meine …«, stammelte sie.

»Wie man mit dem Telefon umgeht? Anne, ich weiß genau, dass du das kannst. Also zeig es uns«, sagte Collin und hätte sich am liebsten auf die Zunge gebissen.

Positives Feedback. Welch leere Formel. Einer von unzähligen Lehrsprüchen aus Führungsseminaren. Jemand wie Anne reagierte auf jegliches Feedback wie eine verschreckte Schnecke, die gleich den Kopf ins Haus steckt.

404

»Bill, ich möchte, dass du mit Willis aus Manchester in engem Kontakt bleibst und alle Informationen, die er schickt, durchgehst.« Collin legte ihm den Ordner über McFerssons Immobilien hin. »Finde alles über diese Immobilien heraus, insbesondere über das Haus, das McFersson von Caroline Thompson-Carter geerbt hat. Ich will wissen, wer die Dame war. Tritt den Banken auf die Füße. Ich will eine Aufstellung aller Bewegungen von McFerssons Konten zwischen Anfang Februar bis jetzt. Familie Polodny. Sie stammt aus einem Dorf in Polen. Ich will alles über sie wissen.«

Bill stapelte eilfertig die Notizen, die ihm Collin auf den Tisch warf.

»Und ich? Kriege ich nun Sonderurlaub?«, fragte Johnny.

»Hör dich nach der Frau um. Sie muss sich hier ohne McFersson rumgetrieben haben. Sie war mit dem Hund hier.«

»Hmm, bisschen langweilig.«

»Dir wird die Langeweile schon vergehen, wenn der Startschuss fällt.«

»Der Startschuss?«

»Wart's nur ab.«

»Und diese Elisabeth Polodny? Müssen wir uns die nicht noch mal vorknöpfen?«

»Möglich. Aber noch haben wir keinen konkreten Hinweis auf einen Zusammenhang.«

Owen hatte Collin beim Abschied prophezeit, dass sie sich sehr bald wiedersehen würden. Collin ahnte, dass ein Teil der Geschichte, die sich ihm wie ein unentwirrbares Knäuel darbot, in Southampton spielte. Er hatte den Eindruck, dort Wesentliches übersehen zu haben. Aber was? Etwas wie ein Geheimnis umgab Elisabeth Polodny, das seltsame Häuschen ihres Bruders und die Tragödie in ihrer Familie.

26

Collin fragte sich, was die Menschen gewannen, wenn sie tagtäglich wie in eine Sardinenbüchse eingezwängt Stunden damit verbrachten, von einem Ort zum nächsten zu fahren.

Die U-Bahn hielt in einem Tunnel. Kurz ging das Licht aus. Eine nicht verständliche Ansage knarzte durch den Lautsprecher, und Collin fühlte, dass sein Puls stieg wie auch die Hitze in dem Waggon.

Nichts gewinnt man dazu, dachte er. Nicht einmal eine Begegnung mit dem Sitznachbarn. Er entschied, dass man beim U-Bahn-Fahren nur verlieren konnte.

Sandra knöpfte den Mantel auf und trank wie eine Verdurstende aus der Wasserflasche, die sie schon den ganzen Tag mit sich herumtrug. »Ist das normal?«, fragte sie.

»Scheint so. Sie heben nicht mal den Blick von der Zeitung.«

»Also keine Bombe. Da bin ich ja beruhigt.« Sandra verdrehte die Augen auf eine Weise, die zeigte, dass sie kurz vorm Explodieren war.

Collin wunderte sich, wie wenig souverän sie sich in London bewegte. Sie hatte sogar das Ticket beim Drehkreuz am Ausgang der U-Bahn falsch herum in den Schlitz gesteckt. Sie hatte ihn erfolglos zu überreden versucht, ein Taxi zu nehmen. Collin zweifelte, dass sie bei dem Verkehr, der sich wie ein nicht abreißender Strom durch die Metropole walzte, schneller zu ihren Terminen gekommen wären. Jetzt hatten sie allerdings nicht einmal einen Sitzplatz. Sie waren beide gereizt.

Sandra griff nach Collins Arm, als die U-Bahn mit einem Ruck wieder anfuhr. Die anderen Fahrgäste schienen einen inneren Gleichgewichtssinn zu haben. Niemand geriet ins Schwanken.

»Was hältst du von Marthas Vermutung?«, fragte er Sandra.

»Dass Anthony Polodny nicht eines natürlichen Todes gestorben ist oder dass er eine neue Flamme hatte?«

»Beides. Sie glaubt ja an einen Zusammenhang.«

»Sie ist überdreht, würde ich sagen. Und hochgradig eifersüchtig. Ich meine, sie waren geschieden. Was soll das? Außerdem können wir ja wohl schlecht Anthony ausbuddeln und eine Obduktion durchführen. Uns sind die Hände gebunden.«

Collin sah es ähnlich. Und dennoch setzte sich Marthas Aussage, eine neue Liebe habe Anthony herzkrank gemacht, wie ein Stachel in seinem Hinterkopf fest.

Sandra zog ihn zu einem frei gewordenen Platz, auf den sie sich eng nebeneinanderquetschen mussten. »Das nächste Mal nimmst du Johnny mit«, sagte sie. »Oder beantragst Schmerzensgeldzulage für solche Dienstreisen.«

»Du redest doch dauernd davon, irgendwann nach London zu gehen, weil es dir bei uns zu langweilig ist.«

»Aber dann fahre ich bestimmt nicht U-Bahn.«

»Noch ein Termin, dann ist ja Feierabend. Was hältst du von Polodnys Geschäftsführer Steven Jackson?«

»Du weißt doch, was ich von Männern halte, die spitze Lackschuhe tragen und dieses nach hinten gekämmte Schmierhaar. Und wenn jemand in dem Alter schwitzt wie ein Sumoringer und nicht mal ein Gramm Fett auf den Rippen hat, ist er entweder drüsenkrank oder nervös. Ich kann dir nur sagen, dass ich ihm kein Wort glaube. Betroffen, dass ich nicht lache. Wenn jemand über Polodnys Tod betroffen war, dann Martha Fridge. Ihr Problem ist nur, dass sie völlig blind und taub ist. Wie kann sie von diesem Schmierstiefel Jackson behaupten, er sei Polodnys bester Freund gewesen? Der reibt sich doch die Hände, weil er wahrscheinlich gewaltig absahnt.«

»Tja. Die Geschäftswelt ist ein Haifischbecken.«

Das Kasino schien jedoch auch unter der Oberfläche sauber. Weder die Mitarbeiter noch der Geschäftsführer Steven Jackson kannten Godwin McFersson persönlich.

»Amen. Und wenn du bitte jetzt mal deine Brille aufsetzt und dir den Plan da oben anschaust? Wir sind auf der Ringlinie, richtig? Und wieso kommt unsere Station nicht? Drei Stationen hast du gesagt. Das ist jetzt schon die vierte.«

Collin legte den Kopf in den Nacken und versuchte aus dem U-Bahn-Plan schlau zu werden. Wann war er zuletzt in London gewesen? Kathryn lag ihm manchmal damit in den Ohren, wenn sie von einem Konzert oder einer Ausstellung las, doch war es tatsächlich Jahre her, dass sie ein Wochenende dort verbracht hatten. Die farbigen Linien und Zeichen des Fahrplans erschienen ihm wie ein abstraktes Gemälde.

Ja, hatte Martha Fridge gesagt, *Anthony hat gemalt. Und ja, er hat mit »YY« signiert.* Der letzte Buchstabe seines Vor- und Nachnamens. Sie wusste nicht, dass zwei seiner Werke im Besitz von Godwin McFersson gewesen waren. Anthony hatte McFersson ihr gegenüber nie erwähnt. Sie war in Tränen ausgebrochen, als Collin ihr die Fotos der Bilder gezeigt hatte. Das seien seine Farben gewesen, sein Stil. Edward Munch habe er geliebt. Und ihr nie erklärt, was in ihm vorgegangen sei, als er die Bilder malte, welche Bedeutung sie hatten, welche Aussage. Eine Frage, die sie allerdings auch versäumt hätte, ihm zu stellen. Jetzt könne er nichts mehr dazu sagen. Zu spät, hatte sie geschluchzt.

Warum ist der Mensch so, fragte sich Collin. Warum wagt er nicht, Fragen zu stellen?

Martha Fridge liebte einen Mann, der mit Farben etwas mitteilen wollte, was er mit Worten nicht zum Ausdruck bringen konnte, und sie hatte es einfach ignoriert. Und das als Galeristin. Oder hatte sie Angst, etwas zu erfahren, was sie verstört und überfordert hätte? In dem zweistündigen Gespräch hatte Martha ihr gesamtes Leben, einschließlich ihrer stürmischen Beziehung zu Anthony Polodny, ausgebreitet. Es in dunklen und grellen Farben beschrieben, ähnlich verworren wie die Bilder in ihrer Galerie.

Unverständlich blieb, wie wenig sie über Polodnys Vergangenheit wusste. Wie kann man von der großen Liebe sprechen, wenn man Wesentliches ausblendet?, fragte sich Collin. Seine Herkunft, seine Familie, vor allem aber die blutige Tragödie in seinem Leben waren in ihrem Blick ausradiert. *Davon wollte ich nichts wissen,* hatte sie zugegeben. Vielleicht ließ es sich mit blinden Flecken auf der Netzhaut besser durch die beängstigenden Tunnel des Daseins bewegen, dachte Collin. Er wusste nicht, ob er Martha um diese Fähigkeit beneiden sollte oder sie bedauerte.

»Wir müssen raus, Collin. Wir sind in die falsche Richtung gefahren. Los, komm.« Sandra schob Collin gerade noch rechtzeitig aus dem Wagen, bevor die Türen wieder automatisch schlossen. Sie irrten Treppen hoch und runter, bis sie den gegenüberliegenden Bahnsteig fanden, und saßen mit einer Dreiviertelstunde Verspätung endlich Eleonora Stravinsky gegenüber, die ihren Escortservice »Lady-Like« seit fünfzehn Jahren erfolgreich führte.

»Unser Service lebt von strengster Diskretion«, sagte Eleonora Stravinsky mit deutlich osteuropäischem Akzent. »Die meisten unserer Kunden, insbesondere die Stammkunden, lassen sich mit einem Pseudonym registrieren.«

»Interessant«, sagte Sandra. Sie rutschte auf dem Sessel hin und her und ließ ihre Augen über die Wände wandern, an denen in überdimensionaler Vergrößerung Fotodrucke von Helmut Newton hingen.

»Wir machen Vorkasse, um eine gewisse Sicherheit zu haben. Alles andere liegt in der Verantwortung der Damen.«

»Sie sind also nur Vermittler?«, fragte Collin. Das Aufnahmegerät stand auf einem niedrigen Glastisch vor dem weiß bezogenen Sofa, auf dem Eleonora Stravinsky mehr lag als saß. Sie trug einen hochgeschlossenen Hosenanzug mit knallroter Lederkrawatte und hatte ein Tuch in das weiße toupierte Haar gewickelt. Es lenkte von ihrem schlichten Gesicht ab, in dem nur die überpuderten Spuren schlecht verheilter Akne auffielen.

»Richtig. Die Agentur versteht sich als Vermittler. Die Damen, die wir vertreten, agieren selbstständig. Die Preise für bestimmte Dienstleistungen sind festgelegt. Davon erhält die Agentur Provision. Die Damen unterzeichnen einen Vertrag, der sie an uns bindet und der jährlich erneuert wird, der die Agentur aber zugleich von der Verantwortung befreit. Verstehen Sie?«

Ja, eine gängige Praxis in der Branche, wie Collin wusste. Was auch immer hinter verschlossenen Türen geschah, war eine Sache zwischen dem Kunden und der Dame, deren Dienste er bezahlte.

»Sie haben sich auf einen bestimmten Kundenkreis spezialisiert ...«

Sie lächelte Collin an und zog an ihrem Zigarillo. »O ja. Meine Kunden sind zahlungs- und gesellschaftsfähig. Das lasse ich diskret überprüfen, bevor ich mit ihnen ins Geschäft komme.«

»War Godwin McFersson Stammkunde?«, fragte Sandra.

»Was immer Sie unter ›Stammkunde‹ verstehen. Man soll ja schon Alkoholiker sein, wenn man nur jeden Sonntag ein Bier trinkt. Mr McFersson war insofern ein Stammkunde, als er mehr

410

als einmal unser Angebot in Anspruch genommen hat. Aber keinesfalls einmal wöchentlich. Auch nicht einmal monatlich. Sporadisch. Ja, so würde ich es ausdrücken.«

Ein kleiner Hund, schneeweiß wie die Sofagarnitur, sprang Eleonora Stravinsky auf den Schoß. Sie streichelte ihn mit langsamen Bewegungen. Jeder ihrer Fingernägel war andersfarbig lackiert.

»Ich habe auf Ihren Wunsch hin in der Kartei nachgesehen. Wie gesagt, wir wahren Diskretion. Ich habe keine ausführlichen Informationen. In der Kartei ist Mr McFersson unter dem Pseudonym ›Angel‹ geführt. Etwas geschmacklos, aber nun gut. Vielleicht war er ja ein Engel. Ich habe ihn nie persönlich kennengelernt und von den Damen keine Rückmeldungen erhalten. Wenn, wären sie negativ gewesen. Perverse wollen wir ja nicht haben, nicht wahr, Mephisto?«

Sandra warf Collin einen Blick zu. Sie musste das Gleiche denken wie er. Wie konnte man einen Hund, der aussah wie ein Stofftier, Mephisto nennen?

Eleonora Stravinsky erhob sich und holte einen Stapel Mappen von ihrem Schreibtisch. »Das sind die Damen, mit denen er Verabredungen hatte. Zehn. Mit einigen hat er sich mehrmals getroffen. Wir haben nur die A-Klasse im Angebot.«

Collin sah sie fragend an. »Wie engagieren Sie die Damen?«

»Wir haben einen Namen. Das spricht sich rum. Ich arbeite am liebsten mit einem überschaubaren Personal und vermeide Fluktuation. Natürlich braucht man zwischendurch mal ein neues Gesicht. Die Bewerberinnen müssen sich persönlich vorstellen. Sie müssen schon einige Tests bestehen.«

»Tests? Wie werden Sie denn ausgewählt?«, fragte Sandra.

»Wir wollen Sie persönlich sehen. Fotos reichen nicht. Die kann man sich aus dem Internet herunterladen und mit

Photoshop bearbeiten. Wir garantieren vorzeigbare Damen, das ist Kriterium Nummer eins. Gang, Ausstrahlung, all das spielt eine Rolle. Sie müssen gepflegt sein, möglichst Sport treiben, was die meisten für ihre Figur tun …« Ihr Blick blieb kurz an Collins Bauch hängen. »Die äußere Erscheinung reicht aber nicht. Die Damen sollten über ein gewisses Maß an Bildung verfügen und gepflegte Konversation betreiben können. Wir schauen uns auch spezielle Interessen an. Gibt eine Dame Reiten als Hobby an, so ist das ein Pluspunkt. Sie kann dann sehr gut an einen Kunden vermittelt werden, der diesem Sport frönt, gern zu Pferderennen geht und eine Begleitung sucht, mit der er sich über seine Passion austauschen kann.«

»Erfüllen die zehn Damen ein gemeinsames Kriterium, die Sie an Godwin McFersson vermittelt haben …?«

Eleonora Stravinsky sah durch die Mappen. »Ich mache Ihnen Kopien. Auf den ersten Blick sehe ich nur, dass die meisten dunkelhaarig sind.«

»Dunkelhaarig?« Collin war irritiert. Hatte Fanny Lindson nicht von Blondinen gesprochen?

»In unserem Telefongespräch erwähnten Sie, dass Mr McFersson eine Vorliebe für Dominas hatte«, sagte Sandra.

»Dominas? Sagte ich das?« Eleonora Stravinsky verzog den ungeschminkten Mund. »Welch hässlicher Ausdruck. Anscheinend habe ich Ihnen den Zweck meiner Agentur nicht deutlich genug erklärt. Die Damen begleiten unsere Kunden bei gesellschaftlichen Anlässen. Abendessen, Feierlichkeiten, Veranstaltungen. Darin besteht zu neunzig Prozent mein Vermittlungsdienst. Was sich darüber hinaus entwickelt, nun, dafür trage ich keine Verantwortung.«

»Sie wollen also auf einmal sagen, es geht nicht um Sex?«, fragte Sandra und rutschte zur Sesselkante. Ihre Augen blitzten.

»Selbstverständlich geht es auch darum.« Eleonora Stravinsky bedachte sie mit einem kalten Blick.

Aber Sandra war jetzt in Fahrt gekommen. »Ihre Kunden kaufen also die Katze im Sack? Das können Sie Ihrer Großmutter erzählen. Wenn ein Kunde nach dem Opernbesuch, den er mit einer Ihrer Damen verbracht hat, die zufällig drei Semester Musik studiert hat, gern ausgepeitscht werden möchte, so hat er also Pech gehabt, wenn sie diesen Dienst nicht im Angebot hat?«

»Unsere Damen bieten eine Bandbreite, aber nicht alles, denn …«

»Ja, verstehe schon. Ihre Agentur ist sauber. Kein Schmuddelkram. Als ob Kunden aus gewissen Kreisen damit nichts am Hut hätten. Also, ich warte auf eine Antwort. Hat McFersson nun Dominas aus ihrem Angebot ausgewählt oder nicht?«

»Wenn Sie es so nennen wollen …«

»Ja, nennen wir es einfach beim Namen. Alle zehn?«

»Ich möchte Ihnen deutlich sagen, dass keine unserer Damen vorbestraft ist«, sagte sie stattdessen. »Meine Agentur ist noch kein einziges Mal in irgendeiner Weise in negative Schlagzeilen geraten. Ich möchte, dass es dabei bleibt.«

»Sind alle zehn noch unter Vertrag?«, fragte Collin.

»Vier arbeiten inzwischen nicht mehr für mich.«

Eleonora Stravinsky richtete sich auf und setzte sich das Hündchen auf den Schoß. Ihr Ton und ihre ganze Haltung hatten sich schlagartig geändert. Sie wirkte auf Collin jetzt wie eine Kobra, die jeden Augenblick ihr Gift spritzen konnte.

Er schob ihr die neue Phantomzeichnung von Mrs X hin. Ein Spezialist in Robert Ashbornes Team hatte aus unterschiedlichen Zeichnungen ein Computerbild simuliert. Er hatte Angaben des Hundezüchters, von McFerssons Haushälterin, von

Giovanni, dem italienischen Restaurantbesitzer, und Agnes, der Kellnerin aus dem »Black Horse«, abgeglichen. Eine Version zeigte die Frau mit dunklem, eine mit blondem Haar. Das Phantombild sollte seiner Meinung nach auch in die Zeitung, doch das musste mit dem Präsidium abgesprochen werden. Er hatte Robert schon drei SMS geschickt und noch immer keine Antwort bekommen.

»Ist Ihnen diese Frau bekannt?«

Eleonora Stravinsky nahm sich Zeit. Kraulte den Hund und betrachtete mit verärgertem Gesicht die beiden Computerbilder.

»Sie sieht Rainbow ähnlich«, sagte sie schließlich.

»Rainbow?«

Collin hievte sich aus dem zu niedrigen Sessel und zog die Anzugjacke aus. Er fühlte sich in dem ungewohnten Outfit nicht wohl. Kathryn hatte darauf bestanden. *Du fährst schließlich in die Hauptstadt. Willst du nicht, dass man dich ernst nimmt?,* hatte sie gefragt. Er lockerte die Krawatte und stellte sich vor eine der Aktfotografien. Wo mochte Newton derart perfekte Körper gefunden haben? Es gefiel ihm, wie Licht und Schatten einzelne Körperteile hervorhoben und andere verbargen. Doch mit der Realität hatten diese stilisierten Nacktstudien nichts zu tun.

»Auch unsere Damen legen sich Pseudonyme zu. Da haben sie freie Hand. Ich greife nur ein, wenn ein Name schon belegt ist. Rainbow ist sicherlich eine eher ungewöhnliche Wahl für das Gewerbe. Sie war nicht lange bei mir unter Vertrag. Ein Jahr und dann wollte sie nicht verlängern.«

Collin starrte auf die Fotos, die ihm Eleonora Stravinsky reichte. Er spürte ein Kribbeln auf der Kopfhaut. Sie ist es, dachte er. Sie ist es nicht, im nächsten Moment.

Ein Gesicht, wie in Stein gemeißelt. Kein Lächeln. Aus schmalen Augen, als würde sie die Sonne blenden, schaute sie fast grimmig in die Kamera.

Auf einem zweiten Foto, das wie mit Weichzeichner bearbeitet wirkte, saß sie im Halbprofil unter einem Baum und hatte eine Blume in der Hand. Sie trug ein weites Kleid, einen Strohhut und sah wie ein junges Mädchen aus. Auf dem letzten Foto stand sie an eine Mauer gelehnt, trug schwarze Handschuhe und hielt zu beiden Seiten ihre Lederweste auf, unter der sie ein Bustier trug. Ihre Haut glänzte wie mit Öl einbalsamiert. Die Muskeln an ihren Oberarmen traten hervor, der enge schwarze Bustier zeigte deutlich ihre Brüste. Ihr Bauchnabel war mit einem Schlangenkopf gepierct. Ein bodenlanger Rock bedeckte ihre Beine. Um den Hals trug sie ein dreireihiges enges Collier mit blitzenden Steinen. Diamanten?, fragte sich Collin. Oder ein Fake? Ihr Haar war dick und kurz geschnitten. Der Pony bedeckte die Hälfte der Stirn. Ein Dalmatiner saß neben ihr. Collin reichte die Fotos an Sandra weiter.

»Wie war Rainbows richtiger Name?«

»Wir führen keine Personendaten.«

Eleonora Stravinsky stand mit dem Schoßhund im Arm auf. Alle Freundlichkeit war aus ihrem Gesicht gewichen.

Welche Leichen mag sie im Keller haben?, fragte sich Collin. In einem Geschäft wie diesem musste man eiskalt und berechnend sein. Und mit mächtigen Hintermännern bis hin zur Mafia in einem mehr als guten Verhältnis stehen.

»Sie sagten, die Damen seien nicht vorbestraft. Wie wollen Sie das überprüfen lassen, ohne Personendaten aufzunehmen?«

»Wir machen uns ein persönliches Bild. Die Damen haben Probezeit. Einen Monat.«

Eine Vorgehensweise, die auch die Beschäftigung illegaler

Einwanderer mit Leichtigkeit ermöglichte, vermutete Collin. Gefälschte Dokumente kursierten in diesen Kreisen doch wie falsche Wimpern. Die Agentur war bei Untersuchungen der Einwanderungsbehörde oder der Polizei geschützt. Sie war für die Vermittlung zuständig, sonst für gar nichts.

Collin und Sandra steckten die Fotos und Kopien der Karteikarten ein und forderten Eleonora Stravinsky auf, alle sechs Damen, die von der Liste noch für sie arbeiteten, für den Nachmittag in ihr Büro zu bestellen.

* * *

»So eine Augenfarbe hat kein Mensch«, sagte Sandra und steckte sich den Keks in den Mund, der auf dem Unterteller ihrer Kaffeetasse lag. Sie saßen in einem Straßencafé um die Ecke der Agentur.

»Wie meinst du?«

»Das müssen farbige Kontaktlinsen sein. Ist ja fast türkis.« Sandra legte die Hände über das Porträtfoto der Frau mit dem Decknamen »Rainbow«, sodass man nur die Augenpartie sah. »Genau so stelle ich mir Dominas vor. Und dann noch ein Dalmatiner. Sie hat einen Fuß auf seinem Kopf.« Sandra zeigte auf das Foto, wo die Frau halb nackt in der Lederweste neben einem Dalmatiner stand. Ein hochhackiger roter Stiefelabsatz schien den Kopf des Hundes auf den Boden zu drücken.

»Einscannen und Abgleich«, sagte Collin.

»Abwarten und Tee trinken. Ja, ja. Ich könnte einen Whiskey gebrauchen. Und was in den Magen. Macht man bei Außenterminen keine vernünftige Mittagspause?«

»Ich lade dich nachher zum Essen ein«, versprach Collin. »Aber erst mal sollten wir Johnny die Damen beamen.«

416

Sandra fuhr ihren Multifunktions-Laptop hoch, scannte alle zehn Karteikarten und die Fotos ein und klickte auf »Senden«.

»Dann lass uns mal beten«, sagte sie.

Collin nickte und musste an Owen denken. Der Glaube hatte nichts zu suchen bei der Aufklärung. Die Fakten zählten, sonst nichts. Er wollte sich der Hoffnung nicht allzu euphorisch hingeben, dass die Frau, die sich als Escortdame »Rainbow« genannt hatte, identisch war mit Mrs X.

Man sollte einfach zu Hause bleiben und die Tür fest verschließen, dachte er. Dann würde man erst gar nicht erfahren, dass Wasserleichen an eine friedliche Bucht geschwemmt wurden.

27

Die verwitterte furchteinflößende Fassade von »Auntie Helen's Home« entsprach allem, was Collin auf der Zugfahrt nach Yorkshire über den traurigen Zustand britischer Kinderheime im Allgemeinen und insbesondere über dieses Heim in Leyburn gelesen hatte. Dank Bill, der in seinem Übereifer fast eine Dissertation zu dem Thema gemailt hatte. Sandra vermutete, dass inzwischen ein Feldbett in seinem Büro stand.

Das Gebäude war aus dem achtzehnten Jahrhundert, aber hinter der notdürftig ausgebesserten Mauer, die einen Park mit altem Baumbestand und Ententeich umgab, sprangen Kinder mit fröhlichen Gesichtern auf einem Spielplatz umher, der Ayesha begeistert hätte. Die bunten Spielgeräte aus Holz stellten afrikanische Tiere dar, bis auf ein Schaf, das eindeutig nordenglische Züge hatte. Eine Kirche und mehrere Nebengebäude gehörten zu dem Gelände, das in einem Waldgebiet außerhalb Leyburns lag.

Kaum hatte Collin das Heim betreten, musste er an Ayesha denken. Was wäre aus ihr geworden, wenn sie in dem überfüllten Waisenhaus in Äthiopien geblieben wäre, wo es nicht einmal für alle Kinder Betten gab, geschweige denn genug zu essen? Er war dankbar, dass sich Kathryn damals gegen all seine Widerstände durchgesetzt hatte.

Helen Leeds, eine mollige Mittdreißigerin, begrüßte sie in ihrem Büro mit einem strahlenden Lächeln. An den Wänden hingen Zeichnungen und Fotos von Kindern. Sie habe sich mit diesem Heim einen Traum erfüllt, erzählte sie. Sie habe Sozialarbeit studiert und sei in Lateinamerika gewesen, in Indien und im Sudan. Überall auf der Welt gebe es Waisenkinder, bedürftigere als hierzulande. So sehe es jedenfalls der Großteil der Bevölkerung, die lieber für Patenschaften in Dritte-Welt-Ländern spendete. Und was ist mit unseren Kindern?, hatte sich Helen irgendwann gefragt. Auslöser für ihre Entscheidung sei jene Sache gewesen, die Leyburn, ihre Heimatstadt, kurz ins Rampenlicht gerückt habe. Vor zehn Jahren hätten die Behörden das Heim geschlossen. Nach der Aufdeckung eines Skandals, der den Berichten aus walisischen oder irischen Kinderheimen fast in nichts nachstehe. Kinder seien gequält worden und hätten unter unwürdigen Bedingungen in dem Heim gelebt. »Heim der Satansnonnen« – so sei es später genannt worden.

»Wissen Sie, wir leben vom Tourismus. Leyburn schläft, bis es Sommer wird und alle in den Yorkshire Dales Nationalpark wollen. Die Stadt, die Einwohner, sie hatten nichts zu tun mit dem, was hier geschah. Nicht einmal die Kirche wusste Bescheid. Dabei war das Heim doch unter ihrer Schirmherrschaft.«

»War es denn ein reines Nonnenkloster?«, fragte Collin.

»Ja, im Grunde genommen war es das«, sagte Helen. »›Das Waisenhaus der Heiligen Jungfrau Maria‹ – der Name sagt ja schon alles. Eigentlich hatte es eine edle Mission. Es richtete sich vor allem an Mädchen und junge Mütter, die in ihrer prekären Lage nicht wussten, wohin.«

»In ihrer prekären Lage?«, fragte Sandra. »Was meinen Sie damit?«

»Nun, es waren überwiegend minderjährige Mädchen, die ungewollt schwanger geworden waren. Die meisten wurden von ihren Familien hierhergeschickt. Das Haus hatte eine Entbindungsstation. Das Neugeborene wurde gleich im Heim gelassen und die Mutter konnte sozusagen ungeschoren in ihre Familie zurück. Uneheliche Kinder waren ja bis in die frühen Siebzigerjahre für viele Familien ein untragbares Problem. Manchmal wurden die schwangeren Frauen verstoßen und landeten dann hier. Einige blieben, wurden Nonnen …«

»Zufluchtsort und Versteck also«, sagte Collin.

»Genau. Und ein Gefängnis, wenn man so will. Es war keinesfalls ein für die Öffentlichkeit leicht zugänglicher Ort. Im Namen Gottes kann man theoretisch nur Gutes leisten, oder? Wer käme zum Beispiel darauf, dass ein Nonnenkloster unterirdische Zellen hat?«

»Wo Kinder eingesperrt wurden?«, fragte Sandra.

»Das will man nicht glauben, nicht wahr? Eine Maßnahme zur Läuterung und Erziehung für aufsässige Heiminsassen. So hatte es der stellvertretende Leiter damals formuliert. Sie wurden sogar angekettet.«

»Das Heim wurde also nicht ausschließlich von Nonnen geleitet?«

»Es wurden ja auch Jungen geboren. Man hat das Haus in einen Jungen- und einen Mädchenflügel aufgeteilt, wobei die Mädchen in der Überzahl waren. Für die Jungen suchte man möglichst früh Adoptiveltern.«

»Und die Mädchen sollten möglichst früh ihr Gelübde ablegen?«

»Das war wohl der Plan.«

»Es hat einen Prozess gegeben«, sagte Collin. Er dachte an die grausamen Details, die Bill in seinem Bericht zusammengetragen hatte. Alle Kinder hatten an den Folgen von Mangelernährung und schlechter Hygiene gelitten, waren regelmäßig geschlagen und in einigen Fällen missbraucht worden. »Die Presse hat darüber offenbar nur spärlich berichtet. Ein erstaunlich kurzer Strafvollzug für Bruder William …«

»Ja, die Lokalpresse hat sich sicher dem Druck der Gemeinde gebeugt. Die Stadt Leyburn wollte alles schnell unter den Teppich kehren. Bruder William war der stellvertretende Leiter. Er soll sich nach Kanada abgesetzt haben. Sonst hätte die Bevölkerung ihn bestimmt gelyncht. Im Heim hatte er den Spitznamen ›Teufel‹. Auf dem Spielplatz steht ein Baum. Man müsste ihn eigentlich fällen. Dort hat er Jungen angebunden und vor aller Augen mit Weidenruten geschlagen. Wie ein Inquisitor.«

»Und die Leiterin, eine Schwester Mary?«

Helen lächelte. »Sie war nicht die Leiterin, sondern das Bauernopfer. Die Leiterin nannte sich Schwester Albertia und hatte angeblich keinen blassen Schimmer. Die Kirche hat schon dafür gesorgt, dass der Mantel der Barmherzigkeit über die Nonnen ausgebreitet wurde. Bloß nicht zu viel aufwirbeln. Und psychisch krank ist doch eine Erklärung, die leichter zu verschmerzen ist, als von einem Verbrechen zu sprechen, oder?«

»Schwester Mary kam gleich in die Psychiatrie?«

»Ja, sie wurde als Schuldige geopfert und war meiner Meinung nach auch eine treibende Kraft. Aber niemand kann mir erzählen, dass Schwester Albertia als Leiterin nichts wusste. Das Haus wirkt, wie Sie ja selbst beim Rundgang gesehen haben, nur von außen groß. Die Flure sind kurz und schmal, die Zimmer liegen alle zentral. Es ist kaum möglich, etwas zu verbergen. Wenn ich einem Kind Schmerzen zufüge oder ihm Furcht einflöße, was tut es dann? Es schreit. Bei der schlechten Akustik hier hallt das in jeden Winkel. Nur die Kellerräume haben dickere Wände.«

Collin spürte einen Schauer im Rücken. Wie war es möglich, im Namen Gottes zu einem wehrlosen Kind grausam zu sein?

Heutzutage, hatte Helen angemerkt, wäre eine gründlichere Untersuchung erfolgt. Aber damals sollte das Ganze nur so schnell wie möglich vergessen und begraben werden.

Die Opfer mussten ohne professionelle Hilfe mit den Folgen einer jahrelangen seelischen und sicherlich auch körperlichen Folter leben. Die meisten schwiegen. Aus Scham und weil die Gehirnwäsche noch Jahrzehnte später wirkte. Doch jetzt würden immer mehr das Schweigen brechen, weil sie durch Berichte aus anderen Heimen gemerkt hatten, dass sie nicht allein waren.

»Haben sich die Spender blenden lassen?«, fragte Collin.

»Natürlich«, sagte Helen. »Sie wollen ihr überschüssiges Geld an der Steuer vorbei in einem Wohltätigkeitsprojekt anlegen. Eine kirchliche Einrichtung klingt doch seriös, oder? Wenn mal jemand vorbeikam, so wurde ihm eine heile Welt vorgeführt. Meistens haben Besucher nur die Kirche und vielleicht den Esssaal gesehen.«

»Und warum hat ein Spender wie Godwin McFersson weiterhin an Sie gezahlt, nachdem das Waisenhaus geschlossen wurde? Nach dem Skandal …«, fragte Sandra.

»Gründe weiß ich nicht. Das Spendenkonto lief weiter, die Gelder wurden vorerst aber eingefroren. Einige Spender sind abgesprungen, andere haben sich gar nicht darum gekümmert. Daueraufträge, die auch seitens der Bank nicht aufgekündigt wurden. Eineinhalb Jahre nach der Schließung habe ich das Heim dann unter meinem Namen wieder aufgemacht und alle Spender angeschrieben. Viele haben die Überweisungsdaten geändert, das war's. Mr McFersson hat es auch so gemacht.«

»Was ist aus Schwester Albertia geworden?«

»Angeblich ist sie ins Ausland gegangen, in irgendein Land, wo niemand hinwill. Wo die ehemaligen anderen Nonnen sind, weiß ich nicht. Die Köchinnen, Gärtner, es waren ja viele, die Bescheid wussten. Aber Mitwisser verkrümeln sich irgendwo, warten, bis Gras über alles wächst, und hoffen, dass sie niemals gefunden werden.«

»Und die Kinder?«

»Sie wurden woanders untergebracht. Vermutlich hat sich niemand darum gekümmert, welche Schäden sie davongetragen haben.«

Helen führte sie mit sprühender Lebensfreude durch das Heim, das sie in jahrelanger Arbeit in ein freundliches, warmes Ersatzzuhause für sechzig Kinder umgewandelt hatte. Nur die Gittertüren in den ehemaligen Kellerzellen verrieten noch das schwere Erbe, das sie angetreten hatte.

»Das nächste Renovierungsprojekt ist die Fassade«, sagte sie. »Die will ich ganz bunt streichen lassen.«

Zu Collins Verdruss waren sämtliche Unterlagen zum damaligen ›Waisenhaus der Heiligen Jungfrau Maria‹ von der Polizei beschlagnahmt worden. Er fühlte sich wie eine Maus, die durch ein Labyrinth läuft, den Käse riecht, ihn aber nicht findet.

»Da muss man Idealismus haben«, sagte Sandra, als sie schließlich im Taxi saßen. »Wie will sie einen Mann finden mit sechzig Kindern an der Backe?«

»Vielleicht will sie ja keinen finden. Und wenn, warum sollte es nicht einen geben. Sie scheint zufrieden zu sein.«

»Ja, das stimmt. Ich wäre schon zufrieden, wenn wir nicht umsonst an den Arsch der Welt gefahren wären.«

»So hast du mal Yorkshire gesehen.«

»Viel zu düster. Wahrscheinlich eine Luftfeuchtigkeit von 98 Prozent und drei Sonnentage im Jahr.«

»Roberts Büro hat geschrieben. Rainbows Gesicht hat eine Abweichungsquote von höchstens 20 Prozent, die anderen neun Damen alle von mindestens 50.«

»Was heißt das? Was für eine Quote?«

»Abgleich mit dem Phantombild, Sandra. Wir können uns auf Rainbow konzentrieren und die anderen ignorieren.«

»Jeden Tag sagst du etwas anderes. Einmal sollen wir uns auf Mathew Field konzentrieren, dann auf Mrs X und nun auf diese Tante mit dem Dalmatiner. Ich glaube, du stocherst ganz schön im Nebel und willst es nicht zugeben.«

Collin ärgerte sich. Darüber, dass er in einem Nest in Nordengland umherfuhr und der Fall aus so vielen Fäden bestand, die er noch nicht zu einem sinnvollen Ganzen verknüpfen konnte. Er hatte in den letzten Tagen Godwin McFersson aus den Augen verloren wie ein Segler das Festland. Die einfache Rechnung – hier die Leiche, dort der Tatort – war nicht aufgegangen.

Die Merksätze, die er von Owen gelernt und wie ein Mantra übernommen hatte, schienen in diesem Fall nicht zu stimmen. Der Nebel lichtete sich nicht, er wurde immer dichter. Wie hier in Yorkshire, wo er besonders dick war. Man könnte ihn in Scheiben schneiden und auf Brot streichen, dachte er, als der Taxifahrer das Tempo drosselte und die Nebelscheinwerfer anschaltete.

Drei Stunden später saßen sie in einem muffigen Raum der Polizeistation von Leyburn und wälzten die Akten, die ihnen ein

Polizist wortkarg und mit misstrauischem Gesichtsausdruck aus dem Archiv gebracht hatte. Sandra hatte sich in die Prozessakte über Schwester Mary vertieft und las zwischendurch mit empörter Stimme daraus vor. Collin ackerte sich durch Listen von Heimkindern, ohne zu wissen, wonach genau er suchte.

Frustriert ging er vor die Tür, zündete sich eine Pfeife an und betrachtete das behäbige Treiben zwischen den Altstadthäusern.

Welche Geschichte verband den Millionär Godwin McFersson mit dem Kopfsteinpflaster und den hellgrauen Steinhäusern eines winzigen Flecks auf der Landkarte des Inselreichs, der sich damit rühmte, dass Mary, die Königin von Schottland, ihren Schal dort auf ihrer Flucht aus dem nahen Bolton Castle verloren hatte?

Jetzt hatte eine andere Frau selben Vornamens ihre Spur in der Kleinstadt hinterlassen: Schwester Mary. »Die irre Nonne«. »Der Kinderschrecken mit dem Nonnengewand«. So hatten die Überschriften in der Presse gelautet.

Hatte McFersson wie auch andere Spender nichts von dem Skandal mitbekommen? Und wenn doch, warum hatte er weiterhin gespendet? Warum hatte er sich ausgerechnet für dieses Heim engagiert? Er hatte in seiner Position bestimmt regelmäßig Bittsteller auf der Türschwelle gehabt. Doch es musste einen Auslöser gegeben haben. Collin klopfte die Pfeife aus und ging beschwingter ins Büro zurück. Er würde sich auf das Jahr konzentrieren, in dem McFersson erstmals gespendet hatte. Denk zuerst an das Naheliegende und Einfache, hatte Owen immer gesagt. Sattel das Pferd, wie man ein Pferd sattelt. Welcher Gaul würde nicht bocken und ausschlagen, wenn er von hinten aufgezäumt würde?

Collin schlug die Insassenakte von 1992 unter der Rubrik *Neuzugänge* auf.

»Diese Schwester Mary kam als Freiwillige«, sagte Sandra.

»Sie war keine Nonne?«

»Sie ist eine geworden. Hat das Gelübde abgelegt und ist schnell aufgestiegen. Am Ende war sie die rechte Hand der Leiterin.«

»Karriere kann man also auch als Nonne machen.«

»Sie ist vorher verheiratet gewesen. Also wenn ich zwischen Ehe und Nonnenkloster wählen müsste … Schon allein der Gedanke, den ganzen Tag mit diesem Taubenkostüm rumzulaufen. Nein, danke.«

»Du bist ja auch nicht gläubig. Wir können das bestimmt nicht beurteilen.«

»Willst du jeden Tag um vier Uhr aufstehen und zwei Stunden auf einem Betonboden knien?«

»Bestimmt nicht.«

»Na siehst du. Willst du diese Schwester Mary befragen? Vielleicht bringt uns das schneller weiter, als diese ganzen Ordner durchzuackern. Die können wir per Express zu Bill schicken.«

»Die Aussage einer psychisch Kranken, die seit Jahren in der Geschlossenen ist? Was soll das bringen? Bläht nur die Akte auf.«

»Vielleicht war sie ja mit McFersson verheiratet.«

»Du fängst an zu fantasieren. Hol dir einen Kaffee. Oder ist ihr richtiger Name McFersson?«

»Nein, war ein Witz. Ihr Mädchenname ist Ruth Pawdon, geschiedene Smitton. Kommt übrigens aus unserer Gegend. Geboren in Bude, Umzug nach Ilfracombe, als sie zehn war. Sie hatte eine Tochter, die mit vierzehn von einem Auto überfahren wurde. Wahrscheinlich hat sie davon einen Knacks weg. Hier sind übrigens jede Menge Fotos. Offenbar haben sie jedes Jahr ein Gruppenfoto machen lassen. Ziemlich schlechte Qualität. Soll ich die einscannen und Bill schicken?«

»Tu das. Kann nicht schaden.«

»Was ist los? Du bist so einsilbig.«

Collin lehnte sich zurück und kratzte sich am Ohr. Es war ein Tick, hatte ihm Kathryn mal erklärt. Immer, wenn er sprachlos war, begann sein Ohr zu jucken.

»1992 hat McFersson den Dauerauftrag eingerichtet und seither jeden Monat einen Betrag von immerhin dreihundert Pfund gespendet. In dem Jahr gab es nur drei Neuzugänge. Zwei Fünfzehnjährige, die beide Jungen entbunden haben. Und eine Frau, die schon Ende dreißig war. Sie hat ein Mädchen geboren, am 27. Februar 1992. Sie wurde auf den Namen Natascha getauft.«

»Und? Sag schon, wer ist die Mutter?«

»Sie hieß Magdalena. Magdalena Polodny.«

Sandra stieß etwas wie ein Kreischen aus, sprang auf und umarmte Collin.

»Das ist es!«, rief sie. »Das ist das fehlende Puzzleteil! Die Mutter von Anthony und Elizabeth Polodny. Und wer ist der Vater?«

»Unbekannt laut Akte. Aber ich denke, es war McFersson. Wer denn sonst? Sie war der Grund, warum er das Kinderheim unterstützt hat. Seine Tochter war hier.«

Sie blickten sich an. Collin sah in Sandras Augen die Gedanken widergespiegelt, die in seinem Kopf rasten.

Dann rannte Sandra nach nebenan, kam mit einer Lupe wieder und beugte sich über die Fotos.

Collins wählte gerade Johnnys Nummer, als sein Handy klingelte. Zerstreut lauschte er Bills aufgeregter Stimme. Es war, als wäre nach Wochen der Dunkelheit auf einmal die Sonne herausgekommen, so grell, dass sie die Augen blendete. Collin dachte an seinen Stein, der geduldig in der Werkstatt auf ihn wartete und lange sein Wesen verhüllt hatte. So wie der Fall. Als er auflegte, klang Bills Nachricht als leiser Pfeifton in seinem Ohr nach. Er öffnete das Fenster, stellte sich davor und atmete tief ein. Dann erzählte er Sandra die Neuigkeiten.

»Was für ein Loch?«

»Loch Monar. In der Nähe von Inverness. Ziemlich abgelegen. Offenbar hat sich McFersson zwischendurch dort in seine Hütte zurückgezogen.«

»Und die ist abgebrannt?«

Collin nickte. »Aller Wahrscheinlichkeit nach Brandstiftung. Ist erst ein paar Tage her, aber um die Jahreszeit ist da oben kaum jemand. Noch etwas: In den Überresten haben sie eine Leiche gefunden.« Collin wandte sich zu Sandra um.

Sie starrte ihn mit offenem Mund an. Seit Tagen hatte sie sich nicht mehr mit der gewohnten Sorgfalt geschminkt. Schatten lagen unter ihren Augen. Ihr fehlte der Schlaf so sehr wie ihm. Nicht nur der Schlaf – ihr fehlte die Rückkehr in eine Welt, in der ein Verkehrsunfall das Schlimmste war, was eine Polizistin ertragen musste. Dieser Fall hatte eine Unberechenbarkeit entwickelt, die Angst machen konnte. Und es war ein Anflug von Angst, den er in Sandras Blick wahrzunehmen glaubte.

»Mathew Field?«, fragte sie.

»Möglich. Eine männliche Leiche. Fast zur Unkenntlichkeit verbrannt. Wir sollten uns noch heute auf den Weg machen. Kannst du dich darum kümmern?«

»Ja. In den Highlands war ich auch noch nie.« An der Tür drehte sie sich um.

»Glaubst du jetzt auch, dass wir es mit einem Irren zu tun haben?«

Collin schwieg und versuchte vergeblich, seine rasenden Gedanken in geordnete Bahnen zu lenken. Vor der Hütte stand ein ausgebrannter Cruiser. Techniker hatten die Herstellernummer gefunden. Es gab laut Bill keinen Zweifel: Es war McFerssons Wagen. Ein Verdächtiger, ein möglicher Zeuge, war aus dem Weg geräumt worden, so sahen es alle. Willis, Bill und Johnny.

Der Tote in der Hütte konnte nur Mathew Field sein.

Fünf vor zwölf, dachte Collin. Alle warten auf das Ende dieser Geschichte. Collin griff zum Handy und wählte Owens Nummer.

* * *

Das Bild, das sich ihnen am frühen Abend bot, war so grauenhaft, dass selbst Collin den doppelten Schnaps nicht ausschlug, den der Forensiker verteilte. Sandra hatte sich etwas abseits des Untersuchungstisches gestellt, wollte sich aber nicht überreden lassen, zu gehen.

»Männlich, Anfang dreißig. Todeszeitpunkt vor einer Woche. Er wurde im Schlaf überrascht. Lag nackt im Bett, sediert. Wir konnten ein starkes Morphin nachweisen. Das Feuer ist von unten gelegt worden, unter dem Bett. Ich denke, ein Holzscheit. Benzin über die Decke, und das Grillen konnte losgehen.«

Der Forensiker kicherte. Collin hatte seinen Namen nicht verstanden. Er beschloss, ihn nicht wissen zu wollen. Der Mann hatte einen Schlag weg. Er stocherte mit spindeldürren Fingern ohne Handschuhe auf der verkohlten Haut des Brandopfers herum.

»Tja, bleibt nur der Zahnabdruck. So jung und schon jede Menge Stiftzähne. Aber bei den vielen Zahnärzten … Na, nicht mein Bier. Bisschen DNA kratzen wir noch zusammen. Sonst ein sportlicher junger Mann.«

Collin war dankbar, dass Willis gekommen war. Er brauchte jetzt einen Partner mit der nüchternen Distanz, wie sie sein Kollege aus Manchester ausstrahlte. Willis war ihm inzwischen ans Herz gewachsen.

Sie gingen zu dritt in einen Pub und bestellten Bier und Whiskey.

»Stümperhaft«, sagte Willis. »Da liegt das Loch direkt vor der Nase, aber es wird ein Feuer gelegt.«

»Hätten Sie den Wagen im See entsorgt?«, fragte Collin.

»Na, was meinen Sie, wie viel Schrott darin liegt. Gut, ist noch Eis drauf. War vielleicht zu verräterisch. Aber so? Wir wären dem Cruiser über kurz oder lang sowieso auf die Spur gekommen. Er ist offenbar umgespritzt worden. Knallrot. Ich hätte ja Schwarz genommen. Eine Spritzpistole haben wir im Geräteschuppen gefunden. Sie werden ja morgen selbst sehen.«

»Sie sagten, Sie haben Fanny Lindson noch mal in die Mangel genommen?«

»Ist selbst zu mir gekommen«, antwortete Willis. »Hat sogar Tränen vergossen. Na ja, manche brauchen länger. Sie sagt, es habe eine Frau in McFerssons Leben gegeben, aber die hat er irgendwann verloren und dann war er nicht mehr derselbe. Diese Frau war der Grund, warum er die Lindson nicht heiraten wollte. ›Es gibt schon eine Frau in meinem Leben.‹ So hat er es ihr gesagt. Sie hat nachgehakt und nachgehakt und dann hat er ihr gesagt, die Frau sei tot, aber er könnte nach ihr keine andere lieben. Sie sei sein Engel. Fanny Lindson glaubt, dass er sein Boot deshalb ›Aniol‹ genannt hat, in Erinnerung an diese Frau. Mehr weiß sie nicht.«

»Das Foto?«

»Von dieser Rainbow? Sie konnte sich nicht erinnern. Angeblich. Giovanni, unser Italiener, ist sich dagegen sicher, jedenfalls bei dem simulierten Computerbild. Italiener schauen ja bei Frauen drei Mal hin. Zitat von ihm.«

»Mit den Dominas hatte Fanny Lindson jedenfalls unrecht«, schaltete sich Sandra ein. »Wahrscheinlich war sie eifersüchtig.«

»McFersson war nicht …?«

»Nein, Willis. Wir haben die sechs Escortdamen befragt. Nichts mit Sadomaso, auch wenn sie dafür meistens engagiert werden. Nicht einmal geschlafen hat McFersson mit ihnen. Sie fanden ihn trotzdem alle komisch. Sie mussten sich ein Nachthemd anziehen, das er mitgebracht hat. So ein Liebestöter. Bodenlang, bis oben zu, lange Ärmel, dicker Stoff. Altmodisch nannten sie es. Damit mussten sie sich ins Bett legen, er hat sie zugedeckt, saß auf der Bettkante und schaute sie an. Eine Stunde lang. Er hat höchstens mal ihr Haar gestreichelt und ihnen die Stirn geküsst. Dann hat er das Geld auf den Nachttisch gelegt, das Nachthemd wieder eingepackt und ist gegangen.«

»Seltsam.« Willis schüttelte den Kopf.

»Oder sittsam«, meinte Sandra. »Ich denke, das Nachthemd hat seiner großen Liebe Magdalena gehört. Ich frage mich nur, warum er vor lauter Trauer über ihren Tod seine Tochter vernachlässigt hat. Warum musste Natascha im Heim bleiben? Warum konnte sie nicht bei ihm leben?«

Diese Frage hatte Collin auf der fast siebenstündigen Fahrt auf den gestauten Straßen von Leyburn nach Inverness beschäftigt. Wenn McFersson der Vater von Natascha Polodny gewesen war, warum hatte er sich nach dem Tod Magdalena Polodnys nicht geoutet und sie adoptiert?

Und wo war Natascha jetzt?

Collin verdrängte die Antwort, die sich ihm wie ein Szenario des Grauens vor Augen drängte. Und dennoch konnte er sich nicht des Gedankens erwehren, dass die unbekannte Frau in

McFerssons Leben niemand anderes war als Natascha Polodny, seine leibliche Tochter.

Natascha Polodny alias Rainbow alias Mrs X.

Die Mörderin.

DAS ZEHNTE GEBOT

Ich will.
Dich und dich und dich und auch dich.
Dein Blut begehre ich und deins und deins und deins und
deins.
Mein Weib bin ich. Mein Knecht bin ich. Meine Magd und
mein Vieh.
Im Haus meiner Träume wohne ich.
Meine Herrin bin ich.
Mein Wille geschehe.
Amen.

28

Elisabeth merkte sofort, dass etwas nicht stimmte. Warum war es so seltsam still? Wo war Angel? Sie schloss das Tor auf und ging auf den Hof. Der Hund hätte sie längst hören müssen. Sie rief seinen Namen. Erst leise, dann lauter. Neben einer von Anthonys rostigen Skulpturen lag ein totes Huhn. Ein zweites vor der Scheune. Das Hängebauchschwein lag mit Schaum vorm Maul unter einem Baum. In der Scheune fand sie die Schafe und die Ziege, festgebunden und mit durchgeschnittenen Kehlen. Alle Werkzeuge waren auf dem Boden verstreut, Kisten mit Schrauben ausgeschüttet. Es roch nach Benzin.

Elisabeth wollte schreien, weglaufen, sich irgendwo verkriechen, aufwachen und feststellen, dass alles nur ein Albtraum gewesen war. Aber sie träumte nicht. Sie roch das Blut, sah einen aufgeschlitzten Schafleib und die herausgeschnittenen Gedärme. Wo war Angel? Sie rannte hinter die Scheune und über das ganze Grundstück. Überall tote Hühner. Die meisten lagen da wie bewusstlos. Eins war an die Tür des Häuschens genagelt. Eine angetrocknete Blutlache auf der Fußmatte.

Elisabeth zitterte jetzt am ganzen Körper. Wer hatte das getan? Wer war hier eingedrungen und hatte die Tiere getötet, ja abgeschlachtet?

»Angel?«, rief sie wieder, ohne Hoffnung, ihn lebend zu finden. Sie schloss die Tür auf, zwang sich, hineinzugehen, konnte nicht glauben, welches entsetzliche Bild sich ihr bot. Der ganze Raum war ein einziges Chaos. Der Inhalt von Schränken und Kisten bedeckte den Boden. Alle Möbel waren umgeschmissen und teils zertrümmert. Die Matratze und Kissen waren aufgeschlitzt, die Zeitungstapeten in Fetzen gerissen. Die Fensterscheiben blutverschmiert. An der größten Scheibe ein Kreuz aus

Blut und Buchstaben. *Buße* entzifferte Elisabeth. Es stank nach irgendetwas Ätzendem, das sie nicht identifizieren konnte.

Dann sah sie den Hund. Auf seiner Decke, so als schlafe er. Nein, nein, nein schrie es stumm in ihr. Elisabeth bückte sich, berührte ihn, spürte Übelkeit und wie die Tränen kamen, haltlos und heiß. Angels Kopf war eine blutige Masse aus Knochen und Fleisch. Fliegen summten auf, als sie ihn mit einem Stück Stoff bedeckte.

Warum? Warum nur hatte sie ihn nicht mitgenommen? Warum musste sie nach London fahren und sinnlose Zeit in Anthonys Kneipen und in seinem Kasino verbringen, was sie keinen Schritt weitergebracht hatte? Wieso hatte sie, ohne zu zögern, Pauls Vorschlag angenommen und war in den Zug gestiegen?

Elisabeth musste alle Kraft aufbringen, die Fenster zu öffnen, um Licht in das grauenhafte Dunkel zu lassen. Sie warf noch einen Blick auf die Wand über dem Bett. Sie war unversehrt. Was immer der Wahnsinnige wollte, Anthonys Versteck hatte er nicht gefunden.

Dann griff sie nach ihrer Handtasche und lief aus dem Häuschen, vom Grundstück, über die Straße und zum »Black Horse«. Doch der Pub war geschlossen. Ruhetag. Sie blickte sich um. Die Straße war eine Sackgasse. Sie war in einer Sackgasse. Niemand war zu sehen. Aber überall wähnte sie Augen auf sich gerichtet – aus denen Hass sprühte und Wahnsinn.

Es war Mittag. Wohin? Sie rief den einzigen Menschen an, der ihr einfiel. Paul. Dann rannte sie. Die Straße hinunter. Immer weiter und weiter in Richtung des Stadtzentrums, bis sie in ein Café stolperte, das offen war, in dem niemand saß außer einem alten Ehepaar.

Die Polizei, dachte sie. Ich muss zur Polizei. Wer wusste, dass sie in dem Häuschen war? Wer wusste, dass sie nach London fahren würde? Niemand außer Paul. Vielleicht noch Martha. Sonst niemand. Und wenn sie nicht in London gewesen wäre? Mit bebenden Fingern suchte sie in ihrer Tasche nach den Visitenkarten.

Sie konnte nicht mehr klar denken. Sie wusste jetzt nur eins mit Gewissheit. Anthony war ermordet worden. Und der Mörder hatte es nicht auf Anthonys Tiere abgesehen gehabt, nicht auf Angel.

Sondern auf sie.

* * *

Alle Uhren drehten sich zurück. Sie tickten überlaut, und der rote dünne Sekundenzeiger zuckte und zuckte im Kreis herum. Sie wollte ihn nicht aus den Augen lassen. Er drehte Stunden, Tage, Jahre zurück, und der Stuhl, auf dem sie saß, war so hart wie damals. Das Deckenlicht war genauso grell. Die Telefone klingelten mit anderen Tönen, aber genauso ununterbrochen, wie die Stimmen um sie herum ohne Unterlass auf sie einprasselten. Sie spürte den Einstich im Arm und wie das Beruhigungsmittel zu wirken begann, sie bewegungsloser machte mit jedem Anfang und Ende des Kreises, den der pfeilspitze Sekundenzeiger markierte.

Sie hatte nach Owen Peters verlangt. Nach Collin Brown. Nach niemandem sonst. Sie wartete auf dem harten Stuhl und schwieg zu allen Fragen – so wie sie damals geschwiegen hatte. Wie auch Anthony geschwiegen hatte. Sein Schweigen war sein Grab gewesen. Er hatte es sich selbst geschaufelt.

Dann spürte sie warme Arme. Pauls Arme. Sie hörte ihren Namen aus seinem Mund, dicht an ihrem Ohr. Roch Pfefferminz, schmeckte es. Er schob eins zwischen ihre Lippen.

»DC Collin Brown ist in Schottland«, hörte sie Paul sagen. »Er schickt jemanden und kommt selbst so schnell wie möglich.«

»Schottland«, murmelte sie. Ihre Zunge war schwer.

Paul ließ sie los, sprach mit einem Beamten, einem mit lauter Stimme und sehr roten Wangen, einer, der nicht zuhörte, einer von denen, die aus dem Damals wiedergekommen waren. Dann führte Paul sie raus, setzte sie auf etwas Weicheres, gab ihr ein Glas in die Hand.

»Ich muss zurück«, sagte sie und wollte aufstehen.

»Wohin zurück?« Paul hatte den Arm wieder um sie gelegt. Er war zu nah. Alle waren zu nah.

»Ich muss etwas holen. Bitte. Ich muss es holen. Es ist wichtig.«

Warum war sie nach London gefahren, statt alles anzusehen, was Anthony in seinem Versteck verborgen hatte? Sie musste es wissen. Die Wahrheit war dort.

»Wenn ich nur daran denke, dass du hier gewesen wärst«, sagte Paul.

Er drehte ihr Gesicht zu sich. Sie wollte ihn nicht anschauen. Niemanden. Dann hörte sie eine andere Stimme: Owen Peters.

»Na, los, jetzt lassen Sie mich schon in Ruhe, Sie Kindergärtnerin. Ich komme mit dem Taxi zurück.«

Er schwang seinen Stock zu der Pflegerin hin, die den Rollstuhl losließ und mit ärgerlichem Gesicht aus dem Polizeigebäude stürmte.

»Ich bin froh, Sie zu sehen, meine verehrte Elisabeth. Unversehrt.«

Owen Peters begrüßte Paul, ließ sich von ihm ins Bild setzen und verfiel in ein nickendes Schweigen.

»War es ein freundlicher Hund?«

»Angel?«

»Also Fremden gegenüber. Als wir Sie besucht haben, war er auf der Hut.«

»Wollen Sie andeuten, dass Angel die Person vielleicht kannte?«, fragte Paul.

»Wissen Sie, ich hatte viele Hunde in meinem Leben, und die meisten hätten mich und meine Familie, aber auch unser Haus verteidigt. Ihr Territorium. Ein Schoßhündchen spielt vielleicht mit jedem. Aber ein schottischer Hirtenhund, wie es Angel war? Der passt auf seine Herde auf. Wir werden sehen, was die Spurensicherung herausfindet. Haben Sie Angel im Haus gelassen, als Sie nach London gefahren sind?«

Elisabeth schüttelte den Kopf. Sie hatte die Tränke in der Einzäunung hinter der Scheune gefüllt, die Schafe, die Ziege, das Schwein hineingetrieben, zwei Schubkarren voll Heu hineingebracht und Trockenfutter in Angels Napf vor der Haustür geschüttet. Gestreichelt hatte sie ihn und ihm erklärt, sie würde nur eine Nacht wegbleiben und er solle aufpassen. Sie hatte alle Fenster, die Haustür und das Tor geschlossen. Angel musste es gewohnt gewesen sein, zwischendurch allein das Gelände zu bewachen. Er war ihr schwanzwedelnd bis zum Tor gefolgt und hatte nur einmal kurz wie zum Abschied gebellt.

»Elisabeth«, hörte sie Owen Peters Stimme, »wussten Sie, von wem Ihr Bruder das Grundstück bekommen hat?«

Sie schüttelte den Kopf.

»Ein Mitarbeiter von DC Brown hat recherchiert. Ursprünglich gehörte es zum Nachbargrundstück. Es wurde davon abgetrennt.«

Deshalb hatte Elisabeth auf der Seite zu dem zweistöckigen Haus nur einen Zaun gesehen.

»Sagt Ihnen der Name Caroline Thompson-Carter etwas?«

»Nein.«

437

»Sie war die Eigentümerin des Grundstücks, also beider Grundstücke. Eine Halbschwester von Herold McFersson, dem Vater Godwin McFerssons.«

»Godwin McFersson?«, fragte Paul. »Anthonys Geschäftspartner?«

»Ja. Der stille Teilhaber von Anthonys Kasino. Offenbar war sie die einzige Verwandte. Wenn auch keine direkte. Als sie starb, hat sie McFersson das Haus vermacht. Er hat das Grundstück geteilt, eine Hälfte verkauft und die andere Anthony gegeben. DC Brown fragt sich, wie Anthony McFersson begegnet ist. Erinnern Sie sich, Elisabeth, mit dieser Frage sind wir zu Ihnen gekommen. Noch immer können wir sie nicht beantworten. Haben Sie inzwischen eine Erklärung gefunden?«

Owen Peter's wässrige Augen waren auf sie gerichtet. Sein Gesicht war voller Altersflecken. Ihr wurde bewusst, wie jung ihre Eltern gewesen waren, als sie sie verloren hatte. Kaum älter als sie selbst jetzt war. Sie waren nicht Großeltern geworden. Sie hatten die Gebrechen des Alters nicht erlebt und auch nicht eine Weisheit erlangen können, wie sie Owen Peters ausstrahlte.

»Je schneller wir Antworten haben, desto eher glauben wir die Person zu finden, die das heute auf Anthonys Grundstück angerichtet hat. Sie sind in Gefahr, verehrte Elisabeth. Man muss davon ausgehen, dass der Anschlag, um es einmal so auszudrücken, Ihnen selbst gegolten hat. Elisabeth, es ist jemand, der aus der Vergangenheit gekommen ist. Das wissen Sie doch, oder?«

Elisabeth starrte ihn an. Ihre Kehle war wie zugeschnürt. Wer sollte aus der Vergangenheit gekommen sein?

Owen beugte sich vor und rammte den Stock in den Boden. Klack, machte es, klack, klack, klack.

»Ihre Mutter war ein Jahr verschwunden. Wo war sie?«

»Ich weiß es nicht.«

»Warum ist sie gegangen? Weil ihre Ehe die Hölle war? War sie plötzlich zur Hölle geworden oder war sie das schon immer gewesen? Sie war es schon immer gewesen, richtig? Von Anfang an. Die Nachbarn haben fast jeden Tag Geschrei gehört. Nicht nur aus ihrer Wohnung. Die Nachbarn waren ja selbst keine Engel. Es war normal, nicht wahr?«

Elisabeth nickte. Wenn ihr Vater nicht schrie, hatten sie allerdings mehr Angst, als wenn er schrie. Wenn er nicht laut war, folgte statt eines Donnerwetters ein Hurrikan. Sie kannten es nicht anders. Ihre Mutter kannte es nicht anders. Aber vielleicht war an dem Tag, als sie ging und ein Jahr lang nicht zurückkam, das Maß endgültig voll gewesen. Das Tröpfchen, welches das Fass zum Überlaufen gebracht hatte.

»Was ist in der Zeit vor dem Verschwinden Ihrer Mutter passiert? War sie irgendwie verändert? Hat sie jemanden kennengelernt? Hat sie von etwas gesprochen, was Sie verwundert hat?«

Elisabeth versuchte sich auf die Fragen zu konzentrieren. Zeit war wie ein Schwamm. Alles wurde aufgesaugt, verwässerte, und nur wenige Ereignisse blieben haften. Hatte sie sich überhaupt Gedanken über ihre Mutter gemacht? Nein. Sie war zu sehr mit sich selbst beschäftigt gewesen. Damit, die Tage zu überstehen, sich unsichtbar zu machen, in der Schule und zu Hause. Mit ihren Träumen war sie beschäftigt gewesen, dem allumfassenden Traum, wie Anthony nach London gehen zu können. Dann fiel es ihr ein. Ja, es hatte eine Veränderung gegeben in dem Jahr, bevor ihre Mutter spurlos verschwunden war.

»Sie war mittags, wenn ich von der Schule kam, nicht mehr zu Hause«, sagte Elisabeth. »Sie kam erst gegen drei Uhr. Es ist mir zunächst nicht aufgefallen, weil es zwei-, dreimal vorkam. Dann jeden Tag. Sie bat mich, meinem Vater nichts zu sagen.«

»Und wo war sie?«, fragte Owen Peters.

»Sie sagte mir, dass sie bei der Kirchengemeinde ist. Dass sie dort hilft. Ich habe nicht weiter nachgefragt.«

»War Ihre Mutter sehr gläubig?«

Elisabeth nickte.

Ja, der Glaube ging ihr über alles. Dauernd betete sie den Rosenkranz oder saß vor dem Marienbild in der Küche, bekreuzigte sich bei jedem Fluch ihres Vaters und freute sich auf den Kirchgang am Sonntag, die einzige Zeit, die sie allein außer Haus verbrachte. Zum Einkaufen nahm sie Anthony oder Elisabeth mit. Sie konnte nur gebrochen Englisch.

Die Stadt machte ihr auch nach Jahren noch Angst. War es ihrem Vater nicht allzu recht gewesen, seine Frau wie einen Vogel, der nicht flügge wurde, im Käfig der Wohnung zu wissen? Elisabeth fragte sich jetzt, wie ihre bibeltreue Mutter mit der Lüge hatte leben können. Ja, sie hatte sie belogen. Irgendwann hatte sich ihre Mutter Anthony anvertraut. Und er hatte es Elisabeth erzählt.

»Sie hat also für die Kirchengemeinde gearbeitet. Ehrenamtlich?«

»Sie hat einer Frau geholfen. Einer kranken Frau. Sie hat für sie geputzt und auch gekocht. Aber nicht ehrenamtlich. Sie hat Geld dafür bekommen.«

Elisabeth spürte wieder Pauls Hände. Sein Zeigefinger strich über ihre Handfläche.

»Sie hatte also ein Geheimnis. Und Sie haben nie mit ihr darüber gesprochen?«

»Nein, ich wusste es von Anthony. Er hat es einmal erwähnt, aber ich glaube, ich habe nicht darüber nachgedacht. Meine Mutter hat sich in der Kirchengemeinde wohlgefühlt. Dort waren andere Polinnen.«

»Wie erschien sie Ihnen, als sie an den Tagen zurückkam?«

»Ich kann mich nicht erinnern. Sie hat Essen vorbereitet. Wie immer, nur eben etwas später als sonst.«

Owen Peters lehnte sich zurück und zupfte eine Weile die dünne Haut an seinem Hals, bevor er wieder sprach.

»Caroline Thompson-Carter«, sagte er. »Sie starb vor zehn Jahren an Krebs. Da war sie schon weit über neunzig. Aber sie ist mit siebzig erblindet, wissen Sie. Ins Heim wollte sie nicht. Es gab keine Verwandtschaft außer Godwin McFersson. Dann wurde sie noch kränker, saß irgendwann im Rollstuhl wie ich. Sie hatte zwei Pflegerinnen. Tag- und Nachtdienst. Und dann das große Haus, aus dem sie partout nicht rauswollte. Ihre Mutter hat es geputzt.«

»Elisabeths Mutter war die Putzfrau von McFerssons Stieftante? Habe ich das richtig verstanden?«, fragte Paul.

»Ja, hundertprozentig. Sehen Sie, Elisabeth, so meinte ich das neulich. Wir haben damals nicht tief genug gegraben. Und nun kommt ein junger Beißhund aus Cornwall und buddelt all das aus, was Ihnen hätte helfen können.«

»Wie hätte es mir helfen sollen?«, brach es aus Elisabeth heraus. »Meine Mutter ist tot. Alle sind tot. Was hilft es mir, jetzt zu wissen, bei wem meine Mutter gearbeitet hat. Selbst diese Caroline Thompson-Carter ist tot und ihr Neffe genauso.«

»Ja, aber möglicherweise lebt noch jemand außer Ihnen, der die Vergangenheit nicht begraben hat.«

»Wovon sprechen Sie?«

Owen zog ein Blatt Papier aus der Jackentasche, faltete es auseinander und reichte es Elisabeth.

»Wer ist das?« Sie sah ihn irritiert an.

»Mein Drucker ist Baujahr 90. Liefert nicht die beste Qualität. Das Foto der Dame kommt morgen in die Zeitung. Überregional.«

»Warum? Wer ist sie?«

Bevor Owen Peters antworten konnte, kam ein Polizist auf sie zu und forderte Elisabeth auf, ihm zu folgen. Ortsbesichtigung in Anthonys Häuschen.

»Reden Sie morgen mit DC Brown«, sagte Owen Peters zum Abschied. »Ich habe veranlasst, dass Sie Personenschutz bekommen.«

* * *

Die Dämmerung war in die Nacht übergegangen und noch immer wollte das Weinen nicht aufhören. Es war wie eine Fieberattacke, die sie nicht steuern konnte. Elisabeth lag in Pauls Armen auf dem Bett des Hotelzimmers, den Inhalt der Aktentasche aus Anthonys Häuschen auf dem Boden verstreut.

»Wir müssen DC Brown informieren«, sagte Paul erneut.

»Damit ich sie verrate? Sie ist meine ...«

Elisabeth vermochte das Wort nicht auszusprechen, das sich als schreckliche Wahrheit in den Schriftstücken verbarg, die ihr Anthony hinterlassen hatte. Aufgespürt hatte diese Frau ihn, sein Vertrauen erschlichen, ihm weismachen wollen, sie sei Sozialarbeiterin und an seinem Jugendprojekt interessiert. Doch Anthony, ihr wunderbarer, einzigartiger Bruder, hatte sie von Anfang an durchschaut.

Sie ist eine schwarze Mamba hatte er in sein Notizbuch geschrieben. *Sie versteckt sich hinter Masken und in der Dunkelheit. Wartet ab, bis sie zubeißen kann. Doch ihr Gift verabreicht sie in kleinen Dosen. Eine süße, tödliche Droge, die ich ihr zu Füßen liegend schlucke.*

»Warum hat Anthony es zugelassen? Warum, Paul? Selbst Martha hat er nichts erzählt.«

»Er wollte es nicht.«

»Anthony wusste, wer sie war. Er wusste, was sie vorhatte.«

Paul streichelte ihr Haar, trocknete ihr vom Weinen feuchtes Gesicht und schwieg. Es wurde Nacht. Eine lange Nacht, in der sich Elisabeth fragte, ob es jemals wieder ein Morgen werden würde. Wie sollte sie mit diesem Wissen, das ihr Anthony aufgebürdet hatte, zurückkehren? Nach Australien. Zu Mervin und Olivia. Zu ihrem kleinen, unbedeutenden Leben.

Sie schmiegte sich an Pauls warmen Körper und erwiderte seinen Kuss. Alles würde sie tun müssen, um Anthonys letzte, kaum mehr leserliche Worte in seinem Notizbuch zu vergessen und das Gesicht einer Frau, in dem sich das ihrer Mutter spiegelte. Anthony hatte sie fotografiert.

Sie ist schlau und ohne Gewissen. Sie glaubt, ich sei blind. Sie weiß nicht, wie gut sich mein Körper mit chemischen Substanzen auskennt, wie meine Zunge sie herausschmeckt, meine Nase Morphine riecht, wie meine Ohren alles Falsche und Verborgene erlauschen und meine Haut auf die kleinste toxische Dosis reagiert. Ich trinke ihre Rache und esse ihre Strafe. Es ist ein Genuss.

29

Elroy täuschte sich nicht. Nicht mehr. Es ging ihr nicht um ihn. Am Anfang hatte sie ihm noch ein Lächeln geschenkt, nach seiner Hand gegriffen, saß neben ihm auf dem Sofa und lachte an Stellen, an denen auch er lachte, wenn sie bei einem Glas Wein eine der Fernsehserien anschauten, die sie so gern mochte und für die er einen neuen, sehr breiten Bildschirm gekauft hatte, einen modernen LCD.

Sie hatte ihn mit ihren Plänen nicht wirklich überzeugt, aber am Ende doch mitgerissen. Wie ein Sprung in den Jungbrunnen war es gewesen. Gut, es war unruhig geworden, seit sie in sein Haus gezogen war. All die Veränderungen und Umbauten, die sie für nötig hielt, die sie ihm mit glühenden Augen in den schönsten Farben ausmalte und zu denen er nickte wie zu allem anderen, was sie sich ausdachte.

Sie war wie ein Kind. Und hätte sie nicht sein Kind sein können? Seine Tochter? Er wusste nicht, wie alt sie war. Jedes Gespräch über ihre Vergangenheit, über ihre Familie, über Persönliches blockte sie ab. Schlimmes habe sie durchgemacht. Sie wolle nun nur noch leben und nach vorn schauen, gab sie ihm als Antwort.

Anfangs grübelte er darüber, was ihr Schlimmes widerfahren sein konnte, und alles in ihm quoll über vor Mitleid.

Sah sie in ihm einen Vater, den sie nie gehabt hatte? Jemanden, der für sie da war, ihr Dinge ermöglichte, von denen sie immer geträumt hatte? Oder war er ihr einziger Freund, ein Mann, dem sie vertrauen konnte?

Elroy fühlte sich bei dem Gedanken überaus wohl, in den Augen einer schönen Frau jemand Verlässliches zu sein, jemand, der Gutes tat. Er redete sich ein, dass sie nur Zeit brauchte, um zu erkennen, welche Qualitäten noch in ihm schlummerten. Gut, er war nicht mehr der Jüngste, auch kein Adonis, aber kam es in der Liebe darauf an?

Er wollte ihr jeden Wunsch erfüllen, kaufte ihr Rosen, Parfüm, Schmuck, führte sie in teure Restaurants aus, bezahlte ihr Appartement, das sie nicht aufgeben wollte, ein Wellnesswochenende und versprach ihr eine Kreuzfahrt. Er hatte sogar schon Prospekte aus dem Reisebüro besorgt.

Doch dann kam unerwartet eine Wende. Auf einmal zeigte sie ihm die kalte Schulter. Machte sich rar. Verschwand oft für

444

Tage und kam verschlossener, ja missgelaunt zurück. Sie geriet wegen Kleinigkeiten in Wut, begann ihn zu beschimpfen. Deine Socken stinken. Du hast Mundgeruch auf hundert Meilen. Wer glaubst du, wer du bist? Schau dich doch an. Fett und alt. Bildest du dir ein, dass ich deine Frau werde? Ein Langweiler bist du, ein Spießer. Kein Mann.

Sie lachte dann hässlich und schloss sich in ihrem Zimmer ein, doch drei Tage später räkelte sie sich zuckersüß auf dem Sofa, bat um eine Fußmassage, kochte ein Meeresfrüchtegericht, hauchte ihm Küsse auf die Stirn und ließ sich zudecken, wenn sie zu Bett ging.

Längst vermochte er sich nicht mehr zu wehren. Ja, ja, ja, sagte er. Aus Angst, sie würde gehen. Wie leer wäre dann sein Haus, sein Leben? Leer und sinnlos wie all die Jahre, die er schon allein gelebt hatte. So wie damals, als erst seine Tochter Jodi und dann seine Frau Ruth gegangen war.

Allein war er seither gewesen, allein mit seiner Schuld. Der Schuld, die er in die unterste Schublade geschoben hatte, doch er musste sie nur aufziehen, dann war sie da.

Er hatte es eilig gehabt an jenem Morgen vor weit über zwanzig Jahren. Ein ganz normaler Dienstag. Einer, der mit einem Termin um halb acht Uhr begann. Budgetbesprechung für das kommende Geschäftsjahr. Einer der ganz wichtigen Termine, hatte er Ruth erklärt. Ein Umweg zur Schule nicht möglich.

Die Sonne hatte geschienen. Jodi kann doch auch mit dem Rad fahren, hatte er gesagt, sich die Krawatte gebunden, eine gestreifte, die Manschettenknöpfe angelegt und im Kopf schon mit Zahlen jongliert.

Es ist Sportfest, hatte Ruth gesagt. Jodi muss zwei Taschen mitnehmen. – Gut, dann bringe ich sie zum Bus, hatte er geantwortet.

Er musste schließlich den Disponenten abholen. Eine Ehre, wie er fand, als er sich den dunkelblauen Sakko überzog. Das Auto des Disponenten war in der Werkstatt, und ja, selbstverständlich, hatte Elroy ihm am Telefon gesagt, ich fahre früher los, das ist keine Mühe.

Er hatte Jodi an der Bushaltestelle abgesetzt und war pfeifend weitergefahren. Damals hatte er beim Autofahren immer gepfiffen. Seit jenem Tag nie wieder.

Der Anruf kam gegen halb neun. Die Sekretärin flüsterte ihm die Nachricht ins Ohr. Er war nicht sofort aufgesprungen. Er hatte noch den Personalchef zu Ende sprechen lassen, die kurze Pause genutzt, sich in aller Form entschuldigt, hatte einen Fels auf den Schultern gespürt, als er sich am Tisch hochstemmte, doch den Rücken gerade gehalten, so lange, bis er die Tür des Konferenzraums hinter sich geschlossen hatte.

Dann war alles in einem weißen Nebel versunken.

Weil ein anderer Bus zu nah vor ihm geparkt hatte, musste der Fahrer den Rückwärtsgang einlegen. Jodi war im toten Winkel. Die dicken Reifen hatten sie regelrecht zermalmt. Sie war nur vierzehn Jahre alt geworden. Ein stilles Kind. Ein Kind, das Volleyball liebte, Pferdebücher und Violine spielte.

Ruth hatte an dem Tag ganz aufgehört, mit ihm zu reden. Sie trug nur noch Schwarz. Sie ging nun jeden Tag zur Kirche. Sie aß nun ohne ihn in der Küche.

Elroy war allein mit seinem Schmerz und seinen Schuldgefühlen gewesen.

Eine Einsamkeit, die sich anfühlte, wie lebendig begraben zu sein. Dabei war er vor Jodis Tod nicht wesentlich glücklicher gewesen. Doch hatte er sich sagen können, immerhin eine Familie zu haben, immerhin ein Kind, dass sein eigen Fleisch und Blut war. Auch wenn dieses Kind ihm so fremd war, wie seine Frau es ihm geworden war, seit sie Jodi zur Welt gebracht hatte.

Eine siebzehn Stunden lange Qual. So hatte Ruth es immer wieder gesagt. Zu Elroy. Zu ihrer Tochter. Ihre postnatale Depression war so stark gewesen, dass sie ihrem Kind die Brust verweigerte, es nicht im Arm halten, ja nicht einmal zu sehen verlangte und nur das Nötigste mit Elroy sprach. Ob Jodi auch später gespürt hatte, dass sie kein Kind der Liebe war?

Damals begann Ruths Interesse für die Kirche zu einem Lebensinhalt zu werden. Nach einem mehrwöchigen Kuraufenthalt in einer kirchlichen Einrichtung war Ruth verändert zurückgekehrt. Sie verrichtete ihre Hausarbeit und versorgte Jodi und Elroy mit allem, doch war da nichts darüber hinaus. Sie hockte schweigend in ihrem Sessel, strickte oder las in der Bibel, knipste um Punkt sieben Uhr die Lampe aus und ging zu Bett.

Partys, Einladungen zum Essen, Dorffeste – zu nichts konnte Elroy sie mehr überreden. Anfangs ging er allein, später blieb er zu Hause, und schließlich blieben die Einladungen aus. Ruth schloss sich einem Gebetskreis an und fehlte bei keinem Gottesdienst.

Die Ruth, die er kennengelernt hatte, dieses bescheidene, fröhliche Mädchen, die eine Klasse unter ihm gewesen war, gern tanzte und bis zur Kopfhaut erglühte, wenn er nur ihre Hand berührte, hatte sich in eine gefühllose Frau verwandelt, die ihm jeden Tag mit dem Vorwurf zu begegnen schien, ihr die Unschuld geraubt zu haben. Das, so hatte er an jenem Abend herausgefunden, als sie ihre Koffer packte, ein Jahr nach Jodis Tod, war für sie die Ursache allen Übels. »Ihr Männer wollt alle nur das eine. Wäre ich nur wie sie, wie Maria. Sie hatte ihre Ruhe vor euch Männern.«

Was habe ich getan, was nicht jeder Ehemann getan hätte?, hatte sich Elroy gefragt. Und habe ich sie zu irgendetwas gezwungen? Nein, das hatte er nicht. So ein Mann war er doch nicht, er war es niemals gewesen. Seit Jodis Geburt hatten sie kein einziges Mal mehr Sex gehabt. Kein einziges Mal.

Welch ein vergeudetes Leben, dachte Elroy. Hatte er nicht ein kleines bisschen Glück verdient?

Es war Mittwoch. Patricia war nicht da. Sie war frühmorgens mit dem schwarzen Seat losgefahren, den er ihr zweiter Hand gekauft hatte, nachdem sie Wochen über das rote Cabrio gejammert hatte.

Elroy hatte sich vorgenommen, die alten Kollegen zu besuchen. Ein Mittagessen mit ihnen in der Kantine. Wie lange hatte er das nicht mehr gemacht? Auf einmal sehnte er sich nach einem Gespräch über Metalldichte und den optimalen Saugantrieb. Und damit, wie eine leise, aber hartnäckige Stimme in seinem Hinterkopf sagte, nach seinem einfachen Leben, das er vor der Begegnung mit Patricia geführt hatte.

Elroy trank den Kaffee aus und blätterte die Zeitung um.

Ein Bild schwamm in seinen Blick. Die roten Lettern einer Überschrift, die mit einem Fragezeichen endete.

Was hatte er gerade gesehen? Er wollte aufstehen. Warum gehorchten ihm die Beine nicht? Er stemmte sich ein Stück hoch, hörte den Küchenstuhl auf den Boden knallen. Hitze dehnte sich in seinem Kopf aus. Seine Zunge schien anzuschwellen. Dann wurde ihm schwarz vor Augen.

* * *

Su war einer Optimistin wie der Apothekenhelferin Gwenny selten begegnet. Ihr Lachen war tönend wie eine Glocke, ihr ganzer Körper lachte mit, ihre Augen funkelten, selbst ihre rötlichen Löckchen schienen zu tanzen. Gwenny kräuselte ihre Nase auf eine Weise wie niemand sonst, den Su kannte. Die Nase wackelte sogar ein wenig, wenn sie sich konzentrierte. Sie hatte sich Sus Geschichte angehört, ohne ein einziges Mal zu unterbrechen. Dann schaute sie schweigend in das Marmeladenglas, roch daran und ging mit Su in das kleine Labor, das Bekannte von ihr in Woolacombe betrieben. Nach zwei Stunden, in denen sie Proben des Futters erhitzt, mit Flüssigkeiten beträufelt, im Reagenzglas geschüttelt und ins Licht gehalten hatte, setzte sie die Schutzbrille ab und lächelte Su an.

»Strychnin. Hatte ich gleich vermutet. Wegen des Geruchs. Und jetzt?«

»Ich weiß nicht. Kann man eine Katzenmörderin anzeigen?«

»Wohl kaum.«

»Und die Medikamente?«

Gwenny schaute noch einmal auf den Zettel mit den lateinischen Namen, murmelte einen vor sich hin und schüttelte den Kopf. »Tja, das kann nur ein Arzt beurteilen. Tut mir leid.«

Sus Hochstimmung war sofort verflogen. Was musste Gwenny von ihr denken? Dass sie die Nase in Angelegenheiten steckte, die sie nichts angingen? Es war schon elf Uhr. Sie sollte zurück.

»Haben Sie heute Zeitung gelesen?«

Su wandte sich auf der Türschwelle zu Gwenny um.

»Nein, habe ich nicht. Warum?«

»Da ist ein Phantombild drin. Von einer Frau. Sie suchen sie wegen des Toten vom Meer. Hier, sehen Sie.« Gwenny kam mit der aufgeschlagenen Zeitung auf sie zu.

In Su drehte sich alles. Sie musste sich an die Wand lehnen. »Ich kenne die Frau«, murmelte sie.

»Sie kennen sie?« Gwenny fasste Su am Arm, schüttelte sie, schrie fast. »Sie haben sie auch wiedererkannt?«

»Wieso *auch?*«

»Sie war in der Apotheke. Zwei Mal. Und Sie? Woher kennen Sie die Frau?«

Su hatte einen trockenen Mund. Es war Mittwoch. Patricia war mit dem neuen Auto weggefahren. Sehr früh. Elli hatte es vom Dachboden des Schuppens aus beobachtet und in ihr Heft geschrieben. Halb sechs Uhr morgens. Mit einem Koffer.

Elroy hatte seit Tagen das Haus nicht verlassen. Su wurde kalt vor Angst. Es war etwas passiert. Sie fühlte es. Sie musste sofort zu Elroy.

»Su, diese Medikamente auf Ihrer Liste … «

Su hörte die letzten Worte nicht mehr. Sie lief schon die Treppe hinunter. Ihr Fahrrad stand am Hotel. Sie musste so schnell wie möglich zu ihrem Fahrrad. So schnell wie möglich nach Hause. Zu Elroy. Er ging nicht ans Handy. Warum nicht?

»Warten Sie doch! Ich rufe jetzt die Polizei an. Ich kenne DC Collin Brown persönlich. Sie müssen eine Aussage machen, wenn Sie die Frau kennen«, rief Gwenny aus dem Fenster, doch Su achtete nicht auf sie. Noch nie im Leben war sie so schnell gerannt.

Elroy. Elli.

Nichts anderes vermochte sie zu denken.

✳ ✳ ✳

»Geht's noch ein bisschen schneller?«

»Sorry, Chef, aber mit der Rostbeule nicht.« Johnny hupte, schlug aufs Lenkrad und schüttelte beim Überholen die Faust vor dem Rückspiegel.

»Das war ironisch gemeint. Geh verdammt noch mal vom Gas runter. Ich habe keine Lust, im Krankenhaus Abendbrot zu essen.«

»Eben treibst du mich an und jetzt … Mann, wenn die uns wieder durch die Lappen geht.«

Johnny scherte nach rechts aus und überholte zwei Laster. Er drehte die Musik lauter, sang schief zu dem U2-Song mit und blieb mit Blaulicht auf der rechten Spur. Formel-1-Fan. Er scheint an Verfolgungsfahrten Gefallen zu haben, dachte Collin und umklammerte den Haltegriff über der Tür noch fester.

Als wären sie wie in einem schlechten Krimi die Einzigen, die hinter dem schwarzen Seat her waren, in dem Patricia Williamson alias Natascha Polodny auf der Flucht war. Kathryns Freundin Gwenny war es zu verdanken, dass sie Natascha so schnell gefunden hatten. Und Elli, die aufgeweckte Tochter von Su Sheldon, hatte das Kennzeichen des Seats notiert. Sie kreisten ihn seit einer Stunde von mehreren Seiten aus ein.

Hubschrauber waren ausgeschwärmt, alle Ausfallstraßen und Autobahnauffahrten blockiert, Straßensperren und Kontrollen auf der M 30. Collin und Johnny rasten Richtung Camelford.

»Sie hat keine Chance«, sagte Collin.

»Aber offenbar total durchgedreht.«

Johnny machte die Musik aus. Er hatte abgenommen. Seine Wangen wirkten hohl und die sonst meeresfrische Haut war fahl. Sogar seine immer gute Laune hatte in all den Wochen gelitten, da sie einem Phantom hinterhergejagt waren. Würde der alte Johnny zurückkehren? Wohl kaum. Das wusste Collin.

Der Tote, den das Meer ausgespuckt hatte wie einen giftigen Kern, hatte seinem Team, aber auch den Menschen an der Küste ein Stück Unschuld geraubt, das Vertrauen in den ruhigen Rhythmus der Gezeiten. Viel Wasser würde fließen müssen, bis diese blutige Spur im Sand verschwunden war.

»Wie mag sie sein?«, unterbrach Johnny seine Gedanken.

»Das Böse ist nach außen hin oft gar nicht sichtbar. Hätten ihr sonst so viele vertraut? Ein Mann wie Elroy Smitton?«

»Ein Trottel, meinst du.«

»Wer weiß, ob du nicht auch zum Trottel geworden wärst?«

»Durch die Waffen einer Frau?«

»Was sonst?«

»Ist doch Quatsch. Die waren doch alle schon kaputt. Da musste sie sich gar nicht anstrengen.«

»Wie meinst du das?«

»McFersson hatte doch schon einen Knall weg. In meinen Augen eine richtig feige Sau. Schwängert diese Polin Magdalena Polodny, eine verheiratete Papst-Treue, verfrachtet sie in dieses finstere Nonnenkloster, lässt sie allein zu ihrem gewalttätigen Mann fahren und verkrümelt sich wie Vogel Strauß, als sie, statt geschieden zu sein, tot ist. Macht das Heim mit Geld mundtot, damit die sich um sein Kind kümmern, und spielt den trauernden Mönch, der froh ist, dass niemand einen Vaterschaftstest gegen ihn in der Hand hat. Statt sich der Verantwortung zu stellen, segelt er lieber mit seiner Jacht herum. Ich meine, jemand, der sein Boot »Engel« nennt, auf Polnisch, also weißt du …«

»Magdalena Polodny war sein Engel. Deshalb.«

»Mir kommen gleich die Tränen. Und dann lässt er Jahre später den großzügigen Wiedergutmacher raushängen. Hilft Anthony Polodny aus der Gosse raus, tut Sühne oder was weiß ich, weil er ihm mit ein paar Milliönchen den Arsch abwischt.«

»Johnny, könntest du bitte mal einen Sprachkurs besuchen. Deine Ausdrücke …«

»… bringen es genau auf den Punkt. Auch wenn da nichts mit -ose in der Hose hängt.«

»Bitte?«

»Na, Neur*ose*. Psych*ose*. Dann kommen doch die Seelenklempner. Alles in der Hose und dann wird Latein drübergegossen, wenn sie am Ende mit ihrem Latein sind. Ich frage mich nur, ob die Lady sich gegenüber ihrem Vater und Halbbruder geoutet hat.«

»McFersson können wir nicht mehr fragen, aber Elisabeth hat jede Menge Zeug in einem Versteck ihres Bruders gefunden, das unsere Dame belastet. Anthonys Tagebücher. McFersson hat ihm alles erzählt, und er hat es aufgeschrieben.«

»Statt zur Polizei zu gehen.« Johnny tippte sich an die Stirn.

Anthony musste McFersson verziehen und ihn aus tiefstem Herzen verstanden haben, dachte Collin. Warum sonst hatte er seinen Hund »Angel« genannt?

Ich habe mir einen jungen Hund angeschafft. Einen schottischen Hirtenhund, wie ihn Mutter immer haben wollte.

Die Sätze hatte Elisabeth in Anthonys Aufzeichnungen gefunden. Er wusste über Natascha Polodny Bescheid und darüber, was sie vorhatte. Zumindest, was ihn betrifft.

»Paul Fridge hat mich über eine Telefonnummer informiert, die in einem Brief von Anthony an Elisabeth steht. Es ist die Privatnummer von McFersson.«

»Also wusste er nicht, dass McFersson schon über die Klinge gesprungen war. Lässt sich selbst aber wissentlich vergiften? Ist doch alles krank.«

»Wenn man in Schuld lebt und die Vergangenheit nicht begraben kann …«

»Jetzt fängst du auch schon mit diesem Psychokram an. Wenn man die Vergangenheit nicht begraben kann. Ach, der Arme! Und was hat sich Frau Killerin gedacht? Dass sie davonkommt und mit dem Erbe nett irgendwo in einer Villa mit Pool leben kann?«

»Vermutlich. Wir werden sehen. Noch ist sie nicht verurteilt.«

»Dann noch einen Retriever anschaffen, um so zu tun, als wäre sie normal. Nur um ihn umzubringen. Von mir aus kriegt sie lebenslänglich. Ohne mildernde Umstände wie Gutachten über Kindheitstraumata.«

Sie rasten auf die Ausfahrt nach Camelford zu, als der nüchterne Funkspruch kam: »DC Brown? Hier spricht Sergeant Towan. Zielobjekt gestellt.«

»Habt ihr sie noch nicht in Gewahrsam genommen?«, hakte Collin nach.

»Negativ. Die Person ist bewaffnet.«

Collin hörte Sirenen und ein Durcheinander an Stimmen.

»Sergeant Towan? Was ist los? Können Sie mich hören?«

»Die Person hat gerade Schüsse abgegeben. Wir haben einen Verletzten.«

»Geben Sie den genauen Standort durch.«

»Richtung Ortseingang Camelford.«

»Gib Gas, Johnny.« Collin überprüfte seine Dienstwaffe. Wann hatte er sie zum letzten Mal benutzen müssen? Das war lange her. Er hoffte, dass es nicht zum Äußersten kommen würde.

»Die ist wirklich völlig durchgeknallt«, sagte Johnny. »Einen Beamten anschießen. Shit! Da vorne ist es.«

Der schwarze Seat stand an einem Waldstück. In gebührendem Abstand hatten ihn von drei Seiten Polizeiautos umringt.

»Wir haben zwei Reifen zerschossen«, erklärte Sergeant Towan Collin. »Da hat sie gleich Schüsse abgegeben. Scheint hochgradig aggressiv zu sein. Schreit dauernd irgendwas Unverständliches.«

Der verletzte Beamte lag mit einem Beinschuss im Krankentransporter.

Collin versuchte durch das Fernglas, das ihm Towan reichte, die Frau hinter der Windschutzscheibe des Seats zu erkennen. Ihr Gesicht war unter einem breitkrempigen Hut und einer Sonnenbrille verborgen. Der Lauf einer Schrotflinte lugte aus dem offenen Fahrerfenster. Er nahm das Megafon und versuchte Ruhe und zugleich Bestimmtheit in seine Stimme zu legen. Würde er Natascha Polodny dazu bringen, sich zu ergeben?

»Ms Polodny? Hier spricht DC Brown. Können Sie mich hören?«

Die Reaktion war ein Schuss, der ein Straßenschild hinter Collin traf. Sie schien nicht das erste Mal ein Gewehr in der Hand zu halten. Was hatte der Psychologe über Natascha Polodny gemutmaßt?, überlegte Collin. Sie folge einer Mission. Fanatisch, kompromisslos und wie ein Selbstmordattentäter ohne Rücksicht auf sich selbst. Würde sie in dieser für sie aussichtslosen Situation sogar ihr eigenes Leben riskieren? Ihre hochsensible Persönlichkeit hatte im ›Waisenhaus der Heiligen Jungfrau Maria‹ unter dem streng religiösen Regiment von Schwester Mary Schaden genommen, hatte der Psychologe vermerkt. Sie hatte außer dieser psychisch kranken Nonne keine andere Bezugsperson in ihrer Kindheit gehabt und deren Programm religiöser Gehirnwäsche und drakonischer Strafmaßnahmen, wie es in dem Bericht in Anführungszeichen hieß, kritiklos und ohne die Möglichkeit einer Korrektur durch andere Einflüsse übernommen. Schwester Mary hatte die kleine Natascha möglicherweise als Ersatztochter für ihr eigenes totes Kind Jodi betrachtet. Nataschas verzerrte Wahrnehmung der Realität, ihr bizarres Wertesystem hatte ihr Schwester Mary wie einen Virus eingepflanzt.

»Mein Wille geschehe. Mein Wille. Mein Wille«, hörte Collin Natascha Polodny schreien.

Es gab nur eine winzige Chance. Collin musste sich in ihre Denkweise hineinversetzen. Sie dort packen, wo sie am verletzlichsten war. Sie wie ein unartiges Kind ansprechen. Er atmete tief ein und hielt das Megafon vor die Lippen: »Natascha, Gott ist mit dir.« Was weiß ich von der Bibel?, dachte er und versuchte mit Nachdruck zu sprechen. »Er will, dass du vor ihm kniest. Steig aus dem Wagen.«

»Der Teufel soll Sie holen!«

»Meinst du, sie fällt darauf rein?«, flüsterte ihm Johnny zu.

»Lass uns den Wagen stürmen. Vom Wald aus.«

»Versuchen wir gleichzeitig. Bereite alles vor.«

»Natascha. Schwester Mary erwartet dich. Sie ist böse auf dich.«

Waren das die richtigen Worte? Collin beobachtete, wie Johnny mit drei weiteren Kollegen im Schutz der Polizeiwagen ein Stück die Straße hinauflief. Sie würden sie an der Rückseite des Seats überqueren, um dann in den Wald zu gelangen.

»Natascha, Schwester Mary will, dass du das Gewehr aus dem Wagen wirfst und aussteigst.«

Collin redete weiter, während Johnny und die drei anderen den Schutz der Bäume erreicht hatten und sich mit gezückten Waffen dem Wagen näherten. Dann ging alles sehr schnell. Natascha Polodny feuerte einen letzten Schuss ab, der die Beifahrertür eines Polizeiwagens durchschlug. Ihre Munition schien aufgebraucht. Sie startete den Seat, wendete ihn in Richtung Wald. Ein Polizist zerschoss die beiden anderen Reifen. Der Wagen schlingerte auf den Graben zwischen Straße und Wald zu, blieb stecken, der Motor heulte auf. Dann tauchte Johnny an der Fahrerseite auf. Er riss die Tür auf. Natascha Polodny schlug um sich und schrie, bis Johnny sie überwältigte und aus dem Seat zog. Dann war sie plötzlich ganz still.

Wenige Minuten später saß sie in Handschellen in einem Gefängnistransporter. Ihr Gesicht hatte sich in eine unbewegliche Maske verwandelt. Sie murmelte mit leerem Blick vor sich hin, als bete sie. Wo mag sie jetzt sein?, dachte Collin mit einem Anflug von Mitleid.

»Ms Polodny? DC Collin Brown. Sie sind vorläufig festgenommen. Unter dem dringenden Verdacht des dreifachen Mordes an Godwin McFersson, Anthony Polodny und Mathew Field und des versuchten Mordes an Elroy Smitton. Ferner bezichtigen wir Sie der Brandstiftung, des Autodiebstahls, der Sachbeschädigung, der Tierquälerei, des Einbruchs und der Fälschung von Dokumenten in mehreren Fällen.« Illegaler Waffenbesitz und Waffengewalt gegenüber Polizisten kämen noch hinzu. Und wer weiß, was im Prozess gegen sie noch ausgegraben werden würde? »Sie sollten sich ohne Ihren Anwalt vorerst nicht äußern.« Collin steckte die Dienstmarke wieder ein.

Da hörte er die Frau murmeln. Mit einer tonlosen Stimme sprach sie vor sich hin: »Das elfte Gebot. Es ist erfüllt, meine Herrin. Es ist vollbracht, meine Herrin. Die Wahrheit und die Strafe. Die Sühne, Auge um Auge. Ich komme, meine Herrin. Dein Wille geschehe. Amen.«

Dann lachte sie. Ein irres, kaltes Lachen.

Ihre Augen, die die Farbe von Kornblumen hatten, waren wie Eis und blickten ins Leere. Vielleicht schauten sie aber auch auf einen weit entfernten Ort, den nur sie in ihrem Wahn sehen konnte. Collin dachte an seinen Stein. Natascha Polodny war nicht wie bröseliger Kalk, der an den Händen haften blieb. Hart wie Granit. Das war sie.

Bis auf Elroy, der in letzter Minute dank seiner Nachbarin Su Sheldon gerettet worden war und mit ausgepumptem Magen im Krankenhaus lag, hatte sie ihre Mission erfüllt.

Oder hätte sie nicht geruht, bis sie auch Elisabeth aus dem Weg geräumt hätte? Vermutlich ja.

Collin sah dem Gefängniswagen hinterher, der in Kolonne mit den anderen Polizeifahrzeugen der M30 zusteuerte.

Er griff zum Handy und rief erst Sandra, dann Kathryn an.

»Eine Frau. Habe ich doch von Anfang an gesagt«, hörte er Kathryns Stimme, die immer noch, nach all den Jahren, einen ganz leichten Akzent hatte, in den er sich jetzt auf der Stelle wie schon unzählige Male zuvor sofort wieder verliebte.

»Sag Gwenny schöne Grüße. Sie bekommt einen Blumenstrauß.«

Gwenny war es zu verdanken gewesen, dass sie Nataschas Aufenthaltsort so schnell gefunden hatten. Vielleicht auch dem Zufall, denn ohne Su Sheldons Besuch bei Gwenny hätten sie schwerlich so rasch eine Verbindung zwischen Mrs X und der geheimnisvollen Frau in Elroy Smittons Leben herstellen können.

Auf seinem Handy war eine Nachricht von Elli, Su Sheldons Tochter.

Lieber Herr Polizist. Brauchen Sie mein Ermittlungsheft?
Hochachtungsvoll, Detektivin Elli Sheldon.

Collin schmunzelte, und zugleich durchfuhr ihn ein schrecklicher Gedanke.

Wie ein Spiel zum tödlichen Ernst werden konnte.

Wie aus unschuldigen Kindern Mörder wurden.

30

Collin säuberte die Pfeife, stopfte sie und zündete sie an. Der schottische Tabak, ein Abschiedsgeschenk von Willis, hatte eine

herbe Note. Der Rauch erschien ihm beißender als sein Lieb-
lingstabak, dem einzigen, den der kleine Dorfladen im Angebot
hatte. Er musste husten, klopfte die Pfeife aus und setzte sich
näher an den Stein. Es war, als sähe er ihn zum ersten Mal.

War er nicht weißer gewesen? So viel Zeit war verstrichen, die
als Grauschleier und Staub auf der Oberfläche lag.

Von der Veranda drangen die Stimmen von Kathryn, Elisa-
beth und Paul. Es roch nach Feuer und frischem Brot. In zwei
Stunden erwarteten sie die anderen. Johnny, Sandra, sein ganzes
Team. Ein Grillfest, weil der Fall abgeschlossen war. War er das?

Amseln und Spatzen zwitscherten. Aus der Ferne rauschte die
See. Die kleine Welt vor seiner Hütte schien so friedlich. Aber
auch ein Frühlingstag in Cornwall konnte trügerisch sein, hatte
er am Morgen beim Blick aus dem Schlafzimmerfenster in
Richtung Meer gedacht.

Das Böse konnte überall lauern. Auch hier. Welche Saat es
zum Wachsen und Ausbrechen brachte, wer wusste das schon?
Wer war der Schuldige? Der Gärtner, der den Boden bereitete,
säte, düngte und wässerte?

Collin hatte in die Augen von Natascha Polodny gesehen.
Tote Fischaugen, hatte Johnny gesagt. Von etwas Teuflischem
besessen, fand Anne. Eine Irre, meinte Sandra.

Zu wem wäre Natascha Polodny geworden, wenn sie nicht in
dem Kinderheim der Satansnonnen aufgewachsen wäre? »Der
Racheengel« prangte in roten Lettern auf der Frontseite jeder
Zeitung. Ja, Natascha Polodny hatte sich an allen gerächt, die
ihr das Leben geraubt hatten, das ihr zugestanden hatte wie
jedem Kind, im Schoß einer liebenden Familie.

Sie war einer fanatischen und tödlichen Mission gefolgt – es
allen zu vergelten, die ihr die Liebe verweigert hatten. So sah es
Owen Peters.

Natascha hatte sich an ihrem leiblichen Vater Godwin McFersson gerächt, der sie wissentlich zum Waisenkind gemacht hatte. In seiner Hütte in den Highlands von Schottland waren wenige Überreste vom Feuer verschont geblieben. Angesengte Fotos. Zu Asche verbrannte Briefe. Dies war der Ort, wo McFersson einen Schrein seiner Liebe zu Magdalena Polodny gebaut hatte. Dort hatte sie sich die ersten Monate versteckt in jenem Jahr ihres Verschwindens. So lange, bis McFersson sie für die Entbindung in ›Das Waisenhaus der Heiligen Jungfrau Maria‹ gebracht hatte.

Collin musste Johnny insgeheim recht geben. McFersson war kein Risiko eingegangen. Er hatte Magdalena im Haus seiner Stieftante kennengelernt, sie hatten sich verliebt. Eine Liebe, die Magdalena den Mut gegeben hatte, sich von ihrem Mann zu trennen, gegen ihren Glauben zu handeln, gegen die Angst zu kämpfen. Und McFersson hatte sie alleingelassen an ihrem schwersten Tag. Sie war allein zu ihrem gewalttätigen Mann gefahren, um die Scheidung einzureichen.

Anthony Polodny, den Natascha auch für den Tod ihrer Mutter verantwortlich gemacht hatte. Dem sie das Leben neidete, das ihr nicht gewährt gewesen war.

Mathew Field, ihren Handlanger und Mitwisser, den sie sich hörig gemacht hatte wie alle, die sie brauchte oder die ihr im Weg gestanden hatten.

Elroy Smitton, den Schwester Mary den »Teufel« genannt hatte. Schwester Mary alias Ruth, die geschiedene Frau von Elroy Smitton, war die einzige Mutter, die Natascha Polodny jemals kennengelernt hatte. Sie war die Gärtnerin gewesen, die im Namen Gottes die Saat des Bösen in die kleine Natascha eingepflanzt und sie als Ersatztochter für sich beansprucht hatte. Zu ihrer eigenen Tochter hatte Schwester Mary offenbar ein ambivalentes Verhältnis gehabt. Sie liebte sie und hasste sie. Jodis Tod hatte Ruth Smitton nie verwinden können und ihren Mann Elroy dafür verantwortlich gemacht.

Alle sollten sie büßen. All diese Männer, die Natasha Polodny aufgespürt, in deren Leben sie sich geschlichen, die sie ausgenutzt und am Ende qualvoll mit dem Tod bestraft hatte für eine Kindheit im nackten Grauen.

Elisabeth wäre die Letzte auf ihrer Liste gewesen.

Hätte Natascha Polodny dann endlich Frieden finden können?

Und Elisabeth? Würde sie vergessen und vergeben können?

Schließ die Tür zu, hatte ihm Owen Peters geraten. Mach Urlaub mit deiner Familie, kehr zurück zu deinen Schafen. Collin wollte sich an Owens Worte halten. Waren nicht auch die Seeschwalben in die White Bay zurückgekehrt wie jedes Jahr? Ja, sie nisteten dort, was immer das Meer angespült hatte oder anspülen würde.

Collin drehte den Stein ins Licht. Ayeshas schokoladenverschmierter Fingerabdruck war noch zu sehen. Sonst sah Collin nichts. Vielleicht wollte er auch nicht sehen, was er vor Wochen mit Schmirgelpapier vorsichtig herausgearbeitet hatte.

Es war wie eine Ahnung gewesen, erkannte er. Der Stein hatte die ganze Zeit zu ihm gesprochen, und er hatte nicht auf ihn gehört oder die Botschaft nicht hören wollen. Eine Frau mit einem Umhang wie eine Marienfigur, mit einem toten Kind im Arm, ein Ungeborenes tragend.

Collin stopfte Tabak in die Pfeife. Die Tür stand weit offen. Ein Streifen Sonne fiel hinein. Auf dem Rasen sprossen Gänseblümchen. Er hörte seine Söhne. Seit zwei Wochen war Fußball ihr Ein und Alles. Sie schossen sich den Ball zu und feuerten sich mit lauten Stimmen an. Einer war Ramires, der andere Wayne Rooney. FC Chelsea gegen Manchester United.

Collin überlegte, ob er sie ermahnen sollte. Die Wiese neben dem Haus war der Platz, wo sie Fußball spielen konnten.

Er zündete die Pfeife an. Da klirrte es, der Ball flog durchs Fenster, hüpfte auf die Werkbank, riss den Stein auf den Boden und rollte bis kurz vor die Tür.

Collin fuhr hoch. Zwischen den Scherben der Fensterscheibe lag die Kalksteinfigur, in mehrere Stücke zerbrochen. Shawn und Simon standen mit erschrockenen Gesichtern in der Tür und stotterten eine Entschuldigung. Alles geschah wie in Zeitlupe. Collin machte zwei Schritte auf die Zwillinge zu, sah sie ängstlich zurückweichen, hob den Ball auf und wog ihn in den Händen. Wann hatte er zuletzt mit seinen Söhnen Fußball gespielt?

»Kommt, wir bolzen auf der Wiese«, sagte er. »Fegen könnt ihr später.«

Er würde einen neuen Stein finden. Einen, der von dem Glück sprach, das er in diesem Augenblick empfand – als er gegen den Ball trat und seine Söhne über die Wiese rennen sah, unbelastet von jeglichen Gedanken an Schuld.

»Exakt recherchiert, besticht ›Der kalte Traum‹ durch seine kraftvollen Sätze und die dichte, atmosphärische Sprache.«

3SAT KULTURZEIT

Rottweil: Zwei Fremde stellen Fragen nach einem Toten. Es heißt, er sei im Jugoslawienkrieg gefallen. Doch eine Leiche wurde nie gefunden. Auch der Berliner Kripo-Kommissar Lorenz Adamek ermittelt. Eine mörderische Hetzjagd beginnt …

Oliver Bottini
DER KALTE TRAUM
448 Seiten
ISBN 978-3-8321-6228-3
€ 9,99 (D) / € 10,30 (A) / sFr. 14,90

www.dumont-buchverlag.de